Peter Morwood
Die schwarze Schlacht

PIPER

Zu diesem Buch

Das Reich der Pferdefürsten ist eine dunkle, abgründige Welt. Aldric Talvalin, der letzte Überlebende seines Clans, ist ins Land seiner Feinde gereist und wird dort zum Spielball der Politik. Dann gerät er in die Gewalt seines größten Widersachers. Eine Flucht aus der Gefangenschaft erscheint unmöglich – bis er unerwartete Hilfe erhält. Denn seine Gegner rechnen nicht mit dem Mut jener ungewöhnlichen Frau, die Aldrics Leben verändern und aus ihm den mächtigsten Kriegsherrn aller Zeiten machen wird …

Peter Morwood, geboren 1956 in Nordirland, studierte englische Literatur an der Universität von Belfast und wurde zum Piloten der Royal Air Force ausgebildet. Neben Romanen für die Star-Trek-Serie schrieb er eine Reihe viel beachteter Fantasy-Zyklen. Am bekanntesten wurde seine Saga um den Ritter Aldric Talvalin. Peter Morwood ist mit der Fantasy-Autorin Diane Duane verheiratet und lebt im ländlichen Irland. Weiteres zum Autor: www.petermorwood.com

Peter Morwood

DIE SCHWARZE SCHLACHT

Roman

Piper München Zürich

Entdecke die Welt der Piper Fantasy:

 Piper-Fantasy.de

Von Peter Morwood liegen bei Piper vor:
Der schwarze Reiter
Der schwarze Dämon
Die schwarze Schlacht

MIX
Papier aus verantwor-
tungsvollen Quellen
FSC
www.fsc.org   FSC® C083411

Deutsche Erstausgabe
März 2012
© 1986 Peter Morwood
Titel der englischen Originalausgabe:
»The Dragon Lord«, DAW Books, New York 1986
© der deutschsprachigen Ausgabe:
2012 Piper Verlag GmbH, München
Umschlagkonzeption: semper smile, München
Umschlaggestaltung: www.guter-punkt.de
Umschlagabbildung: Manfred Houchine, Frankreich
Satz: Satz für Satz. Barbara Reischmann, Leutkirch
Papier: Pamo Super von Arctic Paper Mochenwangen GmbH, Deutschland
Druck und Bindung: CPI – Clausen & Bosse, Leck
Printed in Germany   ISBN 978-3-492-29161-3

Für Anne McCaffrey, Drachenlady,
Für alles, was du bist und gewesen bist,
Und alles, was du warst, ungebeten:
Dieses Buch. Und viel Liebe.

Inhalt

VORWORT

»… Namen und Verhalten nach ein Reich, und beherrschte als solches alle diese Ländereien fast hundert Jahre lang.

Männer mit großen Kenntnissen in Politik und im Kriegswesen versichern, dass es dieses Reich nach dem Land Alba gelüstete und es Anstalten machte, es sich zu unterwerfen, und zwar durch den Bau großer Schiffe und die Raffinesse und Heimtücke des Totenbeschwörers Duergar Vathach (ausgesandt von Kriegsfürst Etzel, um Unheil anzurichten).

Doch dank des Eingreifens des Himmels bleibt allen dieses Schicksal erspart, denn im Frühjahr dieses Jahres ging Droek, der Kaiser Drusuls, zu seinen Vorfahren ein, und da sein einziger Sohn vor ihm gestorben war und daher die Nachfolge unklar ist, herrscht im Reich große Verwirrung, während die Fürsten miteinander um Macht und Herrschaft ringen. Es sind Männer ohne Ehre, und sie erweisen ihren Herren nicht jene Achtung, die sie als Gefolgsleute diesen pflichtgemäß schuldig wären und welche eben diese Herren auch ihren Vasallen zu erweisen hätten …

Nun war allseits bekannt, aus welchen Gründen Fürst Aldric vom Clan Talvalin in dieses Reich reiste: Er war voller Kummer. Doch es gibt glaubwürdige Männer, die erklären, dass dieser Fürst nichts anderes tat, als einen ganz bestimmten Auftrag auszuführen, der ihm von König Rynert erteilt worden war, und dass ihm mit diesem Auftrag, wenn überhaupt, nur wenig Ehre erwiesen wurde …«

Ylver Vlethanek an-Caerdur – Das Buch der Jahre, Cerdor

PROLOG

Nacht und Nebel lagen schwer auf Tuenafen, am schwersten in den schmalen Straßen der Altstadt des Hafens. Nichts regte sich dort, abgesehen von ziellos treibenden Dunstschwaden. Da die Lampen an den Türen im Zuge der Unruhen der letzten Wochen zu Bruch gegangen waren, lagen die meisten Häuser im Dunkeln. Die wenigen noch verbliebenen Laternen vertieften lediglich die Schwärze der Schatten, die ihr Licht nicht erreichte.

Der Reiter drang durch einen lautlosen Wirbel aus Nebel hervor wie durch den Vorhang einer schlecht erleuchteten Bühne: ein schwarz gekleideter Mann auf einem kohlschwarzen Pferd. Im grauen Einerlei waren beide nur konturlose Silhouetten, finstere Umrisse, denen ein Überzug glänzender Feuchtigkeit ein wenig Glanz verlieh.

Das Pferd rührte sich. Seine Hufe schlugen hohl auf das feuchte, glatte Kopfsteinpflaster; ein dumpfes Geräusch, das durch die Straße zwischen den glatten Mauern der Häuser hallte. Nur drei Schritte. Drei schwere Schläge von Eisen auf Stein, wie Schläge auf einen Amboss. Dann trat wieder Stille ein. Der Reiter hatte die Zügel angezogen, und das schwarze Pferd war stehen geblieben.

Er stellte sich in den Steigbügeln auf und wandte den Kopf wachsam von einer Seite zur anderen. Seine Haltung verriet innere Anspannung. Trotz seiner düsteren Erscheinung wirkte er beunruhigt.

Irgendwo in der Nähe schlug eine Uhr die volle Stunde. Erschrocken stampfte das Pferd mit den Hufen. Das Geräusch vermischte sich mit einem Schwall von Flüchen, als der Reiter an den Zügeln riss. Nach diesen drei unbedachten Schritten, kaum ein halbes Hundert Herzschläge später, drang der Lärm von Mann und Pferd doppelt verräterisch durch das Schweigen. Klar und deutlich.

Allzu klar und deutlich …

Hinter ihm ertönte Stiefelgetrampel, und eine Stimme rief scharf und knapp einen Befehl. Der Reiter stieß seinem Pferd die Fersen in die Weichen, und es stürmte los, hinein in die Dunkelheit einer nahen Gasse.

Ein dumpfer Schlag, dann fiel etwas schwer zu Boden; ein zufriedenes Gemurmel folgte.

Schließlich regten sich wiederum bloß noch die Nebelschwaden …

EINS
Königsgambit

Der Saal der Könige in Cerdor wirkte Ehrfurcht gebietend, eine gewaltige Halle, gesäumt von Steinsäulen, welche die gemeißelte Pracht der gewölbten Kuppeldecke trugen. Herbstlicher Sonnenschein fiel durch Buntglasfenster und warf die Farben der Wappen der hohen Clans auf einen Marmorboden mit Mosaikmuster. Flammen tanzten in neun großen Herden, um die Kühle zu vertreiben, aber selbst ihre Wärme vermochte das Eis in Gemmel Errekrens Stimme nicht zu schmelzen.

»Wisst Ihr, was Ihr getan habt?«, knurrte er. Der alte Zauberer zeigte eine Leidenschaft, die er sich nur selten gestattete, und die starken Gefühle beschworen Energien, die in funkelnden Spiralen um seine Hände und den schwarzen Stab mit dem Drachenmuster herumwirbelten.

Ein geringerer Mann hätte sich vielleicht vom Zorn eines Mannes wie Gemmel einschüchtern lassen – und das aus gutem Grund –, doch König Rynert blieb zumindest äußerlich ungerührt. Aufrecht und gelassen saß er auf seinem großen Thron. »Ich tue, was getan werden muss«, sagte er. »Zum Wohl des Staates.«

Eine derart selbstgefällige, wenn auch nichtssagende Bemerkung hätte vielleicht gut in den Ohren eines Kanzlers geklungen, doch Gemmel konnte sie nicht zufriedenstellen. Er biss die Zähne zusammen, bis dünne Muskelstränge unter dem Bart hervortraten, und die Aura des Zorns, die ihn umgab, wurde immer deutlicher erkennbar.

»Zum Wohl des Staats«, wiederholte er mit höhnischer Verachtung. »Ihr liefert meinen Sohn den Drusalern aus, und dann redet Ihr vom Wohl des Staats …?«

»Euren Pflegesohn, Zauberer. Meinen Vas…«

»*Genug!*« Der Drachenstab in Gemmels Händen stieß auf den Boden, scharf, durchdringend, und leuchtende Funken von Energie stoben davon wie Glühwürmchen. »Versucht es bei mir *niemals* mit Spitzfindigkeiten!« Seine musikalische, weder alte noch junge Stimme klang, anders als zuvor, verzerrt und schrill. »Eure Staatsräson hat nichts mit Vernunft zu tun, König, und das wisst Ihr sehr wohl. Sie ist keine Entschuldigung – obwohl sie so viel rechtfertigen kann.«

Rynert warf einen Blick auf den dritten Mann im Saal, vielleicht in der Hoffnung auf Unterstützung – aber Dewan ar Korentins Miene war so steinern wie die Wand hinter ihm. Von ihm war kein Beistand zu erwarten. Der Blick des Königs kehrte widerstrebend zu Gemmel zurück. »Erklärt Euren Standpunkt!«, verlangte er.

»Muss ich das?«, fragte der Zauberer mit unverhohlenem Spott, doch Rynert zog es wiederum vor, den Mangel an Höflichkeit zu überhören.

»Ja. Das müsst Ihr. Ich bin … neugierig.«

»Erstaunlich! Eure … Eure Staatsräson hat im Laufe der Jahre zu viel Elend gebracht, als dass ein rechtschaffener Mann sie vorbehaltlos bejahen könnte. Abgesehen vielleicht in Fragen des eigenen Vorteils.«

Gemmel sprach jetzt leiser, mehr zu sich selbst, und auf

seinem Gesicht lag ein brütender Schatten, den Rynert auch aus zehn Schritt Entfernung mühelos erkennen konnte.

»Denn sie hatte Lug und Trug zur Folge, Verrat … und Tod. So viele, viele sind gestorben. Sowohl durch die Hand, welche eine Klinge hält, mein König, als auch durch die Hand, welche Gold bietet.« Die grünen Augen des Zauberers trafen sich mit den braunen des Königs, als wollten sie die Geheimnisse erkunden, die tief in Rynerts Gedanken verborgen lagen. Aus Angst, er könne sich dadurch selbst verraten, wagte der König nicht, den Kontakt von sich aus abzubrechen.

»Ich kenne Eure Vernunftgründe, *Mathern-an Arluth*, habe sie alle schon gehört, aber die Sprache war damals nicht Albisch …«

Nur er konnte die geflüsterten Worte verstehen. Sie waren nicht mehr als ein Hauch, so leise wie das metallische Ausatmen eines Schwertes, wenn es gezogen wird, aber die Erinnerung bereitete Gemmel offenkundig Qualen. Es war nicht für andere Ohren bestimmt. Doch Rynert verstand es trotzdem. »Es war einmal ein Dorf. Klein. Gewöhnlich. Ein Dorf im Reich. Und seine Bewohner, gewöhnliche kleine Leute, hatten irgendein Reichsgesetz gebrochen. Sie wurden … bestraft. Ich hätte ihnen helfen können. Ich tat es nicht. Stattdessen fragte ich, warum die Soldaten taten, was sie taten. Ihr Anführer antwortete mir, es geschehe zum Wohl des Staates und gehe mich nichts an. Und das war auch so. Also tat ich nichts. Obwohl nur ein Bruchteil meiner Kräfte erforderlich gewesen wäre, auch damals schon. Aber mein Sohn versuchte es. Und es kostete ihn das Leben.«

Der Zauberer zögerte wie jemand, der merkt, dass er zu viel gesagt hat, und schüttelte den Kopf, bevor er Rynert wieder ansah. »An diesem Tag habe ich mehr als einen Sohn verloren. Mehr, als Ihr Euch vorstellen könnt, König. Viel mehr. Ich habe die Fähigkeit verloren heimzu… Alles. Also kommt mir nicht mit dieser Entschuldigung. Nie wieder.«

Rynert holte tief und hörbar Luft. Er war kein robuster Mann, war es nie gewesen, und das Herz in seiner Brust raste wie wild, sodass er seinen gesamten, nicht sonderlich großen Vorrat an Kraft aufbieten musste, nur um diese Tatsache zu verbergen. Zorn, Empörung und verletzte Würde. All das und noch mehr verschmolz höchst widersinnig mit einem Schmerz, der in keiner Verbindung mit seinem schwachen Körper stand. Gemmels Geschichte beunruhigte ihn, gemahnte an ein Schuldgefühl, das sein Gewissen bisher nicht in ihm geweckt hatte und das in seinem Verstand hin- und hergeworfen wurde wie das Licht einer Kerze zwischen zwei Spiegeln: Schuldgefühl, das Scham gebar, die wiederum noch mehr Schuldgefühl gebar …

»Ich bin, was Ihr sagt – König.« Das Wort war wie ein verbaler Peitschenhieb in das weißbärtige Gesicht vor ihm, gesprochen in dem rechtschaffenen Zorn, hinter dem ein Mann sich verstecken konnte. »Ich muss solche Entscheidungen treffen, ob ich will oder nicht. Die Regentschaft ist wie ein schmaler Pfad, den man allein beschreiten muss.«

Wieder hinterließen die gekünstelten höfischen Phrasen nicht den geringsten Eindruck. Gemmel war nicht mehr aufgebracht, sondern nur noch traurig in Erinnerung an seinen alten Kummer – und er war ein Mann, der sehr empfindlich auf Verletzungen seiner Würde reagierte, unabhängig davon, wie er mit der Würde anderer umsprang. Also folgte er nicht seiner ersten Eingebung – den bitteren Geschmack im Mund auf die Steine vor Rynerts Füßen zu speien. Vielmehr musterte er den schmächtigen König mit den verkrümmten Schultern gemessenen Blickes.

Dann machte er auf dem Absatz kehrt und verließ schweigend den Saal.

Dewan ar Korentin brach dieses Schweigen. Er stieß sich von der Wand ab, von wo aus er alles wortlos beobachtet hatte, und ging auf leisen Sohlen zu der Stelle, wo der Drachenstab Ykraith eine Kerbe im Marmorboden hinterlassen hatte. »Staatskunst«, murmelte er, während er den Schaden betrachtete. »Seid vorsichtig, Rynert. Sie könnte einmal Euer Tod sein.« Dewan zeigte einen ähnlichen Gesichtsausdruck wie Gemmel.

»Was«, fragte Rynert, dem nicht gefiel, was er sah, »ist dann *Euer* Standpunkt in dieser Angelegenheit?«

»Ihr kennt ihn bereits. Ich habe Euch hinsichtlich Aldric Talvalin gewarnt, und mein Protest ist zu Protokoll genommen worden. Ich warne Euch noch einmal, und ich wünsche wiederum, dass meine Warnung zu Protokoll genommen wird. Spielt nicht mit ihm, wie Ihr es mit den anderen diplomatischen Schachfiguren in Euren Diensten tut. Er ist anders, er ist … sonderbar. Und seine Vorstellungen von Ehre sind sonderbar. Archaisch manchmal. Ganz besonders im Hinblick auf Pflicht und Verpflichtung.«

»Bedenken, alter Freund?« Das Lächeln, das Rynerts dünne Lippen kräuselte, war irgendwie falsch. »Von Euch hatte ich keine Skrupel erwartet.«

Bei diesen Worten blähten sich Dewans Nasenflügel ein wenig. Er versuchte nicht einmal, das Lächeln zu erwidern. »Weder Bedenken noch Skrupel. Schlichte Vorsicht. Und schlichter Anstand. Ihr habt ihm befohlen, etwas zu tun, das für jemanden seines Standes schändlich ist …«

»Jemanden zu töten, ist schändlich? In dieser Sache? Er tut für mich doch nur, was er für sich bereits getan hat! Ich erinnere Euch daran, Dewan, dass er mein Vasall ist.«

»Euer Vasall mag er sein, aber er hat etwas Besseres verdient. Etwas viel Besseres. Ich kann hier als Außenstehender sprechen, und ich sage, dass Täuschungen hin und wieder angebracht sein mögen, aber nicht in Angelegenheiten albischer Ehre. Diese Münze hat zwei Seiten, Rynert. Er schuldet Euch Pflichterfüllung – Ihr aber schuldet ihm Respekt. Und die Situation macht einen etwas einseitigen Eindruck. Darf ich Euch mit der Autorität aus erster Hand erworbenen Wissens daran erinnern, dass man ihn nicht zum Spaß Todbringer genannt hat? Vielleicht – nur vielleicht – wird er verstehen, warum Ihr ihn betrogen habt.« Er hob die Hand, um Rynerts Protest zuvorzukommen. »Denn ich versichere Euch, dass er es so sehen wird.«

»Um seiner persönlichen Sicherheit willen!«

»Aus Gründen der Staatsräson, sagtet Ihr. Nun … Vielleicht nimmt er es hin. Vielleicht auch nicht. Aber wenn nicht, Rynert, dann möchte ich nicht in Eurer Haut stecken. Nicht einmal, wenn Ihr König der ganzen Welt wärt.«

Vielleicht absichtlich benutzte Dewan ar Korentins akzentbehaftete Stimme nicht mehr die steife Form der albischen Sprache. Einige bei Hofe hätten die Art und Weise, wie er den König anredete, als Beleidigung betrachtet, doch Rynert nicht. Er verstand.

»Es spielt keine Rolle mehr, auch wenn es einmal anders gewesen sein sollte«, sagte Rynert wegwerfend. »Die Figur wurde gezogen. Jetzt muss ich sehen, wie sie das Spiel beeinflusst.«

»Öffentlich. Man muss Euch als einen Mann sehen, der zu seinen Entscheidungen steht. Aber könntet Ihr nicht mich schicken – so heimlich, wie Ihr Talvalin geschickt habt?«

»Dewan, Ihr seid überreizt. Geht. Kehrt zurück, wenn Ihr Euch wieder beruhigt habt. Und richtet Eurer Gattin meine Empfehlungen aus.«

Ar Korentin erstarrte, verneigte sich steif wie eine Marionette und ging. Missbilligung lag in der Art und Weise, wie er gerade aufgerichtet, hochmütig zur Tür schritt. Rynerts Stimme folgte ihm durch den Saal. »Aber bis zu Eurer Rückkehr – natürlich erst, wenn Ihr Euch wieder beruhigt habt – verfügt bitte über Eure Zeit und Eure Angelegenheiten nach eigenem Belieben.«

Eine kleine Weile verharrte Dewan ganz still und wandte sich dann zum König um. Rynert zeigte jene unterdrückte Fröhlichkeit um Augen und Mund, die ein heimliches Lächeln begleitet. Dewan sah sie verblassen und führte voller Unbehagen die exakten Bewegungen eines kaiserlichen Paradegrußes aus. Anschließend verneigte er sich nach albischer Art aus der Hüfte heraus und ging mit dem Wissen, dass dieser ganzen Angelegenheit etwas Hässliches und Falsches anhaftete.

Weiter reichte seine Vorstellungskraft allerdings nicht. Noch nicht …

Gemmel erwartete ihn. Tatsächlich hätte es Dewan mehr überrascht, wenn er den Zauberer nicht angetroffen hätte. »Zauberer«, sagte er ruhig.

»*Eldheisart* ar Korentin«, erwiderte Gemmel. Wenn Dewan verblüfft war, seinen alten kaiserlichen Dienstrang von einem Mann wie diesem laut ausgesprochen zu hören, ließ er es sich nicht anmerken. »Was glaubt Ihr«, fuhr der Zauberer fort, »hatte ich so unrecht?«

»Nicht unrecht – aber auch nicht vollkommen recht.«

»Wie das? Vor vielen Jahren habe ich einen Sohn an das Reich verloren. Ich werde nicht danebenstehen und zusehen, wie ich einen weiteren verliere … zum Wohl des Staates!«

»Wir sollten einen Spaziergang machen«, sagte Dewan ausdruckslos mit einem Seitenblick auf die Wachposten, welche die Doppeltür zum Saal der Könige flankierten. Keiner lauschte offenkundig. In Gegenwart ihres Kommandanten hatten sie Haltung angenommen und standen stramm, die Augen starr geradeaus. Aber sie hatten dennoch Ohren.

Gemmel nickte kaum wahrnehmbar und setzte einen Fuß vor den anderen.

»Jetzt hört mir zu«, begann ar Korentin, als er der Ansicht war, dass sie sich in sicherer Entfernung befanden. »Rynert hat …«

»… alles verspielt, was Aldric und ich ihm vielleicht einmal als Untertanen schuldig waren.«

Dewan ar Korentin war kein Mann, der leicht aufbrauste, aber jetzt verlor er doch allmählich die Geduld. Er wollte Gemmel mit beiden Händen an den Schultern packen, ihn rütteln, ihn zur Vernunft bringen, doch irgendetwas in der Miene des alten Mannes zeigte ihm, dass jede Art von Gewalt zehnfach erwidert würde. Daher zögerte er, die Hände unentschlossen in der Luft, hielt inne und begnügte sich dann mit einem übertriebenen Schulterzucken.

»Versucht ein Mal, nur ein einziges Mal, auf einen anderen zu hören, Zauberer!«, schnauzte er. Gemmel schloss den so hart Mund, dass die Zähne hörbar aufeinanderschlugen, und holte zischend Luft. Doch Dewan ergriff die Gelegenheit beim Schopf. »Wie ich schon sagte« – die Ironie war unüberhörbar –, »*Mathern-an* Rynert hat mir die Erlaubnis erteilt, Aldric zu folgen. Ins Reich.«

Gemmel hob die Augenbrauen. »Natürlich eine stillschweigende Erlaubnis. Nichts Ausdrückliches und gewiss nichts Schriftliches.«

»Gewiss nicht!« Der Vorschlag empörte Dewans Sinn für Anstand. »Diese Angelegenheit ist äußerst delikat.«

Die Stimme des Zauberers war ausdruckslos, hatte jedoch einen gemeinen Unterton, als er antwortete. »So delikat, dass Euer werter Herr sich vielleicht schon in Kürze die Hände in Unschuld waschen muss. Hm?«

Dieser Gedanke war Dewan noch gar nicht gekommen. Aber er brauchte nur zu überlegen, wie Aldric benutzt worden war – und noch benutzt wurde –, um zu erkennen, dass Gemmels Worte nicht völlig aus der Luft gegriffen waren. Dennoch setzte er seinen einmal eingeschlagenen Weg fort. »Werdet Ihr mich begleiten? Schließlich ist Talvalin Euer – Euer Sohn.«

»Pflegesohn«, verbesserte Gemmel nachdenklich. »In Wirklichkeit fragt Ihr mich, ob ich mitkommen und dabei helfen will, Rynerts politische Kastanien aus dem kaiserlichen Feuer zu holen, bevor es einen … *Zwischenfall* würde es nicht einmal im Ansatz beschreiben.« Der Blick der kalten, klaren Smaragdaugen stachen wie Nadeln auf Dewan ein. »Nein, ich werde Euch nicht begleiten.«

Ar Korentin konnte seine Enttäuschung über diese Ablehnung nicht verbergen, und es verschlug ihm für einige Augenblicke die Sprache, bevor es ihm gelang, etwas auch nur im Entferntesten Vernünftiges zu sagen. »Was tue ich also – gehe ich allein?«

»Nicht unbedingt. *Ihr* könntet *mich* begleiten.« Bei jedem betonten Wort stieß ein langer Finger des Zauberers gegen Dewans Brust.

»Welcher Unterschied bestünde da?«

»Wie zwischen Schwarz und Weiß. Meine Vorgehensweise – Ihr kennt sie und ich kenne sie. Seine Vorgehensweise – wer weiß, wer weiß?« Gemmel fand ganz eindeutig seinen Sinn für Humor wieder.

»Also schön«, gab Dewan nach. »Wohin gehen wir?«

»Zuerst zur Küste. Auf *meiner* Route.«

»Und anschließend?«

Gemmel grinste verschlagen und mit blitzenden Zähnen. »Werdet Ihr wieder alle Rangabzeichen an Eurer kaiserlichen Rüstung anbringen. Nein. Mehr als alle. Übertreibt sie. Befördert Euch. Das könnte nützlicher sein, als Ihr glaubt. Aber was das *Anschließend* betrifft …« Das Grinsen flackerte noch einmal auf. »Überlasst das *Anschließend* mir.«

Dieser Ort soll doch so sicher sein – wie ist es dann aber hereingekommen?« Der Mann und die scharfe Stimme wirkten in diesem Raum mit den zierlichen Möbeln und gedämpften Farben fehl am Platz. Er war mittleren Alters, stämmig und von blühender Gesundheit, trug einen spatenförmigen eisengrauen Bart sowie eine scharlachrot lackierte Rüstung, die ihm bis zum Hals reichte und der die geometrischen Formen von hohen Rangabzeichen aus kostbarem Metall Glanz verliehen. Ein stechender Geruch nach eingeöltem Metall umgab ihn, völlig unpassend inmitten des Wohlgeruches von Räucherwerk, das in einer Kohlenpfanne an der Tür schwelte. Leder knarrte, wenn er sich bewegte, wie er es jetzt tat, als sich vorbeugte, um ein ohnehin faltenloses Blatt Papier mit groben Fingern zu glätten. Es knarrte wieder, als er sich umwandte und eine hochgewachsene hagere Gestalt am Fenster anstarrte, deren Umrisse im einfallenden Sonnenlicht deutlich hervortraten. »Ich habe Euch eine Frage gestellt.«

Der andere Mann wandte sich um. »Und ich dachte, sie sei rhetorisch gemeint«, erwiderte er milde und trotz der Schroffheit seines Gegenübers scheinbar ungerührt – obwohl dessen Mienenspiel aufgrund der Sonne hinter ihm sowie der tief ins Gesicht gezogenen Kapuze nicht zu erkennen war. »Vergesst die Art und Weise der Zustellung! Ist es echt?«

»Vielleicht«, räumte der Mann in der Rüstung ein, während er das Blatt hierhin und dorthin drehte, als könne eine eingehendere Betrachtung eine Art Echtheitsstempel zutage fördern. »Die Codes waren korrekt und die Siegel ungebrochen, als man es fand?«

»Allerdings.«

»Jedenfalls müssen wir davon ausgehen … Aber diese Übersetzung« – er klatschte mit dem Handrücken auf das Blatt –, »ist sie auch korrekt?«

»Ihr habt es verfasst. Ihr habt es übersetzt. Ihr solltet es wissen.«

»Extrem ausweichend.« Das Glucksen des gerüsteten Mannes war ein trockener Laut ohne eine Spur von Humor. »Aber etwas anderes war wohl nicht zu erwarten.« Er legte das rätselhafte Schriftstück beiseite und nahm die dünne Akte zur Hand, auf die es sich bezog. Ursprünglich mit Drähten und Siegeln sowohl aus Wachs als auch solchen aus Blei gesichert, war der Inhalt der dünnen Mappe offensichtlich nicht für müßig blätternde Finger bestimmt.

Als die Akte neuerlich geöffnet wurde, verließ der Mann am Fenster seinen Platz in der Sonne und schlenderte träge durch den Raum. Jeder Schritt wurde vom harten Klacken eines langen Gehstockes aus Eschenholz begleitet, den er locker in der linken Hand hielt. Dünne Blätter flatterten wie Herbstlaub über die Tischplatte. Ein halbes Dutzend Seiten, in denen, wie er wusste, das Leben eines Mannes zur Begutachtung offengelegt war wie etwas Aufgeschlitztes auf dem Operationstisch eines Chirurgen. »Beeindruckend, nicht wahr?«, fragte er leise.

Zuerst erfolgte keine Antwort. Jedes Schriftstück wurde sorgfältig ausgelegt und genauestens verlagert. Dann wurde, unvermeidlich, ein ganz bestimmtes zur genaueren Ansicht ausgewählt. Es war ein Porträt – besser gesagt ein Abbild, denn es mangelte ihm völlig an künstlerischer Qualität. Doch seine Wirklichkeitsnähe war unheimlich, fast unmenschlich, denn niemand hätte Schattierungen und Farbnuancen mit dermaßen akribischer und zugleich raffinierter Genauigkeit auf das Blatt bannen können. Es war, als sei ein Spiegelbild auf das Papier übertragen worden.

»Beeindruckend«, sagte der Mann in der Rüstung schließlich, »ist kaum der richtige Ausdruck.« Er sah mit einem schiefen Lächeln auf, erkannte aber wie üblich keine Reaktion auf seine Bemerkung, obwohl er mittlerweile sehen konnte, was im Schatten der Kapuze lag. Es war nur sein eigenes Gesicht, das sich verzerrt in einer Maske aus poliertem Metall widerspiegelte.

Der Eschenstab klapperte leise, als er auf den Tisch gelegt wurde. Dann hoben sich behandschuhte Hände, schlugen die Kapuze zurück, und poliertes Silber tauchte aus dem Verborgenen auf wie eine gezogene Waffe. In den Worten des Mannes lag dieselbe kalte, unpersönliche Drohung, aber zugleich auch eine sehr menschliche Befriedigung, als er mit leiser Stimme zu einer Erklärung ansetzte. »Ich habe Zeichnungen anfertigen lassen. Und sie überall dort verteilen lassen, wo sie sich als nützlich erweisen mögen.«

»Wo zum Beispiel?«

»In sämtlichen Seehäfen an der Westküste, wo elherranische Waren nach Alba verschifft werden. Ich habe überall Agenten.«

»Natürlich …« Der Mann in der Rüstung nickte, als habe er keine andere Antwort erwartet. Sein Blick wurde unausweichlich wieder von dem Porträt angezogen: dunkle Augen, graugrün und eisig wie das nördliche Meer im Winter. Ein Blick in jene Augen, und er glaubte alles, was er der Akte über diesen jungen Mann bereits entnommen hatte. »Talvalin«, sagte er sinnend. »Aldric Talvalin. Ein albischer Clan-Fürst. Und Ihr glaubt dennoch, dass Rynert dies geschickt und damit einen seiner Untertanen verraten hat?«

»Ich weiß, dass er es geschickt hat.« Jetzt waren Stimme und Maske eins, denn es lagen etwas Entferntes und Furchtbares in jenem kurzen Satz, und als das hinter dem Metall verborgene Gesicht sich ein wenig bewegte, sprang das Licht funkelnd davon, als scheue es vor jedem längeren Kontakt mit seiner Oberfläche zurück. »Ich weiß es seit mittlerweile zwei Monaten. Und ich habe ihn immer noch nicht gefunden.«

»Aber das heißt, dass er immer noch frei in meiner … unserer … Domäne herumläuft.«

»Frei herumläuft? Ich glaube nicht.«

»*Was?*«

»Es mag den Anschein haben, als … laufe er frei herum, wenn Ihr es so ausdrücken wollt. Weil wir seinen Aufenthaltsort nicht kennen. Noch nicht. Aber er muss uns verlassen.« Mit einer raschen Geste wurde der Gehstock aufgehoben, wodurch das Papier auf dem Tisch hochwirbelte. »Und wir wissen, wo er es versuchen wird. Und dann …« Die in Leder gehüllten Finger der rechten Hand wurden gespreizt wie eine Klaue. Der Mann in der Rüstung betrachtete erst sie und dann das spiegelblanke maskierte Gesicht dahinter. »Dann werden wir ihn erwischen und festhalten. *Hier!*«

Die Finger schlossen sich.

ZWEI
Perfides Alba

Der Strand am Rande der Dunacrebucht war fast vier Meilen lang. Unterhalb der Morhanberge im Südwesten schwang er sich an der alten Festung vorbei, die der Bucht ihren Namen gegeben hatte, und dann weiter nach Nordosten zu den Ringfelsen und der Sallynspitze. Bei Ebbe war er flach und nichtssagend, hervorragend für Spaziergänge geeignet oder um Pferden etwas Bewegung zu verschaffen. Denn das Wasser lag, außer bei stürmischem Wetter, siebenhundert und mehr Schritte entfernt von der Kette aus Kieseln, die den Sand von den gras- und farnbedeckten Dünen trennte. Der Strand fiel ganz sanft ab, und nur jene, welche diese Küste kannten, wussten, dass der Meeresgrund jäh und steil in die schwarze Tiefen hinabstürzte, die das Gewässer auch für Schiffe mit größtem Tiefgang noch befahrbar machten.

Gemmel Errekren besaß dieses Wissen.

Andererseits war Dewan ar Korentin noch nicht völlig überzeugt, dass der Zauberer wusste, was er tat – trotz seiner Behauptung, die Unwägbarkeiten des Meeres und der Küste genau zu kennen. Eben dieser Strand war ein Beispiel für seine Zweifel. Die Ebbe hatte ihren Tiefstand erreicht, und das Wasser würde bald wieder auflaufen. Folglich war es ein langer und auffälliger Marsch bis zur Sicherheit eines wie immer gearteten Gefährtes, das sie benutzen konnten. Die Posten auf den Festungswällen von Dunacre hielten sie hoffentlich für Fischer oder für Krabbenfänger und Seegrassammler. Für alle, nur nicht für jene, die sie tatsächlich waren: zwei Männer, die sich illegal aus Alba hinaus- und noch illegaler in das Drusalische Reich hineinschlichen.

Und vielleicht würden die Posten sie überhaupt nicht sehen, denn obwohl Dewan sich oft einbildete, sein Sehvermögen sei besser als das der meisten Leute, konnte er den Wall aus Nebel und Gischt, der vom Meer hereinkam, kaum dass ihre Füße den Sand berührten, nicht mit dem Blick durchdringen … Wiederum betrachtete er nachdenklich Gemmels Rücken, wie er es schon öfter getan hatte, seitdem das Wetter seine ach so praktische Wendung zum Schlechteren genommen hatte. Und wiederum tat er seine Überlegungen mit einem Heben der Schultern ab, als der gesunde Menschenverstand wieder einsetzte …

Soweit ein Mann unter der Last, die er trug, die Schultern überhaupt heben konnte. Gemmel hatte darauf bestanden, die Pferde bei der Taverne zurückzulassen und zu Fuß zur Küste zu gehen, nachdem sie dort in der Nacht zuvor ihr Gepäck versteckt hatten. Unbelastet durch etwaiges zur Reise erforderliches Gepäck – hatte er ausführlich erläutert, wie er es immer zu tun pflegte –, würde man sie für zwei ältere Herren halten, die einen Verdauungsspaziergang am Ufer entlang machten. Vielleicht waren sie beim Verlassen des Gasthauses unbelastet gewesen, dachte Dewan müde bei sich, aber jetzt waren sie es eben nicht mehr – wenngleich es bemerkenswert war, wie Gemmel es geschafft hatte, alle wirklich schweren Gepäckstücke auf Dewans breite Schultern zu laden, während er selbst mit nicht mehr als seinem Stab und einem Tornister aus eingeöltem Leder voller Bücher elegant dahinschritt. Wenn er ein so mächtiger Zauberer war, wie der junge Aldric Talvalin immer behauptet hatte, warum konnte er dann nicht einfach diesen magischen Drachenstab schwenken und die Bündel von allein schweben lassen...?

Kaum war Dewan dieser Gedanke gekommen, als ihm auch schon klar wurde, dass er blanker Unsinn war. Er hatte bisher sehr wenig Zauberei erlebt – obwohl auch das schon mehr als genug gewesen war –, aber er hatte genau gesehen, dass die Kunst der Magie so exakt war wie alle anderen Wissenschaften. Gewiss zu präzise, um das Gewicht von *seinem* Rücken zu nehmen ...! Er grunzte, fluchte in sich hinein, als das Zeug auf seinem Rücken noch weiter auf eine Seite rutschte, und er zog so heftig daran, dass es weiterhin rutschte ... diesmal jedoch zur anderen Seite.

»Zauberer! Wo ist das verfluchte Boot?« Gemmel ließ nicht erkennen, dass er ihn gehört hatte, was nicht weiter überraschend war. Der Seewind riss Dewan die Wörter sogleich von den Lippen, zerfetzte sie zu sinnlosen Silben und Lauten und schob ihm die Schnipsel dann wieder in den Mund.

Und das war noch so eine Sache – wie konnte ein Nebel so stabil an Ort und Stelle bleiben, ohne dass der Wind ihn zerstreute? Zumindest ein natürlicher Nebel ...

Was die Erinnerung an den Nebel zurückbrachte, der das Schlachtfeld auf der Radmur-Ebene bedeckt hatte. Ein Nebel, den eben jener schlanke, gelehrte alte Mann erzeugt und an Ort und Stelle gehalten hatte.

Als spüre er die Richtung der Gedankengänge seines Begleiters, zögerte Gemmel und drehte sich halb um, in einem Mundwinkel noch den Anflug eines Lächelns. »O ja, Kommandant« – und obwohl Dewans Ruf im tosenden Wind untergegangen war, drang die weiche Stimme des Zauberers deutlich und mühelos an seine Ohren – »ich habe auch diesen Nebel erzeugt. Doch nehmt zur Kenntnis, dass es sich nur um eine Störung des Sehvermögens handelt. So kann ich mehr Energie zur Sicherung aufwenden. Viel mehr …«

Die Erklärung, wenn es denn eine war, machte Dewan ar Korentin auch nicht viel klüger. Nur so viel verstand er, dass er sich keine Sorgen zu machen brauchte, auf einem offenen Strand eine halbe Meile entfernt von jedem Unterschlupf von irgendeiner Wetterkapriole überrascht zu werden. Es beruhigte ihn nicht. Denn seine Sorge galt weniger der Möglichkeit eines Verrats als vielmehr den Konsequenzen der Erklärung.

Nebel hin oder her, er kam sich immer noch vor wie ein kleiner schwarzer Käfer auf einem riesigen Fußboden in derselben unterdrückten Erwartung eines tödlichen Schlags, der aus dem Nichts kam. Mit einem Unterschied: Er wusste genau, woher der Schlag kommen würde.

Dunacre …

Sein Rang und seine Stellung als Hauptmann der Königsgarde – sein *ehemaliger* Rang, erinnerte er sich, denn es war sicher, dass er diesen Rang zusammen mit allem anderen verloren hatte, von seiner Selbstachtung einmal abgesehen – hatte ihm Zugang zu solchen militärischen Informationen wie der Disposition der albischen Küstenverteidigung gewährt. Und Dunacre gehörte zwar nicht zu den neuesten Festungen im Südosten, war aber auch keineswegs die schwächste oder am schlechtesten bemannte. Dort waren mindestens drei Abteilungen schwere Reiterei stationiert – das wusste er genau, weil eine davon erst kürzlich durch einen seinem direkten Kommando unterstehenden Übungstrupp von Angehörigen der Leibgarden-Kavallerie verstärkt worden war. Und sie waren gut. Sehr, sehr gut.

Tatsächlich viel zu gut für seinen Geschmack, vor allem, wenn er anonym und illegal an einem Ufer entlangwanderte, das wie geschaffen schien für den vernichtenden Sturmangriff nach kaiserlicher Art, den zu exekutieren er die Leibgarde gelehrt hatte. Und im Namen des Hohen Rats in Cerdor, »exekutieren« war definitiv das beste Wort dafür.

»Wie ich schon sagte«, und diesmal formte Dewan die Worte auch mit den Lippen, so dass Gemmel, der ihn immer noch ansah, sie wenigstens von dort ablesen konnte, »wo ist das Boot? Und wie groß ist es?«

Gemmel grinste sein Fuchsgrinsen, bei dem er so viel Zahn zeigte, und unterstützte es mit einer Geste des Drachenstabs, die dreißig Meilen Ozean umfasste. »Groß genug«, erwiderte er. »Und dort draußen …«

Es war keine so präzise Antwort, wie sie Dewan erhofft hatte, aber er zog es vor, nicht zu streiten. Während er hinter dem alten Zauberer hermarschierte, versuchte er wenig erfolgreich, die vielen Dinge zu vergessen, die er über die Zitadellen an der Küste wusste, wobei er sich unbehaglich des Wahrheitsgehalts jenes alten Sprichworts über die Gefahren zu großen Wissens bewusst war. All das interessierte einen nur am Rande, wenn man etwas darüber in der Behaglichkeit seines Quartiers bei einem Glas Roten oder einer mit Honig gesüßten Frucht las, bekam aber hier, wo seine Wirksamkeit höchstwahrscheinlich auf die unzweideutigste Art demonstriert würde, eine ganz andere, dringendere Bedeutung.

So zum Beispiel die starken Fernrohre, die – auf seinen eigenen Vorschlag hin – installiert worden waren, um die Routen jeder potenziellen Invasionsstreitmacht zu überwachen. Oder die ehrfurchtgebietenden Projektilbatterien, deren mit Gegengewichten versehene Geschossläufe flammende Raketen abschießen konnten, die jede kaiserliche

Schlachtflotte in Brand setzen und versenken würden, bevor die Katapulte an Bord der Schiffe in Reichweite auch nur für einen ungezielten Weitschuss kämen…

Wie um seine Beklommenheit noch mehr zu verstärken, schälten sich plötzlich die geisterhaften Umrisse eines weiß gestrichenen Baumstamms aus dem Nebel. Er war so hoch wie der Mast einer Galeone und identisch mit Hunderten anderer entlang der Küste Albas: Richtungsmaße für die Küstenbatterien. Als ar Korentin nah genug war, um die Ritzen im Holz zu erkennen, schätzte er die Entfernung nicht mehr allzu hoch ein. Er betrat die Todeszone, das Gebiet, wo eine geübte Besatzung hoffen konnte, ihr Ziel mit einer einzigen Salve in Brand zu setzen – und gewiss mit nicht mehr als dreien, wenn sie nicht zu einer Strafabteilung abkommandiert werden wollte. Sobald sie sehen konnten, worauf sie schossen …

D ewan beschleunigte seinen Schritt in dem Bemühen, Gemmel einzuholen. Der marschierte, als mache er tatsächlich einen Spaziergang zur Förderung seiner Gesundheit. Was, wenn er wusste, was Dewan wusste, eine durchaus zutreffende Annahme war. Doch der alte Mann schien unbesorgt – so unbesorgt, dass er es vielleicht doch nicht wusste.

Dewan erwog diese Möglichkeit und tat sie dann als unwahrscheinlich ab. Seiner Ansicht nach wusste Gemmel wahrscheinlich nicht alles, obwohl er oft genug den Anschein erweckte. Doch ohne Zweifel wusste der Zauberer wie immer zu viel.

Er holte gerade so viel Luft, wie das Gewicht auf seinem Rücken gestattete, und wollte Gemmel ein paar unbequeme Tatsachen über den Strand erzählen, den er so gelassen entlangspazierte, als der Zauberer sich abrupt umdrehte und eine Hand hob. »Still«, gebot er. »Hört doch!«

Zuerst hörte Dewan gar nichts außer dem Pfeifen des Windes und dem Klatschen der Wellen – und was war daran wichtig? Dann vernahm er etwas anderes und dieses Geräusch wurde durch das nervöse Brüten noch unmittelbarer gemacht:

Das ferne, dissonante Klingen von Alarmgongs.

In einem Anflug von Gereiztheit stieß Gemmel den Drachenstab mit dem Knauf voran in den Sand. Kein Zorn, keine Furcht. Nur Gereiztheit, wie ein Elternteil vielleicht auf eine geringfügige Ungezogenheit eines Kindes reagieren würde. »Also«, sagte er.

»Also …?«, wiederholte Dewan.

»Also hat König Rynert beschlossen, dass wir doch nicht auf unsere – meine – Art gehen werden. Trotz seiner Zusicherungen natürlich.« Gemmel vermittelte eine schreckliche ruhige Zufriedenheit, die kalte Befriedigung eines Mannes, dessen Schlussfolgerungen sich als richtig erwiesen hatten.

»Ihr wollt damit sagen« – Dewan wusste, dass es verrückt war, eine Diskussion anzufangen oder auch nur ein überflüssiges Gespräch zu führen, bis sie beide außer Gefahr waren, aber die Worte sprudelten dennoch heraus – »dass Rynert die Wahl zwischen Ja oder Nein bis zu dem Punkt hatte, an dem wir uns jetzt befinden?«

»Sein Abgesandter hatte sie.« Gemmel hatte den Drachenstab bereits aus dem Sand befreit und ging rasch dem in Nebel gehüllten Meer entgegen, wobei er fortfuhr: »Der schmalgesichtige Herr aus der Taverne. Ich hatte gehofft, er würde noch schlafen.«

Dewan fiel darauf keine vernünftige Antwort ein, also hielt er den Mund.

»Ich hatte beschlossen, ihn Euch nicht zu zeigen«, fuhr der Zauberer fort, »denn wenn Ihr ihn erkannt hättet, hättet ihr vielleicht etwas Bedauerliches getan, ansonsten vielleicht etwas Unnötiges. Ich dachte, wir hätten ihn abgeschüttelt und somit genügend Zeit, das Boot zu erreichen, aber er muss unsere Abwesenheit bemerkt und sich sofort zur Festung begeben haben. Wahrscheinlich hat ihm unser Ziel missfallen – schließlich können wir von dieser Küste nur einen Ort erreichen …«

»Aber Rynert wusste davon!«

»Aber hat er es seinem Mann gesagt? Nein, ich bezweifle es.« Gemmel redete immer stakkatohafter, als er mit seinen langen Beinen rasch wie ein Wattvogel den Strand entlangeilte. Er rannte nicht, denn noch bestand keine Notwendigkeit für so etwas Unwürdiges, obwohl Dewan es seit einem Dutzend Schritten tat. »Ihr dürft ihm ruhig ein wenig Raffinesse zutrauen. Er hat keine Anweisungen erteilt – keine genauen Anweisungen. Allgemeine, ja. Aber keine genauen. Also ist er nicht verantwortlich. Ein bedauerlicher Irrtum. Nervöse Truppen. Mutmaßliche Spione. Erst hinterher identifiziert …«

»Hinterher?«, wiederholte Dewan dümmlich. Und es war dümmlich. Vielleicht lag es daran, dass sie laufen mussten, oder am Schock, den Gemmel ihm mit diesen Worten versetzt hatte, weil er später sicher war, dass er unter normalen Umständen kein Wort gesagt hätte. Aber diesmal tat er es. Und bekam dafür einiges zu hören.

Gemmel blieb wie angewurzelt stehen, während sich auf seinem Gesicht mit den hohen Wangenknochen lebhafter Zorn abzeichnete. »Barmherziger Gott, muss ich Euch das aufzeichnen?« Jener schrille Unterton, den Dewan erst ein Mal zuvor gehört hatte, vergiftete wieder seine Stimme. »Ich hatte fast vier Jahre gebraucht, um meinem Sohn die

Angewohnheit auszutreiben, idiotische Fragen zu stellen!«
Er bleckte die Zähne zu einer Miene, die alles Mögliche sein
konnte, aber ganz bestimmt kein Lächeln. »Meinem *Pflegesohn*«, korrigierte er sich mit gewichtiger Ironie. »Ihr solltet es besser in den nächsten vier Minuten lernen, Dewan ar
Korentin, wenn Ihr die nächsten vier Stunden überleben
wollt. Doch wisset dies: Ihr habt Euch Rynert von Alba
widersetzt – also seid Ihr ein toter Mann.«

»Aber ich habe ihm treu gedient seit …«

»Jahren …?«, höhnte Gemmel. »Und jetzt dient Ihr ihm
nicht mehr. Daher habt Ihr keinen Nutzen mehr für ihn.
Also seid ihr *tot*!«

Das war ein Augenblick, der, wie Dewan wusste, seine
Träume heimsuchen würde, sollte er lange genug leben, um
welche zu haben – der Augenblick, als ein Zauberer, dessen
Augen funkelten wie phosphoreszierende Smaragde, ihm
über jeden Zweifel erhaben mitteilte, dass er verraten und ver-
kauft war. Und darüber hinaus betrogen worden war von dem
Fürsten, für den er Blut vergossen, Blut geopfert, Kummer
und Schmerz erlitten und seine ersten fünfzig grauen Haare
bekommen hatte. Dass er weggeworfen wurde wie ein zer-
schlissener Umhang. Dass er durch einen »Unfall« getötet
werden sollte und noch dazu von den Männern, die er selbst
ausgebildet hatte, so dass die Peinlichkeit einer Meinungsver-
schiedenheit im Keim erstickt würde, bevor die Kunde davon das Stadium simplen Tratsches hinter sich lassen konnte.

»Wenn ich dies hier überlebe …«, setzte er grimmig an.

»Wenn einer von uns dies hier überlebt, wird er warten
müssen, bis mein Pflegesohn an der Reihe war.« Wiederum
zeigte sich das harte Glitzern von Zähnen im nebligen
Licht. »Nein. Nennt ihn meinen Sohn. Denn das ist er. So
viel zurückzuerhalten hätte ich eigentlich gar nicht verdient,
und ich verdiene es auch noch nicht, sein Vater genannt zu

werden. Und nun lauft, Dewan ar Korentin. Lauft, als hinge Euer Leben davon ab – denn das tut es!«

Sie rannten und bei jedem Schritt schleuderten die Stiefel an ihren Füßen Klumpen von nassem, salzigem Sand hoch. Aus irgendeinem Grund kam Dewan die Last auf seinem Rücken viel leichter vor – immer noch klobig, immer noch unangenehm zu tragen, aber nicht mehr so erdrückend schwer. Gemmels Werk? Oder nur zusätzliche, durch den Schock mobilisierte Kräfte?

Er wusste es nicht und es war ihm auch egal – aber er war dennoch dankbar dafür.

Die Stimme des Zauberers drang wieder an seine Ohren, übertönte die Geräusche von Wind und Wasser, das keuchende Atmen und das feuchte Klatschen rennender Füße. Doch diesmal galten die Worte des alten Mannes nicht ihm. Gemmel sprach mit dem Nebel! Etwas – irgendein *Ding* – seufzte unmittelbar hinter Dewan und für einen grauenhaften Moment glaubte er, Dunacres Waffenbatterien hätten das Feuer auf sie eröffnet. Auch wenn sie nur blind in den Nebel schossen, waren diese Waffen in der Lage, den Strand vom Wasser bis zum Uferkies in Brand zu schießen und dabei jedes Lebewesen darauf zu rösten. Doch was Dewan passierte, hatte nichts mit menschlichen Waffen zu tun. Oder überhaupt mit etwas Menschlichem …

Die Energiewelle, die ihn auf den Schwingen eines heißen Windes passiert hatte, riss eine Lücke in den Nebel, die zwei Mann breit und eine Mannslänge hoch war und so gerade wie ein Speerschaft hinaus zum Meer verlief. Er konnte plötzlich parallele weiße Schaumbalken sehen, wo die Wellen sich an Albas Küsten brachen, und dahinter den kleinen dunklen Fleck, der rasch näher glitt und bei dem es sich nur um das vom Zauberer versprochene Boot handeln konnte. Boot, nicht Schiff, war zutreffend.

Nussschale war noch zutreffender.

Hätte er noch etwas Atem erübrigen können, hätte Dewan vielleicht einige beißende Bemerkungen über Größe, Geschwindigkeit und mögliche Seetüchtigkeit des Gefährts gemacht, ganz zu schweigen von beiläufigen Kommentaren zu gewissen Zauberern, die zu glauben schienen, dass es ausreichend sei, wenn etwas auf den Wellen treiben konnte.

Doch jegliche Kritik wurde vom Geräusch am Himmel ausgelöscht. Es war ein mächtiges Rauschen verdrängter Luft, als falle etwas Gewaltiges aus den Wolken – und wenn Dewans wilde Vermutung richtig war, geschah genau das. Er warf sich in vollem Lauf auf den Zauberer und beide Männer stürzten kopfüber in den Sand … und in eine Meerwasserpfütze, in der bereits knöchelhoch das eisige Salzwasser stand.

»*Was!*« In Gemmels Stimme lagen Empörung und echte Wut, so dass Dewan nur ungern an die Konsequenzen seiner unüberlegten Tat dachte, wenn er falsch geraten hatte. Doch bevor der Zauberer noch mehr sagen konnte, wurde alles gerechtfertigt.

Sie spürten den Donner des Aufpralls durch den Boden unter ihnen einen Sekundenbruchteil, bevor der Nebel orangeglühend aufflammte und eine Hitzewelle über sie hinwegfegte. Das dumpfe Tosen der Detonation kam volle zwei Herzschläge später und überschwemmte die Luft mit ohrenbetäubendem Lärm und dem Naphtagestank brennenden Pechs. Fettiger Rauch wälzte sich heran und in der Feuersbrunst, die ihn gebar, löste sich der verbergende Nebel allmählich auf, währenddessen der Erschaffer sich aufrappelte.

Gemmel wischte erfolglos an der Masse aus nassem Sand herum, die seine Kleidung verklebte, zuckte die Achseln und hielt Dewan eine Hand hin, während der Vreijaurer sich mit seiner Bürde aus dem Schlamm erhob. Ihre Blicke trafen sich und in denen des Zauberers zeigte sich, so weit Dewan sich erinnern konnte, zum ersten Mal wahre Freundschaft. »Vielen Dank, Kommandant«, war alles, was er sagte. Es war genug.

Dewan nickte, dann schaute er nach links und rechts und spuckte, um den Sand aus dem Mund zu bekommen, während er den Blick über den Strand wandern ließ. Jetzt war mehr davon zu erkennen als vor dem Einschlag des Geschosses – viel zu viel. »Sie müssen wissen, dass dies kein natürlicher Dunst ist«, murmelte er weniger an Gemmel gewandt als mehr zu sich. »Der Wind wird es ihnen verraten haben. Und« – sein Blick wanderte wieder zu Gemmel – »ich kann mich erinnern, dass Ihr Rynert einmal erzählt habt, wie schwierig es sei, so einen Zauber zu stabilisieren.« In seinen Worten lag kein Vorwurf. »Solche Dinge vergisst er nicht – und er wird seine Handlanger entsprechend gewarnt haben.«

»Genügend Hitze würde sogar echten Nebel vertreiben«, sagte Gemmel sachlich. Er trabte bereits wieder meerwärts, doch langsamer jetzt, so dass die Geräusche seiner Schritte nicht den Lärm weiterer Geschosse übertönen konnten – oder aller anderen Dinge, die der Festungskommandant ihnen nachsenden mochte.

Noch zwei Mal warfen sie sich auf den Strand, schmiegten sich in die knirschende Nässe des Sands, als sei er das weichste Federbett, während die Welt rings um sie her von Flammen zerrissen wurde. Gemmels schlau ersonnener Nebelvorhang wurde von einer Wand aus beißendem schwarzen Rauch förmlich verschlungen, die der Wind hin und her peitschte und deren bitterer Gestank sie würgen ließ – er brannte in Kehle, Augen und Nase, so dass jeder Atemzug wie ein Feind war.

Dann ertönte ein anderes Geräusch als das eines heransausenden Geschosses: das hohe Schmettern einer Kavallerie-Trompete. Gemmel bleckte die Zähne und fing wieder an zu laufen, da ihre Sicherheit jetzt wieder von ihrer Schnelligkeit abhing. Doch ar Korentin rührte sich nicht.

Einen Augenblick später hielt der Zauberer abrupt inne, denn ein Schwert war zischend aus der Scheide gefahren. »Dewan, nicht!« Er schrie die Worte heraus, während er sich umdrehte. »Um Gottes willen, *nein*!«

Dewans Kopf ruckte herum und auf seinem schnurrbärtigen Gesicht lag unverhohlener Spott. »Nein? Dann sollen sie uns ohne Kampf niederreiten?« Die Augen in diesem Gesicht waren kalt und hart, ein Ausdruck, den Gemmel schon zuvor gesehen hatte. Auf Aldrics Gesicht. In Aldrics Augen. Den Augen seines Sohns ... die nicht die Augen seines Sohns waren.

Es war eine Miene, die Gewalt ankündigte.

»Tötet niemanden!« Die Hand des Zauberers schloss sich um Dewans dickes Handgelenk und drückte die Schwertspitze unerbittlich nach unten, wobei die buschigen Brauen des Vreijaurers erstaunt in die Höhe gingen. Schließlich bohrte sie sich in den Sand. »Tötet niemanden«, wiederholte er mit einer seidenweichen Festigkeit, die keine Fragen zuließ. »Es werden Männer des Königs sein. Vielleicht *Eure* Männer. Zu töten wäre ... undenkbar.«

»Was werden wir dann ...« Dewan zögerte, während ein schiefes Lächeln seine gespannten Lippen kräuselte. »Was werdet *Ihr* tun?«

»Alles, was ich tun muss. Und jetzt lauft zum Boot, wenn Ihr könnt. Bewegt Euch!«

Dewan hob seine beladenen Schultern und schob das Breitschwert zurück in die Scheide. »Dann seid Ihr dran«, sagte er widerstrebend und ging rückwärts zum Meer, so dass er die Richtung im Blick behalten konnte, aus der das Trompetensignal erklungen war. Dort lag der Strand noch hinter Rauchschwaden und Überresten des Nebels verborgen. Und er lag hinter ihnen. »Tut, was Ihr tun müsst – aber vergesst nicht, dass die Klinge noch da ist, falls Ihr sie braucht.«

Gemmel warf einen Blick auf Dewan und schüttelte den Kopf. »Ich hoffe nicht«, sagte er und ging rasch weiter, während mehr Worte über seine Schulter perlten und vom Wind zu ar Korentins Ohren getragen wurden. »Mit etwas Glück werde ich nicht einmal …«

»… aber Ihr werdet!« Die Unterbrechung war hart. »Weil es mit unserem Glück vorbei ist …?«

S ie kamen im Paradeschritt aus dem Rauchvorhang: eine Kolonne aus acht Reitern in Gefechtsharnisch. Acht – nicht mehr als eine Streife. Das kam einer Beleidigung sehr nah, fand Dewan. Streitkolben, Schwerter, Äxte – aber keine Speere. Und keine Bogen. Also sollte es Nahkampf sein: jemand wollte ganz sichergehen.

Er ließ sein Langschwert über dem Kopf kreisen und konnte dabei durch das Heulen des Windes in seinen Ohren zwar die Befehle des Offiziers mit dem roten Helmbusch hören, deren Inhalt aber nicht verstehen. Es war ein langgezogener nasaler Singsang, wie bei der Reiterei üblich. Und trotz der Bedrohung, trotz der Gefahr, empfand er etwas, das einer düsteren Freude nahe kam, als die kleine Formation ohne eine einzige überflüssige Bewegung von Kolonne auf Angriffslinie umschwenkte. Perfekt … Er fragte sich, ob er diese Männer vielleicht selbst ausgebildet hatte. Oder einige von ihnen. Oder überhaupt keinen …

Es war ein müßiger Gedanke, denn was spielte es für eine Rolle, wenn sie dennoch versuchen würden, ihn zu töten?

Und dann verhielten sie. Ein Pferd schnaubte. Ein anderes stampfte und kratzte mit einem Vorderhuf im Sand, während es mit dem Kopf nickte wie ein mechanisches Spielzeug, bis der Reiter die Zügel zog. Alles war jetzt still. Alles bis auf den immer präsenten Wind.

»Hauptmann ar Korentin?« Das war wieder der Offizier – eine fröhliche jugendliche Stimme, die in krassem Gegensatz zu seinem bedrohlichen Äußeren stand. Die Stimme eines Jungen. Wahrscheinlich setzte sich der ganze Trupp aus so jungen Leuten zusammen, aus Männern, die er nicht ausgebildet, die nie unter ihm gedient, die nie von ihm gehört hatten und ihn nur als Namen – und noch dazu als ausländischen – aus dem fernen Cerdor kannten.

Sehr clever – und sehr weise, denn hätte man Männern, die ihm direkt unterstanden hatten, befohlen, ihn zu ergreifen, hätten sie den Gehorsam verweigert, das wusste Dewan. In ihnen lebte die alte, uralte Loyalität, die König Rynert im Umgang zunächst mit Aldric Talvalin und nun mit Dewan selbst auf so arrogante Weise verhöhnte. Eine Loyalität, die auf den alten Ehren-Kodizes beruhte, aus Verpflichtungen und Pflichten zwischen einem Herrn und seinen Gefolgsleuten erwuchs und etwas war, das Dewan selbst allein aus gewöhnlicher Höflichkeit respektierte.

»Hauptmann ar Korentin, Ihr müsst Eure Waffen niederlegen!« Der junge Bursche gab sich alle Mühe, einen offiziösen Eindruck zu erwecken, allerdings ohne großen Erfolg. »Ihr müsst mit uns kommen!«

»Ich muss *gar nichts*!« Dewans Kasernenhofton schallte über den Strand und zu seiner nicht geringen Befriedigung schraken zwei der Reiter derart in ihren Sätteln hoch, dass es sogar auf diese Entfernung noch deutlich zu erkennen war. »Was ich tue, ist meine Sache – und ich habe die ausdrückliche Erlaubnis des Königs!« Das erschütterte sie noch mehr. »Und was ich jetzt tue, geht euch nichts an!«

»Das hättet Ihr nicht sagen sollen«, murmelte Gemmel hinter ihm.

Dewan funkelte den Zauberer an, dann die Soldaten, und schluckte seinen Ärger herunter – viel zu spät. Dass dieser Offizier noch jung war, hieß nicht, dass er auch ein Dummkopf war. Solche Worte aus dem Mund des Gejagten waren ein Geschenk – noch dazu eines, das er sich augenblicklich zunutze machte.

»Aber es geht uns etwas an, Hauptmann. Es geht uns etwas an.« Die Stimme klang jetzt älter, härter und selbstsicherer. »Ihr versucht, dieses Land auf höchst verdächtige Art zu verlassen – das *geht* mich etwas an!« Er gestikulierte mit dem Schwert und der Trupp bewegte sich ein wenig vorwärts und rückte dabei Knie an Knie zusammen, bevor er zum letzten Mal innehielt. Der Offizier richtete sich in den Steigbügeln auf. »Ihr-werdet-uns-begleiten. *Jetzt!*«

Gemmel legte Dewan warnend eine Hand auf die Schulter, trat vor ihn und rammte den Drachenstab aufrecht in den Sand. Diese Handlung erinnerte auf merkwürdige Art an einen Bogenschützen, der einen Palisadenpfahl in den Boden rammte – und aus demselben Grund: zum Schutz vor der Reiterei. Doch Gemmel war kein Bogenschütze und der Zauberstab mit den Drachensymbolen viel mehr als zugespitztes Holz.

»Was ist mit mir?«, wollte der alte Mann wissen und obwohl er nicht schrie, wusste Dewan doch aus eigener Erfahrung, dass die Soldaten ihn mühelos verstehen würden. »Ich bin Gemmel Errekren«, sagte der Zauberer. Ein leichtes Zucken durchlief die Reihe der Reitersmänner. »Bin ich nicht auch die eine oder andere Drohung wert?«

Es erfolgte keine Antwort. Entweder hatte man den Soldaten nichts von Gemmel erzählt und sie waren verblüfft – oder sie kannten seinen Ruf so gut wie jeder andere Alber. Und der reichte aus, um jeden verstummen zu lassen.

»Hört mir gut zu, denn ich werde das nur ein Mal sagen.« Gemmels Worte waren von einem düsteren Ernst unterlegt, während sich die Finger seiner linken Hand um den Drachenstab schlossen, dicht unterhalb des geschnitzten Kopfes der Feuerechse. Dewan spürte, wie von dem diamantharten Talisman ein einzelner Kraftimpuls ausging, ein Impuls, bei dem seinen ganzen Körper eine Gänsehaut überlief. Ein sonores Summen lag in der Luft und die harte Stimme des Zauberers durchschnitt sie wie eine Klinge. »Ihr legt euch mit Kräften an, die ihr nicht begreifen könnt. Und ihr legt euch mit mir an. Und ich unterliege der menschlichen Schwäche der Ungeduld. Also seid gewarnt. *Lasst mich in Ruhe!*«

Seine gekrümmten Finger öffneten sich wie die Krallen eines Falken und entfesselten einen lauten trockenen Donnerschlag, woraufhin alle acht Pferde bockten und wie wild über den Strand sprangen. Zwei der Reiter wurden abgeworfen und fielen auf den nassen, unnachgiebigen Sand. Nur einer der beiden erhob sich wieder.

Die verbliebenen sechs brachten ihre Reittiere wieder zur Räson, doch mehr durch rohe Gewalt als Geschick. Dann scharten sie sich zu einer armseligen Kopie ihrer ursprünglichen Formation zusammen und saßen ganz reglos da, ebenso verwirrt und verständnislos dreinblickend wie ihre Pferde. Der Offizier, einer der beiden gestürzten Männer, trat unsicher einen Schritt vor. Er wollte sich dabei auf sein Schwert stützen – aber die spitze Klinge versank glatt im Sand. Sein Helm mit dem Federbusch war nicht mehr vorhanden und ohne ihn war er in der Tat der Junge, den

Dewan darunter vermutet hatte – bartlos, nicht rasiert, mit hellen Haaren und heller Haut. Doch nun verdunkelte sich das frische Rosa seiner Wagen in einem Wutanfall und seine Stimme barg die ganze schrille Gehässigkeit der Jugend. »Reitet sie über den Haufen!«, schrie er. »Macht sie nieder! Tötet sie! Tötet sie! *Tötet sie …!*«

Während die Soldaten unbehaglich zögerten, ließ Gemmel seinen Blick leidenschaftslos über sie gleiten, bis er schließlich verächtlich auf den tobenden Offizier fiel. Dann zog er den Drachenstab aus dem Sand, wie ein Mann sonst ein Schwert zog. »Ach, du Narr«, murmelte er. »Pass auf, lerne und sei klug.«

Der alte Zauberer umschloss den Stab mit beiden Händen und hob ihn wie die Schneide des Henkers hoch über den Kopf. Der Wind vom Meer legte sich, ein leises Ächzen war noch zu hören und dann nichts mehr. Es war, als hielte die Welt den Atem an. Und vielleicht tat sie das wirklich.

»*Ykraith*«, ließ Gemmel leise in der Stille den Lockruf ertönen, »*abath arhan.*«

Und es wurde kalt …

Dewan ar Korentin spürte, wie ihn ein Schauder überlief, als eine winterliche Kälte sich mit eisigen Zähnen in die entblößte Haut seines Gesichts und seiner Hände verbiss. Ihn schauderte wieder – doch diesmal nicht wegen der Kälte –, als die Überreste des Nebels reinweiß wurden, mit einem leisen kristallenen Knistern zu Boden sanken und den Strand mit einer dünnen Eisschicht bedeckten. Der Sand unter den Füßen knirschte wie mit Reif überzogenes Gras am Morgen nach einer Frostnacht und Meerwasserpfützen splitterten wie Glasscheiben unter seinem Gewicht. Atemwolken hingen wie Rauch in der reglosen bitterkalten Luft, sanken dann träge wie Schnee nieder und teilten das Schicksal des gefrorenen Nebels.

»*Ykraith, devhar ecchud*«, sagte Gemmel. Die milchige Wolke vor seinen bärtigen Lippen machte die Worte beinah sichtbar.

Wie aus dem Nichts kam ein Wind auf, der die milchige Wolke zerstreute, den langen Strand vom Frost befreite und die Millionen und Abermillionen funkelnden Splitter hoch über dem Zauberer zu einem riesigen umgedrehten Trichter vereinte, dessen Spitze der erhobene Drachenstab war. Es war ein Wind, der einem den Atem aus der Lunge presste, Wolken hilflos über den Himmel peitschte oder Schiffe zum Kentern brachte. Es war ein Wind, der Dewan beinah von den Füßen gerissen hätte.

Es war ein Wind, geboren aus dem vom Zauberstab entfesselten Energiestoß, aus einem Energiestoß, der viel schneller als ein Pfeil flog und ein Kräuseln über das Wasser des Meeres sandte.

Und doch war es ein Wind, der kaum Gemmels Bart zauste.

Die Insel war ein wenig einladender Ort. Abgesehen von einer kleinen Bucht und einem noch kleineren Strand, ragte sie steil aus dem Ozean, von zerklüfteten Felswänden eingefasst, die Wunden aus weißer Gischt in das dunkle, wirbelnde Wasser rissen. Sie ermunterte nicht zum Besuch. Und seit Monaten hatte jetzt schon nichts mehr ihre brütende Einsamkeit gestört, nichts außer dem Flüstern – oder dem stürmischen Kreischen – des Windes im Mantel der Vegetation, der den Bewuchs vor dem Blick beiläufig suchender Augen verbarg. Nicht, dass es in letzter Zeit welche gegeben hätte. Kein Schiff war auch nur in die Nähe der Insel gekommen. Bis jetzt.

Es war ein hochseetüchtiges Patrouillenschiff der Zweiten Flotte und jagte Piraten in den umkämpften Gewässern der Gruppe der Tausend Inseln im Südwesten Albas, genannt *Ethailen Myl*, obwohl diese Bezeichnung weder im Drusalischen Reich benutzt wurde noch auf ihren Karten vermerkt war. Und zwar Piraten, deren Angriffe zielstrebig gegen kaiserliche Geleitzüge gerichtet waren, was viel mehr vermuten ließ als nur Geschmack an der einträglichsten Beute, die auf dem Meer schwamm. Es ließ vermuten, dass es vielleicht doch mehr waren als nur schlichte Piraten.

Trotz seiner klobigen Fülle glitt das Kriegsschiff elegant wie ein Schwan um die Landspitze und in den Schutz der einsamen Inselbucht. Während die Mannschaft sich bereit machte, den Anker zu werfen und das Beiboot für eine nähere Untersuchung – oder auch zum Auffüllen der Wasserfässer – zu Wasser zu lassen, musterte der Kapitän hinten bei den Heck-Batterien alles höchst konzentriert durch ein Fernrohr. So konzentriert, dass er nicht aufschaute, um nach dem Grund zu sehen, als sich das Deck unter seinen Füßen hob. Ein Kräuseln pflanzte sich über die flache Wasseroberfläche der Bucht fort. Die Bewegung, ein Runzeln in der öligen Ruhe des Wassers, war die einer Strömung oder Brise oder von etwas Monströsem, das schnell unter Wasser dahinglitt. Doch obwohl es nichts von alledem war – das Wasser lag geschützt und still, der Wind wehte von Süden, und in den Tiefen gab es ganz einfach nichts –, war es in Wahrheit etwas bei weitem Gewaltigeres. Und das näherte sich der Insel viel, viel schneller als ein abgeschossener Pfeil …

Tatsächlich so schnell, dass hinterher nur wenige von sich behaupten konnten, es im Wasser gesehen zu haben, obwohl es viele gab, die beschwören konnten, alles Folgende miterlebt zu haben. Das Kräuseln traf den Strand und setzte sich einfach fort. Aufgeworfener Sand und Kies flogen knirschend in die Höhe, was viele an Bord des Kriegsschiffs trotz des geschäftigen Lärms auf dem Schiff hörten. Und dieses Knirschen, dieser Lärm dort, wo es eigentlich keinen Lärm hätte geben dürfen, erregte die Aufmerksamkeit jener an Deck, die anderen Aufgaben hätten nachgehen müssen.

So kam es, dass viele mit ansahen, wie die Bäume sich wie wild krümmten, und obwohl alles mit großer Wucht und blitzartiger Schnelligkeit geschah, sah es ganz genauso aus, als würde ein Herbstwind durch ein Feld mit reifem Weizen fegen. Immer weiter entfernt krümmten sich die Bäume, bis die unerklärliche Bewegung zuletzt das Gras auf dem einzigen Gipfel der Insel erreichte und die unerklärliche Störung im soliden Fels versickerte wie Wasser im Sand.

Dann blieb kurz Zeit für aufgeregtes Tratschen, für Spekulationen, Zeit, in der die normalen Pflichten derart vernachlässigt wurden, dass der Kapitän an die Reling des Achterdecks trat und seine Mannschaft mit lautem Gebrüll zur Arbeit antrieb. Doch es blieb keine Zeit mehr, diese Arbeit auch wiederaufzunehmen. Keine Zeit mehr für irgendetwas …

… Denn die Insel Techaur flog in die Luft!

Es war eine sehr kleine Explosion, wie diejenigen sie einschätzten, die sie überlebten. Nichts im Vergleich zu der Explosion – in menschlicher Erinnerung –, die ein Dutzend kleine Inseln unweit der Küste von Valhol aus dem Meer geschleudert hatte. Aber andererseits hatten die Götter – oder der Himmel oder am passendsten der Vater des Feuers, je nach dem Glauben des Betrachters – Valhols Erschaffung nie richtig beendet …

Dies war jedoch etwas ganz anderes.

Die Detonationswelle raste über die Bucht und führte zerschmetterte Bäume, rotglühende Felsbrocken und einen

Hagel dampfender Kiesel vom Strand mit sich. Das Kriegsschiff bäumte sich auf und verlor einen Teil seiner Takelage, aber weil es – aus verschiedenen Gründen – noch nicht sicher verankert war, konnte es die Wucht der Explosion und auch die zwölf Fuß hohe Flutwelle in ihrem Kielwasser auf dem Wellenkamm abreiten.

Die Insel hatte vielleicht hundert Fuß Höhe verloren, und der größte Teil davon fiel entweder ins Meer, so dass Säulen aus weißem Wasser aufstiegen wie beim Übungsschießen einer Küstenbatterie, oder flog immer noch inmitten des kuppelförmigen Rauchpilzes himmelwärts, der über der abrupt gekappten Spitze der Inselerhebung aufragte.

Doch es war das Feuer, das rings um den verkürzten Hügel aufflammte, was den Kapitän des Kriegsschiffs am meisten beunruhigte und ihn veranlasste, mehrere Seemeilen Meer zwischen sein Schiff und diese Insel zu legen. Er würde sie gern den Piraten, Albern, Elherranern oder sonstwem überlassen, der so verrückt war, sie haben zu wollen. Denn was dieses Feuer auch sonst noch sein mochte, es war nicht das eines natürlichen Vulkans. Eines seiner Besatzungsmitglieder, das Valhols *Hlavastjaar* – den großen Riss in der Welt, der den treffenden Namen »Höllenschlund« trug – gesehen hatte, war zu ihm gekommen und hatte etwas von der falschen Art und Weise gefaselt, wie dieser Berg brannte.

Als habe es je, hatte der Kapitän sich insgeheim gewundert, eine richtige Art und Weise gegeben, dass Felsen brannten wie Zunder.

Aber er sah dennoch genau, was der Matrose meinte: Es gab keinen Sprühregen aus zähflüssigem Gestein und auch – bis auf die erste Explosion – keine hochgeschleuderte Asche. Es gab nur jene einzelne Flamme, so glühend heiß, dass sie einen bläulichen Schimmer hatte, und so hell, dass sie selbst auf diese Entfernung noch in den Augen schmerzte. Er war nicht so dumm, sein Fernrohr zu benutzen, aber auch so konnte man erkennen, dass die dünne Flamme den Überrest des Berges durchschnitt wie ein Messer zartes Fleisch. Nein, korrigierte sich der Kapitän, nicht wie etwas derart Grobes. Diese Flamme schnitt wie die Klinge eines geschickten Chirurgen und mit solcher Präzision ein, dass ein bewusster Verstand hinter alldem stecken mochte.

Und das ängstigte ihn am meisten. Der Kapitän war ein tapferer Mann – andernfalls wäre er nicht Befehlshaber dieses Unternehmens gewesen –, aber er wollte wahrhaftig nicht begegnen, was diesen Verstand hatte und das weiße Feuer beherrschte.

Für einen Moment war es so, als sei die Sonne vom Himmel herabgestiegen, um sich in voller Pracht auf dem verstümmelten Berggipfel der Insel Techaur niederzulassen, und jeder Mann an Bord des Kriegsschiffs hörte das Geräusch, das dieses herrliche Strahlen begleitete. Es war nicht der schlichte Nachhall einer weiteren Explosion und auch nicht das Donnern fallender Steine.

Es war ein Brüllen, wie es nur einer kolossalen Kehle entsprungen sein konnte …

Keine Befehle wurden vom Kapitän und seinen Unteroffizieren erteilt, denn es waren keine nötig. Aber jemand warf das Schiffsruder herum, ungeachtet der Riffe in der Nähe, und im starken Südwind, der immer noch an den Segeln zerrte, reagierte das Patrouillenschiff blitzschnell: Es legte sich in eine enge Kurve und beschleunigte auf keinem besonderen Kurs in Richtung offenes Meer, weg von Techaur, während Schaum von ihrer langen Ramme tropfte.

Weg von dem, was dort brüllte und flammte und wohnte.

Die Wolke aus Reif drehte und wand sich wie von einem unheimlichen Eigenleben erfüllt. Tief in ihrem Innern glomm ein fahles Licht und unterlegte jeden sich windenden Umriss mit einem tiefen Schatten. Schwarze Klüfte in der Realität, wo alles Mögliche lauern mochte. Seltsame Formen bildeten sich und verblassten in den turbulenten Tiefen, jagten wie Fledermäuse in die Düsternis hinein und wieder heraus.

Die Soldaten waren jetzt totenstill. Sogar ihr Offizier hatte aufgehört zu schreien. Er starrte wie alle anderen die Flüchtlinge, die sie hatten einfangen oder töten sollten, mit weit aufgerissenen Augen an. Ein simpler Auftrag, der nicht mehr simpel war. Nicht einen gab es, der sich in diesem Augenblick nicht wünschte, ganz woanders zu sein.

Die Nebelkristalle zogen sich zu Bögen und Winkeln einer Geometrie zusammen, für die es diesseits des Wahnsinns keinen Platz gab. Allein ihr Anblick verursachte bereits Schwindel und Übelkeit. Ein hartes Grinsen lag wie gemeißelt auf Gemmels Gesicht, als er seine Jahre des Studiums nutzte, um Albträume zu erschaffen, die den Schläfern eine unermessliche Angst vor der Nacht einjagen würden.

Der Wind hatte jetzt eine klagende Note, ein monotones, schrilles Pfeifen, als werde ein Klagelied auf einer einzigen Flöte gespielt, und als seien sie von der jammernden Melodie beschworen worden, bewegten sich jetzt Dinge in der Wolke. Amorphe Obszönitäten wanden sich träge in einem Gewirr von Schlangenarmen, unreine Kreaturen mit einer schockierenden Schlüpfrigkeit in ihren krass deformierten Umrissen. Mattgelbe Augen funkelten mit das Blut gerinnen lassender Böswilligkeit auf König Rynerts Soldaten nieder und mit einer perversen Lust, die weit über den bloßen Hunger nach Fleisch und Blut hinausging.

Noch einen Augenblick länger, dachte Dewan ar Korentin flau, und sie müssen zerbrechen. Sonst breche *ich*. In seinem Magen brodelte es und bittere Galle brannte in seiner Kehle, in der bereits sein dumpf pochendes Herz steckte, und er war so auf sein eigenes Elend konzentriert, dass er das Kräuseln gestörten Wassers nicht sah, das sich unter Absonderung eines Sprühregens aus Gischt aus dem südlichen Ozean erhob und zu dem sich in der Luft windenden Grauen gesellte.

Und ohne Vorwarnung – und ganz gewiss ohne Gemmels Zutun – erstarrte plötzlich alle Bewegung. Die Wolke hing monströs und reglos für einen Augenblick über dem Haupt ihres Erschaffers, bevor sie sich in einem einzigen Krampf zu einer Gestalt verdichtete, die unverkennbar war. Vernunft und Logik beharrten, auch dies sei eine aus dem gefrorenen Wasser beschworene Illusion – aber weder Vernunft noch Logik hatten hier noch etwas zu suchen, nicht mehr von dem Moment, als ar Korentin einen Seitenblick auf Gemmel warf und sah, wie sich dessen Gesichtsausdruck änderte.

Einen Herzschlag lang erkannte er noch die Überreste von Gemmels Grinsen, dann mischte sich ein Anflug von Verwirrung hinein, die fast Verblüffung war. Dann war all das verschwunden. Und nur die verzerrte Maske nackter Angst war geblieben.

»Heilige Mutter Tesh …?« Unbewusst berührte Dewand Lippen und Herz. Sein leiser Ausruf war kein Fluch, sondern ein aufrichtiges Gebet, eine Fürbitte um Schutz in diesem Augenblick, wo alle Abwehrmechanismen seiner Skepsis zerschmettert worden waren und das gesamte Gefüge seines bewussten Verstandes unter einem Schock wankte, der in ihm Übelkeit und Schwindel wachrief.

Jetzt spielte es auch keine Rolle mehr, dass er schon einmal etwas Ähnliches gesehen hatte, auch wenn er sich da in der kühlen und keine Fragen stellenden Gesellschaft Aldric Talvalins befunden hatte. Dennoch konnte Dewan nicht verstehen, wie etwas so Gewaltiges sich in der Luft halten konnte. Die Tatsache, dass es flog, und seine bloße Anwesenheit hier, machten alles, was man ihn je gelehrt hatte, zum Gespött.

Nicht, dass sich je irgendjemand dazu herabgelassen hätte, ihm etwas über Drachen zu erzählen …

Der Eisdrachen nahm den Kopf mit den furchterregenden Stacheln und Kämmen zurück und brüllte – vielleicht herausfordernd oder auch voller Verachtung für das kleine Häuflein Mensch, das im Schatten seiner Schwingen kauerte – und das Gebrüll ging über jede Vorstellungskraft hinaus. Unmöglich tief, unglaublich durchdringend. Es war ein Lärm, als reiße Stahl, es war eine Musik wie harmonischer Chorgesang, es war ein Aufschrei unermesslicher Kraft und Erhabenheit, unter dem die Luft prickelte und die Erde erbebte.

Es war Stimme gewordene Macht.

Aber dem Entsetzen nach zu urteilen, das Gemmel ins Gesicht geschrieben stand, überstieg es seine Fähigkeiten, dieser Macht zu gebieten.

Doch als der Drache den silbrigen Kopf herumschwang und ihn mit großen ruhigen Augen vom durchscheinenden Blau Gletschereises betrachtete, riss der Zauberer beide Arme zu einem Gruß auseinander, der fast ein Salut war. Seine rechte Hand umschloss den Drachenstab dicht unterhalb des Stachelknaufs, während Ykraith einen Bogen durch die kalte klare Luft beschrieb und dabei eine Spur aus perligem Dampf hinter sich herzog. Die Perlen hingen einen Augenblick wie Rauch in der Luft, bevor sie langsam und weich als Schneeflocken auf den Strand sanken.

Für einen Mann, der sich so offensichtlich fürchtete, hielt Gemmel sich gut und seine gewollte Arroganz gab nichts preis. Nur Dewan war so nah bei ihm, dass er die Wahrheit in den geweiteten Augen des Zauberers erkannte. Ein Schweißfilm, der sich durch die Anstrengung auf seiner Haut gebildet hatte, war mittlerweile zu einer rissigen Maske gefroren. Jedes Barthaar war steif wie Draht und die Haut des Gesichts war von einer bröckeligen Kruste bedeckt, was aussah wie das von der Zeit zerfressene Antlitz einer antiken Skulptur. Wenn noch ein Anflug seines Grinsens verblieben war, dann war es lediglich noch die eingefrorene Grimasse, der die nackte Angst zugrunde lag, und als er sich auf den Drachenstab stützte, war es die Tat eines alten, eines uralten Mannes mit einem gewöhnlichen Gehstock. Denn Gemmel wirkte tatsächlich uralt.

Und dann erholte er sich anscheinend. Er straffte den Rücken, als werfe er eine schwere Last ab. Der Eindruck extremen Alters verblasste und war verschwunden, als habe er nie existiert, und Gemmel Errekren verbreitete wieder die Aura eines Zauberers auf dem Höhepunkt seiner Macht. Dewan, der das alles beobachtete, fragte sich, wie viel davon wirklich und wie viel nur eine weitere Illusion war.

Der Eisdrache starrte mit großer Geduld auf die winzigen Kreaturen hinab, deren Bemühungen ihn ins Leben gerufen hatten, und wartete. Seine Schwingen bewegten sich kaum. Die wenigen Sekunden, die er bereits den Himmel ausfüllte, kamen ihnen wie Stunden vor.

»Die Zeit hält an«, sagte Gemmel heiser, »da sie stillsteht.«

Die rätselhaften Worte sagten Dewan nichts. Sie gaben

keine Antworten, sondern warfen nur Fragen auf. »Was wird …?«, setzte er an, wurde aber von einem entschieden zuckenden Finger des Zauberers zum Schweigen gebracht.

»Frieden. Schweigt. Seid still.« Als ob er wüsste, dass Dewan ihm gehorchen würde, wandte er sich den Soldaten zu, die fasziniert wirkten wie kleine Vögel von der Schlange. Er hob Ykraith mit beiden Händen, so dass die Drachenspitze des Zauberstabs auf den träge über ihnen schwebenden Eisdrachen zeigte. Dessen kalte, ferne Augen blinzelten ein Mal und er schien zuzuhören, als der Zauberer wieder das Wort ergriff, diesmal aber in einer Sprache, die weder Albisch noch einer der Dialekte des Kaiserreichs war, obwohl sie hörbare Gemeinsamkeiten mit allen hatte. »Sh'ma, tra-han-ayr«, intonierte er. »Y'shva pestreyhar – y'men vayh't r'hann arhlaeth …«

Es war eine absonderliche Sprache, schnarrend und glottal, irgendwie unvollständig und doch vertraut, und Dewan nahm an, dass der Zauberer versuchte, durch sie die Herrschaft über das beschworene Wesen zu erringen. Ja, versuchte, denn dem Zittern in Gemmels Stimme nach zu urteilen, war er immer noch weit davon entfernt, sich seines Erfolgs gewiss zu sein. Als ar Korentin zu dem großen, eleganten Wesen aufsah, fragte er sich beklommen, wie dessen Antwort lauten mochte – und in einer dunklen, geheimen Ecke seines Verstandes sogar, ob eine ablehnende Reaktion wohl schmerzhaft werden würde.

Das Ding, das sich zwischen die Knochen seines linken Unterarms bohrte, tat nicht weh. Nicht in der ewig währenden Sekunde, nachdem es ihn getroffen hatte. *Die Zeit hält an …*

Aber dann fühlte es sich an wie der eiskalte Schmerz eines Schnitts mit einer Rasierklinge.

Dewan zuckte zusammen und schlug eine Hand über die

Wunde, als ob das irgendwie helfen würde. Sein Blut war sehr heiß, als es die kalte Haut rann, und obwohl er schon oft verwundet worden war, wurde ihm dennoch übel. Aber in seinem einer gleichgültigen Welt zugemurmelten Protest lag mehr empörte Entrüstung als etwas anderes: »Aber ich war mir *sicher*, dass sie keinen Bogen bei sich haben ...« Dann warf er einen Blick hinab, sah den Stummelschaft des kleinen Stahlpfeils und wusste, dass er sowohl im Recht als auch sehr dumm gewesen war.

Keiner der Soldaten hatte einen Behälter für einen Bogen in seiner Ausrüstung gehabt. Aber sie waren albische Reitersoldaten und die zwei *Telekin* beiderseits des hohen Sattelknaufs gehörten ebenso zur militärischen Ausrüstung wie das Zaumzeug. Das war eine Tatsache – eine so offensichtliche, dass nur bei einem Ausländer, der noch dazu mit anderen Dingen beschäftigt war, dieses Versäumnis entschuldbar war. Doch Dewans angewiderter Fluch war keine Entschuldigung, weder dafür, dass er das albische *Telek* vergessen hatte, noch dafür, dass er den jungen Mann aus den Augen gelassen hatte, der diese Streife befehligte. Noch bevor sein verschwommener Blick den Ausgangspunkt des Pfeils ausgemacht hatte, wusste er bereits, welcher der Männer auf ihn geschossen hatte. Eigentlich gab es nur einen Kandidaten.

Wie zur Bestätigung sah er, dass der junge Offizier auf einem Knie kauerte und einen weiteren Pfeil aus dem Magazin seiner Sprungfederkanone lud. Der harte Doppelklick beim Nachladen war in der klaren unbewegten Luft deutlich zu vernehmen. Diesmal hielt er den Schaft der Waffe in beiden ausgestreckten Händen und sah mit einem zusammengekniffenen Auge darüber hinweg, während er das andere schloss – ein teuflischer Anblick. Der Junge wollte töten, das stand ihm deutlich ins Gesicht geschrieben.

Das *Telek* lag jetzt ganz ruhig und Dewan starrte für eine Zeitspanne in die schwarze Mündung, die ihm so lang vorkam wie ein ganzes Menschenleben. Zeit genug, um zu leben – und Zeit genug, um zu sterben.

Die Zeit hält an, dachte er und schloss die Augen.

Mit seiner Magie und dem Kampf gegen die eigenen Ängste beschäftigt, hatte Gemmel den Schuss nicht gesehen. Aber er hatte das Geräusch gehört, das so charakteristisch ist – das Schmatzen, mit dem scharfes Metall in Fleisch eindringt. In diesem langen, langen Zeitraum, der in Wahrheit weniger als eine halbe Sekunde währte, drehte er sich um – wobei er einen irgendwie bedeutsamen Doppelklick registrierte – und *sah*.

Sah das angelegte *Telek* und die blutende Wunde, sah, wie Dewan ar Korentin vergeblich versuchte, seinen Arm zusammenzuhalten, und sah nicht diese Dinge, sondern ein anderes, älteres Bild. Keinen verwundeten Begleiter, sondern eine Szene, die seit Jahren seine geheimsten Träume heimsuchte. Eine Abfolge unvermeidlicher Ereignisse, deren grimmiges Ende er bis in alle Ewigkeit nicht abwenden könnte. Der unvermeidliche Abschluss, der ihm seinen Sohn geraubt hatte.

Gemmel sah es, wusste es und vergaß die Sorge um sich selbst. »*Trahan-ayr!*«, schrie er und über ihm bewegte sich der große, weißgeschuppte Keil des Drachenkopfes unmerklich, erwartungsvoll, die Augen geschlitzt wie die einer Katze. »*T'chu da sh'vakh! TAII-CHA!*«

Und die Macht gehorchte ihm, obwohl das Entsetzen ihm das Gegenteil einreden wollte.

Der Eisdrache sperrte weit das Maul auf, eine kalte, blau-weiße Höhle, gesäumt von zackigen Eiszapfen, und ein rauchig-silberner Strahl aus unvorstellbarer Kälte strömte daraus hervor. Eine Seemöwe, die so unbesonnen war, zu nah zu fliegen, geriet in die eiskalte Luft, stürzte ab wie ein Stein und zerbrach wie ein Vogel aus Glas, als sie auf den Strand schlug. Doch der Hauch des Drachen war selbst so stumm wie der Winter. Kein Donnerdröhnen, kein Schneesturm, kein Windgeheul. Nur die spröden Geräusche eisiger Reglosigkeit, die vom Ende der Wärme und des Lebens kündeten.

König Rynerts Reiterei wurde niedergemäht wie Korn von einer frisch gewetzten Sense, Männer wie Pferde. Nicht einmal ihre Ausrüstung klirrte, denn bis sie den Boden erreicht hatten, war alles von einer daumendicken Schneekruste überzogen, die sämtliche Geräusche dämpfte.

Nichts entging dem Drachenhauch – bis auf den schlanken Gegenstand, der sich summend wie eine Wespe aus dem herabsinkenden Teppich des klirrenden Frosts löste …

Dewan stieß einen Laut aus wie ein Husten. Dazu hatte er den Mund geöffnet, und der Mund blieb offen, während eine Hand zur Brust fuhr, ohne sie zu erreichen. Dann kippte der Mann wie ein gefällter Baum nach hinten und rührte sich nicht mehr.

Ohne ein weiteres Wort oder Zeichen seitens Gemmel war alles vorbei. Der Himmel über dem Kopf des Zauberers war plötzlich wieder leer und die langsam wärmer werdende Luft so klar und rein wie polierter Kristall. Die Soldaten und ihre Pferde lagen, wo sie hingefallen waren, und bewegten sich träge wie Schläfer im Griff ihrer Träume. Gemmel erübrigte kaum einen Blick für sie. Seine Sorge galt ganz allein Dewan.

Der Vreijaurer lag auf dem Boden, das Gesicht zum Himmel gekehrt, und seine Wirbelsäule war durch das Bündel auf seinem Rücken hässlich verdreht. Die Augen hatte er halb geschlossen. Ein Blutfaden rann aus einem Mundwinkel und tropfte auf den Sand unter seinem Kopf, und als Gemmel ihm die Tunika aufriss, sah er einen ungeheuren Bluterguss über dem Brustbein, wo der letzte *Telek*-Pfeil getroffen hatte. Der Zauberer nahm ihn zur Hand und stellte fest, dass er durch die Eisschicht dreimal so dick war wie normal und dass die nadelscharfe Spitze nicht mehr als ein abgerundeter Stumpf aus vereistem Metall war.

Dennoch hatte der stumpfe Pfeil aus Eis und Metall Dewan wie ein Hammer direkt über dem Herzen getroffen und die schlaffen Lippen des Vreijaurers hatten eine bläuliche Färbung angenommen, die Gemmel ganz und gar nicht gefiel. Ar Korentin stand in der Blüte seines Lebens, ein starker, gesunder Mann – so stark konnte der Schock doch nicht gewesen sein …

Noch während sich der Gedanke formte, tastete Gemmel mit Händen nach einem Puls, die wegen der Kälte, die er selbst erzeugt hatte, plump und unbeholfen waren, und als er schließlich einen fand, fluchte er laut und verzweifelt. Das Flattern war mehr ein nervöses Ticken als ein Puls, viel zu schnell und unregelmäßig. Seine Finger drückten fester zu, und da stockte der Pulsschlag, kam wieder, stockte erneut, ein Mal, zwei Mal …

Und hörte völlig auf.

Kein Blut sickerte mehr aus Dewans Mund. Der schwache Blutfluss aus seinem verwundeten Arm war versiegt. Er atmete nicht mehr.

Er war nicht mehr am Leben …

Gemmel schloss die Hand so fest um den diamantharten Drachenstab, dass die Knöchel weiß wurden. Allerdings hatte er in den vergangenen schrecklichen Minuten erfahren müssen, dass er sich auf seinen Stab nicht mehr verlassen konnte. Dessen Kräfte waren für ihn nicht mehr beherrschbar – und zu seiner eigenen geheimen Schande glaubte er auch, den Grund hierfür zu kennen.

Ykraith fiel achtlos mit einem dumpfen Schlag zu Boden, als Gemmel die Hand öffnete, und als er sie wieder zur Faust geschlossen hatte, schlug er mit sorgfältig bemessener Kraft auf Dewans Brust ein. Ein Mal, zwei Mal, dann packte er mit der anderen Hand das eigene Handgelenk und übte rhythmisch einen Druck mit dem Ballen aus, der beinahe stark genug war, den Knochen darunter zu brechen. Beinahe, aber doch nicht ganz.

Drücken – drücken – drücken. Faust, dann Druck, dann Faust, dann der feste, gleichmäßige Druck, der Dewans Herz dazu bringen sollte, wieder von allein zu schlagen. Wieder und wieder – eine schwierige Aufgabe für zwei Personen und eine fast unmögliche für eine. Gemmel keuchte jetzt. Ihm ging die Luft aus, und vor Erschöpfung und der aus seiner wachsenden Verzweiflung geborenen Angst brach ihm der Schweiß aus.

Plötzlich zuckte der zerschrammte, zerschlagene Brustkorb krampfhaft und hob sich, und Dewan zog keuchend Luft in die Lungen. Gemmel spürte die Bewegung unter seinen Händen und seine Fingerspitzen spürten das Pochen eines neuerlichen Herzschlags, der fast so laut war, dass man ihn hören konnte.

Ar Korentin fing wieder an zu atmen, zu bluten und zu leben.

Der alte Zauberer, der sich jetzt wirklich alt fühlte, hockte sich auf die Fersen und beobachtete den anderen Mann, während sein eigener Herzschlag langsamer wurde und der Schweiß auf seinen zitternden Gliedmaßen trocknete. Ein schwaches Lächeln machte seine schmalen Lippen noch schmaler, als ihm aufging, dass er auch ohne den Drachenstab noch eine Art Magie gewirkt hatte. Totenbeschwörung. Er hatte einen Toten wieder zurück ins Leben geholt.

»Ich glaube«, flüsterte er zu niemandem im Besonderen, »damit sind wir quitt.«

Nach einer Weile richtete er sich auf, reckte und streckte sich, um die Verkrampfungen in seinem Rücken ein wenig zu lösen, und warf einen wachsamen Blick auf die anderen Körper, die im Sand lagen. Kein Grund zur Sorge. Sie würden mindestens noch eine Viertelstunde brauchen, bis ihnen auch nur wieder einfiel, wie ihre Beine funktionierten. Er bückte sich, hob den Drachenstab auf und schob ihn sich hinten in den Gürtel, wobei er sich im Stillen zum vielleicht hundertsten Mal vornahm, einen Schulterriemen für den Stab zu kaufen oder anzufertigen. Dann bückte er sich noch einmal und hob ar Korentin auf.

Jetzt war ihm keine Anstrengung mehr anzusehen: Eine Kraft durchflutete ihn, die irgendwie übermenschlich zu sein schien. Er barg den schlafen Körper des Mannes in beiden Armen wie ein Kind. Wie er einmal seinen toten Sohn getragen hatte. Und wie er einmal den jungen albischen Kriegsfürst getragen hatte, der jetzt sein Sohn war. Sein eigener, höchst ehrenwerter Sohn.

Gemmel legte Dewan sanft ins Heck des Bootes, dann setzte er das Segel, hielt die Ruderpinne fest und sprach die leisen Silben, mit denen er eine seewärts wehende Brise beschwor. Und obwohl er müde war, unsagbar erschöpft und ausgelaugt durch Furcht, körperliche Anstrengung und geistige Anspannung, tat er alles auf dieselbe losgelöste Art – automatisch, ohne nachzudenken.

Denn mit den Gedanken war er jetzt woanders. Dort draußen, auf der anderen Seite von vierzig Meilen grauem

Wasser, eine Entfernung, die zu groß war, um die Küste des Kaiserreichs auch nur andeutungsweise am Horizont zu erkennen. Ebenso all seine Gedanken, seine Hoffnungen, seine Befürchtungen sowohl eingebildeter als auch realer Natur. Sie waren an jenem weit entfernten Ort. Bei dem Sohn, der nicht sein Sohn war.

Und er fragte sich, ob es seinem Sohn gut ging.

DREI
NÄCHTLICHES FEUER

Draußen war es dunkel und kalt. Eine Herbstnacht, die bereits vom nahenden Winter kündete. Ein Sichelmond schien unregelmäßig durch die abgewetzten Stellen in der Decke der aufgeblähten Regenwolken.

In der kleinen anonymen Taverne war es beinah genauso dunkel, aber entschieden wärmer. Pinienscheite verbrannten langsam in einem Herd aus schwarzem Schmiedeeisen. Glühende Funken sprühten. Die blaue verräucherte Luft roch stechend nach Harz. Flinke Schatten tanzten zwischen den Dachbalken. Aus einer Ecke des Schankraums kamen die langgezogenen Moll-Akkorde einer dreisaitigen Laute – nasal, durchdringend und grausam wie ein Verlust.

Die wenigen Gäste saßen unbequem an niedrigen Tischen und tranken aus schlichten Tonbechern, weshalb sie davon überzeugt waren, jene elegante Strenge an den Tag zu legen, die im Drusalischen Reich gerade in Mode war. Mehrere schauten zurück auf eine Zeit, als ein gewisses Maß an Luxus und Ausschweifungen gesellschaftlich akzeptabler war – und mehrere freuten sich darauf, wenn es wieder so sein würde. Eine unechte Sorglosigkeit schwang in ihrer Unterhaltung mit, die das allgemeine Unbehagen umso offensichtlicher machte. Und die Ursache dieses Unbehagens war nicht schwer zu erkennen.

Er war streng gekleidet, ganz in Schwarz. Und er saß allein mit seinen Gedanken, über einen Tonbecher mit billigem Korn gebeugt und starrte in die bernsteinfarbene Flüssigkeit, als enthalte sie die Geheimnisse der Unendlichkeit anstatt des Vergessens, das er seit Sonnenuntergang suchte.

Auch freundlichere Menschen, die im besten Fall – und der war hier nicht gegeben – Fremden gegenüber unsicher waren, hätten sich von seinem Aussehen abschrecken lassen, wie es die wenigen mürrischen Männer, die in einigem Abstand zu ihm tranken und sich murmelnd unterhielten, ebenfalls taten. Er brauchte eine Rasur – die Blässe seines Gesichts ließ sowohl einen Fünftagebart als auch Schatten unter den Augen, die aussahen wie ein Bluterguss, deutlich hervortreten – und seine Schultern waren unter einem *Coyac*, einer ärmellosen Weste aus dichtem schwarzen Fell, fast bis zum Punkt der Entstellung gebeugt. Dadurch wirkte er nicht völlig menschlich.

Die Zahl leerer Krüge auf seinem Tisch verriet, wie lange und schwer er schon trank, und er hätte eigentlich schon vor einer Stunde bewusstlos zu Boden sinken müssen. Aber das war nicht geschehen. Die raschen, sparsamen Bewegungen, mit denen er seinen Becher auffüllte, waren immer noch unwahrscheinlich sicher und präzise und seine eisigen graugrünen Augen waren nicht im Geringsten glasig. Das war ebenfalls nichts ganz menschlich.

Auf dem Tisch inmitten des Durcheinanders lag ein Langschwert in der Scheide, das Heft in bequemer Griffweite, was eine offene Bedrohung des Friedens darstellte. Der Gastwirt hatte ihm die Waffe abnehmen wollen, nachdem der Mann die ersten beiden Krüge viel zu schnell geleert hatte, war jedoch mit einem grotesken Mischmasch aus geschraubtem Hochdrusalisch und Gossen-Jouvainisch verscheucht worden, das zudem mit einem Akzent behaftet war, der mit keiner der beiden Sprachen etwas zu tun hatte.

Silber – eine ganze Menge Silber – hatte unmittelbar darauf die Hände gewechselt, als bereue der Fremde seine harten Worte. Er gab die Gulden des Reichs hin, als hätten sie keinen Wert, und jetzt ließ man ihn in Ruhe, so dass er sich bis zur Bewusstlosigkeit betrinken konnte, da dies schon die ganze Zeit ganz offenkundig seine Absicht war – nur dass die Bewusstlosigkeit so weit weg zu sein schien wie eh und je.

Aldric Talvalin goss mehr Korn in seinen Becher und trank die Hälfte des scharfen Schnapses mit den heftigen Schlucken eines Mannes, der ein medizinisches Gebräu zu sich nimmt. Der Schnaps brannte in der Kehle und seine Nasenflügel blähten sich, während er die Lider zusammendrückte. Tränen perlten aus den Augenwinkeln, Tränen, die nicht Folge gefühlsduseliger Trunkenheit waren. Vielleicht würde er heute Nacht keine Träume haben, wenn er genug trank.

Träume. Erinnerungen. Und in den Träumen und Erinnerungen Albträume. Furcht, Feuer und Kerzenschein. Wieder kamen sie, durchdrangen den Alkoholdunst, mit dem er sein Bewusstsein zu vernebeln suchte. Es war keine gute Sache, wenn man in der düsteren Stille der Nacht hochschreckte, schweißgebadet und halb erwürgt vom eigenen Bettzeug, während einem noch der eigene Schreckensschrei in den Ohren hallte. Aber bei weitem schlimmer war es, bereits wach zu sein und so erschreckt zu werden, dass man schlagartig nüchtern wurde.

Aldric blieb sitzen wie zuvor, am ganzen Leib zitternd, während das Getränk, das ihn inzwischen in wohltuende Bewusstlosigkeit hätte fallen lassen müssen, lediglich eine brennende Hitze in seiner Kehle erzeugte. Und immer noch suchten die Träume ihn heim.

Blut, Flammen und Gekreisch. Dinge, die waren, aber nicht sind. Dinge, die sind, aber niemals hätten sein dürfen. Riesige Schwingen an einem Sternhimmel. Ein hoher Turm, dessen Umriss sich vor den eisengrauen Wolken scharf abhob, und ein Wirbel aus Schnee. Schluchzen … Blauer Rauch, der in die Höhe steigt. Der durchdringende Gestank von erhitztem Metall und der süße, liebliche Duft nach Rosen.

Aldric fürchtete seine Träume, denn sie schienen immer nur Böses anzukündigen, und bittere Erfahrung hatte die Wahrheit dieser Vorzeichen bestätigt. Seine beringte linke Hand griff zu einem verschrumpelten Ding auf dem Tisch nicht weit von Witwenmachers lackierter Scheide. Es bewegte sich bei der Berührung und knisterte leise und verwelkt. Wieder konnte er Rosen riechen. Er hatte diese Blüte vor drei Monaten in einem Grabhügel im Tiefenwald des Jevaiden-Plateaus aus den verdorrten Klauen eines uralten Leichnams gepflückt. Jetzt war die Rose ebenfalls verdorrt; vertrocknet und tot, und ihr unheilvoll leuchtendes Rot war zu einem natürlicheren Farbton verblasst, während sich der einst überreiche, ungesunde Duft im Lauf der Zeit zu einem Geruch verdünnt hatte, der fast angenehm war …

Obwohl sie tot war, dachte der Alber, während die vertrocknete Blüte auf seiner Handfläche lag. Oder *weil* sie tot war?

So tot wie Crisen Geruath.

So tot wie seine Ehre.

Zwar war es ihm bereits gelungen, König Rynert eine Botschaft zu schicken – eine knappe, verschlüsselte Nachricht von seinem Erfolg in Seghar, überbracht vom Kapitän eines elherranischen Handelsschiffs –, aber sein Auftrag war immer noch nicht erfüllt. Es blieben die Botschaften, die durch Zauberei in seinem Schädel eingeschlossen worden waren: Beweise, so hatte man ihm gesagt, bestimmt für General Goth und Prokrator Bruda, für die albische Unterstützung sowie vertrauliche Mitteilungen, welche jene Großfürsten entscheidend beeinflussen mochten, die sich noch nicht für eine der beiden Seiten entschieden hatten. Nur, dass sein Anteil am Tod zweier anderer Großfürsten ein Zusammentreffen mit diesen mächtigen Männern lediglich zu einer komplizierten Art des Selbstmords machte. Aldric gab sich keinen Illusionen über kaiserliche Gerichtsverfahren hin. Aller Wahrscheinlichkeit nach war er bereits für den »Mord« an Fürst Geruath und dessen Sohn in Abwesenheit zum Tode verurteilt worden. Da spielte es jetzt keine Rolle mehr, dass es Geruath unter anderen Umständen selbst gewesen wäre, der ihn eingeführt und ein solches Zusammentreffen leichter gemacht hätte.

Nach den Ereignissen von Seghar hatte Aldric seine eigene Entscheidung getroffen. Die Brutalität und die gleichgültige Bösartigkeit, die in jenem verrotteten Steinhaufen herrschten, hatten ihn schließlich zutiefst angewidert. Ihm war nicht mehr wichtig, dass seine unsicheren Ansprüche auf Dunrath von Rynerts Launen abhingen, und er hatte sich auch entsprechend geäußert. Er floh so schnell wie möglich das Einflussgebiet des Reichs.

Solange er noch konnte …

Er hätte an Bord des Elherraners sein sollen. Bei Gott, das Zusammentreffen war lange genug vorbereitet worden. Und er wäre auch tatsächlich an Bord gewesen, hätte ihn nicht ein frühmorgendlicher Ausritt zufällig zum Kamm des Hügels hoch über dem Hafen von Kenbane geführt, der einzigen Stelle im Umkreis von mehreren Meilen, von der aus man in die Bucht jenseits der Hafenmauer schauen konnte – und so hatte er das kaiserliche Rammschiff gesehen, das aus dem Morgennebel geglitten war wie ein patrouillierender Hai.

Kenbane war einer von fünf Einschiffungsorten, auf die er sich insgeheim mit Rynert und Dewan ar Korentin geeinigt hatte. Jetzt fragte er sich, wer sonst noch in dieses angebliche Geheimnis eingeweiht war, denn das ungelegene Auftauchen des Kriegsschiffs konnte kein Zufall sein, oder? Selbst wenn es einer war, interessierte es Aldric nicht mehr. Die Drohung hatte ihm gereicht.

Aber das lag jetzt beinah zwei Monate zurück und hatte sich in einem vreijaurer Hafen viele Meilen südwestlich seines gegenwärtigen Aufenthaltsorts ereignet. Die inzwischen verstrichene Zeit und der Beginn der Herbststürme hatten bestimmt dafür gesorgt, dass selbst die disziplinierte kaiserliche Flotte vielleicht nicht unachtsamer, so doch zumindest etwas weniger begeistert war. Er würde es sehen, wenn er einen neuerlichen Versuch unternahm, das Land zu verlassen. Morgen.

Welcher Nutzen liegt in einem Unternehmen, mein König, ging Aldric sein Schreiben im Stillen zum vielleicht hundertsten Mal durch, *wenn bereits jede Möglichkeit dahin ist, es mit Erfolg abzuschließen?* Rynert hatte wahrscheinlich hundert stichhaltige Antworten auf diese rhetorische Frage.

Oder auch nur die eine, die alles war, was ein König brauchte.

Ein junger Mann hatte die Taverne betreten, ohne irgendjemandes Aufmerksamkeit zu erregen. Hätte man ihn zur Kenntnis genommen, wäre man möglicherweise sehr beeindruckt davon gewesen, welche Mühe er sich gab, um tatsächlich nicht bemerkt zu werden. Er war geradezu bemüht unauffällig – schmutzig und müde, und er verbreitete eine Aura der Langeweile um sich, als sei er mit einer wenig abwechslungsreichen und bis dahin undankbaren Aufgabe beschäftigt. Der Blick, den er durch den Schankraum wandern ließ, war eher schläfrig als sonst etwas. Bis er auf Aldric fiel. Und da wurde aus dem halben Gähnen ein breites Grinsen, als würde der junge Mann sich selbst zu seinem Glück gratulieren.

Das Grinsen blieb nicht unbemerkt, wenigstens nicht seitens des Gastwirts, denn er schlenderte zum Tresen, um das Getränk für den jungen Mann zu zapfen, und fragte beiläufig – in der Art von Gastwirten –, was wohl der Grund für eine so offensichtliche Fröhlichkeit war und ob es genug für eine Feier sein mochte.

»Ich glaube«, murmelte der junge Mann, »dass ich gerade zu etwas Geld gekommen sein könnte.« Er trank nachdenklich und genoss den guten Jahrgang, den zu bestellen er mittlerweile völlig gerechtfertigt fand, und deutete mit einem Rucken seines Kinns auf den Trunkenbold in Schwarz. »Der da ist nicht von hier, oder?«

So wenig wie du, hätte der Gastwirt beinah laut geantwortet. Aber als er daran dachte, was dieser Neuankömmling soeben für eine Flasche importierten Wein ausgegeben hatte, verkniff er sich die Bemerkung. Und die beiläufig gestellte Frage hatte etwas an sich, das ihm merkwürdig vorkam. Er konnte den Finger nicht darauf legen, aber es war da. »Er, von hier? Nur, wenn Ihr damit eine Gegend meint, die weiter weg ist als einen langen Ritt in beliebiger Richtung!«

»Das dachte ich mir. Zu Euch kommen doch sicher viele Reisende aus dem Hafen, um etwas zu trinken, hm?«

»Nein – zu weit weg für die meisten, denke ich.«

»Allerdings …« Wieder breitete sich ein Grinsen auf dem Gesicht des jungen Mannes aus. »Oder zu weit, um zurückzutorkeln, vielleicht?«

Der Gastwirt lachte. »Etwas in der Art.« Dann entfernte er sich, um einen anderen Gast zu bedienen, und ließ den neugierigen jungen Mann mit seinem Wein allein, wobei ihm der gespannte Ausdruck entging, der sich auf seinem staubigen, doch nicht länger gelangweilten Gesicht ausgebreitet hatte.

Sich selbst überlassen, stellte der junge Mann seinen Becher ab, an dem er nur genippt hatte, und begann mit einer unaufdringlichen Musterung dieses Ausländers, der sich offenbar nicht im Hafen von Tuenafen betrinken wollte. Es hatte zehn Stunden und vierzig Tavernen gedauert, um so weit zu kommen – das und beträchtliche Auslagen für unangetastete Getränke. Nun sah es jedoch so aus, als sei die ganze Sache doch der Mühe wert gewesen. Wenn die Füchsin zufrieden war, so hatte sie ihre gewissen Methoden, das zu beweisen.

Die Skizze, die sie ihm gezeigt hatte, war gut: detailliert und wahrscheinlich höchst akkurat. Ein hervorragendes Abbild des Mannes, den er vor sich hatte. Vielleicht nicht so ähnlich wie zwei Erbsen in einem Topf, aber ziemlich nah daran. Sehr nah. Außerdem war er am richtigen Ort, plus oder minus die paar Meilen nach Tuenafen, und verhielt sich – bis auf diese unbegreifliche Entschlossenheit, sich zu betrinken – auch richtig. Es reichte zumindest, dass der junge Mann so fortfuhr, wie man ihn angewiesen hatte.

Mit einem Finger winkte er den Gastwirt heran, der sich mit unverhohlener Neugier vertraulich über den Tresen beugte. *Du siehst einen saftigen Skandal kommen, nicht wahr?*, dachte der junge Mann, während er sich alle Mühe gab, seine Verachtung nicht offen zu zeigen. *Und du kannst es nicht erwarten, alles darüber zu erfahren.*

»Dieser Ausländer« – er benutzte das beleidigende drusalische Wort *Hlensyarl* – »muss hier bleiben.« In seiner Stimme lag eine Macht, die zuvor nicht darin gewesen war.

»Was?«

»Haltet ihn hier. Lasst ihn nicht gehen. Mir ist völlig egal, wie Ihr es anstellt – aber *tut* es!«

»Aber das Schwert … Ich kann nicht!«

»Ich glaube, Ihr könnt.« Der junge Mann straffte sich und warf dem Gastwirt einen durchdringenden Seitenblick zu. »Denn falls er bei meiner Rückkehr nicht mehr hier sein sollte …«

Er gab sich nicht die Mühe, den Satz zu beenden.

Viel sicherer auf den Beinen, als er eigentlich sein sollte – und viel klarer im Geist, als ihm lieb war –, beglich Aldric seine Rechnung bei dem Gastwirt. Für jemanden, der versucht hatte, ihn zunächst aus seiner Taverne zu entfernen und ihm dann später das Schwert abzunehmen, schien es dem Mann nun seltsamerweise zu widerstreben, ihn gehen zu lassen. Er fummelte ziemlich unbeholfen herum, als er das Wechselgeld für die Handvoll Gulden zusammensuchte, die Aldric auf den Tresen geklatscht hatte, und drückte dem Alber offenbar als eine Art Entschuldigung eine Gratisflasche Wein in die Hand.

Aldric drehte die Flasche hin und her und starrte blinzelnd die Buchstaben an, die in das grüne Glas geritzt waren. Dann blinzelte er zwei Mal sehr schnell und versuchte es noch einmal, weil er überzeugt war, dass ihm seine Augen einen Streich spielten. Diese »Entschuldigung« war eine

Flasche süßer weißer Hauverne, *Matherneil*, der Königswein, der in Alba – wenn er je dorthin gelangte – für dreißig Mark und mehr den Besitzer wechselte. Zuerst sagte er nichts, wühlte jedoch mit der freien Hand in seinem Gürtelbeutel und schaufelte einen glänzenden, klingenden Strom von Silbermünzen auf Tresen und Boden, ohne sich daran zu stören, dass *Silber* nur noch eine reine Höflichkeitsbezeichnung war, sofern sich das Wort auf das Geld des Reichs bezog. In ökonomischen wie auch allen anderen Dingen war Tuenafen Teil des Reichs. Sollte die wertlose Währung also hier etwas einbringen, wenn schon sonst nirgendwo.

»Eine Runde für alle«, sagte er, wobei ein Stirnrunzeln die Kerbe zwischen seinen Brauen vertiefte, als er sich auf die undeutlichen Diphtonge des Hochdrusalischen konzentrierte. Doch die Worte, nach denen er suchte, fielen ihm schließlich ein. »Füllt alle Becher. Und« – er schlug die Flasche Hauverne auf den Tresen – »öffnet die hier und holt zwei von den guten Gläsern dort drüben her. Eines für mich.« Sein Blick begegnete dem des Gastwirts, während seine linke Hand Witwenmachers Schultergurt löste, und das Zischen, als das *Taiken* in Kampfposition an die Hüfte glitt, war wie das Geräusch, das eine Otter verursachte, die sich durchs Gras schlängelte. »Und eines für Euch.«

Welchen Verdacht er hinsichtlich des extravaganten Geschenks auch gehegt haben mochte, er wurde zerstreut, als sein Gastgeber zunächst anerkennend nippte und dann mit allen Anzeichen großer Begeisterung und ohne eine Spur von Zurückhaltung trank. Aldric lächelte dünn und tat es ihm nach. Der Wein war bemerkenswert: voll, fruchtig und so wohlriechend wie Honig. Seine Dämpfe stiegen dem Alber zu Kopf, wie es dem rauen Korn nicht gelungen war – vielleicht, überlegte der analytische Teil seines Verstands, weil er den einen in der Hoffnung auf seine Wirkung getrun ken hatte, während er gleichzeitig über die Notwendigkeit dieser Wirkung brütete, während er diesen Hauverne nur aus reinem Vergnügen am Trinken trank. Wenn es mehr als eine Straße ins Vergessen gab, dachte er, dann war dies diejenige, die er wählen würde. Wenn er sie sich leisten konnte.

Da öffneten sich die Tavernentüren und blieben offen stehen, während die kalte, die eiskalte Nacht hereinströmte. Köpfe drehten sich und eine Stimme erhob sich protestierend – verstummte aber gleich wieder, als bewaffnete Männer über die Schwelle traten. Sechs waren es, alle mit Wappenumhängen über einem leichten Kettenhemd und einer Armbrust in den ohne Zweifel geübten Händen. Sie stellten sich zu beiden Seiten der Türen mit einer Forschheit auf, die von Drill und Disziplin kündete.

Und blieben dann stehen.

Sie schritt in den Schankraum wie eine Kaiserin, gegen die bitteren Kälte draußen in Pelze gehüllt, und Regentropfen säumten wie Perlen ihr hochgestecktes kastanienbraunes Haar, die im Feuerschein wie Rubine funkelten. Wenn das Eintreffen ihrer Garde – denn das waren die Soldaten – ein paar Blicke auf sich gezogen hatte, gehörte ihrem Auftritt der Rest. Alle Gespräche erstarben, ebenso die dünne Musik der Laute. Alle starrten sie an.

Und sie war jeden Blick wert, was sie auch genau wusste. Sie war mindestens so groß wie jeder Mann in dem Raum, und ihre geschmeidige Eleganz verlieh ihren Bewegungen unbewusste Grazie. Niemand in der Taverne hatte sie je zuvor gesehen, allerdings war auch so erkennen, wer sie war. Entweder die verhätschelte Tochter eines hohen Adelshauses, die so eigensinnig war, die Straßen des Kaiserreichs allein zu bereisen. Oder eine Kurtisane von höchstem Rang.

Der junge Mann an ihrer Seite stellte einen krassen Gegensatz zu ihren feinen Gewändern dar, denn er war geradezu bemüht unauffällig, schmutzig, müde – und dem Gastwirt nicht gänzlich unbekannt. Er leckte sich mit der Zunge über die Lippen, die jedoch bei weitem zu trocken waren, als dass sein Weinbecher sie je hätte befeuchten können. Die beiden Männer sahen einander an. Der eine erkennbar furchtsam, der andere mit einem Anflug hämischer Befriedigung und einem Selbstvertrauen, das er wie einen Umhang trug.

Als die Frau mit den Fingern schnippte, schrak der Gastwirt unwillkürlich zusammen, kam dann hinter seinem Tresen hervor und verneigte sich vernünftigerweise tief. Da ihm ihre gesellschaftliche Stellung immer noch nicht klar war, zog er es vor, sie als hochgeboren zu behandeln, anstatt einen gefährlichen Fehler zu begehen und sie womöglich zu beleidigen. Zudem war da noch das halbe Dutzend Soldaten ihrer Eskorte, die seine Vorgehensweise bestärkten.

»Du vermietest Zimmer.« Die Stimme der fuchshaarigen Dame war ein rauchiger, schnurrender Alt, selbst als sie lediglich diese schlichte Tatsache feststellte. »Ich wünsche hier zu ruhen. Kümmere dich darum!«

Wenn der Gastwirt ihre Entscheidung verblüffte, sein Haus – das bei einigermaßen nüchterner Betrachtung gewiss eine Klasse oder mehr unter allen Häusern lag, in denen sie normalerweise abgestiegen wäre – mit ihrer Anwesenheit zu beehren, verbarg er es gut. Solch ein Vorkommnis war selten, aber nicht unerhört. Auf allen Straßen gab es jene Reisenden, die es trotz ihres Reichtums oder ihrer Bedeutung – oder vielleicht gerade deswegen – aus verschiedenen Gründen vorzogen, das nicht laut hinauszuposaunen. Sein Gasthaus war nur eines von vielen, das sich zwei oder drei Prunkzimmer in Erwartung des Tages leistete, an dem der Wohlstand durch die Tür trat. Wie es ganz offensichtlich an diesem Abend der Fall war.

Es stand keinem Gastwirt zu, nach den Warums und Wofürs zu fragen. Stattdessen sollte er schlicht und einfach daran so viel verdienen wie nur eben möglich. Er verbeugte sich noch tiefer als zuvor und machte sich an die Arbeit, in Berechnungen vertieft – die weniger damit zu tun hatten, einen angemessenen Preis festzulegen, sondern mehr damit, wie viel er gefahrlos aufschlagen konnte.

Die Dame und ihr Begleiter führten ein kurzes leises Gespräch – sie flüsterte ihm etwas ins Ohr, dann nickte der junge Mann, lächelte dünn und ging nach draußen, wobei er zur unausgesprochenen, aber offensichtlichen Erleichterung der ganzen Taverne die Soldaten mitnahm. Aldric sah ihnen nach, merkte aber, dass sein Blick immer wieder zu ihrer Herrin glitt.

Herrin. In Gedanken spielte er mit dem Wort herum, während er Wein trank und die weiche, süße Flüssigkeit auf der Zunge genoss. *Süß.* Das Adjektiv in seiner Muttersprache Albisch – und der Gedanke in seinem Kopf – hatten nicht sonderlich viel mit Wein zu tun.

Stimmte schon, sie war vollkommen unerreichbar. Stimmte schon, er hatte eine Schwäche für ein hübsches Gesicht und eine attraktive Figur. Stimmte schon, eben diese Schwäche hatte ihm schon mehr als ein Mal ein Bein gestellt. Und es stimmte schließlich auch, dass er am Morgen Tuenafen verlassen würde.

Aber er konnte ebenfalls in diesem Gasthaus übernachten.

Am Anfang war Feuer und ein Traum von Feuer. Ein Traum von einem Blick tief, ganz tief in das flüssige Brodeln des geheimen heißen Herzens der Welt. Ein Traum von tosenden, fast unter der Hörschwelle liegenden Geräuschen und ein Traum vom Geruch nach Verbranntem, alles unpassenderweise überlagert von einem Gefühl unglaublicher blauweißer Kälte.

Die große Höhle auf der Insel Techaur und ein Gegenstand der Macht, eingetauscht für sein Wort. Gewährt für ein Versprechen, gegeben ... Gegeben ...

Sprich es aus, Kailin *Talvalin. Nenne mich beim Namen.*

»Ymareth!«, schrie Aldric laut in seinem unruhigen Schlaf und erwachte. Er schlug die Augen auf und starrte geradewegs hoch zur Dunkelheit der Decke. Oder dorthin, wo Dunkelheit hätte sein sollen, denn die Decke war nicht mehr dunkel. Licht bewegte sich zwischen den Balken aus grob bearbeitetem Bauholz und es war nicht das Licht des Morgengrauens. Das Morgengrauen flackerte nicht so. Es toste nicht so jenseits der Läden. Und es war nicht so schreckenerregend, so furchtbar bernsteinfarben.

Dann kamen das volle Erwachen und das Wissen, dass sein Traum diesmal wirklich war.

Aldric warf die Bettdecke von dem schmalen Bett, wälzte sich herum und stellte beide Füße fest auf den Boden – und tastete dann hektisch nach der Wand, als der Raum sich weiter um ihn drehte. Für einen Augenblick, ein paar Herzschläge lang, für die Sekunde, bis seine nackte Haut von einem eisigen Schweißfilm bedeckt war, kippte alles zur Seite und nur weil er seine Fingernägel schmerzhaft in den Gips bohrte, fiel er nicht aufs Gesicht.

Etwas Saures war ihm in die Kehle gestiegen, und er hatte ein flaues Gefühl im Magen, dazu hämmernde Kopfschmerzen. Er wusste nur zu gut, was *dafür* verantwortlich war – aber für den bitteren Gestank von Feuer und Rauch, der ihn husten ließ? Er riss sich mit einiger Mühe zusammen, durchquerte den Raum und öffnete die Fensterläden.

Hitze schlug ihm ins Gesicht und auf die Brust, und das

Tosen eines außer Kontrolle geratenen Feuers dröhnte ihm in den Ohren – vermischt mit jenem Bellen, das Pferde in Todesangst ausstießen. Es war schon für das normale Ohr ein grässlicher Laut, aber für einen albischen Pferdefürsten war es unendlich viel schlimmer. »Lyard!«, keuchte er entsetzt und starrte mit weit aufgerissenen, blutunterlaufenen Augen auf die Stallungen, über deren Wand eine einsame Flammenzunge leckte, ein kleines unbedeutendes Ding, kaum eine Handspanne breit.

Aber die Stallwand war aus Holz – und das Dach aus Stroh.

Hinterher wusste der Alber nicht mehr, wie es ihm gelungen war, so schnell in seine Kleidung zu schlüpfen. Gewiss waren manche Riemen und Bänder zu locker oder zu eng oder gar nicht geschnürt, aber Hemd, Stiefel und Hose saßen an Ort und Stelle, bevor die kleine Flamme viel größer geworden war. Er stieß das *Tsepan* in seinen Gürtel und zuckte zusammen, als dessen Knauf gegen seinen Magen stieß, dann packte er Witwenmacher und suchte den nächsten Ausgang. Zufällig das offene Fenster.

Von seinen wackligen Beinen im Stich gelassen, ging Aldric bei der Landung zu Boden und rollte umher wie ein angeschossener Hase, während Dolch und Langschwert in verschiedene Richtungen flogen. Gleich nach dem markerschütternden Aufprall kam die unangenehme Erkenntnis, dass er sich in seinem gegenwärtigen Zustand ebenso gut den Hals hätte brechen können. Ihm blieb nicht einmal Zeit für ein Achselzucken.

Ein rascher Blick verriet ihm, was vermutlich geschehen war: Die Flammen loderten aus einem weißglühenden Gitterwerk, wo zuvor einmal die Küche der Taverne gestanden hatte, und sein Blick war kaum darauf gefallen, als sie die Lücke zwischen Hof und Taverne übersprangen. Stroh explodierte wie Zunder, Funken und stechender, erstickender Rauch erfüllten die Luft. Eine dichte graue Wolke wälzte sich an ihm vorüber und etwas Unsichtbares stürzte mit lautem Krachen ein.

Wo, im verfluchten Namen der Verdammnis, sind alle? Er sah sie, jemanden, irgendjemanden, schwarze Silhouetten im Feuerschein, die ziellos umherirrten oder winzige Wassereimer schwangen. Manche waren praktischer veranlagt und trugen ihre Habseligkeiten in sichere Entfernung vom unrettbar verlorenen Haus.

Keine Zeit mehr zum Zuschauen.

Schaff die Pferde aus dem Stall!

Alle – kann sie nicht verbrennen lassen.

Warum kam nicht der Wolkenbruch herunter, der sich den ganzen Tag angekündigt hatte?

Die Gedanken überschlugen sich in Aldrics konfusem Verstand, während er zu den Stallungen lief und beklommen auf jene Flammenzunge starrte, die sich bei den wenigen langen Schritten, die ihn zur Tür brachten, zu einem flackernden gelben Schal ausgedehnt hatte, der von dunklem Rauch umsäumt war. Konfus oder nicht, es waren die letzten zusammenhängenden Gedanken, die er für lange, lange Zeit haben sollte.

Die Ställe waren nach vertrautem kaiserlichen Muster erbaut: hohe Schiebetüren an beiden Enden eines breiten, gepflasterten Fußwegs, der auf den Seiten von Pferdeboxen mit Zedernholzfront flankiert wurde. Die Boxen waren mit reichlich bequemem – und ganz leicht brennbarem – Stroh gefüllt. Normalerweise konnten die Tiere sich darin frei bewegen, aber ausgerechnet in dieser Nacht hatte jemand ihr Zaumzeug an den eisernen Halteringen in der Rückwand der Boxen befestigt. Zorn durchzuckte Aldric bei diesem Beweis für die Nachlässigkeit eines Stallknechts. Nicht so

sehr wegen des Feuers und weil seine Aufgabe dadurch unendlich viel schwieriger wurde, als einfach alle Türen weit
aufzureißen, sondern aus dem einfachen Grund, weil die
Pferde, wenn sie angebunden waren, die ganze Nacht weder
Futter noch Wasser erreichen konnten, bis jemand kam und
sie befreite.

Es war einfach. Einfach schlimm. Und hätte er die Zeit
gehabt, wäre der Verantwortliche ausfindig gemacht und für
seine Nachlässigkeit bestraft worden. Aber die Zeit war
eben sehr knapp.

Lyard erkannte seinen Herrn und das war auch gut so.
Der Andarrer verdrehte die Augen, in denen kaum
noch etwas anderes als das Weiß zu sehen war, und triefte
vor Schreckensschweiß und Schaum, nachdem er ergebnislos auf dem Zaumzeug herumgekaut hatte. Aber er ließ zu,
dass Aldric ihn steten Schrittes hinausführte, obwohl die
Flammen seiner ganz persönlichen Hölle nur eine Planken-
dicke von seinen Hinterhufen entfernt gierig leckten. Aber
schon eine Minute später, nur eine Minute später, hätte der
gewaltige Hengst jeden zermalmt, der ihm in die Quere gekommen wäre.

Als nächstes war das Packpony an der Reihe. Aldric warf
den Sattel und die Taschen, die seine Rüstung enthielten,
irgendwie über den Hals des Packwallachs und vollführte
dann hastig einen Satz zur Seite, als der Wallach Lyard hin-
terhersprang, gleich nachdem das Zaumzeug gelöst war.
Wie er Lyard immer folgte – er hustete, als Rauch das erstickte, was ein trockenes Lachen hätte werden mögen –,
aber sehr viel bereitwilliger als sonst!

Das Problem waren die anderen Pferde, obwohl sie nicht

reinrassig, schlachterprobt und demzufolge gefährliche Vollblüter wie sein andarrisches Streitross waren. Nur ein paar Kutschenponys und ein halbes Dutzend Reitmähren. Aber er kannte sie nicht und so waren sie unberechenbar für ihn. Und verängstigt. Die angelegten Ohren und vorquellenden Augen hätten das jedem verraten, auch wenn er taub für ihre jämmerlichen Angstlaute gewesen wäre. Aber es war nur Angst – kein Schmerz. Noch nicht.

Und es würde nie Schmerz werden, nicht, wenn er es verhindern konnte!

Das Strohdach fing Feuer und brannte einen Augenblick später lichterloh. Aldric betrat gerade die Box eines der Pferde – und flog im gleichen Moment rückwärts und ging zu Boden, wie von einem Streitkolben getroffen. Was auch beinahe der Wahrheit entsprach: Das Pferd hatte voller Panik ausgeschlagen und sein eisenbeschlagener Huf hatte seinen Oberschenkel gestreift, den großen Muskel betäubt und die schwere lederne Reithose wie Papier zerfetzt. Einen Fingerbreit weiter und er hätte ihm das Fleisch vom Knochen gerissen und ihn verkrüppelt.

Etwas vor sich hinbrummelnd, rappelte Aldric sich auf und schlug mit der flachen Hand auf die Hinterbeine ein, die ihn gegen die Trennwand drücken wollten. Das Pferd zuckte zusammen – und trat dann seinerseits zu, und zu den Funken, die bereits durch die Luft flogen, gesellten sich noch die Sterne in seinem Kopf.

Etwas – ein dunkler Umriss vor dem Feuerschein – betrat sein Blickfeld. Nein, *jemand*. Aldric schüttelte sich die Glühwürmchen aus den Augen und die Welt ringsumher wurde wieder schärfer. Es … er … war ein Mann, groß und breitschultrig. Einer aus der Eskorte der Dame? Der Mann rief etwas, aber die tosenden Flammen verstümmelten seine Worte bis zur Unkenntlichkeit.

»Schaff sie raus!«, schrie der Alber mit überdeutlichen Lippenbewegungen und vollführte, da seine Worte offenbar ungehört blieben, die entsprechende Pantomime. Dann wandte er sich wieder dem stampfenden Pferd zu, das voller Panik mit dem Kopf am Zaumzeug gezerrt und dadurch den Knoten so fest gezurrt hatte, dass menschliche Finger ihn unmöglich lockern konnten, aber – ein Messer aus der Scheide in einem seiner Stiefel tauchte in seiner Hand auf – es gab andere Möglichkeiten als das Losbinden …

Mittlerweile war es sinnlos, das Tier beruhigen zu wollen. Es war bereits über jenes Stadium hinaus, wo sanfte Worte noch eine Wirkung erzielt hätten. Jetzt wollte er nur noch die Stricke lösen, an denen die Pferde festgebunden waren – sie würden allein schneller nach draußen gelangen, als er sie bringen konnte –, und dann selbst hinauskommen, bevor das Dach einstürzte.

Wie ermuntert durch diesen Gedanken, ächzte das lodernde Dach unheilvoll und schien tiefer auf seine Stützbalken zu sacken, und ein Funkenregen stob durch das dicht gepackte Schilf und Stroh. Aldric hielt einen einzigen Augenblick inne und warf einen Blick nach oben, dann zog er die Klinge über den geflochtenen Riemen des Zaumzeugs, als das Pferd sich gerade ein letztes Mal verzweifelt mit seinem ganzen Gewicht dagegen warf. Der Hanf wurde so straff wie Draht und summte bei der ersten Berührung des rasiermesserscharf geschliffenen Dolchs. Dann biss die Klinge sich hinein und der Riemen teilte sich mit einem Knall, als rissen die Saiten einer großen Bass-Laute.

Als der Riemen nachgab, setzte sich das Pferd zunächst auf die Hinterbacken, dann fuhr es herum und rannte ungestüm aus dem Stall.

Und Aldric setzte sich heftig auf den Hosenboden und stieß einen überraschten Schmerzensschrei aus. Blut quoll aus der Narbe unter seinem rechten Auge hervor wie aus einer frischen Wunde. Eigentlich war sie seit drei Jahren verheilt, aber der durchtrennte Riemen hatte sie wie mit einer Peitsche geöffnet. Er bemerkte kaum den Stich im Nacken. Es hätte durchaus ein Funke sein können, war jedoch keiner.

Während er von Box zu Box eilte, Riemen durchschnitt und Pferden auswich, als nehme er an irgendeinem verrückten Bauerntanz teil, hörte er das Dach wieder ächzen, als es noch tiefer sackte. Einzelne Teile fielen herunter und aus dem Regen der Funken wurde eine Flut, ein Schauer aus brennenden Bruchstücken, die auf den Boden prasselten. Auf einen Boden, der, von dem gepflasterten Gehweg abgesehen, kniehoch mit trockenem Stroh ausgelegt war. Es entzündete sich mit dem Brüllen eines hungrigen Tiers und erfüllte die Grenzen der Welt mit seiner Wut. Hitze überschwemmte Aldric, als er aus der letzten Box auf jener Seite in den Hauptgang stolperte und beinah niedergetrampelt wurde, denn die anderen Pferde – alle verbliebenen Pferde – galoppierten auf dem Weg ins Freie und in Sicherheit an ihm vorbei. Er verzog den Mund zu einem dünnen Grinsen. Der Kavallerist, wenn es denn einer war, hatte gute Arbeit geleistet.

Es lag eine unbewusste Ironie darin, dass er sich bei dieser Überlegung die wunde Stelle in seinem Nacken rieb – und dadurch den dort sitzenden winzigen Pfeil fortwischte.

Er konnte keine Spur des Mannes sehen. Vermutlich war er zu klug, um noch länger in dieser Hölle zu verweilen. Ebenfalls klug wäre es, seinem Beispiel zu folgen, denn aus den Holzwänden, die immer heißer wurden, ringelten sich bereits einzelne Rauchfäden. In Kürze würden die Wände ebenfalls in Flammen aufgehen, und die Türpfosten brannten bereits. An beiden Enden des Gebäudes. Er hatte bisher erst einmal einen Brand wie diesen gesehen und da war das Feuer gelegt worden.

Sein Gedanke führte zu nichts. Bei so viel Stroh war es kein Wunder, dass sich das Feuer so schnell ausbreitete. Obwohl es in der Taverne kein Stroh gab.

Auch das hatte nichts zu bedeuten, überlegte er flüchtig. Dann zog er den Kopf tief zwischen die Schultern und rannte zum nächsten Ausgang. Seine Beine waren wacklig und ehemals feste Gegenstände waberten im Nebel aus heißem Licht und Rauch. Dann gingen alle Gedanken und Überlegungen im Krach eines gewaltigen Berstens unter, als der Stall herabstürzte. Auf ihn!

Der jähe Hitzeschwall machte ihn völlig benommen und schien die wenige verbliebene Luft zu verbrennen. Eine sengend heiße Bö, die durch den brennenden Eingang jagte, zerrte an seinen Haaren. Es war ein Eingang, der am Ende eines endlosen Korridors aus Feuer immer weiter zurückwich, so dass er vergeblich rannte. Er war sich der wuchtigen Bewegung in seinem Rücken bewusst, als etwas herabgesaust kam wie das Schwert eines Henkers …

… er hörte den Aufprall, als es ihn zwischen den Schulterblättern traf wie die Faust eines Riesen …

… sah die Funken wie einen leuchtenden Kranz rings um seinen Kopf explodieren …

Zu spät! Du hast zu lange …

Und dann nichts mehr.

W ie habt Ihr ihn in Tuenafen gefunden?« Der Mann in der scharlachrot lackierten Rüstung setzte beide Hände mit der Innenseite auf den Schreibtisch und beugte sich vor, so dass sein Spitzbart streitlustig nach vorn ragte. »Woher habt Ihr es gewusst?«

»Ich habe es Euch gesagt.« Zwischen Finger und Daumen einer schwarz behandschuhten Hand sah das Blatt Pergament völlig bedeutungslos aus und die Schrift darauf war winzig. Aber es vermittelte dem Mann, der es hielt, ein gewisses Maß an Freude, obwohl seine funkelnde Metallmaske jegliches etwaige Lächeln auf seinen Lippen verbarg. Doch das Lächeln war da und im blasierten Unterton seiner lakonischen Worte nicht zu überhören: »Ich habe es Euch vor langer Zeit gesagt …«

»Vor drei Wochen …«

»Und jetzt hat man mich ebenfalls unterrichtet.«

»Ich hatte nicht an einen Zufall geglaubt.«

»Ich verabscheue Zufälle.« Vielleicht hätte der maskierte Mann beim bloßen Gedanken daran theatralisch geschaudert, hätte er zu derartigen Gesten geneigt. Aber der Mann in der Rüstung konnte nicht das leiseste Zittern im missgestalteten bärtigen Gesicht erkennen, das er wie in einem Spiegel sah.

»Natürlich.« In seiner Stimme lag ein unmerklicher ätzender Unterton. »Außer, wenn ihr sie herbeiführt. Ich weiß.« Er richtete sich auf, presste die Handflächen gegeneinander, berührte mit den aufgestellten Fingerspitzen nachdenklich das Ende seiner Hakennase und dachte einen Augenblick nach. »Der schnellste Weg ist der Seeweg. Ich werde Eurer Truppe ein Rammschiff zur Verfügung stellen.«

Er stolzierte zum Fenster und schaute hinaus, dann wandte er sich wieder an den maskierten Mann, der sich in seinem hochlehnigen Stuhl mit elegant-aufreizender Trägheit räkelte. Und der Mann in der Rüstung lächelte dünn. »Die *Teynaur* liegt in der Bucht vor Anker«, sagte er. »Nehmt sie.«

Sein Lächeln vertiefte sich, als der maskierte Mann kerzengerade in die Höhe schoss. Seine träge Selbstsicherheit war von einem Augenblick auf den anderen verschwunden.

»Die *Teynaur* …? Aber sie ist ein … ein umgerüstetes Schiff.«

»Selbstverständlich. Warum auch nicht?« Eine Weile herrschte Schweigen. »Wenn Euch die Idee überhaupt nicht gefällt, könnt Ihr Voord natürlich allein gehen lassen. Solche Dinge beunruhigen ihn nicht – ganz im Gegenteil.«

»In einem ungesunden Grad!«

»Egal. Er ist tüchtig – Ihr selbst habt dieses Wort benutzt, als er nach Seghar geschickt wurde. Warum – habt Ihr Eure Ansichten geändert?«

»Nein.« Die Antwort klang verdrossen. »Er ist immer noch äußerst fähig, ungeachtet dessen.«

»Gut. Dann sind wir uns einig.« Der Mann in der Rüstung nahm seinen Helm mit den Rangabzeichen und klemmte ihn sich bequem in die Armbeuge, da er offensichtlich gehen wollte. Dann zögerte er. »Ihr wollt Talvalin lebend?«

»Natürlich. Warum?«

»Ich auch. Und unversehrt. Es besteht ein gravierender Unterschied zwischen diesen beiden Zuständen. Sorgt dafür, dass Voord das nicht vergisst!«

Die Wunde ist frisch. Und er hat einen Bart.«

»Der *Bart* ist neu – und es ist weniger ein Bart, sondern zeigt vielmehr die Notwendigkeit einer Rasur an. In dieser Beziehung kenne ich mich besser aus als Ihr, meine Dame. Aber die Wunde war alt, als ich sie gesehen habe.«

»Als Ihr sie gesehen habt? Als Ihr glaubtet, sie zu sehen – oder als Ihr gesehen habt, was Ihr sehen wolltet?«

»Ich habe gesehen, was da war. Schaut selbst und sagt dann, dass ich mich irre.«

Papier raschelte.

»Ähnlich. Sehr ähnlich. Das ist ein hervorragendes Abbild … von jemandem. Aber reicht die Ähnlichkeit aus?«

»Mir ja. Ich habe letzte Nacht und heute Morgen die Nachrichten abgeschickt: eine per Kurier, die andere per Taube. Wie üblich.«

»Ohne mich zu fragen?«

»Dazu sah ich keinen Grund. Ich dachte, Ihr würdet zustimmen.«

»Geht niemals von der Annahme aus, was ich tun oder lassen könnte. Aber, ja, ich stimme zu.«

»Und der Generalkommandant? Was wird Voord sagen?«

»Voord wird … sehr erfreut sein.«

Es war gewiss ein Traum. Ein sanftes Murmeln, ein Summen wie von Insekten in einer warmen Sommernacht. Das Gemurmel nahm Gestalt an und wurde zu Stimmen, einer Männerstimme und einer Frauenstimme. Sie ebbten ab und fluteten heran, woben Wortgeflechte. Aber in welcher Sprache sich die Stimmen auch unterhalten mochten, keines der Worte ergab einen Sinn.

Der Traum verblasste. Seine Augen blieben geschlossen. Abgesehen vom langsamen Heben und Senken seiner Brust und dem niemals endenden Ticken des Pulses unter seiner Haut rührte er sich nicht. Aber zwischen dem einen Atemzug und dem nächsten war Aldric sich plötzlich seiner Umgebung vollständig bewusst.

Über und unter ihm war es weich. Das war die nachgiebige Wärme der Federbetten, behaglich in ihrer Vertrautheit. Licht umgab ihn, denn er bemerkte die Helligkeit jenseits seiner geschlossenen Augenlider. Ein schwaches Aroma nach bitteren Kräutern hatte einen Geschmack wie Stahl in seinem Mund zurückgelassen und er hatte einen Duft nach Blumen in der Nase – den trockenen, zarten Wohlgeruch von getrockneten Blüten, die ausgestreut worden waren, um die Luft zu parfümieren. Er öffnete die Augen, um sie anzusehen, um zu sehen, wo er war …

… und sah nur konturloses Weiß und wusste, dass er blind war.

Schweißperlen bildeten sich auf Aldrics Haut und jetzt konnte und wollte er sich nicht mehr bewegen, obwohl jeder Atemzug schneller und immer schneller kam und das Blut immer lauter in seinen Ohren rauschte. *Das Feuer!*

Erinnerungen stürzten auf seinen Verstand ein: Ungeheure Hitze, Rauch und Flammen dicht hinter ihm, während er für immer und ewig floh. Das herabfallende Dach, der Schlag auf seinen Rücken und die nachtschwarze Umarmung des Vergessens. Der lange Sturz in die Dunkelheit, deren Grund er nie erreicht hatte.

Ein Sturz so schwarz wie Blindheit …

Der Schweiß auf seiner Haut bildete keine einzelnen Perlen mehr, sondern sie war völlig in Schweiß gebadet. Aldric spürte jeden einzelnen Tropfen, der sich bildete und an seinen Rippen und Schläfen herunterlief. Die Ereignisse konnten unmöglich nur sein Augenlicht zerstört haben. Unmöglich. Nicht dieses Inferno. Und wenn Blindheit schwarz war, wie es allgemein hieß, dann war dieses leuchtende Weiß …

Der Tod …?

Dieser Gedanke hatte ein tiefes, unwillkürliches Einatmen zur Folge und das anschließende Ausatmen einen Aufschrei.

Oder ein Aufstöhnen, denn in diesem Augenblick entfernte jemand den leichten Verband von seinem Gesicht und drückte ein kühles, weiches Tuch zuerst auf das eine und dann das andere Auge und als sie sich wieder öffneten, wurde Aldrics Welt mit einem jähen, schwindelerregenden Ruck wieder in die Realität und die richtige Perspektive gerückt. Aus dem Aufschrei wurde ein Zischen durch die Zähne, denn er schämte sich für den glitschigen Überzug der Furcht, in dem seine Haut feucht glänzte, und das – gewiss vernehmbare! – Hämmern seines Herzens. Aber die Frau, die an seinem Bett saß und ihn ansah, bemerkte nichts oder nahm es höflicherweise nicht zur Kenntnis.

Ohne ihre Pelze, ihre Leibwache und ihre gebieterische Art wirkte sie völlig anders. Ihre Haare fielen jetzt ungebunden herab und im Lampenlicht, das den Raum erfüllte, hatten sie die volle rostrote Farbe eines Fuchspelzes. Sie lächelte.

»Ich dachte …« Er stockte. Das Eingeständnis würde dumm oder feige klingen oder auch beides. »Ich dachte, ich wäre tot.«

»Zurecht. Eine Zeitlang glaubten wir tatsächlich, wir hätten Euch verloren.« Sie sprach das schnurrende Jouvainisch und ihre Stimme war so, wie Aldric sie in Erinnerung hatte: weich, kehlig und überraschend tief. Tatsächlich ein Schnurren. Falls Füchse schnurrten.

»Mich verloren?«

»Euch verloren«, wiederholte sie. »Ihr hattet Glück – sehr viel Glück. Der Balken, der Euch getroffen hat, brannte noch nicht richtig, als ihr sehr schnell in die richtige Richtung gerannt seid. Andernfalls wärt Ihr niemals herausgekommen.«

»Ich hätte gar nicht erst hineingehen dürfen«, murmelte er und beschloss, sich nicht aufzusetzen, da sein Magen sich warnend hob. Seine Worte bildeten sich ebenso mühelos wie seine Gedanken und das überraschte ihn. Er war auch schon früher ohnmächtig gewesen und die Erschütterung hatte sowohl sein Gehirn als auch seinen Magen in Mitleidenschaft gezogen. Wie sie gesagt hatte: Er musste sehr viel Glück gehabt haben. Er wusste, dass seine Handlungen gewiss eine andere Bezeichnung verdient hätten. »Dumm ...«

»Selbstlos, tapfer. Ihr hättet nicht bleiben müssen, nachdem Ihr Eure Pferde befreit hattet – aber Ihr seid geblieben und habt auch noch meine gerettet. Was wohl typisch war. Ihr mögt Pferde.« Wieder das Lächeln. »Ich weiß ein wenig über Alber.«

Wenn sie auf irgendeine Reaktion gehofft hatte, sah die Dame sich enttäuscht. Aldric hatte nie versucht, seine Nationalität zu verbergen, weil es sehr schwierig war, so eine Täuschung aufrechtzuerhalten, und man sich sofort verdächtig machte, wenn man aufflog. Mit seiner Identität verhielt es sich hingegen ganz anders. Aber die bloße Möglichkeit eines verborgenen Motivs hinter ihrer beiläufigen Bemerkung reichte für eine neuerliche Welle der Übelkeit, die er durch so etwas wie ein Lächeln zu verbergen versuchte. Damit wollte er verheimlichen, was sich seinen Zügen vielleicht sonst noch entnehmen ließ. »Die meisten Leute mögen Pferde«, erwiderte er vorsichtig.

Oder glauben es. Die Worte lagen ihm auf der Zunge, kamen jedoch nicht heraus. Zum einen war er nicht in der Stimmung, den Mund öfter zu öffnen, als unbedingt nötig, und zum anderen war diese Dame seine Gastgeberin – jedenfalls nahm er das an – und ihr gehörte das Haus, in dem er sich befand.

Von der Taverne, in der er in der vergangenen Nacht aus dem Schlaf geschreckt war, konnte nichts mehr übrig sein. Dessen war er sicher. Obwohl er ganz und gar nicht sicher war, dass sich das Drama tatsächlich in der vergangenen

Nacht abgespielt hatte. Aldric schloss die Augen und fragte sich schaudernd, wie viele Tage und Nächte seitdem wohl in Wahrheit verstrichen waren. Und was geschehen war, während er sie versäumt hatte.

Wer seid Ihr? Wo bin ich? Was ist das für ein Ort? *Welcher Tag ist heute?*

Die Fragen waren alle da und warteten darauf, gestellt zu werden. Banale Fragen, offensichtliche Fragen, dumme Fragen. Aber allen fehlten die Antworten, die er brauchte, um verstehen zu können, was vorging.

»Offen gesagt, seid Ihr immer noch weit von der Genesung entfernt, *'tlei*«, sagte die Dame freundlich. »Schlaft jetzt. Wir können uns später weiter unterhalten.« Ihre Hand lag kühl auf seiner Stirn. »Schlaft.«

Er schlief.

E r schlief.
Er träumte.
Er starb!

Er erwachte. Und erwachte in dem Wissen, dass man ihm ein Betäubungsmittel gegeben hatte, denn diesmal war er hellwach und vollkommen Herr seiner Sinne. Unter der Zunge und in der Kehle hatte er noch den metallisch-medizinischen Geschmack, den er gut kannte. Zuvor war er aber nicht fähig oder in der Lage gewesen, ihn zu identifizieren. Jetzt war er unverwechselbar, der Nachgeschmack eines auf Kräutern basierenden Schlafmittels. Alraune, Mohn – er befand sich im Reich und die Möglichkeiten waren endlos, denn die Drusaler hatten Kräuterkunde zu einer Kunstform und Wissenschaft erhoben und gleichzeitig zu einem besonders unangenehmen Laster herabgewürdigt. Er schluckte in dem Versuch, den bitteren Nachgeschmack zu vertreiben, und dabei ging ihm auf, wie trocken sein Mund geworden war.

Wenigstens – sein Blick schweifte nach links – gab es einen Terrakottakrug mit kühlem Wasser auf einem Tisch neben dem Bett. Er drehte sich um und wollte danach greifen, dann zögerte er kurz beim Gedanken, eventuell noch mehr Drogen zu sich zu nehmen. Nach kurzer Überlegung verwarf er den Gedanken jedoch. Wenn man ihn unter Drogen halten wollte, wäre er nie aufgewacht, um sich deswegen Sorgen zu machen. Er ignorierte die Becher, nahm den Krug, setzte ihn an die Lippen und trank voller Begeisterung den Inhalt in einem halben Dutzend Schlucke. Danach starrte er ein paar Augenblicke in das ziegelbraune Innere des Krugs, neigte ihn dann noch weiter nach hinten und ließ die letzten kühlen Wassertropfen über sein Gesicht rinnen.

Erst danach kehrten die Fragen zurück und jagten einander über die Oberfläche seines Bewusstseins. Wer und wo und wann – und *warum*?

Es gab verschiedene Antworten auf diese letzte Frage und nur wenige davon waren ansprechend.

Aber die Dame …

Die mit den fuchsfarbenen Haaren und der schnurrenden Katzenstimme. Die Dame hatte etwas mit alledem zu tun. Ja, mit allem. Mit dem Feuer und den festgebundenen Pferden. Dem lauten Knirschen herabstürzender Träger und dem Funkenregen, bevor er das Bewusstsein verloren hatte.

Und wie, im Namen neun heißer Höllen, habe ich überlebt?

Aldric ließ den Blick abschätzend über den Raum wandern und nahm die schlichte Eleganz zur Kenntnis, die offen den Reichtum und Geschmack seines Besitzers – und damit auch des Hausbesitzers – zur Schau stellten. Wenn damit Eindruck gemacht werden sollte, gelang es trotz seiner zynischen gegenteiligen Bemühungen. Er bleckte die Zähne zu einem flüchtigen Grinsen, als er diese Dinge sah, die ihn auf den ersten Blick vor allem hätten beruhigen sollen. Doch das Grinsen verflüchtigte sich rasch, als er Einzelheiten erkannte, die ihm Grund zu reichlichem Nachdenken gaben.

Seine Satteltaschen lagen auf einem Stuhl an der Wand. Daran an sich war nichts falsch, obwohl er sicher war, dass man sie geöffnet und ihren Inhalt einer sorgfältigen Überprüfung unterzogen hatte. Irgendein Kleidungsstück – keines von seinen eigenen – lag auf der Wäschetruhe am Fußende des Bettes und sollte offenbar von ihm getragen werden. Nun, seine eigenen Kleider waren entweder noch eingepackt oder völlig verräuchert und in einem nicht tragbaren Zustand, falls niemand sie gewaschen hatte. Oder, fügte er hinzu, veranlasst hatte, dass sie gewaschen wurden.

Aber seine Waffen …

Wer für ihre Anordnung auch verantwortlich war, er oder sie hatte genau gewusst, was er – oder sie – tat, denn Isileth Witwenmacher lag nicht einfach nur so auf einem erlesenen Schwertständer aus dunkel gebeiztem Eichenholz, wie ihn jemand hingelegt hätte, der bloß … was hatte sie noch gesagt? »Ein wenig über Alber weiß.« O nein. Dies war viel, viel mehr.

Der Waffengurt des *Taiken* war in dem komplizierten Muster des *Hanen-tehar* um die schwarz lackierte Scheide gewunden, wie es sich für schlachterprobte Langschwerter gehörte, und sein *Tsepan* lag auf dem Polster eines dreibeinigen Hockers, der neben dem Bett stand. Das war an und für sich unbedeutend. Aber so war die Ehrenklinge keine Armlänge von seinem Besitzer entfernt, wie es Tradition und Ehrenkodizes verlangten.

Seine eigenen Waffen verrieten Aldric, dass sein Gegenüber mehr über sein Heimatland, seine Herkunft und wahrscheinlich ihn selbst wusste, als ihm lieb war. Und dass der Betreffende genug Selbstvertrauen hatte, dieses Wissen auch auszuposaunen.

Er warf einen Blick zur Tür und die Überlegung in diesem Blick beruhte mehr auf Optimismus als auf echter Hoffnung. Wenn sie – oder er oder sie oder wer auch immer – sich ihrer Sache so sicher waren, bestand die entfernte Möglichkeit, dass sie sich *zu* sicher waren und ihr Selbstvertrauen in etwas anderes umschlug. In Dummheit.

Aldric hatte diesen Gedanken kaum vollendet, da war er auch schon aus dem Bett und nahm Witwenmacher vom Schwertstand. Er hatte die Scheide von ihrer langen Klinge abgeschüttelt, bevor er lange genug innehielt, um auch nur in Erwägung zu ziehen, sich das Kleidungsstück überzustreifen, das jemand so zuvorkommend hingelegt hatte.

Es war ein *Cymar*, schwer und mit Pelz gesäumt, im Vlei-Stil. Das Tuch hatte die Farbe von Herbstkastanien, der Pelz war Rotfuchs. Und das Kleidungsstück saß so locker wie ein Reitumhang um Aldrics Schultern. Kleidung irgendeiner Art bedeutete im Augenblick mehr als schlichte Sittsamkeit: In dieser potenziell feindseligen Umgebung fühlte er sich nackt schrecklich verwundbar und schon ein einziges Kleidungsstück konnte die Illusion von Schutz vermitteln.

Oder hätte sie vermitteln können. Wenn überhaupt etwas, so schien dieses ärmellose, an den Seiten geschlitzte, vorn offene und viel zu weite Kleidungsstück bei jeder Bewegung die Tatsache zu betonen, dass er darunter völlig nackt war. Was eigentlich viel schlimmer war, als ob er gar nichts angehabt hätte. Aldric sah an sich herab und stieß einen leisen Fluch aus. Das war Absicht. Und das Gewand war vermutlich mit großer Sorgfalt ausgewählt worden, damit er dermaßen aus der Fassung geriet.

Isileths gleichermaßen nackte Klinge spendete ihm mehr Trost. Mit dem *Taiken* in Händen konnte er, ob in Rüstung, ungerüstet oder so nackt wie ein Neugeborenes, allem und jedem eine Lektion erteilen, Mensch oder Ding. Ja, *Ding*. Bei diesem letzten Gedanken durchfuhr ihn ein innerer Schauder und die Haare auf Armen und im Nacken richteten sich auf. Er bedauerte diesen Gedanken sogleich, war er doch eine Herausforderung des Schicksals. Die Ereignisse in Geruaths Zitadelle in Seghar waren immer noch viel zu gegenwärtig für solch einen flüchtigen Scherz, wenn es überhaupt ein Scherz gewesen war.

Er lächelte freudlos, während er die beringte linke Hand sehr sanft um die eiserne Türklinke schloss und den Druck langsam erhöhte und durch Zug ergänzte. Nichts. Er entspannte sich ein wenig und drückte dann gegen die Tür. Wieder nichts. Danach versuchte er noch, sie zur Seite zu schieben.

Dann zuckte er resigniert die Achseln und riss mit aller Kraft und seinem ganzen Gewicht daran.

Die Tür war nicht verklemmt oder lange nicht geölt worden, wie er zu hoffen gewagt hatte, sondern oben und unten verschlossen und verriegelt, wie er im Grunde seines Herzens befürchtet hatte – und der gescheiterte Versuch schickte silbrige Stachel des Schmerzes durch jedes Gelenk zwischen Handgelenk und Schulter.

Aldric hob wiederum die Schultern, obwohl es diesmal eher ein unterdrücktes schmerzliches Zusammenzucken war, und hätte geflucht, wäre das auch nur im Geringsten hilfreich gewesen. Während er dann über die Sache nachdachte und dabei den Arm spannte und entspannte, um die

Verkrampfung zu lösen, fluchte er dennoch. Leise – aber inbrünstig.

»Idiot«, murmelte er vor sich hin. »Hättest du dir denken können. Wer mag nach diesem Lärm wohl alles Bescheid wissen?«

Es war ein Selbstgespräch, um eine vertraute Stimme zu hören, mehr nicht. Trotz seiner Selbstvorwürfe hatte Aldric den Verdacht – nein, er war sich ziemlich sicher –, dass alle, die wissen mussten oder wollten, wenn er erwachte, es auch bereits wussten. Wenn er ein Gefangener war – oder ein Gast, wenngleich seines Wissens nicht einmal das Drusalische Reich vorschrieb, Gäste hinter Schloss und Riegel zu halten –, war es unwahrscheinlich, dass die Aktivitäten der letzten Augenblicke lange unbemerkt geblieben wären.

Aber wer hatte sie zur Kenntnis genommen? Und wem würde man davon berichten?

Der Alber verzog das Gesicht und hob Witwenmachers Scheide von der Stelle auf, wo sie gelandet war, als er die Klinge daraus befreit hatte. Das *Taiken* senkte sich mit einem stählernen Flüstern hinein, während er auf beide Knie sank. Er legte die Waffe auf seine Oberschenkel, kauerte sich auf die Fersen, zog sich den *Cymar* enger um die Brust und sammelte sich für das Warten.

Er brauchte nicht lange zu warten – und hatte auch nicht damit gerechnet.

Aldric schätzte, dass seit seinen ersten Lebenszeichen bis zum metallischen Klicken, als die Tür aufgesperrt wurde, nicht mehr als zehn Minuten vergangen waren. Bei diesem Geräusch erhob er sich geschmeidig, rasch und lautlos, und während er mit gespreizten Füßen einen festen, sicheren Stand einnahm, schloss sich die rechte Hand um das Heft des Schwerts und beschrieb mit ihm die winzige Drehung, die nötig war, um die Verschlussschlaufe zu öffnen. Witwenmacher schien vor Eifer in seiner Hand zu zittern wie ein rüttelnder Falke. Die Klinge würde jetzt auf den geringsten Zug ihre Scheide verlassen, so blitzschnell wie eine zustoßende Kobra.

Und ebenso tödlich.

Die Frau in der Tür wusste es. Sie stand reglos da und nicht im Geringsten furchtsam, falls das Lächeln auf ihren vollen roten Lippen etwas zu bedeuten hatte. Aber man hatte ihr groß und breit geschildert, sie tatsächlich sogar davor gewarnt, wie schnell und gefährlich dieser junge Mann war, und sie hatte es zur Kenntnis genommen – wie sie auch jetzt viele andere Dinge an ihm zur Kenntnis nahm, als ihr Blick abschätzend über seinen entblößten, aber ebenso quälend verhüllten und schließlich so *lebendigen* Körper huschte. Sie hatte ohne jede Scham das Laken zurückgeschlagen, während er reglos im drogenumnebelten Schlaf gelegen hatte, und war leicht von ihm angezogen gewesen. Doch wie anders dieser Alber nun aussah, da sich geschmeidige, starke Muskeln unter seiner sonnengebräunten Haut bewegten! Ja. Ganz anders. Für einen Augenblick war der Hunger in ihren Augen so nackt wie sein Körper unter dem *Cymar*, für dessen Auswahl aus der Garderobe ihres Bruders sie eine Viertelstunde benötigt hatte. *Und keine Minute dieser Zeit war vergeudet.* Sie beschloss, diesen Mann mit aller nötigen Vorsicht zu behandeln und sogar noch ein wenig mehr. Zumindest einstweilen.

Aldric sah sie mit zusammengekniffenen Augen an, und sein Gesicht war ganz bewusst zu einer ausdruckslosen Maske erstarrt. Er wirkte so sprungbereit und wachsam wie eine aufgeschreckte Katze, bereit, vom einen Augenblick auf den anderen zuzuschlagen oder auszuweichen, denn obwohl ihm eine verschwommene, undeutliche Erinnerung verriet, dass er diese Frau bereits zwei Mal gesehen hatte, konnte er sich nur an das erste Mal mit ausreichender Klarheit erinnern. Auch damals hatte sie einen Raum betreten, war aber von bewaffneten Wachen in Rüstung umgeben gewesen.

Nun, diesmal gab es keine Wachen. Und das war ihr Fehler, denn er konnte sie falls nötig packen und ihr die keinen Widerspruch duldende Klinge Witwenmachers an die teuer duftende Kehle halten, bevor diese Kehle einen Hilfeschrei auch nur formen konnte.

Und dann, *dann* konnte er – wenngleich ihn die Vorstellung wegen ihres völligen Mangels an Ehre abstieß – um seine Freiheit feilschen. Mit ihrem Leben.

»Ihr seid wach.« *Herrgott und Heiliges Licht des Himmels, was für eine Stimme sie hatte!* Die Tatsache war offensichtlich und machte ihre Worte überflüssig. Aber gerade ihre Trivialität trug dazu bei, die gespannte Stille zu mildern, die das Schlafzimmer wie unter einer Rauchwolke zu ersticken schien.

»Allerdings.«

»Gut.« Man konnte nicht behaupten, dass ihre Unterhaltung vor geistreichem Wortwitz sprühte. Sie zögerte, musterte ihn von Kopf bis Fuß, ebenso offen abschätzig wie zuvor, und nickte bei sich. »Ihr seht sehr gut aus… ausgeruht. Und gesund.«

Aldric fühlte sich ein wenig unbehaglich unter ihrem Blick. »Angekleidet würde ich mich noch besser fühlen, meine Dame. Wo ist meine Kleidung?«

»Sie war unbrauchbar. Zerfetzt und fleckig.«

»… Und sie gehörte mir. Ich habe gefragt, *wo* sie ist, nicht *was*. Ich will meine eigene Kleidung, nicht diese … diese Pferdedecke.« Eine hervorragende Pferdedecke sowie eine von beträchtlichem Wert, aber das spielte keine Rolle mehr. Aldric wusste, dass er versuchte, ironisch und witzig zu sein, und er wusste auch, dass es ihm nicht sonderlich gut gelang, denn das Gefühl, das sein mühsamer Humor verbarg, bestand darauf, immer wieder hochzukommen. Dieses Gefühl war Verärgerung.

Verärgerung, die sich gegen sie richtete, weil seine Erinnerung dem widersprach, was er sah und hörte. Und Verärgerung, die aus sich selbst Nahrung bezog, da sein Unbehagen sich in einer Schroffheit manifestierte, die ganz und gar nicht im Einklang mit der von einem Gast erwarteten Höflichkeit stand. Oder war er doch ein Gefangener?

»Meine Kleider«, wiederholte er etwas ruhiger. Dann fügte er leise hinzu: »Bitte.«

»Schon besser.« Sie sagte es mit einer Art Dankbarkeit, nicht neckisch wie eine Person, die ihren Standpunkt klargemacht und durchgesetzt hat. »Euch ist natürlich klar, *'tlei*, dass solch eine Bitte sehr leicht gewährt werden kann.« Der schnurrende, heisere Tonfall war wieder da und unterlegte ihre Worte mit einer honigsüßen Düsternis, die zuvor nicht vorhanden war. Sie klatschte zweimal in die Hände und trat zur Seite.

Und ein Mann trat ein: Ein Mann, der Aldric instinktiv einen Schritt zurückweichen ließ, allein aus Vorsicht. Nicht aufgrund dessen, wer der Mann war – nur ein livrierter Bediensteter, nicht mehr –, sondern aufgrund dessen, was er war: riesig. Er überragte den Alber um mehr als einen Kopf und die Schultern waren genauso wie der Rest seines Körpers – kantig und voller sehniger Muskeln, deren Umrisse auch durch seine Kleidung deutlich zu erkennen waren. Er gehörte zu der Sorte hervorragender Leibwächter, deren Anwesenheit bereits eine Waffe war, zu der Sorte Mann, der man besser nicht in die Quere kam. Und seiner Miene nach zu urteilen hatte er nicht nur gehört, wie Aldric mit seiner Herrin gesprochen hatte, sondern missbilligte es auch.

In seinen Armen lagen, präzise gefaltet, Kleidungsstücke, die Aldric kannte: Die meisten waren schwarz und aus Leder – Tunika, Hose und Stiefel. Aber da war auch noch etwas anderes, das nicht aus Leder, sondern aus Fell war: ein *Coyac* aus schwarzem Wolfsfell. Aldric starrte das Kleidungsstück an und empfand ein leichtes, merkwürdiges Wogen in der Magengrube. Insgeheim, ganz tief in seinem Innersten, hatte er gehofft. Hatte sich gewünscht … *Von all meinen Besitztümern hätte ich mir von diesem am meisten gewünscht, dass es zu Asche verbrannt wäre. Und die Asche im Westwind zerstreut.*

Und doch wollte ihm kein einziger Grund dafür einfallen.

Unter äußerster Missachtung ihrer ordentlichen Falten wurde seine Kleidung ohne viel Aufhebens auf das Bett geworfen und ein Stiefel fiel mit dumpfem Poltern zu Boden. Der rechte Stiefel natürlich. Einen Augenblick stand er aufrecht, dann kippte er um. Und ein Messer fiel mit einem anklagenden Klirren heraus, das alle Blicke auf sich lenkte.

Es war Aldric, der zuerst den Blick davon löste, und zwar mit dem Gefühl, dass das Vorhandensein des Messers trotz der scheinbaren Verblüffung für niemanden eine echte Überraschung war. Die ganze Sache war vermutlich von vorne bis hinten arrangiert worden, mit ebenso viel Vorsatz wie die Auswahl des Überwurfs, den er trug. Er bückte sich, stellte den Stiefel wieder hin, hob das Messer auf, drehte es ein oder zwei Mal in den Fingern und schob es dann mit unbesorgter Beiläufigkeit wieder in die Scheide zurück, die in den mit Schnüren und Schnallen versehenen Stiefelrist genäht war.

»Danke.« Die Bemerkung war an niemanden speziell gerichtet und so neutral formuliert, dass sich unmöglich sagen ließ, ob er erfreut oder belustigt war … oder vor Zorn kochte.

Der massige Bedienstete funkelte ihn an, und obwohl er es die ganze Zeit gewusst hatte, fiel Aldric wie zum ersten Mal der diagonal über seine Brust verlaufender Gurt auf, der Schulterriemen für ein Armee-Kurzschwert mit breiter Klinge. Also hat sie doch eine Eskorte, dachte er. In gewisser Hinsicht. Aber eine, mit der ich leicht fertig werden könnte. Nur ein Haufen Fleisch. Er erwiderte den durchdringenden Blick des anderen Mannes, und dieser wandte den seinen zuerst ab.

Nicht das geringste Aufflackern von Zufriedenheit über den kleinen Sieg zeigte sich auf Aldrics Gesicht, weil er immer sicherer wurde, dass er von irgendjemandem aus einem ihm unbekannten Grund geprüft wurde.

Doch aus welchem Grund?

»Hinaus.« Der Befehl wurde ganz leise ausgesprochen und war kaum mehr als ein Hauch. Der Bedienstete zögerte. Obwohl ein Blick zu seiner Herrin und ein zustimmendes Nicken von ihr erforderlich waren, verließ er den Raum ohne Widerspruch und schloss die Tür hinter sich, wie es sich für einen guten Bediensteten gehörte. Doch die Frau blieb.

Aldric unterbrach seine Tätigkeit, seine Kleider auf dem Bett auszubreiten, und warf ihr einen Blick zu, dann zeichnete er mit einem Finger einen kleinen Kreis horizontal zwischen ihnen in die Luft. »Dreht Euch um!«, sagte er nachdrücklich und wartete, bis sie gehorcht hatte.

»Ich hatte nicht erwartet«, sagte sie zur Wand, »dass ein Mann, dem etwas an Ehre liegt, auch ein Mann sein könnte, der unbewaffnete Frauen bedroht.« In ihrer Stimme lag nur ein Hauch von Missbilligung.

»Ich habe Euch nicht bedroht. Nicht ein einziges Mal.«

»Doch, habt Ihr – und ich habe es gesehen. Ihr hieltet Euer Schwert und habt mich angesehen und Euch dabei gefragt, ob Ihr mir die Klinge wohl an die Kehle setzen müsst, um dieses Haus verlassen zu können. O ja.«

»War ich so leicht zu durchschauen?« Aldric ließ das Eingeständnis sarkastisch klingen. »O je …«

»Von einem Gast meines Hauses hatte ich eine solche Reaktion nicht erwartet«, wiederholte sie.

Diesmal sagte Aldric nichts. Er ließ den *Cymar* zu Boden gleiten und entnahm seinen Satteltaschen frisches Leinen, dann beschäftigte er sich damit, ein Bein in die eng sitzende Hose aus dicker Baumwolle zu zwängen, die er unter seiner Reithose trug.

»Und ich hatte nicht erwartet, dass so ein Mann eine lange Unterhose braucht.«

Der Alber blieb wie erstarrt auf einem Bein stehen, das andere wie ein Storch erhoben, halb in und, wichtiger, halb noch nicht in dem fraglichen Kleidungsstück, und er errötete am ganzen Leib, wie gut zu erkennen war, vom linken Unterschenkel einmal abgesehen. Sein Kopf fuhr herum, und zwar schneller, als die drusalische Frau erwartet hatte, denn er bekam noch Überreste eines Gesichtsausdrucks mit, von dem er bei späterer, ruhigerer Betrachtung mit einiger Sicherheit behaupten konnte, dass er ihn nicht hätte sehen sollen.

Sie blickte über die Schulter und auf ihren Lippen zeigte sich ein schalkhaftes Lächeln. Doch in ihren Augen lag ein wahrhaft boshaft-belustigtes Funkeln. Es war keine echte Fröhlichkeit, hervorgerufen durch ihre lächerliche, nicht ganz richtige, jedoch sehr zutreffende Bemerkung. Oh, nein. Es war ein gemeines Schwelgen in der würdelosen Verlegenheit, die ihre Worte hervorgerufen hatten. Noch während Aldric sein Vorhandensein bemerkte, unterdrückte sie dieses Schwelgen und das daraus resultierende Vergnügen – aber allein die Tatsache, dass er es gesehen und erkannt hatte, beunruhigte ihn.

»Keine Unterhose, werte Dame. Eine Hose. Eine anständige Hose.« Er zog das Kleidungsstück hoch und befestigte es entschlossen an der Taille. »Versucht demnächst einmal, einen Lederpanzer direkt auf Eurer zweifellos zarten Haut zu tragen«, fuhr er gereizt fort, »und fragt mich dann noch einmal, warum ich das hier trage. Wenn es Euch bis dahin nicht klar ist.«

Ohne noch etwas zu sagen oder ohne noch weiter darauf zu beharren, sie möge wegsehen – denn es war klar, dass sie nicht die Absicht hatte, es auch zu tun –, legte Aldric saubere Kleidung an. Jemand war so anständig – falls das wirklich das Wort war, das er suchte – gewesen, ihn zu baden und zu rasieren, während er nicht bei Bewusstsein gewesen war, was sollte es also? Dem weiten weißen Hemd und der knielangen Hose folgte das schwarze Leder der Reithose, seiner Stiefel und der Tunika. Und schließlich streifte er die Weste aus Wolfsfell über, ohne wirklich zu wollen. Noch weniger war er jedoch bereit, der Frau seinen Widerwillen zu zeigen.

Das Fell war noch so, wie er es von jenem regnerischen Tag in Erinnerung hatte, als ihm die Weste als Bezahlung für den Tod eines Mannes in die Hände gedrückt worden war, der unter anderen Umständen oder zu einer anderen Zeit vielleicht sein Freund geworden wäre: tief, reich, warm und nach den Kräutern duftend, welche die Drusaler gern in ihre Kleidertruhen streuten. Doch das alles war unterlegt mit dem schwachen Gestank nach Feuer. Und nach verdorbenem, verwesendem Fleisch.

Sie sah ihm schweigend zu, ungewollt beeindruckt von dem Schwarz, das er trug und das durch die wenigen Kontrastpunkte aus schneeweißem Stoff oder poliertem Metall noch tiefer wirkte. Eine andere Person hätte die Grenze zum Melodramatischen bestimmt schon überschritten, aber an diesem Mann war etwas Melancholisches, etwas in sich Gekehrtes, etwas Brütendes, das alle unpassenden Bemerkungen im Keim erstickte. Stattdessen sagte die Frau: »Einen Leder*panzer*, Alber? Gewiss wollt Ihr nicht …?«

»… ohne einen solchen Panzer und meine Waffen sein? Stimmt. Nicht, bevor ich dieses Haus verlassen habe. Und mich in meiner Gesellschaft sicherer fühle.« Er begegnete ihrem Blick, graugrüne Katzenaugen und juwelenartige blaue Saphire suchten nach der Wirklichkeit hinter der Fassade gekünstelter und offensichtlich falscher Ironie. »Darf ich ganz offen zu Euch sein, meine Dame?«

»Unbedingt.« Der sarkastische Unterton wäre bei jeder hübschen Frau unangenehm gewesen und war es bei ihr ganz besonders. Weil sie so hübsch war. Nein – schön. Natürlich schön. Und auf kostbare Art schön.

Und sie wusste, welche Macht ihr das gab.

»Ich traue Euch nicht – es tut mir leid, aber es ist so. Diese ganze Affäre gefällt mir nicht, vom Feuer in der Taverne bis hin zu Eurer scheinbaren Großzügigkeit. Für die ich Euch danke. Aber ich kann für nichts einen Beweis entdecken. Nichts finden, was ich packen, nichts, dessen ich mir sicher sein könnte. Also muss ich Eure Motive so hinnehmen, wie Ihr sie darstellt.«

»Das finde ich wirklich ungewöhnlich nett von Euch.« Ihre Worte klangen ausdruckslos, der Gedanke dahinter war gemein, aber obwohl ihre Stimme in seinen Ohren knirschte wie gemahlenes Glas, war Aldric froh, offen gesprochen zu haben. Zumindest hatte er bewiesen, dass er nicht ganz so naiv war, wie sie vielleicht gedacht hatte. Wenngleich sie trotzdem so wunder-, wunderschön war.

»Und wenn Ihr sie nicht akzeptiert, *Hlens'l*?« Das war das erste Mal, dass er sie dieses spezielle drusalische Wort im Wohlklang ihres Jouvainischen aussprechen hörte, und es schnarrte. »Was würdet Ihr tun?« Jetzt machte sie sich über ihn lustig, subtil, aber nicht so subtil, dass es ihm entgangen wäre.

»Was ich tun würde?«, wiederholte er ihre Frage, indem er sein *Tsepan* mit der Andeutung einer respektvollen Verbeugung aufhob, nicht mehr als eine Neigung des Kopfes, bevor er es in den eng sitzenden Waffengurt schob. Er zögerte einen Augenblick, als würde er seine nächsten Worte abwägen. Und bei diesem Zögern nahm er Isileth, streifte sich den Tragegurt über die Schulter und hakte ihn so tief fest, dass das Langschwert diagonal auf dem Rücken hing. Der Knauf ragte über den Nacken hinaus wie eine zum Zustoßen bereite Otter, doch trotz des bedrohlichen Aussehens trug er das *Taiken* nun in der Friedenshaltung. Es war eine liebenswürdige Geste und eine Art Kompliment, das die Person verstehen würde, die das Langschwert in so auffälliger Übereinstimmung mit den rituellen Vorschriften präpariert hatte.

Aber es war auch eine Beleidigung, eine so subtile, dass sie nur von eben jener Person gewürdigt werden konnte – falls »würdigen« das richtige Wort im Zusammenhang mit Beleidigungen war. Denn ein Kampfschwert in Anwesenheit eines mutmaßlichen Gegners so zu tragen, kündete von Sorglosigkeit und Verachtung und besagte, *Ich betrachte Euch nicht als Bedrohung*, und zwar so klar und deutlich, wie die Sonne denjenigen, die ihren Stand zu lesen wussten, den Mittag anzeigte.

»Tun?«, fragte er noch einmal, als koste er das Wort auf der Zunge. Das Grinsen, das folgte, war ein angenehmer Anblick, weiße Zähne und funkelnde Augen – ganz anders als die Worte, die es begleiteten. »Wahrhaftig, werte Dame, ich habe keine Ahnung. Aber ich würde Euch bitten, für jetzt und für später – zwingt mich nicht, es herauszufinden.

Ich bezweifle, dass einer von uns Freude an der Offenbarung hätte.«

Er verbeugte sich aus der Hüfte; ein falscher, theatralischer, eleganter Schwung, der keine albische Gehorsamsbezeugung und daher eine weitere Beleidigung für all jene war, die ihn als solche betrachten wollten. »Und nun« – Aldric hob seine Satteltaschen auf und legte sie sich bequem über eine Schulter – »danke ich Euch für Eure Freundlichkeit und verabschiede mich.«

»Ihr verabschiedet Euch, Alber?« Überraschung und Schock. Wenn beides vorgetäuscht war, dann war sie eine ebenso talentierte Schauspielerin wie eine verführerisch schöne Frau – und eben aus dem letzteren Grund wollte Aldric ihr Haus, ihre Stadt, ihre Einflusssphäre verlassen. Ein weiser Geschichtsgelehrter hatte einmal gesagt: »Ein weiser Mann ist jemand, der seine eigenen Schwächen kennt.« Aldric kannte die seinen nur zu gut. »Im Namen des Vaters der Feuer, wovor lauft Ihr davon? Warum wollt Ihr Euch so schnell verabschieden?«

»Weil es ist, wie Ihr sagt: Ich bin Alber. Ich will nach Hause. Und wenn dies Tuenafen ist, wie ich glaube, dann sollte ein geeignetes Schiff für mich im Hafen liegen.«

»Ich … glaube nicht.«

Wäre ihr Tonfall belustigt, spöttisch oder sarkastisch gewesen – oder eines von mehreren Dingen, die Aldric nicht hören wollte, hätte er vielleicht einfach die Satteltaschen zu Boden gleiten lassen und sein Schwert gegen sie gezogen. Frau oder nicht, hübsch oder nicht. Schön oder nicht.

Aber sie klang aufrichtig verärgert und bedauernd und sie sah auch so aus und war es vielleicht sogar. Zumindest genügend, um zu verhindern, was eine ebenso aus der Furcht geborene reflexhafte Handlung gewesen wäre wie der gesträubte Buckel einer Wildkatze. Eines *Kourgath* aus den albischen Wäldern.

Dennoch musste er langsam und tief Luft holen, damit seine Stimme bei dem Hämmern des Herzschlags nicht zitterte, als er leise sagte: »Warum?«

»In den vergangenen zwei Tagen haben keine Schiffe im Hafen von Tuenafen angelegt. Es tut mir leid. Wahrhaftig. Hätte ich es doch nur gewusst! Nach dem Schlag auf den Kopf und der Medizin, die mein Arzt empfohlen hat, wart Ihr fast drei Tage und Nächte bewusstlos. Ach, Vater der Feuer, hätte ich es doch nur *gewusst*!« Ihre Miene veränderte sich im Einklang mit mehreren konsequenten Gedanken und Überlegungen. »Aber letzten Endes«, sagte sie schließlich, »ist es wohl das Beste so.«

»Wirklich? Wie meint Ihr das?«

»Dass Ihr hier bei mir seid und ich in Eurer Schuld stehe.«

»Wegen dieser verdammten Pferde?« Die nebelhafte Erinnerung an ihr vorheriges und äußerst einseitiges Gespräch wurde viel klarer. »Ich habe lediglich einen ernsthaften Versuch unternommen, mich umzubringen, werte Dame – und das ohne guten Grund.«

Sie sah ihn missbilligend an und wedelte mit einem Finger in der Luft, tadelnd wie ein Lehrer. »Das stimmt nicht, und darauf bestehe ich. Diese Pferde waren nicht nur verdammt, insbesondere die Kutschenponys. Sie waren – sind dank Euch – verdammt edel, verdammt teuer und verdammt gesund. Ich bin Euch etwas schuldig, Alber, ja. Sagen wir, wegen der Pferde.«

»Meine Dame, ich verstehe nicht, was Ihr mir zu sagen versucht.«

»Wenn heute ein Schiff im Hafen läge, jetzt, in eben dieser Minute, und Ihr ginget an Bord, um Euch einen Platz auf dem Schiff zu kaufen – o ja, und einen Platz für Eure Pferde –, dann würdet Ihr damit nur Eure Zeit verschwenden. Weil Ihr es Euch nicht leisten könntet. Nach dem Feuer nicht mehr.«

Obwohl er keinen Laut von sich gegeben und nicht einmal die Worte mit den Lippen geformt hatte, stand Aldrics Frage so klar in seinen Augen, dass sie sofort Antwort gab.

»Euer Geld ist weg. Alles.«

Etwas wie eine eisige Messerspitze lief ihm über den Rücken und er schien die Gitterstäbe eines Käfigs zu sehen, der sich rings um ihn schloss. Aber er hatte vielleicht noch einen Trumpf in der Hinterhand, von dem niemand etwas wusste. Wenn doch nur … Er zwang seine Stimme zu tonloser Ruhe. »Wie groß war der entstandene Schaden? Ich … habe das Ende verpasst.«

»Gewaltig«, erwiderte sie leise. »Die Taverne ist völlig ausgebrannt. Stall, Küche, Schankraum – und auch die meisten Gästezimmer. Eures ebenfalls. Aus irgendeinem Grund waren Eure Satteltaschen nicht darin.«

Doch, das waren sie, verdammt! Er schluckte die wütende Erwiderung gerade noch rechtzeitig herunter. Sollte sie ruhig glauben, ihn noch länger für dumm verkaufen zu können! Aber seine Satteltaschen waren unausweichlich in dem Zimmer, in dem er auch schlief, selbst ungeachtet des Geldes. Sie enthielten saubere Kleidung und das Rasiermesser, also diejenigen Dinge, welche er am frühen Morgen immer zuerst benötigte. Wer hatte sie also aus dem Zimmer geschafft?

»… sie wurden schließlich gefunden und untersucht …«

»Natürlich!« Diesmal unterbrach er sie laut, aber sein Sarkasmus schien fast eine erwartete Reaktion auf ihr Eingeständnis zu sein und blieb ohne direkte Erwiderung.

»Untersucht«, sagte sie jetzt mit betonter Geduld, »um eine Vorstellung davon zu bekommen, wer Ihr seid, aus keinem anderen Grund. Denn es gab ein Stadium, da bestand meine einzige Sorge darin, einige aufrichtige Worte für Eure Grabinschrift zu finden.«

Aldric starrte sie an und sein Mund zuckte ein wenig, ohne eine der Dutzend möglichen Ausdrucksformen zu vollenden, zu denen er ihn hätte verziehen können – und keine davon hätte der Drusalerin gefallen. Doch sie hob lediglich beide Schultern zu einem demonstrativen Achselzucken und beließ es dabei. Warum sich jetzt noch deswegen Gedanken machen?, besagte das Achselzucken. Ihr lebt schließlich noch, oder?

»In den Satteltaschen war kein Geld, überhaupt keines. Auch nicht in Euren übrigen Taschen. Wäre etwas dort gewesen, hätte man es mir zur Aufbewahrung gegeben. Und doch hat der Gastwirt sich nicht davon abbringen lassen wollen, dass Ihr reich seid. ›Freigebig mit kaiserlichem Silber‹, waren seine genauen Worte. Nicht mehr, fürchte ich. Wenn Ihr einmal ein Vermögen hattet, ist es geschmolzene Schlacke in der Asche der Taverne. Versteht Ihr jetzt, was ich meine, wenn ich sage, dass ich Euch etwas schuldig bin?«

»Ich verstehe, dass ich für meine Reisen im Drusalischen Reich nicht mehr bezahlen kann«, erwiderte Aldric ein klein wenig frostig. Entweder war das fragliche Silber in der Tat geschmolzen – was bis zu einem gewissen Grad unwahrscheinlich war – oder nach dem Brand gestohlen worden, um diesen Eindruck zu erwecken.

»Genau.« Sie ließ sich durch seinen Tonfall nicht reizen, der unter den gegebenen Umständen ohnehin nur natürlich war. »Bis ich meine Schuld bezahlt habe, seid Ihr mein Gast, Alber. Weil Ihr andernfalls – zumindest hier – mittellos seid.«

»Oh.« Das war alles. Aldric stellte seine Satteltaschen wieder ab und ließ die Schultern hängen. Nicht alles an der Geste war vorgetäuscht. Alles passte viel zu gut zusammen und war viel zu offensichtlich im Voraus geplant. Und viel zu offensichtlich speziell für ihn geplant.

Doch trotz ihrer vorgeblichen Allwissenheit wusste die Frau nicht alles. Und in diesem fehlenden Wissen lagen seine einzige Hoffnung und Möglichkeit, aus dieser Notlage herauszukommen, bevor der Käfig vollständig geschlossen wurde.

»Ich will meine Pferde sehen und überprüfen, ob meine Ausrüstung so unversehrt ist, wie Ihr mir versichert habt. Und dann will ich trotz allem einen Blick auf den Hafen werfen.« Es war ein sonderbares Gefühl, sie nicht ein einziges Mal beim Namen genannt zu haben, obwohl sie sich schon so lange unterhielten. Aber schließlich kannte er ihren Namen nicht – und sie auch nicht den seinen. Vielleicht war das auch besser so. Für Namen – auch für falsche – wäre noch Zeit genug, wenn sie von Nutzen waren.

»Ich lasse Euch von einem Bediensteten begleiten«, sagte sie rasch. Zu rasch für Aldrics Geschmack.

»Ich würde lieber allein gehen.«

»Nein!«

»Nein …?«

»Nein. Das wäre zu gefährlich.« Er zog eine Augenbraue hoch. »Ihr seid ein Ausländer. *Inyen-Hlensyarl.* Und im Moment sind die Leute nicht gut auf Ausländer zu sprechen.«

Seine Gedanken gingen zurück zum Verhalten der Einheimischen im Schankraum der Taverne. »Das ist mir auch schon aufgefallen. Warum?«

»*K'shva sho'tah, 'n-tach chu h'labech.*« – »Sie fürchten Euch, weil sie Spione fürchten.«

Seltsam, dass sie diese Erklärung nicht auf Jouvainisch abgeben konnte, in dem sie sich bis jetzt flüssig unterhalten hatten. Oder vielleicht gar nicht so seltsam. In einem seltsamen Land, das von seltsamen Leuten bewohnt ist, wird das

Seltsame gewöhnlich. Oder zumindest akzeptabel. Zweifelsohne traf dies zumindest auf Jevaiden zu.

»Warum«, fragte sie leise, als sei die Antwort offensichtlich, »glaubt Ihr wohl, war Eure Schlafzimmertür verschlossen?«

Aldric blinzelte. Er hatte vorgehabt, *ihr* diese Frage zu stellen und aus der dadurch provozierten Miene seine Schlüsse zu ziehen. Doch jetzt nicht mehr. Tatsächlich war eine beträchtliche Anstrengung seines Willens und seiner Gesichtsmuskeln erforderlich, damit sich die Situation nicht ins Gegenteil verkehrte. »Um mich am Weglaufen zu hindern?«, riet er in schnoddrigem Tonfall.

Die Frau starrte ihn an. War das Verachtung, was er in ihren Augen sah, oder bildete er sich das nur ein? »Nein.« Die Zurückweisung erfolgte flach und ausdruckslos. »Sie war verschlossen, um allen anderen den Zutritt zu verwehren. Andernfalls … Ach, Vater der Feuer, ich weiß es nicht. Nennt es übertriebene Vorsicht und belasst es dabei.«

»Verstanden«, log Aldric, dem es sehr widerstrebte, es dabei zu belassen. »Also. Ich würde mir gern die Beine vertreten und nach meinen Pferden sehen. Der Hafen?«

»Natürlich.« Sie wandte sich zum Gehen und drehte sich dann wieder um, eine Hand ausgestreckt. Auf der dargebotenen Handfläche lag etwas, ein Gegenstand aus geschwungenem Stahl und Silber, der zum Teil in schneeweißes Wildleder gewickelt war.

Der Zauberstein von Echainon.

Und Aldric schlug das Herz bis zum Hals.

»Das gehört Euch. Ich habe es aufbewahrt – wie ich alles aufbewahren würde, was einem *Gast* gehört.« Aldric fand, dass sie das vorletzte Wort zu stark betonte, verkniff sich aber eine entsprechende Bemerkung. »Ein wunderbares Juwel.«

Juwel?

Mehr hatte sie nicht gesagt. Die Bedeutung des jouvainischen Wortes war eindeutig. Also hatte der Stein irgendwie sein Geheimnis bewahrt und das unheimliche blaue Leuchten verborgen, das ihn bei weitem mehr als ein Juwel gekennzeichnet hätte. Obwohl er sich nicht vorstellen konnte, wie oder warum. Aldrics Gedanken überschlugen sich, als er sich überlegte, wie er seine Lage sicherer machen und wegerklären könnte, was sie möglicherweise in seinen Augen gesehen hatte.

»Nicht einmal ein Juwel, werte Dame. Nur ein Halbedelstein ohne besonderen Wert, auch wenn er recht hübsch ist. Natürlich ist er sehr alt und es gibt Leute, die aus diesem Grund einen einigermaßen guten Preis dafür zahlen würden.«

Die Zungenfertigkeit, mit der er diese Lügen vorbrachte, brachte ihn ein wenig aus der Fassung. Es war fast so, als spreche ihm jemand – es hätte gut sein können, vielleicht sogar der Stein selbst – die Worte vor und lenke sie zum eigenen Schutz.

»Aber er ist ein Erbstück meiner Familie und gehört keinem anderen. Ich habe ihn geerbt …«

Oder gestohlen? Der Argwohn in ihren Augen war offensichtlich.

»Und auch wenn ihm sonst niemand Wert beimisst, so ist er mir doch teuer.«

Er pflückte ihr den Talisman mit den Fingerspitzen aus der Hand, ohne sie zu berühren, und nahm ihn somit neuerlich in Besitz, während er sich höflich vor ihr verbeugte. Diesmal zeigte diese Bewegung nicht den Hauch einer Beleidigung. An einem förmlichen albischen Dritten Gehorsam war nichts Beleidigendes, selbst in dieser verknappten Version nicht. Aber die Verbeugung verschaffte ihm Gelegenheit, die Gesichtsmuskeln zu entspannen, die sich inzwischen so anfühlten, als hätten sie sich in einem Ausdruck der vorsichtigen Neutralität verkrampft. Nur seine Handflächen hätten ihn mit ihrem dünnen Schweißfilm verraten können, aber das Händeschütteln war Gemmels Brauch, nicht seiner. »Ich danke Euch, meine Dame.«

Die Bedeutung seines Zögerns war offensichtlich. »Nennt mich Kathur, Alber. Wie alle.«

»Durchaus angemessen«, sagte Aldric, wobei er sich ein Lächeln gestattete. »Kourgath-*Eijo* aus … dem Südwesten von hier.« Jetzt war es an Kathur, über seine doppelte witzige Bemerkung zu lächeln, und beide waren mit ihrem Austausch von Lügen zufrieden. Er hatte ihr nur erzählt, dass er nach der Luchskatze auf seinem schweren Silberkragen benannt war, und jeder mit ein wenig Verstand würde erkennen, dass dies lediglich ein Spitzname war. Der Südwesten umfasste ein beachtliches Stück des Reichs, aber auch Vreijaur und die unabhängigen Stadtstaaten Jouvanns. Im Endeffekt also eine Antwort, die nichts beantwortete.

Ihre Erwiderung war ebenso vage gewesen, überlegte Aldric, als er sich verabschiedete. Kathur, natürlich! Also war sie nach ihrer Haarfarbe benannt worden – oder hatte sich den Namen selbst ausgesucht. Weil *en-K'thar* auf Drusalisch »der Fuchs« bedeutete und sie ihm mit ihrer weichen Vokaländerung das feminine Äquivalent genannt hatte. *In-K'thur* bedeutete nicht mehr und nicht weniger als »weiblicher Fuchs«.

Die Füchsin.

VIER
Die Stunde des Fuchses

Aldric streckte die Hand aus und versetzte der Tür einen einzigen heftigen Stoß. Sie schwang nach innen, lautlos, und ein breites Band aus staubig goldenem Licht schob sich an ihm vorbei in den düsteren Stall und malte seinen Schatten auf das hohe Stroh auf dem Boden. Er blieb einige Minuten in der Tür stehen, ohne sich zu bewegen oder etwas zu sagen, und beobachtete nur die scharfkantigen Gegensätze zwischen Sonnenlicht und Finsternis, wobei er halb mit einer jähen Bewegung rechnete.

Mehr als halb. Witwenmacher hing jetzt nah an seiner linken Hüfte an ihrem silberbeschlagenem Waffengurt, bereit, zum Zweikampf gezogen zu werden, und seine rechte Hand war zu ihrem Heft zurückgekehrt, nachdem er die Tür mit einer Handbewegung geöffnet hatte, die zu schnell und präzise ausgeführt worden war, um Zufall zu sein.

Seine Vorsicht war jedoch unnötig, denn nachdem seine Augen sich langsam an die Dunkelheit im Stall gewöhnt hatten, sah er, dass alles in Ordnung war. In bester Ordnung. Und eben deswegen zogen sie sich zu schmalen Schlitzen zusammen.

Die Pferde waren heil und gesund. Der Harnisch war heil

(*gut!*). Der Packsattel und die Kästen mit der Rüstung waren heil – obwohl zweifellos gründlich durchsucht.

Alles war heil und unbeschädigt – alles mit Ausnahme des Silbers, mit dem er sich von hier hätte verabschieden können, wann immer er es gewollt hätte. Ja, ein sehr wählerisches Feuer, allerdings. Wer hatte es gelegt? Keine Spur dieses sarkastischen Gedankens zeigte sich für den interessierten, neugierigen Mann neben ihm auf seinem Gesicht. Die versprochene Eskorte.

Und der erwartete Spion.

All seine Verdächtigungen fanden jetzt ihre Bestätigung. Nicht, dass sie mit einer durchsichtigen Erklärung lange oder überhaupt hatten beschwichtigt werden sollen. Aber wenn die Taverne ursprünglich mit Bedacht in Brand gesteckt worden war, um ihn dorthin zu bekommen, wo jemand – *wer?* – ihn haben wollte, dann war das eine Tat von atemberaubender Rücksichtslosigkeit – die Tat einer Person, die sich keine Gedanken um die Konsequenzen machte. Oder sich keine Gedanken zu machen brauchte, weil ihr jemand den Rücken stärkte. Und dieser Gedanke war der beängstigendste von allen.

Aldric trat unbeschwert ein. Lyard, das große andarrische Streitross, drehte sich in seiner Box, da es den einzigen Mann wiedererkannte, dem es absolut und vollkommen vertraute. Es verlangte Aufmerksamkeit, und Aldric tätschelte ihm den suchenden Kopf und gab dem schwarzen Hengst einen Apfel, der runzlig geworden, aber immer noch süß war und den er auf seinem Weg aus Kathurs Haus aus einer Obstschale mitgenommen hatte. Um der Gerechtigkeit willen gab er auch dem Packpony einen Apfel und biss selbst herzhaft in einen dritten, während er sich das Stallgebäude genauer ansah. Sein Blick fiel auf das frische Stroh. Er registrierte den Hafer und das saubere Wasser, roch das süßliche und ein wenig staubige Aroma, welches ihm verriet, dass der Stall gut belüftet und trocken war, und nickte unmerklich in widerwilliger Anerkennung, da er ehrlich genug sich selbst gegenüber war, um sich einzugestehen, dass er irgendwo einen Makel hatte finden wollen. Er sah zu, wie die Pferde geräuschvoll ihre Geschenke verspeisten, und ging dann langsam zum Sattelzeug, das an einem Holzgestell an der gegenüberliegenden Wand hing, während er den Kopf wandte und Kathurs Bediensteten arrogant anstarrte.

»Wie weit ist es zum Hafen?« Er stellte die Frage mit vollem Mund und absichtlich unhöflich.

Er bekam keine Antwort und erwog, die Frage noch einmal auf Drusalisch zu stellen – obwohl die Apfelstücke in seinem Mund sich als Herausforderung erweisen mochten, wenn er diese gutturale, schlampige Sprache benutzte, und insbesondere dann, wo er sich doch zuvor große Mühe gegeben hatte zu zeigen, dass er diese Sprache weder beherrschte noch verstand. Er beschloss, sich nicht die Mühe zu machen. »Ich gehe ohnehin.«

Weder wusste er noch kümmerte es ihn, ob er verstanden wurde, denn bei diesen Worten strich er mit der flachen Hand beiläufig über das kunstvolle, teuer bearbeitete Leder seines hohen Sattels. Teurer, als jeder zu Fuß gehende oder in Kutschen fahrende Drusaler verstehen konnte. Seine Berührung war die eines Mannes, der mit der Hand über den nackten Körper seiner Geliebten streicht, und das aus gutem Grund.

Er war immer noch Herr über sein Schicksal.

Das eingestanzte Muster war ein förmliches, kunstvolles und klassisches Motiv für Pferdegeschirr, ein abstraktes Motiv aus ineinander verschlungenen Arabesken, und es hätte eines fachkundigeren Auges bedurft, als es sie außerhalb von zwei oder drei Zentren der Gelehrsamkeit gab – oder der systematischen und vollständigen Zerstörung eines offensichtlich unbeschädigten Sattels –, um den einen Saum zu entdecken, der um eine Winzigkeit dicker war als alle anderen. Sein bloßes Vorhandensein – *und* die Sicherheit, dass niemand, nicht einmal sein eigener Pflegevater Gemmel von der Diskrepanz im Muster wusste – hatte Aldric dreieinhalb Pfund in reinen Goldbarren gekostet. Er hatte für diese Arbeit zwei Tage nach einer besonders unangenehmen Unterhaltung mit keiner geringeren Person als König Rynert persönlich bezahlt und das Metall für gut angelegt gehalten.

Denn in dem etwas zu dicken Stück Leder steckte eine Röhre aus Pergament, so eng zusammengerollt, dass sie kaum vom Umfang einer Gänsefeder war. Ein Brief – und kein gewöhnlicher Brief, auch nicht auf dieser keineswegs gewöhnlichen Mission für den König. Seine bloße Anwesenheit beruhigte den jungen Alber. Sollte die Füchsin über den Zustand seiner Finanzen sagen, was ihr in den Sinn kam: Er konnte sich dennoch eine schnelle, geheime Überfahrt auf einem Schiff leisten.

Oder auch ein Schiff. Aldric überlegte einen Moment und musste ein Grinsen gewaltsam unterdrücken. Schiff, Unsinn! Die Erkenntnis kam ihm erst jetzt. Er konnte sich eine ganze Handelsflotte kaufen!

Denn der Brief war in der Tat weit davon entfernt, gewöhnlich zu sein. Es war ein Kreditbrief, ausgestellt auf die Aldrics Ansicht nach größte und mächtigste Kaufmannsgilde im nördlichen Reich. Ein Kreditbrief, der – wenn es sein musste – für dreißigtausend albische Deniere in ungemünztem Gold gut war.

Trotz allem, was König Rynert zu diesem Thema gesagt hatte, war Aldric der unumstrittene Herr Dunraths und lange genug – gerade lange genug – *Ilauem-Arluth* Talvalin gewesen, um guten Nutzen aus dieser Tatsache zu ziehen. Er fragte sich, ob bereits jemand die Gilden-Stempel in Dunraths Schatzkammer bemerkt hatte, einer Schatzkammer, die faktisch um ein Drittel ihres Inhalts erleichtert worden war. Und musste dem Verlangen widerstehen, schallend zu lachen.

Trotz seines neuerlich bestätigten Reichtums fühlte Aldric sich in Tuenafen unwohl. Jeder andere Ort im Westlichen Reich hätte dieselbe Wirkung auf ihn gehabt. Der junge Kaiser Ioen und sein rebellischer Kriegsgroßfürst steuerten nach den plötzlichen und mysteriösen Todesfällen, die den Kaiserlichen Hof heimgesucht hatten wie eine Plage – oder, wie einige Fanatiker verkündeten, wie die Vergeltung eines empörten Himmels – unvermeidlich einer bewaffneten Auseinandersetzung entgegen. Die Serie der Todesopfer hatte mit Kronprinz Ravek begonnen, der bei einem Jagdunfall ums Leben gekommen war, den viele gar nicht für einen Unfall hielten, und hatte dann wie eine Sense im Kornfeld unter Höflingen und Ratgebern gewütet und letzten Endes auch nicht vor dem Kaiser Halt gemacht, der tot – infolge einer Vergiftung sagten einige; durch eine ganz andere Art von Exzess behaupteten andere – auf der Couch einer Konkubine im Freudenpalast in Kalitzim aufgefunden worden war. Und bis zu ihrem jähen Ableben waren alle Marionetten gewesen, die äußerst gehorsam getanzt hatten, wenn *Woydach* Etzel an den entsprechenden Fäden zog.

Der überlebende Sohn des Kaisers, Ioen, war plötzlich in die Hauptrolle eines politischen Dramas gedrängt worden, für das er nicht geprobt hatte. Und das hatte zu gewissen Verdächtigungen in Bezug auf das Ableben seines Vater und seines Bruders geführt, obwohl vier Jahre zwischen den beiden Todesfällen lagen. Nicht, dass der Junge selbst beschuldigt worden wäre. Zum Zeitpunkt seiner Ernennung zum Kronprinzen war er sechzehn Jahre alt und zu so einer Ruchlosigkeit wohl kaum fähig gewesen. Sein Beschützer und Mentor hingegen schon: General Goth war zu allem fähig, was er rechtfertigen konnte – und die letzten Monate hatten bewiesen, dass er eine bemerkenswerte Fähigkeit besaß, Gründe für sein Tun zu finden.

Berichte meldeten ein Attentat hier, eine Entführung mit Festnahme dort und viele Scharmützel, die weitaus ernsterer Natur waren als die Zusammenstöße zwischen Partisanenbanden, die Aldric ein oder zwei Mal in anderen Städten miterlebt hatte. Auch in Tuenafen war es bereits dazu gekommen, denn die Folgen waren offensichtlich: eingeschlagene Fensterscheiben, zerschmetterte Hauslaternen – und die noch unbeschädigten wurden durch Läden oder Gitter aus massivem Draht geschützt. Kleine Straßen waren durch Barrikaden gesperrt und an den Hauptdurchgangsstraßen gab es Kontrollpunkte, die von der Stadtmilitia bemannt waren – Bewaffnete mit der Berechtigung, jeden Verdächtigen anzuhalten, zu durchsuchen und wenn nötig festzunehmen.

Die Atmosphäre war gespannt, brüchig wie dünnes Eis, doch zu Aldrics Überraschung gingen die Leute wie immer ihren Geschäften nach. Erst, als er verstohlen einige Gespräche belauschte, ging ihm auf, wie falsch jener erste Eindruck gewesen war. Sie redeten über die Vorgänge im Reich: die politischen Spaltungen, das religiöse Schisma der Tesh-Ketzerei – aber immer in Umschreibungen, die vage, unpräzise und bequem waren. »Meinungsverschiedenheiten.« »Schwierige Zeiten.« »Probleme.« Aber niemals das Offensichtliche.

Bürgerkrieg.

Beinah so, als könnten sie dadurch, dass sie die Wirklichkeit nicht beim Namen nannten, ihr Vorhandensein leugnen. Aber ihr Gelächter, wenn es denn kam, war gezwungen und übermäßig laut und sie zeigten die unangenehme Neigung, Fremden mit ihren Blicken zu folgen, ohne sie wirklich richtig anzusehen. Aldric hatte sich diese Seitenblicke mehr als einmal zugezogen, aus Augen, die sich sofort abwandten, wenn sie seinem eigenen Blick begegneten. Und das machte ihn kribblig.

Irgendwo hatte ihm irgendjemand den Grund verraten und der war so lächerlich, dass er ihn damals nicht geglaubt hatte. *Damals.* Jetzt war er nicht mehr so sicher. Sein Kleidergeschmack war das Problem. Seine bevorzugte schwarze und silberne Kleidung spiegelte offenbar Unterstützung für die Partisanen wider – ausgerechnet für *Woydach* Etzel, den Kriegsgroßfürsten! –, was in Verbindung mit seinem ausländischen Gehabe ausreichte, um jeden zu beeinflussen, der seiner ansichtig wurde. Niemand im Reich war neutral. Entweder fand seine Art, sich zu kleiden, Billigung und Zustimmung – oder jemand fühlte sich irgendwo so durch ihn provoziert, dass er mit einem Messer im Rücken endete. Selbstverständlich nur als Form der politischen Aussage und ohne persönliche Animositäten. Als spielte das eine Rolle!

Die Tatsache, dass jeder politische Extremist, der Aldric angriff, solange dieser Isileth Witwenmacher offen auf dem Rücken trug, in zwei Hälften geschnitten würde – natürlich nur infolge eines Abwehrreflexes und ohne persönliche Animositäten, was jedoch vor einem kaiserlichen Gericht in keiner Form von Bedeutung wäre –, war nur ein schwacher Trost. So konnte er sich kaum unauffällig im Hintergrund halten.

Aber Aldrics Geburtstag nahte und er hatte die Absicht, diesem Tag lebendig und bei guter Gesundheit anständig zu feiern. Wenn das bedeutete, dass er sich von Kathur genug Geld leihen musste, um sich neue Kleidung zu besorgen, dann sollte es halt so sein. Schließlich betonte sie ständig, wie sehr sie in seiner Schuld stand.

In dreiundzwanzig Tagen wurde er vierundzwanzig Jahre alt. Fast ein Vierteljahrhundert, obgleich sowohl er als auch andere bei vielen Gelegenheiten laut bezweifelt hatten, dass er je ein so ehrwürdiges Alter erreichen würde. Daher wäre es eine ziemliche Ironie – nein, es wäre geradezu dumm –, wenn irgendeinem Fanatiker mit einem einfachen Messer gelänge, was Duergar und Kalarr und Crisen (und all ihre jeweiligen Lakaien) nicht gelungen war, und das nur wegen einer unglücklichen Kleiderwahl. *Licht des Himmels*, dachte der Alber, als er im Geiste noch einmal die Liste durchging, *waren es tatsächlich so viele?*

Dann kamen seine ziellos umherschweifenden Gedanken zu einem jähen Stillstand, als er um eine Ecke bog und seinen ersten Blick auf den Hafen von Tuenafen warf – und auf die Schiffe, die vor ihm dort angelangt waren.

Rammschiffe. Insgesamt drei, um der Liebe des …

Aldric kam sich plötzlich vor wie eine Katze, die in einem besetzten Hundezwinger auf Mäusejagd gegangen war, und verlangsamte seinen zuvor forschen Schritt, während er die Augen mit einer Hand abschirmte, um die ankernden Kriegsschiffe mürrisch zu betrachten, und sich an seine Begegnung mit der *Aalkhorst* erinnerte. Diese Erinnerung war alles andere als beruhigend.

Nein, nicht drei, verbesserte er sich, als ein weiteres Schiff mit massiger Eleganz um die Kaimauer glitt. Vier. Vier vollständig gepanzerte Linienschiffe, jedes einzelne davon mit sieben stahlummantelten Türmen bestückt, welche jeweils ein kettengetriebenes Katapult enthielten, das aus jedem feindlichen Schiff Treibholz machen konnte. Er wusste es. Er hatte gesehen, wozu sie in der Lage waren.

Aldric beobachtete den Neuankömmling bei seiner Hafeneinfahrt. Obwohl dicht über der Wasserlinie lange Manövrierruder in den Ruderschlaufen steckten, waren sie deutlich sichtbar nicht untergetaucht und dienten lediglich dem Zweck, dem Rammschiff das Aussehen eines monströsen bösartigen Insekts zu verleihen. Nur das Sprietsegel war gehisst. Aber dieser kleine weiße Fetzen Leinwand war von einem bugwärts blasenden Wind aufgebläht wie die Brust einer Taube, obwohl eine kräftige Brise in Richtung offenes Meer wehte, die das Wasser im Hafenbecken kräuselte und dem einlaufenden Schiff Wellen entgegensandte.

Allem Anschein nach war trotz der strikten Reichsgesetze gegen Zauberei die von der und für die Flotte erbetene Aufhebung dieser Beschränkungen immer noch in Kraft. Dieses Kriegsschiff und vielleicht auch die anderen drei hatten ihre Segel mit einem Hexenwind verzaubert. Es konnte fahren, wohin es wollte und wann es wollte, und zwar unabhängig von den ärgerlichen Widrigkeiten des Wetters. Und das alles außerdem viel schneller als jedes andere ehrlich angetriebene Schiff.

Wenn er nun noch erkennen könnte, auf welcher Seite diese vier Schiffe standen …

Aber sie hatten die Segel gerefft und die Farben gestrichen und nirgendwo auf ihrer Reptilienhaut waren Anzeichen der Zugehörigkeit zu erkennen. Auf der Seitenpanzerung am Rumpf des Neuankömmlings prangte ein Namensschild, das aber aus zwei Gründen kaum von Nutzen war: Erstens wäre eine gründliche Kenntnis der gesamten kaiserlichen Flotte erforderlich gewesen, um zu wissen, ob ein bestimmtes Schiff zum Kaiser oder zum Kriegsgroßfürsten gehörte; und zweitens …

Aldric konnte Drusalisch nicht lesen. Sprechen, das ja – zumindest Hochdrusalisch –, es war ziemlich einfach. Aber diese Sprache bediente sich eines anderen Alphabets als jenes, welches von Albern, Jouvainern und Vreijaurern gleichermaßen benutzt wurde – aus keinem anderen Grund als reiner Perversion, dachte er manchmal. Und sie schrieben nur Konsonanten als Buchstaben. Vokale wurden ausschließlich durch Punkte, Striche und Winkel dargestellt.

Wenigstens die Kaufmannsgilden hatten mehr Verstand. Ein rascher Blick über den Hafen zeigte ihm, was er hatte sehen wollen: ein gemaltes Holzschild über einer Tür, auf dem dasselbe Wappen prangte wie auf seinem Kreditbrief – der für viele Barren Talvalin-Goldes gut war. Der Blick war in der Tat rasch, denn Aldric spürte, das der Begleiter/Spion dicht hinter ihm war und zweifellos ganz genau auf alles achtete, was vielleicht berichtenswert sein mochte – wie zum Beispiel ein ausgeprägtes Interesse an Möglichkeiten, das Reich zu verlassen. Nun, er würde wenig zu berichten haben, mit Ausnahme der Tatsache, dass Alber sich durch die Anwesenheit von Militär leicht aus der Ruhe bringen ließen. Da dies auch auf die meisten Bürger des Kaiserreichs zutraf, handelte es sich um keine sonderlich nützliche Information.

Bis er mehr über die Gründe wusste, weshalb die Kriegsschiffe zu einem derart ungelegenen Zeitpunkt hergekommen waren, war es wohl klüger, wenn er sich von den Straßen fernhielt und die Entwicklungen an einem abgelegeneren Ort abwartete. Kathurs Haus war ein solcher Ort – tatsächlich war es, soweit es Tuenafen betraf, der einzige derartige Ort, den er kannte.

Aus dem Hafen ertönten das Klirren der Ankerkette und das Klatschen des Ankers ins Wasser. Seeleute riefen einander Anweisungen zu, als sie das neue Rammschiff längsseits der anderen vertäuten. Aldric warf einen desinteressierten Blick auf die Männer, während er sich auf den Rückweg machte, dann auf das eigentliche Schiff. Guter Gott, es war riesig!

Die salzverkrustete Schale der Panzerung war jetzt an vielen Stellen geöffnet und zwei Besatzungsmitglieder tauchten in einer Luke auf, um das Namensschild des Schiffs zu entfernen und nach unten zu tragen. Mittlerweile konnte er die drei Unzialbuchstaben erkennen, aus denen der Schiffsname bestand, und einen kurzen Blick auf das geometrische Muster der Vokalzeichen werfen. Für ihn sah der Schriftzug mehr wie abstrakte Kunst aus und nicht wie ein geschriebenes Wort und es widerstrebte ihm zu raten, wie der Name wohl laut ausgesprochen wurde.

Wahrscheinlich Te'Na'R oder so ähnlich.

Am frühen Abend wallte eine Nebelbank vom Meer herein und als sie Tuenafen in eine feuchte graue Decke hüllte, setzte das tiefe Dröhnen eines Warngongs vom Hafen ein. Aldric saß im Schneidersitz inmitten der zerwühlten Laken von Kathurs Bett und lauschte dem sonoren Ton, während er an einem Glas Wein nippte, das er weder wollte noch brauchte, und viel zu spät versuchte, die warme, seidige Haut zu ignorieren, die sich träge und anscheinend endlich gesättigt an die seine presste. Er war sich sehr deutlich eines Gefühls bewusst, bei dem es sich sehr wohl um Scham handeln mochte.

Kathur wälzte sich träge auf den Rücken und ließ den langen Nagel eines Fingers über seinen nackten Oberschenkel wandern, währen sie ihn durch die zerzausten Fransen ihrer kupferrot-goldenen Haare eindringlich musterte und dabei den süßlichen Rauch inhalierte, der sich aus Brennern unweit des Bettes kräuselte. Etwas in seiner Miene ließ sie schläfrig kichern. »*Ka s'lai immau-an, t'eijo?*«

»Nichts ist los mit mir!« Der Widerspruch erfolgte viel

zu heftig, viel zu rasch. »Überhaupt nichts.« Er log und das wussten sie beide. Aldric sah nicht hinab. Der bronzefarbene und milchweiße Leib der Drusalerin war eine definitive, tatsächlich sogar eine alles vereinnahmende Ablenkung für einen Verstand, der sich bereits mit mehr als genug Dingen auseinanderzusetzen hatte. Und Kathur folgte der letzten Mode am Hof des Kriegsgroßfürsten in Drakkesborg und hatte ihren Lieblingsschlafzimmerduft mit *Ymeth* vermischt.

An Sex hatte er überhaupt nicht gedacht, nachdem er von seinem Ausflug zum Hafen zurückgekehrt war. Im Gegenteil. Vier kaiserliche Rammschiffe unbekannter Herkunft und alles, was damit zusammenhängen mochte, hatten alle derartigen Gefühle ebenso wirksam erstickt, als wäre er bis zum Nabel in ein Bad aus geschmolzenem Eis eingetaucht.

Er hatte auch nicht daran gedacht, als er an ihrem Schlafzimmer vorbeigegangen und sie genau in diesem Augenblick herausgetreten war, obwohl er fairerweise zugeben musste, dass ihm der Gedanke an einen Besuch bei ihr schon ein oder zwei Mal durch den Kopf gegangen war.

Er hatte immer noch nicht daran gedacht, als er sah, was sie trug: ein tief ausgeschnittenes, enges, an den Seiten geschlitztes Gewand, das ganz offen ihre Schönheit zur Schau stellte: volle Brüste, lange Beine; selbst barfüßig war sie noch eine Handspanne größer als er. Der schwere, nicht ganz durchsichtige Satinstoff lag wie eine scharlachrote zweite Haut an ihr und ließ verführerisch deutlich werden, dass sich nichts als Kathur und vielleicht der Hauch eines teuren Parfüms darunter befand.

Doch als sie wortlos sein Gesicht zwischen die Hände genommen und sich vorgebeugt hatte, um ihm einen Kuss auf den Mund zu drücken, hatte sich sein eisernes Zölibat im

Nu verflüchtigt. Der Kuss an sich war nur sehr kurz gewesen, züchtig, aber er hatte auch kurz ihre forschende Zunge zwischen seinen Lippen gespürt sowie ein leichtes Knabbern mit den Zähnen, mithin ein Versprechen unbestimmter Wonnen. Nach so einem Kuss hätte auch der strengste kaiserliche *Politark* seine heiligen Bücher zerrissen und seine heiligen Ikonen zerschmettert und wäre ihr mit wehenden Gewändern nachgelaufen.

Nein. Bis zu diesem Punkt, als die Versuchung mehr geworden war, als fieberndes Fleisch und pulsierendes Blut ertragen konnten, hätte er die Hand aufs Herz legen und schwören können, dass es nicht seine Absicht gewesen war, die Drusalerin ins Bett zu zerren. Aber es war von Anfang an Kathurs Absicht gewesen. *Sie* hatte *ihn* ins Bett gezerrt – und das höchst effizient.

Effizient …? Ja, das war das einzige Wort dafür. Alle anderen – vergnüglich, einfallsreich, erschöpfend – trafen ebenfalls zu, verblassten jedoch neben der eiskalten technischen Brillianz zur Bedeutungslosigkeit, die sie im Bett an den Tag gelegt hatte. Als folge sie den Schritten eines komplizierten, aber vielfach geübten Tanzes – *ist es das, was an dir nagt, Aldric?* –, hatte sie immer genau gewusst, wann und wie energisch sie Zunge, Zähne, Nägel und Schenkeldruck einzusetzen hatte.

Reithilfen, dachte er zynisch. Aber es war das trotz der Distanz vorhandene Geschick, mit dem sie ihn in Erregung versetzt hatte, das ihm nicht aus dem Kopf wollte – als sei sein anfängliches Widerstreben eine Herausforderung gewesen, die sie zu meistern hatte, mehr nicht. Ein Mal während ihres schweißtreibenden Liebesaktes hatte er ihr, beinahe zufällig, volle drei Sekunden in die Augen geschaut. Diese Erinnerung blieb bei ihm und würde ihn noch lange, lange Zeit nicht verlassen. Denn in jenen Augen hatte er lediglich das Funkeln körperlicher Lust gesehen. Mehr nicht. Ansonsten gefühlsmäßige Leere.

Sogar Gueynor, ehemals aus Valden und nun Herrin von Seghar, hatte mehr für ihn empfunden als Kathur – und *sie* hatte lediglich für den schnellen und schmerzlosen Tod ihres so sehr geliebten Onkels bezahlt, was Aldric erst viel später erfahren hatte.

Effizient. Das war in der Tat, was schwärte, was jenes winzige Flattern von Unsicherheit unter seinem Brustbein hervorgerufen hatte. Ein Flattern, das Schuldgefühl sein mochte wegen der Leichtigkeit, mit der er sich hatte manipulieren lassen, eigentlich jedoch viel mehr war: An Gewissheit grenzender Argwohn, dass es noch einen anderen Grund für das gab, was sie mit ihm und für ihn und nur nebenbei für sich angestellt hatte. Ein Grund, der über Lust oder Neugier oder – und er hätte diesen Grund dankbar akzeptiert, wäre es der wahre gewesen – Langeweile an einem nebligen Nachmittag hinausging.

Mit Gueynor oder mit Kyrin – *Kyrin, ach, Geliebte*, und die Worte überkamen ihn wie ein religiöser Gesang, *wo bist du jetzt?* – hätte er jetzt ebenfalls hier gelegen, aber aneinander geschmiegt in einer stillen Zuneigung, die er für diese drusalische Frau niemals empfinden konnte. Kyrin hatte Recht gehabt, als sie ihn einmal einen Romantiker genannt hatte. Weil Kathur Liebe – und das Wort »Liebe« war an und für sich schon eine Lüge – machte wie eine Hure. Alles war Äußerlichkeit, nichts war Gefühl, denn Gefühl und Zärtlichkeit brauchten Zeit, und für eine Hure war Zeit Geld. Aldrics Gedanken eilten zurück zu seiner ersten Begegnung mit ihr in jener Nacht, als sie die Taverne in ihren Pelzen und in Begleitung ihrer Wachen betreten hatte. Da hatte er gedacht, sie sei entweder eine Adelige oder eine hochrangige Kurtisane. Mittlerweile war er sich da etwas sicherer.

»*Ai, irr'hem ymau tleiyan.*« Die spitzen Fingernägel wanderten sein Rückgrat entlang. »Die Sorge kostet manchmal Kopf und Kragen, Kourgath. Was bekümmert Euch?«

Er schauderte – nur eine Marmorstatue hätte es nicht getan – und stellte sein Glas ab, bevor seine plötzlich zitternden Hände sich dessen Inhalt über den Schoß schütten konnten. Nicht, dachte er mit einem weiteren wohligen Schauder, dass solch ein Missgeschick Kathur im geringsten lästig gewesen wäre. Nicht in ihrer gegenwärtigen Stimmung.

»*Dakkoyo-do, h'lau-ei*«, sagte er rasch und löste sich aus ihrer Umarmung. »Ich habe doch gesagt, nichts ist los mit mir. Nur nachgedacht, sonst nichts.«

»*Ehret kraiy'r hla, Kourgath-tlei.*« »Dann denkt an mich.« Eine Stimme wie Zimt und Honig, und sie legte sich entspannt und verführerisch zurück. Aldric sah hin, schluckte, schloss die Augen und holte tief Luft – und bereute letzteres augenblicklich, weil er eine ordentliche Wolke Traumrauch einatmete, die Regenbogenmuster auf die Innenseite seiner Augenlider und in die hallenden Höhlen seines plötzlich viel zu geräumigen Schädels zeichnete.

»*Doamne diu!*«, knurrte er leise. Das bedurfte keiner Übersetzung – ein blasphemischer Fluch klingt im allgemeinen wie der andere. Kathur lachte ihn an und streute dann noch eine Prise *Ymeth* auf den nächsten Brenner. »Kathur, hört auf damit …!«, protestierte Aldric und begnügte sich dann mit einem halbherzigen Achselzucken. »Ich bin dieses Zeug nicht so gewöhnt wie Ihr.«

»Aber es müsste Euch von den Rammschiffen im Hafen ablenken.«

»Rammschiffe?« Sein Gesicht war ein Meisterwerk einer Unschuldsmiene, eine reflexhafte Reaktion, die völlig vergeudet war, weil ihr Spion, der ihn begleitet hatte, offenbar bereits Bericht erstatten konnte.

»Rammschiffe«, wiederholte sie lakonisch.

»Das Kaiserliche Militär kann Alber nicht besonders gut leiden«, sagte Aldric, als erkläre das alles.

»In die Schwarze Grube mit dem Militär! Ich kann zumindest einen Alber sehr gut leiden.«

»Vielen Dank, meine Dame. Aber ... wessen Schiffe sind das überhaupt?«

Kathurs Mund wurde für vielleicht eine halbe Sekunde sehr schmal und ihre schweren Augenlider öffneten sich weit, aber Aldric, der nachdenklich auf die träge dahinkriechende Glut in einem der Brenner starrte, bekam es nicht mit. »Die Neugier«, sagte sie bedächtig, »kostet ebenfalls manchmal Kopf und Kragen, *Hlens'l.*«

»Erst die Sorge, jetzt die Neugier«, sagte Aldric und zeigte ein Lächeln, das so strahlend und falsch war wie künstliche Edelsteine. »Was haben die Sprichwort-Erfinder des Reichs nur gegen beides?«

Kathur schien das nicht sonderlich komisch zu finden. »Und warum das plötzliche Interesse an Rammschiffen?«, wollte sie wissen. »Seit Eurer Rückkehr vom Hafen grübelt Ihr über etwas nach. Erzählt mir davon. Ein mitfühlendes Ohr kann Euch vielleicht Erleichterung verschaffen.«

»Und mitfühlende Lippen?« Das klang selbst in seinen Ohren ausweichend und Kathur würdigte ihn keiner Antwort. Sie sah ihn lediglich an und wartete. Aldric begegnete ihrem Blick vielleicht eine Minute lang. Dann gab er auf, legte sich mit dem Kopf auf die verschränkten Arme und erzählte ihr ...

Nicht, was sie wissen wollte, sondern was er sie wissen lassen wollte, was nicht dasselbe war. Fast – aber nicht ganz. Aus Erfahrung wusste er, dass eine sorgfältig zensierte Version der Wahrheit überzeugender klang als eine noch so gut ausgedachte Lüge. Und im Augenblick hatte er keine an irgendwelche Ehrgefühle geknüpften Bedenken, sie in die Irre zu führen. Überhaupt keine.

»Im Frühling dieses Jahres«, begann er, »war ich als Passagier an Bord einer elherranischen Handelsgaleone. Natürlich war sie unbewaffnet. Es ist allgemein bekannt, dass keines der elherranischen Schiffe bewaffnet ist. Aber wir wurden dennoch angegriffen – von einem Rammschiff. Es segelte unter dem Wappen und den Farben des Kriegsgroßfürsten, aber ich bezweifle, dass das viel mit den Geschehnissen zu tun hatte. Der Kapitän behauptete, die Galeone habe Schmuggelware an Bord. Mittlerweile waren wir ziemlich zusammengeschossen worden und nicht mehr in der Stimmung, uns zu wehren. Aber der Trupp, der an Bord des Kauffahrers kam, durchsuchte ihn vom Kiel bis zum Ausguck, ohne etwas zu finden. Aber hat der *Hautmarin* sich für sein selbstherrliches Handeln entschuldigt und eine Entschädigung für den angerichteten Schaden angeboten? Einen Dreck hat er getan! Dem arroganten Schweinehund war das alles völlig egal!«

»Beruhigt Euch, Kourgath. Jetzt spielt das alles keine Rolle mehr.«

»Nein. Jetzt nicht mehr. Natürlich nicht. Ihr habt Recht. Aber verwundert es Euch, dass ich … sagen wir, mich beim Anblick dieses Rudels verdammter Handelspiraten im Hafen unwohl gefühlt habe?«

»Es verwundert mich überhaupt nicht. Aber es ist ohnehin besser, sich nicht darüber zu wundern, was *sie* tun – jedenfalls nicht laut in der Öffentlichkeit. *Sie* haben viele Ohren. Und Kontakte an den unwahrscheinlichsten Orten.« Kathurs Lippen verzogen sich zu einem dünnen, kalten, vielsagenden Lächeln, und sie studierte eine Weile sein Gesicht, während sie geistesabwesend mit dem silbernen Wappenkragen um seinem Hals spielte. »Ihr macht Euch zu viele Sorgen«, verkündete sie schließlich in einem Tonfall spöttischer Gewichtigkeit. »Und auch noch über anderer Leute Probleme. Das ist schlimm. Sogar ungesund, solange Ihr Euch noch innerhalb der Reichsgrenzen aufhaltet. Also müssen wir etwas finden, um Euren übermäßig regen Geist zu beschäftigen. Etwas, das Euch dabei hilft zu entspannen.«

»Etwas anderes als *das hier*!« Es war vielleicht ganz gut so, dass die subtileren Nuancen von Aldrics Tonfall durch seinen eigenen rechten Bizeps gedämpft wurden und Kathur daher lediglich eine echte oder auch vorgetäuschte Ungläubigkeit heraushörte. Dieser Unglaube sowie das eine sichtbare Auge, das auf einmal groß wurde, reichten aus, um sie laut auflachen zu lassen.

»Das hier, wie Ihr es so schamhaft nennt, ist nur eine Ablenkung. Eine angenehme Art, um …« Sie zögerte unmerklich – ein kurzes Luftholen, als sei etwas beinah, aber eben doch nicht ausgesprochen worden, das dem Alber entging – und fuhr dann zungenfertig fort: »… sich die Zeit zu vertreiben. Und auch, wenn Ihr so wollt, eine Art für mich, ein wenig Dankbarkeit zu zeigen. Auf eine Art, die Euch anscheinend gefällt.«

Aldric hatte schon einmal eine derartige Begründung gehört und es gefiel ihm nicht sonderlich, sie wieder zu hören. Aber unter den gegebenen Umständen nahm er von einer Bemerkung Abstand.

Kathur nickte, wälzte sich im Bett herum und griff nach einer dünnen Seidenkordel, die durch ein messingumrandetes Loch in der Decke verschwand. Zog zweimal daran, dann noch zweimal und legte sich wieder hin, als habe die Anstrengung sie erschöpft. Aldric hatte sie beobachtet, da er trotz seiner Vorbehalte die Art und Weise genoss, wie ihr geschmeidiger Körper sich bewegte. Nun, da sie sich auf die

Kissen fallen ließ, verbiss er sich ein Lächeln. »Ihr erweckt den Eindruck«, sagte er tugendhaft, »als sei es eine gute Idee, diese Brenner zu löschen.«

Kathur funkelte ihn einen Moment lang an, bereit, sich über seine Neckerei aufzuregen, falls sich mehr dahinter verbarg als ein Scherz. Sie hatte von ihrem eigenen Bruder – der nicht einmal die Hälfte wusste – zu viel Kritik an ihren Privatangelegenheiten und an ihrer Lebensführung eingesteckt, um sich von diesem, diesem *Hlensyarl*, der nicht mehr als ein Teil ihrer Arbeit war, noch mehr bieten zu lassen. Sie räumte bereitwillig ein, dass er sowohl ein besser aussehender als auch ein erfreulicherer Teil als viele seiner Vorgänger war. Aber letzten Endes änderte dieses Eingeständnis nichts.

Ihre Anweisungen waren kurz und bündig gewesen und ließen keinen Raum für Interpretationen. *Aufspüren. Identifizieren. Festhalten.* Sie waren wie üblich auf zweierlei Weise eingetroffen. Die erste Nachricht war nicht mehr als eine oberflächliche Mitteilung am Bein einer Taube gewesen, aber die zweite … Ja, die zweite. Die hatte, immerhin, ein müder, verdreckter Reiter im gelben Wappenumhang der Falken-Kuriere überbracht. Allein der Einsatz eines Falken hatte ihr verraten, welchen Stellenwert dieser Auftrag hatte, noch bevor sie las, was er ihr in einem bleiversiegelten Lederbeutel gebracht hatte.

Die ganze Sache roch nach Voord.

Die Arroganz, einen der Kurierreiter einzusetzen, deren Benutzung allein dem kaiserlichen Haushalt gestattet war. Der Sinn fürs Dramatische, der zu dieser riskanten Geste veranlasst hatte. Und die kühle, klinische Präzision der Prosa, die ihr in graphischen – nein, Vater der Feuer verbrenne es, pornographischen – Einzelheiten verriet, was von ihr erwartet wurde. Aber das war eben Voords Art.

Er war schon immer sehr heikel gewesen. Extrem ordentlich bei allem, was er tat, wie pervers es auch sein mochte. Kathur erinnerte sich widerstrebend an die wimmernde, qualvolle, ekstatische Nacht ihrer Rekrutierung durch den Vlecher und ein Schauder des Ekels überlief sie dabei, obwohl ihr Bewusstsein die Erinnerung sofort wieder in den dunklen und schmutzigen Teil ihres Unterbewussten stopfte, wo sie ihren Platz hatte.

Damals war er *Kortagor* gewesen. Jetzt war er *Hautheisart*, am Ende des Sommers schon wieder befördert für etwas, das noch unklar war. Was es gewesen war, wusste die Drusalerin nicht, und sie würde auch keine Vermutung wagen … denn wenn die Gerüchte stimmten, war Voord jetzt absonderlicher denn je.

Und wenn das so war, was machte das dann aus ihr?

Ihre Gedanken überschlugen sich, als sehe sie die Bilder auf den Seiten eines rasch durchgeblätterten Buchs vorbeihuschen, so rasch, dass sie sich dem Unbewussten näherten. Und in jenen wenigen Sekunden begegnete der Alber mit einem Auge ihrem Blick, bis sie schließlich wegsah, beinah zurückzuckte vor dem, was sie auf dem sichtbaren Teil seines Gesichts erkannte. Es war ein Ausdruck, wie ihn Kathur noch nie zuvor gesehen hatte und lieber so bald auch nicht wiedersehen wollte, denn er kam ihr zynisch, wissend und kalt vor und und rief zum ersten Mal in der kurzen Zeit ihrer Bekanntschaft so etwas wie Beklommenheit bei ihr hervor.

Nein. Mehr. Sie bewirkte, dass sie sich vor ihm fürchtete.

Und doch gab es noch eine Kehrseite der Medaille, einen anderen Grund, sich zu ängstigen, der nichts mit irgendei-

ner Bedrohung zu tun hatte, die Kourgath-*Eijo* für sie dar-
stellen mochte. Ganz im Gegenteil. In ihr war ein warmes,
köstliches Beben, das mehr war als das vertraute Nachglühen körperlicher Liebe. Viel mehr. Sie kannte das Gefühl
gut genug, um zu erkennen, dass es etwas anderes war. Es
ging über das Körperliche hinaus, über die Hitze des Fleisches und wurde zu etwas, dass nach so kurzer Zeit unmöglich vorhanden sein konnte, das wusste sie genau. Das aber
unverkennbar und unbestreitbar vorhanden war.

Persönliche Betroffenheit.

Es war ein Gefühl, wie sie es schon seit ... seit sehr langer
Zeit für keinen Mann mehr empfunden hatte. Ein Gefühl
der Verantwortung, ein Gefühl, das mit der Zeit vielleicht –
Kathur scheute davor zurück, das Wort in Gedanken auszusprechen – Liebe werden konnte. Es war ein Gefühl, das sie
weder verstand noch wollte.

Zum ersten Mal überhaupt verschwendete sie einen Gedanken an Ungehorsam, und das hatte eine übelkeiterre-
gende Welle des Entsetzens zur Folge. Ungehorsam würde
später zu einer Abrechnung führen – mit Generalkommandant Voord.

Aber wenn sie gehorchte, wie sie es immer getan hatte.
Wenn sie ihre Befehle befolgte, wie sie es immer getan
hatte ... Dann würde sie danach für immer und ewig dem
Blick ihrer eigenen Augen im Spiegel standhalten und sich
zur Schuld und zum Verrat und zur Unehre bekennen müssen, die sie darin erkennen würde.

Sie dachte das Undenkbare. Und wusste nicht, warum.

Aber wäre die Drusalerin auf die Idee gekommen, Aldrics abgelegte Kleidung zu durchsuchen, hätte sie vielleicht einen Grund für die unwahrscheinlichen Gedanken entdeckt, die sie so bestürzten. Denn dort, in der Tasche einer Tunika vor Blicken verborgen, allerdings nah genug, um ihn mit der Hand zu greifen, hätte sie von seiner Anwesenheit gewusst, steckte der Zauberstein von Echainon.

Hätte sie von ihm gewusst und hätte sie ihn berührt, hätte sie die Oberfläche des Kristalls als merkwürdig warm auf ihrer Haut empfunden. Nicht heiß, nicht schmerzhaft, sondern angenehm wie die Sonne an einem Sommertag oder der Körper eines Geliebten in der Nacht. Und hätte sie daran gedacht zu lauschen, hätte sie vielleicht sogar in jenem Augenblick das Lied des Steins gehört, ein melodiöses Summen an der äußersten Grenze der Wahrnehmung. Die Art Geräusch, wie man sie nie durch Konzentration, sondern immer nur durch Zufall hört.

Hätte sie von ihm gewusst, ihn gehört oder berührt oder ihn auch nur gesehen, hätte sie festgestellt, dass der Kristall vom rauchigen blauen Licht der haarfeinen Spirale einer Saphirflamme tief in seinem Innern erfüllt war. Und genau das hätte ihre unausgesprochene Frage nach dem Grund für ihre sonderbaren Gedanken beantwortet. Denn das Licht des Zaubersteins pulsierte in einem Rhythmus, den Kathur sofort erkannt hätte.

Es war der Schlag ihres eigenen Herzens.

Zwei Männer gingen langsam durch das Dämmerlicht einer nebligen Straße.

Langsam, denn einer war nicht mehr so kräftig, wie seine stämmige Erscheinung vermuten ließ, und sein Gesicht hatte das graue ausgemergelte Aussehen eines Mannes, der sich gerade von einer schweren Krankheit erholte.

Langsam, denn der andere war weißbärtig und alt und bewegte sich, als sei jedes einzelne seiner vielen Jahre ein Bleigewicht in dem Rucksack auf seinen hängenden Schultern. Er stützte sich schwer auf den schwarzen Gehstock in seiner rechten Hand – schien aber gleichzeitig jedem Kontakt mit ihm auszuweichen, der über das absolut Notwendige hinausging. Als sei der Stock heiß und habe ihm eine schmerzhafte Verbrennung zugefügt und warte nur auf eine Gelegenheit, die Tat zu wiederholen. Auf seiner Stirn hatten sich Feuchtigkeitsperlen gebildet, die kein kondensierter Nebel waren.

Plötzlich – aber mit einem Unterton in der Stimme, der von resignierter Erwartung kündete – schrie er auf und ließ den Stab los, der klirrend zu Boden fiel. Beide Geräusche klangen hohl und tot, durch den dichten Nebel gedämpft. Er starrte den Stab auf dem Boden mit einem Ausdruck auf dem bärtigen Gesicht an, der Hass sehr nah kam, machte aber keine Anstalten, ihn aufzuheben. Stattdessen sah er seinen Begleiter müde an.

»Schon wieder?«, fragte ar Korentin. In seiner Stimme lag Mitgefühl.

»Schon wieder.« Gemmel rieb sich die Hände in dem Versuch, den brennenden Nervenschmerz zu lindern. »Er absorbiert immer noch Kraft. Immer weiter. Nie so viel auf einmal, dass mir bleibender Schaden zugefügt würde, und immer mit Ruhepausen dazwischen, die so lang sind, dass ich mich wieder erholen kann. Und dann …!« Er hob den Stiefel ein wenig, als erwäge er, dem Drachenstab einen Tritt zu versetzen. Dann setzte er den Fuß wieder auf, als er es sich anders überlegte.

»Warum? Was will er mit so viel Kraft?«

»Eure Vermutungen sind so gut wie meine, Dewan. Und ich weiß es nicht. Er gehorcht mir nicht mehr. Das habt ihr am Strand in Alba erlebt.«

»Dann gebt ihm, was er will«, sagte Dewan grimmig. »Gebt ihm mehr, als er verkraften kann. Gebt ihm so viel, dass er daran erstickt!«

»Nein! Wohl besser nicht. Ich habe keine Ahnung, wie viel gestohlene Energie Ykraith aufnehmen kann – und ich fürchte mich, es herauszufinden. Weil ich das Experiment vielleicht nicht überlebe.«

»Dann …« Der Vreijaurer zögerte und runzelte die Stirn, als versuche er, die fremdartigen Konzepte der Zauberei mit einem Verstand zu begreifen, der die Regeln ihrer Logik nicht kannte, bevor er seine Idee unwiderruflich aussprach. »Dann *gebt*. Nicht viel. Nur so wenig, wie er, wie Ihr sagt, immer nimmt und trotz allem, was Ihr schon versucht habt, um es zu verhindern, immer genommen hat. Wehrt Euch diesmal einfach nicht.«

»Ein interessanter Vorschlag.«

»Versucht es. Was habt Ihr zu verlieren?«

»Vielleicht mein Leben.« Mit erhobener Hand wehrte Gemmel Dewans Proteste ab – wenn es denn Proteste waren und kein weiterer naiver Versuch, die Wirkungsweisen der Magie in Worte zu kleiden. »Aber wie Ihr vorgeschlagen habt – ich werde es versuchen. Weil alles besser ist als das hier. Ich wage es nicht, den Drachenstab zu benutzen, und ich bekomme zunehmend Angst, ihn zu tragen – aber ich kann nicht einfach weggehen und ihn liegen lassen. Nicht hier.« Er bückte sich, um den Zauberstab aufzuheben, sah dabei aber einen seltsamen Ausdruck der Verwirrung über Dewans Miene huschen und zögerte. »Was ist nun los?«

»Ein Gedanke, mehr nicht. Bevor Ihr ihm freiwillig die

Kraft gebt, die er so offenkundig will, solltet Ihr da nicht versuchen, eine Antwort auf die Frage zu finden, die ich zuvor gestellt habe? *Warum?*«

Gemmel riss die Hand vom Drachenstab weg, als habe der sich in eine Giftschlange verwandelt, und der funkelnde Blick, mit dem er ar Korentin bedachte, war gleichermaßen giftig. »Ihr widersprecht Euch so mühelos wie mein Sohn!«, schnauzte er. »Tut es… tut es nicht. Entscheidet Euch!«

Seine vorherige Antwort auf diese Frage – dass Dewans Antwort so richtig oder falsch sein würde wie seine eigene – war nicht … *ganz* … richtig. Weil Gemmel sich an das am Strand von Dunacre beschworene Wesen so deutlich erinnern konnte, als hinge dessen kolossaler Leib in diesem Augenblick über seinem Kopf. Das beschworene Wesen hatte nicht die von Gemmel angestrebte Gestalt gehabt, sondern eine, die dem Namen und der Natur des von ihm benutzten Talismans auf schockierende Weise entsprach. Ein Drache. Beschworen von Ykraith.

Dem Drachenstab.

Gemmel hob den Zauberstab mit der linken Hand auf – derjenigen, die nicht schmerzte – und starrte auf das Muster, das ihn von einem Ende zum anderen überzog, als sehe er die Intarsien aus Diamant und Gold zum ersten Mal. Oder als könne er seiner Form neue Einsichten abgewinnen. Und überlegte.

Dann legte er sich den Talisman voller Angst und Hoffnung und ohne zu wissen, welches Gefühl stärker war, auf die Innenseiten seiner ausgestreckten Hände und wob das Schema eines Öffnungszaubers in seinem Bewusstsein. Und ließ seine Kraft, jenes konzentrierte innere Selbst, das ihn zuallererst zu einem Zauberer machte und nicht zu einem Harfespieler oder Gelehrten oder etwas völlig anderem –

obwohl er das alles und noch viel mehr war –, ließ seine Kraft durch den geöffneten Kanal in die Drachengestalt Ykraiths fließen.

Diesmal gab es keinen Schmerz. Nur ein Gefühl von Wärme auf seinen Handflächen und eine leichte Müdigkeit. Das war alles. Gemmel hob die Augenbrauen und wandte sich mit den Anfängen eines Lächelns an ar Korentin. Es war ein wachsames Lächeln, aber trotz alledem eines, das zu erwidern der Vreijaurer gerechtfertigt fand.

»Hatte ich Recht?«, wollte er wissen.

»Gut gemacht, der ungeübte Verstand! Vielleicht denke ich manchmal allzu sehr um die Ecke. Ja. Ihr hattet Recht. Der Stab hat mir keinen Schmerz zugefügt – und auch nicht mehr Kraft aufgesogen, als ich angeboten habe, obwohl der Kanal weit geöffnet war.«

»Was kann er aber mit der Kraft wollen? Habt Ihr darauf schon eine Antwort gefunden?«

»Ich glaube ja. Dewan, Ihr wisst ebenso gut wie ich, wie dieser Talisman genannt wird. Und woher er stammt. Und was sonst noch dort war,«

Ar Korentins Mund öffnete sich ein wenig und sein Blick irrte nach Südwesten zum weit entfernten Meer irgendwo im Nebel und der noch viel weiter entfernten Insel jenseits des unsichtbaren Horizonts. »Ymareth! *Vakk'schh ke'hagh trahann'r da?*«

»Nein, nicht erwacht. Er ist bereits wach. Tatsächlich hat er, wenn überhaupt, nur noch leicht geschlafen seit dem Tag, als Aldric das hier« – er tätschelte den Drachenstab – »aus der Höhle der Feuerechse auf Techaur mitgenommen hat. Dieser junge Mann hat viel mehr bekommen, als er sich vorstellen kann, als Ymareth …«

Der Zauberstab summte leise, eine Vibration, die mehr zu spüren als zu hören war, und verstummte. Beide Männer starrten auf den Talisman, Dewan mit Ehrfurcht und Staunen, Gemmel erwartungsvoll. Keiner wurde enttäuscht.

Es gab ein Geräusch, als werde zu lange angehaltene Luft ausgestoßen. Eine weiße Gewalt brach aus der Kristallflamme des geschnitzten Drachenkopfes, die wie ein gefangener Stern zwischen ihnen hing und den Nebel zu Silber bleichte, auf dem ihre Schatten mit der Deutlichkeit einer Kohlezeichnung auf frischem Papier lagen. Eine Welle der Kraft, die selbst Dewan spürte, pulsierte nach außen, ein unsichtbares Kräuseln in einem unsichtbaren Teich. Einen Augenblick später gab es nur noch das Nachglühen eines Energiestrahls, der schnell wie ein Blitz durch den Nebel gezuckt und verschwunden war und den matten Tag noch matter zurückließ. Doch beide hatten die Flugrichtung gesehen. Südwesten. Zum Meer und dem, was hinter dem Horizont lag.

»Herrgott«, hauchte Dewan ar Korentin und in dem Fluch lagen Respekt und Unglaube zugleich.

»Nein«, korrigierte Gemmel ihn und falls er das traurige Lächeln auf dem Gesicht hatte, das seine Stimme erahnen ließ, war es verschwunden, als Dewan sein Gesicht wieder sah. »Nicht ›Herrgott‹. Herrdrache.«

Die Insel war noch nie ein einladender Ort gewesen, nicht einmal zu der Zeit, als sie mit üppiger Vegetation bewachsen war. Diese Zeit war lange vorbei. Jetzt war sie schwarz und grau und öde. Die wenigen Bäume, die mehr als eine Erinnerung waren, bestanden nur noch aus verkohlten Stümpfen. Alles andere war Asche und versengter nackter Fels.

Eine dünne Rauchfahne wehte träge vom einzigen Berg der Insel, wie ausgeatmete Luft hervorgestoßen aus dem gähnenden Krater, wo sich einst ein spitz zulaufender Gipfel befunden hatte. Aber es gab kein anderes Anzeichen für eine Zuckung in den Eingeweiden der Erde. Keine schwarzen Flüsse aus ehemals geschmolzenem Gestein, keine der großen blubbernden Schlackepfützen, die solche Aktivitäten zutage förderten. Es gab lediglich die Nachwirkungen großer Hitze.

Und eine Aura der Erwartung.

Als sich die Nacht wie ein Umhang auf den kurzen Spätherbstabend legte, tauchte ein heller Stern am nördlichen Himmel auf, wo sich kein Stern hätte befinden dürfen. Je heller er wurde, desto rascher bewegte er sich auch, bis dieser Stern, der keiner war, in einem grellen Leuchten über den Himmel jagte, das scharf umrissene schwarze Schatten gleichermaßen hinter Wellenberge und vom Feuer versengte Felsen legte. Wäre jemand so wahnsinnig gewesen, in der Bucht der Insel zu ankern, hätte er gesehen, dass der Nicht-Stern sich in einer riesigen zischenden Parabel herabsenkte und dabei einen Schweif aus silbrigen Flammen hinter sich herzog, der wie ein brennendes Geschoss aus einem unsagbar großen Katapult aussah, und er hätte ihn mit unfehlbarer Genauigkeit in den rauchenden Krater fallen sehen und gehört hätte er …

Nichts.

Die Stille war absolut. Eine Stille, die man beinah greifen konnte, als bestünde sie aus schwerem Stoff. In dieser langen Stille fingen die echten Sterne in der Leere an zu funkeln; versprengte Diamantsplitter auf einem Mantel aus schwarzem Samt.

Ymareth schob sich aus dem hohlen Berg. Eiserne Schuppen flüsterten, und eine einzelne Kralle klickte hart und hell auf Stein. Gewaltige Schwingen, schwärzer als die Nacht, entfalteten sich in der bebenden Luft – gemächlich streckten sie sich, wie es in der Enge der Höhle tief unten unmöglich gewesen war. Der Kopf der Feuerechse auf dem gebogenen Hals reckte sich zwischen dem Baldachin der Schwingen und erstarrte.

Ymareth wartete auf das Morgengrauen.

D er Schauder kam aus dem Nichts und von überall, ein einzelner Stoß, der so heftig war, dass Aldrics Zähne heftig aufeinander schlugen. Seine Augen öffneten sich ganz weit und hätte er seine Pupillen in einem Spiegel betrachten können, hätte er gesehen, wie sich die durch den Drogengenuss geschrumpften Pupillen zu großen schwarzen Scheiben weiteten, welche die graugrüne Pigmentierung der Iris ringsherum verschlangen. Aber er brauchte sie nicht zu sehen, denn er konnte es spüren – und es war ein Gefühl, das er kannte.

Damals waren es seine eigenen Albträume, Träume von solcher Heftigkeit, dass sie ihn aus seiner Trunkenheit gerissen hatten. Aber diese jähe Hitzewelle, als rinne heißes Öl durch das Mark seiner Knochen: dies war noch stärker. Und er wusste nicht einmal, warum.

Aber eines wusste er, dass trotz der süßlichen *Ymeth*-Schwaden in seiner Lunge und trotz des starken Weins in seinem Blut, trotz dem, was eine Mattigkeit in allen Gliedern sein sollte und doch nur das Kribbeln eines Harndrangs war, dass er trotz alledem wieder Herr seiner Sinne war.

Und damit einher ging auch das jähe, beschämende Wissen um etwas, das er bislang lieber unbeachtet gelassen oder auf andere Dinge geschoben hatte: das Wissen um seine eigene monumentale Dummheit! Er war getäuscht, er war benebelt, er war in die Falle gelockt worden – und eine richtige Entschuldigung hatte es dafür nie gegeben, obwohl er immer eine gefunden hatte.

Seine Schwächen. Herrgott! Laster, die jeder Mann – sein Verstand präzisierte: jeder *ehrenhafte* Mann – hätte ignorieren sollen wie die Schmerzen einer Wunde oder die Angst in der Schlacht. Und das nur um seines Stolzes und seiner privaten Würde willen.

Aldric spürte den allzu lange unterdrückten Selbsttadel in sich hochkommen wie die Reste bitteren Weins. Sein Blick schoss zu der Seidenkordel, an der Kathur gezogen hatte – zweimal, dann noch zweimal. Zweifellos ein Signal. Aber wie lange lag das zurück? Sekunden? Minuten? Stunden? Nein, höchstens eine Minute, denn er konnte sich noch daran erinnern, wie sich jene sonderbare, widerstrebende Weichheit in die harten blauen Augen der Drusalerin geschlichen hatte, als sie das Gesicht von ihm abwandte. Eine Minute? Er stürzte aus dem Bett und raffte seine Kleider zusammen.

Kathur drehte sich um, hob den Kopf und starrte ihn an. Ohne jegliche Überraschung. Sie hatte geweint und sie weinte auch jetzt und die dicken Tränen funkelten wie Edelsteine unter jenen Saphiraugen, denen Aldric die Fähigkeit zu weinen nicht zugetraut hätte. Und auf ihrem Gesicht – jenem wunderschönen, herrischen, wollüstigen Gesicht – stand ein Ausdruck schmerzlichen Verlusts und verzweifelter Einsamkeit, wie der Alber ihn nur ein einziges Mal zuvor gesehen hatte.

Geh jetzt, Kyrin-ain. Zwischen uns ist längst alles gesagt worden.

»Also wisst Ihr es.«

Er rammte förmlich einen Fuß in den Stiefel und kämpfte dann mit der Schnürung. »Ja-ich-*weiß*!« Das letzte Wort kam als Grunzen der Anstrengung heraus. »Und ich hätte es schon vor langer Zeit wissen müssen!« Die Art, wie er sich bewegte, hatte etwas, das an Panik grenzte – und es war eine kaum gezügelte Panik, denn als sein Hemd sich irgendwo verfing, nahm er sich nicht die Zeit, es zu befreien, sondern zerrte einfach mit aller Kraft daran. Etwas riss, und er fluchte heftig auf Albisch. Während er das zerrissene Hemd in seine lederne Reithose stopfte, musterte er Kathur mit Augen, die zu schmalen Schlitzen verengt waren. »Wann kommen sie mich holen?« Es war eine beiläufig gestellte Frage und er hatte nicht mit einer Antwort gerechnet, aber …

»Zur … zur Stunde des Fuchses.«

Aldric hob wenig amüsiert eine Augenbraue. »Wie passend, verehrte Füchsin. Wie verflucht drollig. Und Eure Idee, nehme ich an?«

»Nein, ich …«

»Aber das wäre …«, er rechnete eilig die plumpe drusalische Zeitangabe im Kopf um, »… um zehn Uhr abends. In zwei Stunden. Wie sollte ich also hier festgehalten werden? Durch Euch? Oder durch …« Sein Blick huschte flink zur Klingelkordel und seine Stimme verhärtete sich. »Wen habt Ihr gerufen?«

»Einen meiner Diener.« Kathur hielt inne, doch da sie einmal begonnen hatte, trieb sie die Last ihres Schuldeingeständnisses dazu, immer mehr zu sagen. »Meinen … meinen Leibwächter. Den Mann, den Ihr bereits kennt.«

»Ahh…« Das Wort war nicht mehr als ein Ausatmen, aber es fuhr zischend an einem eisigen Lächeln vorbei, das unmerklich breiter wurde, nachdem Aldric Witwenmacher aufgehoben und sich den Schulterriemen übergestreift hatte. Ein leises Klicken ertönte, als er den Sicherungsbügel an der Schwertscheide löste. »Dann könnte ich einfach eine

Theorie erproben, die mir bei unserer ersten Begegnung durch den Kopf gegangen ist. Aber nur, wenn er sich mir in den Weg stellt. Denn ich gehe, verehrte Dame. Jetzt.« Ein letzter Blick durch den Raum bestätigte, dass er nichts zurückgelassen hatte – nur ein beträchtliches Maß an Selbstachtung, dessen Erneuerung sehr lange dauern würde. Aldric wandte sich zum Gehen und drehte sich dann noch einmal um. »Jedenfalls scheint er sich zu verspäten. Wann hattet Ihr eigentlich mit seinem Auftauchen gerechnet?«

Die Schlafzimmertür hinter ihm öffnete sich und über das jähe, hektische Läuten der Alarmglocken in seinem Kopf hinweg hörte er Kathurs Antwort sehr deutlich:

»Jetzt.«

Aldric verlor keine Sekunde damit, über die Perfektion des Stichworts zu staunen. Stattdessen warf er sich zur Seite, um die Breite eines Haars seiner Weste aus Wolfsfell genügend weit.

Etwas Riesiges riss ein Büschel schwarzes Fell aus der rechten Schulter seines *Coyac* und er hörte das Zischen verdrängter Luft, als dieses Etwas seinen Weg fortsetzte und auf den Boden schlug.

Ein Streitkolben: Ein grauenhaftes Ding mit einem Eisenkopf an einem Schaft, der fast seine Körperlänge hatte, und als er wieder aus dem Boden gerissen wurde, ächzte das zersplitterte Holz, und Aldric sah, dass der Streitkolben so mühelos geschwungen wurde, wie er selbst eine Reitgerte schwang. Das war die Keule eines Fußsoldaten, und sie war dafür gedacht, Männer in voller Rüstung auf dem Boden zu zerquetschen wie Käfer, und wenn er seinen ungeschützten Körper voll träfe, würde er …

Aber das war doch völlig sinnlos! Kathur hatte sich sehr viel Mühe gegeben, ihn zum freiwilligen Bleiben zu veranlassen, wohl um ihn heil und gesund abzuliefern bei … wem auch immer. Warum war also dieser ungeschlachte Diener so versessen darauf, ihn über den Fußboden zu verteilen? Eifersucht? Warum auch immer – er versuchte es und das reichte.

Aldric wich einem weiteren schwerfälligen Hieb aus, der eine Kommode verwüstete und ihn mit Holzsplittern und den parfümierten Scherben kosmetischer Tiegel und Töpfchen überschüttete. Seine Augen wurden kalt. Lange Jahre des Trainings traten an die Stelle einer instinktiven Angstreaktion und seine rechte Hand zuckte zu Witwenmachers Heft, packte ihn, zog das Schwert und hielt dann inne, obwohl erst zwei Handspannen Klinge aus der Scheide waren.

Denn hätte er vollständig gezogen, so hätte das den sicheren Tod des Angreifers bedeutet. Das *Achrankai* wäre gefolgt, das umgedrehte Kreuz, die erste klassische *Taiken*-Form, eine durch ständige Übung so in Fleisch und Blut übergegangenen Bewegung, dass sie beinah zu einem Reflex geworden war.

Hätte er vollständig gezogen …

Hätte er einen verschwommenen stählernen Blitz unter das Kinn und mitten zwischen die Augen des Dieners befördert. Hätte ihm die Kehle bis zum Rückgrat aufgeschlitzt und in einem einzigen Augenblick sein Gesicht vom Haaransatz zum Kinn gespalten, bevor der Diener hätte ausweichen oder parieren können. Oder überhaupt erkannt hätte, was geschah.

Hätte er vollständig gezogen, so wären viele Probleme gelöst gewesen. Warum also nicht?

Warum also doch? Aldric schüttelte den Kopf, als wolle er sich aus einem Spinnennetz befreien, und wandte sich wieder an Kathur: »Pfeift ihn zurück!« In seiner Stimme lag keine Furcht, nichts, was auf Feigheit zurückzuführen gewesen wäre, sondern nur ein schwacher Unterton, der auf

Mitgefühl schließen lassen mochte. Und dennoch sagte die Frau nichts. »Tut es! *Teii'aj hah, tai-ura!*«

Einen kurzen Moment lang sah ihn Kathur mit leerem Blick an. Seine plötzliche Kenntnis des Hochdrusalischen schien sie gar nicht zu bemerken. Dann begutachtete sie die Szenerie, die ihr verwüstetes Schlafzimmer bot: Ein Spiel aus grellem Licht und Schatten, der helle Flur hinter der offenen Tür ein krasser Gegensatz zum intim abgedunkelten Innern. Eine der vergoldeten Lampen war umgestürzt und die erstickende Süße des Duftöls ein weiteres Element des Albtraums, der ihre Sinne attackierte. Sie blinzelte.

Und das Glühen des Steins von Echainon erlosch. Vielleicht, weil die Frau so plötzlich durch den Zustand ihrer Besitztümer abgelenkt wurde; vielleicht, weil Aldric inzwischen mehr mit seinem Überleben als mit seiner persönlichen Ehre beschäftigt war; vielleicht lag es an der Müdigkeit eines Feuerdrachens und eines Zauberers an weit entfernten Orten. Vielleicht aus einem ganz anderen Grund. Aber als das Licht im Stein erlosch, war die Konsequenz von Bedeutung, nicht der Grund.

Kathur blinzelte wieder – starrte Aldric an – und sagte dann schneidend: »Kommandant Voord sei verdammt. Töte ihn!«

Einen Herzschlag lang war der Alber wie gelähmt. Zudem hatte der Mann mit dem Streitkolben sich bisher bei seinen Angriffen vielleicht absichtlich zurückgehalten, denn dieses Mal bewegte sich die gewaltige Eisenkeule viel schneller.

Und Aldric ließ sich einfach fallen.

Wäre er in eine andere Richtung ausgewichen, hätte ihn die Waffe irgendwo auf ihrem Weg erwischt – und zermalmt. Auch so spürte er noch ein Zupfen an den Haaren, das nicht vom Wind, sondern vom Metallschaft der Waffe herrührte.

Dann grub sich der Kopf des Streitkolbens tief und nutzlos in die Wand, vor der er gerade noch gestanden hatte, was jedoch ungeachtet des bescheidenen Widerstands, den seine Brust geboten hätte, sowieso geschehen wäre.

»Du Narr! Töte ihn jetzt!« Kathurs Stimme hatte jetzt einen hässlichen Unterton. Es war das hörbare Pendant zu dem Gesichtsausdruck, den sie ihm vorhin nicht zeigen wollte, und als er sich herumwälzte und wieder aufsprang, Isileth Witwenmacher endlich vollständig gezogen, bleckte er die Zähne zu einem fast animalischen Knurren. Es mochte … musste … die wilde Rutschpartie über den Boden gewesen sein, weswegen sich die Haare des schwarzen Wolfsfell-*Coyac* aufgerichtet hatten. Aber für einen Moment sträubte sich das Fell auf den Schultern des Albers, als sei es ein Teil seiner selbst.

Und für eben diesen Moment – für diese eiskalte, brennende, boshafte und völlig unehrenhafte winzige Zeitspanne – beherrschte Aldrics Verstand nur ein einziger Gedanke: Ob er den Sekundenbruchteil erübrigen konnte, der für einen Schritt nach rechts und den Rückhandschlag nötig war, der Kathur ein Andenken seiner Bekanntschaft mit ihr ins Gesicht schnitzen würde, das sie mit ins Grab nähme.

Dann schob er den Gedanken beiseite, verwarf ihn. Weil er eines *Kailin-eir* unwürdig war; weil er un-albisch war; weil er un-talvalinisch war. Und weil er die Zeit eben nicht erübrigen konnte.

Der Neumond liegt erst fünf Tage zurück, mein lieber Aldric. Die anklagende Stimme in seinem Kopf klang nach Gemmel. *Was hättest du getan, wenn wir näher an Vollmond wären?*

Aldric atmete durch die Nase aus, was sich anhörte wie das wütende Fauchen eines Katers. Er hätte nicht sagen können, gegen wen sich seine Wut richtete, und wollte auch keinen weiteren Gedanken daran verschwenden.

Die Umstände verboten das, denn der Diener erwartete ihn bereits wieder, den Streitkolben wie ein Schwert in Mitteldeckung gehoben. Er begutachtete die Haltung des Mannes mit einem Blick, der immer noch hart und konzentriert war, jedoch nicht mehr mordlüstern funkelte. Das Funkeln war verblasst – oder jemand hielt es gut unter Kontrolle. Wer oder was und warum, das wusste er nicht, noch fragte er danach. »Gib mir nicht die Schuld daran«, sagte er auf Jouvainisch und beinah bedauernd.

Dann griff er an.

Isileth Witwenmacher stieß so präzis zu wie ein zeigender Finger, tief unter allen Paraden durch, die aus der Mitteldeckung hätten kommen können, und begegnete lediglich dem leichten Widerstand festen Fleisches.

Die Klinge drang tief ein und drehte sich beim Herausziehen halb.

Dem massigen Diener quollen die Augen aus dem Kopf und er öffnete weit den Mund, obwohl er vor Schock nicht mehr herausbrachte als ein unverständliches Wimmern. Das Gepolter des Streitkolbens, als er zu Boden fiel, war wesentlich lauter. Der Mann hatte ihn losgelassen, um nach aufgerissenem Gewebe zu tasten. Schließlich fiel er zur Seite und blieb liegen. Aldric sah ihm dabei zu, dann schnippte er mit einer knappen Geste das Blut von seinem Schwert und schob es anschließend wieder in die Scheide, wobei kaltes Metall auf Holz scharrte. Er lächelte.

Durch den rötlich durchzogenen grauen Nebel des Schmerzes, der seinen Blick umwölkte, sah der gefallene Diener dieses Lächeln und erkannte den Grund dafür. Sein hilfloser Körper, angespannt in Erwartung des Stoßes, der ihm ein Ende bereiten würde, entspannte sich wieder. Der tödliche Hieb würde nicht folgen. Er versuchte das Lächeln zu erwidern, brachte bloß eine verzerrte Grimasse zustande. Aber das reichte, um zu zeigen, dass er verstanden hatte.

Er sollte leben.

Witwenmacher würde heute keine Witwe machen. Sie hatte das Bein des Drusalers durchbohrt, nicht seinen Körper, und das auf der Außenseite, nicht innen, wo die Schlagader durch den Muskel verlief. Es war eine schwere Wunde, an die der Mann sich noch lange erinnern würde: die Art Verletzung, die bei einem Wetterumschwung schmerzt. Aber er würde am Leben bleiben und sich daran erinnern und die Schmerzen spüren. Und er würde sich wieder erholen.

Irgendwann ... aber nicht jetzt. Jetzt war die Zeit für Blut und Schmerz – und die Erkenntnis, dass Tote weder das eine tun noch das andere haben.

Das Lächeln des Mannes erlosch und er bekam einen verzerrten Gesichtsausdruck, als ihn die Sinne verließen, aber Aldric hatte das Lächeln gesehen und verstanden und er nickte einmal. Vor Erleichterung ließ er ein wenig die Schultern hängen. Erleichterung, die sich bereits in seinem Lächeln gezeigt hatte und auch als solche erkannt worden war. Erleichterung über sein eigenes Überleben. Und Erleichterung, dass Isileth Witwenmacher, jene uralte und manchmal eigenwillige Klinge, nicht mehr getan hatte, als er wollte.

Kathur starrte ihn immer noch an, als er den Rücken wieder straffte, aber jetzt war ihr Blick leer und barg so wenig Gefühl wie die Saphire, mit denen ihre Augen so große Ähnlichkeit hatten. Ihr Mund arbeitete und versuchte Worte oder vielleicht Flüche zu bilden, aber es kam nichts heraus.

Aldric strich mit einer Hand über das zerzauste Fell, das seine Schultern bedeckte, und die Geste war weniger das

Glätten eines unordentlichen Kleidungsstücks, sondern vielmehr das Streicheln von etwas Lebendigem. Er erinnerte sich kühl und gelassen, wie sehr er diese Frau zeichnen wollte. Ihr Schmerzen zufügen wollte. Alles war wie die Erinnerung an Handlungen in einem Traum, ohne Bedeutung im Wachzustand. Es gab einen Ort für so etwas und eine Zeit, aber der Ort war weder hier noch die Zeit jetzt. Die Zitadelle von Seghar unter der Herrschaft der Geruaths war sowohl lange her als auch weit entfernt. Aber als den Alber ein kleiner Schauder überlief, ging ihm auf, dass sie noch nicht lange genug her und nicht weit genug entfernt war.

Mit einer knappen Verbeugung vor Kathur der Füchsin verließ Aldric ihr Schlafzimmer ohne einen Blick zurück.

Folglich sah er nicht das *Telek*, das aus einem Versteck unter den Matratzen gezogen und auf seinen Rücken gerichtet wurde.

Noch sah er die Waffe zittern und dann aus Händen fallen, die ebenso wenig die Kraft hatten abzudrücken, wie sie den Strom lautloser Tränen aufhalten konnten. Hätte er es gesehen oder hätte er ein Schluchzen gehört, hätte es vielleicht etwas verändert. Oder vielleicht auch nicht. Aber er sah es nicht und hörte nichts und so änderte es nichts.

Irgendwo in dem allzu stillen Haus ertönte der Dreiklang, der das Anbrechen einer neuen Stunde verkündete. Anders als ihre albischen Gegenstücke zeigten Kaiserlich Drusalische Uhren die Zeit nicht durch eine bestimmte Anzahl von Schlägen an. Sie konnten es auch nicht, weil die Stunden Namen trugen. Stattdessen lenkten sie die Aufmerksamkeit mit einem einzelnen Zeiger auf ein Sinnbild der jeweiligen Stunde. Aldric betrat nicht den Raum, um nachzusehen. Er wusste bereits so viel über das plumpe, ungenaue System, wie ein Alber jemals wissen wollte. Doch weil er nicht nachsah, wusste er auch nicht, welche Stunde gerade geschlagen hatte. Und wie viel Zeit ihm noch für die Flucht blieb.

In zwei Stunden, hatte er zu Kathur gesagt. Aber er war vom Traumrauch benebelt gewesen und hatte *Ymeth* in der Lunge und ihren Mund und ihre Hände auf seinem Körper gehabt, und als er diese Bemerkung gemacht hatte, waren es keine zwei Stunden mehr gewesen, sondern viel weniger als eine. Und das Schlagen der Uhr zeigte an, dass er gar keine Zeit mehr hatte. Jener Dreiklang hatte das Ende der Stunde der Katze verkündet.

Und den Beginn der Stunde des Fuchses.

Kathur ließ den Kopf über dem abgelegten *Telek* hängen und Tränen liefen ihr die Wangen herab und fielen auf den polierten Ahornschaft der Waffe. Sie blieben auf dem glänzenden Holz liegen wie Perlen von einem unschätzbar großen Wert. Sie starrte die durchsichtigen Tropfen an, als habe sie noch nie zuvor eine Träne gesehen. Nicht solche Tränen wie diese. Sie wusste nicht, warum sie weinte, es sei denn aus Angst. Das Tönen des entfernten Hafengongs hallte klagend in ihren Ohren – ein Warnruf – und Kathur wusste, dass sie guten Grund hatte, sich zu fürchten.

Hautheisart Voord war nicht für seine Duldsamkeit jenen gegenüber bekannt, die ihn enttäuschten. Und als hätten ihre Gedanken die Macht, Dämonen zu beschwören, hörte sie draußen im Flur leise Schritte.

Sie schaute auf, sah die huschenden Schatten hinter der Tür und griff mit einer Hand nach dem Gewand aus rotem Satin, das jetzt eine absolut unzureichende Bedeckung war. Sie hatte sich gerade das dünne Kleidungsstück übergestreift, so gut es eben ging, da schwebte der erste *Taulath* wie

Rauch in ihr Zimmer. Einen einzigen Atemzug später gesellte sich ein zweiter dazu. Beide waren von Kopf bis Fuß in ein eng sitzendes Dunkelgrau gehüllt, das fast ein Schwarz war und auf höchst unnatürliche Weise mit den Schatten an der Wand verschmolz.

Kapuzenmasken ließen nur einen dünnen Streifen Gesichtshaut frei – und die Augen, die Kathur an diejenigen nachtaktiver Reptilien erinnerten. Jene Augen starrten sie an und für einen Moment war es nicht schwer, den Ausdruck zu lesen, der darin flackerte, denn sie musterten – nein, sie verzehrten mit den Blicken – eine Frau, deren einziges Kleidungsstück viel mehr entblößte oder betonte, als es verhüllte.

Und eine Frau, die in der rechten Hand ein albisches *Telek* hielt und allem Anschein nach auch wusste, wie man damit umging.

Die *Tulathin* wechselten vielsagende Blicke, aber sie kamen nicht näher. Und sie sagten auch nichts zu ihr, obwohl es trotz der Masken ziemlich offensichtlich war, dass sie nicht damit gerechnet hatten, Kathur allein vorzufinden. Der verwundete und bewusstlose Mann auf dem Boden zählte offensichtlich nicht.

Dann ertönten weitere Schritte und diese waren nicht leise – es waren die festen, entschlossenen Schritte von jemandem, der so viel Macht und Autorität besaß, dass er keinen Grund zur Verstohlenheit hatte. Kein Befehl wurde laut ausgesprochen, aber die *Taulath* huschten mit disziplinierter Präzision neben die Tür und stellten sich links und rechts daneben auf. Sie hielten einen Herzschlag inne, dann nahmen sie Haltung an und vollführten die rhythmischen Bewegungen eines vollen Paradesaluts. Das harte Klatschen der offenen Handfläche auf Brust und Oberschenkel klang wie ein Vorgeschmack auf Kathurs Zukunft. Und das auch nur, wenn diese Zukunft freundlich war.

Eine Person, zu erkennen lediglich als Silhouette, hielt um des dramatischen Effekts willen absichtlich in der Tür inne, bevor sie über die Schwelle trat, und der Lampenschein tanzte in funkelnden Stäubchen über versilberte Rangabzeichen auf einem zinnoberroten Helm, als dieser dritte Mann langsam den Kopf drehte und den Raum musterte. Die tiefen Wangenschützer sowie Nasenschild und Visier maskierten seine Züge fast vollständig, aber Kathur brauchte nicht sein Gesicht zu sehen, um zu wissen, wer er war.

»Nun, meine liebe, verehrte Dame«, sagte *Hautheisart* Voord mit täuschender Sanftmut. »Und wo ist er?«

Sekunden krochen dahin, langsam wie eine Schnecke, bevor Kathur genug Entsetzen herunterschlucken konnte, dass ihr von Galle bitterer Mund die Worte für eine Antwort bilden konnte. »Weg«, sagte sie. Was sollte sie sonst sagen? »Er hat – irgendwie – durchschaut, dass er hier festgehalten werden sollte.« Dann, um zu besänftigen: »Aber das ist erst ein paar Minuten her. Es ist mir gelungen, ihn bis dahin festzuhalten …«

Voord starrte sie wortlos an. Seine Augen lagen in den zerklüfteten Schatten seines Helms und verrieten nichts. »So. Dann habt Ihr also doch versucht, schlau zu sein anstatt praktisch.« Wieder die furchtbare Stille. Dann drehte er sich um und ignorierte sie völlig. »Tagen, Garet, hört zu: Ist die Umgebung gesichert?«

»Herr!« Die Antwort kam gleichzeitig, automatisch.

»Dann geht. Holt die Netze ein und bringt den Fang … zum Hafen. Zur *Teynaur*. Und segelt im Morgengrauen – ob ich da bin oder nicht. Verstanden?«

»Herr!« Ein weiterer Salut und sie waren verschwunden. Kathur beobachtete ihren Abgang mit resignierter Verzweiflung in den Augen. Die Soldaten waren ihr bekannt:

Voords Ehrengarde, Männer, die ihn überallhin begleiteten. Die Vollstrecker seines Willens. Ihre Entlassung war eine Beleidigung, eine schallende Ohrfeige. Sie war keine Bedrohung. Sie war ein Niemand.

Ein Nichts.

Die Straße war dunkel und still, in Schwaden grauen Nebels gehüllt. Eine Gestalt löste sich auf der anderen Seite aus den Schatten und ging ruhig und entschlossen zu den vorgelegten Läden von Kathurs Haus. Ein Haus, das endlich als Ziel und Kulminationspunkt einer langen ermüdenden Suche identifiziert worden war. Die Gestalt trug einen Umhang mit Kapuze – namenlos, gesichtslos, geschlechtslos. Aber unter den Falten des schweren Umhangs war die Andeutung der Umrisse eines Schwerts zu erkennen und außerdem das leise Scharren des Metalls einer Rüstung zu hören.

Dann zerschmetterten harte Hufschläge auf Stein die Stille wie ein fehlerhafter Glasspiegel und ein Mann auf einem Pferd jagte im fast vollen Galopp aus dem Stalleingang unweit des Hauses. Bevor die Kapuzengestalt mehr tun konnte, als sich an die nächste Mauer zu drücken, hatte der Reiter des schwarzen Pferdes sein Tier gezügelt. Er riss es herum, wobei Hufe metallisch klirrten, als sie fast den Halt auf dem rutschigen Pflaster verloren. Dann waren Mann und Pferd vorbei und in einem Wirbel aus Lärm und Schnelligkeit verschwunden.

Die Gestalt an der Mauer richtete zerknitterte Kleidung und noch zerknittertere Würde und starrte dem Reiter nachdenklich ein paar Sekunden nach. Daraufhin musterte sie die schwarze Hausfront, als überlege sie, ob sie dort eindringen und sich möglicherweise in die Vorgänge darin verwickeln lassen sollte. Sie schlug den Umhang zurück, und jetzt gab es im Hinblick auf Schwert und Rüstung keinerlei Zweifel mehr.

Zwei grau gekleidete Männer schwangen sich von Nachbardächern herab, verhielten einen Moment geduckt und wachsam und huschten dann durch eine Tür ins Haus, die ganz offensichtlich eben für jenen Zweck entriegelt worden war. Unsichtbar, unverdächtig und durch Schatten verborgen, die der Nebel noch dichter machte, sah eine Gestalt, deren Umrisse wegen des viel zu weiten Umhangs nur schwer auszumachen waren, fasziniert zu – unternahm aber wohlweislich keinen Versuch, sich einzumischen.

Vor allem, als ein dritter Mann, mit Helm und in voller Rüstung, arrogant auf das Haus zuschritt und hineinging.

Gebt mir das!« Voords hatte bereits die rechte Hand ausgestreckt, die in einen Handschuh aus schwarzem Leder und rot emaillierten Stahl steckte, die Handfläche nach oben, als sei eine Weigerung so unwahrscheinlich, dass sie es nicht wert war, auch nur einen Gedanken daran zu verschwenden.

Aber dieser Gedanke war Kathur bereits durch den Kopf geschossen, und zwar mit der Schnelligkeit und Leuchtkraft eines strahlenden Blitzes: nicht nur weigern, sondern verwenden! Sofort, unmittelbar, ohne Warnung. Das *Telek* war bereits geladen und gespannt, der Sicherungsmechanismus gelöst und der gekrümmte Zeige- und Mittelfinger übten bereits drei der für einen Schuss nötigen fünf Pfund Druck auf den Abzug aus. Die Waffe würde bei der geringsten Ver stärkung des Drucks losgehen und sie brauchte nicht einmal zu zielen.

Und bei dem Gedanken an die erforderlichen zwei Pfund mehr Druck drehte sich ihr der Magen um. Sie konnte keinen Menschen mehr töten – nicht einmal einen so offensichtlichen Unmenschen wie Voord. Auch könnte sie die Waffe nicht mehr gegen sich selbst richten, was der Gesellschaft Voords in den nächsten Stunden vermutlich vorzuziehen gewesen wäre. Jetzt war es zu spät. Jetzt blieb nur noch, sich zu fügen. Kathur sicherte die Waffe wieder mit dem Daumen. Dann drehte sie das *Telek* um und legte den Schaft sanft auf die wartende Hand des *Hautheisart*.

Er schloss die Finger darum und nun, da die Mündung der Waffe auf sie zeigte, rechnete Kathur damit, den Einschlag des Pfeils in ihren Leib zu spüren, noch bevor sie die Waffe völlig losgelassen hatte. Doch es kam kein Pfeil. Stattdessen wog Voord die Waffe in der Hand und der geschnitzte Schaft glitt so mühelos an Ort und Stelle wie ein Falke auf ein vertrautes Handgelenk. Für einen Rechtshänder geformt, lag der Schaft hervorragend in der Hand und Voord betrachtete die Waffe mit einem Ausdruck, der Bewunderung so nah kam, wie ein Kaiserlicher Offizier einem Ding aus albischer Herstellung zugestehen würde.

»Sehr schön.« Er sprach in erster Linie mit sich selbst. »Ja. Tatsächlich sehr schön. Aber schließlich waren die Alber schon immer sehr gut darin, Dinge herzustellen, mit denen sie einander umbringen konnten.« Sein Blick begegnete dem der Frau und hielt den Kontakt wie eine Schlange mit einem Spatz oder ein Wiesel mit einer Maus, und obwohl ein Lächeln auf seinen Lippen lag, erwärmte es seine Augen nicht im Geringsten. »Sagt mir … funktioniert es?«

Jetzt der Pfeil … Kathurs Körper zuckte einmal in Erwartung des tödlichen Schlages und ihre Augen schlossen sich in einem sinnlosen Reflex, der keinen Schutz vor dem Tod bot, dem sie ins Auge sah. Erst, als nichts geschah, öffneten sich ihre geschminkten Lider widerstrebend. Sie befürchtete, jede noch so geringe Bewegung könne ihren Tod herausfordern, aber noch mehr fürchtete sie sich davor, im Dunkeln zu bleiben.

»Ich fragte, funktioniert es?«

»Ich …«

»Funktioniert es?«

Sie wagte es, den Blick von der kalten schwarzen Mündung loszureißen, doch Voords Augen waren ebenso unversöhnlich. Welche Antwort sie auch gab, es würde die falsche sein.

»*Funktioniert es?*«

»Ach … du lieber Gott, ich weiß es nicht!«

Voord zeigte kurz die Zähne in einem Haifischlächeln. »Dann finden wir es doch heraus …« Ein leises Geräusch in seinem Rücken ließ ihn innehalten und mit angelegtem, schussbereitem Telek herumfahren. Dann entspannte er sich. »Ach … Du.«

Kathurs Diener versuchte, sich auf nur einem Ellbogen hochzustemmen, da er die andere Hand nicht von dem Loch nehmen konnte, das Witwenmacher in seinem Oberschenkel hinterlassen hatte. Wie fest seine Finger das Fleisch auch umklammerten, es sickerte immer noch Blut hindurch. Er starrte die beiden Personen am Bett an, konnte sie durch den Schmerznebel jedoch kaum erkennen und begriff nicht, was vorging. Aber eine Person erkannte er und schämte sich. »H-Herrin? Ich habe Euch enttäuscht, Herrin. Ich habe versagt. Verzeiht mir …«

Kommandant Voord drehte den Kopf ebenso langsam und bedächtig wie der Geschützturm auf einem Rammschiff und sein Mund formte dasselbe stumme *O* wie die Mündung des *Telek*. Die Frau antwortete weder mit Wort noch durch eine Geste. Sie wusste bereits, wie Voords Verstand funktionierte. Und weil sie es wusste, packte sie mit einem verrückten Mut, der an Selbstmord grenzte, das *Telek* bei den Läufen. Der *Hautheisart* starrte mit einer Miene auf ihre Hand und dann auf ihr Gesicht, als habe er ein widerliches Ungeziefer vor sich.

»Nein!« Ihre Stimme war leise, ihr Tonfall leidenschaftlich, flehend. »Nicht. Sogar er sah keinen Grund …«

»Er? Ihr meint den Alber? Er hat was nicht getan?«

»Getötet. Nicht einmal in der Hitze des Kampfes. Weil es nicht nötig war. Und das ist es auch jetzt nicht …«

Voords dünne Lippen bewegten sich, streckten sich zu einem kurzen Lächeln, bevor sie wieder das sarkastische *O?* formten. Er blinzelte, träge wie eine Katze, und dieses katzenhafte Blinzeln erinnerte Kathur für einen Moment an Kourgath, mit dem sie ihr Bett geteilt hatte.

»Keinen Grund. Für einen Alber. Keinen Grund für einen Mann, der sich hinter seinem ach so flexiblen Ehrenkodex verstecken kann. Keinen Grund, wo jeder Vorwand reicht, solange die Form gewahrt bleibt. O ja. Dann ist es leicht. Aber ich bin auch geehrt worden und auf eine bessere Art. Ich habe mir meine Ehre verdient. Ich trage sie so, dass alle sie sehen können. Aber ich habe kein elegantes kleines Messer, um meinem Leben ein Ende zu bereiten, wenn ich versage. Nein. Ich muss Versagen ertragen, wie ich den Erfolg ertrage. Wie ich *diese* trage.«

Mit der linken Hand berührte er die Rangabzeichen am Helm und auf seinem schwarzen Umhang mit dem hohen Kragen, den er über seiner roten Rüstung trug, und Kathur starrte hin. Aber nicht auf das doppelte Karo mit Streifen in Silber auf den Kragenspitzen aus schwarzem Samt und scharlachrotem Stahl, nicht auf die Insignien des gezackten

Blitzes daneben – obwohl der Blitzstrahl der Geheimpolizei die Unwissenden einschüchterte, war sie für Kathur immer noch nicht mehr als der Dienstzweig, in dem Voord sein Kommando hatte. Wie im Übrigen auch sie.

Nein … Sie starrte auf seine Hand.

Als sie sie zuletzt gesehen hatte, als die Hand sie zuletzt berührt hatte, war sie schlank und graziös wie die Hand eines Musikers gewesen, ihre Berührung sanft wie die eines Schmetterlings. Jetzt … Jetzt war sie entstellt und verkrüppelt, verkrümmt wie ein Teil eines militärischen Apparats, eine Klaue aus verdrehten Knochen und Sehnen, die gnädigerweise unter einem Handschuh verborgen war. Angesichts einer solchen Entstellung zuckten die Männer zusammen, sahen weg und dankten den von ihnen verehrten Göttern, dass sie noch heil und gesund und nicht gezeichnet waren vom Krieg, von einem Unfall oder von … dem, was dies verursacht hatte.

»Ja, in der Tat, meine liebe Füchsin. Es ist so, wie ich es sage. Ich trage meine Ehre – ob ich will oder nicht.« Die beängstigende Klaue senkte sich, und sie sah sie nicht mehr, aber ihr Vorhandensein und ihre Form, die der Handschuh lediglich erahnen ließ, blieben in ihrem Bewusstsein und verursachten ihr eine Gänsehaut.

Voord sah ihr Entstehen. »Ich habe dies erlitten, meine Liebe, und mir so meinen augenblicklichen Rang verdient. Jetzt leide ich unter der Verantwortung dieses Ranges. Ich bin *Hautheisart Kagh' Ernvakh*. Betraut mit innerer Sicherheit, Spionage und Gegenspionage. Und mit dem Erzwingen von« – ein Ruck seines Handgelenks riss Kathur das *Telek* aus der Hand – »Disziplin und Gehorsam.«

Sie zuckte bei dem tonlosen, heftigen Klacken zusammen, als die Waffe abgefeuert wurde, und schloss wieder die Augen. Aber sie konnte nicht ihre Ohren vor dem deutlichen feuchten Klatschen verschließen, als sei eine Melone von einem Hammer getroffen worden, auch nicht vor dem hohlen Aufprall von Knochen auf Holz, als der Kopf ihres Dieners zu Boden geschleudert wurde, wie von einem Tritt. Noch konnte sie ihr gnadenlos präzises geistiges Auge vor dem Bild verschließen, das wie mit einem rotglühenden Eisen darin eingebrannt war. Einem Bild, das sie immer noch sehen konnte. Einem Bild, das sie immer sehen würde. Der Augenblick des Todes eines Menschen.

Er lag auf dem Rücken, eine Hand weit ausgestreckt, die andere immer noch sinnlos auf der Wunde in seinem Bein, um die Blutung zu stillen. Aber das war nicht mehr nötig. Und auch seine letzte Wunde brauchte nicht mehr gestillt zu werden, denn sie hatte bereits zu bluten aufgehört. Blut und Schleim waren auf seine Wange und Stirn gespritzt. Seine linke Augenhöhle war eine matschige Grube. Ein dreieckiges Stück von seinem Schädel lag einen Fuß von der Stelle entfernt, wo es von seinem Hinterkopf abgeplatzt war. Aber der Ausdruck, der auf seinem entstellten Gesicht noch zu erkennen war, verriet nicht mehr als gelinde Überraschung.

»Ja. Es funktioniert.« Voord erübrigte seinem Werk einen flüchtigen Blick, sah Kathur an, als analysiere er ihre Reaktion; daraufhin das *Telek*, und eine Idee keimte in ihm, die er ebenso rasch verbarg. »Es funktioniert tatsächlich. Und Ihr auch, Kathur. Meistens. Wie eine andere Frau, die ich einmal kannte. Aber Sedna hat ebenfalls versagt. Wie Ihr diesmal versagt habt – weil Ihr meinen direkten Befehl missachtet habt. Ihr müsst Euch in Zukunft daran erinnern. Eine Strafe dürfte Eurem Gedächtnis auf die Sprünge helfen.«

Er sicherte die Waffe und legte sie bedächtig beiseite. Dann nahm er den Helm ab und ließ ihn zu Boden fallen, während er die Frau mit zur Seite geneigtem Kopf nachdenklich betrachtete. Die vom Schweiß dunklen Haare klebten ihm am Kopf und in seinen Augenhöhlen lagen Schatten, die weder vom Licht in Kathurs Zimmer noch durch den Mangel daran hervorgerufen wurden. »Die übliche Strafe ist eine Bogensehne – oder Pfählen.«

Als die Bedeutung der Worte in sie einsank, starrte Kathur ihn nur mit leerem Blick an und duckte sich dann immer tiefer, als das Verständnis dämmerte. Der einzige Laut, der durch ihre leicht geöffneten Lippen drang, war ein unverständliches Wimmern nackter Angst.

»Doch man könnte anführen – zu Euren Gunsten –, dass Ihr es versucht habt. Ihr hattet den Befehl, ihn zu fesseln und zu betäuben. Aber Ihr hattet dennoch Erfolg bis … vor wenigen Minuten, habt Ihr doch behauptet, nicht wahr? Wenn also ein Gnadengesuch zu Euren Gunsten eingereicht würde, könnte die Strafe durchaus milder ausfallen. Soll ich solch ein Gesuch in Erwägung ziehen?«

Obwohl Kathur in ihrem Zustand des völligen Entsetzens keine zusammenhängenden Laute von sich gab und auch nicht geben konnte, beobachtete Voord sie mit einer Art kalter Würdigung und nickte schließlich. »Ich bin zufrieden. Das Gesuch wird akzeptiert.« Er streckte die Hand aus, um ihr über das Gesicht und langsam über die verkrampften Muskeln ihres Halses zu streichen.

Die linke Hand …

Kathur krümmte sich innerlich, wagte aber nicht, ihren Abscheu offen zu zeigen. Nicht einmal, als die schreckliche Klaue sich wie eine eklige Spinne auf ihre Schulter legte und dann mit bitterer, selbstironischer Sinnlichkeit den schweren Satin ihres Gewands beiseite schob. Das Kleidungsstück fiel durch sein eigenes Gewicht von ihr ab und legte sich in roten Falten um ihre Knöchel, so dass sie nackt und schaudernd Voords gierigem Blick ausgeliefert war. Selbst jetzt rührte sie sich nicht, versuchte nicht das klassische Klischee, einen Arm vor ihre Brüste zu legen und mit der anderen ihre Scham zu verbergen. Sie stand lediglich da und ließ beide Arme schlaff herabhängen, während sie beschämt über ihre Nacktheit – etwas, das sie in Gegenwart des Albers nie empfunden hatte – den Blick senkte. Sie stand da wie ein zum Tode verurteilter Gefangener vor dem Richtblock und wartete passiv ab, was das Schicksal für sie bestimmt hatte. Sie hörte das träge Knarren von Leder, als zerstörte Muskeln und Sehnen Voords Finger zwangen, sich zu öffnen. Und sie erwartete die Erniedrigung, wenn eben jene Finger ihren Körper berührten.

Die Berührung blieb aus. Stattdessen griffen die gekrümmten Finger nach ihrem Hinterkopf, packten die kastanienbraunen Locken und zogen ihr Gesicht gewaltsam hoch, bis Voord sich vorbeugen und ihr die Lippen küssen konnte. Ein schwacher Duft nach einem Parfüm, wie Höflinge es benutzten, umgab ihn und sein Atem roch frisch und angenehm, weil er vor kurzem Minzeblätter gekaut hatte. Auch sonst roch er schlicht sauber.

Und das war das Schlimmste überhaupt.

Hätte er schlechten Atem gehabt oder sein Körper säuerlich oder ungewaschen gerochen, hätte Kathur sich besser darauf einstellen können, das wusste sie. Obwohl *Kagh' Ernvakh* von ihr verlangt hatte, genügend Männer zu verführen, um zu wissen, dass es jene mit den schmutzigen Leibern waren, die einfache, direkte Vorstellungen vom Laster hatten, und die sauber gewaschenen, anspruchsvollen zu Dingen neigten, die sogar sie schlimm fand, schockierte sie der Gegensatz immer wieder. Wie Voord sie schockierte. Denn er war zwar körperlich frisch und angenehm, aber sein Geist war verdreht und schlecht.

Sie spürte, wie sein Kuss intensiver wurde, leidenschaftlicher, und beinah reflexhaft reagierte sie mit dem Druck ihrer Zunge gegen seine Lippen. Dann spürte sie, wie seine Zähne sich schlossen und Schmerz ihre Zunge durchzuckte, und sie schmeckte Blut – ihr Blut – und wusste, dass zwar ihr »Gesuch« akzeptiert worden war, sie aber dennoch einer Strafe nicht entginge.

Voords linke Hand – Klaue – verkrampfte sich in ihren Haaren, als Kathur sich ihm entwinden wollte, und hielt sie eine Armlänge von sich abrupt fest. Er grinste sie an und auf dem Weiß seiner überaus sauberen Zähne sah sie dunkelrote Streifen, und so etwas wie das Funkeln in seinen Augen hatte sie, trotz all ihrer Erfahrung, noch auf keines Mannes Gesicht gesehen.

»O ja, liebe Dame, verehrte Füchsin, die Ihr mein seid, Ihr entgeht der Strafe dennoch nicht. Ihr habt es gewiss gewusst und Ihr habt es gewiss erwartet? Gewiss habt Ihr Euch auch schon darauf gefreut wie zuvor? Und wer bin ich schon, eine Dame zu enttäuschen?« Er kämpfte mit seiner Kleidung, während er ihr die Worte keuchend ins Gesicht schleuderte. »Ich erspare Euch den Strang – aber ich glaube, Pfählen ist angemessen.« Er warf sie mit dem Gesicht nach unten aufs Bett und nagelte sie mit einer Hand und seinen ausgestreckten Beinen fest. »Entspannt Euch« – eine schwere Last aus heißem, nacktem Fleisch und eiskalter Rüstung senkte sich auf ihren Rücken und ihre Hinterbacken – »vielleicht gefällt es Euch sogar. Aber selbst wenn nicht« – Voord rückte ein wenig hin und her und stürzte sich dann auf sie wie ein Mann, der ein widerspenstiges Pferd zureitet – »*mir* wird es ganz gewiss gefallen!«

Einige Sekunden lang war nur Keuchen zu hören.

Dann fing Kathur schließlich an zu schreien.

Draußen auf der Straße hörte eine Gestalt in Kapuze und Umhang die heiseren, empörten, gequälten Schreie. Und zog den Umhang etwas fester um sich und schauderte mitfühlend. Sie wollte warten, bis die drei Männer, die ins Haus gegangen waren, es auch alle drei wieder verlassen hätten, und wenn das Warten die ganze neblige Nacht dauern würde.

Darüber hinaus unternahm sie jedoch überhaupt nichts.

Wenn es gestohlen wurde, warum dann nur eines und nicht beide? Aldric schlug verdrossen auf den Schaft des einzigen ihm noch verbliebenen *Telek.* Er fand immer noch keine vernünftige Antwort auf die unausgesprochene Frage und so schob er die Angelegenheit gezwungenermaßen wiederum beiseite. Er hatte Lyard gezügelt und erhob sich in den Steigbügeln, um sich umzuschauen, entdeckte jedoch lediglich Dunstschwaden, die sich zu einem Nebel verdichteten, der sich seinerseits zu Schwärze und Nacht verdunkelte. Und dennoch …

Er war sicher, dass jemand ihn beobachtete.

Es war finsterer hier, als er erwartet hatte. Gewiss, eine unbeleuchtete Stadt war so dunkel, wie es ein nicht unter der Erde begrabener Ort eben sein konnte, aber kaiserliche Städte waren nicht unbeleuchtet. Wenigstens nicht unter normalen Umständen. Aber vor noch nicht allzu langer Zeit hatte eine politische Gruppierung es als notwendig erachtet, fast sämtliche Hauslaternen in der Altstadt des Seehafens von Tuenafen zu zerschmettern.

Fast sämtliche? Wahrscheinlich hatten sie jede einzelne zerstört, dachte Aldric, und was er nun sah, waren die wenigen, die ersetzt worden waren. Nicht, dass es überhaupt viele solcher Laternen gegeben hätte: Die meisten Häuser in diesem Teil der Stadt hinkten achtzig Jahre hinter solch modernen Affektiertheiten her. Das verriet ihm die Architektur. Über ihm steckten die Häuser zu beiden Seiten der Straße verschwörerisch die oberen Geschosse zusammen, und zwar so eng, dass die Bewohner sich stellenweise hinauslehnen und an das Fenster des Nachbarn gegenüber klopfen konnten. Selbst zur Mittagszeit würde nicht viel Licht bis unten auf die Straße fallen. Jetzt … Jetzt war die Wirkung erstickend und klaustrophobisch. Unheilvoll.

Aldric zwang sich zu einem Lächeln über seine Nervosität, obwohl er wusste, dass es mehr wie ein Knurren aussehen würde. Lyard unter ihm rückte hin und her. Das große Pferd fühlte sich ebenfalls unbehaglich, vielleicht auch wegen des glatten Kopfsteinpflasters unter seinen Hufen, das durch einen Film Kondenswasser glitschig geworden war, oder auch nur wegen der Laune seines Reiters oder einfach, weil ihm der Nebel, die Dunkelheit und die bedrückende Stille ebenfalls missfielen. Die Hufe des Streitrosses klapperten geräuschvoll – zu geräuschvoll, fand Aldric – während er in den falschen Trost des Lichts einer überlebenden Laterne ritt, das der wässrig gelbe Mantel aus Nebel dämpfte. Er fragte sich, ob er die zusätzlichen Minuten hätte erübrigen können, die er gebraucht hätte, um das Packpferd mit seinen Sachen und – insbesondere – seiner Rüstung zu beladen. Aber die Argumente, die er vorhin und auch jetzt zur Hand gehabt hatte, waren Scheinargumente, denen das Gewicht der Überzeugung fehlte: Ausrüstungsgegenstände und Metallteile, sogar Teile wie der Schlachtharnisch, den er von Gemmel bekommen hatte, ließen sich ersetzen. Zeit, die er jetzt verlor, war für immer verlorene Zeit. Zeit, die sehr wohl den Unterschied bedeuten konnte zwischen …

Was und was? Mit der Art und Weise, wie er den ersten Teil des Abends verbracht hatte, so vergnüglich dies auch gewesen sein mochte, hatte er ja schon genug Zeit verschwendet.

Aldrics Blick huschte von rechts nach links und nahm die wenigen Einzelheiten auf, die er in der Dunkelheit und im treibenden Nebel ausmachen konnte. Potenziell geeignete Stellen für einen Hinterhalt, Fluchtwege und so weiter. *Fluchtwege!* – wo ich nicht einmal sicher bin, wie ich zu Kathurs Haus zurückkäme! Er löste Witwenmacher von seinem Rücken und befestigte die Scheide des *Taiken* an der Hüfte, bevor er wieder die Zügel nahm und Lyard vorwärts trieb. Und die Feuchtigkeit auf der Innenseite der linken Hand kam gewiss von der nebligen Feuchtigkeit in der Luft und aus keinem anderen Grund.

Dann …

Irgendwo in der Nähe erwachte unversehens eine Uhr zum Leben und schlug die Stunde – viele, viele Minuten zu spät, wenngleich Aldric in jenem Augenblick nicht in der Lage war, dies zu erkennen. Der jähe Lärm erschreckte seinen Vollblüter, der sowieso bereits ziemlich nervös war, und der Hengst rutschte zur Seite weg.

Auf die scharfkantige Granitfassade einer Mauer zu.

Aldric sah die Steinmauer aus dem Nebel ragen und stieß einen Fluch aus. Dann zog er den Fuß aus dem Steigbügel und schwang das Bein über den Sattelknauf, bevor Fuß und Bein zerquetscht werden konnten, und zerrte gleichzeitig am Zügel, um das Streitross wieder in die Gewalt zu bekommen, bevor es sich die Flanke an der scharfkantig-rauen Mauer verletzte. Der kurze Druck über die Trense reichte aus, dass Lyard sofort innehielt. Mehr war nicht nötig. Sein Reiter war ein vehementer Gegner der Metallstange, die von manchen, die sich Reiter nannten, zur Beherrschung ihrer Tiere verwendet wurden. Aldric hatte nichts für Brutalitäten bei der Pferdedressur übrig und war der Ansicht, dass Schulung mehr wert hatte, als seinem Reittier Schmerzen zuzufügen. Seine Ansicht wurde jetzt gerechtfertigt.

Als er sich vorbeugte, um den Andarrer zu tätscheln und sich dadurch ebenso wie das Pferd zu beruhigen, gestand Aldric sich ein, dass nur noch ein weiterer derartiger Schreckmoment nötig war – fundiert oder nicht –, und dann würde er Hals über Kopf eine andere Route einschlagen. Irgendeine andere Route, nur nicht diese. Doch wenn er umkehrte – ein notwendiges Übel, wenn er zur letzten Kreuzung wollte, die er überquert hatte –, müsste er wieder an jenem Hof mit den hohen Mauern vorbei, der ihm jetzt mehr denn je wie der idealer Platz für eine Falle vorkam.

Aber es war nicht der einzige ideale Platz in Tuenafen.

Wie von der schlagenden Uhr und dem Klappern von Lyards Hufen beschworen, trampelten hinter ihm Stiefel über das nasse Kopfsteinpflaster: viele Füße, rennende Männer, die rasch aufholten. Und eine Stimme: »*Dah'te ka'gh, hlens'l! Doch'taii-ha!*« Sie sprach gemeines Drusalisch und die Worte waren der Befehl stehenzubleiben, abzusteigen, alle Waffen niederzulegen. Sich zu ergeben. Und sie reichten aus, dass Aldric Lyard die Ferse des Fußes, der noch im Steigbügel steckte – der andere schwebte immer noch über dem Sattelknauf – dem Pferd in die Flanke rammte. Es reagierte wie auf ein Händeklatschen und jagte aus dem Stand in die Dunkelheit der nächsten Gasse.

Lyards angelegte Ohren wurden kaum von dem Seil gekitzelt, das straff über deren Einmündung gespannt war, so präzise hatte man seine Höhe berechnet.

Aber Aldric prallte mit der Brust dagegen und flog in einer Rolle rückwärts aus dem Sattel. Er landete auf dem Boden, und wo sich zuvor sein Gehirn befunden hatte, da flammten mit einem Mal grelle Sterne in seinem Schädel auf. Schwarz vor dem Grau der nebligen Nacht sauste ein beschwertes Netz auf ihn herab, das sich wie ein räuberisches Spinnennetz öffnete, kurz bevor das Geflecht ihn einhüllte.

Aldric fiel zurück, und das Karo-Muster der Netzschnüre drückte hart auf sein Gesicht, und Wut durchzuckte ihn. Wut auf denjenigen, der sich diesen Plan ausgedacht hatte, Wut auf die Verzögerung, an der er und er allein die Schuld trug und die ihn erst in diese Lage gebracht hatte, dass er wie ein auf einer Tuenafener Straße gestrandeter Fisch herumzappelte. Blinde, heiße Wut, deren Feuer erst erlöschen würde, wenn Blut vergossen war. Seines, ihres, irgendjemandes!

Hätte er Isileth bereits gezogen, hätte er das Netz vielleicht durchgehauen, die Männer, die jetzt lautlos aus dem schattigen Nebel traten, niedergemetzelt und wäre vielleicht entkommen … aber das Langschwert steckte noch in der Scheide. Zudem war es Schuld an einem dumpfen Schmerz in seiner Seite, wo er unangenehm auf dem Heft der Waffe gelandet war. Er kam nicht an das Schwert heran. Und wenn irgendein Schwein an der Zugleine riss und das Netz sich noch mehr straffte, hätte er nicht einmal mehr genug Bewegungsspielraum, um den Schmerz zu lindern.

Als sie das Netz lockerten, trat er ein paar Mal zu, ohne dass es etwas genutzt hätte, und gab dann auf, als sich schwere Hände auf Arme und Beine legten und sie mit einer, wie es schien, völlig übertriebenen Menge Seil fesselten. Selbst auf Aldrics benommenen Verstand, in dem zusammenhängendes Denken immer noch mit den wirbelnden Funken einer leichten Gehirnerschütterung um die Vorherrschaft rang, wirkte all diese Sorgfalt und Umsicht völlig übertrieben. Ein Pfeil aus der Dunkelheit wäre viel wirkungsvoller gewesen.

Schließlich gewann das klare Denken langsam wieder die Oberhand und fügte sich zusammen, und da wich die Verwirrung den Anfängen von Furcht. Kathur hatte ihn festhalten sollen, bis er von … jemandem abgeholt wurde. Der Versuch ihres Dieners, ihn zu töten, konnte vernachlässigt werden: dieses Intermezzo gehörte nicht ins Muster. Doch nun hatte man ihn buchstäblich unverletzt gefangen und gefesselt. Für jemanden.

Für wen? Und warum?

Diese Männer waren grau gekleidet. Sie trugen Kapuzen und Masken. Wie *Tulathin*, die albischen Söldner-Attentäter. Und diese Erkenntnis hätte entsetzlicher kaum sein können, denn Aldric erinnerte sich an all die Leute – oder die Freunde, Anhänger und überlebenden Verwandten von Leuten –, welche die von *Tulathin* verlangten Summen zahlen würden, um ihn lebendig zu fangen, heil und gesund.

Um seinen Tod zu ihrem persönlichen und lange andauernden Vergnügen zu machen. Es gab viele solcher Leute – zu viele für nur einen Mann.

Trotz der Kühle der Nacht lief ihm ein Tropfen Schweiß über das Gesicht. Mittlerweile hatten sie ihm alle Waffen abgenommen, darunter auch die drei versteckten Dolche, die ganz offenbar nicht gut genug versteckt waren. Und den Zauberring mit dem darin eingearbeiteten Stein von Echainon, der nicht mehr Ähnlichkeit mit einer Waffe hatte als sein Wappenkragen. Auch den überprüften sie und die Narbe auf seiner Wange, studierten alles im Licht einer Blendlaterne und verglichen es mit einem Blatt Papier, das ein Mann in der Hand hielt. Alles geschah ohne überflüssige Worte und Gesten, wenngleich ihm einer einen Schlag ins Gesicht versetzte, als er es mit Beißen versuchte, der einzigen ihm noch verbliebenen Handlungsmöglichkeit. Es war eine armselige Geste – auf beiden Seiten – und die Vergeltung war keine Beruhigung. Sie war viel zu milde.

»Die Ähnlichkeit ist groß genug! Er wird reichen. Nehmt ihn mit.«

Eine Kapuze senkte sich über Aldrics Kopf. Nicht bloß eine Augenbinde; sie stank darüber hinaus auch nach einer Betäubungsdroge. Allmählich gewöhnte er sich daran, wie leichtfertig und nebenbei solche Sachen im Drusalischen Reich zum Einsatz kamen. Es war, als seien – angesichts der Tatsache, dass Zauberei nur da erlaubt war, wo sie den Mächtigen in den Kram passte – Männer, die eigentlich Zauberer geworden wären, stattdessen Apotheker und Chemiker geworden, keine Herren über Magie, sondern über Gifte. Während er den aromatischen Gestank in der Kapuze einatmete, wanderten Aldrics Gedanken fünf Jahre zurück, als er diesen Geruch zum ersten Mal wahrgenommen hatte.

Damals ... Er steckte bis zum Hals in einer Rüstung – der Himmel und das Licht des Himmels allein wussten, wo sein Helm war – und lag flach auf dem Rücken, wie jetzt auch, aber anstelle von Kopfsteinpflaster war Gras unter ihm gewesen und anstelle grauer *Tulathin*, die ihn anstarrten, sah er seinen Bruder Joren. Das Gesicht des großen Mannes zeigte Besorgnis. Hinter ihm auf dem Parcours lagen die Überreste eines Sprunghindernisses. Aldrics Pferd graste unbekümmert etwas weiter entfernt. Und er hatte Schmerzen.

Schmerzen so wie jetzt und doch ganz anders – ein knirschender, nagender Schmerz, der bei jeder Bewegung schlimmer wurde. Aldric versuchte den Kopf zu heben, aber es war, als laste ein gewaltiges Gewicht auf seiner Stirn, das ihn nach unten drückte. Jemand – *war es Joren?* – beugte sich über ihn und schob stetig Dunkelheit an seinen Augen vorbei. Derselbe Jemand mühte sich, die Dunkelheit unter seinem Kinn zu versiegeln und so festzuhalten. »Ich bin heruntergefallen«, versuchte Aldric entschuldigend zu sagen, »und ich glaube, ich habe mir den ...« Die Worte in seinem Kopf kamen nur als schläfriges Gemurmel heraus, aber er unternahm keinerlei Versuch, sich zu verbessern.

Als die Droge ihre ganze Wirkung entfaltet hatte, tat, sah und wusste er überhaupt nichts mehr.

FÜNF
Drachenschiff

Kathur lag, wo Voord sie schließlich hingeworfen hatte, nachdem er gesättigt war, nach jener fiebrigen, schleimigen, endlosen Nacht. Sie lag unelegant auf ihrem Bett – das sie, falls nötig, eigenhändig zerschlagen würde, nur damit es und die damit verbundenen Erinnerung keinen Tag länger mehr unter ihrem Dach verblieben. Und sie war nackt bis auf die blutigen, besudelten, verschwitzten Lumpen, die gestern noch Seidenlaken gewesen waren. Auf ihrer bloßen Haut spürte sie den obszönen Druck der Kissen, die Voord überallhin gestopft hatte, um seinen Launen des Augenblicks Halt zu verschaffen und zu verhindern, dass sie ihnen auswich: unter den Pobacken, unter dem Bauch, hinter dem Kopf. Und sie weinte.

Kathurs Tränen waren keine Tränen der Scham, obwohl sie jetzt zum ersten Mal in ihren fünf Jahren als erstklassige Kurtisane Scham empfand. Nein, dies waren Tränen, denen die heftigen Schluchzer zugrunde lagen, die sie schüttelten und mehr grimmige Wut in sich bargen als sonst etwas. Sie war eingeschüchtert, gequält und einer zynischen und systematischen Erniedrigung unterworfen worden und wusste, dass eine Vergeltung bis in alle Ewigkeit ein Ding der Unmöglichkeit wäre. Vielleicht zum hundertsten Mal seit Voords lachendem Abgang tupfte sich die Drusalerin mit zittriger Hand den Mund ab. Einen Mund, der früher nur üppig und voll gewesen war und die Farbe reifer Kirschen gehabt hatte, jetzt aber geschwollen, aufgeplatzt und von kleineren Blutergüssen violett verfärbt war. Sie hatte das Gefühl, nie wieder richtiger sauber werden zu können.

Jenseits der geschlossenen Fensterläden kündete ein fahles Licht vom nahenden Morgengrauen. Bald würden die Hausdiener mit ihren maskenhaften Gesichtern erscheinen, die nichts von den missbilligenden Gedanken dahinter verrieten, und mit ihren flinken, fähigen Händen, welche die Überbleibsel und Nachwehen der Nacht wegräumen würden, ohne auch nur im Geringsten auf das zu reagieren, was sie vielleicht anfassen mussten. Wie sie es schon so oft zuvor getan hatten.

Nur, dass es heute nicht so war wie schon so oft zuvor.

Noch nie hatte sie sich danach so gefühlt wie jetzt. Noch nie hatte sie anschließend wie eine Tote steif und kalt am Fußende ihres Betts auf dem Boden gelegen. Noch nie hatte jemand den Inhalt eines zerschmetterten Schädels auf den Teppichen hinterlassen. Noch nie hatte danach der Gestank des Todes in der Luft gelegen.

Kathur spürte, wie sich ihr der Magen umdrehte, und versuchte, die Nase vor dem Gestank und ihre Gedanken vor der Ursache dafür zu verschließen. Sie wälzte sich auf die Seite und starrte die leere Wand neben dem Bett an – starrte einfach irgendwohin, damit sie nicht mehr den Leichnam mit dem zerschmetterten Schädel und der Andeutung eines Ausdrucks der Überraschung oder die Tür anstarren musste, die wie der erschlaffte Mund des Leichnams offen stand, und auch nicht die Seite des Zimmers, von der ihre behagliche, genusssüchtige kleine Welt so vollständig heruntergerissen worden war.

Zitternd lag sie da, der kalte Schweiß war ihr ausgebrochen und ihr war übel, aber ihr Gehör schien eine geradezu unheimliche Schärfe entwickelt zu haben, denn sie konnte auch die leisesten Geräusche mit absoluter Klarheit wahrnehmen. Entfernte Geräusche: das Klicken der Krallen eines Vogels und das Rascheln seines Gefieders, als er sich draußen auf der Fensterbank niederließ, um sich zu putzen. Nahe Geräusche: ihren Herzschlag, ihr Atmen und das Flüstern von Seide, die hin und her rutschte, während sich ihr Brustkorb hob und senkte.

Und die Geräusche leiser Bewegungen in ihrem Rücken.

Kathur riss schwere, müde Augenlider auf und die Augen schienen ihr aus Höhlen zu quellen, die nicht mehr ausreichend tief waren: Saphire, nur unzureichend in eine Maske aus geschnitztem Elfenbein gebettet. Denn es war ein Geräusch, das nicht von ihren Dienern stammte. Ihre Diener waren leise – aber das hier war verstohlen. Ein halbes Dutzend Schläge ihres jäh rasenden Herzens rangen Hoffnung und Entsetzen miteinander um die Vorherrschaft. Denn es konnte Kourgath sein. Aber auch Voord.

Ihr Kopf fuhr hoch, und sie schaute über die Schulter, zuckte jedoch sofort mit einem schrillen, leisen Wimmern des Schreckens vor der blitzenden Spitze eines Schwerts zurück, das weniger als eine Handspanne von ihrem zerbrechlichen Augapfel entfernt in der Luft schwebte. Hätte sie sich nur ein wenig abrupter aufgerichtet ...? Beim bloßen Gedanken daran, was hätte passieren können, drehte sich ihr wieder der Magen um. Auch jetzt würde ein einziger Stoß mit diesem unbarmherzigen Stahl noch reichen und ...

Ihr Blick konzentrierte sich auf den Raum hinter der Schwertspitze: Es war weder Voord noch Kourgath.

Der Eindringling trug einen Umhang und hatte die Kapuze so tief heruntergezogen, dass der schwarze Stoff der Kutte eines heiligen Mannes ähnelte. Vom Gesicht waren nur ein, zwei Fingerbreit glattes Kinn zu erkennen und selbst ein so erfahrenes Auge, wie Kathur es hatte, konnte dem nichts entnehmen. Aber das Schwert zog sich rücksichtsvoll einen oder zwei Fingerbreit zurück und die Spitze schwang zur Seite, so dass sie nicht mehr ganz so direkt auf Kathurs Auge zielte. Die winzige Armbewegung wurde von einem trockenen metallischen Kratzen begleitet und das verriet ihr zumindest ein wenig. Wer und was diese Person auch war, sie trug eine Rüstung.

»Keinen Laut.« Die freie Hand der Gestalt bewegte sich in einer Geste über die Öffnung der Kapuze, die Kathur noch nie gesehen hatte. Aber sie verstand sofort: Es war die Aufforderung, ruhig zu bleiben, vermischt mit der Drohung, ihr andernfalls die Kehle durchzuschneiden. Sie schluckte den Kloß im Hals hinunter, einem Hals, der zwar wund vom Schreien, aber noch unversehrt war, und nickte hastig, während sie ein nervöses Lächeln auf ein Gesicht zu zaubern versuchte, das sich ganz offensichtlich dagegen wehrte. Die Person in der Kutte musterte sie und nickte einmal. Dann fuhr so unversehens ein Finger auf sie zu, dass Kathur zusammenfuhr. »Und keine Bewegung.«

Da sie sich fühlte wie eine Maus in der Flugbahn eines Turmfalken, war Bewegung das Letzte, woran sie dachte.

Während Kathur also ganz still dalag, spazierte ihr anonymer Besucher durch den Raum und stocherte mit der mörderischen Spitze seines Langschwerts neugierig in allen möglichen Dingen herum, wobei er trotz der voluminösen Falten des übergroßen Umhangs bemüht war, sich mit der gezierten, tödlichen Grazie einer Raubkatze auf der Jagd zu bewegen. Kathur sah, dass es nur einer geringen Provokation – wahrscheinlich überhaupt keiner – bedurfte, damit diese Person mit einem tödlichen Gewaltausbruch reagierte. Was der Umhang auch verbergen mochte, die wachsende Spannung, Beklommenheit und Verärgerung war jedenfalls offensichtlich. Der Tote auf dem Boden fand kaum mehr als oberflächliches Interesse. Bis der *Telek*-Pfeil, der ihn getötet hatte, in einem Wandpaneel gefunden wurde.

»Aha.« Ein Blick – ein Funkeln aus der leeren Schwärze innerhalb der Kapuze – prüfte Entfernung, Flugbahn und Durchschlagskraft, um daraus eine Schlussfolgerung zu ziehen. »Also so und so und so … Hat der Alber das getan?« Nach den mehr an sich selbst gerichteten geflüsterten Worten tönte die Frage hart und klar und Kathur fuhr wiederum zusammen. Zuerst antwortete sie nicht und wurde für ihr Zögern mit einer Breitseite von Worten in einer Sprache eingedeckt, die sie noch nie zuvor gehört hatte. »Antworte, verflucht!« Die Stimme sprach wieder Jouvainisch, mit stärkerem Akzent als zuvor, zudem in der simpelsten Form. Die Bedeutung jedes einzelnen Wortes war jetzt unzweifelhaft klar und eindeutig und der Sprecher wusste es. »Hat der Alber das getan – und wenn er es getan hat, warum?«

Die verhüllte Gestalt verlor jetzt offenbar ziemlich rasch die Geduld, und als sie zwei lange Schritte vortrat, hielt sie das Schwert ausgestreckt. Nun ließen sich Akzent, Tonfall und Klangfärbung nicht mehr ignorieren. Bei allem war etwas falsch, sehr falsch sogar, aber Kathur konnte immer noch nicht in Worte fassen, was ihrem Instinkt offensichtlich war.

»Warum und wann hat er es getan und wo ist er? Was geht hier vor?« Die Person schob sich die Kapuze zurück und schüttelte sie sich dann vom Kopf.

Und Kathur wusste endlich, was falsch war. Nur, dass es nicht falsch, sondern *richtig* war.

Ich frage mich«, murmelte Gemmel halb bei sich, »ob *ich* vielleicht den Nebel der vergangenen Nacht verursacht habe.«

»Ihr …?« Dewan ar Korentin reckte sich und gähnte gewaltig, wodurch er zugleich die dicken Schultermuskeln spannte und wieder entspannte. Gemmel war der Gedanke, in eine Taverne einzukehren, nicht geheuer gewesen und Dewan hatte den Zweifeln des alten Mannes nachgegeben. Sie hatten in der Scheune eines Bauern eine kühle, ungemütliche Nacht verbracht und Dewans Rücken war jetzt so verkrampft, dass er glaubte, ihn nie mehr entspannen zu können. Er wurde zu alt für solche Dinge, zu alt und zu weich. Heute Nacht würden sie wie Menschen in einem Bett schlafen, nicht wie Ratten in einem Heuschober, ob der Zauberer Einwände erhob oder nicht. »Warum sagt Ihr das? Und warum macht Ihr Euch überhaupt deswegen Gedanken? Er hat sich aufgelöst.«

Gemmel sah seinen Begleiter an und sagte etwas, aber so leise, dass Dewan es mehr seinen Lippenbewegungen entnehmen konnte. »Ich sage das, weil ich es glaube – und aus denselben Gründen mache ich mir deswegen Gedanken. Ihr habt ebenso wie ich gesehen, was mit diesem Ding passiert ist.«

Dewan sah erst ihn an, dann den Drachenstab und grunzte vielsagend. »Ich frage mich, was Ihr sonst noch glaubt, alter Mann. Und was sonst noch deswegen passiert.«

»Das, Freund Dewan, finden wir vielleicht ziemlich bald heraus …«

Der Morgen erblühte ringsumher wie eine Blume. Dewan hatte Recht gehabt: Der Nebel hatte sich aufgelöst und einen wolkenlosen, kalten blauen Himmel zurückgelassen, der dort, wo die Sonne auf der landeinwärts gerichteten Seite hinter einer Reihe baumbedeckter Hügel aufging, in allen Pastelltönen zwischen Rosa und Gelb erstrahlte. Sie waren immer noch nah am Meer und folgten der Inneren Küstenstraße in nordöstlicher Richtung zum Hafen von Tuenafen. Die Äußere Küstenstraße verlief in gefährlichen Windungen über den Kamm der Kalksteinklippen, welche die Westgrenze des Reichs markierten, und verlor bei rauem Wetter gern Teile von sich an die hungrige See.

»*Yo!* Seht dort!« Ar Korentin zeigte mit dem rechten Arm zum Meer hinaus – oder vielmehr zu dem schwarzen Fleck auf der bleigrauen Wasseroberfläche. »Ein Kriegsschiff«, verkündete er mit solcher Autorität, dass Gemmel seine Meinung nicht infrage stellte.

Jedenfalls nicht laut. Aber der Zauberer griff in seinen Tornister, holte ein Fernrohr heraus und betrachtete den Fleck, bevor er sich zustimmend äußerte. »Wie Ihr sagt: ein Kriegsschiff. Und ein großes. Das größte, was ich je gesehen habe. Seht selbst.« Er gab das Fernrohr weiter. »Was ist es?«

Dewan blinzelte und hielt den Atem an. Das Glas des Zauberers vergrößerte stärker als alle, die er bisher benutzt hatte, und sein heftiger Pulsschlag ließ das Bild wild hin und her tanzen. Es dauerte ein paar Augenblicke, bis er das entfernte Schiff in seinem kreisrunden Blickfeld hatte, und noch einige mehr, um die Sehschärfe anzupassen. Dann sagte er etwas Bösartiges in seiner Muttersprache, etwas, das Gemmel veranlasste, die Augenbraue zu heben, was wiederum eine gewisse Vertrautheit mit vreijaurischen Flüchen ahnen ließ.

»Abgesehen davon«, sagte er, »was ist es?«

»Ein Rammschiff.« Dewans »natürlich« blieb unausgesprochen, schwang aber dennoch mit. »Ich hätte es mir denken können. Alles andere wäre zu klein, um es auf eine Entfernung von … was, eineinhalb Meilen? … erkennen zu können.«

»Eher zwei. Sie hält Nordkurs. Ob sie aus Tuenafen stammt?«

»An diesem Teil der Küste gibt es keinen anderen Hafen, der groß genug für Rammschiffe ist. Es sei denn, sie haben in den letzten paar Jahren einen anderen gebaut und es geschafft, seine Existenz geheimzuhalten. Was« – er schob das Fernrohr zusammen und gab es Gemmel zurück – »ich doch sehr bezweifle.«

Dann starrte er Gemmel an und entnahm der Miene des alten Zauberers, dass sie denselben Gedanken hatten.

»Aldric.« Gemmel sprach es zuerst aus.

»Wir sind zu spät.«

»Das … hängt davon ab.«

»Wovon?«

»Davon, ob er an Bord des Schiffs ist. Wenn ja, dann davon, wer ihn an Bord gebracht hat. Und von seinem Bestimmungsort.«

»Ihr wisst mehr über diese Sache, als Ihr bisher zugegeben habt, nicht wahr?«, beschuldigte ihn Dewan und achtete genau auf die Reaktion des Zauberers.

»Mehr – aber nicht genug. Rynert ist sehr gut darin, ein Geheimnis zu bewahren.« Gemmel schwieg eine ganze Weile. Er beobachtete das weit entfernte Rammschiff, das immer kleiner wurde, bis es völlig verschwunden war, und stellte dabei Überlegungen über Könige und Verschwörungen sowie andere Dinge an, die nur für ihn selbst von Bedeutung waren. Dann warf er einen Blick zum Himmel. Die Sonne war mittlerweile vollständig aufgegangen, wenngleich immer noch hinter den bewaldeten Hügeln verborgen, und sorgte bereits für einen Hauch von Wärme an diesem Spätherbstmorgen. »Es wird ein schöner Tag«, sagte er müßig, während er seinen Tornister abnahm und ein Paket mit Zwieback und getrocknetem Fleisch herausholte. »Frühstück?«

»Danke.« Dewan bediente sich. Dörrfleisch, zäh wie Lederstreifen, und doppelt gebackene Schnitten Weizenbrot, die so aussahen und sich auch so anfühlten, als seien sie aus einem Baumstamm gesägt worden. Das Verzehren war beinahe so anstrengend, wie wenn die Sachen tatsächlich gewesen wären, womit sie nur Ähnlichkeit hatten. Das Frühstück war mehr eine Kauübung als eine Mahlzeit. »Übrigens«, sagte der Vreijaurer, nachdem er endlich seinen ersten Bissen bewältigt und mit einem Schluck bitteren Schwarzbiers heruntergespült hatte, »wäre mir lieber, Ihr würdet nichts mehr über das Wetter sagen.«

Gemmel unterdrückte den Anflug eines Lächelns. »Weil es Unglück bringen könnte? Ich hätte nicht gedacht, dass der Aberglaube eines Eurer Laster sein könnte.«

»Nennt es Vorsicht. Ich bin sehr … sehr vorsichtig geworden, seit ich Euch kennengelernt habe. Und seit dem Strand hinter Dunacre. Die Valholler haben ein weises Sprichwort: Man soll den Tag nicht vor dem Abend loben …«

»Oder das Ale, bevor es getrunken ist. Reicht mir das Bier.« Er trank und verzog das Gesicht. »Diesem hertischen Gebräu bekommt der Transport nicht sonderlich, stimmt's? Ja, ich kenne das Sprichwort, das Ihr meint. Tatsächlich gibt es unzählige Versionen davon. Man soll die Jungfrau nicht vor der Heirat loben – und eine Ehefrau nicht vor dem Tod.« Er lachte leise. »Tja, ich kann meine Ehefrau loben und werde es auch tun, wenn Ihr zuhören wollt – aber warum gerade dieses Sprichwort? Ihr seid nicht dafür bekannt, Sachen zu zitieren.« Er sah den Vreijaurer scharf an. »Insbesondere keine Redensarten aus Valhol. Warum habt Ihr gerade daran gedacht?«

»Nur ein flüchtiger Gedanke, mehr nicht.«

Gemmel sah ihn an, lächelte, trank mehr Bier und schwieg.

Als sie das nächste Mal Rast machten, hatte die Sonne ihren höchsten Punkt erreicht. Und Dewan betrachtete mit schlecht verhohlener Bestürzung ein Bild, das er so nicht erwartet hatte. In der vergangenen Stunde hatte er fortwährend die Taverne gepriesen, wo sie einkehren und ein Mittagsmahl einnehmen und vielleicht Pferde mieten wollten. Aber die Taverne gab es nicht mehr. Gewiss, bis vor kurzem hatte es sie gegeben und teilweise gab es sie auch jetzt noch – aber diese Teile waren schwarze verkohlte Trümmer und der Rest wacklige Behelfskonstruktionen. Alles andere war anscheinend verbrannt.

»So viel zum Mittagessen«, sagte Gemmel trocken. »Ich habe noch Fleisch und Zwieback – wenn Ihr wollt.« Er gab sich nicht einmal die Mühe, Begeisterung vorzutäuschen. Dewan setzte eine Miene des Abscheus auf und marschierte über das verbrannte Gelände, um herauszufinden, was geschehen war – und auch, um zu fragen, ob es noch etwas gab, das sich zu essen lohnte.

Er fand viel mehr heraus, als er erwartet hatte.

Dewan berichtete Gemmel, was er vom Tavernenwirt erfahren hatte, und ergänzte die Geschichte durch eigene Spekulationen. Beide Männer wussten genug, um mehr als bloße Vermutungen anzustellen, wenn die Lücken in der Geschichte allzu groß waren. Und insbesondere Dewan konnte sich auf seine Erfahrung im Kaiserlichen und Albischen Militär berufen.

»Es sieht so aus«, sagte Gemmel, den Mund voll mit einem hervorragend gewürzten Gulasch – die Taverne unternahm energische Anstrengungen, wieder auf die Beine zu kommen, und die Stammgäste ließen sich von ihrem Zustand nicht abschrecken –, »als gingen wir trotz allem nach Tuenafen, um uns dort jemanden zu suchen, der uns das eine oder andere erzählen kann.« Er schluckte das Essen hinunter und trank offensichtlich zufrieden einen Schluck von dem guten Rotwein.

»Uns jemanden suchen, der vielleicht überredet werden muss, meint Ihr.« Dewan brach nach Art der Vreijaurer das Brot in kleine Stücke, die er in seine Portion Gulasch gab, dann drückte er das eine oder andere Stück müßig mit dem Löffel hinein und klopfte nachdrücklich damit auf den Boden des Tellers. »Aber wenn *Kagh' Ernvakh* hinter der Sache steckt, wird sowohl die Suche als auch die Überredung schwierig.«

»*Kagh' Ernvakh*?«, wiederholte Gemmel die drusalischen Worte bedächtig. Ihre buchstäbliche Bedeutung war klar, aber was Dewan damit meinte, war ihm ein Rätsel, allerdings eines, das rasch aufgelöst wurde.

»Die Ehrengarde. Die Bewahrer der Ehre. Übersetzt es ins Albische, wie Ihr wollt, Gemmel – es bedeutet dennoch nicht mehr als Geheimpolizei.«

»Ach so. Und mit ›Überreden‹ meint Ihr Foltern.«

»Lasst Euch nicht gleich die Petersilie verhageln, alter Mann.« Dewan grinste kurz. »Überreden umfasst mehr, als Ihr glaubt: Bestechung, Schmeichelei, Erpressung … ich will niemandem wehtun, nicht mehr als Ihr.« Er nahm noch eine Brotscheibe, starrte sie nachdenklich an und riss sie dann brutal in Stücke. »Aber wenn ich muss, dann …«

»Werdet Ihr.«

»Ja.«

Gemmel fragte sich, wie ernst diese Drohung wohl gemeint war. Dewan war kein Alber und somit in keiner Weise dem albischen Ehrenkodex verpflichtet. Andererseits – wenn man brutal war und die jüngsten Ereignisse berücksichtigte – galt dies auch für König Rynert. Der Zauberer stellte fest, dass er Begriffen wie Ehre und persönlichem Wert immer mehr Bedeutung beimaß und immer mehr in seine Überlegungen einbezog, wie Handlungen nach diesen Begriffen zu beurteilen waren und wie seine persönliche Ehre wohl beurteilt werden mochte, wobei er fand, dass sie zu wünschen übrig ließ. Der Gedanke war ihm unangenehm. Wäre es doch nur möglich, die Zeit zurückzudrehen und vergangene Ereignisse ungeschehen zu machen …

Für einen kurzen Augenblick dachte er an die große Feste unter Meneth Taran und an die Ereignisse dort. Dann verwarf er den Gedanken. Dieser Weg wäre unehrenhafter, als den gegenwärtigen Weg fortzusetzen und aus eigener Kraft zu versuchen, Schaden wiedergutzumachen. Gemmel warf einen Blick auf seine Mahlzeit – gutes Fleisch und frisches Gemüse, einfallsreich mit Kräutern und scharfen Gewürzen vermischt – und trotz des verführerischen Dufts, der von dem Tonteller aufstieg, spürte er, wie sein Hunger nachließ, bis er nur noch eine schwache Leere war. »Was geht also vor, *Eldheisart*?« Dass er Dewan mit seinem alten militärischen Dienstgrad anredete, war kein Zufall.

Doch den Vreijaurer konnte das nicht erschüttern – oder jedenfalls schien es so. »Jemand will Aldric Talvalin haben. Jemand ist bereit, eine sehr hohe Summe für dieses Privileg zu bezahlen – denkt an das Rammschiff, von dem wir beide annehmen, dass er an Bord sein könnte. Oder – oder dieser Jemand hat einen so hohen Rang, dass er so ein Unternehmen genehmigen könnte. Und ich weiß nicht, was mir mehr Sorgen bereitet.« Er trank noch etwas Wein. Nicht viel, nur gerade genug, um den säuerlichen Geschmack des Scheiterns von der Zunge zu vertreiben, den wahrscheinlich auch Gemmel verspürte. »Und warum würde so ein Jemand ihn haben wollen? Das hätte ich Rynert wenigstens fragen sollen.«

»Was? Den Mann, der uns beide töten lassen wollte? Was wäre *das* für eine Atemverschwendung gewesen!«

»Zumindest wissen wir, dass er lebend von hier wegge-
bracht wurde.«

»Ja – aber wie viele Tage ist das schon her?«

»Zwei, drei …« Dewan zögerte und ein fragender Ausdruck huschte über sein Gesicht. »Ob Marek Endain wohl
etwas darüber weiß?« Unversehens warf er den Namen des
Dämonenbezwingers ins Gespräch. Es war Gemmels Idee
gewesen, den Cernuer Aldric nachzusenden, um diesen
einerseits im Auge zu behalten und ihm andererseits aber
auch zu helfen und ihn zu beschützen, und Dewan hatte dieser Idee widerstrebend zugestimmt, die ihm gleichermaßen
riskant wie potenziell nützlich erschienen war. Doch Ma-
reks letzter Bericht war ziemlich wirr gewesen, voller wilder
Mutmaßungen, und er hatte die Botschaft mit der Bemerkung beendet, er sei nun – unfreiwillig – erster Ratgeber des
neuen Großkönigs von Seghar. Und dass dieser Großkönig
eine Frau sei.

»Marek hat seine eigenen Probleme.« Gemmel hatte
diesen letzten Bericht ebenfalls gelesen und ihn ein wenig
belustigend gefunden. Der Dämonenbezwinger war lediglich ein flüchtiger beruflicher Bekannter, ein Mann mit
gelehrten Interessen, und sich seine rundliche Gestalt als
Macht hinter dem Thron vorzustellen – wie gering sie auch
sein mochte –, provozierte ein dünnes Lächeln, obwohl
Gemmel in Gedanken mit ernsteren Dingen beschäftigt
war. Mit Dingen, die sogar die Alber als Angelegenheiten
der persönlichen Ehre betrachten würden …

Dewan starrte ihn einen Moment an, dann zuckte er die
Achseln und leerte seinen Becher. Er legte den Kopf in den
Nacken, damit er auch den letzten duftenden Tropfen genießen konnte, zudem sollte der strahlende Sonnenschein
sein Gesicht mit azurblauer Wärme bedecken. Dann keuchte
er auf.

Und ließ den Becher fallen.

Der zersprang geräuschvoll auf dem Tisch in tausend Scherben, direkt vor Gemmel, den er dadurch aus seiner Versunkenheit riss. Er starrte den Vreijaurer mit einem Ausdruck an, der halb Verärgerung und halb Furcht war, Dewan könne einen Rückfall erlitten haben. Aber der Kopf des massigen Mannes lag immer noch im Nacken, der Mund stand ihm nach wie vor offen und ein Rinnsal aus rotem Wein lief ihm über das Kinn, der nicht so ganz seinen eigentlichen Bestimmungsort erreicht hatte. Doch von den Anzeichen, die Gemmel so sehr fürchtete, war nichts zu entdecken: kein jäher, durch Schmerz hervorgerufener Schock, kein Griff an die Brust. Nur grenzenlose Ehrfurcht.

Der Zauberer starrte ebenfalls zum Himmel. Und erinnerte sich:

… Vor langer, langer Zeit flogen die Feuerdrachen
Und Flammen flackerten am sonnenbeschienenen Himmel.

Doch Feuerdrachen fliegen nicht mehr unter den Augen der Menschen …

Bis jetzt …

Der Himmel war blau. Es war ein reines, spätherbstliches blasses Blau, ungetrübt durch Wolken von schwarzer, grauer oder weißer Farbe. Aber darüber hinweg verlief eine weiße Schnur, so fein wie ein Haar und so gerade wie ein silberner Saum am Himmelsgewölbe. Und an ihrer äußersten Spitze saß wie der perfekte Widerhaken an einem perfekten Speer eine winzige schwarze Faser der Dunkelheit, die sich von einem Augenblick zum anderen von einer Kreuzgestalt in einen formlosen dunklen Fleck und wieder zurück verwandelte, und zwar in einem Rhythmus, der dem Schlag großer Schwingen entsprach. Niemand anders hatte es gesehen. Niemand anders konnte wissen, was es war … niemand anders außer Gemmel und Dewan. Und keiner der beiden erwog auch nur für einen Moment, dass es etwas oder jemand anderes sein konnte als … Ymareth.

»Bei der Herrlichkeit Gottes«, hauchte Dewan ar Korentin und in seiner ehrerbietigen Stimme lag viel mehr als nur ein ungläubiger Fluch. Er war jetzt, wie Gemmel gewesen war – vor Jahren. Vor unendlich vielen Jahren.

Wie wohl jeder Mensch war, der nur von einem Hauch Phantasie oder einem Hauch Romantik in einer wie nüchtern auch immer veranlagten Seele besessen war. Jeder Mann, jede Frau, jedes Kind würde dieses größte aller Wunder der Welt sehen wollen: Eine Bestie, eine Kreatur, ein Wesen aus den Tiefen der Legenden vieler Völker, lebendig und prächtig in der klaren kalten Luft, das einen Schweif aus Wasserdampf hinter sich herzog, Ergebnis der Hitze, die ihm aus dem eigenen Maul strömte, während es dunkel und prachtvoll vor dem azurblauen Himmel funkelte. Fünfzehntausend Höhenfuß trennten die Feuerechse von ihrem benommenen, zwei Köpfe starken Publikum, so dass Einzelheiten im Dunst der Entfernung und im Schein der mittäglichen Sonne verlorengingen. Gemmel beging nicht die Respektlosigkeit, das Wesen durch sein Fernrohr zu beobachten. All jene, die zählten, wussten bereits, dass dies eine Feuerechse war. Ein Drache. *Der* Drache.

Ymareth.

Und er raste auf den Spuren des Rammschiffs nach Norden, das sie an diesem Morgen gesehen hatten, wie es auf den Flügeln der Eile aus Tuenafen ausgelaufen und über ein Meer wie aus gehämmertem Stahl geglitten war. Nicht wissend, dass größere, dunklere Schwingen in seinem Kielwasser schlugen.

»Wirt!«, brüllte Dewan. »Bringt mir den besten Wein, den Ihr noch habt, und Trinkgefäße, die seiner würdig sind, falls ihr noch welche habt!« Der Mann gehorchte: Er brachte hohe, schlanke Kelche aus Felskristall und poliertem Silber mit so langen Stielen, dass sie einen Fuß über der Tischplatte thronten. Der Wein war ein goldener Hauverne, *Matherneil*, in einer grünen Flasche. Aber Dewan schlug der Flasche mit einem einzigen Ruck des Handgelenks an der Tischkante den Hals ab, der mit dem Korken irgendwo nach rechts flog – allerdings glich er dieses Zeichen brüsker soldatischer Ungeduld durch zierliche Bewegungen aus, die einem Höfling gut zu Gesicht gestanden hätten und mit denen er jetzt seinen und Gemmels Kelch mit dem seltenen Jahrgang füllte. Sein Grinsen, das nur aus weißen Zähnen und gekräuseltem Schnurrbart zu bestehen schien, war von einem so reinen, fröhlichen Übermut, dass sein wettergegerbtes Gesicht um zehn Jahre jünger wirkte.

»Trinkt, *Purcanyath* Zauberer! Auf Wohl und Gesundheit Aldrics. Und auf völlig unerwartete Hilfe. Von allen. Aldric eingeschlossen, glaube ich. *Zum Wohl!*«

Gemmel trank. Einmal, zweimal und das dritte Mal, um den Kelch zu leeren. Er lachte so schallend auf, dass ihm die Tränen aus den runzligen smaragdfarbenen Augen rannen. Oder sollte das Lachen nur jene Tränen verbergen, die auf jeden Fall geflossen wären?

Gemmel wusste es nicht.

Aldrics Augen öffneten sich träge. Er spürte sowohl darin als auch dahinter ein Pochen und wusste instinktiv und auch aus bitterer Erfahrung, dass ihm sehr, sehr übel würde, wenn zu viel Licht dieses Pochen aufschreckte. In Mund und Nase schmeckte es sauer wie Essig: der Geschmack und Geruch des Mittels, das ihn in Schlaf versetzt hatte – schon wieder! Mit einem Aufwallen milder Verärgerung, die nichts mit der Gefahr zu tun hatte, in der er schweben mochte, ging ihm auf, dass er den größten Teil der vergangenen Tage entweder betrunken oder unter Drogen gesetzt oder bewusstlos geschlagen verbracht hatte.

Es war ... würdelos.

Aldric Talvalin war kein religiöser Mann. Am Tag, als sein Vater starb, hatte er aufgehört, an die sogenannte Güte des Himmels zu glauben, und seit diesem Tag – sei es infolge eines demonstrativen Grolls gegen eine Gottheit an sich oder weil es ihm widerstrebte zu heucheln – hatte er sich geweigert, über die Schwelle eines heiligen Hauses zu schreiten. Aber es gab Zeiten, und dies war eine davon, in denen er das bestimmte Gefühl hatte, dass irgendwer versuchte, etwas deutlich zu machen.

Seine gesamte sinnliche Welt schien sich gerade in ein Dutzend unlogischer Richtungen gleichzeitig zu bewegen. Dann wurde sein Blickfeld wieder scharf – mehr oder weniger – und Geräusche, die noch vor wenigen Sekunden keinerlei Bedeutung gehabt hatten, verstärkten seine Wahrnehmung der Wirklichkeit. Seine Welt – oder zumindest seine unmittelbare Umgebung – bewegte sich. Er sah, wie reflektiertes Licht über eine Decke wanderte, die viel zu nah war, viel näher, als sie hätte sein dürfen, und in seinen Ohren lag ein ständiges feuchtes Rauschen, das sich mit einem halben Hundert verschiedener Knarrgeräusche von Holz und Tauwerk vermischte. Und er wusste sofort, wo er sich befand. Oder wenigstens wusste er es sofort, nachdem sich die betäubenden Wolken ausreichend aus dem benebelten Organ entfernt hatten, das als sein Gehirn Dienst tat.

Er war an Bord eines Schiffes.

Bei dieser Schlussfolgerung brach jemand in seinem Hinterkopf in ironischen Applaus aus. Aber es stimmte dennoch. Er war an Bord eines Schiffes, und zwar eines Schiffes, das nicht nur unterwegs war, sondern – wenn die Empfindungen, die ihm sein Rückgrat übermittelte, halbwegs korrekt waren – sich noch dazu mit beträchtlicher Geschwindigkeit bewegte. Äußerste Kraft voraus wurde diese Geschwindigkeit in der kaiserlichen Flotte genannt und Aldric dachte bei sich, dass diese kaiserliche Leistungsbeschreibung auf einmal völlig passend erschien, denn die einzigen Schiffe, die in einem Umkreis von mehreren Meilen so hohe Geschwindigkeiten erreichen konnten, waren die Rammschiffe, die er im Hafen von Tuenafen gesehen hatte.

Ein kaiserliches Rammschiff!

Er stieß zischend die Luft zwischen den Zähnen hindurch, zugleich ein Seufzer der Resignation und des Eingeständnisses seiner Niederlage. Also hatten sie ihn doch erwischt – wer *sie* auch waren. Kathur hatte gewonnen. Waren die Freuden ihrer Gesellschaft das und das zweifellos noch Kommende wert gewesen? Aldric bezweifelte es.

Er brauchte sich nicht großartig zu bewegen oder auch nur umzusehen, um zu wissen, dass er völlig unbewaffnet war. Völlig hilflos. Die Erinnerung war trotz des betäubenden Nebels deutlich genug: Hände, die ihn jeder Klinge beraubt hatten, die er bei sich hatte, und sämtliche Gürtel, Riemen und Schnüre aus seiner Kleidung entfernt hatten, aus Angst, sie könnten zu Schlingen oder Garotten werden.

Ob sie befürchteten, er könne derart improvisierte Waffen gegen sie oder sich selbst anwenden, war entweder nicht klar gewesen, oder er hatte es vergessen. Wenn er einem langen und unangenehmen Tod entgegenfuhr, war Selbstmord, ob mithilfe des *Tsepanak'ulleth* oder weniger förmlich, aber ebenso endgültig, die bevorzugte Lösung, die er ohne zu zögern anstreben würde. Wenn er ein *Kailin-eir* der alten

Schule gewesen wäre, hätten sie ganz gewiss guten Grund zu befürchten, er könne sich das Leben nehmen und sie so um ihren Triumph betrügen.

Aber er war keiner.

Aldric starrte an die Decke und gestand sich eine Tatsache ein, die er insgeheim schon seit langem wusste: Er würde lieber leben als sterben. Es spielte keine Rolle, dass dies bei den meisten Menschen so war, bei Albern und insbesondere Albern der hohen Clans, bei *cseirin*-Geborenen wie ihm selbst war das anders. Und doch auch wieder nicht. »Wo es Leben gibt, da gibt es auch Hoffnung«, hatte Gemmel Errekren einmal zu ihm gesagt. Damals hatte er verächtlich geschnaubt. Damals war es die erwartete und akzeptierte Reaktion gewesen. Damals, auch damals schon, war es nur eine Maske gewesen für seine wirklichen Empfindungen. Wäre er tatsächlich dem schönen, grausamen, blutigen Ehrenkodex der *Kailin* gefolgt, wie oft hätte er dann schon von eigener Hand sterben müssen?

Zu oft. Er war nur deshalb noch am Leben, weil er selbst beschlossen hatte, leben zu wollen, und das war keine Feigheit, was man auch sagen mochte oder gesagt hatte – wenngleich, um der Wahrheit die Ehre zu geben, niemand bisher so sehr in den Tod verliebt gewesen wäre, es in seinem Beisein zu sagen. Nein. Feigheit war Weglaufen – kein taktischer Rückzug, sondern haltlose Flucht, ob diese Flucht in die Wälder oder in die Berge führte.

Oder in das dunkle Land jenseits des Stichs mit der Klinge eines *Tsepan*.

Tapferkeit war Standhalten, sich für das Recht einsetzen, den schwierigen Weg gehen. Tapferkeit gewann und rechtfertigte Vertrauen von Freunden und Begleitern – und von einem selbst. Aldric starrte an die Decke und grinste kurz. *Ich darf nicht vergessen, dir in der Nähe gefälliger, hübscher*

Frauen nicht zu vertrauen, sagte er sich streng. *Eine höchst beklagenswerte Schwäche.*

Außer, man selbst ist betroffen.

Aber – seine Gedanken kehrten abrupt in die gegenwärtige Realität zurück – wer steckte hinter alledem? Unter all seinen möglichen Feinden hatte niemand so viel Macht, Vermögen und Mittel, wie sie hier so arrogant zur Schau gestellt worden waren. Und darüber hinaus waren die Feinde auch nicht allzu zahlreich: mögliche Feinde Aldric Talvalins tendierten dazu, das Leben zu verlieren. Aber dennoch, eine Kurtisane allerersten Ranges als Köder, das Abbrennen einer teuren Taverne, um die Falle zu schließen, und der Einsatz eines ganzen Trupps *Tulathin* und zumindest eines Rammschiffs mit Besatzung und Marine-Kontingent! Das kündete entweder von einem geradezu anstößigen Privatvermögen, von beträchtlichem Einfluss auf jemanden mit Macht und Privilegien – oder von Macht und Einfluss selbst.

Macht, die Politik, Stellung, Ansehen und eine unabhängige Einheit des Kaiserlichen Militärs mit umfasste. Macht, die auf den Kaiser selbst hindeutete …

Oder auf den Kriegsgroßfürsten.

Woydach Etzel war einer der ganz wenigen, der alle vorhandenen Kriterien erfüllte. Er hatte Zugriff auf eine geradezu obszöne Menge an Mitteln – über die er keine Rechenschaft ablegen musste. Er war in einer Position, um neugierige Fragesteller zu entmutigen. Und er hatte die nötige Macht, um Kriegsschiffe wie Figuren auf einem Spielbrett hin und her zu schieben.

So fühlte sich also ein Bauer, wenn er von einer überlegenen Spielfigur geschlagen und bis zum nächsten Spiel in die Schachtel geworfen wurde. Nur, dass geschnitzter Knochen und Elfenbein keinen Schmerz empfanden, wenn das Ende kam, wohingegen Aldric bezweifelte, dass er selbst so viel Glück hätte.

Die Kabinentür klapperte und klickte dann, was das Vorhandensein eines Schlosses an der Außenseite verriet. Sie glitt auf und der junge Mann, der hereinkam, trug die Halbrüstung eines Marinesoldaten mit dem einzelnen Streifen eines Offizierskadetten – *en tau-Kortagor* im umständlichen Namenssystem kaiserlicher Ränge. So unwahrscheinlich es auch war, aber der junge Mann lächelte. »Ah, gut, Ihr seid wach.« Was noch unwahrscheinlicher war, er sprach gutes – nun ja, passables Albisch. »Keine unangenehmen Nachwirkungen, nehme ich an?« Aber was am unwahrscheinlichsten war, er schien aufrichtig besorgt zu sein. Besorgte Anteilnahme von dieser Seite war so unwahrscheinlich … nein, verdammt, so völlig unmöglich, dass Aldric glaubte, seine Ohren spielten ihm einen Streich, und er starrte den *tau-Kortagor* mit dem angenehmen Gesicht verständnislos an, bis dieser die Frage wiederholte. Dann und erst dann blinzelte er, schüttelte sich und kehrte wieder in einen Zustand der Vernunft zurück.

»Unangenehme Nachwirkungen …?« Er antwortete ebenfalls auf Albisch, und zwar mit so etwas wie Erleichterung, nachdem er sich so lange mit Jouvainisch und Drusalisch hatte begnügen müssen. »Keine. Überhaupt keine. Bis jetzt. Es geht mir gut. Nehme ich an.«

»Ausgezeichnet. Ich heiße Garet – in *Hautheisart* Voords persönlichem Stab.« Er zögerte, als erwarte er eine Reaktion, aber für Aldric war der Name nur einer unter vielen und sagte ihm nichts. »Und ich bin zu Eurer Betreuung abgestellt. Also – Essen?«

Aldric zuckte die Achseln. Sein Verstand hatte immer noch Schwierigkeiten, sich auf die Situation einzustellen, denn er wurde nicht so behandelt, wie er es als Gefangener des Kaiserreichs erwartet hätte. Weit davon entfernt – mit einer Ausnahme. Denn erst, als er die Achseln zuckte, bemerkte er – mit einem unangenehmen Erschrecken, das er kaum verheimlichen konnte –, dass er immer noch an Händen und Füßen gefesselt war. Er hatte so viel Zeit in Gedanken verbracht, an die Decke gestarrt und Überlegungen angestellt, anstatt seine enge Kabine zu untersuchen, dass er die Fesseln gar nicht bemerkt hatte. So unwahrscheinlich dies im Nachhinein auch erscheinen mochte, war es doch nicht so überraschend, denn er war nicht mit Stricken gefesselt, sondern mit weichen, breiten Seidenbändern, die zu zerreißen seine Kraft bei weitem überstieg, die jedoch mit solcher Umsicht befestigt waren, dass sie seine Glieder nicht einschnürten. Ihre einzige, bestürzende Wirkung war die, dass er sich nicht richtig bewegen konnte.

»Was ist damit?« Er zeigte seine Bande vor: enge, fast bequeme Umwicklungen, die so sicher waren wie schmiedeeiserne Handschellen – und starrte Garet vielsagend über seine gekreuzten Handgelenke hinweg an. Der hatte zumindest so viel Anstand, unbehaglich dreinzuschauen.

»Oh – ich, äh, ich habe nicht die Befugnis, Euch davon zu befreien.«

Aldric stieß einen leisen, leicht angewiderten Laut aus, der so viel besagte, dass er keine andere Antwort erwartet habe, was den Kadetten noch mehr in Verlegenheit zu bringen schien.

»Aber – aber ich könnte den *Kortagor-ka'-tulathin* fragen. Er hat Euch an Bord gebracht, also kann er vielleicht …«

Auf diese kleine Freundlichkeit hatte Aldric überhaupt nicht zu hoffen gewagt. Wo Leben ist …, dachte er, legte sich wieder auf seine Koje und sah dem Spiel des Lichts an der klaustrophobisch nahen Decke zu. Aber er wagte nicht zu hoffen. Noch nicht.

Die Anordnung, ihn freizulassen, durchlief die Befehlskette von dort, wo solche Dinge an Bord dieses Rammschiffs bestimmt wurden, sehr rasch. Aber er war an so viele Bedingungen geknüpft, dass er so gut wie nutzlos war. Letzten Endes wurde er mehr dem Geiste als dem Buchstaben nach befolgt, wie man es von drusalischen Befehlen vielleicht sogar erwartet haben mochte.

Die Fesseln um seine Hand- und Fußgelenke wurden gelöst, aber er durfte nicht an Deck und sein linkes Bein steckte in einem komplizierten Harnisch aus Stahl und Lederriemen, wie ihn vielleicht Menschen mit einer Muskelschwäche trugen. In diesem Fall war es jedoch kein Mittel zur Unterstützung, sondern zur Behinderung. Die Riemen an seinem Kniegelenk waren so fest, dass er mehr oder weniger bloß steifbeinig humpeln konnte, weswegen seine kurzfristig gehegter Überlegung, auf jemanden loszugehen, mittlerweile bloß ein schlechter Witz war. Aldric hatte das Experiment noch nicht durchgeführt, aber irgendwo hatte irgendwer wohl gemutmaßt, er könne es versuchen, und so erkannte er alle Anzeichen dafür, ausmanövriert worden zu sein. Dass ihn zusätzlich ein daumendicker Strick an ein Schott band, war geradezu beleidigend.

Nichtsdestoweniger trug das Essen, das man ihm aus der Kombüse des Kriegsschiffs brachte, einiges zur Entschädigung für seine verletzte Würde bei. Keine Gefängniskost: Die verschiedenen Gerichte waren durchweg hervorragend und ein weiterer Hinweis, dass jemand auf sein Wohlergehen Wert legte. Es gab eine dünne Suppe, auf Holzkohle gegarten Fisch, der, wie er annahm, vor noch nicht allzu langer Zeit aus dem Meer geholt worden war, Fleisch und Gemüse in einer schmackhaften Soße aus Kräutern und Sahne und einen herben Weißwein – im Wasserbad gekühlt –, um alles herunterzuspülen.

Doch wie die übermäßig sorgfältigen Sicherheitsmaß-nahmen war auch die Art und Weise, wie die Speisen ange-richtet waren, weniger auf ihn selbst als Person zurückzu-führen, sondern eher auf seinen Ruf – genauer gesagt, auf eine stark gefärbte Version davon, die ihm an Bord voraus-geeilt war und die beim Weitererzählen gewiss nichts von ihrer Färbung verloren hatte.

Jedes Stück Gemüse, Fleisch und Fisch war im Voraus geschnitten worden, so dass er als Esswerkzeug lediglich eine Art Holzlöffel mit abgerundeten, stumpfen Gabelzin-ken bekam und auch nicht mehr benötigte. Ein Essbesteck, wie man es sehr jungen Kindern gab, damit sie sich nicht verletzen konnten.

Oder angeblich tödlichen albischen *Kailinin*, damit sie überhaupt niemanden verletzen konnten. Die Vorstellung, dass man eine Vorsichtsmaßnahme ergriff, damit er ein kai-serliches Rammschiff nicht mit seinem Essbesteck eroberte, war so lächerlich, dass er so lange vor sich hinkicherte, bis er einen Schluckauf bekam. Obwohl er hinterher beim Essen ein wenig trübselig überlegte, dass sich mittlerweile viel-leicht längst eine Gelegenheit zur Flucht ergeben hätte, wäre er weniger bekannt oder sein Ruf nicht so ungeheuer-lich gewesen. *Von einem Schiff auf dem offenen Meer? Sei ver-nünftig!* Dennoch, er hätte mehr Freiheit gehabt. Berüchtigt zu sein, mochte einigen Leuten schmeicheln, die er kennen-gelernt hatte, doch er persönlich konnte gut darauf verzich-ten. Und er fragte sich, ob der Offizierskader des Drusali-schen Reichs den Begriff der Haftaussetzung auf Ehrenwort kannte.

Das Mahl war gut und er hatte Hunger. Diese beiden Tatsachen führten zu leeren Tellern – und einem unter-drückten Rülpsen, als Aldric sich zurücklehnte und sich auf ein Mittagsschläfchen vorbereitete. Unter normalen Umständen hielt er nichts von dieser Sitte, aber das über dreißig Pfund schwere Geschirr um das Bein war eine ständige Mahnung daran, dass die Umstände alles andere als normal waren. Außerdem hatte er viel zu viel gegessen.

An Deck wurde eine Sanduhr gedreht und eine Glocke schlug den Beginn der nächsten Stunde. Kurz nach Mittag, dachte Aldric schläfrig. Kurz nach dem Mittagessen. Also war dies – das Nachdenken wurde so anstrengend, dass er es beinah aufgegeben hätte – die Stunde des Falken, die jetzt überging in … in … Er gähnte lange und schmiegte sich in die schaukelnde, tröstende Umarmung der Koje, da ihn der Schlaf übermannte.

In, hätte er sonst vielleicht vollendet, die Stunde des Drachen.

Es kam ihm so vor, als habe er gerade erst die Augen geschlossen, bevor er sie wieder aufschlug, da er von einem Geräusch aus seinem unbequemen Schlummer gerissen wurde, das er schon einmal gehört hatte: dem Läuten der Alarmgongs eines kaiserlichen Kriegsschiffs, die alle Mann auf Gefechtstationen riefen. In den ersten Augenblicken war es so, als setze sich sein sonderbarer, sorgenvoller Traum in der wachen Welt fort. Dann strafte die Wirklichkeit in Form hallender Schritte vor und über der Kabine diese Vorstellung Lügen. Ein anderes Läuten ertönte, rauer und metallischer, und in der Kabine wurde es unversehens dunkel, als sich gepanzerte Schirme vor die beiden kleinen, dick-glasigen Bullaugen schoben. Aldric fand sich im Dämmerlicht wieder, da die einzige Beleuchtung nun das wenige Tageslicht war, das durch verhangene Schießscharten in den Abschirmungen einfiel.

Es war kein Traum mehr – es war ein Albtraum, derselbe immer wiederkehrende Albtraum der Hilflosigkeit. Wieder war er an Bord der *En Sohra*. Wieder pflügte das Flaggschiff der Ersten Flotte, die *Aalkhorst*, durchs Wasser, kam ihm entgegen, während weiße Gischt um ihren Bug brodelte. Wieder konnte er nur hoffen, dass sie abdrehen würde.

Und das tat sie. Die Koje unter ihm kippte jäh aus der Horizontalen und der Winkel wurde so steil, dass er beinah herausgefallen wäre. Wasserrauschen drang an seine Ohren und das schwache Licht jenseits der abgeschirmten Bullaugen wurde grün und dann schwarz, als das Rammschiff, dessen unfreiwilliger Passagier er war, ein hartes Ausweichmanöver durchführte. Aldric wusste, was geschah: Er hatte ein solches Manöver schon mit angesehen, von außen – damals war es tatsächlich die *Aalkhorst* gewesen –, und er wusste auch, dass bei einer engen Wende ein Teil des Rumpfs unter dem Seitendruck, den das Herumreißen des Ruders bei hoher Geschwindigkeit erzeugte, ins Wasser tauchte. Aber Herrgott! Er hatte nicht gewusst, dass sich ein Schiff *so* stark auf die Seite legen konnte!

Noch zwei Mal wich das Schiff aus und zwei Mal grub Aldric die Fingernägel in die Planken, damit er nicht hilflos auf den Boden geschleudert wurde. Auf seinem Gesicht war bereits Blut und am Haaransatz klaffte eine Schnitt, Andenken an einen heftigen Kontakt mit der Umrandung eines Bullauges.

Dann plötzlich, zwischen einem harten Wendemanöver und dem nächsten, blitzte das wässrige Licht draußen in einem vollen rosigen Bernsteinton auf. Nur ganz kurz. Nicht so flüchtig wie das strahlende Aufflackern eines Gewitterblitzes, aber viel, viel flüchtiger als das bläulich weiße Aufleuchten, wenn eine Lücke in der Wolkendecke über den Mond hinwegzog. Und das Kriegsschiff blieb stehen.

Nicht, dass es reglos im Wasser gelegen hätte – dafür war seine Masse und damit seine Trägheit zu groß –, aber es wurde rapide langsamer, war kein durch den Ozean pflügendes Gefährt mehr, sondern ein rasch langsamer werdender Klotz im Wasser. Und Aldric nahm Brandgeruch wahr.

Es herrschte Totenstille, als hätten alle an Bord – Offiziere, Mannschaft und sogar das Schiff selbst – tief Luft geholt und gemeinsam in Erwartung von etwas Ungeheuerlichem angehalten.

Aldrics gerade erst entspannten Finger verkrampften sich wieder, als sich das Rammschiff wiederum neigte – und er hielt sich dann noch krampfhafter fest, als ihm aufging, dass es sich nicht nur zur Seite geneigt hatte, sondern auch nach vorn. Das Heck hob sich aus dem Wasser, der Bug tauchte unter. Er hatte noch nie ein Schiff sinken gesehen, geschweige denn, eines unter sich sinken gespürt, aber er hatte Beschreibungen gehört und wusste sehr wohl, wie es wohl sein sollte. So wie jetzt!

Die Kabinentür flog auf und gab den Blick auf den jungen Offizierskadetten Garet frei, der sich an den Türrahmen klammerte, wie Aldric an seine Koje. Er war nicht mehr freundlich und auch nicht mehr besorgt – außer vielleicht um seine eigene Sicherheit. Auch nicht mehr so jung, so unmöglich das auch erschien. Doch in den Schatten seines eng sitzenden Helms schien sein Jungengesicht immer noch nicht älter als sechzehn zu sein, totenbleich vor Schock, Angst oder Unglaube – so weiß wie die Knöchel der Hände, die sich an den Pfosten der Kabinentür festhielten.

»Ihr!« Er keuchte das Wort, jetzt auf Drusalisch und guttural-hart, wie es nur in dieser Sprache möglich war. »Ihr – geht an Deck! Sofort! *Bewegt Euch!*«

Aldric sah ihn an und spürte, als stehe die Angst des Offiziers im Widerspruch zu seinen eigenen Empfindungen, wie die unwillkürliche Furcht der letzten Minuten wich und erstarrte, bis es sich wie eine eisige Rüstung aus Würde, Stolz und einer aus Ehre geborenen Tapferkeit anfühlte. Es war nicht ganz dasselbe wie wahre Tapferkeit, was, wenn schon kein anderer, so doch zumindest Aldric sehr wohl wusste. Aber er erweckte diesen Anschein und das reichte. Er schlug gereizt, achtlos auf das Geschirr an seinem Bein, wie man vielleicht nach einem Insekt geschlagen hätte, das gerade außer Reichweite war.

»Damit gehe ich nirgendwohin. Weg damit. *Sofort.*« Und er sprach die Worte bewusst auf Drusalisch mit einer Böswilligkeit im höchsten Grad, den er kannte, wobei sehr wohl wusste, dass die damit verbundene Beleidigung, nämlich überlegen zu sein, eine tödliche war. Normalerweise. »Nun?«

Garet gaffte ihn ein halbes Dutzend Herzschläge lang an – und riss dann den Paradedolch aus der Scheide, der eines seiner Rangabzeichen war. Aldric dachte, er habe sich schließlich doch verkalkuliert und sei etwas zu weit gegangen, über das Ziel hinausgeschossen – dass es also doch immer und unter allen Umständen eine tödliche Beleidigung war.

Die Dolchspitze verhielt kurz, glitzerte hässlich im gedämpften Licht der Kabine, und die vom Schleifen herrührenden silbrigen Riefen in den Schneiden funkelten ihn an, während die Waffe in unsicherem Griff zitterte.

»Dafür sollte ich Euch den Bauch aufschlitzen, *Hlensyarl*«, flüsterte Garet. »Und vielleicht tue ich es auch noch. Aber jetzt noch nicht. Ich habe meine Befehle. Später …« Er holte tief Luft und versuchte, wenigstens einen Teil seiner Selbstbeherrschung wiederzufinden. »Aber … aber Ihr geht nirgendwohin – es sei denn, Ihr gebt mir Euer Wort. Euer Ehrenwort. Ihr kennt den Begriff ›Ehrenwort‹, Alber, oder nicht?«

Allem Anschein nach wusste er ebenfalls, wie man sich der Sprache für subtile Beleidigungen bedienen konnte.

Aldric zögerte. Zwar hatte er sich über diese Möglichkeit bereits Gedanken gemacht und hätte sie noch vor einer halben Stunde begrüßt, aber mittlerweile hatten sich die Dinge geändert. Das Kriegsschiff schien angegriffen zu werden – *schien*, erinnerte er sich – und er mochte sehr wohl im Zuge der möglicherweise entstehenden Verwirrung eine Gelegenheit zur Flucht bekommen. Aber nicht, wenn er durch unsichtbare Fesseln gebunden war, die für ihn schwerer zu zerreißen waren als das Geschirr an seinem Bein.

Ihm schwirrte der Kopf unter dem Eindruck des Ansturms einer Vielzahl von Möglichkeiten: Ohne sein Ehrenwort würde man ihm das Geschirr nicht abnehmen; mit dem Geschirr am Bein war die Möglichkeit zur Flucht praktisch nicht vorhanden; wenn er sein Wort gab und das Geschirr entfernt wurde, konnte er ohnehin nicht fliehen. Aber hier unten, mit einem Eisengeschirr am Bein eingesperrt, würde er mit Sicherheit ertrinken, wenn das Rammschiff kenterte und sank.

»Also gut. Also gut …? Ich schwöre. Bei meiner Ehre und auf mein Wort schwöre ich, dass ich nicht versuchen werde, ohne die Erlaubnis derjenigen, die mich gefangenhalten, zu entkommen oder die Flucht zu ergreifen.«

Der Kadett beobachtete ihn kalt und seine Miene, obwohl von seinem Helm eingerahmt, war leicht zu lesen. *Tau-Kortagor* Garet fragte sich – und machte sich nicht die Mühe, seine Zweifel zu verbergen –, ob der Eid des Albers mehr wert war als die Luft, mit der er ausgesprochen wurde. Aldric erwiderte den Blick mit Zinsen und diese Zinsen waren Hass.

»*So-ka, Drus'ach arluth'n.* Ich habe mein Ehrenwort gegeben. Zufrieden?«

Der Unterton in Aldrics Stimme war so scharf wie die Schneide des immer noch auf seine Kehle zielenden Dolchs und Garet nickte; zögernd. Nur ein Mal. »Ich bin zufrieden.«

»Dann nehmt dieses verfluchte Ding *ab*!« Aldrick unterstrich die Worte mit einer Geste.

Der Harnisch fiel mit einem Klirren auf die Eichenplanken des Decks, das sehr laut durch die Stille hallte, die sich über das Kriegsschiff gesenkt hatte, und als die Bande aus Stahl und Ochsenhaut ihren Griff um Aldrics Oberschenkel lösten, setzte das quälende Kribbeln ein, da Blut in die Gefäße zurückströmte, das viel zu lange gestaut gewesen war. Er beugte und streckte das Bein, immer wieder. Es war ein Gefühl, als sei von der Hüfte bis zum Knöchel jeder Muskel in kochende Salzlake getaucht worden, und trotz Garets schlecht verhohlener Ungeduld wartete Aldric, bis das Bein sich wieder halbwegs normal anfühlte. Dann nickte er kurz und tat, wie ihm geheißen.

Das Innere des Rammschiffs entsprach seiner Vorstellung davon, wie ein Kaninchengehege für ein Kaninchen aussehen musste: ein Irrgarten aus voneinander abzweigenden, engen Gängen mit tiefer Decke, die alle zu fremden, unbekannten Orten führten. Er folgte dem missbilligenden Rücken des *tau-Kortagor* durch Gänge und massive Türen, deren Ränder mit eingefettetem Leder verkleidet waren, was ganz offensichtlich eindringendes Wasses aufhalten sollte, immer weiter aufwärts.

Das kaiserliche Kriegsschiff war wahrhaftig ein riesiges Gefährt. Zweifellos nicht so monströs, wie es ihm im Augenblick vorkam, aber vor Gott und dem Heiligen Licht des Himmels hatte es kein Recht, so groß, so mächtig und so stark gepanzert zu sein und dennoch der See zu trotzen, indem es darauf schwamm.

Das durch eine Luke einfallende Tageslicht traf ihn wie ein Schlag ins Gesicht und er zuckte davor zurück und schirmte seine misshandelten Augen mit einem Arm ab. Erst jetzt erkannte Aldric, wie finster es auf den unteren Decks war, wo man ihn eingesperrt hatte. Und er wusste auch, warum: keine Laternen. Wegen der offensichtlichen Feuergefahr waren sie alle irgendwo verstaut worden.

Warum, warum, *warum* roch es dann aber so stark nach Rauch und Feuer?

Aldric blieb wie angewurzelt stehen, da er plötzlich so etwas wie Angst wegen der dringenden Aufforderung verspürte, an Deck zu kommen, und ebenso plötzlich standen zwei Soldaten hinter ihm, die von irgendwoher gerufen oder einfach nur für den Fall eben dieses Zögerns in der Nähe postiert worden waren. Gewöhnliche Soldaten – wenn man so hochgewachsene, starke Männer als »gewöhnlich« bezeichnen konnte –, die ihn unerbittlich durch die Luke und hinaus auf das offene Deck drängten.

Die Sonne schien ohne Hitze an einem klaren blauen Himmel, wie es ihn immer nur im Herbst oder Winter zu geben schien, und Aldric zitterte in einer Luft, die sich nach der Enge der Unterdecks allein durch ihre Frische kühl anfühlte. In der gleichgültigen Helligkeit dieses blässlichen Lichts und trotz des Rauchs, der ihm in die Nase stach, wurde er sich zweier Dinge bewusst – und beide fand er widerlich.

Das erste war sein Aussehen, das zweite sein Geruch.

Er trug dieselbe Kleidung wie beim Verlassen von Kathurs Haus – Kleidung, die seitdem in engen Kontakt mit einer nassen Straße Tuenafens getreten waren – und sie waren verdreckt. Eben diese Kleidung, nicht gewechselt nach den schweißtreibenden Anstrengungen von Kampf, Furcht und Flucht sowie der Gefangennahme, die ihn hierher geführt hatte, war längst nicht mehr nur schmutzig, sondern halb verrottet und vollgesogen vom lastenden Gestank abgestandenen Schweißes. Jeder Alber hätte einen solchen Zustand unerträglich gefunden. Für jemanden, der sich so peinlich sauber hielt wie Aldric, war es geradezu abstoßend. Er spürte, wie er eine Gänsehaut bekam, als schrecke seine Haut vor der Berührung mit seinem verdreckten Hemd, der glatten Öligkeit seiner Haare und den schwarzen Halbmonden unter seinen Fingernägeln zurück. Licht des Himmels, mit solchen Händen eine Mahlzeit zu sich genommen zu haben …? Er konnte kaum das krampfhafte Würgen unterdrücken, das sein Mittagessen über das Deck verteilt hätte, und gab sich alle Mühe, an etwas anderes zu denken. Dazu bot sich ihm reichlich Gelegenheit.

Obwohl zuallerst frisch und kalt, war die Frische der Luft mit einem sonderbaren Gemisch von Gerüchen unterlegt – auch dann, wenn man für einen Moment das Aroma ungewaschenen Albers unberücksichtigt ließ. Am stärksten war der strenge Geruch nach verbranntem Stoff und Holz. Aber darunter lag ein warmer, metallischer Geruch, der an die Luft in einer Schmiede erinnerte. Aldric kannte ihn – aber nicht aus einer Schmiede.

Der Mann, der über das Achterdeck stolzierte und sich vor ihn stellte, war einem Tobsuchtsanfall nah. Ob aus Furcht oder Zorn, wusste Aldric nicht. Er wetterte zumeist in einem drusalischen Dialekt, den Aldric nicht kannte – und den wenigen Worten nach zu schließen, die er verstand, war das wahrscheinlich auch besser so. Allerdings vermittelte der Tonfall des Kapitäns ausreichend genau, worüber er sich beschwerte, noch bevor er in eine verständlichere Sprache wechselte. Ja, es war der Kapitän, mochten die Verstörung in seinen Augen und die bleiche Gesichtsfarbe noch so sehr von den Rangabzeichen eines *Hautmarin* auf der rotgrünen Marineuniform ablenken.

»Seht Euch mein Schiff an! Seht, was mit meinem Schiff passiert ist! Ihr! Alber! Seid verdammt! Was wisst Ihr davon, hm? Der Teufel möge Euch die Haut verbrennen! Was wisst Ihr *darüber*!«

Aldrics Begleiter packten ihn bei den Schultern und drehten ihn gewaltsam in die Richtung, die der empörte ausgestreckte Arm des Kapitäns wies. Das Deck des Kriegsschiffs war ein Trümmerhaufen: Zerschmetterte Rahen, zerrissene Takelage und die verkohlten Fetzen der ehemaligen Segel lagen überall auf den Planken des Schiffs oder hingen schlaff über den Platten seines gepanzerten Rumpfs. Über allem hing ein dünner grauer stechender Rauch. Und da sah Aldric ihn zum ersten Mal: Er war gewaltig, und sein gewaltiger Leib lag auf dem Deck und hatte sich um die halb versunkenen Katapulttürme des Bugs gewunden.

Für den kurzen Augenblick, bis er sich wieder in den Griff bekam, sowohl geistig wie auch körperlich, fiel Aldric der Unterkiefer ebenso herab wie allen anderen an Bord, denn er hatte zwar mit einigen Situationen gerechnet, in die er geraten konnte, aber das hier, das war von allen die unwahrscheinlichste. Und er hatte mit einigen Gefühlen gerechnet, die ihn überkommen könnten, aber das hier, das war das absolut Unmögliche.

Denn es war *Wiedererkennen*!

Obwohl er schon einen gesehen, mit einem gesprochen und seinen Unglauben bei dem Anblick schon einmal niedergerungen hatte, war doch das Letzte, womit er in dieser weiten, wunderbaren Welt gerechnet hatte, einem – *dem* – ihm namentlich bekannten und vertrauten gottverfluchten Feuerdrachen zu begegnen!

Aber da war er!

»Ymareth«, sagte er sehr, sehr leise. Vielleicht war seine Stimme nicht so leise, wie er gedacht hatte, vielleicht war das Gehör der Feuerechse viel besser, als er glaubte – oder vielleicht war auch das strahlende Entzücken, das in ihm aufstieg, so stark, dass es zu seiner Ursache trug. Aus welchem Grund auch immer, es war nicht wirklich wichtig. Denn der Feuerdrache hörte ihn ... spürte ihn oder ... irgendetwas.

Und regte sich.

Der Hals mit seinem gehörnten, kantigen Kopf war gebogen wie bei einem eisernen Schwan, und darin lag eine furchtbare, lässige Eleganz, zugleich jedoch eine arrogante Präsentation gewaltiger Macht sowie eines Stolzes, an dem Aldric durchaus Gefallen fand. Er hörte Geräusche, die er ihm wohl vertraut waren, Geräusche, die er wiedererkannte, als habe er sie erst gestern gehört: ein stählernes Gleiten schuppiger Schlingen sowie das langsame tiefe Grollen beim Atmen. Die Geräusche eines lebendigen Drachens.

Als der längliche Keil von Ymareths Kopf zu ihm herumschwang, senkte Aldric klugerweise den Blick – nicht nur aus Respekt, obwohl das gewaltige Wesen diese Höflichkeit verdient hatte, anders als viele Männer von Rang. Als der Feuerdrache seinen phosphoreszierenden Blick über all die Männer streifen ließ, welche die gepanzerte Reling des Achterdecks des Rammschiffs säumten, wusste nur einer unter ihnen, dass er wegschauen *musste* oder so hypnotisiert würde wie ein kleiner Vogel von einer Schlange. Und das war Aldric. Kein normaler Mensch konnte so einem Blick begegnen und hoffen, unbeschadet davonzukommen – oder, wenn die Umstände widrig waren, hoffen, überhaupt davonzukommen ...

Der Drache atmete sanft aus und Aldric roch wieder den rauen, sauberen Wind wie aus dem Schmelzofen. Die heiße Bö trug Worte einer Stimme zu ihm, die wenige je gehört hatten – eine Stimme, in der die Geräusche von Dampf und herabstürzendem Wasser lagen, die Geräusche von Metall, das über Felsen strich, und das Geräusch sturmgepeitschter Wellen, die gegen eine felsige Küste brandeten, das Geräusch herabrieselnder verbrannter Asche. Es war eine Stimme, die keiner außer Aldric verstand, und das auch nur weil er bei ihrer ersten Begegnung vor Monaten und Meilen entfernt mit dem Zauber des Verständnisses belegt worden war.

»Ich grüße dich, Mensch. Schön, dass wir uns treffen, Aldric Talvalin.«

Aldric schüttelte die Hände ab, die ihn festhielten, und sie fielen schlaff herab. Die Soldaten, die ihn flankierten, waren durch Ymareths Blick in eine Art Trance versetzt worden.

Er kniete nieder, hielt inne, beugte sich dann vor, legte die überkreuzten Hände aufs Deck und drückte kurz die Stirn im Zweiten Gehorsam darauf, den er Ymareth auch bei ihrer ersten Begegnung in der Höhle der Feuerechsen auf der Insel Techaur erwiesen hatte. Hier und jetzt war der Gruß vielleicht nicht ganz angemessen – der Zweite Gehorsam stand normalerweise einem Gleich- oder Höhergestellten unter dessen eigenem Dach zu und nirgendwo sonst –, aber übertrieben gute Manieren waren immer besser als unzureichende, wenn sie aufrichtig gemeint waren. Dann ließ er sich auf die Fersen zurücksinken und fasste sich, so gut er konnte. Ymareth, der ihn mit reptilienhafter Reglosigkeit beobachtete, hatte sich nicht gerührt.

»In der Tat sehr schön, dass wir uns treffen, Fürst Feuerdrache«, erwiderte Aldric und fragte dann sehr kühn weiter: »Aber warum – und wie?«

Flammen leckten kurz zwischen den leicht geöffneten Kiefern des Drachenmauls hervor und Aldric fuhr unwillkürlich zurück. Er kam sich vor wie ein Mann auf einem

Drahtseil, der gefährlich zwischen den Gefahren der Unwissenheit und jener Unverschämtheit balancierte, die aus hartnäckiger Neugier erwächst.

»Was zuerst, Mensch – das ›Warum‹ oder das ›Wie‹? Du hast die Wahl.« Insofern es möglich war, etwas so augenfällig Nicht-Menschlichem menschliche Reaktionen anzuhängen, war Ymareth belustigt und neckte ihn leicht. Das reichte aus, um Aldric ein wenig kühner werden zu lassen.

»Versuche es mit dem ›Wie‹, mein Fürst. Ich weiß bereits, dass Techaur und deine Wohnstätte viele Meilen von hier entfernt liegen.«

Eine weitere Flamme erblühte, jener harmlose, glühende Wirbel, den Aldric bereits als Gelächter identifiziert hatte – und der, wie er sich bereits gedacht hatte, für den Zustand der Segel des Kriegsschiffs verantwortlich war. Obwohl er nur zur Hälfte Recht hatte …

»Ich bin Ymareth. Ich bin ein Drache. Ich habe dich gesucht. Ich habe dich gefunden. So gehen wir vor.« Der Kopf des Drachen schwang träge zum Meer herum und starrte nach Süden und die mittlerweile verschwundene Leine seines Flugs entlang. »Doch wahrhaftig, jede Aufgabe lässt sich leicht erfüllen, wenn es einen wahren Führer zum Gesuchten gibt. Wie es das Auge des Drachen bei dir war, *Kailin* Talvalin.«

»Das Auge des …?« Aldric verstummte mitten im Satz, denn vor seinem geistigen Auge sah er ein Bild von Gemmel Errekren mit dem Drachenstab Ykraith in der einen und dem azurblau leuchtenden Zauberstein von Echainon in der anderen Hand. Der geschnitzte Drachenkopf des Zauberstabs hatte bereits ein Auge. Aber nur eines, und das war ein gewöhnlicher Saphir. Die andere Augenhöhle war leer. Dann kamen die Hände des Zauberers zusammen und als sie sich wieder teilten, sah der Drachenstab mit zwei Augen in die Welt, eines lebendig und im Leuchten seiner eigenen inneren Energien pulsierend. In der Tat das Auge des Drachen!

Und eben jener Talisman, den Aldric in den vergangenen Monaten in Unkenntnis der Wahrheit getragen hatte.

Es gab viele, sehr viele Dinge, die er hätte sagen können, und wahrscheinlich genauso viele, die er hätte sagen sollen. Doch was schließlich aus seinem Mund drang, war nicht mehr als ein kaum hörbarer Hauch: »O *Gott* …?«

Was eigentlich gar nichts sagte.

Ymareth beobachtete ihn und schien wiederum belustigt über seine Verwirrung zu sein. Sein dünnlippiger Mund streckte sich in einem Grinsen immer weiter nach hinten, in jenem fuchshaften Lächeln, das Aldric bereits kannte. Und obwohl er damals der Ansicht gewesen war, es weise nicht mehr auf echten Humor hin als jeder andere sogenannte »Ausdruck« auf einem Tiergesicht, war er sich dessen jetzt nicht mehr so sicher. In der Art, wie sich die Gesichtsmuskeln der Feuerechse bewegten, lag eine gewisse Präzision, die ahnen ließ, dass Ymareth absichtlich etwas kopierte, das er mit seinem eisigen Drachenhirn beobachtet und zur Kenntnis genommen hatte, etwas, das die Nervosität eines Menschen mildern mochte. Wenn das in der Tat der Grund war, funktionierte es nicht: Das Arsenal spitzer Zähne, welches das Grinsen des Drachen zur Schau stellte, hatte absolut nichts Beruhigendes an sich.

»Und das ›Warum‹, Aldric Talvalin? Weckt das ›Warum‹ nicht auch deine Neugier?«

Das tat es. So sehr, dass Aldrics Blick sich für einen winzigen Moment der Unaufmerksamkeit, nur einen Hauch lang nachdenklich hob, während ihm die zahllosen Möglichkeiten für das *Warum* durch den Kopf gingen. Und dabei fiel sein Blick auf die rauchigen bernsteinfarbenen Spiegel von

Ymareths Augen. Wirklich und wahrhaftig die Augen des Drachen. Aldrics eigene Augen stellten den Kontakt her. Und wurden festgehalten.

Die Zeit hält an, da sie stillsteht. Die Stimme war in seinem Kopf wie Ymareths – aber es war nicht die Stimme des Drachen. Es war oder schien zu sein: »Gemmel?« Nur Aldrics Gedanken formten das Wort, denn Mund und Zunge waren dazu nicht in der Lage. Es gab keine Antwort – keine Wiederholung der Stimme, die hier nichts zu suchen, die keinen Grund hatte, hier zu sein, und die keinen Grund hatte zu sagen, was sie gesagt hatte, mochten die Worte im Hier und Jetzt noch so richtig und angemessen sein. Wenn es hier und jetzt war.

Denn Zeit hatte keine Bedeutung mehr und die Wirklichkeit keine Existenz. Es gab nur noch ihn selbst und die beiden großen leuchtenden Kugeln, die unentwegt starrten und niemals blinzelten. Er war nackt und bloß vor ihrem Blick. Nicht nackt im Sinne von *unbekleidet*, sondern nackt wie in *ohne Maske*, aller Schirme und Schilde beraubt, mit denen die Menschen die Wahrheit vor anderen verbergen. Er wurde vor dem Drachen ausgebreitet und was es dort zu sehen gab, war alles, was er war. Ohne Rang, ohne Vorrechte, ohne Titel. Ohne etwas, hinter dem er sich verstecken konnte.

Und er schämte sich.

Er konnte ebenso wie Ymareth die ganze Hässlichkeit in sich erkennen. Die ganzen uneingestandenen geheimen Laster, denen er vielleicht gefrönt hätte, hätte er es nur gewagt, die ganzen sorgfältig vergessenen Sünden, die er irgendwann einmal begangen hatte, all das, was alle und jeder mit Ausnahme der Allerreinsten tief in sich trug, unter Manieren und Höflichkeit und äußerlichem Schein vergraben wie schleimiges Leben unter einem Stein. Immer vorhanden und bewusst, aber nicht einmal den engsten Freunden entdeckt.

Bis jetzt.

Die Fragen wurden nicht so gestellt, dass Ohren sie hätten hören oder ein Verstand sie hätte verstehen können. Sie formten sich lediglich, lösten sich aus dem grauen Nebel der Traurigkeit, der ihn umgab. Doch wenn sie einmal Gestalt angenommen hatten, schlugen sie zu wie eiserne Peitschen. Fragen, die er nicht beantworten konnte – einfache Fragen, die in ihrer Einfachheit mit gnadenloser Direktheit in den Tiefen seiner Seele forschten.

Aldric sagte nichts zu seiner Verteidigung, konnte es nicht. Das Schuldgefühl übermannte ihn, stieg wie ein Kloß in seinem Hals auf, hinterließ Schrammen, die nie verheilen würden. Dann riss etwas. Er hörte es reißen oder spürte es reißen – ein Laut und eine Empfindung wie beim Reißen einer Leine. Und die Welt war schlagartig wieder da.

Nichts hatte sich verändert. Er kniete immer noch gerade aufgerichtet, auf die Fersen gehockt, auf dem Schiffsdeck. Aber sein Gesicht war nass und fror in der kalten Brise. Er hob eine Hand – ach, so langsam! –, um die Nässe zu berühren. Tränen. Er hatte geweint, aus keinem Grund und aus jedem Grund. Weil er sich schmutzig fühlte, besudelt dadurch, dass all jene geheimen Dinge ans Licht des Tages gezerrt worden waren, und gleichzeitig fühlte er sich seltsam gereinigt, als habe derselbe Vorgang etwas in ihm ausgetrieben und ihn irgendwie heil und ganz werden lassen. Aldric blinzelte unvergossene Tränen aus den Augen, wischte sie mit den Knöcheln weg und konnte wieder klar sehen. Er konzentrierte sich wieder auf die Realität. Auf das Schiff. Und auf den Drachen.

Ymareths riesiger Kopf war direkt über ihm, eine Armlänge über seinem eigenen, massig wie das rohe Steindach des Königsgrabhügels und ebenso nach hohem Alter riechend. Er spürte den feurigen Drachenatem, ein trockenes Kratzen auf der Haut, und nahm den Geruch nach erhitztem Metall wahr. Denn die Flammen und der Tod, den sie mit sich trugen, waren jetzt ganz nah. Und er fürchtete sich nicht.

Die Furcht war immer dagewesen, ob er sie sich eingestand – und dieses Eingeständnis unvermeidlich durch Spott relativierte, als wolle er beweisen, dass er sich in Wahrheit gar nicht fürchtete – oder tief in sich verschlossen hielt. Aldric hatte sich diese Furcht vor Ymareth immer lastend, fremdartig und kalt vorgestellt, wie einen Klumpen eisiges Blei unter seinem Herzen. Doch nun waren Blei und Eis aus ihrem Versteck geholt und ins Drachenfeuer getaucht worden, bis sie geschmolzen und spurlos verschwunden waren.

»Wisse nun, warum ich gekommen bin, Aldric Talvalin. Ehre hat mich geweckt. Ehre hat mich gerufen. Ehre hat mich gebunden, wie sie dich bindet.«

»Ehre? Welche Ehre habe ich noch? Ich habe alle Ehre vor langer Zeit in Seghar weggeworfen!«

»Das sagst *du*. Ich *widerspreche*!« Flammen leckten über Aldrics Kopf – nicht das Flackern der Belustigung, sondern ein explosionsartiger Wirbel der Ärgers, und die Hitze schlug auf ihn herab wie eine Wand. In der gewaltigen Stimme lag ein Unterton von Schärfe, etwas Stählernes wie gekreuzte Klingen. Ymareth war keinen Widerspruch gewöhnt. »Höre mich an, Mensch! Ich habe Schwingen, die dich in die Freiheit tragen können, wenn du danach trachten solltest. Sprich und sage mir, willst du auf diese Weise entkommen? Sprich!«

Aldric schloss die Augen, da er spürte, wie sein Herzschlag sich beschleunigte und ihm der Atem im Halse steckenblieb. Entkommen? Noch vor einer Stunde gern und bereitwillig. Doch jetzt? Jetzt konnte er nicht mehr.

Der Drache blinzelte einmal und er hörte in der Stille ganz deutlich das metallische Klicken seiner Augenlider. »Sprich«, wiederholte er, ein wenig sanfter jetzt.

»Ich kann nicht. Ich *darf* nicht. Ich …« Er sah auf und suchte bewusst den Blickkontakt mit dem Drachen. »Ich habe mein Ehrenwort gegeben.«

»Das Ehrenwort eines Mannes, der seinem eigenen Eingeständnis nach keine Ehre mehr hat?«

Aldric zuckte die Achseln. »Das Recht, ein Versprechen zu halten, ist alles, was mir noch geblieben ist.«

»So, so, so. Du bist würdiger, als der Erschaffer es jemals war, *Kailin* Aldric-*eir*.«

Zu meiner ewigen Schande. Wieder hörte Aldric die Stimme in seinem Kopf und wieder war es nicht Ymareth, sondern Gemmel, der zu sprechen schien.

»Zu seiner Schande«, echote der Drache.

Aldric lauschte und hörte und schließlich erblühte eine winzige Blume des Verstehens in seinem Kopf. Es war jedoch eine Blume mit düsteren Blütenblättern, denn es gab seinem Verständnis nach nur eine einzige Bedeutung, und diese war so ungeheuerlich, dass er sie kaum zu fassen vermochte.

Ymareth entfaltete die Schwingen und das kaiserliche Kriegsschiff wirkte auf einmal winzig, und Aldric ging schlagartig auf, was er unbewusst schon seit seinem Erscheinen auf Deck wusste: Da er nun die Feuerechse vor einem normalen Hintergrund und nicht in der Höhle auf Techaur sah, war sie viel, viel größer, als er sich je hätte träumen lassen. Von Flügelspitze zu Flügelspitze betrug Ymareths Spannweite über sechzig Schritt. Von der Nase bis zu der spatenförmigen Verdickung, in der sein Schwanz auslief –

aerodynamisch wie die Hörner und der Kamm auf seinem Kopf –, waren es weitere vierzig Schritt in der Länge. Sein Gewicht …? Genug, um den Bug eines gepanzerten Rammschiffs beinah untertauchen zu lassen, mehr als genug, um das Fliegen unmöglich zu machen.

Andererseits schien bei Drachen alles unmöglich zu sein: ihre Sprache, ihre Intelligenz, ihr Feueratem, ihre unnatürlichen Zusatzglieder – denn gewiss wäre es richtiger und angemessener, wären ihre Schwingen so wie diejenigen der Fledermäuse eine Abwandlung der Vorderbeine gewesen – und vor allem die Tatsache, dass zumindest eine dieser legendären Kreaturen lebte und hier vor ihm stand, mochte die Logik noch so sehr darauf beharren, dass Drachen im natürlichen Schema der Dinge nicht existieren konnten. Viele Menschen mochten sich danach sehnen, einmal einen Drachen zu sehen, aber die Wirklichkeit war überwältigend. Unausweichlich verwarf Aldric bei seinen Überlegungen eine Möglichkeit nach der anderen, bis nur noch die eine übrig blieb: Wenn Drachen in der natürlichen Welt nicht existieren konnten, zumindest einer es aber fraglos tat, dann …

Wer war der Erschaffer?

Und die Antwort darauf war so, dass Aldric es nicht ertrug, sie in seinem Geist Gestalt annehmen zu lassen.

»Ich gehe.« Ymareth ging tief in die Hocke, hob die Schwingen über den schlanken, schuppigen Leib, bis die äußersten Spitzen sich trafen und schließlich kreuzten und für den Bruchteil eines Augenblicks innehielten, während die Membranen sich in der Luft wölbten.

»Du gehst?« Aldric stellte die Frage sehr schnell. »Wohin?«

»Weg von hier. Weg von dieser Nussschale. Sie werden mir kaum verzeihen, dass ich ihre Segel verbrannt habe, obwohl ich gebeten habe anzuhalten, bevor irgendwelcher Schaden entstand. Aber das Auge wird dich beobachten, wie es dich bisher beobachtet hat. Wie ich dich beobachten werde, Drachenfürst. Und ich werde alles erfahren, was ich wissen muss. Bis dahin, leb wohl!«

Ymareths Hinterbeine streckten sich wie die Wurfarme eines Katapults und schleuderten den schuppigen Körper des Drachen in einem gewaltigen Satz in den Himmel. Einen Augenblick später schlugen die Schwingen abwärts und das donnernde Rauschen verdrängter Luft riss alle noch verbliebenen Fetzen Segelleinwand weg und fegte Aldric beinah von den Füßen, während der ungeheure Satz in einen echten Flug überging.

Als Ymareth sich abstieß, drückte er das Deck des Rammschiffs tief hinab ins Wasser, und als es, jäh befreit vom Gewicht des Drachens, wieder hochkam, ging es weit über den Horizont hinaus. In einer Gischtwolke klatschte das Schiff wieder aufs Wasser zurück, und große, konzentrische Wellen liefen vom Bug davon und vermischten sich mit den Wellen, die durch den brutalen Luftdruck der Drachenschwingen beim Abflug entstanden waren. Schließlich war alles still.

Es gab lediglich eine schnittige schwarze Silhouette am Himmel und die federleichte Berührung jener kalten Brise aus dem Norden. Die Stille währte jedoch allzu kurz: Aldric hatte sich kaum wieder erhoben, die Beine noch schwach und die Knie wund vom Aufprall auf das Eichendeck, als die beiden Marinesoldaten hinter ihm ihre Schläfrigkeit abschüttelten und ihm wieder harte Hände auf die Schultern legten. Er schaute die Soldaten links und rechts an, ohne sie wirklich zu sehen, und dann entspannte er sich in ihrem Griff, ohne auch nur andeutungsweise mit einem Muskel zu zucken.

Der Kapitän des Kriegsschiffs funkelte ihn an und sein Zorn von vorhin war einer eisigen Selbstbeherrschung gewichen. Mit einer Hand, die in einem eisernen Handschuh steckte, packte er das Hemd des Albers vorn an der Brust, verdrehte es und zog Aldric daran hoch, bis er auf den Zehenspitzen stand, beinahe Auge in Auge mit dem hochgewachsenen, schlanken *Hautmarin*.

»Es ist wohl gut für dich, *Hlens'l*«, sagte er ruhig – zu ruhig –, »dass ich meine Befehle habe. Andernfalls wäre es mir ein großes Vergnügen, dir einen langsamen Tod zu bereiten. Ja, ich würde…« Er erläuterte ausführlich und in allen Einzelheiten, was er tun würde.

Aldric starrte den Offizier an und hing dabei so schlaff und unbesorgt in seinem Griff wie ein Katzenjunges im Maul seiner Mutter. Er starrte ihn an und durch ihn hindurch, als sei er gar nicht da. Er ignorierte ihn völlig. Er hatte diese Drohungen alle schon einmal gehört, mehr oder weniger. Manche waren originell und ließen auf einen hässlichen Verstand schließen, und manche waren gewöhnlich. Aber alle waren wegen jener ach so wichtigen Befehle nicht mehr als nach Zwiebeln stinkende Luft und gelegentliche aus der Leidenschaft geborene Speicheltröpfchen. Überhaupt nicht mehr. In Aldrics Gedanken gab es im Augenblick ein Wort und nur ein Wort, das nichts mit Drohungen oder drusalischen Marineoffizieren oder überhaupt etwas so Normalem zu tun hatte. Es war ein Wort, das er im buchstäblichen Sinn verstanden hatte, aber nicht als Titel zu begreifen wagte. Noch nicht. Ein Wort, das als Frage hätte wiederholt werden müssen: *Drachenfürst?*

Doch als dem *Hautmarin* Puste und Phantasie ausgegangen waren, grinste er dem Offizier ganz bewusst ins Gesicht. »Ihr mögt sagen, was Ihr wollt, Schiffsmeister«, und die zivile Rangbezeichnung war eine eindeutige Beleidigung,

»aber tun könnt Ihr nicht mehr, als Euren Bericht schreiben. Nicht wahr?«

Der Drusaler erwiderte das Grinsen. »Nein. Nicht ganz. Bringt ihn nach unten!«

SECHS
Rekrutierung

Das ist das Haus«, sagte Dewan. Er hielt nicht inne, verlangsamte nicht einmal seinen Schritt und tat gewiss nichts so Offensichtliches, wie darauf zu zeigen. Aber er klang so, als sei er seiner Sache sicher, und Gemmel war beeindruckt. Beeindruckt nicht nur von der Fähigkeit seines Begleiters, Informationen zu bekommen – von Leuten, die oft gar nicht gewusst hatten, dass sie eine Frage beantworteten –, sondern auch von dem Haus selbst. Gemmel hatte sich bemüht, keine Vorurteile zu hegen, was sie vorfinden würden, sobald er gehört hatte, dass es sich bei der gesuchten Frau um eine Kurtisane handelte, hatte dann jedoch unwillkürlich in Gedanken das Wort durch sämtliche hässlichen Alternativen ersetzt. Was allerdings sowohl ungewöhnlich als auch Grund zur Beunruhigung war, denn er war normalerweise ein sehr toleranter Mann.

Doch einmal geformt, hatten diese vorgefassten Meinungen zu weiteren falschen Vorstellungen geführt, zu Irrtümern, die jetzt aufgedeckt und wie Glas zerschmettert wurden. Keine der *Nutten*, *Dirnen* oder *Huren* seiner Vorstellungen würde oder konnte in so einem Haus leben. Jedenfalls nicht, wenn solche Bezeichnungen, wie sie sein kleinliches Unterbewusstsein geliefert hatte, noch irgendeine Rechtfertigung haben sollten. Er änderte die Richtung seiner Schritte ein wenig und wollte schnurstracks eintreten – gewiss war ein Herr an dieser Haustür nichts Ungewöhnliches –, doch da versperrte Dewan ihm scheinbar unbeabsichtigt den Weg.

»Nicht so hastig!«, sagte der Vreijaurer in einem schneidenden Befehlston, den er angenommen hatte, seitdem sie das Landwall-Tor durchschritten hatten. Dewan hätte Uniform und Halbharnisch jederzeit anlegen können, ohne dass ihm jemand einen zweiten Blick erübrigt hätte, weil sein Auftreten etwa unpassend gewesen wäre. »Seid vorsichtig, Mann! Denkt an das Rammschiff. Jemand war vor uns hier – wenn wir richtig vermuten – und ich will ganz sicher sein, dass dieser Jemand nicht mehr da ist, bevor wir hineinplatzen. Also sachte, ja?«

Sie gingen weiter und musterten ihre Umgebung mit lediglich mäßiger Neugier, bis Gemmel fühlte – *spürte*, wie Dewan sich spannte. »Im Stalleingang. *Nicht hinsehen!* Ein Mann. Kümmert sich um seine Angelegenheiten. Allzu sehr, glaube ich.« Dewans Schritt verriet ein unmerkliches Zögern und Gemmel wusste, dass in diesem Augenblick Gewalt und plötzlicher Tod zur Debatte standen.

Dann entspannte sich der Vreijaurer. Er lachte sogar – ein tiefer, voller Laut, der im Augenblick wegen seiner Widersinnigkeit ungewöhnlich war. Gemmel riskierte daraufhin endlich einen Blick über die Schulter auf die Ursache derart widersprüchlicher Reaktionen – und verbiss sich seinerseits das Lachen. »Aha«, war alles, was er zunächst sagte, obwohl in seinem Tonfall eine ganze Menge mehr an Bedeutung mitschwang. Dann: »Er hat sich wohl doch nur um seine Angelegenheiten gekümmert.«

»Um seine und keine anderen.«

Der Mann, den Dewar ar Korentin gesehen hatte – und vielleicht getötet hätte, hätte er nicht jenen raschen zweiten Blick riskiert –, ging mit einem Nicken und einem gemurmelten einsilbigen Gruß an ihnen vorbei. Er roch nach Bier und war damit beschäftigt, seine Hose zu schließen.

Gemmel beobachtete ihn, bis er um eine Ecke bog und verschwunden war, so dass die Straße bis auf ihn und Dewan wieder leer war. Dann drehte er sich leicht und sein Lächeln war verschwunden, als habe es nie existiert. »Also – bleiben wir hier oder erledigen wir die Sache und schaffen sie endlich aus der Welt?«

»Ich sagte doch schon, macht Euch deswegen keine Sorgen. Ihr redet immer noch so, als würde ich jemandem Feuer unterm Hintern machen. Aber das tue ich gar nicht.«

»Es sei denn, Ihr müsst. Und dann werdet Ihr es tun.«

»Nicht, wenn ich die Informationen auf andere Weise bekomme, alter Zauberer, alter Freund. Ich habe bei der Leibgarden-Kavallerie gedient, nicht bei der Geheimpolizei. Aber ich kann immer noch ganz gut drohen, wenn's sein muss.«

Kathurs Kopf ruckte von dem Reisekoffer hoch, den sie so hektisch packte, und wandte sich der Tür ihres Zimmers zu, einer Tür, in der wieder die Umrisse von Eindringlingen zu sehen waren. Ihr Blick huschte von einem zum anderen, hin und her, und das Kleidungsstück in ihren Händen entfaltete sich und hing unordentlich herab wie eine nasse Fahne. Auf ihrem Gesicht lag ein gehetzter, verfolgter Ausdruck, der sich zu Entsetzen vertiefte, als einer der Männer den einen Schritt tat, der nötig war, um über die Schwelle zu treten. Er war breitschultrig und schnurrbärtig, der jüngere und auch der kräftigere der beiden, wenngleich der andere größer war, und er sah viel eher danach aus, als könne er ihr Schmerzen zufügen.

Schmerzen hatten in diesen letzten Stunden eine herausragende Rolle in den Gedanken der Drusalerin gespielt. Schmerzen – und Verwirrung und Elend, Reue und all jene anderen Gefühle, die sie nie wieder empfinden wollte, das hätte sie noch zu Beginn des gestrigen Tages geschworen. Doch nun waren alle diese minderen Gefühle einer alles verschlingenden Furcht untergeordnet.

Zu Dewan ar Korentins Ehrenrettung muss gesagt werden, dass er ihr die Angst vom Gesicht und aus den Augen ablas und sofort stehenblieb, damit er nicht noch bedrohlicher wirkte. »Gemmel«, sagte er auf Albisch, »ich halte es für besser, wenn Ihr mit ihr redet und ich mich zurückhalte. Wenigstens vorerst.«

Gemmel warf ihm einen fragenden Blick zu und hob die Augenbraue, folgte der Aufforderung aber sofort. Er hatte ebenfalls bemerkt, wie verängstigt die Frau war, und war nach seinem ersten Blick entsetzt, wie sehr sie sich von der Beschreibung unterschied, die Dewan einem der Einheimischen mit viel gutem Zureden aus der Nase gezogen hatte. Noch entsetzter war er über die allzu offensichtlichen Gründe für diese Abweichungen.

Nur das fuchsrote Haar war unverändert. Und obwohl Gesicht und Gestalt immer noch von einer gewissen abgenutzten Schönheit waren, so war diese Schönheit entstellt durch ihren Ausdruck und die sorgfältig zugefügten Grausamkeiten, die das Gewebe purpurrot verfärbt hatten. Gemmel weigerte sich, einfach bloß an *Schläge* zu denken, denn was er sehen konnte, war zwar schon schlimm genug, aber die vorsichtigen Bewegungen, immer wieder von einem Zusammenzucken begleitet, deutete darauf hin, dass ihre Kleidung Schlimmeres verbarg. Bösartiges, Sadistisches und viel, viel Schlimmeres. Und zu seiner Beschämung, sowohl damals als auch später, kam ihm als Erstes eine Anschuldigung über die Lippen, eine ungerechte Anschuldigung, die er nur mit dem Schockzustand und dem Zynismus von jemandem erklären konnte, der schon zu viele Grausamkeiten an zu vielen Menschen erlebt hatte, um nicht jedem, auch dem Vertrautesten, so etwas zuzutrauen.

»Hat Aldric Talvalin Euch das angetan, meine Dame?«

D as Rammschiff schleppte sich dem Hafen entgegen; wie es sich seit seiner feurigen Begegnung mit Ymareth schwer, bleiern dahingeschleppt hatte. Aldric, an Deck und unter Bewachung, schleppte sich ebenfalls dahin. Wichtiger Gefangener oder nicht, edler Herr oder nicht – beides immer wieder, wenn auch nutzlos, vorgebracht –, er hatte zwangsweise der Besatzung des Kriegsschiffs dabei geholfen, das Schiff sicher in den Hafen zu bringen.

Er hatte nicht gewusst, dass die Segel mit dem Hexenwind-Zauber belegt waren. Er hatte nicht gewusst, dass die Zerstörung dieser Segel gleichbedeutend mit der Zerstörung des Zaubers und daher der Fähigkeit des Rammschiffs waren, unabhängig von den Widrigkeiten des Wetters und des Windes schnell dorthin segeln zu können, wohin der Kapitän wollte. Und er hatte nicht gewusst – wenngleich er es geargwöhnt hatte –, dass ein kaiserliches Schlachtschiff ohne die verzauberten Segel an Masten und Bugspriet ungeschlacht, plump und vor allem träge und langsam wurde.

Er wusste es jetzt und hatte die Information für eine mögliche zukünftige Verwendung im Hinterkopf gespeichert.

Was er mittlerweile ebenso wusste – denn es hatte sich in

jeden einzelnen Muskel seines Körpers eingeprägt, die für sich und gemeinsam in einer Symphonie des Unbehagens schmerzten, die später in echte Pein übergehen würde, wenn sie sich abgekühlt hatten und steif geworden waren –, war, wie so ein Schiff angetrieben werden musste, wenn der Wind für gewöhnliche Segel aus der falschen Richtung blies. Von schmerzenden Muskeln wie den seinen.

Nicht etwa von Muskeln, die Ruder bewegten, was er sofort verstanden hätte, wären nicht alle Überlegungen in dieser Richtung von fehlenden Ruderöffnungen in den gepanzerten Seiten des Rammschiffs im Keim erstickt worden. Das Schiff war nicht nach dem Vorbild einer Galeere konstruiert. Und das halbe Dutzend kleiner Steuerruder reichte nicht aus, um auf hoher See einen merklichen Vorwärtsschub zu erzeugen. Stattdessen gab es eine Anordnung aus Wellen und Kurbeln tief unten im Schiffsbauch, die durch die von den Drusalern so geliebten Gestänge und Zahnräder verstärkt wurde. Letzten Endes wurde mit dieser Anordnung eine siebenblättrige Schraube im Heck des Rammschiffs gedreht. So viel hatte der Kapitän ihm genüsslich erklärt, während er in den Antriebsraum unter Deck geführt wurde, der sich fast über die gesamte Länge des Schiffskiels zog, und schließlich – allein – an Hals und Hüften an Ringbolzen gekettet wurde, die an den Querstreben des Rumpfs befestigt waren.

Zuerst hatte man ihm geraten – nicht befohlen –, sich zu entkleiden. Und zuerst hatte er sich geweigert, weil er den Ratschlag lediglich für einen weiteren Versuch gehalten hatte, ihn zu demütigen. Und er hatte sich auch weiterhin geweigert, bis er die Bedingungen sah, unter denen er arbeiten würde. Dann hatte er sich sehr rasch bis auf die kurze Unterhose ausgezogen, die letzte Stufe vor der Nacktheit. Die behielt er an. Alber waren sehr sittsam, außer in Situationen, wo Sittsamkeit in Geziertheit oder Affektiertheit umschlug, gewöhnlich in Anwesenheit von Frauen, aber er war dankbar gewesen, dass nichts Wärmeres als die viel zu heiße Luft auf seiner Haut lag.

Dieses Inferno aus Schweiß, Gestank und übelkeiterregender Bewegung würde noch sehr lange einer seiner erlesensten Albträume bleiben. Da die Männer im Antriebsraum keine Sklaven waren, wurden sie während der Arbeit nicht geschlagen, und Aldric entging diesem Schicksal nur wegen jener wunderbar restriktiven Befehle. Aber die Arbeit war trotzdem hart und schmerzlich. Die Füße hatten sie in Steigbügeln an Kurbeln, die Ähnlichkeit mit einer Tretmühle aufwiesen, aber keine waren. Die Kurbeln wurden unter Einsatz ihrer Oberschenkelmuskeln und ihres Körpergewichts getreten, um die mit Schwungrädern beschwerten Gestänge in Bewegung zu halten, die ihrerseits zur quietschenden, eingefetteten Hauptkurbel führten. Nach nur wenigen Minuten zitterten Handgelenke, Arme, Rücken und Beine von der Anstrengung und das ständige Bücken und Wiederaufrichten führte rasch zu Kopfschmerzen und Schwindelanfällen, während die Hände sich an den Stützstangen wund rieben, obwohl diese mit drehbar gelagerten Handschützern ausgerüstet waren, die das eigentlich verhindern sollten. Vorwärts und rückwärts, auf und ab, immer und *immer* wieder, Stunde um Stunde, begleitet vom Stöhnen und Schreien der Anstrengung, vom ständigen Knirschen und Ächzen der Maschinerie, was an sich bereits ermüdend und absolut ungewöhnlich für jemanden war, der nur die Geräuschkulisse eines Segelschiffs kannte, vom Rauschen des Wassers um den bleiverkleideten Unterwasserteil des Rumpfs und, immer im Hintergrund wie das Schlagen eines erschöpften Herzens, vom Wapp-wapp-wapp der großen rotierenden Schraubenblätter.

Doch jetzt war es vorbei und Aldric empfand eine gewisse Befriedigung, sogar Stolz. Zur Arbeit gezwungen und ohne Alternative, hatte er sich ebenso gut geschlagen wie die anderen, die, dachte er sich, mehr daran gewöhnt waren. Er hatte sich weder übergeben noch war er ohnmächtig geworden, wenngleich er beides erlebt hatte, und er hatte seine »Schicht«, wie der Antriebsraum-Sergeant es genannt hatte, beendet, ohne im Vergleich zu seinen Mitstreitern in seiner Leistung abzufallen. Vielleicht hatte er Glück gehabt, weil er direkt unter einem der Schächte gesessen hatte, durch die frische kühle Luft vom Oberdeck hereingeblasen wurde – mithilfe weiterer Blattschrauben, die von Schiffsjungen gedreht wurden –, aber das hieß nicht, dass er sich um eine Wiederholung dieser Erfahrung reißen würde. Nichtsdestoweniger war ihm der Gedanke gekommen, dass jene Unterwasser-Antriebsschraube zumindest die Unversehrtheit des gepanzerten Schiffsrumpfs gewährleistete und sie durchaus ein eingehenderes Studium wert sein mochte, falls es eine andere Möglichkeit als menschliche Muskelkraft gab, ein Schiff auf diese Weise fortzubewegen …

Diesen Augenblick hatte sich jemand – ein bösartiger Bastard! – ausgesucht, um ihm einen Eimer mit eisigem, frisch geschöpftem Meerwasser über seine nackte, verschwitzte Haut zu schütten, und in dem jähen, zunächst furchtbaren, dann herrlichen Schock vergaß Aldric alles andere.

Das alles hatte sich vor einer halben Stunde ereignet. Jetzt, in geborgter Kleidung und sich zumindest etwas sauberer fühlend – wenn auch höllisch müde –, stand er auf dem Vordeck des Rammschiffs im Schatten einer der Waffentürme und sah zu, wie es mit einer Sanftheit, die schon fast Kunst war, in eine Art Haltebucht manövriert wurde, die von Steinmauern eingefasst und kaum breiter war als das

Schiff. Der Abend näherte sich und sowohl sein eigenes Schiff – er lächelte trocken über den unbewussten Gebrauch des Possessivpronomens – als auch die etwa fünf anderen, die entweder wie dieses in befestigten Docks oder draußen in einer kleinen Bucht vor Anker lagen, setzten Lichter. Diese Untertreibung konnte kaum die ungeschlachten Panzerschiffe beschreiben, die beleuchtet waren wie am Meer gebaute Anwesen. Oder vielmehr wie die schwimmenden Festungen, die sie auch waren.

»Alber?« Das war wieder *tau-Kortagor* Garet. Einer von mehreren Männern an Bord, die ihn seit seinen schonungslosen Bemühungen im Antriebsraum mit entschieden größerer Freundlichkeit behandelten. »Ihr geht hier von Bord, Alber. Die *Teynaur* muss ins Trockendock zur Reparatur nach …«

»Nach allem, was passiert ist?«

»Ja.« Die Miene in Garets Helm mochte durchaus ein Grinsen sein. »Man redet über Euch.«

»Ich kann nicht behaupten, dass mich das überrascht. Was sagt man?«

»Wollt Ihr die höfliche Version hören oder die Wahrheit?«

Diesmal grinste Aldric, obwohl sein Grinsen ein wenig gezwungen und unbehaglich wirkte. »Wenn es sich so verhält, vergesst, dass ich gefragt habe. Aber …« Er zögerte im Wissen, dass er dabei war, ein zartes Band der Bekanntschaft – nicht einmal der Freundschaft – zu strapazieren, das vermutlich nicht einmal existierte. »Wo sind wir? Und wer hat mich hergebracht?«

Die Frage schien Garet unangenehm zu sein. Zumindest drehte er den Kopf weg, als faszinierten ihn Ereignisse am entfernten Ende des Hafens, die gar nicht stattfanden, und Aldric konnte sein Gesicht nicht mehr erkennen. »Die erste

Frage darf ich nicht beantworten«, sagte Garet, ohne ihn anzusehen, »und auf die zweite darf ich bei meinem Rang« – er zeigte mit dem Finger vielsagend auf den einzelnen Streifen auf seinem Kragen – »die Antwort nicht kennen.«

Aldric zuckte die Achseln. Mit so einer Antwort hatte er rechnen müssen, auch wenn sie hätte unhöflicher formuliert sein können. Aber eine Verschwendung von Zeit und Atemluft waren Frage und Antwort dennoch. Er nickte dem Offizierskadetten noch einmal zu, straffte die Schultern und ging – nicht langsam, aber auch nicht besonders schnell – zu einer Bordleiter, wo die Besatzung des Beiboots des Rammschiffs bereits wartete, um ihn an Land zu bringen. An Land!

Herrgott! Jenseits der Kais und Verladekräne, die in jedem Hafen, sei er militärischer oder ziviler Natur, ein gewöhnlicher Anblick waren, stand ein riesiges Bauwerk, das nicht das Geringste mit Kais oder Lagerhäusern zu tun hatte. Es war eine Befestigungsanlage, ummauert und grimmig, mit Tor und Katapulttürmen, und in ihren Höfen wimmelte es von berittenen und unberittenen Soldaten, die zielstrebig und eifrig hierhin und dorthin gingen. Selbst für jemanden, der an solche Dinge gewöhnt war, hatte der Anblick etwas Beunruhigendes.

Die *Teynaur* war mit drei Tagen Verspätung in den Hafen eingelaufen. Heute war der erste Tag des zehnten Monats und der erste Wintertag, und der Abendhimmel war so grau wie Holzrauch. Trotz der vielen Laternen an den gewaltigen Festungsmauern wirkte die hingeduckte Feste hässlich und unheilvoll unter jener düsteren Wolkendecke. Ihre spitzen Geschütztürme hoben sich überdeutlich vom finsteren Himmel ab und ihre Banner – unkenntlich in der Dämmerung – flatterten schlaff an ihren Stangen. Der Ort hatte nichts Elegantes, überhaupt nichts. Nicht einmal die strenge Grazie, die manchmal aus purer Funktionalität erwächst. Dieses

Bauwerk sah nach nicht mehr aus als dem, was es war: eine Festung – und ein Gefängnis.

Aldric starrte über den Bug des Beiboots und versuchte, sich von wirklichen und eingebildeten Schrecken nicht übermannen zu lassen. Die Macht hier war erschreckend und er konnte sich nicht vorstellen, wer ihn so unbedingt haben wollte, dass ein vollständig bemanntes Rammschiff ausgesandt werden konnte, um ihn zu holen. Er ging davon aus, dass er es in Kürze herausfinden würde.

»*Hlens'l?*« Einer der Marinesoldaten tippte ihm auf die Schulter und bot ihm eine übliche Feldflasche an, die alle kaiserlichen Soldaten als Teil ihrer Ausrüstung bei sich trugen. Wenn es etwas gab, das Aldric in einem Augenblick wie diesem niemals abgelehnt hätte, dann war es etwas zu trinken – auch nicht den berüchtigten harten, sauren Rotwein des normalen Armeeproviants. Aber zumindest war er kühl in seinem trockenen Mund und warm in seinem Kopf und Bauch. Grund genug, ihn auch herunterzuschlucken. Er trank noch ein wenig mehr, unterdrückte ein widerlich saures Rülpsen – er hatte nichts als den Wein im Magen, und der beschwerte sich über die Leere wie auch den Wein – und gab dann die Flasche zurück, während er sich tiefer in das Wolfsfell-*Coyac* kuschelte, das ihm jemand zurückgegeben hatte. Zwar wurde ihm dadurch nicht wärmer, aber es ließ ihn zumindest für einen Augenblick an etwas anderes als sein unmittelbares Schicksal denken.

Welche Phase hatte der Mond gerade?

Dann prallte das Beiboot gegen einen hölzernen Landungssteg und er wäre beinah von dem umgedrehten Fass gefallen, das ihm als Sitz diente. Die Marinesoldaten lachten, aber nicht unfreundlich, und tauschten Bemerkungen über Alber und deren Verhältnis zum Armeewein aus, die Aldric lieber überhörte. Er hatte in seinem Leben schon genug Alkohol getrunken, um die *Teynaur* darauf schwimmen zu lassen, aber nie zuvor derart minderwertiges Zeug probiert.

Zwei Soldaten – reguläre Truppen in roter Rüstung und Helmen mit Vollvisier, keine Marinesoldaten – kamen polternd die Stufen des Landungsstegs herunter und hoben Aldric hoch wie einen Sack Mehl, worüber er nicht sonderlich erfreut war. Kaum hatten seine Füße die unterste Stufe berührt, mit Seegras bedecktes, schleimiges Holz, trotz alledem festes Land, riss er sich los. »Vielen Dank, die Herren«, sagte er, »aber ich kann durchaus allein gehen.« Zur Abwechslung gelang es ihm einmal, den richtigen Tonfall verletzter Würde anstatt bedrohlicher Grobheit anzuschlagen, aber das war nicht der Grund, warum die Soldaten lachten – ein hohles, metallisches Geräusch innerhalb ihrer geschlossenen Helme.

Sie lachten, wie Aldric herausfand, weil Beine, die einerseits müde waren und sich andererseits an die schaukelnden Bewegungen eines Schiffsdecks gewöhnt hatten, die Unbeweglichkeit festen Bodens keineswegs als sicheren Standort empfanden.

Aber er schaffte es. So eben.

Die ersten beiden Soldaten flankierten ihn, vermutlich für den Fall, dass er dennoch stürzte, aber mehrere weitere, die oben auf dem Landungssteg geblieben waren, bildeten eine Vor- und eine Nachhut und marschierten in einem beunruhigenden Tempo los. Die *Teynaur* hatte Verspätung, also hatte er Verspätung, also war sein Erscheinen sofort geboten. Das kaiserliche *Sofort* ließ keinen Raum für Ausflüchte oder weitere Verzögerungen.

Ihr Bestimmungsort war eines der größten Gebäude innerhalb des Festungskomplexes und als sie sich seiner Tür am Ende einer breiten Steintreppe näherten, stießen die Wachposten auf beiden Seiten die Tür auf, so dass die kleine Gruppe sie passieren konnte, ohne ihren Schritt auch nur verlangsamen zu müssen. Der dumpfe Knall, mit dem sie hinter ihnen zuschlug, klang unangenehm endgültig, doch Aldric bekam keine Zeit zum Nachdenken und wenig genug, um sich umzusehen.

Dieser Ort mochte sein Leben irgendwann in der Vergangenheit als Palast oder Anwesen begonnen haben – vor seiner Übernahme durch das Militär – und er blieb ein Bauwerk, wo die Hochgeborenen des Reichs nicht fehl am Platz wären. Doch an diesem Abend waren keine Aristokraten in den schön getäfelten Korridoren: nur Soldaten, manche in Halbrüstung, aber die meisten in Tunika und beide Hände voller Papiere. Auch wenn einmal kurz keine dahineilenden Gestalten im Gang zu sehen waren, herrschte eine Atmosphäre hektischer Aktivität vor, eine Spannung, bei der es einen förmlich kribbelte.

Die Stiefeltritte von Aldrics Eskorte hallten durch einen gewölbten Flur. Es ging zügig hindurch, und er wurde weder geschoben noch gedrängt, sondern war einfach so eng von den Soldaten umgeben, dass er entweder aus eigenem Antrieb marschieren musste oder die Nachhut ihm ständig in die Fersen trat. Sie bogen um einen weitere Ecke, betraten einen kurzen, gut beleuchteten Korridor, der nur eine Tür am Ende aufwies, und blieben dann wie angewurzelt stehen, denn dieser Gang wurde von Soldaten gesäumt.

Diese Soldaten waren große Männer in voller Kampfrüstung und ihre Gesichter waren hinter dem geschlossenen Visier ihrer Helme verborgen. Sechs standen mit rasiermesserscharfen, zur Decke weisenden Hellebarden vor der Doppeltür am Ende. Doch als zwei von Aldrics Begleitern weiter vorrückten, traten alle sechs Türwachen einen einzigen gut geübten Schritt vor – einen derart präzisen und simultanen Schritt, dass Aldric fast damit rechnete, das Surren einer Maschinerie zu hören – und richteten ihre Speere auf die beiden, drei auf jede Brust. Sie hatten etwas Kaltes, Automatenhaftes an sich, etwas, wobei einen fröstelte. Vermutlich hatten diese Männer ihre Befehle und wenn diese Befehle auch das Töten von Waffengefährten umfassten, würden sie dies prompt und ohne Gewissensbisse tun. Erst, als der ranghöchste Soldat der Eskorte ein Passwort nannte, zogen die Soldaten ihre Waffen zurück, und als habe das Wort eine neue Reihe von Befehlsabfolgen ausgelöst, traten vier der Wachen beiseite, während die anderen beiden sich mit ihrem ganzen Gewicht gegen die schweren, bronzeverkleideten Türen stemmten, um sie zu öffnen.

Der Raum hinter der Schwelle war lang, niedrig und breit. An den Wänden brannten Lampen in Haltern, deren Flammen sich in dem polierten Tisch in der Mitte des Raums, in den Kristallpokalen darauf – und in den mit Gold verzierten roten Rüstungen der zwanzig Reichsoffiziere widerspiegelten, die an den Seiten des Tisches saßen und sich wie einer umdrehten, um den Eindringling auf ihrer Schwelle anzustarren.

Eskorte oder nicht, Aldric blieb wie angewurzelt stehen. Hinter ihm klirrten Rüstungen, als die Soldaten zackig salutierten, und erst danach versetzte jemand dem Alber einen dringend benötigten Stoß zwischen die Schulterblätter, so dass er in den Konferenzraum stolperte.

Schließlich hielt er inne, richtete sich ein wenig auf und beäugte die Offiziere unsicher – während ihn neunzehn Zwanzigstel von ihnen mit unverhohlener Neugier betrachteten –, empfand aber gleichzeitig so etwas wie erste Erleichterung. Hier war echte Macht versammelt, die Macht, die er hinter allem zu finden geglaubt hatte – die der kaiserlichen Kriegsmaschinerie. O ja. Aldric kannte die gelben

Metallstreifen und doppelten Karos der Rangabzeichen von Generälen, wenn er welche sah, und er hatte gleich mehrere direkt vor Augen. Aber er kannte auch das Kaiserwappen des achtzackigen Sterns und das war in kostbarem Metall in den Schläfenschutz der Helme eingearbeitet, die auf dem Tisch zwischen den Weinpokalen lagen. Kaiser Ioens Anhänger hegten keinen Groll gegen König Rynerts Männer – das hatte man ihm versichert und es war einer der Gründe, die ihn vor scheinbar sehr langer Zeit hierher ins Reich geführt hatten. Ohne einen Gedanken daran zu verschwenden, wer ihn hören konnte, ließ Aldric seinen angehaltenen Atem in einem lauten Seufzer entweichen. Was er auch von diesen granitgesichtigen Herren zu hören bekommen mochte, es konnte unmöglich so schlimm sein, wie er es sich in seiner Phantasie ausgemalt hatte.

Insbesondere ein Offizier fiel ihm ins Auge. Der Mann saß am Kopfende des Tisches, musterte ihn schweigend und steten Blickes und seine einzige Bewegung war das langsame Klopfen eines Zeigefingers auf der Tischplatte. Seine Rangabzeichen waren von einer Art, von der Aldric bisher nur gehört, die er aber noch nie gesehen hatte: die Doppelstreifen des Offiziersrangs und darüber eine Pyramide aus drei Karos. All das in einem Gold, das weich und rein genug war, um es mit einem Fingernagel ankratzen zu können. Dies war der höchste aller drusalischen Militärränge, bevor sie von den politischen Ämtern abgelöst wurden: *en-Coerhanalth*, Fürstgeneral. Aber welcher? Mit einer flüchtigen Geste seiner Hand entließ der Offizier Aldrics Eskorte – alle außer zwei, die näher traten und den Alber an Bizeps und Handgelenken packten –, bevor er sich erhob und durch den Saal schritt, um seinen Gefangenen aus der Nähe zu betrachten.

Er war ein untersetzter Mann, dieser General – von Aldrics Größe, aber breit in den Schultern, die durch seine Rüstung noch breiter wurden. Sein grauer Bart und seine sich lichtenden eisengrauen Haare waren zwar die eines Mannes mittleren Alters, aber in den blassen Augen, die unter buschigen Augenbrauen funkelten, lag keine Altersmattheit. Jene Augen durchbohrten Aldric, als sondierten sie, wie Ymareth, die innersten Kammern seines Geistes. Mit dem Unterschied, dass diesem Offizier offensichtlicher zu missfallen schien, was er dort sah.

Aldric schluckte und weigerte sich, dem durchdringenden Blick zu begegnen. Auch ohne die Wachen, die anderen Offiziere, die Rüstung und die Rangabzeichen hatte dieser Mann eine eigene abschreckende Ausstrahlung. Eine Hand mit stumpfen Fingern schloss sich um Aldrics Kinn und hob es hoch, nachdem Aldric instinktiv den Kopf gesenkt hatte. Ein Finger der anderen Hand tippte – wie er es auf dem Tisch getan hatte – gegen den schweren Silberhalsring von Aldrics Wappenkragen, und der General grunzte leise in sich hinein, als sei er zufrieden. Derselbe Finger berührte zart die Narbe in Aldrics Gesicht und diesmal klang das Grunzen missvergnügt, weil die Wunde offensichtlich so frisch war. Einen Augenblick später wandte der General sich ab. »Lasst ihn los«, sagte er über die Schulter und Aldric spürte einen Muskel in seinem Gesicht zucken. Denn der Befehl wurde in seiner eigenen Sprache geäußert.

Während er sich die Arme mehr deswegen massierte, um etwas zu tun zu haben, und nicht, weil sie schmerzten – obwohl die Soldaten fest genug zugepackt hatten, um den Blutfluss zu unterbrechen, so dass es in seinen Fingern kribbelte, als er wieder einsetzte –, beobachtete Aldric sämtliche Offiziere aufmerksam unter den gesenkten Lidern hervor. Und am meisten den General, der Albisch sprach.

»Mein Fürst«, sagte er, während er sich innerlich krümmte, weil seine Stimme in der Stille so laut klang, »ich danke Euch.« Er verbeugte sich ein wenig, wie es als höflich erachtet wurde. Dann sah er den General direkt an, was nicht im Geringsten als höflich galt, und versuchte nicht daran zu denken, dass sein Blick möglicherweise als Unverschämtheit empfunden und man entsprechend reagieren würde. »Aber ich würde Euch noch mehr danken, wenn ich wüsste, was eigentlich los ist, verdammt!«

Neunzehn hochrangige Offiziere knurrten unwillig – was nahelegte, dass jedem Einzelnen das Umgangsalbisch vertraut war –, aber der zwanzigste neigte lediglich den Kopf. »Talvalin«, sagte er. Die Feststellung wurde nicht einmal durch das Zucken eines Augenlids bestätigt oder verneint, aber er nickte wiederum, da er zufrieden zu sein schien. »Aldric Talvalin. Ja. Eure Akte hat darauf schließen lassen, dass Ihr so reagieren könntet.« Aldric entging die implizite Botschaft nicht, die mit der Raffinesse einer Streitaxt überbracht wurde: *Wir wissen alles über dich, Bursche*. »Und ich«, die bärtigen Lippen erlaubten sich ein dünnes Lächeln, »bin Fürstgeneral Goth.«

Endlich. *Endlich!*

Aldric tat das Vernünftigste und tatsächlich auch das Passendste, was er unter den gegebenen Umständen tun konnte – er kniete nieder und erwies Goth die vollendete Höflichkeit des Zweiten Gehorsams, der ihm als ranghöchstem Offizier und damit technisch gesehen als Herr dieses Orts zustand. Außerdem verschaffte ihm das Gelegenheit, seine verräterischen Gesichtsmuskeln unter Kontrolle zu bringen, so dass er sich, als er sich wieder aufrichtete, hinter einer kühlen, unergründlichen Maske eines angedeuteten Lächelns verbergen konnte.

Goth deutete ebenfalls ein Lächeln an. »In meinem Volk gibt es eine Redensart, Aldric Talvalin. Es bezieht sich auf Euer Volk: ›Hüte dich vor dem Alber, wenn er sich verbeugt, um sein Gesicht zu verbergen.‹ Sollte ich mich vielleicht vor Euch hüten?«

Aldric zuckte die Achseln. Er bezweifelte es. Bezweifelte in der Tat, dass es viel gab, wovor dieser Mann sich hüten musste. Fürstgeneral Goth war der drittmächtigste Mann in der Hierarchie des Drusalischen Reichs und dessen höchster Militärführer – denn trotz seines martialischen Titels war das Amt des Kriegsgroßfürsten mehr politisch als militärisch. Die jüngsten Ereignisse hatten das nur allzu klar gemacht. Außerdem war er, was vermutlich noch wichtiger war, praktisch ein Vater für den jungen Kaiser Ioen. Wie Gemmel es für Aldric war, aber bereits viel länger. Er war ein Mann von Ehre, wenngleich von drusalischer Ehre und als solcher flexibler, als die meisten albischen *Kailinin* es geduldet hätten. Im Zuge dessen, was er für das Wohl des Reichs als nötig erachtete, war es für Goth erforderlich gewesen, seine viel gerühmte Ehre fast bis zur Unkenntlichkeit zu verbiegen.

»Dann nehmt Platz, Aldric-*an*«, lud der General ihn ein. »Anständig.« Eigentlich war es überhaupt keine Einladung und Aldric tat, wie ihm geheißen. »Zunächst«, fuhr Goth fort, nachdem der Alber sich gesetzt hatte, »bitte ich um Verzeihung dafür, wie wir Euch hierher gebracht haben.«

Da er seine Bitte um Entschuldigung in einem Befehlston vorbrachte, erschien es unwahrscheinlich, dass es sich bloß um einen sprachlichen Ausrutscher handelte. Ein solches Versehen unterlief Goth lediglich um des Effekts willen. Also nickte Aldric, lächelte und vollführte all die höflichen, wortlosen kleinen Gesten eines Mannes, der großzügig eine unbedeutende Unannehmlichkeit abtat.

Und keine schreckliche Erfahrung – er gab dies ohne Zögern zu, wenn auch nur vor sich selbst –, in deren Verlauf immer noch nicht viel zu seiner Beruhigung geschehen war.

»Nun zu dem Grund für all das.« Goth lehnte sich zurück und bereitete sich offensichtlich auf eine längere Ausführung vor. Aldric hatte eine derart ausdrucksvolle Körpersprache schon viel zu oft gesehen, denn sowohl Gemmel als auch Dewan waren große Prediger, wenn sie die entsprechende Stimmung überkam. »Natürlich muss Euch klar sein, dass Ihr Euch auf einem Gebiet befunden habt, das wir hier als umstritten betrachten – die meisten Seehäfen müssen zwangsläufig …«

Mit einem festgemeißelten Ausdruck höflichen Interesses im Gesicht ließ Aldric fünf Minuten voller Spekulationen und politischer Theorien über sich ergehen. Entweder hatte er alles schon gehört oder sich auch schon beim ersten Mal nicht dafür interessiert. Dann sagte Goth etwas, das ihn wieder in einen Zustand höchster Aufmerksamkeit zurückriss.

»… und mehr als nur meine Männer wussten von Eurer Anwesenheit dort.«

Etwas von Aldrics Empfindungen musste sich trotz seiner Bemühungen, sich hinter eine Maske der Neutralität zu verbergen, auf seinem Gesicht widergespiegelt haben, denn Goth beugte sich vor und wackelte missbilligend mit einem Finger – eine schulmeisterliche Geste, die in völligem Einklang mit seinem Tonfall stand.

»Nun kommt schon, Ihr könnt nicht wirklich geglaubt haben, die Vorgänge in Seghar wären unbemerkt geblieben, oder?« Er sah ihn genauer an und schob dabei seinen Kinnbart streitlustig vor. »Oder etwa doch?«

Aldric schwieg.

»Nun ja …?« Goth schien eher eine privater Ansicht zu äußern, das war der Art zu entnehmen, wie er die beiden Worte ausstieß, aber er ging nicht weiter darauf ein, sondern hob vielmehr eine Schulter in der Andeutung eines

Achselzuckens. »Das spielt jetzt keine Rolle mehr. Wenn man jedoch die Situation bedenkt – und Eure offenkundige Einstellung –, hättet Ihr wohl kaum für eine freundliche Unterhaltung innegehalten, wenn Euch Soldaten in Rüstung wie diejenigen angesprochen hätten, die Euch hergebracht haben. Außerdem wäre dadurch viel zu offensichtlich gewesen, dass ich die Hand im Spiel hatte. Wie ich schon sagte, in Tuenafen gab es mehr Augen als meine. Also war ich gezwungen, zu – sagen wir, zu anderen Mitteln zu greifen. Trotz einiger Widerstände.«

Wie aufs Stichwort erhob sich einer der anderen Offiziere, salutierte oberflächlich und fing an, seinen Vorgesetzten höflich anzuschreien – falls so etwas nicht bereits ein Widerspruch in sich war, aber Aldric wollte kein anderes Wort einfallen. Jedenfalls war es ein erheblicher Unterschied zu den gedämpften Stimmen in König Rynerts Kriegsrat vor dem Dunrath-Feldzug.

Ein weiterer Mann erhob sich, nickte seinen Gleichrangigen zu, salutierte vor seinen Vorgesetzten und schloss sich der Diskussion an – falls Diskussion tatsächlich das passende Wort dafür war und Aldric war sich dessen immer noch nicht sicher. Dieser Mann sprach wesentlich lauter und wesentlich weniger höflich, so dass das Tappen von Goths Finger wieder begann. Beide Sprecher verwendeten einen Dialekt, wie Geruath von Seghar es vor so vielen Monaten getan hatte – und zwar aus demselben Grund: damit der anwesende Ausländer sie nicht verstehen konnte.

Und das konnte er in der Tat nicht. Aldric war neugierig, woher sie das wussten. Und auch bestrebt, das gute Dutzend anderer Dinge herauszufinden, die ihn im Moment verwirrten.

»Meine Herren«, sagte Goth schließlich und sein Tonfall setzte der Diskussion ein Ende, »meine Herren, wir haben abgestimmt, als der Plan vorlag.« Er sprach Drusalisch und obwohl der schleppende Akzent, der ein Markenzeichen des Militärs zu sein schien, das Verständnis erschwerte, waren seine Worte für Aldric deutlich genug. Allzu deutlich.

Plan?, schrie eine Stimme in seinem Kopf. *Niemand hat mir von einem Plan erzählt!*

Der erste Offizier sprang mit finsterer Miene auf und bellte ein paar Worte, der eine empörte Geste in Aldrics Richtung folgte.

»Man hat uns zu gar nichts *gezwungen*«, erwiderte Goth. »Der Entschluss wurde vom gesamten Rat gefällt. Und, ja, Hasolt, ich erinnere mich an Eure damaligen Ansichten. Wollt Ihr Eure Einwände offiziell machen – sie zu Protokoll geben?«

»*Kham-au tah, Coerhanalth Goth!*« Der Offizier sah sich am Tisch um, schoss einen weiteren unfreundlichen Blick auf Aldric ab und zählte Punkte an den Fingern ab. »*Ka telej-hu, sho'ta en kailin tach; cho-hui k'lech je-schach hlakh t'aiyyo? Teiij h'labech da?*«

Diesmal sprach der Offizier namens Hasolt Drusalisch, entweder in der Hitze der Debatte oder weil ihm inzwischen gleichgültig war, wer ihn verstand. Aber auch andernfalls hätte Aldric aus seinen Worten und Gesten die Bedeutung erschließen können. Und seine Beschwerde war eine, die der Alber – beinahe – nachvollziehen konnte. Eigentlich hatte er einen Kriegsfürsten erwartet, einen *Kailin*, und das Licht des Himmels allein wusste, welches Bild Hasolt sich im Geiste von Aldric gemacht hatte. Was er stattdessen bekam, war ein außerordentlich schmuddliger *Eijo*. Ein Mann, der, wie er sagte, ebenso gut ein *H'labech* sein mochte. Ein Spion. Und das sollte er auch noch akzeptieren!

»Hasolt.« Goths Stimme war jetzt schärfer und der Offizier verstummte. »Das reicht jetzt. Wenn Ihr in diesem

Stil fortfahren wollt, habt wenigstens die Höflichkeit, so zu reden, dass unser *Gast* Euch verstehen kann. Er könnte dann nämlich durchaus den Wunsch verspüren, Euch zu fordern.«

Hasolt leckte sich die Lippen, dann verbeugte er sich knapp und setzte sich. Er wusste genau, dass er im Unrecht war, aber gleichzeitig versuchte er auch, etwas Gesicht zu wahren, indem er sich mit einer Aura respektvollen Trotzes umgab. Eines war gewiss: Er wollte nicht von einem *Eijin* gefordert werden. Was Drusaler über die landlosen Krieger wussten, war barbarisch und melodramatisch. Als wären es künstliche Charaktere aus einem billigen Theaterstück und keine an die Ehre gebundenen, freiwillig ins Exil gegangenen Männer, was sie in Wahrheit waren. Selten heroisch, oft schurkisch, immer tödlich. Der perfekte Antiheld. Nicht alles davon entsprach den Tatsachen.

Aber es war auch nicht alles Fiktion.

Aldric argwöhnte, dass Goth mehr über seinen Gast wusste, als er seinen Mitstreitern anvertraut hatte. Er wollte – musste – wissen, wie viel mehr. Und er musste wissen, woher der General seine Informationen bezogen hatte. Und es gab noch eine andere Frage, die er stellen musste, unhöflich oder nicht, scheinbar feige oder nicht.

»*Coerhanalth* Goth-*eir*?« Der Drusaler schaute in seine Richtung, die Augenbrauen fragend gehoben. »Herr Fürstgeneral, was für ein Plan ist das?«

»Ah. Also hat Rynert Euch doch nichts davon erzählt? Das war äußerst nachlässig von ihm.«

Die Antwort sandte einen beklommenen Schauder über Aldrics Rückgrat und er spürte, wie sein Mund trocken wurde, als die Furcht zurückflutete, die er so gut unterdrückt hatte. »Nichts erzählt? Was hat er mir nicht erzählt? Mir wurde aufgetragen, Fürstgeneral Goth eine ... heikle ...

Botschaft an einem Ort seiner Wahl zu überbringen. Mehr nicht.«

»Tatsächlich.« Goth legte die Fingerspitzen zusammen und starrte sie in einer Geste an, die sehr an Rynert erinnerte. »Nun denn.« Er schien irgendeine Entscheidung zu treffen und schaute an Aldric vorbei zur Eskorte, die ihn vom Hafen hergebracht hatte. »Gebt ihm sein schwarzes Messer zurück«, sagte er zum Anführer der Eskorte, »und tretet dann ab!«

Aldric sah das *Tsepan* an, das behutsam – der Soldat war entweder vor einer Respektlosigkeit gewarnt worden oder hatte es ohnehin gewusst – vor ihm auf den Tisch gelegt wurde, und hörte das Klappern, als die gerüsteten Soldaten wegtraten, ohne es wirklich wahrzunehmen. Sein *Tsepan*. Der Hüter seiner Ehre. Ein Klinge, deren Narben seine linke Hand überzogen, Narben, die er bis ins Feuer tragen würde. Er nahm die Waffe sanft auf, fast nur mit Finger und Daumen, und spürte ihren schwarzen Lack kühl und tröstlich auf seiner verschwitzten Haut, als er sie durch den Gürtel schob, der seine geborgte Hemdtunika schloss. »General«, sagte er und sprach jetzt ebenfalls Drusalisch, um seine Ehrlichkeit zu zeigen. »Ich danke Euch wiederum. Für die Rückgabe meines …« Das richtige Wort fiel ihm nicht ein. »… meiner Selbstachtung. Aber – was für ein Plan?«

»Wurden nicht gewisse Gefälligkeiten erwähnt, die Ihr mir vielleicht erweisen könntet – Ihr und Euer Schwert?«

»Ich kann mich …« Aldric setzte zu einer Ausrede an und brach ab. Rynerts Worte lagen Monate in der Vergangenheit, aber er hatte ein unbehagliches Gefühl, dass der König in der Tat etwas Derartiges gesagt hatte. Was war es noch gleich? »Wenn es irgendeinen Gefallen gibt, den Ihr – und Isileth – mir erweisen könnt, um unsere Freundschaft zu fördern, erwarte ich, dass Ihr nicht zögert.« Nur eine höfliche Phrase, um zur Zusammenarbeit mit stillschweigenden Verbündeten aufzufordern. Jedenfalls hatte es seinerzeit so den Anschein gehabt. Jetzt war er nicht mehr so sicher. »Angenommen, Ihr hört die Botschaft?«, fragte er sich schließlich hoffnungsvoll. Diese Botschaft war durch Zauberei in seinem Gedächtnis verankert worden und nur diejenigen, für die sie bestimmt war, wussten, wie sie sich Zugang zu ihr verschaffen konnten. Was bedeutete, sie *musste* wichtig sein. Rynert hatte gesagt, schon der Rang seines Boten mache sie wichtig, und Aldric wollte etwas Entsprechendes sagen, als eine hohle metallische Stimme sich direkt hinter seinem Kopf zu Wort meldete – und dort durfte sich niemand ohne sein Wissen aufhalten.

»Sagt es ihm, Goth – dann können wir vielleicht fortfahren.«

Vermutlich war es unmöglich, sich so schnell aus einem tiefen und gut gepolsterten Sessel zu erheben, wie Aldric es tat, aber wenn er so erschrocken war wie in diesen letzten paar Sekunden, interessierten ihn Unmöglichkeiten nicht mehr.

Der Mann, der für sein Wohlbefinden viel zu nah hinter ihm stand, war fast sechs Fuß groß, und obwohl schlank gebaut, war er dennoch nicht so unscheinbar, dass eine so nervöse Person wie Aldric Talvalin seine Gegenwart nicht zumindest geargwöhnt hätte. Und trotzdem stand er jetzt mit lässig vor der Brust verschränkten Armen und stolz auf die Tatsache da, dass er unbemerkt hatte hereinkommen können. Ernst und elegant in Rot und Silber unter dem Drachenblut-Umhang des Kaiserlichen Militärs. Er hatte die Kapuze halb über den Kopf gezogen, aber es war der Teil, den die Kapuze nicht bedeckte, der Aldrics Puls in die Höhe trieb.

Denn es war eine Maske aus spiegelblank poliertem Stahl.

In dieser hochgewachsenen, stummen Gestalt waren

viele, zu viele Bilder seiner Erinnerungen an cu Ruruc und den Dämon Esel eingegraben. Genug und mehr als genug, um sein wiedererlangtes *Tsepan* aus der Scheide zu reißen. Der Selbstmorddolch war zwar keine Waffe für den Kampf, aber er hatte schon einmal getötet – nämlich den ehemaligen Großkönig Geruath von Seghar durch die Hände seines eigenen Sohns. Und so oder so war der Dolch alles, was er hatte. Sein eigenes verzerrtes, verkleinertes Spiegelbild starrte ihn aus der Maske an. Nichts anderes ließ sich dem ausdruckslosen Antlitz entnehmen: keine Drohung, kein Zorn, keine Belustigung. Nichts.

»Aldric!«, sagte Goth schneidend. »Aldric, es ist schon gut. Dieser Mann ist ein Freund.« Gespannte Sekunden verstrichen, bevor der jüngere Mann sich so weit entspannt hatte, dass er seine Angriffshaltung aufgab, allerdings nur, um steifbeinig vor einem reglosen möglichen Gegner zurückzuweichen. Und erst, als er genügend Raum zwischen sich und die Gestalt gebracht hatte, riskierte er einen Seitenblick auf Gloth.

»Wenn er ein Freund ist, soll er sein Gesicht zeigen.«

Der maskierte Kopf ging lediglich hin und her, nur ein einziges Mal von rechts nach links, wortlos, aber unmissverständlich. Nein.

»Er würde es nicht auf Euren Befehl tun, Aldric-*an*«, sagte der General. »Oder auf meinen. Dies ist Bruda. Prokrator Bruda, der andere Mann, den zu treffen Euch Euer König aufgetragen hat. *En Hauthanalth Kagh' Ernvakh.*« Aldric starrte ihn verständnislos an, bis der General näher erläuterte: »Nennt ihn Befehlshaber der Hüter der Ehre.« Alle sahen, wie der Blick des Albers von der funkelnden Maske zur funkelnden Klinge seines *Tsepan* huschte. »Oder nennt ihn Herrn der Ehrengarde. Er ist der oberste Befehlshaber der Geheimpolizei des Reichs.«

Aldric schob das *Tsepan* vielleicht eine Fingerlänge tiefer und hielt inne, während er nachdenklich von der schlanken Klinge zu Brudas kaltem Stahlgesicht schaute. Dann zuckte er die Achseln und ließ die Waffe ganz in der Scheide verschwinden. »Geheimpolizei.« In der Art und Weise, wie er das Wort höhnisch hervorspie, lag eine ganze Welt unausgesprochener Beleidigungen. »So ist das also. Jetzt verstehe ich allmählich.«

»Vielleicht.« Bruda löste die Arme. Von der offenen Zurschaustellung von Feindseligkeit schien er wenig beeindruckt zu sein. »Und vielleicht glaubt Ihr es auch nur.« Er schnippte mit dem Finger und zeigte dann in einer einzigen umfassenden Bewegung auf die Offiziere, die am Tisch saßen, und ließ die Bewegung mit einem Rucken der Handfläche über die Schulter in Richtung Tür enden. »Kraft meines Amtes«, sagte er, »hinaus.« Und das war alles.

Zu Aldrics gelinder Überraschung folgten sie seinem Befehl sofort, ohne zu fragen – und ohne ein Wort des Protests gegen die anmaßende Art des Prokrators. Allein das verriet ihm das eine oder andere über die Macht der Geheimpolizei. Doch als er den Kopf wandte, um ihren Abzug zu beobachten, bemerkte er zum ersten Mal drei Männer, die stumm im Schatten der Tür standen. Männer, die ihrem Aussehen nach nichts mit der Militärkonferenz, aber alles mit Bruda zu tun hatten. Nur einen kannte er: Garet, der Offizierskadett, der an Bord der *Teynaur* sein Aufseher gewesen war. Die anderen hatte er noch nie zuvor gesehen.

Ein Mann trug eine Rüstung mit den Rangabzeichen eines *tau-Kortagor*, wie Garet sie trug, und neben den beiden – ebenfalls wie Garet nun, wenngleich er sie auf dem Schiff nicht getragen hatte – silberne Blitz-Insignien, die Aldric nichts sagten, nur dass Bruda sie auffällig am Kragen seines Umhangs trug. Dieser dritte Fremde war der Seltsamste von allen, denn er war eine Kopie des Prokrators selbst mit einer Maske – aus rot emailliertem Metall, in das Muster eingeritzt waren, die mehr zu sein schienen als bloße Verzierungen – und einem breitschultrigen roten Überwurf, der steif war von passenden, in Silber gewirkten Stickereien. Aldrics erster Eindruck war der einer reptilienhaften Kreatur, die nur zufällig Ähnlichkeit mit einem Mensch hatte. Und es war ein Eindruck, der sich hartnäckig hielt.

»Mein oberster Stellvertreter, *Hautheisart* Voord«, sagte Bruda mit seiner volltönenden metallischen Stimme und Voord verneigte sich mit der Eleganz eines Höflings. »Ich glaube, Ihr kennt seine Einsatztruppe bereits. *Tau'hach-Kortagorn* Tagen und Garet.«

Aldric sah die beiden Offizierskadetten ruhig an und überlegte, dass solch ein niedriger Rang bei der Geheimpolizei wahrscheinlich alles andere als niedrig war. Garets Beteuerung der Unwissenheit war nicht mehr als das gewesen. »Wir haben uns bereits kennengelernt – aber nicht gesellschaftlich. Und ohne förmliche Vorstellung.«

Ein frostiges Lächeln überlief Goths harte Züge. »Wir unterhalten uns schon eine ganze Weile. Ich denke, Erfrischungen wären angebracht. Kümmert euch darum und schafft Fürst Aldrics Ausrüstung herbei!«

»Alles?« Voords Stimme war trotz des hohlen Echos der Maske offenkundig noch sehr jugendlich – und gereizt.

»Alles. Tut es. Sofort.«

Aldric unterdrückte ein Lächeln. Er hatte vom ersten Augenblick an gespürt, dass Voord ihn wahrscheinlich nicht sehr mochte. Der Grund interessierte ihn nicht und die Tatsache würde ihm gewiss keine schlaflosen Nächte bereiten, da ziemlich offensichtlich war, dass er sich als Goths »Gast« einer etwas privilegierten Stellung erfreute. Er war bereit, diese Situation auch auszunutzen. Dann schnappte er einen vertrauten Namen aus dem Hintergrundgemurmel einer Unterhaltung auf und er wiederholte ihn laut, ohne darüber nachzudenken.

»Kathur?« Köpfe drehten sich und wenngleich er nur ein Gesicht von den dreien sehen konnte, die wichtig waren, hatten vermutlich alle drei dieselbe fragende Miene aufgesetzt. »Dann hatte ich Recht.«

»Recht womit?« Voord war der Erste, der die Frage in Worte kleidete.

»In Bezug auf die Frau, Kathur – in Tuenafen. Dass es kein Zufall war, als sie und ich …« Er hielt verlegen inne, aber die Bedeutung seiner Worte war auch so klar genug.

»*Kagh' Ernvakh* betrachtet den Zufall nur dann als nützlich«, sagte Bruda, »wenn wir ihn schaffen und beherrschen. Ansonsten verabscheue ich ihn sehr. Obwohl es den Anschein hat, als sei die fragliche Frau …«

»Über ihre Anweisungen hinausgegangen«, beendete Voord und hätte man sein Gesicht sehen können, wäre es zu einem unangenehmen, obszönen Grinsen verzogen gewesen. »Sie hatte Befehl, Kontakt mit Euch aufzunehmen und Euch im Auge zu behalten. Die Tatsache, dass sie beschlossen hat, Euch in viel mehr als nur im Auge zu behalten, sollte Quelle einiger Belustigung sein, *Hlens'l*. Für mich war es das jedenfalls.«

»Kathur würde nicht reden über …«, platzte es aus Aldric heraus.

Prompt wurde er durch einen Wink von Voords Hand zum Schweigen gebracht. Mit dieser Hand war etwas nicht in Ordnung, überhaupt nicht in Ordnung.

»Kathur würde«, sagte der *Hautheisart* mit einer hässlichen Aura wissender Autorität. »Und hat. Nach dem richtigen Ansporn. In aller bildhaften Ausführlichkeit. Sie hat

Euch ein sehr, sehr gutes Zeugnis ausgestellt – auf das Ihr stolz sein solltet.«

»Voord!« Goth hatte eigentlich keinen Grund, seinen Worten durch einen Schlag mit der flachen Hand auf den Tisch zusätzlich Nachdruck zu verleihen. Dass ein Kaiserlicher Fürstgeneral Grund hatte, die Stimme zu erheben, war Nachdruck genug. »Ich hatte bereits vorhin Grund, *Eldheisart* Hasolt vor beleidigendem Gerede zu warnen. Hört auf. Sofort!«

Voord fuhr zu dem General herum und wartete, da er sich seiner eigenen Macht und der Macht dessen, was er repräsentierte, sicher war, gerade lange genug ab, um unverschämt zu sein, aber nicht lange genug, um es offensichtlich zu machen. Erst dann salutierte er. »Natürlich, General. Sofort, General. Aber das sind lediglich Tatsachen, die mir von einem meiner Agenten mitgeteilt wurden. General …«

»Ob dies lediglich Fakten oder Eure eigenen Ansichten sind, *Kommandant* Voord, seid bitte so gut und beherrscht Euch. Denn unabhängig vom Zweig, in dem Ihr Dienst tut, *Kommandant*, stehen drei goldene Karos für einen höheren Rang als ein silbernes, und jeder *tieferrangige* Offizier kann von einem *höherrangigen* entlassen werden. Habe ich mich klar genug ausgedrückt?«

»Überaus klar, General!« Voord hatte jetzt Haltung angenommen und schwitzte sehr wahrscheinlich unter seiner Maske. »Aber ich wollte darauf hinweisen, General, dass diese Agentin, diese *Frau* so viel von unserem Gefangenen …«

»Gast, Voord, nicht Gefangener. Gast.«

»So viel von ihm hielt, dass sie mich mit einer Waffe bedroht hat, die sowohl geladen als auch tödlich war.«

»Und hat Euch diese Drohung beunruhigt, *Hautheisart*

Voord? Hat sie Euch geängstigt?« Goths Stimme war seidenweich.

»Geängstigt? Keinen Augenblick, General!«

»Dann wart Ihr ein Narr. Wenn Ihr so mit ihr geredet habt wie mit mir, überrascht es mich, dass sie Euch nicht wenigstens gezeichnet hat, um Euch Manieren beizubringen!«

»Zum Glück für sie hat sie es nicht getan.«

Goth strich sich einen Moment den Bart und starrte Voord an, ohne sich die Mühe zu machen, seine Abneigung zu verbergen. Dann lächelte er in einem raschen Aufblitzen weißer Zähne und ohne den geringsten Humor. »Aber noch mehr zu Eurem.«

Vielleicht war es gut so, dass an dieser Stelle die Türen des Saals aufgingen und mehrere Bedienstete eintraten. Die meisten trugen Tabletts mit Speisen und Getränken, doch zwei von ihnen Bänke, auf denen Gegenstände ruhten, von denen Aldric geglaubt hatte, sie nie wiederzusehen. Seine Rüstung, in Tuenafen zurückgelassen – oder jedenfalls hatte er das gedacht. Seine Satteltaschen und sein Sattel, was die Vermutung zuließ, dass Lyard ebenfalls hergebracht worden war. Es war nicht völlig unmöglich. Dann sah er etwas, das jemand in die Gesichtsöffnung der Kriegsmaske seines Helms gesteckt hatte, als wäre es ihm nachträglich eingefallen: eine Rolle aus Papieren, mit einem Band umwickelt und mit dem Wappen – das konnte er sogar auf diese Entfernung erkennen – der kaiserlichen Flotte versiegelt. Die Papiere sahen nach einem Bericht aus. Einem Bericht, in dem der Kapitän eines Kriegsschiffs gewisse Unregelmäßigkeiten auf seiner letzten Fahrt erwähnen würde.

Voord – Voord, Voord, Voord: wo hatte er diesen Namen schon gehört? – trat vor, zog die Rolle aus der Maske und brach das Siegel mit der linken Hand. Beim Anblick dieser

Hand schauderte es Aldric. Etwas sehr Unangenehmes musste dem *Hautheisart* irgendwann zugestoßen sein, dass er so eine Klaue zurückbehalten hatte. Das machte seine wenigen eigenen Narben völlig bedeutungslos. Nachdem er die Papiere entrollt hatte, warf Voord nur einen kurzen Blick darauf und nickte, als enthielten sie lediglich das, was er erwartet hatte. Dann sah er Aldrick mit seinem ausdruckslosen maskierten Gesicht kurz an und legte die Papiere mit einer verschnörkelten Bewegung vor Goth auf den Tisch.

»Etwas Wein?« Aldric erschrak ein wenig. Die Stimme neben ihm gehörte Bruda, der sich mit einer für einen so großen Mann unheimlichen Lautlosigkeit bewegte. Anblick und Stimme dieser finsteren Gestalt, die den höflichen Gastgeber spielte – und gut spielte – riefen ihm siedendheiß wieder ins Gedächtnis zurück, wo er sich befand.

»Ich … mir wäre etwas Stärkeres lieber, vielen Dank«, erwiderte er und verfluchte seine Schreckhaftigkeit, verfluchte das daraus resultierende Gestammel und nahm zu einer etwas steifen Förmlichkeit Zuflucht. Als ihm elthanischer gemalzter Gerstengeist angeboten wurde, fragte er sich zur Abwechslung einmal nicht, wie das Getränk über die verschiedenen Stationen zwischen seiner Quelle in seine Hand gelangt war. Stattdessen setzte er das Glas an, spürte und hörte, wie dessen Rand gegen seine Zähne stieß, und ließ das flüssige Feuer durch seine Kehle rinnen, das in seinem Magen ein kleines, tröstliches Brennen hervorrief. Dann nahm er noch einen Schluck. Und noch einen dritten.

Hinter ihm ertönte ein leises metallisches Klicken, als Bruda seine Maske absetzte, bevor er sich etwas zu essen nahm. Voord tat es ihm nach und von der Tür ertönte ein drittes, endgültigeres Klicken, als Garet und sein Kamerad sie abschlossen, damit kein unbefugtes Auge einen Blick auf die Gesichter der Leiter der Geheimpolizei des Reichs werfen konnten.

Aldrics Augen hätten durchaus als unbefugt betrachtet werden können, aber eine Sondererlaubnis hatte ihm einen Platz diesseits der Tür verschafft, also nutzte er die Situation aus und sah sich die Gesichter an. Zuerst Voords, da er näher war – und ihn außerdem Aldrics Neugier höchstwahrscheinlich ärgern würde. Die Züge des *Hautheisart* waren diejenigen eines jungen Mannes, eines so jungen Mannes, dass sein hoher Rang eigentlich bemerkenswert war. Er war höchstwahrscheinlich nur ein paar Jahre älter als Aldric und wirkte dünn und hager – wenngleich dies schwierig zu bestimmen war, denn er trug Rüstung unter seinem bestickten Überwurf, die seinem Körper eine Fülle verlieh, an der es ihm ansonsten vermutlich mangelte.

Voords Haare waren fein und von einem blassen Blond, das fast farblos war. Er trug es aus der hohen, intelligenten Stirn gekämmt, wodurch er einen Hauch von Geringschätzigkeit bekam. Er erwiderte Aldrics Blick mit zusammengekniffenen hellblauen Augen und einem offenkundigen oder gut gespielten Mangel an Interesse – seine Maske hatte, wie es ihr Zweck war, eine anfängliche ungeheure Neugier in Bezug auf die Wolfsfellweste des Albers verborgen, eine Neugier, die einer widerstrebenden, ungläubigen Vertrautheit entsprang. Seine ganze Art vermittelte gekünstelte Gleichgültigkeit und nur an seinem Mund war etwas falsch: Um zu seinem lässigen Ausdruck zu passen, hätte er volllippig und dekadent sein müssen. Stattdessen war er wenig mehr als ein Riss in einem glattrasierten Alabastergesicht.

Obwohl Bruda ranghöher war, erschien er zugänglicher, eher bereit, jene kleine Anstrengung zu unternehmen, welche die Kluft zwischen bloßer Bekanntschaft und – wie oberflächlich auch immer geartetem – Wohlwollen überbrückt. Eine scheinbar geringfügige Sache, doch die Erfahrung hatte Aldric gelehrt, sie wichtig zu nehmen. Das Gesicht des Prokrators, eines Mannes Anfang vierzig, wenngleich er sich bewegte, als sei er fünfzehn Jahre jünger, war … gewöhnlich. Vollkommen gewöhnlich. Zuerst war Aldric enttäuscht. Er hatte etwas Dramatisches erwartet, einen eckigen Kiefer, hohe Wangenknochen, unverwechselbare eisige Augen. Etwas, das diesen Mann nach dem aussehen ließ, was er war.

Und dann ging ihm auf, dass Bruda für das, was er war, *perfekt* aussah. Abgesehen von seiner Größe – und auch daran war nichts Außergewöhnliches, da es viele Männer gab, die größer waren – hatte der Prokrator nichts Bemerkenswertes an sich, woran das Gedächtnis sich hätte klammern können. Seine Züge waren regelmäßig, symmetrisch. Keine Narbe, kein Makel noch irgendein anderes besonderes Kennzeichen beeinträchtigte die Glätte seiner Haut, die wiederum nicht so glatt war, dass sie deswegen bemerkenswert gewesen wäre. Nicht einmal der geschwungene Schnurrbart hatte etwas zu bedeuten, denn Schnurrbärte konnten abrasiert werden – oder falsch sein. Zwar hatte Bruda die erforderlichen Augen, Nase und Mund – die ihrerseits weder zu groß noch zu klein noch unregelmäßig geformt waren –, aber in praktischer Hinsicht hatte er kein Gesicht.

Aldric trank einen weiteren Schluck Gerstengeist, wobei ihm vollkommen bewusst war, als er sein nachgefülltes Glas hob, dass er außer dem hier und dem zuvor getrunkene Rotwein nichts sonst im Magen hatte. Er war sich gleichermaßen bewusst, wie rasch ihn das … entspannen würde. Und die Aussicht beunruhigte ihn nicht im Geringsten. Inzwischen konnte nichts mehr die Lage verbessern, und wenn er sich nicht mit den Waffen auf die drei Offiziere stürzte, konnte sie wohl auch nichts mehr verschlimmern. Dieses Gerede von Gastfreundschaft konnte ihn nicht täuschen. Er erkannte einen in Honig getauchten Köder vor einer Falle, wenn er ihn schmeckte. Der albische *Eijo* – denn das wollten sie und das würde er sein – setzte zu einem Grinsen an, das sich auf eine Hälfte seines Gesichts beschränkte. Es zu vollenden gab er sich nicht die Mühe. Stattdessen leerte er sein Glas.

Kühner gemacht durch den Alkohol, der bereits in seinem Blut kreiste, betrachtete er die abgelegten Masken: jene Metallschirme, welche die öffentlichen Gesichter *Kagh' Ernvakh*s darstellten. Dann nahm er die nächste – Brudas – für eine eingehendere Betrachtung in die Hand, sah von seinem Spiegelbild darin auf und begegnete dem neugierigen Blick des Prokrators. »Warum?«, fragte er lediglich.

»Die Masken? Seht selbst. Status und Rangabzeichen. Geheimhaltung und Mittel, mein Gesicht zu verbergen.« Selbst Brudas Stimme – und er redete jetzt Albisch – hatte keinen Akzent. Überhaupt keinen. Weder den unterschwelligen gutturalen Tonfall und das Zischen eines Menschen, dessen Muttersprache Drusalisch war, noch das näselnde Schnurren des Jouvainischen. Nicht einmal irgendeine von Albas eigenen regionalen Färbungen. Die Worte kamen heraus und wurden verstanden, aber ihr Ursprung blieb unergründlich.

Aldric legte die Maske nieder und sah, wie selbst das Lampenlicht vor ihren polierten Rundungen und Kanten zurückzuschaudern schien. Oder vielleicht lag das auch nur an der leichten Bewegung seiner eigenen Berührung. »Ja, ich verstehe. Nur zu gut, glaube ich.«

»Bruda!« Das war General Goth vom Kopfende des Tischs. Er hielt ein Blatt Papier auf Armeslänge vor sich, und sein Wunsch, er könne es noch weiter weg halten, war mehr als offensichtlich. »Bruda, lest dies, wenn Ihr die Güte hättet. Voord, Tagen, Garet, nehmt Platz. Wir sollten langsam mit der Angelegenheit beginnen, die uns hergeführt hat.«

»Gilt das auch für mich, Goth-*eir*?«, fragte Aldric, indem er den Blick vom stählernen Spiegel der Maske löste.

»Ganz besonders für Euch. Dies betrifft Euch – sowohl als Mann wie auch als Agent Eures Königs.«

»Natürlich.« Wenn in seiner Stimme eine gewisse Schärfe lag, richtete sie sich nicht gegen den General. »Aber habe ich eine Wahl – ob ich mich aus der Sache heraushalten kann oder nicht?« Während er die Frage stellte, hörte er Brudas leisen Fluch, als der Prokrator las, was ein gewisser Kaiserlicher Schiffskommandant über einen gewissen Passagier an Bord seines Schiffes zu sagen hatte. Und dieser Fluch verriet ihm, wie die Antwort lauten würde. Lauten *musste*. Und er hatte Recht.

Von den dreien, die hätten antworten können, war es Goth, der sie aussprach. »Bedauerlicherweise nicht, Aldric«, sagte der General zu ihm, aber der Tonfall des Mannes verriet sehr wenig Bedauern.

»Dann würde ich Euren Plan lieber nicht hören.«

»Ihr missversteht uns, *Hlensyarl*«, sagte Voord unfreundlich. »Der Fürstgeneral meint damit, dass Ihr überhaupt keine Wahl habt.«

Aldric bedachte ihn mit einem ausdruckslosen Blick. »Wir werden sehen. Hinterher. Aber einstweilen« – er kehrte dem *Hautheisart* absichtlich den Rücken und neigte höflich den Kopf vor den beiden höherrangigen Offizieren – »bin ich bereit zuzuhören, wann immer ihr beginnen wollt, meine Herren.«

»Unser Kaiser«, sagte Goth, »hat eine Schwester. Prinzessin Marevna. Und sie hat die letzten beiden Monate im

Roten Turm von Egisburg hinter Schloss und Riegel verbracht.«

»Eine Prinzessin«, wiederholte Aldric mit seltsam dünner Stimme. »Eingesperrt in einem Turm. Ja. Ihr habt doch Turm gesagt, nicht wahr?«

»Allerdings. Im Roten Turm. In Egisburg.« Goth sah ihn neugierig an und wunderte sich ein wenig. Doch Bruda kippte seinen Stuhl leicht nach hinten und verbarg den Anflug eines Lächelns hinter einer Hand. Er sah, in welche Richtung Aldrics Gedanken liefen und wie ihre Reaktion schließlich ausfallen mochte. Und das gefiel dem ernsten, nüchteren General vielleicht nicht – obwohl es Bruda ungemein amüsierte.

»Es war ihr Pech«, fuhr der Prokrator fort, als er seinen zuckenden Mund wieder unter Kontrolle hatte, »sich auf der falschen Seite einer, wie es eigentlich heißen müsste, Demarkationslinie zu befinden – obwohl niemand es wagen würde, sie so zu nennen –, als wieder eine jener endlosen sogenannten Demarkationskonferenzen – Friedensgespräche, wenn Ihr es genau wissen wollt –, als wieder eine dieser Zänkereien ergebnislos auseinanderging und die Grenzen geschlossen wurden. Marevna und ihre Leute wurden kurz vor der Grenze angehalten und in Gewahrsam genommen und dort sind sie seitdem.«

Bruda schob Papiere auf dem Tisch hin und her und warf einen verstohlenen Blick auf Aldric. »Ich weiß nicht, wie es kommt, dass Etzels Kavalleriepatrouille sich in einem derart opportunen Moment dort aufhielt. Aber ich weiß, dass das Scheitern der Konferenz absichtlich herbeigeführt wurde. Ich war dabei und habe gesehen, wie sich alles abgespielt hat. Irgendwo spielt jemand ein doppeltes Spiel und wenn ich herausfinde, wer ...«

»Ob wir es wissen oder nicht, hilft der Prinzessin im

Moment wenig«, sagte Goth steif. »Sie ist eine politische Gefangene und ihr Wohlergehen liegt in den Händen des Kaisers.«

Aldric nickte. Ein derartiges Manöver war durchaus normal. »Wie sah die Drohung in diesem Fall aus?«, fragte er verbindlich. Es musste eine Drohung geben, es gab *immer* eine Drohung.

»So.« Goth stellte ein kleines elegantes Kästchen auf den Tisch. Es war aus Elfenbein und der Deckel bestand aus einem feinmaschigen Netz aus Schnitzereien, die nicht unterlegt waren, so dass der rote Futtersatin durchschien – ein Kästchen, in dem eine Dame ihre liebsten Juwelen aufbewahren würde. »Dieses Kästchen enthielt den Brief, in dem Kaiser Ioen über die Entführung seiner Schwester informiert wurde.«

»Und in wie vielen Kästchen hat Kriegsgroßfürst Etzel versprochen, die Prinzessin zurückzuschicken, sollte ihr Bruder sich nicht benehmen?«

»Genügend«, sagte Bruda kategorisch und all sein Humor hatte sich plötzlich in Luft aufgelöst. »Und seine Drohungen sind nicht leer. Niemals in all den Jahren der Sherban-Dynastie hat ein Kriegsfürst eine leere Drohung gemacht.«

»Das kann ich mir vorstellen«, sagte Aldric. »Ja, allerdings.« Was hatte es für einen Sinn, wüste Drohungen auszustoßen, wenn die angedrohte Gewalt nie in die Tat umgesetzt wurde?

»Für das politische Gleichgewicht ist es extrem wichtig, dass die Prinzessin gerettet wird.« Goth zählte jetzt einzelne Punkte an den Fingern ab. »Und es ist gleichermaßen wichtig, dass der Kaiser nicht mit etwas Gesetzwidrigem in Verbindung gebracht werden kann.«

Aldric sah den General an und verbiss sich ein weiteres

verrücktes, humorloses Kichern. Typisch, dachte er, dass offener Krieg der List vorzuziehen war. Andererseits hatten ihn Listen anderer Art überhaupt erst hierher gebracht. Wie Goth weiter erläuterte, repräsentierte er – Aldric – die albische Unterstützung dieses Unternehmens in einem Maß, wie dies Worte niemals vermocht hätten. Eines Unternehmens, das potenziell tödlich war und unter allen Umständen ohne unnötiges Blutvergießen durchgeführt werden musste. Keine Seite wollte einen Krieg, wenn er sich vermeiden ließ – doch wenn er kam, würde jede Seite vorziehen, wenn die andere ihn begänne.

»Also dann, Fürst Aldric-*Arluth* Talvalin.«

Der General bedachte ihn zum ersten Mal mit seinem Titel; schließlich kommen immer zuerst die Schmeicheleien und dann die unmöglichen Anfragen. »Was haltet Ihr von unserer Notlage?«

Am Tisch herrschte Schweigen. Köpfe drehten sich, starrten Aldric an, warteten gespannt auf seine Antwort. Und Aldric tat, womit Prokrator Bruda gerechnet hatte.

Er lachte …

»Ihr meint – Ihr wollt damit sagen, deshalb habt Ihr mich durch das halbe Reich geschleift? Wegen einer Geschichte, wie ich sie Kindern erzählen könnte! Von Prinzessinen, Türmen und bösen Fürsten, bei Gott!« Er stieß sich vom Tisch ab, eine ruckartige, heftige Bewegung, die Voords Ehrengarde mit halb gezogenen Schwertern aufspringen ließ. »Setzt euch, ihr beiden!«, knurrte der Alber. »Ich beiße nicht!« Keiner der Männer bewegte sich und er zuckte die Achseln. »Dann tut, was ihr wollt. Es interessiert mich nicht mehr.«

»Aldric! Hört uns bis zu Ende an, Mann.« Das war jetzt Bruda, der eine Mann, dem er möglicherweise zuhören würde. Wenigstens hoffte der Prokrator das. »Hört wenigstens *mir* zu.« Bruda hatte sich nicht erhoben – hatte tatsächlich nicht einmal seine Haltung auf dem Stuhl verändert. Er strahlte Ruhe aus wie ein Feuer Hitze und als Aldric ihn ansah, begegnete er dem Blick des jüngeren Mannes, hielt den Kontakt einen Moment aufrecht und winkte mit der Hand. »Setzt Euch. Seid ruhig. Hört, was wir Euch noch zu sagen haben – und seid dann zornig, wenn Ihr wollt.«

Aldric starrte, nein, funkelte ihn vielmehr an mit Augen, die schmal und bösartig geworden waren, und das schwarze Wolfsfell-*Coyac*, das seine Schultern bedeckte, schien sich für einen Augenblick zu … sträuben? *Nein*, dachte Bruda, *ich bilde mir etwas ein.* Eine innere Stimme hieß ihn einen Blick auf Voord werfen und angesichts dessen, was er auf dem ohnehin viel zu bleichen Gesicht des *Hautheisart* sah, revidierte er sein Urteil. Der Bericht des Schiffskapitäns war schon schlimm genug gewesen, aber was diese Beobachtung zu bedeuten hätte, wäre einfach zu …

Dann nahm Aldric Talvalin sehr langsam und bedächtig wieder seinen Platz ein.

Man hatte ihm bereits viele Dinge erzählt, das wusste Bruda, aber nicht die unangenehme Wahrheit, weswegen er hier war. Niemand hatte bisher entschieden, wie und wann er das erfahren sollte, aber Bruda hatte einmal den Wunsch geäußert, zugegen zu sein, wenn es geschah. Jetzt war er nicht mehr so sicher. Er wusste viel mehr über diesen albischen Clan-Führer, als er von Rechts wegen hätte wissen dürfen, aber es war die Art und Weise, wie er und Goth und Voord an dieses Wissen gelangt waren, die allem zugrunde lag. Mochte das alles dem Reich noch so sehr nützen, dem er diente – und das er liebte, obwohl er das nur selten zugab; vielleicht in privatem Kreis, wenn er das gefühlsduselige Stadium der Trunkenheit erreichte –, wie sie an die Informationen gekommen waren, das war geschmacklos gewesen. Unehrenhaft. Hätte es eine andere Möglichkeit gegeben …

Aber es hatte keine gegeben.

Bruda war nicht umsonst *Hauthanalth Kagh' Ernvakh*. Er befehligte die Hüter der Kaiserlichen Ehre, eine so alte und geachtete Stellung, wie man sie in diesem jungen Reich finden konnte, und er tat dies als Mann von Ehre und Selbstachtung. Anders als Goth mit seinen Intrigen und Kniffen – und ganz anders als Voord. Aber ganz ähnlich wie der junge Mann, der weniger als die Länge seines Eschenstabs entfernt kerzengerade dasaß, vor sich hinstarrte und ihn aufforderte, ihm eine vernünftige Erklärung für die Störung seines Lebens zu geben. Aldric war ebenfalls ein ehrenhafter Mann. Ehrenhaft nicht nur nach albischer Definition, sondern auch nach der Definition des Prokrators. Er war konsequent und tödlich – eine gewetzte Klinge, erhoben und bereit zu fallen. Aber wohin? Auf seine Häscher?

Oder auf den König, der ihn so vollkommen verraten hatte?

»Aldric«, sagte Bruda ganz ruhig, »Prinzessin Marevna wurde fünfunddreißig Meilen von der Grenze entfernt und auf feindlichem Territorium gefangengenommen. Also verratet mir – warum wird sie in Egisburg festgehalten, einer Stadt, die keine zehn Meilen von der Demarkationslinie entfernt ist?«

»Durchaus in Reichweite eines berittenen Sturmtrupps«, fügte Goth hinzu.

Aldric sah von einem zum anderen und pfiff leise durch die Zähne. »›Hier ist Eure Schwester, Majestät – kommt und holt sie Euch.‹ Und wenn der Kaiser tatsächlich eine Streitmacht schickt …«

»Geht das Reich von einem Ende zum anderen in Flammen auf. Krieg zur Bestätigung des Kriegsfürsten.« Bruda beugte sich angespannt vor. »Werdet Ihr uns helfen, Aldric? Wie Euer König es wünscht?«

Der Alber lehnte sich in die gepolsterte Umarmung seines Stuhls zurück und schaute mit zusammengekniffenen Augen und unlesbarem Blick von einem Gesicht zum anderen. Er hatte sich bereits entschieden – die Pflicht verlangte es –, aber Neugier und Alkohol übermannten ihn langsam. Er wollte wissen, was diese angeblichen Verbündeten unter ihren eifrigen, pflichtbewussten, möchtegern-heroischen Mienen, die unter Metallmasken verborgen wurden, tatsächlich waren und es gab eine sichere Möglichkeit, das herauszufinden.

»Diese ganze Angelegenheit«, sagte er, ohne dabei eine bestimmte Person anzusehen, »ist so verdreht, dass mir schon der Versuch, mich durch die grundlegenden Möglichkeiten zu arbeiten, Kopfschmerzen bereitet. Und sie stinkt nach Intrige. Das ist ein Parfüm, das mir nicht sonderlich zusagt. Also, für euer ach so umfassendes Protokoll, König oder nicht, Pflicht oder nicht – nein, ich werde euch nicht helfen.« Er wartete ab, bis die leisen Laute des Erstaunens, des Zorns und der Ungläubigkeit verklungen waren, und warf dann einen freudlosen Blick auf *Hautheisart* Voord. »Aber ich könnte mir vorstellen, dass Ihr Euch freiwillig erboten habt, mich vom Gegenteil zu überzeugen. Also. Überzeugt mich.«

Er hatte Gewaltandrohungen wie die des Kapitäns der *Teynaur* erwartet. Womit er nicht gerechnet hatte, war das frohlockende Lächeln, zu dem Voords dünne Lippen sich verzogen, ein Lächeln, bei dem Aldric ein Schauder der Beklommenheit überlief. Die Druckmittel der Kaiserlichen Geheimpolizei, dachte er sich viel zu spät, gingen vermutlich weit über das Übliche hinaus. Wie sahen sie wohl aus? Was konnten sie versprechen? Oder tun?

Er sollte es erfahren.

»Der Bericht von der *Teynaur* reicht völlig aus, diesen Mann unter der Anklage der Zauberei den säkularen Behörden zu übergeben. Das wäre jedoch sehr zeitaufwendig und letzten Endes eine Verschwendung unserer Investitionen. Auf jeden Fall ist der schlichte Tod für einen *Kailin* aus Alba keine Drohung.« Wäre er betrunken genug gewesen, um die Wahrheit zu sagen, hätte Aldric dieser Ansicht widersprochen. Aber zur Abwechslung – und klugerweise – hielt er einmal den Mund.

»Also«, fuhr Voord fort, »habe ich mir stattdessen das Dossier angesehen, das wir angelegt haben. Es gab mir Mittel in die Hand, wie wir seinen Stolz und seine Ehre – in Wahrheit Sturheit, nicht mehr – zu unserem Vorteil nutzen konnten.« Er tippte mit einem Finger auf den Tisch und Garet schob ihm eine Akte über die polierte Tischplatte zu. Voord öffnete sie, durchblätterte sie zwei Mal – was wegen der Klaue aus Knochen und Leder seiner linken Hand unbeholfen wirkte – und entnahm ihr zwei dünne Blätter.

»Erstens: der Weiler Tervasdal in Valhol.« Aldrics Kopf ruckte hoch. »Zweitens: die Zitadelle in Seghar.« Eine Rauheit verdunkelte Voords Stimme, als er den Namen aussprach, und er legte beide Blätter mit pedantischer Sorgfalt auf den Tisch, so dass ihre Ränder genau parallel lagen. Dann sah er Aldric an. »Und drittens: ein gewisser edler andarrischer Hengst, der sich gegenwärtig in den Ställen eben dieser Festung befindet. Kyrin, Gueynor und Lyard«, knirschte er und aller Spott wich aus seinen Worten, als er mit der rechten Hand flach auf die Dokumente hieb. »Wollt Ihr wirklich in allen Einzelheiten hören, was mir für sie vorschwebt?«

»*Bastard* …« Alle Farbe war aus Aldrics Gesicht gewichen und seine Finger umklammerten die Lehnen seines Stuhls so fest, dass die Fingerknöchel elfenbeinfarben durch die gespannte Haut schienen.

»Stellt Euch alles vor, was Euer Verstand sich ausdenken kann, *Hlensyarl*«, zischte Voord. »Und selbst dann hättet Ihr noch nicht einmal die Hälfte erraten.«

Aldric erhob sich langsam – sehr langsam wie jemand, auf dessen Schultern eine gewaltige Last liegt – und nur Bruda war nah genug, um das kurze, böswillige Glitzern in den Augen des Albers zu erkennen. Dann wandte dieser sich ab und ließ die Schultern hängen wie ein Mann, der an Körper und Seele gebrochen war, ein Mann, in dem kein Widerstand mehr war, und breitete beide Hände hilflos aus, während er sich vor Goth verbeugte. »Die … meine … General, ich habe mich entschieden. Wann brechen wir auf?«

»Morgen«, sagte Goth, »ist früh genug. Zuerst braucht Ihr Kleidung und Rüstung.«

Aldric winkte zur Bank hinter sich – eine schwache, unentschlossene Geste. »Eine Rüstung habe ich bereits, General.«

»Aber nicht für Egisburg. Reitet in albischem Harnisch durch die Tore jener Stadt und Ihr werdet sie nie wieder verlassen. Ihr braucht unsere Kavallerie-Ausrüstung.«

»Ich behalte meine eigenen Waffen.« Diesmal lag eine Härte in seiner Stimme, die zuvor nicht vorhanden gewesen war, eine Schärfe, die keinen Widerspruch duldete.

Goth hörte es und warf einen Blick an ihm vorbei zu Bruda. Aus dem Augenwinkel sah Aldric das zustimmende Nicken des Prokrators und außerdem ein Handzeichen, das ihm zunächst nichts bedeutete. Es war eine Geste, wie er sie selbst benutzt hätte, wenn er gewollt hätte, dass noch mehr folgen sollte, aber hier und jetzt schien die Geste zusammenhanglos zu sein – bis Goth wieder das Wort ergriff.

»Prokrator Bruda ist mit Eurer Waffenwahl einverstanden«, sagte der General und Aldric hätte seine Gedanken beinah laut ausgesprochen. *Wahl*, sagte sein Verstand. *Als hätte ich Euch mehr Wahl gelassen als Ihr mir.* »Aber er stellt auch fest, dass Ihr einen hohen Rang haben müsst, um solche Waffen zu tragen.«

Aldric hörte das Poltern, als Voord von seinem Stuhl aufsprang und ihn dabei in seiner Hast umwarf, und diesmal machte er sich nicht die Mühe, sein Lächeln zu unterdrücken – ein Lächeln, das sich zu einem Grinsen aufrichtigen Vergnügens ausweitete, als Goth die ersten Worte eines empörten Protests mit erhobener Hand zum Verstummen brachte. »Welchen ... welchen Rang?«, fragte er schließlich.

Sowohl Goth als auch Bruda dachten einen Moment nach, aber es war Bruda, der schließlich antwortete. »*En-Hanalth* als Titularrang dürfte reichen«, sagte er und ließ seinen Worten einen Blick folgen, der Voord offenbar warnte, mit ihm zu streiten.

Voord missachtete die Warnung. »Das könnt Ihr nicht machen!«, brüllte er, nun ganz beleidigte Würde. »Ihr könnt so einen hohen Rang nicht einfach austeilen, als sei er ...«

»Voord!« Brudas Stimme war scharf. »Ich habe es soeben getan.«

»Aber ... aber das bedeutet ...« Unglaube rang mit der Wirklichkeit der Situation und die Wirklichkeit gewann. »Dass er im Rang *über* mir steht!« In der Hoffnung, dass er sich irrte, dass dies vielleicht ein Streich war, der ihm wegen seines schlechten Benehmens zuvor gespielt wurde, starrte er zunächst Bruda und dann Goth an, um irgendwo ein Lächeln zu entdecken. Stattdessen sah er den Fürstgeneral zustimmend nicken.

»Praktisch gesehen, ja, *Hautheisart*«, sagte Goth. »Er steht im Rang über Euch.« Etwas in der Art und Weise, wie er dies sagte, ließ vermuten, dass die Überlegenheit in mehr als nur dem Rang begründet war, aber Voord war längst darüber hinaus, solche subtilen Nuancen im Tonfall noch wahrzunehmen.

Er zuckte bei den Worten des Generals sichtlich zusammen, denn an einer Feststellung aus solchem Mund war nicht mehr zu rütteln – nicht nach allem, was noch vor wenigen Minuten über ihre Rangunterschiede gesagt worden war. Doch dies war Voord wichtiger als jede Vorsicht und seine nächsten Worte waren – sehr demonstrativ – an seinen direkten Vorgesetzten gerichtet. »*Prokrator Hauthanalt*«, sagte er und benutzte Brudas vollen Titel aus demselben Grund, wie Goth zuvor Aldric mit dem seinem angesprochen hatte: als Einleitung für eine Bitte. »Bitte sagt mir, dass ich nicht … nicht seinen Befehlen gehorchen muss, ja?« Der Zusatz: »Ich flehe Euch an!« blieb zwar unausgesprochen, war aber dennoch für alle mehr als deutlich herauszuhören.

Bei anderer Gelegenheit oder in einer anderen Situation oder auch nur, wenn Voord zuvor nicht so unhöflich – nein, rüde! – gewesen wäre, hätte Bruda vielleicht ausgesprochen, was sein Stellvertreter hören wollte. Stattdessen nickte er ebenfalls und endgültig. »Natürlich werde ich die letzte Instanz sein. Nicht«, sagte er mit einem vielsagenden Blick auf Aldric, »dass ich irgendetwas in dieser Hinsicht erwarte. Aber dies ist ein Schritt, der aus Gründen des Schutzes und der Tarnung unternommen wird. Wenn also ein *Hanalth* zufällig einem *Hautheisart* in Gegenwart von Zeugen, die andernfalls neugierig werden könnten, einen Befehl erteilt, wird der *Hautheisart* gehorchen. Ohne zu zögern und ohne zu fragen. Verstanden?«

Von Natur aus schon blass, hätte Voord eigentlich nicht noch erbleichen dürfen. Doch bei Brudas Worten wich auch die letzte Farbe aus seinem Gesicht, so dass es kreideweiß wurde. Einen Augenblick später schlug er mit der Hand auf den Tisch – mit seiner verstümmelten Linken –, als müsse er in seiner Wut jemandem wehtun und wende sich dazu an die einzige anwesende Person, bei der dies ungestraft möglich war. Sich selbst. Es war eine Geste, die nach solch einer ungeheuren Perversion stank, dass Aldric sich bei ihrem Anblick innerlich krümmte.

»*Das werde ich nicht tun!*« Voords Stimme war schrill und zitterte, obwohl sich unmöglich sagen ließ, wie viel durch Schmerz und wie viel durch Wut verursacht wurde. »Ich werde keine Befehle entgegennehmen von diesem … diesem vaterlosen Sohn einer Hure, diesem …«

Voord mochte sehr daran gewöhnt sein, Gefangene und Untergebene zu beschimpfen, aber ihm fehlte ganz offensichtlich jegliche Erfahrung mit Albern der hohen Clans. Andernfalls wäre er vorsichtiger in der Wahl seiner Beleidigung gewesen oder hätte zumindest darauf geachtet, wie nah er Aldric Talvalin war, als er sie äußerte. Stattdessen beging er beide Fehler gleichzeitig und hatte nicht einmal richtig Atem geholt, um mehr zu sagen, als die sich gerade bildenden Worte von einer Faust auf seinen Mund zerschmettert wurden, in der die konzentrierte Kraft der trainierten Muskeln eines Schwertkämpfers steckte.

Aldrics Miene war bei Voords Worten erstarrt und lange, lange, bevor jemand Einhalt gebieten konnte, hatte er sich in der Hüfte halb gedreht, um so das ganze Gewicht seines Oberkörpers in den Schlag legen zu können. Er holte den *Hautheisart* nicht völlig von den Beinen, aber es riss Voord den Kopf in den Nacken und er geriet so schnell und heftig ins Taumeln, dass er den Halt verlor und unter lautem Scheppern der Rüstung und seiner Waffen zu Boden ging. Er blutete heftig aus den Lippen, die weniger gespalten, als vielmehr zwischen dem Hammer von Aldrics Faust und dem Amboss der eigenen Zähne aufgeplatzt waren, und das Blut lief ihm über das Kinn. Voord glotzte den Alber vor sich benommen an, und in seiner klaffenden Mundhöhle funkelten Splitter eines dieser Zähne weiß inmitten des ganzen Bluts.

»Scharfe Zähne«, stellte Aldric fest, ohne jemanden direkt anzusprechen. »Obwohl ich bezweifle, dass sie giftig sind.« Er sog einen Moment an der aufgeschürften Haut seiner Fingerknöchel, um das Brennen zu lindern, nahm die Hand von den Lippen und starrte die Wunde einen Moment an, dann arbeiteten seine Kiefer und er spie eine Mischung aus Blut und Speichel kaum einen Fingerbreit von Voords rechter Hand entfernt auf den Boden. »Aber bei Schlangen weiß man das nie so genau.«

»Schii'aj!« Voord konnte die Obszönität bloß unbeholfen artikuliert kreischen, als er sich aufrappelte und mit einer Hand zum Heft seines Kurzschwerts fuhr – und er erstarrte dann, ohne die Klinge zu ziehen. Wiederum hatte er sich in Aldrics Schnelligkeit und Abstand verkalkuliert, denn in der Zeit, die er benötigt hatte, um wieder auf die Beine zu kommen, war der Alber zur Bank mit seiner Ausrüstung geeilt und hatte einen speziellen Gegenstand an sich gebracht. Isileth.

Der Pelz von Aldrics Wolfsfell-*Coyac* bewegte sich wie Wind in einem Weizenfeld. »*D'ka tey'adj, Voord*«, sagte er leise, drohend. »*Cho taeyy' ura.*« Das Langschwert in seiner Hand war auf Voords Luftröhre gerichtet und so nah, dass ein Stoß von einer Handspanne Länge seinen Atem ein für allemal mit der Luft mischen würde. Und die Hand war weitaus ruhiger, als die Hand eines gebrochenen, besiegten Mannes eigentlich hätte sein dürfen. Weitaus ruhiger als die Hand jedes anderen Mannes, in dessen Augen derart mühsam unterdrückte Gewalt gefunkelt hätte. Voord betrachtete die Klinge, die Hand und die Augen und wusste, dass er in der Summe dieser drei Dinge seinen Tod ansah.

»Aufhören!« Goths rauer Kasernenhofton schallte grollend durch den Raum. Daraufhin zögerte Aldric kurz, was Voord das Leben rettete. Weder der albische *Eijo* noch der vlecher *Hautheisart* hatte sich bewegt, aber irgendetwas – etwas Kribbelndes, Bösartiges – war plötzlich nicht mehr präsent.

»Ihr habt ihn gehört.« Weder wandte Aldric den Blick von Voords Gesicht noch nahm er die Spitze seines *Taiken* von dessen Kehle, aber wenigstens redete er und stach nicht zu. »Ihr habt gehört, was er gesagt hat. Ihr alle. Er ist tot.«

»Nein. Er ist zu wertvoll.«

Daraufhin hustete Aldric ein humorloses Lachen heraus. »Wertvoll! Ihr meint, er ist eine Investition wie ich? Dann, General, hätte er ein paar Sekunden des Nachdenkens in seine Worte investieren sollen, bevor er sie aussprach!«

»Aber seht Euch sein Gesicht an, Mann – seht, was Ihr getan habt! Ist das nicht genug für ein falsches Wort?«

»Nein.« Aldric klang rachsüchtig. »Noch nicht.«

»Ach, sollen sie doch kämpfen!« Brudas Worte zogen aller Aufmerksamkeit auf sich, da es sich um den direkten Befehl eines Vorgesetzten handelte. »Aber der Kampf soll mit hölzernen Floretten ausgetragen werden. Mit *Taidyin*. Ich sehe welche dort drüben in der Ausrüstung des Albers.

Oder wenigstens«, fügte er hinzu, nachdem die Stille immer lastender wurde, aber bevor ein anderer das Wort ergreifen konnte, »da Voord, wie Ihr sagt, unverletzt mehr wert ist – das gilt übrigens für beide, General, das gilt für beide –, lasst Aldric mit jemand anders kämpfen. Mit irgendjemandem ...« Das war mindestens ebenso sehr eine Herausforderung wie ein Vorschlag, aber niemand reagierte auch nur mit dem Zucken einer Wimper. »Ihr sagt zu ihm, seht Euch Voord an. Ich sage Euch, seht Euch den Alber an: Im Augenblick ist er gespannt wie eine Armbrust. Er ist gefährlich. Tödlich. Und außerdem ...«

Bruda ließ sich in die gepolsterte Umarmung seines Stuhls zurücksinken, legte lässig die Füße auf den Tisch. Und wirkte plötzlich überhaupt nicht mehr zugänglich. Vielmehr verwandelte ihn allein diese eine träge Bewegung wieder in all das, was ein Kaiserlicher *Hauthanalt* und Leiter der Geheimpolizei sein sollte – etwas Arrogantes, Finsteres, Bedrohliches. »Außerdem«, und dabei tippte er auf die Akte in seinem Schoß, »würde ich gern sehen, ob er wirklich so gut ist, wie es heißt.«

»Wenn Ihr auch nur einen Moment glaubt, ich würde Euch unterhalten ...« Aldric brach ab, als *tau-Kortagor* Garet vortrat.

»Ihr redet von Beleidigungen, Alber – von Dingen, die Eure Ehre beflecken. Habt Ihr vergessen, wie Ihr mich an Bord der *Teynaur* beleidigt habt? Weil ich mich noch daran erinnere, auch wenn es Euch entfallen sein sollte, und wenn Ihr wirklich kämpfen wollt« – er breitete Arme aus, die in einem hochwertigen Kettenpanzer steckten – »hier bin ich.«

Aldric starrte ihn an. Dies war derselbe Jüngling, derselbe milchgesichtige Kadett, der beim Einlaufen des Kriegsschiffs ins Dock einen beinah freundlichen Eindruck gemacht hatte. Und doch war er nicht derselbe. Wenn dies drusalische Freundschaft war, dann war sie so vergänglich wie Schnee im Frühling. Aber egal. In diesem Fall hatte er keinen Bedarf an solchen Freunden.

Und er wusste, dass Bruda nur die Wahrheit über ihn ausgesprochen hatte, denn mochte er jetzt um der Manieren und seiner eigenen Selbstachtung willen auch noch so versuchen, es zu verbergen, innerlich war er gespannt wie eine Feder; er kochte und zitterte vor Wut. Tatsächlich war er wütend genug, um mit jedem zu kämpfen. Das waren also die Auswirkungen nicht nur der verbalen Beleidigungen, sondern auch des Bewusstseins, von diesen sogenannten Verbündeten benutzt und missbraucht zu werden, von ihnen wie ein Leibeigener behandelt zu werden, wie etwas Gekauftes und Bezahltes, wie eine unbelebte Investition – Herrgott!, wie dieses Wort in ihm schwärte –, und nicht wie ein Mensch, dem man an Körper, Geist und Seele Schaden zufügen konnte und zugefügt hatte.

Aber die kalte, eiskalte tödliche Wut hinter seinen zusammengekniffenen Augen war immer noch für Voord allein reserviert. Witwenmacher glitt flüsternd in ihre schwarze Scheide zurück und wurde sanft auf den Tisch gelegt. Aldric äußerte keine überflüssige Warnung, die Hände von ihr zu lassen, weil es extrem unwahrscheinlich war, dass jemand es wagen würde, die Klinge in Brudas und Goths Anwesenheit anzufassen, und die beiden waren zu vernünftig, es zu gestatten … hoffte er.

Garet hatte bereits ein *Taidyo* ausgewählt und ließ die vier Fuß lange Übungswaffe aus Eichenholz hin und her schnellen, was sehr erfahren wirkte. Ungewöhnlich, dass Nicht-Alber mit *Taiken'ulleth* vertraut waren, der klassischen Kunst des Kampfes mit dem Langschwert – sein Pflegevater Gemmel war in dieser Beziehung eine ebenso bemerkenswerte Ausnahme wie in vielen anderen Dingen – und während er Garets Gebaren beobachtete, fragte sich Aldric, ob dies, wie so viele andere Dinge, ebenfalls arrangiert worden sein konnte. Als weiterer Test, mit dem man nur so lange gewartet hatte, bis sich die richtigen Umstände ergeben hatten. Im Grunde war es ihm gleichgültig.»Ich darf Euch keinen dauerhaften Schaden zufügen«, sagte Garet, als er näher kam, »aber Ihr werdet Euch erinnern, wie man kaiserliche Offiziere richtig anredet – wenn Ihr wieder in der Lage seid, etwas zu sagen.«

War dies also von Voord arrangiert worden? Aldric wog ein *Taidyo* nach dem anderen, scheinbar ohne die Drohungen zur Kenntnis zu nehmen, oder doch zumindest auf jenem Ohr taub. Dann wählte er eines, dessen kariertes Griffmuster bequem in seinen Händen lag, und zog es aus der Segeltuchhülle, um Gewicht und Balance mit einem Strecken der Handgelenke prüfen.

Garet redete immer noch. Er drohte, prahlte, warf Zweifel in Bezug auf Aldrics Fähigkeiten und den Wert eines Kampfes mit Stöcken auf. Doch Aldric kannte diese alten »Stöcke« und wusste – aus eigener Erfahrung –, welchen Schaden sie anrichten konnten. Bei einer Gelegenheit, die noch nicht so lange zurücklag, dass er den Schmerz bereits vergessen hätte, hatte ihm ein »Stock« wie einer von denen, die sie jetzt trugen, eine Rippe gebrochen. Aus diesem Grund legte er sein *Taidyo* beiseite und schnallte die Armschützer seiner Schlachtrüstung um – eine Handlung, die weitere ätzende Bemerkungen des bereits gepanzerten Garet und ein gewisses Gemurmel unter den anderen Anwesenden provozierte. Es kümmerte ihn nicht. Die langen Stahlplatten der Armschützer waren ein besserer Schild gegen Schläge und Erschütterungen, als der beste Kettenpanzer je sein konnte, und wenn Garet so unerfahren war, das nicht zu wissen, würde er es vermutlich sehr bald herausfinden.

Aldric nahm sein *Taidyo* auf und hob es langsam auf einer geraden Linie von unten nach oben bis über Kopfhöhe und schwenkte es dann ebenso langsam auf Augenhöhe horizontal. Das war wieder *Achran-kai*, die erste und einfachste Form, doch diesmal lediglich ausgeführt, um den Sitz der

Armschützer zu prüfen. Garet beobachtete ihn und Aldric sah Verständnislosigkeit über das Gesicht des jungen Drusalers huschen. Äußerst interessant – beinah erhellend. Wenn er ein ganz langsam ausgeführtes umgekehrtes Kreuz nicht kannte, wusste er vielleicht – nur vielleicht – doch nicht so viel über albische Langschwerter, wie es zunächst den Anschein gehabt hatte. Und wenn es so war, dann …

Plötzlich spürte Aldric den stechenden Schmerz eines Krampfs in einem Schultergelenk und keuchte hörbar auf, als sich ein silbriger Schmerz bis ins Mark seiner Knochen bohrte. Vielleicht eine Folge seines Abwurfs in Tuenafen oder seiner Arbeit im Antriebsraum des Rammschiffs *Teynaur*. Der Grund spielte keine Rolle. Doch Garet hatte ihn gehört, bevor er sich den unwillkürlichen Laut hatte verbeißen können, und ihn zusammenzucken sehen.

»Ich bin besser als Ihr, Alber«, sagte der *tau-Kortagor*. »Ich bin besser, weil ich schneller bin, und ich bin schneller, weil ich jünger bin. Deshalb werde ich Euch wehtun, Alber, und deshalb könnt Ihr Euch nicht dagegen wehren.« Bei diesen Worten nahm er eine Haltung an, die Aldric kannte. Es war eine der Bereitschaftshaltungen für den Kampf mit dem jouvainischen Stoßschwert, dem *Estoc* – einer Waffe, die sich vom *Taiken* unterschied wie die Nacht vom Tag.

Erst da war er überzeugt. Erst da gestattete er sich ein dünnes verächtliches Lächeln, denn erst da war er ziemlich sicher, wer gewinnen und wer verlieren würde. Wem wehgetan und wer wehtun würde. Worte kamen ihm in den Sinn, die er irgendwo weit entfernt von hier gehört oder gelesen hatte, ein Zitat aus einem Schauspiel. Keinem von Oren Osmars klassischen Stücken, sondern einem modernen, straffen und nach dem neuen Ideal realistischer Sprache strebenden. Die Art lakonischer Spruch, die oft so falsch – und auch ab und zu so vollkommen richtig klang.

»Garet«, sagte Aldric, »Ihr redet zu viel.«

Einen Augenblick später schlug ein *Taidyo* nach seinem Gesicht. Er gab sich keine Mühe, den Hieb – der eigentlich kein Hieb, sondern ein Schlag war, wie er sie von einem Mann mit einer Keule erwartet hätte – zu parieren, sondern wich lediglich mit einem Schritt zur Seite aus, ohne sein eigenes *Taidyo* überhaupt zu bewegen. Dies geschah mit einer wohl überlegten Mühelosigkeit, was für Aldric unter solchen Umständen überaus ungewöhnlich war. Die erste Regel – und die letzte – bei jedem Waffengang lautete, dass einer Katastrophe Tür und Tor öffnete, mit einem Gegner zu spielen, dessen Fähigkeiten einem unbekannt waren. Es war eine Regel, die er normalerweise befolgte. Obwohl sich die Blöße für einen verheerenden Gegenangriff bot, hielt er sich jetzt jedoch zurück und grinste Garet lediglich an.

Der Drusaler antwortete mit einem Stoß – reine *Estoc*-Schule –, der direkt auf seine Augen gezielt war.

Aldric sagte: »Idiot!«, und zwar so laut und deutlich, dass es beinahe verärgert klang, und tat etwas, das er mit scharfen Klingen höchstens in vollständiger Rüstung riskiert hätte. Er nahm die heransausende Spitze mit einer kreisförmigen Parade auf, lenkte sie nach links ab und huschte dann einen Schritt vorwärts, um sie wieder nach innen zu ziehen – und sie zwischen linkem Oberarm und Ellbogen einzuklemmen. Danach hieb er nur noch einmal mit der Handkante über Garets Finger und drehte sich seitlich weg, mehr war nicht nötig.

Die eingeklemmte Waffe wurde ihrem Besitzer aus der Hand gerissen, als habe er sie ihm aus freien Stücken gereicht, und Aldric grinste wieder. »Was habt Ihr zu mir gesagt? Dass Ihr besser wärt?«

Prokrator Bruda klatschte langsam in ironischem Applaus in die Hände, doch ob er die kämpferische Leistung oder den Dialog meinte, das wusste Aldric nicht. Zumindest hatte er seinen Standpunkt untermauert – und auch sich selbst bewiesen, sowohl als geschickter wie auch als beherrschter Kämpfer. Es hatte keinen Sinn, diese Farce fortzusetzen, und er wandte sich ab, um die *Taidyin* wieder in seiner Ausrüstung zu verstauen.

Da sagte eine Stimme hinter ihm: »Garet.« Aldric erkannte in ihr kaum Voords einst so weltmännischen Tonfall. Aber andererseits hatte er abgesehen von einem einzigen schrillen Fluch den *Hautheisart* nicht wieder sprechen hören, seit … seit er ihn zum Schweigen gebracht hatte. Er schaute sich um und sah Garets Kamerad – Tagen, oder nicht? – auf den Beinen, eine Hand nachlässig am Heft seines Schwerts. Aldric spannte sich für einen Augenblick, erkannte dann aber, dass die Aufmerksamkeit nicht ihm galt. Vielmehr starrte Voord Garet über ein blutiges Taschentuch hinweg an, das den größten Teil seines Gesichts verbarg, und wenngleich jener verunstaltete Mund kein weiteres Wort äußerte, schien der junge *tau-Kortagor* in der Lage zu sein, den Blick seines Vorgesetzten ausreichend gut lesen zu können.

Aldric konnte sich ebenfalls problemlos denken, worum es in dieser kleinen Szene ging. Nachdem er sich freiwillig gemeldet hatte – falls es tatsächlich *freiwillig* war –, diesen albischen Emporkömmling zu züchtigen, vorgeblich aus eigenen, ganz persönlichen Motiven, durfte jetzt nicht einfach so aufhören. Nicht, solange er auch für *Hautheisart* Voords Belange kämpfte. Nicht, dass Versagen auf viel Verständnis stoßen würde, wie der Alber mutmaßte. Voord kam ihm nicht wie jemand vor, der auf Versöhnung aus gewesen wäre.

Weitaus ernster legte er das erbeutete Taidyo jetzt mit einer Verbeugung in Garets Hand zurück und war sich der

Tatsache bewusst, dass rings um den Konferenztisch im Vergleich zu eben eine erheblich größere Aufmerksamkeit herrschte. Es war, als wüssten alle, dass der nächste Waffengang mehr als eine spöttische Zurschaustellung von Technik sein würde. Und als wüssten sie noch viel mehr – als wüssten sie etwas, das Aldric noch nicht wusste.

Dieses »Etwas«, als was es sich auch erweisen mochte, reichte bereits aus, dass sich Aldrics Nackenhaare sträubten. »Ich werde nicht das Blut dieses Mannes vergießen«, sagte er, weil es gesagt werden musste, wen es auch verärgern mochte. Wenn Garet nicht dazu gezwungen worden wäre, hätte er vielleicht weniger Skrupel gehabt. Doch Aldric war schon König Rynerts – Attentäter? Henker? Durch Pflicht und Ehre gebundener, widerstrebender Waffenarm gewesen … Ein Mal. Doch nie wieder. Für niemanden.

Er wollte sich eine List ausdenken, wie er diese Sache rasch beenden könnte, bevor jemand ernstlich verletzt würde. Bevor *er* verletzt würde, denn Voord würde sich mit ein paar Schrammen und blauen Flecken nicht zufrieden geben. Nicht, wo ihn sein zerschlagenes Gesicht daran erinnerte, was Aldric getan hatte.

Sie kehrten wieder in ihre jeweilige Grundstellung zurück, jetzt jedoch langsamer, wachsam und mit erheblich mehr Vorsicht als bei ihrer eher lässigen ersten Begegnung, und die *Taidyin* berührten sich. Klack. Holz strich über Holz, Kerben klickten, als der Druck der Handgelenke zunahm. Ein Schlurfen ertönte – jemandes Füße –, gefolgt von einem Augenblick der Stille. Klack. Und wieder Stille, als nichts sich bewegte außer Gedanken und Augen. Dann wieder ein Klacken, ein Klacken und ein *Stampfen* und Garet vollführte einen Hieb – einen richtigen diesmal, diagonal abwärts geführt, um Hals oder Schulter zu treffen, hart, schnell und direkt.

Es war leicht.

Aldric bewegte sich nicht zurück, sondern vorwärts, ließ sich auf ein Knie fallen und unterbrach den Bogen von Garets Hieb mit seinem eigenen *Taidyo*, das diagonal aufwärts fuhr. Er hatte den langen Griff mit beiden Händen umschlossen, und nun zuckten die letzten sechs Fingerbreit der Hartholzklinge jäh hoch, so rasch, dass es kaum zu erkennen war. Und ein kleines Stück traf – nicht Garets Waffe, nein. Er parierte nicht, sondern traf den gespannten, ausgestreckten Unterarm des Drusalers. Und brach ihn, wobei er schrie, ein Mal: »*Hai!*«

Garets Kettenpanzer bot keinen Schutz, nicht den geringsten. Stattdessen übertrug er die Wucht des Aufpralls, auch durch die wenige Polsterung darunter, und Aldric hörte trotz des Knirschens von Eichenholz auf Metallringen, wie beide Unterarmknochen nachgaben.

Garet jaulte dünn auf und ließ sein *Taidyo* los, das hölzern klappernd herabfiel, doch bevor es zur Ruhe kam, folgte er ihm und stürzte kopfüber zu Boden, denn Aldrics Waffe vollendete ihren Abwärtsbogen und riss Garet beinahe die Kniescheibe vom geschützten rechten Bein.

Er wand sich hin und her und versuchte nicht zu schreien, während Aldric katzenhaft und mit einer starren Miene des Abscheus zurückwich. Der andere *tau-Kortagor*, Tagen, eilte an ihm vorbei und kniete neben Garet nieder, um nach dessen Verletzungen zu sehen. Aldric konnte seinen gemurmelten Fluch ganz deutlich vernehmen, denn es herrschte jetzt Stille in Fürstgeneral Goths großem Konferenzsaal: eine erwartungsvolle Stille.

»Nun?«, fragte Voord, dessen belegte Stimme jetzt bar von Leidenschaft, Ärger und sogar Interesse war.

»Der Arm ist sauber gebrochen, Herr. Er dürfte heilen. Aber …« Tagen zögerte und sah Voord an, bevor er fortfuhr: »Aber er wird nicht ohne Stock gehen können, falls er überhaupt je wieder gehen kann.«

»So. Dann ist er mir nicht mehr sehr nützlich. Warum bin ich nur von so unfähigen Leuten umgeben?«, fragte er in die Luft hinein. Niemand machte sich die Mühe, ihm diese Frage zu beantworten, und er warf beide Arme in einer übertriebenen Geste des Abscheus und der Verachtung in die Höhe. Das Blut in seinem Gesicht war getrocknet und schwarz geworden. »Zumindest enttäuschen sie mich immer nur ein Mal. *Tagen, sh'voda moy: ya v'lech'hu kh'mnach voi! Slijei?*«

»*Slij'hah, hautach!*« Tagen riss sein Kurzschwert aus der Scheide und rammte zwei Fingerbreit der Spitze in Garets Nackenansatz. Die Augen des verletzten Mannes öffneten sich weit, zu sehen war nur das Weiße mit einer winzigen Pupille, und er öffnete lautlos den Mund. Dann zuckten seine Beine ein Mal, zwei Mal, drei Mal ... Und er war tot.

Aldric zwang seine eigenen verkrampften Muskeln, sich zu entspannen. Er war ziemlich sicher, dass er der einzige war, der überhaupt eine Reaktion zeigte. Das war das Schlimmste von allem, denn im Innersten hatte er so etwas geahnt und es dann als sogar für Voord unvorstellbar abgetan. Es war dieses Etwas gewesen, das vor dem Kampf in der Luft gelegen und ihn gestört hatte. Er hätte wachsam sein, anders reagieren müssen und Voord keinen Grund geben dürfen zu ... zu tun, was getan worden war. Dann läge vielleicht kein sinn- und zwecklos vergeudetes Leben auf dem polierten Boden.

Aber wie konnte man einen Mann, der für seine beiläufige, achtlose Art des Tötens bekannt war – einen Mann, der sogar den Spitznamen Schwertträger Todbringer hatte, beim heiligen Licht des Himmels! –, besser beeindrucken als dadurch, dass man sich als noch achtloser und beiläufiger hervortat? So hatte Voords Verstand funktioniert, auch wenn er deswegen seinen eigenen Mann dafür hatte töten lassen müssen, dass er ein Duell verloren hatte. Nur um zu beeindrucken! Es war widerwärtig. Aber so war Voord und so war letzten Endes die Geheimpolizei. Und so waren die Drusaler, denn sie waren alle mitschuldig, sowohl Goth als auch Bruda, denn sie hatten gewusst, was passieren mochte – nein, gewusst, was passieren *würde* –, aber kein Wort dagegen gesagt.

Aldric sah das Blut – lieber Gott, so wenig Blut für einen Tod! – und behielt zur Abwechslung einmal seine Gedanken vollkommen für sich.

SIEBEN
Im Schatten des Turms

Ich habe mich schon oft gefragt, warum Ihr so ein Interesse an *Ymeth* habt«, sagte Dewan. Er versuchte zum seiner Ansicht nach hundertsten Mal, wieder ein Gespräch anzufangen. Selbst ein Streit wäre immer noch besser gewesen als das düstere Schweigen, das sich seit ihrer Befragung – und »Befragung« beschrieb es nicht annähernd – der drusalischen Frau, die sich Kathur die Füchsin nannte, über Gemmel gesenkt hatte. Wenn jemals jemand zu viel geredet hatte, dann sie. Und Dewan hatte den Verdacht, dass Gemmels Gebrauch der Traumrauch-Droge wesentlich dazu beigetragen hatte.

Sie hatte geredet, dachte er müßig, den Blick starr auf Gemmels Rücken gerichtet, während sie auf müden, gemieteten Pferden dahinritten. Nun denn, einige der Männer, mit denen sie ihr Bett geteilt hatte, mussten berufsmäßige Redner gewesen sein und alles war aus ihr so wahllos herausgesprudelt wie aus einem umgestürzter Eimer. Sie hatten etwas über den Gouverneur von Tuenafen gehört. Über dessen Sohn und seinen Stallburschen. Über zwei Magistrate des Seehafens und darüber, dass sie sich nach einem harten Tag Kaiserlicher Rechtsprechung gern entspannten.

Alles war auf eine unbedeutende Art faszinierend gewesen, obwohl Gemmel offenbar das meiste davon missbilligte, und wäre äußerst nützlich gewesen, hätten sie in Tuenafen zu bleiben und sich eine Existenz als berufsmäßige Erpresser aufbauen wollen. Aber sie hatten auch etwas über Aldric gehört und darüber, was *Kagh' Ernvakh* für ihn geplant hatte.

Dewan hatte gelacht, da er sicher war, dass Aldric bei der Vorstellung, eine gefangene Prinzessin aus einem hohen Turm zu retten, ebefalls lachen würde. Aber das Lachen war nur von kurzer Dauer gewesen und Gemmel war nicht eingefallen. Diese Geschichte war kein Märchen für Kinder und keine Quelle der Belustigung mehr, wenn ein Freund darin verwickelt war und die Gefahr bestand, dass dieser Freund starb. Und Dewan war sich durchaus der Tatsache bewusst, dass Aldric für Gemmel viel mehr war als ein Freund. Er hatte bei mehr als einer Gelegenheit gehört, wie Aldric den älteren Mann mit *Altrou* – Pflegevater – anredete.

Die Gefahr wuchs erheblich durch einen Faktor, den Kathur mehrfach beim Namen genannt hatte: den Kaiserlichen *Hautheisart* namens Voord. Früher war sie seine Geliebte gewesen, vor fünf Jahren – obwohl seine Vorlieben auch damals schon zur exotischen und nicht zur konventionellen Erotik tendiert hatten. Voord, hatte Dewan aus alledem geschlossen, war sonderbar. Aber die Tatsache, dass er im Alter von siebenundzwanzig Jahren zum *Hautheisart* befördert worden war, kündete von geistigen und anderen Fähigkeiten, die in ganz anderer Hinsicht außergewöhnlich waren als bloß seine sexuellen Vorlieben.

Sie wussten nun, worin dieses verdrehte Genie bestand. Voord war ein Spieler, jemand, der eine Seite gegen die andere und beide für sich ausspielte. Seine Spiele reichten weit zurück, noch in die Zeit vor dem Tod des alten Kaisers

Droek und der Teilung des Reichs. Das war auch der Grund, weswegen sie bis zum heutigen Tag ihre Fortsetzung fanden: komplex, egoistisch und oft mörderisch. Voord spielte immer noch auf beiden Seiten, obwohl es in letzter Zeit eine bemerkenswerte Vorliebe für eine zu geben schien – aber letzten Endes arbeitete Voord immer nur für Voord. Kathur hatte sich vage über einen Versuch ausgelassen, eine isolierte Provinz auf dem Jevaiden-Plateau unter Kontrolle zu bringen und sie in einen unabhängigen neutralen Stadtstaat zu verwandeln – der sowohl den Kaiser als auch den Kriegsgroßfürsten unterstützte und von beiden unterstützt werden sollte. Dieser Plan hatte sich aus verschiedenen Gründen zerschlagen.

Einer dieser Gründe war ein gewisser albischer Clan-Führer, der im Auftrag seines Königs unterwegs war und immer noch nicht wusste, was er vereitelt und wen er gegen sich aufgebracht hatte.

Nicht, dass dies die erste Gelegenheit gewesen wäre, bei der sich Aldrics und Voords Wege unwissentlich gekreuzt hätten. O nein. In noch jüngeren Jahren hatte Voord offenbar selbst im Bett viel zu viel geredet. Wahrscheinlich weniger reif, weniger selbstsicher – aber ganz gewiss ebenso zynisch kalt. Er hatte über seinen allerersten Plan geredet, den er ganz allein ersonnen hatte. Über jenen Plan, dem er seine erste Beförderung verdankte, jener lange, sehr lange Sprung von einem Rang zum nächsthöheren, den so wenige schafften – vom *Kortagor* zum *Eldheisart* und damit die Versetzung von der Infanterie zur Geheimpolizei.

Dieser Plan hatte allein im Vorbereitungsstadium ein halbes Dutzend der berüchtigt strikten Reichsgesetze gegen die Zauberei gebrochen und war – bezeichnenderweise – nur aufgrund Kriegsgroßfürst Etzels persönlicher Einmischung in die Tat umgesetzt worden. Und kein Wunder, dass er ihn unterstützt hatte. Seinerzeit hatte der Plan ihn zwangsläufig angesichts seiner damals unsicheren Stellung interessieren müssen, da Frieden in den kaiserlichen Herrschaftsgebieten herrschte und im Senat Fragen aufkamen, ob man Rang und Titel des Kriegsgroßfürsten nicht abschaffen solle. Es war ein einfacher Plan. Die Entsendung eines Mannes an einen Ort mit dem Auftrag, ausreichend Unruhe zu stiften, um ein militärisches Eingreifen zu rechtfertigen.

Der Plan, aufgrund dessen vor vier langen Jahren Duergar Vathach nach Dunrath geschickt worden war.

Es war ein Unternehmen, von dem Kathur niemals hätte erfahren dürfen, weil er gescheitert war. Dieses Scheitern hatte großen Einfluss darauf gehabt, wie Voords Verstand funktionierte. Es schien jetzt so, als sei Scheitern die größte Sünde in seinem Kanon und diejenige, die am härtesten bestraft wurde. Aber sie hatte alles darüber gehört – vielleicht, weil es sein erstes Scheitern war, vielleicht, weil es trotz seines Misserfolgs seiner Karriere nicht geschadet hatte – und vielleicht, weil es in jenen Tagen noch keine *Seiten* im Drusalischen Reich gegeben hatte. Kaiser und Kriegsgroßfürst waren zwei Galionsfiguren auf ein und demselben Schiff gewesen, das wusste Dewan: Er hatte dazugehört und wusste, dass diese Einheit die des Puppenspielers und seiner Marionette gewesen war. Aber sie erklärte Voords Offenheit.

Nur die Angst hatte Kathurs Lippen versiegelt gehalten und es hatte durch Zauberei unterstützter Drogen – oder durch Drogen unterstützter Zauberei, Dewan war sich der Gewichtung nicht sicher – bedurft, um sie wieder zu öffnen. Die große Frage, die sich ihm jetzt stellte, lautete: Was würde geschehen, wenn oder falls Aldric es herausfand? Wenn er es nicht schon herausgefunden hatte. So oder so, wenn er noch am Leben war, würde er Hilfe brauchen – alle Hilfe, die sie mobilisieren konnten.

Gemmel ritt weiter. Er war halb im Sattel zusammengesunken und wirkte weit davon entfernt, als fühle er sich wohl. Normalerweise war er ein guter Reiter, gewiss ein besserer als einige andere, die Dewan schon erlebt hatte – obwohl er als ehemaliger *Eldheisart* der Leibgarde in Drakkesborg oft übermäßig kritisch war –, aber im Augenblick schien der Verstand des alten Zauberers mit mehr beschäftigt zu sein als nur dem grundlegenden, instinktiven Zusammendrücken der Knie und dem Gleichgewicht, das ihn auf dem Rücken des gemieteten Ponys halten sollte. Gemmel war seit ihrer Landung auf dem Gebiet des Kaiserreichs derartigen Phasen des Brütens unterworfen. Eigentlich, seit sie die weiße Spur des Drachen auf dem kalten blauen Himmelsgewölbe gesehen hatten. Dewan begriff ums Verrecken nicht, warum, denn sogar ihn – als der phantasielose militärische Sturkopf, der er war – hatte der Anblick bis ins Innerste seines Wesens erschüttert. Es hatte keine Rolle gespielt, dass er Ymareth schon einmal gesehen hatte. In der Höhle der Feuerdrachen war es irgendwie angemessen gewesen. Nur – *nur?* – ein seltsames, wunderbares Ding unter vielen anderen Wundern. Aber unter freiem Himmel, wo nichts von seiner fernen Größe ablenken konnte – obwohl er in Wahrheit in zwei Meilen Höhe nicht größer als ein Spatz gewesen war und nur die majestätische Leichtigkeit seiner Flügelschläge ihn als das ausgewiesen hatte, was er tatsächlich war; das und der kondensierende Hitzestrahl aus seinem Maul –, war der Anblick eines Drachen im Fluge etwas ganz anderes. Dewans Trinkspruch auf die bloße Existenz des großen Wesens war aufrichtig gemeint gewesen, nicht spöttisch.

Was stimmte also nicht mit Gemmel? Dewan betrachtete

ihn wieder und fragte sich, ob es wohl der Mühe wert sei, noch mehr Atemluft mit einem weiteren Versuch zu verschwenden, den alten Mann in ein Gespräch zu verwickeln. Er kam zu dem Schluss, dass es das nicht sei, und duckte sich tiefer in die Pelzkapuze seines Militärüberwurfs.

Heute war kein Drache am Himmel gewesen – auch kein Blau, über das er hätte fliegen können. Nur eine Wolkendecke, die so grau und wesenlos war wie frisch geschlagener Schiefer. Nach dem albischen Kalender war *Hethra-tre, de Gwenyer*. Der drusalische Kalender drückte es zur Abwechslung einfacher aus: der dritte Tag des zehnten Monats und drei Tage nach Winteranfang. Das Jahr neigte sich dem Ende zu – und das gegenwärtige Wetter gab sich alle Mühe, dies zu unterstreichen. Der Tag hatte schlecht begonnen und war stetig schlimmer geworden: Am Morgen hatte es einen Wolkenbruch gegeben, gefolgt von Graupel, und dann hatte es geschneit. Der Schnee hatte nun wenigstens aufgehört, aber er hatte die Landschaft, durch die sie ritten, bereits in eine Tuschezeichnung verwandelt: nur noch Licht und Schatten. Alles war entweder schwarz oder weiß, ohne Schattierungen, unter einem bleiernen Himmel, auf dem schwer das Versprechen weiteren Schneefalls lastete. Dewan schaute nach oben und wurde, wie man hätte erwarten können, mit einem raschen Wirbel dicker weicher Flocken belohnt. Und es war kalt. Der Atem von Mensch und Tier trieb wie Rauschwaden durch die bitterkalte, fast unbewegte Luft. Wie der Hauch eines Drachen.

Dewan ar Korentin wischte sich eine Eiskruste aus dem Schnurrbart, der allmählich ebenso schwarz-weiß wurde wie die Landschaft, und stieß mit seinem nächsten Atemzug einen leisen Fluch aus. *Kalt*, dachte er, während er der kondensierten Atemluft dabei zusah, wie sie schwerfällig von seinem Gesicht wegtrieb. *So kalt*. Sein Blick konzentrierte sich unwillkürlich auf eine weiter entfernte Stelle, weil *ir-gendetwas* dort ihre Aufmerksamkeit erregte. Eine Bewegung oder die Andeutung einer Bewegung. Ein Flackern wie der Tanz eines Glühwürmchens in der warmen Sommerluft am Rande seines Blickfelds. Nur, dass es keineswegs Sommer und das, was er gesehen hatte, kein Glühwürmchen war. *Da, sieh doch!* Nein. Es war wieder verschwunden – wenn es je dort gewesen war. Dewan blinzelte. Vielleicht war es etwas Feuchtigkeit in seinen Wimpern oder ein Vogel – obwohl er heute noch keinen Vogel gesehen hatte, sie hatten zu viel Verstand, um bei so schlechtem Wetter zu fliegen – oder vielleicht auch bloß ein Streich, den ihm seine Einbildung gespielt hatte. Er wandte den Kopf ab und betrachtete den Fall als erledigt.

Und fuhr dann ungläubig wieder herum und gaffte, als das Ding, von dem er überzeugt war, es nicht gesehen zu haben, aus der tiefhängenden Wolkendecke gesegelt kam wie eine monströse Fledermaus und ein Faden aus schwarzem Rauch seinen Sinkflug markierte, als würde er ihn mit Holzkohle an den Himmel kritzeln.

Feuerechse! Drache! Ymareth …

Oder – nicht Ymareth, denn dieses Ding war *riesig*!

Seine Furcht wurde angefacht von der Größe des Dings und der Steilheit und Schnelligkeit seiner Annäherung, denn mit seinen halb angelegten Schwingen wie diejenigen – Götter! die Ähnlichkeit war fast zu groß! – eines Falken beim Sturzflug auf Feldmäuse hatte sie der Drache im Zeitraum eines einzigen rasenden Herzschlags erreicht. Zu schnell, um auszuweichen, zu schnell sogar für ein Gebet.

Er jagte vorbei, von rechts nach links, zwanzig Fuß über dem Boden – und da sie beide auf einem Pferd saßen, waren das schockierende weniger als zwölf Fuß über ihren Köpfen –, in einem gewaltigen Rauschen aus heißem Wind, viel schneller, als eine Kreatur, auch eine legendäre, sich eigentlich hätte bewegen dürfen. Der Luftzug riss wie ein Orkan an ihrer Kleidung und wirbelte Spiralen aus Schnee auf, die schon schmolzen, noch während sie vom Boden aufstiegen und im Kielwasser des Drachen davongeweht wurden. Nachdem die Echse wie eine Bestie in einem Traum – oder einem Albtraum – an ihnen vorübergerast war, schwang sie sich schon wieder in die Höhe, rasend schnell wie ein Pendel, das seinen tiefsten Punkt hinter sich gelassen hatte. Riesige dunkle Schwingen, ein keilförmiger Kopf mit Hörnern und Kamm, ein gepanzerter Schlangenleib und eine lange, grinsende, zahnbewehrte Schnauze, aus dem eine Rauchfahne quoll, die den bitteren Gestank nach Verbranntem mit sich brachte.

Und die Ponys, die sie ritten, drehten durch. Sie schlugen aus, kreischten, bockten und warfen sich nach vorn. Sie wollten ihre Reiter abwerfen, ihre Satteltaschen abwerfen, in äußerstem Entsetzen fliehen, irgendwohin, so weit weg von diesem fliegenden Grauen, wie ihre Beine sie tragen konnten. Wie verrückt verdrehten die Tiere die Augen – nur das Weiße war zu erkennen, weiß wie der Schaum auf Gebiss und Zaumzeug. Und Gemmel, der offenbar das Interesse daran verloren hatte, beritten zu bleiben? Er war ebenfalls ein wenig verrückt geworden – Dewan fiel kein anderer Grund ein, warum er lachen sollte.

Lauthals lachend fiel der alte Mann – zugegebenermaßen sehr ordentlich – zu Boden, landete auf den Füßen und ließ die rasenden Ponys mit einer raschen, beiläufigen Geste des Drachenstabs wie angewurzelt erstarren. Nur die Augen konnten sie jetzt noch bewegen. Alles Übrige, selbst Ohren und Schweif, war so still und steif wie bei Reiterstatuen aus kalter Bronze. Dewan sah den Drachenstab an und dann den Zauberer und dachte bei sich, *wie angemessen*.

Er war zu taktvoll – und klug –, um den Gedanken laut auszusprechen.

Aber der Drache hörte ihn anscheinend. Eine Viertelmeile entfernt und dreitausend Fuß höher schlugen die riesigen Schwingen ein Mal, zwei Mal, drei Mal und beschleunigten seinen Steigflug, bis er sich beinah senkrecht in die Höhe schraubte wie ein Fasan, der aus seiner Deckung schoss. Dann, nicht mehr wie ein Fasan, sondern so lässig und akrobatisch wie eine Krähe, gierte er, flog einen halben Überschlag, drehte sich um die Längsachse und *wand* sich schlangengleich in der Luft, wie kein aus einem Ei geschlüpfter Vogel es vermocht hätte – und kehrte im gleichen Augenblick um.

Die Annäherung erfolgte nun langsamer, in einem dahinsegelnden Gleitflug anstelle des Sturzflugs zuvor, aber dennoch nicht weniger ominös. Dewan konnte ganz deutlich sehen, dass der Rauch, der aus dem Maul quoll, jetzt dicker war, dichter, als sei das Feuer im Bauch der Kreatur vollständig erwacht. Wie um es zu beweisen, drehte der Drachenkopf sich bewusst ein paar Grad zur Seite, was unangenehm an die Waffentürme eines Rammschiffs erinnerte, und dann – mit einem pfeifenden Tosen, das an nichts auf, über und unter der großen weiten Welt erinnerte – öffnete sich sein Maul und spie eine gelblich weiße Flamme aus, die vor dem trüben Grau des Tages grell leuchtete und strahlte.

Dewan zuckte vor der Helligkeit und Hitze, die ihm entgegenschlugen, zurück, als habe sich die Tür zu einem Schmelzofen geöffnet. Gleichzeitig holte er voller Ehrfurcht und Staunen tief Luft. Wenn er sterben sollte, gab es gewiss erbärmlichere Möglichkeiten als diese kurze, strahlende Pracht. Einen Augenblick später wunderte er sich bereits über die morbide Anwandlung seiner Gedanken. Die hundert Schritt lange Flamme des Zorns verblasste und erstickte in einem Wirbel aus dunklem Qualm, und wiederum war der Drache über ihnen.

Diesmal bewegte er sich langsam, so langsam, dass er kaum genügend Geschwindigkeit zum Fliegen hatte. Die prächtigen Membranschwingen spreizten sich, flatterten, um den Luftstrom ober- und unterhalb der Flügel im richtigen Gleichgewicht zu halten, und schwangen dann ein letztes Mal in einem gewaltigen Bogen herab, als Ymareth – wenn es denn Ymareth *war*, wovon Dewan noch gar nicht überzeugt war – den Abstieg vollendete und mit der Zierlichkeit eines Falken aufsetzte, der auf das vertraute Handgelenk zurückkehrte. Er zeigte dabei eine Anmut, die bei einem so gewaltigen Geschöpf seltsam und unheimlich wirkte. Dewan, der immer noch auf seinem reglosen Pony saß, fühlte sich mehr an eine Katze im nassen Gras als an einen Falken erinnert. Nur, dass diese »Katze« über hundertzwanzig Fuß lang war und eine Wärme abstrahlte, die er von seinem Platz aus spüren konnte – und die ihm auch willkommen war! Wo die Panzerschuppen des Bauchs den Schnee berührten, schmolz dieser unter Dampfentwicklung und bildete rasch Wasserpfützen.

Der Kopf des Drachen schwang gemächlich von einer Seite zur anderen und betrachtete sie beide: einen alten Mann und einen jungen, der eine beritten, der andere zu Fuß, der eine schockiert, der andere immer noch lachend. Seine Augen ... was für Augen: gelb phosphoreszierende Teiche, die seinen Blick anzogen und festhielten ...

NEIN!

Die seinen Blick festgehalten hätten, hätte er sich nicht mit einer Anstrengung von ihnen losgerissen, als habe er eine große Last gestemmt. Sein Gesicht verdunkelte sich, rötete sich vom Blut, das ihm nicht wegen der widerstreitenden Stimuli der Drachenhitze und der Winterkälte in die

Wagen schoss. Es war von einem Herz dorthin gepumpt geworden, das von der Anstrengung des Wegschauens zu heftigerem Schlag provoziert worden war, zu einem gedämpften Trommelwirbel, der in seinen Ohren hallte und seine Sinne schwinden ließ. Vorübergehend hatte er das Gefühl, als wolle seine Brust aufplatzen, um Platz für das hektisch pulsierende Organ zu schaffen. Dann legte sich das Hämmern, die Welt hörte auf zu schwanken und Dewan konnte wieder normal atmen.

Mittlerweile hatte der Drache seine Aufmerksamkeit auf Gemmel gerichtet. Der Zauberer hörte sofort auf zu lachen und hielt stattdessen den Drachenstab vor sich, als wolle er den näherkommenden Kopf abwehren. Oder den Zauber ablenken, der in jenen riesigen leuchtenden Augen brannte. Sie betrachteten ihn, fand Dewan, mit mehr als nur einem Hauch von Spott – mit etwas, das auf einem menschlicheren Antlitz durchaus Verachtung hätte sein mögen. Dann sprach er.

Und Dewan verstand, was er sagte.

Trotz seiner vielen Jahre im Dienst des Kaiserlichen Militärs war Dewan ar Korentin im Herzen geblieben, als was er geboren worden war: ein Vreijaurer. Kein Drusaler. Das bedeutete, dass man ihn mehr als einmal, während er – zufällig oder nicht – in Hörweite gewesen war, als »Provinzler« abgetan hatte. Es bedeutete, dass er niemals einen höheren Rang erreicht hatte als *Eldheisart* der Kavallerie und auch später nicht mehr erreicht hätte. Es bedeutete auch, dass er – obwohl normalerweise unter einem Firnis von kaiserlicher Steifheit und albischer Höflichkeiten verborgen, beides so gekünstelt, dass ihre Falschheit allen ins Gesicht schrie – einer vehementen, sensiblen, phantasievollen Rasse angehörte, von der manche behaupteten, dass sie wie Bauern zum Aberglauben neige und die verbotene Kunst der

Zauberei äußerst attraktiv finde. Praktisch dasselbe sagten dieselben Personen über albische *Eijin*. Die Geschichten waren nur teilweise richtig – oder, anders gesagt, nur teilweise falsch.

Am wichtigsten war jedoch: Wo ein Drusaler oder Tergover oder Vlecher – also einer derer, die sich voller Arroganz die Kaiserliche Rasse nannten – sich vielleicht in die äußerste, unwiderrufliche Sphäre des Wahns zurückgezogen hätte, weil es schließlich unmöglich war, die Drachensprache zu verstehen, akzeptierte Dewan für sich – nach einem Augenblick des Schocks, wie ihn ein Mann erfahren mochte, der in einen angeblich warmen, in Wahrheit jedoch eisigen Teich sprang –, was ihm sein Gehirn sagte, wie er bereits alles in seinem Leben akzeptiert hatte. Als bloß eine weitere Facette der Wirklichkeit.

»Ich entbiete dir meinen Gruß, Erschaffer-der-war.«

Die Worte waren in Dewans Kopf und wurden dort verstanden, sonst nirgendwo. Weil die Stimme selbst, getragen auf einem weichen, heißen Wind, ebensowenig nach Worten klang wie das zischelnde Tosen eines gewaltigen Feuers. Über diesem Tosen hörte er das doppelte Klicken, als die Augenlider des Drachen sich in einem gemächlichen, anmaßenden Blinzeln schlossen und wieder öffneten. »Und das? Ist das in deinen Händen also eine Peitsche, eine Gerte, ein Mittel, meinesgleichen zu beherrschen? Du würdest es nicht wagen, ihn so zu benutzen.«

Gemmel schaute vom Drachen zum Drachenstab und wieder zurück. Dann ließ er den Zauberstab mit einer ruckartigen, verlegenen Bewegung sinken. »Ich würde nicht … ich würde ihn nicht so benutzen. Das solltest du wissen.«

Zumindest in Dewans Ohren klang das ein wenig beschämt. So wie er kurz nach seiner Annahme geklungen hatte, Aldric hätte die drusalische Frau Kathur so zugerichtet, obwohl Vernunft und Logik – und sogar ein Augenblick des Innehaltens, des Überlegens, bevor er redete – ihm diesen Irrtum hätten ersparen können. Weniger beschämt deswegen, weil er sich geirrt hatte, sondern weil dies im Beisein von Zeugen geschehen war. Was, fragte Dewan ar Korentin sich, konnte den alten Mann so voreingenommen gemacht haben, dass er solche Fehler beging? Der Drache? Vielleicht. Denn zwischen den beiden herrschte eine Spannung, die es Dewans Gefühl nach nicht hätte geben dürfen.

»Woher sollte ich es wissen, Erschaffer? Weil du es sagst? Keineswegs. Nur das Meisterwort der Herrschaft hat dieses Gewicht für mich. Das – oder das gegebene Wort eines Mannes von Ehre. Ich bin Ymareth. Drache. Du weißt sehr wohl, was ich bin. Tatsächlich sollte niemand es besser wissen.«

Dewan sah und hörte dem Wortwechsel zu, während er stocksteif im Sattel seines stocksteifen Ponys saß und sich der Tatsache bewusst war, dass er schmerzhaft auffällig war, solange er blieb, wo er war, ihn aber die geringsten Anstalten, abzusteigen oder auf andere Weise weniger auffällig zu werden, noch viel auffälliger machen würden. Er dachte darüber nach. Kam sich dumm vor. Und blieb, wo er war.

»Oder vielleicht«, fuhr der Drache etwas sanfter fort, »hätte ich es tatsächlich wissen und dich nicht so auf die Probe stellen sollen, mit Ablehnung und Zweifel. Wir sind von derselben Art, du und ich. Zwischen uns sollte Vertrauen herrschen.« Ymareths großer Kopf schwang tiefer herab. »Warum wird dann aber Aldric Talvalin von jenen gefangen gehalten, die seine Feinde sind? Wisse dies, Erschaffer: Er ist in der Tat ein Mann von Ehre, denn ich habe ihm zwar angeboten, ihm bei seiner Flucht aus dieser Gefangenschaft zu helfen, aber da er versprochen hatte, nicht zu fliehen, hat er diese Hilfe abgelehnt. Denk darüber nach.«

»Gefangener! Wo?« Trotz seines Wunsches, keine Aufmerksamkeit zu erregen, platzte Dewan mit seiner Frage heraus, ohne nachzudenken – und stellte fest, dass er dem Drachen einen Augenblick später ins Maul starrte.

»An Bord eines Schiffs der Kriegsflotte dieses Kaiserreichs«, erwiderte Ymareth. »Dort habe ich ihn angetroffen.«

»Dann hatte ich Recht, Gemmel. Ich hatte Recht! Es war doch dieses Rammschiff – es muss es gewesen sein …«

»Dewan!« Das Wort des Zauberers war eine scharfe Zurechtweisung. »Dewan, beherrscht Euch! Wie viele Rammschiffe gibt es in der Flotte – in jeder Flotte, um der Liebe des Himmels willen – und wie viele mögliche Bestimmungsorte können dieser Schiffe haben?«

Ar Korentin hielt dem Blick des Zauberers lange fünf Sekunden stand. Dann sah er weg, kauerte sich wieder auf seinem Sattel zusammen und hielt den Mund.

Ymareth der Drache hatte dieses kurze Zwischenspiel anscheinend mit trockener Belustigung verfolgt. »Erschaffer«, grollte er leise. »Erschaffer, wenn du noch so unsicher über den Bestimmungsort dieses Kriegsschiffs bist, warum reitet ihr dann landeinwärts und weg von der See, auf der diese Schiffe fahren?« In den Worten lag wissender Spott. »Wisse dies – das Auge des Drachen sieht viel Verborgenes und meine eigenen Augen können aus solchen Höhen beobachten, dass das Sehvermögen der Menschen mich nicht wahrnimmt. Auch nicht«, nahm der Drache die Antwort auf Dewans unausgesprochene Frage vorweg, »mithilfe der Weitsichtlinsen.«

Das gemahnte an Höhen, an die ar Korentin, im Herzen immer noch ein vreijaurer Soldat, lieber nicht denken wollte. Seine Erziehung war in dieser Hinsicht mit zu viel Aberglauben durchsetzt gewesen, um von solchen Dingen zu hören, ohne dabei den Seelenfrieden zu verlieren.

»Und dies habe ich gesehen«, fuhr Ymareth fort. »*Kailin* Talvalin ist an einen befestigten Ort gebracht worden, in dem viele Soldaten waren. Zeit verstrich und ich sah Menschen miteinander reden, deren Gewandung von Rang und Macht kündete. Jemand wurde getötet, doch ohne Sinn und Zweck. Aldric Talvalin reitet jetzt mit den Soldaten des Reichs, in Rot gekleidet wie sie.«

»Zum Roten Turm«, hauchte Dewan.

»Zu eurem Bestimmungsort. Ja oder nein?« Entweder wusste es Ymareth, ohne dass es ihm gesagt zu werden brauchte, oder er riet – oder erteilte einen als Vorschlag getarnten Befehl.

»Ja, Drache Ymareth, Erschaffer des Erschaffenen. Aber wir wissen bereits von dieser Sache mit dem Roten Turm.« In Gemmels Stimme schwang nur ein Hauch Prahlerei mit. »Und dorthin sind wir jetzt unterwegs.«

»Auf diesen?« Der Sarkasmus in der Drachenstimme in Dewans Kopf war jetzt unverblümt und nicht mehr hinter Ironie und Anspielungen versteckt. »Dann muss Euer Streben nach Eile in der Tat sehr gering sein.«

»Sie waren alles, was wir uns kurzfristig beschaffen konnten«, schnauzte der Zauberer ungehalten und Dewan wollte es so vorkommen, als rede er mit der Leichtigkeit langer Vertrautheit. Nichts anderes konnte einen solch zwanglosen Umgang mit einer Kreatur erklären, die ihn rösten, zerquetschen und zerbeißen konnte, wie ein Mensch einen Keks zerbeißt. Mochte es sein, wie es wollte – angesichts der Schlussfolgerungen, die daraus zu ziehen waren, sträubten sich ar Korentins kurze Nackenhaare.

»Doch nun gibt es einen schnelleren Weg, falls ihr es wagt.« Ymareth führte das nicht näher aus und brauchte es auch nicht zu tun. Zumindest nicht verbal. Die Schwingen des Drachen breiteten sich beiderseits des Saumpfads aus, gewaltige Segel, die größer waren als diejenigen eines unter vollen Segeln fahrenden kaiserlichen Großkampfschiffs. Die stumme Einladung war offenkundig und zugleich furchterregend. Fliegen.

»Was ist mit …« Dewan stockte. Da er auf einem saß, war das Problem der Ponys offensichtlich. Bis er Ymareth und dessen zahnbewehrtes, qualmendes Maul ansah. Und genau wusste, *was mit den Ponys war*. Er war kein albischer Pferdefürst mit einer vielleicht übertriebenen Liebe zu diesem besonderen Tier, trotzdem bewirkte die Aussicht, sie an den Drachen zu verfüttern, dass sich ihm der Magen umdrehte.

»Ladet den Harnisch und die andere Ausrüstung ab«, sagte Gemmel leidenschaftslos. »Es muss sein. Ob es Euch gefällt oder nicht.«

»Und wärt Ihr auch so rasch mit Euren Befehlen bei der Hand, wenn ich Aldric wäre?«, erwiderte Dewan, dessen Zorn sich für einen Moment regte. Es war eine unpassende Bemerkung und Dewan bereute sie, kaum dass er die Worte ausgesprochen hatte – aber es war spät, sie zurückzunehmen.

»Ihr habt genug Ähnlichkeit mit ihm, Dewan ar Korentin. Mehr als genug. Ihr wisst, wie man mit Worten verletzt. Und jetzt tut es und lasst es uns hinter uns bringen.«

Ymareth sah zu und wartete mit entsetzlicher Geduld, sagte nichts, da er vielleicht wusste, wie diese Menschen zu den Tieren standen, die sie geritten hatten, und dass hier und jetzt kein Platz mehr für Worte war. Für beide Seiten gab es nichts zu sagen. Eigentlich, wenn man die Situation mit jener Ehrlichkeit betrachtete, der nicht viel an Brutalität fehlte, war es eine barmherzige Tat. Die Ponys hier in dieser Wildnis aus Gestrüpp, Schnee und Einöde auszusetzen, wäre gleichbedeutend damit gewesen, sie zu einem langsamen, quälenden Tod durch Erfrieren und Verhungern zu verdammen. Besser die … was hatte Dewan gedacht? … kurze strahlende Pracht der Flamme aus dem Maul des Drachen.

So überzeugte sich wenigstens der Vreijaurer von der Richtigkeit ihres Tuns, als er den letzten Gurt löste und den Sattel abnahm. Als er ihn ein Stück entfernt dankbar absetzte – mit der daran hängenden Ausrüstung war der Sattel schwer –, legte sich Gemmels Hand fast ebenso schwer auf seine Schulter.

»Bleibt dort«, sagte der Zauberer. »Ihr werdet das nicht sehen wollen.«

Dewan versteifte sich und sah den alten Mann an, während auf seinem Gesicht Mitleid und Verachtung miteinander rangen. »Ihr seid wie ein König«, sagte er leise. Welcher König, blieb unerwähnt. »Ihr könnt den Tod durch Krieg, durch Attentat, durch Hinrichtung befehlen – aber Ihr wollt ihn lieber nicht eintreten sehen.« Aldric hatte ihm einmal erzählt, wie er vor Dunrath jemanden getötet hatte. Und wie Gemmel, ein Meister des theoretischen Schwertkampfs, schockiert und entsetzt gewesen war, als er hatte mitansehen müssen, wie seine Theorien in die Praxis umgesetzt wurden. Dies war genau dasselbe. Dewan richtete sich auf, schüttelte die Hand des Zauberers ab und drehte sich um. »Wenn Ihr hinsähet, wenn alle wenigstens ab und zu hinsähen, wärt Ihr und wären alle in Zukunft vielleicht etwas weniger freigebig mit solchen Befehlen.« Die Ponys rührten sich immer noch nicht, standen noch unter dem Bann des Zaubers, der ihnen auferlegt worden war – so unfähig zur Flucht wie Gefangene auf dem Richtblock. Oder Soldaten in der Schlachtreihe. Du hast zu lange bei den Albern gelebt, sagte er sich, dass du dir so viele Gedanken wegen zweier Klepper machst. Und dennoch packte er Gemmels Schulter, wie der Zauberer zuvor seine gepackt hatte. »Ihr habt den Befehl gegeben, alter

Mann. Da ist es nur recht und billig, wenn Ihr Euch die Konsequenzen anseht. Also seht hin. *Seht hin*, sage ich!«

Er drehte Gemmel mit roher Gewalt um, gerade als Ymareths großer Kopf sich zu seiner Beute herabsenkte. Wenigstens ging die Sache gnädig vonstatten, und die Ponys wussten gar nicht wie ihnen geschah. Der Drache biss ihnen den Kopf ab wie jemand, der Blüten von einem Löwenzahn herabschlägt. Im einen Augenblick waren sie noch heil und gesund und im nächsten ... nicht mehr. Sogar das Blut, das in den Schnee spritzte, war nicht schlimmer als die Schweinerei, die einer erfolgreichen Jagd folgte, noch waren die feuchten Geräusche reißenden Gewebes furchtbarer als die Geräusche von Hunden bei ihrer Mahlzeit. Nein, nicht Hunden – Katzen. Ymareth aß mit der genießerischen Zurückhaltung einer Katze – oder eines gewissen jungen Albers, den Dewan kannte.

Einige Minuten lang herrschte Stille, als Ymareth die letzten Bissen verschlang und noch etwas nachschmeckte. Dann schoss ein Strahl aus gelblichweißem Feuer aus seinem Maul und verbrannte die letzten Reste von Blut und Fleisch auf den Drachenzähnen. Dewan begriff jetzt, warum er nicht den stinkenden Atem eines Fleischfressers hatte. Jeglicher Gestank wurde von jener reinigenden Flamme weggesengt – was auch gut so war.

»Und nun«, sagte Ymareth, und obwohl er die Worte wiederum nicht hörte, sondern sie sich wie bisher im Kopf des Vreijaurers bildeten, konnte Dewan einen Unterton befriedigter Sättigung heraushören. »Und nun nehmt alles, was ihr vielleicht noch braucht, und steigt auf meinen Hals.«

Als er sich wieder bückte, um den Rucksack mit der Rüstung und dem Rest seiner Ausrüstung auf seinen gewohnten Platz auf dem Rücken zu hieven, zögerte Dewan und stützte sich in den Knien ab, bis sich das Hämmern seines Herzschlags in seinen Ohren wieder zum murmelnden Rauschen von Blut abgeschwächt hatte. Kalter Schweiß stand ihm auf der Stirn und durch seinen linken Arm schoss das Pochen eines heißen Schmerzes. Einen Augenblick drehte sich die Welt rings um ihn und spottete seiner gerade gewonnenen Stabilität mit ihrer Bewegung, um sich dann wieder zu beruhigen. Dewan biss die Zähne zusammen, bis seine Kiefer schmerzten, und richtete sich dann wieder mit einem Schauder auf, wie er, den Worten der Alber zufolge, jemanden überlief, der über ein Grab rannte. Er fand diesen Aberglauben nicht mehr komisch. Nicht jetzt. Dewan ar Korentin erkannte langsam, wie es wohl sein mochte zu sterben.

Zum zehnten – oder war es das hundertste? – Mal drehte Aldric sich halb in Lyards Sattel um und warf einen Blick auf die Männer, die ihm Gesellschaft leisteten. Wie nach all den anderen Blicken verspürte er auch nach diesem ein ziemliches Unbehagen. Es war gewiss nicht die Gesellschaft, die ein albischer Herr gesucht hätte – sondern vielmehr diejenige, die zu meiden er persönlich sehr große Anstrengungen unternommen hätte. Er hatte jedoch keine andere Wahl. Es lag nicht an Bruda, nicht einmal am finsteren Voord und dessen Auftragsmörder Tagen neben ihm, sondern an den zehn Männern schwere Kavallerie, der Ehrengarde für diese Gruppe von Stabsoffizieren und Adjutanten, – die goldenen Insignien drückten Zugehörigkeit zum Stab aus, die silbernen nicht – und die damit ihrem vorgeblichen Rang Glaubwürdigkeit verliehen. Ihre Rüstung bestand aus dem vollständigen Schuppenpanzer des *Katafrakten* und das an sich war es, was Aldric beunruhigend fand, so lächerlich dieses Gefühl auch sein mochte. Aber er hatte hässliche Erinnerungen an die *Katafrakt*-Rüstung und an den Dämonen sendenden Esel, der in dieser Rüstung gesteckt hatte, als er – es? – von Duergar Vathach geschickt worden war, um ihn zu töten. Diese Erinnerungen waren erst sechs Monate alt – nicht annähernd alt genug, um unbeschwert mit ihnen leben zu können. Noch nicht.

Trotz alledem war es nicht nur die Eskorte, die ihn störte. Obwohl er, abgesehen von Bruda, die höchsten Rangabzeichen in dem kleinen Offizierskorps trug, wusste Aldric im Hinterkopf doch ganz genau, dass die Streifen und Dreiecke und Karos nur Abzeichen waren, nur Insignien, die zu tragen er kein Recht hatte. Wenn es hart auf hart kam, würden sie ihm keinen Schutz bieten. Überhaupt keinen. Schon das Tragen der Abzeichen rief Unbehagen in ihm wach.

Zumindest war die Rüstung, die zum Teil mit denselben Rangabzeichen versehen war, überaus bequem. Hohe Offiziere, hatte Bruda ihm mitgeteilt, trugen keinen Einheitsharnisch wie einfache Soldaten. Ihre Rüstung war mit derselben Sorgfalt wie erlesene Kleidung maßgeschneidert – tatsächlich sogar mit größerer Sorgfalt: Anders als Kleidung verziehen Leder und Metall kein ungenaues Maßnehmen. Es dehnte sich nicht … Mochte das, was er nun trug, zwar aus verschiedenen verfügbaren Teilen zusammengesucht und nicht speziell für seine Glieder und seinen Körper angefertigt worden sein, es passte – räumte er widerstrebend ein – ebenso gut wie sein eigener geliebter *an-Moyya-Tsalaer*. Tatsächlich passte es im Moment sogar besser, denn er hatte in der letzten Zeit vielleicht zwanzig Pfund Gewicht verloren und das machte sich bemerkbar. Albische Vollrüstungen hingen an einem herab, wenn sie ihrem Träger nicht richtig passten, und Aldrics Harnisch hätte in diesem Augenblick in der Tat sehr locker gesessen.

Diese Rüstung war rot emailliert anstatt schwarz lackiert.

Sie bestand aus kleinen Plättchen und Schienen, die aber durch Kettenstreifen und nicht durch Lamellen miteinander verbunden waren. Doch trotz aller Verschiedenheiten waren die beiden Rüstungen gar nicht so verschieden voneinander. Mit Ausnahme des Helms. Der hohe *Seisac* des drusalischen Offiziers hatte ein Visier, einen Nackenschutz und Wangenschützer wie die Kriegsmaske seines albischen Widerparts. Doch alles saß so eng, dass es schon ein Gefühl von Klaustrophobie hervorrief, nur daran zu denken. Und er hatte einen Nasenschild, und deswegen kniff Aldric jetzt seit fast drei Tagen die Augen zusammen, was dermaßen heftige Kopfschmerzen verursachte, als wollten sie ihm den Schädel spalten – obwohl er so großzügig war einzuräumen, dass er mehr als zufrieden wäre, wenn er dieses spezielle Abenteuer überstehen würde, ohne dass etwas seinen Schädel dauerhaft spalten würde.

Die Straßen waren belebter, als Aldric erwartet hatte. Entweder waren die inneren Schwierigkeiten des Reichs nicht so groß, wie man ihn glauben gemacht hatte, oder seine Bürger unternahmen löbliche und überzeugende Anstrengungen, ein normales Leben zu führen. Nur eine Sache störte ihn ein wenig und das war die Reaktion des gewöhnlichen Volks auf die Anwesenheit des Militärs, dem er zwangsweise angehörte. Er hatte etwas Ähnliches schon einmal in Alba gesehen, als er als *Eijo* geritten war. Dort hatten die Leute allerdings, wenn auch zaghaft, mit vorsichtigem, höflichem, manierlichem Respekt reagiert. Hier war es hingegen Angst.

Da er die Bedeutung all der Insignien aus goldenem Metall und bunter Emaille auf Helm, Überwurf und Rüstung nicht kannte, war er halbwegs geneigt, jemanden an jenem ersten Tag ihres Ritts nach Egisburg danach zu fragen. Dann verging ihm jedoch die Lust. Er war *Hanalth* und dieser Rang wurde durch zwei waagerechte Streifen unter einem umgedrehten Dreieck angezeigt, das wiederum ein aus zwei an der Basis verbundenen Dreiecken bestehendes Karo bedeckte. Alles in Gold. Und mehr brauchte er nicht zu wissen. Und mehr wollte er auch gar nicht wissen. Denn ob der Rest bedeutete, dass er diesen Rang in einem Elite-Kavallerie-Regiment innehatte oder in der politischen Polizei, deren Einsatztrupps vielleicht einen Mann wegen Hochverrat hinrichteten, dessen einziges Verbrechen darin bestand, den Müll auszuleeren und dabei noch einen Ring mit dem Abbild des Kaisers – oder vielmehr des Kriegsgroß-fürsten – am Finger zu tragen, was man als implizite Beleidigung auslegen konnte. Aldric hatte beschlossen, dass Unwissenheit in diesen Dingen das Beste war.

Doch es gab noch etwas anderes, an dem er höchstes Interesse hatte, das er jedoch in keiner Hinsicht zeigte – er hatte nicht die Absicht, die Aufmerksamkeit seiner Begleiter darauf zu lenken. Ein, zwei, vielleicht drei Mal hatte er eine berittene Gestalt weit entfernt am Horizont gespürt und dann auch gesehen. Vielleicht irrte er sich und vielleicht riet er nur, aber er brauchte noch nicht die Brille eines Gelehrten und war immer noch bereit zu schwören, dass es jedesmal dieselbe Person war. Ein Fernrohr hätte diesen Eindruck bestätigen oder widerlegen können, aber Aldric hatte keines dabei, im Gegensatz zu Voord – der ein gutes aus Marinebeständen mit sich führte –, aber Voord war die letzte Person, die der Alber danach fragen würde. Vielleicht irrte er sich ja auch. Er konnte sich nicht vorstellen, warum ein einzelner Reiter eine Kolonne schwere Kavallerie beschatten wollte – oder dass es jemand wagen würde.

Aldric hatte Gemmel einmal ein Wort benutzen hören, das genau beschrieb, wie er sich fühlte, und dieses Wort war haften geblieben. *Paranoia.* Es war ein seltsames, unbeholfenes un-albisches Wort, das jedoch, sobald seine Bedeutung geklärt war, genau beschrieb, wie er sich im Augenblick fühlte – wie er sich fühlte, seit das Kaiserliche Militär damit begonnen hatte, sich für ihn zu interessieren. Nervös und misstrauisch gegen alles und jeden ohne oder ohne augenblicklich erkennbares Motiv.

Aber warum sollte niemand anders auf dieser Straße reiten? Egisburg war eine große Stadt und es gab noch viele andere Gründe, sich dorthin zu begeben, als … als seine eigenen. Und etwaiges Widerstreben, kaiserlichen Soldaten zu nahe zu kommen, war kaum Grund zum Argwohn. Vielmehr war es etwas, das man als löbliche Vorsicht anerkennen musste. Er selbst hätte schließlich jederzeit lieber die Breite einer ganzen Provinz – mindestens – zwischen sich und Voord gesehen.

Aber er hatte sein Wort gegeben, bei diesem Unternehmen mitzuwirken – nicht nur Goth und Bruda, die schließlich nur Ausländer waren, sondern auch Rynert. Er war der Mann des Königs und es spielte überhaupt keine Rolle, dass er sich nur ganz vage verpflichtet hatte. Ein gegebenes Wort war ein gegebenes Wort und ein gegebenes Wort war ein geehrtes Wort. Auch wenn es sein Leben erheblich komplizierter machte. Er würde dieses Wort nach Kräften halten.

Aber er hätte zu gern einen Freund in der Nähe gehabt – Gemmel, Dewan, irgendwen –, dem er sich ab und zu hätte anvertrauen können.

Fürstgeneral Goth hatte recht mit seinen Bemerkungen gehabt, wie nah Egisburg dem kaiserlichen Teil des Reichs war – eine Unterscheidung, die er mit einem sarkastischen Lächeln begleitet hatte, die Aldrics Meinung nach einem Wolf besser zu Gesicht gestanden hätte. Der Alber hatte schon ein solches wölfisches Grinsen *gesehen* und wusste ganz genau, was der Gedanke zu bedeuten hatte.

Von Goths befestigtem Hauptquartier war es auf den geraden Armeestraßen ein Ritt von zwei oder vielleicht drei Tagen. Gewiss nicht mehr. Die Reise wäre noch rascher verlaufen, hätten sie die Wege der Falken-Kuriere benutzt, aber die waren selbstverständlich auch für hochrangige Offiziere verboten. Und noch mehr für jene, die so einen Rang nur vortäuschten.

Während jenes letzten langen Nachmittags, in vier kalten Stunden, die manchmal kristallklar und dann wieder von fallendem Schnee vernebelt waren, entwickelte Egisburg sich von einem Fleck am Horizont zur hingeduckten, zerklüfteten Realität einer Stadt. Dennoch konnten sie erst, als der Abend seine grauen Schwingen um sie schloss, ihren ersten richtigen Blick auf den Ort werfen, den sie ungesehen und unversehrt zu betreten – und wieder zu verlassen – hofften. Aldric nahm eine sehr aufrechte Haltung im Sattel ein, sich bewusst, dass die sporadischen Gespräche in seinem Rücken verstummt waren. Was nicht weiter überraschend war. Aber es ließ vermuten, dass der Rote Turm sogar bei der Geheimpolizei eine gewisse Reputation hatte.

Es gab größere Festungen auf der Welt, das wusste er – und zweifelte nicht an diesem Wissen, da er einige von ihnen gesehen hatte. Datherga, Segelin, Cerdor, sogar seine eigene Festung Dunrath war größer als diese. Und diese verblassten wiederum neben einigen Festungen des Kaiserreichs wie der vom Kriegsgroßfürst erst kürzlich fertiggestellten Zitadelle im Herzen von Drakkesborg. Doch trotz ihrer Größe konnte keine von ihnen so abschreckend für Eindringlinge aussehen.

Er hatte eine schlanke Nadel aus Stein erwartet, vielleicht

so etwas wie in der alten Geschichte vom Elefantenturm, die er als Kind so geliebt hatte, oder wie den Turm, den angeblich die heiligen Männer Hertas gebaut hatten und in dem sie sich vor Piraten verstecken konnten. Der Rote Turm von Egisburg war nichts von alledem. Vor langer Zeit – vor mindestens zweihundert Jahren, wenn er die Architektur von Befestigungsanlagen überhaupt zeitlich einordnen konnte – hatte jemand beschlossen, hier an der Kreuzung zweier Flüsse eine Festung zu errichten. Eine »Burg«, wie die Drusaler so etwas nannten. Und dieser Jemand hatte freigebig, verschwenderisch in den großen Hauptturm investiert, der den Kern der Festung bilden würde. So freigebig und verschwenderisch, dass offenbar kein Geld mehr für den Rest geblieben war. Es gab keine Einfassungsmauern, keinen vom Fluss gespeisten Burggraben und auch keine äußeren Verteidigungsanlagen.

Aber es gab den Turm.

Von der Basis bis zur Brustwehr maß er über zweihundert Fuß aus bearbeitetem Granit und die Steine waren mit der dicken Glasur überzogen, die dem Turm seinen Namen und seine Farbe gab: einem dunklen, lebendigen Karmesinton, der unangenehm an die Farbe frisch vergossenen Bluts erinnerte. Er reckte sich steif und kahl den eisenfarbenen Wolken entgegen wie der Turm, den Aldric aus seinen Träumen kannte, verzerrt durch den wirbelnden Schneefall. Und gleichzeitig schien ein bernsteinfarbener Strahl der untergehenden Sonne von Westen über das Mauerwerk zu lecken. In jenem kurzen Augenblick, bis sich der Riss in der Wolkendecke wieder schloss, lag ein Glanz auf dem Turm, der fast klebrig wirkte. Aldric wäre nicht überrascht gewesen, hätte er den süßlichen, salzigen Geruch frischen Bluts wahrgenommen. Und in seiner geborgten Rüstung überlief ihn ein winziger Schauder.

Die Geschichte des Roten Turms war so, dass mit seinem Namen jenseits des Reichs ungezogene Kinder erschreckt wurden. Jenseits des Reichs, aber niemals im Reich selbst. Im Reich ängstigten solche Drohungen nicht nur Kinder. Denn innerhalb der Grenzen des Reichs war die Bedrohung durch den Roten Turm wirklich.

Aldric hatte übrigens richtig geraten. Es hatte die prächtigste, imposanteste und uneinnehmbarste Festung in Drusul werden sollen. Und dann war das Geld zur Neige gegangen. Nur Historiker und Gelehrte erinnerten sich jetzt noch an den Namen des Erbauers. Er war von seiner erzürnten Familie enteignet worden, weil er das Kapitalverbrechen begangen hatte, ein ererbtes Vermögen zu verschleudern, und sie hatte nichts mehr mit ihm zu tun haben wollen. Er war als unverheirateter, kinderloser, namenloser alter Mann gestorben.

Achtzig Jahre verstrichen und der Turm wurde zu einer befestigten Residenz für das Erbgroßkönigtum des rasch wachsenden neuen Stadtstaats von Egisburg, der seinen Reichtum aus dem Verkehr auf den beiden Flüssen und aus den Stahlwerken zog, die bereits den Status des Sprichwörtlichen erreicht hatten: »So gut wie Egisburger Stahl« war schon vor über einem Jahrhundert ein Lob für Qualität gewesen. In jenen Tagen waren die Sherban-Kaiser autonomen Stadtstaaten gegenüber erheblich toleranter gewesen als heute.

In den frühen Dekaden des Aufstiegs der Sherban-Dynastie zur absoluten Macht – bevor es Kriegsfürsten gab –, war es nötig geworden, einen sicheren Ort zu finden, wo wichtige Gefangene, politische Geiseln und »Gäste« des Drusalischen Reichs bleiben und auf eine endgültige Klärung ihres Schicksals warten konnten. Diese Klärung mochte in einem Verweis oder in der Unterzeichnung eines günstigen Vertrags – günstig für das Reich natürlich – oder in der legalen Hinrichtung bestehen. Ab und zu bestand sie auch einfach nur im Verschwinden des Gefangenen.

Der Rote Turm war genau so ein Ort. Er hatte seinen Namen und seine Glasur bekommen, als die Stadt sich vor zehn Jahren zum ersten Mal für den Kaiser erklärt hatte. In jenen heiklen Monaten hatte der zweite Autokrat der Dynastie zu ergründen versucht, wer Verbündete und wer Feinde waren und wie man mit ihnen verfahren sollte. Als Festung begonnen und als Heim beendet, besaß er alle erforderlichen Voraussetzungen und war dem damaligen Kaiser in dem Augenblick übergeben worden, als seine Überlegungen vom gedanklichen ins verbale Stadium übergegangen waren. Nachdem Rot die bevorzugte Farbe im Kaiserreich war (eine Tatsache, die jenen bekannt gemacht worden war, die den Farbton der Glasur ausgewählt hatten, und jeder war sich ihrer bewusst), war das Geschenk sofort angenommen worden. Seitdem war eine beträchtliche Anzahl von Personen durch die finsteren Portale des Turms geschritten und obwohl das weitere Schicksal der meisten von ihnen so oder so bekannt war, gab es doch noch vielleicht zwei Dutzend, von denen man nie wieder etwas gesehen oder gehört hatte … als habe das nüchterne rote Gebäude sie verschluckt. Doch in Übereinstimmung mit der Fassade sicherer, komfortabler Unterbringung bedeutender Persönlichkeiten – und weil man einige wenige von ihnen unter Entschuldigungen mit unterschiedlichem Aufrichtigkeitsgrad tatsächlich wieder in ihre alten Ränge und Privilegien eingesetzt hatte –, waren die Verhältnisse im Turm angeblich beinahe luxuriös. Und das Wachkontingent sollte ebenso angeblich geradezu kultiviert sein!

Dewan ar Korentin hatte Aldric bei einem guten Schluck von diesem Ort erzählt. Eines der vielen, vielen Themen, die sie in der kurzen Zeit angeschnitten hatten, welche Aldric zur Verfügung stand, um sich über das Kaiserliche Reich zu informieren. Er hatte erzählt, dass es von den meisten regulären Truppen als eine Art Belohnung für gute Führung betrachtet werde, wenn einen die Offiziere zum Roten Turm abkommandierten. Das hatte einiges zu bedeuten. Zuallererst, dass die Einstellung der gesamten kleinen Garnison vom Befehlshaber bis hinunter zu den untersten Dienstgraden einigermaßen lasch sein würde. Abgesehen von allem anderen waren Anlage, Reputation und äußeres Erscheinungsbild des Roten Turms dergestalt, dass er von allen Fluchtversuchen abschreckte, von den entschlossensten einmal abgesehen. Nicht, dass einer dieser Versuche je Erfolg gehabt hätte – und aus denselben Gründen konnte eigentlich niemand so verrückt sein und *hinein* wollen.

Nur, überlegte Aldric sarkastisch, dass mehrere ansonsten vernünftige Personen anscheinend ...

Und irgendwo hatte anscheinend irgendwer einen entsprechenden Verdacht. Warum sonst waren alle Straßen, die zum Turmplatz führten, durch Kontrollpunkte der Armee gesperrt? Die Soldaten, die sie bemannten, trugen *Woydach* Etzels Wappen und Farben. Aldric war es inzwischen ziemlich leid, dass der vierzackige Stern etwas verunzierte, das er nach wie vor als sein eigenes sauberes Schwarz und Silber ansah, wenngleich er im Moment das kaiserliche Rot trug – und sie wiesen jeden ab, der keinen ordnungsgemäß ausgestellten Passierschein vorweisen konnte, sogar jene, die, ihren Protesten nach zu urteilen, in den abgeriegelten Straßen *wohnten*.

»Was hat das alles zu bedeuten?«, fragte Aldric sich leise. »Sie können uns nicht erwarten. Oder doch ...?«

»Nein.« Brudas Antwort klang selbstsicher und unbesorgt. »Das ist das übliche Verfahren. Eine Übung. Eine Vorsichtsmaßnahme.«

»Vorsichtsmaßnahme wogegen?«

Diesmal gab Prokrator Bruda keine Antwort.

Ein reisender Jahrmarkt hielt sich gerade in der Stadt auf: Jongleure, Musikanten und Akrobaten – und da er die Kaiserliche Geheimpolizei ein wenig kannte, nahm Aldric an, dass einige von ihnen, zumindest die Akrobaten, wahrscheinlich *Taulathin* waren. Es war nur eine Vermutung, weil ihm niemand gesagt oder auch nur einen Hinweis darauf gegeben hatte, dass es so war. Andererseits hatten sie vermutlich nicht einmal Fürstgeneral Goth unterrichtet. Der Jahrmarkt arbeitete eng mit den respektableren und gesellschaftlich akzeptableren Unterhaltungsberufen des Geschichtenerzählers und einer Theatertruppe zusammen. Insgesamt eine sehr teuer aussehende Truppe, die irgendein Fest hierhergelockt hatte, wo sie die letzten Vorstellungen der Saison geben würden, bevor der Winter hereinbrach, und die offenbar mehr Leute angelockt hatte, als Egisburg problemlos aufnehmen konnte. Ein oder zwei weitere fremde Gesichter würden kaum Aufmerksamkeit erregen. Bruda, oder wer sonst hinter der Planung dieses Unternehmens steckte, musste davon gewusst haben und es erklärte den strikten Zeitplan, den es einzuhalten galt.

Trotz der vielen Menschen war es nicht schwer, eine Unterkunft zu finden. Die Kavallerieeskorte wurde sofort bei der Stadtgarnison einquartiert – denn ungeachtet der Spannungen zwischen den Politikern gab es keinen inneren Bruch in der Armee. Noch nicht. Das steckte hinter der arroganten Leichtigkeit, mit der sie von Goths Hauptquartier hierher gereist waren, und war auch der Grund, warum der Fürstgeneral darauf bestanden hatte, dass Aldric eine kaiserliche Rüstung trug. Sie machte ihn zum Mitglied einer – der Alber grinste innerlich höhnisch, als der Gedanke Gestalt annahm – einzigen, großen, glücklichen Armee. Und zu einem Mitglied von solchem Rang, dass er beiläufige Routinebefragungen nicht zu befürchten brauchte. Keinem Militärpolizisten oder Kontrollpunkt-Sergeanten würde auch nur im Traum einfallen, einen *Hanalth* der Gepanzerten Kavallerie zu befragen, ohne einen dreifach abgesicherten, hieb- und stichfesten Grund zu haben, hinter dem er sich verschanzen konnte. Und wenn er einen hatte und bereits so misstrauisch war, Fragen zu stellen, war es ohnehin viel zu spät.

Ranghohe Offiziere wohnten natürlich nicht in der Kaserne bei ihren Männern, wenn es bessere Unterkünfte gab, und in Egisburg gab es viel bessere. Trotz der zahllosen Besucher und obwohl es die besten in der Stadt waren – in den Gasthäusern direkt im düsteren Schatten des Turms waren noch Zimmer frei. Vage, finstere Gerüchte darüber, wer wohl in der Zitadelle festgehalten wurde – und diese Gerüchte bewegten sich zwischen unwahrscheinlich und unmöglich –, waren hinreichend, dass sich alle, bis auf die Kühnsten und Wohlhabendsten, anderswo in der Stadt ein Zimmer suchten – egal wo. Jene, die blieben, waren, von hochrangigen Militäroffizieren abgesehen, mit Geld gesegnete Männer und Frauen, deren Kühnheit direkt proportional zu ihrem Reichtum war. Und manche waren in der Tat äußerst kühn.

Die Erklärung hatte Bruda geliefert, als Aldric Zweifel daran geäußert hatte, dass sie außer in der Kaserne noch irgendwo eine Unterkunft finden würden und er ganz gewiss nirgendwo wohnen und schlafen würde, wo das geringste Fehlverhalten seinerseits auffallen musste wie eine Kerze in einem Keller. Sie ritten gemütlich durch die überfüllten

Straßen und anstatt eine Passage zu erzwingen, was sie durchaus hätten tun können, warteten sie ab, bis sich die Menge von selbst vor den Pferden teilte. Schließlich war es in Egisburgs Feiertagsatmosphäre weitaus natürlicher, sich einfach treiben zu lassen. So natürlich wie das Lächeln, das sie auf Aldrics Gesicht zauberte, als er sich von der fröhlichen Stimmung der Bewohner anstecken ließ. Zum ersten Mal seit viel zu langer Zeit spürte er diese Fröhlichkeit und zeigte dieses ungezwungene Lächeln. Noch interessanter war, dass ihr gemütliches Tempo ihm Gelegenheit bot, jenen Geschichtenerzählern zuzuhören, die so nah waren, dass ihre Worte nicht im allgemeinen Hintergrundgemurmel untergingen.

Aldric wusste schon lange, dass diese berufsmäßigen Geschichtenerzähler sich sehr stark von ihren albischen Gegenstücken unterschieden – wie zum Beispiel dem alten Mann, der bei seinem *Eskorrethen*-Fest vor fast vier Jahren gesungen und Harfe gespielt hatte. *Auf den Monat vor vier Jahren!*, ging ihm mit leichtem Schreck auf. Alber waren in vielen Dingen konservativ und zogen das Althergebrachte der Innovation vor. Das war nicht immer gut, sei es in der Literatur oder in den Angelegenheiten, welche die weite Welt betrafen. Das eine mochte zu einem gewissen Grad der kulturellen Stagnation führen, doch das andere konnte weitaus gefährlicher sein. Natürlich mochte König Rynerts neue Herangehensweise – die Aldrics Anwesenheit hier versinnbildlichte – gleichermaßen riskant sein. Vor allem für Aldric!

Dieser alte Mann hatte sich Dutzende alter Legenden, alter Geschichten, alter Sagen und sogar die alte, bewährte Art eingeprägt, wie man sie zu erzählen hatte. Aber allen war gemeinsam, dass sie *alt* waren, wie ihr Erzähler. Doch das kaiserliche Wort für Geschichtenerzähler ließ sich wörtlich ins Albische übersetzen als »einer, der Geschichten macht, die unterhalten« und in der Tat verbrachten sie ebenso viel Zeit mit dem Ersinnen neuen Materials als mit dem Erlernen der Klassiker. Es war kein Zufall, dass der Stückeschreiber Oren Osmar, obwohl Jouvainer von Geburt und Vreijaurer im Herzen, einige der dauerhaftesten und beliebtesten Arbeiten unter kaiserlicher Schirmherrschaft erschaffen hatte. Sogar *Tiluan der Prinz*, ein Stück, das achtzig Jahre nach seiner Uraufführung allgemein immer noch als originell, gewagt und kontrovers galt.

Nicht, dass diese gewagte Kontroversität irgendetwas mit der Politik des Reichs zu tun gehabt hätte. Dafür hatten Generationen hart arbeitender Zensurbeamter für das Theater gesorgt und Aldric war nicht so naiv, das zu vergessen. Dennoch war es faszinierend, nicht nur Geschichten zu hören, die er bereits kannte – wenngleich in einer fremden Sprache, die ihm eine gewisse Konzentration abverlangte, um sie verstehen zu können –, sondern auch verlockende Bruchstücke von Geschichten, die ihm vollkommen neu waren. Obwohl einige davon hier bekannt und sehr beliebt waren, falls man dem lauten Beifall der Zuhörerschaft trauen durfte.

»... Vor einer Ewigkeit und so weit entfernt wie der Mond ...«

»... Wisse, o Prinz, dass zwischen den Jahren, als die Ozeane tranken ...«

»... aber kehre zurück, bevor die Uhr Mitternacht schlägt, denn andernfalls ...«

»... stolzer blasser Prinz der Ruinen, Träger des Schwarzen Runenschwerts ...«

»... der Falke schlug drei Mal auf den Boden und verwandelte sich in einen gutaussehenden jungen Mann ...«

»... ich werde die Hände falten und mich vor den Ecken der Welt verneigen ...«

Ein Schlag zwischen die Schulterblätter riss Aldric gewaltsam zurück in die Gegenwart und seine wahre Aufgabe in dieser Stadt. Etwaige – scharfäugige – Beobachter hätten vielleicht bemerkt, dass dieser Schlag weitaus fester war, als es einem *Hautheisart* gegenüber einem *Hanalth* von Rechts wegen zustand, wie eng ihre Freundschaft auch sein mochte. Doch Voords Grinsen hatte überhaupt nichts Freundschaftliches, als Aldric mit einem unterdrückten Fluch herumfuhr und ihn anfunkelte. Dazu waren die dünnen, blutleeren Lippen des Mannes viel zu weit zurückgezogen. Es war ein hässlicher und keine freundschaftlicher Ausdruck und beide Männer wussten, dass der andere dies auch wissen sollte.

»Zweifellos wird die Zeit für einen Besuch noch kommen, *Hanalth*«, sagte der Vlecher. »Aber erst später. Nicht jetzt.«

Zwei kaiserliche Offiziere tranken Weißwein aus einer Flasche, die sie zur Kühlung in einen kleinen Schneehaufen gesteckt hatten, während sie im ansonsten verlassenen Hinterzimmer einer noblen Taverne saßen und einander über den Rand ihrer Pokale ansahen. Zwei andere waren abwesend. *Hautheisart* Voord war ausgegangen, um einen demonstrativ angekündigten Spaziergang zu unternehmen, und wenn ein geheimes Motiv hinter seiner Entscheidung steckte – nachdem er sie so rasch im Anschluss an gewisse Feststellungen hinsichtlich eines Besuchs getroffen hatte –, hielt nicht einmal Aldric Talvalin sie einer Bemerkung für würdig.

Aldric selbst hatte sich – für ihn typisch – fünf Minuten in dem ihm zugewiesenen Raum aufgehalten und sich dann auf die Suche nach dem Badehaus der Taverne gemacht. Bruda zeigte sich nicht im Geringsten überrascht. Er kannte sich ein wenig mit Albern und ihren Sitten aus und noch ein wenig mehr mit diesem jungen Mann. Natürlich war es möglich, dass Aldric die Gesellschaft, in der er sich gezwungenermaßen bewegte, untergründig zu beleidigen versuchte, indem er andeutete, dass sie in ihm ein Gefühl der Unreinheit erweckte, aber eine Beleidigung, die so untergründig war, dass sie niemand zur Kenntnis nahm, hörte auf, eine solche zu sein. Statt dessen saßen Bruda und Tagen da, tranken ihren gekühlten Wein, redeten über Belanglosigkeiten auf eine entspannte Art, die Offiziere ähnlich unterschiedlichen Ranges schockiert hätte, welche nichts von der informellen Rangstruktur innerhalb *Kagh' Ernvakh*s wussten.

Aldric kam herein, bevor die Flasche mehr als halb geleert war, rosig im Gesicht, immer noch etwas feucht hinter den Ohren und leicht duftend – kurzum, wie jeder andere Offizier des drusalischen Militärs an einem freien Abend. Er hatte die Rüstung abgelegt und trug wieder seine eigene Kleidung, soweit es seine Tarnung gestattete. Nur die mit Rangabzeichen versehenen Binden an den Oberarmen seiner Tunika und die breiten bestickten Schulterstücke, die unbequem auf dem dichten Pelz des *Coyac* lagen, den er darüber trug, zeigten rein äußerlich an, was er angeblich war. Der strenge Haarschnitt, den man ihm vor dem Aufbruch aus Goths Hauptquartier verpasst hatte, unterschied sich nicht von demjenigen der anderen, Offizier oder Mannschaftsdienstgrad, und der Überwurf mit seinen restlichen Insignien lag achtlos zusammengefaltet über dem Arm, der auch sein Langschwert trug. Als er Platz nahm, warf er diesen Überwurf beiläufig über die Stuhllehne – und lehnte das Schwert respektvoll an dessen Armlehne.

»Ihr solltet das anlegen«, sagte Bruda tadelnd.

»Das Schwert?« Aldric missverstand ihn natürlich absichtlich. Dann griff er hinter sich und zog den Überwurf tiefer herab, um ein bequemeres Kopfpolster zu haben. »Oder dieses Ding hier? Weil Ihr Eures auch nicht tragt«, stellte er mit unwiderlegbarer Logik fest, während er sich Wein einschenkte.

Bruda lächelte dünn. »Ein Punkt für Euch«, räumte er ohne Groll ein. »Aber mir steht mein Rang auch zu. Ich habe ihn mir verdient. Euer ist lediglich geborgt. Also tragt den Überwurf, wann immer Ihr diese Taverne verlasst. Verstanden?«

Aldric bejahte – flüchtigst – mit einem Heben der Augenbrauen und des Weinpokals sowie einem unmerklichen Nicken.

Du weißt, wie man sich unbeliebt macht, nicht wahr?, dachte Bruda. Laut äußerte er nichts dergleichen, sondern richtete seine Aufmerksamkeit wieder auf Tagen und das Gespräch, das Aldrics Ankunft unterbrochen hatte. »Also – nun, da Ihr den Turm gesehen habt, was meint Ihr? Irgendwelche Ideen, wie man hineingelangen kann?«

Was?« Aldric setzte sich ruckartig gerade hin, zuckte zusammen, fluchte und goss sich kalten Wein über den Arm. Er war nicht allzu erfreut über die Bedeutung von Brudas Worten. Dinge von Fall zu Fall zu entscheiden, war zur richtigen Zeit und am richtigen Ort schön und gut, aber dies war weder das eine noch das andere.

Brudas Blick huschte leidenschaftslos kurz von dem vergossenen Wein zu Aldrics Gesicht und wieder zurück. »Wischt das auf«, sagte er, indem er selbst einen Schluck trank. »Und ich habe nicht mit Euch geredet. Tagen – Ihr stammt aus den Bergen. Eure Ansicht?«

»Ich glaube, Prokrator«, sagte Tagen nach einem Augenblick des Nachdenkens, »dass Bergsteigen am Turm nicht infrage kommt. Wegen der Glasur gibt es keinen natürlichen Halt für Zehen und Finger und wenn man versuchte, Haken einzuhämmern, hätte man die ganze Garnison am Hals, die auf das Klopfen antwortet.«

»Schlussfolgerung?«

»Der Versuch, einen Spiegel zu erklimmen, wäre ebenso erfolgreich wie eine Besteigung dieses verdammten Turms mit normalen Mitteln.«

»Ich verstehe.« Bruda drehte sich ein wenig auf seinem Stuhl. »Nun, Aldric? Noch keine Kommentare?«

»Nein. Noch nicht.« Aldric hatte im Augenblick mehr im Sinn, als sarkastisch zu sein. Und das war zugegebenermaßen eine Abwechslung.

»*Hauthanalth?*«, sagte Tagen in einem Tonfall, als sei ihm plötzlich etwas eingefallen. »*Hauthanalth,* ich könnte vielleicht einen Enterhaken auf einen der Wälle bringen.«

Mit einem Blick auf Tagen öffnete Aldric den Mund, um so etwas zu sagen wie: »Was, zweihundert Fuß steil aufwärts und noch dazu im Dunkeln?« Aber er schloss ihn dann wieder mit lautem Klicken, als der *tau-Kortagor* müßig einen Arm spannte und dabei die schweren Muskelpakete unter dem Ärmel zu erahnen waren.

Doch Bruda sprach fast dasselbe laut aus – wenn auch nicht spöttisch, sondern mit Bedauern. »Das schafft nicht einmal Ihr, trotz Eurer Stärke, Tagen«, sagte er.

»Nein, nicht, wenn ich ihn werfe.« Der Mann lachte kurz, da es ihm schmeichelte, dass sein Vorgesetzter diese Möglichkeit überhaupt in Betracht gezogen hatte. »Nein, ich dachte an eine Armbrust.«

»Ihr müsstet die Haken polstern«, sagte Aldric. »Sie würden sonst zu viel Lärm machen, wenn sie auf Stein treffen. Und Ihr müsstet gleich beim ersten Versuch treffen. Könnt Ihr das?«

»Nicht beim ersten Versuch – nicht im Dunkeln. Wahrscheinlich auch nicht beim zweiten. Aber beim dritten oder vierten könnte ich zusagen.«

»Wenn man nicht mittlerweile – was sagtet Ihr gleich noch? – die ganze Garnison am Hals hätte, die auf das Klopfen antwortet?«, wiederholte Aldric Tagens selbst geäußerten Zweifel und der Drusaler grinste, da ihn das Wortspiel amüsierte.

Bruda war mitnichten amüsiert. Er stellte seinen Pokal mit einem scharfen Klacken ab, das alle Blicke auf sich zog, und drehte ihn dann langsam, als es still wurde. »Gut gemacht«, sagte er in ätzendem Tonfall. »Ihr seid geschickt darin, Löcher zu schlagen, Aldric-*erhan*.« So wie Bruda sie jetzt benutzte, war die albische Nachsilbe, mit der ein Gelehrter bezeichnet wurde, mehr eine Beleidigung als alles andere. »Aber lasst zur Abwechslung mal etwas Positives hören.«

Aldric starrte in die Gesichter der beiden Kaiserlichen … harte Gesichter, ausländische Gesichter – und wusste sehr wohl, dass er schon ein Risiko einging, wenn er seine Gedanken laut aussprach. Doch schließlich tat er es. »Versucht es mit Zauberei.«

Die Tür öffnete sich und wie aufs Stichwort trat Voord ein. Oder als habe er draußen gelauscht. »Zauberei?« Aus der Stimme des *Hautheisart* klang Unglaube. »Alber, Euch gebührt zumindest Lob für Eure Frechheit – obwohl nicht im Geringsten für Euren Verstand. Einem Leiter der Geheimpolizei den Einsatz der Künste der Magie zu empfehlen, muss unter den …«

»Werft einen Blick auf die Kriegsschiffe Eurer ach so prächtigen Flotte, mein lieber Herr Kommandant Voord!«, fauchte Aldric. »Und dann erzählt mir mehr darüber, wie verboten Magie im Kaiserreich ist!«

»Dann wisst Ihr also von den kaiserlichen Verboten«, stellte Bruda unnötigerweise fest.

Aldric starrte ihn einen Moment an und nickte. Wer wusste das denn nicht, um Himmels willen? Kein anderes Gesetzbuch hatte jemals Edikte zu verzeichnen gehabt, die härter bestraft wurden, und ihre Einhaltung war seit der Verfügung vor fünfzig Jahren rigoros durchgesetzt worden. Außer natürlich dort, wo die reine Macht im Spiel war.

»Wenn Ihr davon wisst, könntet Ihr vielleicht auch noch einen Vorschlag machen, wo ich einen Zauberer finde?«, fuhr Bruda täuschend lieblich fort. »In Vreijaur vielleicht? Oder sogar in Alba?«

Da ging Aldric auf, dass Bruda vielleicht doch nicht ganz so nüchtern war, wie es zunächst den Anschein gehabt hatte. »Euer Stellvertreter hat bereits bemerkt, dass Ihr der Leiter der Geheimpolizei seid«, erwiderte er nüchtern. »Als *Hauthanalth Kagh' Ernvakh* müsst Ihr es mir sagen.«

Eine eisige Stille trat ein, dann warf Bruda den Kopf in den Nacken und lachte lauthals, was Aldric ziemlich erschreckte. »Also gut«, sagte er immer noch grinsend. »Das werde ich. Da.« Eine Hand zeigte auf die Stelle, wo Voord immer noch mit rätselhafter Miene am Türpfosten lehnte. »Das ist Euer Zauberer.«

»*Er?*« Aldric war auf beleidigende Weise ungläubig und ließ es auch so klingen.

»Und warum nicht?« Voord grinste höhnisch. »Wo könnte man besser geheime Künste praktizieren als in der Geheimpolizei? Wir haben alle unsere kleinen Laster. Ich kenne bereits einige der Euren und dies ist eines von meinen. Eines Tages lernt Ihr vielleicht auch die anderen kennen, *Hlensyarl*.« Sein Grinsen wurde dünn und gemein. »Oder vielleicht auch sie Euch.«

»In meinem persönlichen Stab sind Männer mit vielen

Begabungen, Aldric«, sagte Bruda. Ob ihn das freute, ließ sich unmöglich sagen, aber irgendwie glaubte Aldric es nicht. »Viele Begabungen – und sehr verschiedene.«

»So hat es den Anschein.« Der Alber goss sich etwas Wein nach und benetzte seinen Gaumen mit einem winzigen Schluck. Er begegnete Brudas Blick und hielt ihn fest. »Ich werde daran denken.«

»Ja. Das solltet Ihr wohl.«

»Prokrator«, warf Voord ein, »ich habe mich etwas verspätet. Was besprechen *wir*?« Womit er wohl alle kaiserlichen Offiziere, aber keine schauspielenden Ausländer meinte.

»Die *Tulathin* und den Turm«, sagte Bruda und zögerte. »Und, wäre Magie von Nutzen?«

»Vielleicht …« Voords Stimme verlor sich, als er erkannte, dass er seinen Becher zu voll geschenkt hatte, und konzentrierte sich darauf, ihn an die Lippen zu führen, ohne etwas zu verschütten, bis schließlich ein tiefer Schluck den Pegel auf einen sicheren Stand absinken ließ. Erst dann setzte er den Pokal ab und nickte zustimmend. »Ja, möglicherweise durchaus.«

»Prokrator *Hauthanalth*, dies ist kaum ein Beweis für eine sorgfältige Planung!« Aldrics Tonfall verriet weniger Überraschung als vielmehr Zorn. Zorn darüber, dass ein Plan, der in seinen früheren Stadien – der »Aneignung« eines albischen Abgesandten – anscheinend exakt auf das feinere Spiel einer teuren Maschinerie abgestimmt war, nun zu Spekulationen bei einem Wein verkommen sollte.

»Sorgfältige Planung?«, wiederholte Voord, bevor Bruda etwas sagen konnte. »Aber ja, Talvalin. Das ist es. Alle diese ›Spekulationen‹, wie Ihr sie zu nennen beliebt, sind schon früher zur Sprache gebracht worden.«

»Und was ist mit vorbereitender Aufklärung? Ihr redet

alle so, als würdet ihr diesen Roten Turm zum ersten Mal sehen!«

»Auf die meisten von uns trifft das auch zu. Aber er ist vor nicht allzu langer Zeit von einem meiner Agenten in Augenschein genommen worden. Von einem einzelnen Mann anstelle einer Gruppe – um weniger Aufmerksamkeit zu erregen. Und um der Geheimhaltung willen hat er seine Beobachtungen nicht niedergeschrieben, sondern nur im Kopf bewahrt.«

»So viel Geheimhaltung, dass ich keine Spur dessen erkennen kann, was in Erfahrung gebracht wurde. Wer war dieser ach so vorsichtige Ag...« Er unterbrach sich, als ihm aufging, wie die Antwort lauten würde.

»Garet.«

Er hatte Recht. »Oh«, war alles, was Aldric auf diese Feststellung Voords antwortete, aber in seinem Kopf herrschte Aufruhr. Es war lächerlich, dass ein so heikles Unternehmen am Wissen eines Mannes hängen und dieses Wissen dann auch noch in einem so zerbrechlichen Behältnis wie dem Gedächtnis besagten Mannes transportiert werden sollte. Es war so lächerlich, dass Aldric schon wieder das Misstrauen an seinen Nackenhaaren zupfen spürte. Zu erfahren, dass Voord – ausgerechnet – eine Vorliebe für Zauberei hatte, war ein Grund. Und ausreichend Grund, um auch ohne weitere Hinweise jeden argwöhnisch zu machen. Aber diese Entdeckung rückte andere, absichtlich unterdrückte und nun halb vergessene Erinnerungen zurecht. Erinnerungen an Seghar.

»Wie sieht dann unser Plan aus?«, überlegte er laut und wusste, dass er fast zu bemüht lässig war. »Klettern wir an Seilen hinauf wie *Tulathin* – oder Spinnen – oder ähnliches Ungeziefer oder ...«

»Gehen wir durch den Haupteingang des Turms?«, beendete Bruda Aldrics Frage. »Ja, das werden wir tun. Eine dreiste Herangehensweise. Ich habe alle erforderlichen Dokumente. Die meisten sind echt, wo wir sie bekommen konnten. Ansonsten sorgsam gefälscht.«

»Wir gehen durch den Haupteingang«, wiederholte Aldric leise. »Einfach so.«

»Genau so. Was könnte realistischer sein? Und jede andere Reaktion wäre an sich schon verdächtig.« Er sah Aldrics skeptisch gehobene Augenbrauen, konnte kaum umhin, sie zu sehen, da der Alber sich nicht die geringste Mühe gab, den Ausdruck zu verbergen. »O ja. Ihr vergesst, Aldric *Ilauem-Arluth* Talvalin, dass wir alle – Ihr ebenfalls – hohe Offiziere der besten Armee auf dem Antlitz dieser Welt sind. Bedeutende Leute, Mann! Wir werden dem Garnisonskommandanten später am Abend noch unsere Aufwartung machen und dazu allen … hochrangigen Gästen, die er vielleicht hat. Weil er weiß, dass wir heute eingetroffen sind und er äußerst empört über den Bruch des Protokolls wäre, falls wir ihm nicht noch heute unsere Aufwartung machten.«

»Ich hoffe, Ihr habt Recht, Bruda. Ja, das hoffe ich. Für uns alle.« Aldric stand auf, schlang sich Isileth Witwenmacher bequem über die Schulter und schnallte dann ihre Scheide an seinen Waffengurt. Das Langschwert war mit ihm hereingekommen; es hatte sein Heft an die Armlehne seines Stuhls gelehnt wie ein ergebener Hund die Nase; es hatte sich nicht mehr als eine Armlänge entfernen dürfen, seitdem er es zurückerhalten hatte, obwohl es eigentlich äußerst unmanierlich war, ein schlachterprobtes – und daher bedrohliches – *Taiken* zu tragen, wenn es nicht unbedingt nötig war. Aber das waren Manieren für Alber unter Albern. Hier war die Anwesenheit des Schwerts aus Aldrics Sicht nötig. Sehr. Und würde es auch weiterhin sein, solange Voord im Hintergrund wartete.

Dann sah er Bruda an, nickte und nahm den schwarz-silbernen Überwurf von der Lehne seines Stuhls. »Seid Ihr jetzt zufrieden, *Hauthanalth*?«, fragte er mit einer Spur guter Laune.

»Einigermaßen, *Hanalth*. Aber der Überwurf ist zerknittert. Er könnte gebügelt werden. Kümmert Euch darum, bevor Ihr ihn in der Öffentlichkeit tragt!«

»Jawohl, *Hauthanalth*!« Aldric salutierte zackig, machte kehrt, um den Raum zu verlassen – und stellte fest, dass Voord ihm den Weg versperrte.

»Wohin wollt Ihr überhaupt?«

Aldric zögerte, während er den Tonfall der verschiedenen Antworten abwog, die er geben konnte. Schließlich zuckte er die Achseln und setzte eine Art Lächeln auf, als er sich an Voord vorbeischob. »Mir die Stadt ansehen«, sagte er. Dann wischte er ein imaginäres Stäubchen vom schwarzen Fell des *Coyac*, wo Voords Arm ihn berührt hatte. »Und einen Blick auf den Mond werfen, wenn der Himmel klar genug ist.« Er versenkte den letzten Stachel mit wenig subtiler Boshaftigkeit, da er den Vlecher jetzt einzuordnen wusste. »Ich bin müde. Aber Ihr wisst ja, was man sagt. Eine … Abwechslung ist so gut wie eine Ruhepause.«

»Seid zur Stunde der Katze wieder zurück«, rief Bruda ihm nach.

Aldric drehte sich so weit um, dass er das Gesicht des Prokrators sehen konnte, dann sagte er: »Damit meint Ihr acht Uhr. Obwohl Mitternacht angemessener wäre.«

»Die Stunde des Wolfs? Viel zu spät! Warum …«

»Voord könnte es Euch sagen. Aber ich bezweifle, dass er es tut.« Aldric lächelte wieder. Es war das Lächeln von jemandem, der ein Geheimnis kennt. Dann ging er.

Wegen der Wolken und der Dunkelheit war wenig davon zu spüren, dass sie flogen. Aber sie spürten die hohe Geschwindigkeit und Dewans Gesicht und Hände waren taub und steif vom eisigen Wind, der über sie hinwegpfiff. Nur seine Beine waren warm, da sie sich um den gepanzerten Hals des Drachen schlossen. Doch trotz allen Unbehagens und allen – er dachte nicht länger als einen Augenblick über das Wort nach, obwohl er wusste, dass es zutreffend war – Entsetzens hätte Dewan ar Korentin dieses Erlebnis nicht um die Hälfte des Goldes in Kriegsfürst Etzels Schatzkammern missen wollen.

Nein, nicht um *alles* Gold, denn ab und zu teilte sich die silbergraue Decke über und unter ihnen und ringsumher und dann sah er das Feuer unzähliger Sterne, das seinen Widerschein in den Laternenlichtern der Menschen weit, weit unter ihnen fand. Ymareths Fluggeschwindigkeit ließ sich unmöglich schätzen, aber die geringe Dichte der kalten Luft und seine Schwierigkeiten beim Atmen verrieten ihm, dass er mindestens so hoch über der Erde war wie damals, als er aufgrund einer Wette einen Berggipfel erklommen hatte. Warum die Luft so dünn war, wusste Dewan nicht, aber er war intelligent genug, die nötige Schlussfolgerung zu ziehen: Wenn er jetzt dasselbe wie damals empfand und die einzigen Gemeinsamkeiten die Höhe und die Kälte waren, dann konnte nur das eine oder das andere dafür verantwortlich sein. Und da es auf einem Pferd schon ebenso kalt gewesen war … Vielleicht war die Luft nur in der Nähe des Bodens wirklich gut, wo sie mehr Menschen und Tiere atmeten.

»Egisburg«, vernahm er Ymareths Stimme in seinem Kopf und bei diesem Wort kippte der Drache ein wenig zur Seite und schraubte sich träge in einer Spirale abwärts. In Dewans Ohren knackte es, als sie sich mit der dickeren Luft geringerer Höhen füllten, und er schluckte automatisch, um den Druck auszugleichen. Aber er machte sich keine vage gelehrtenhaften Gedanken mehr über die Zusammensetzung der Luft in verschiedenen Höhen.

Vielmehr gaffte er wie der dümmste hinterwäldlerische Bauer auf das, was sich ihm bot, als sie durch die Wolken gesunken waren. Er wusste genau, dass er gaffte, aber es war ihm egal, wer es mitbekam. *Egisburg*, hatte Ymareth gesagt. Allein das Wort, der Name konnte der großen Ansammlung leuchtender Juwelen nicht gerecht werden, die dort unter ihm ausgebreitet lagen. Oh, Dewan wusste, worum es sich handelte und was ihre Farben zu bedeuten hatten: Es waren die Lampen der Stadt, größtenteils gelb, hell und stetig – das waren Öllampen –, matter und flackernd – das waren Fackeln. Er sah Saphire – irgendjemandes Hauslampen hatten blaues Glas – und dort Smaragde. Und auch Rubine. Weiter entfernt erhaschte Dewan einen kurzen Blick auf den Reichtum und den Ruf Egisburgs: auf das bernsteinfarbene Leuchten ihrer Schmelzöfen unweit der beiden silbernen Bänder, die der Zusammenfluss der beiden Flüsse der Stadt waren. Hier und da leuchtete es grell auf, wo irgendein Eisenmeister noch bis spät in die Nacht arbeitete, und der kalte Wind brachte einen schwachen Geruch nach Holzkohlenrauch vermischt mit dem stechenden Aroma weißglühenden Metalls mit sich. Es roch nach … Drachen. Dann glitten sie tiefer, ihr Blickwinkel verengte sich, und alles verschwand am Horizont.

Der Drache legte sich in eine Kurve und entfernte sich vom Gefunkel der Stadt. Egisburg glitt geschmeidig unter Ymareths Schwingen und Körper hinweg und blieb zurück, als er sich auf der Suche nach einem sicheren Landeplatz der Dunkelheit jenseits der Stadtgrenzen zuwandte.

Wie kann ein Drache in dieser Dunkelheit sehen?, dachte

Dewan wild. Einen Augenblick später erfuhr er jedoch, wie ein Drache im Dunkeln für Helligkeit sorgte. Denn die Flamme aus Ymareths Maul war ebenso heiß und weiß und strahlend wie ein Blitz, so dass alle Einzelheiten auf dem dahinjagenden Boden unter ihnen – nicht mehr sonderlich weit unter ihnen – reliefartig in Schwarz und Silberweiß hervortraten.

Arrogant, dachte Dewan da, aber nicht sorglos. Wer wäre in einer Nacht wie dieser hier unterwegs? Und wer würde glauben, was er sah, wenn er es sah? Und wer würde *ihm* glauben, wenn er es erzählte? Wenn der Betreffende so dumm war, innerhalb der Reichsgrenzen etwas zu erwähnen, das so viel mit Zauberei zu tun hatte!

Ymareth flog träge eine langsame Kurve. Dewan spürte, wie sich unter seinen zupackenden Oberschenkeln Muskeln bewegten, als der Drache die Schwingen justierte, und dann spannten sich eben diese Muskeln wie Kabel und drückten die Schwingen im letzten Teil des Landemanövers nach vorn und nach unten, wie er es schon früher an diesem außergewöhnlichen Tag beobachtet hatte. Das gepanzerte Rückgrat des Drachen stieß heftig gegen Dewans ungepanzertes, ein Gefühl wie bei einem Sprung mit einem ungesattelten Pferd, kam zur Ruhe und es regte sich nichts mehr.

Und sie waren gelandet.

Dewan kletterte von Ymareths Nacken – »absteigen« war kaum eine angemessene Beschreibung für die Höhe, die zwischen ihm und dem Boden lag – und ging dann weiter wie ein alter Mann, setzte jeden Schritt sehr steif und vorsichtig, denn die Knie wollten sich nicht beugen. Er wusste, dass er eigentlich noch verängstigt oder schockiert oder wenigstens erschreckt hätte sein sollen. Aber er wusste auch, dass er auf eine entsprechende Frage lediglich ein Jubelgefühl und Staunen zugeben würde.

Ymareth kauerte im unbeständigen Mondlicht ein paar Schritte hinter dem Vreijaurer und beobachtete ihn, obwohl der Mensch davon nichts merkte; eine riesige, unmögliche Gestalt. »Er ist wie einer, der das Gesicht seines Gottes erblickt hat«, sagte der Drache leise und nur zu Gemmel. »Selten hat diese Gestalt so viel Freude bereitet.« Gelblich-weißes Feuer tanzte träge im zahnbewehrten Maul, aber darin lag keine Bedrohung. Nur Befriedigung und große, sachte Belustigung.

»Ich habe dich nicht Blasphemie gelehrt«, erwiderte Gemmel ein wenig mürrisch. »Und du bist kein Gott.«

»Das habe ich auch nicht behauptet – das waren deine Worte. Aber nun, wo du davon sprichst …«

»Nicht!« Erst nach seiner nervösen Antwort ging Gemmel auf, dass ihn der Drache neckte. Beinah liebevoll, wenn dieses Wort auf so jemanden anwendbar war.

»Du hast mich gelehrt, Humor zu würdigen, Erschaffer. Also freue dich über den Scherz.«

»Das habe ich dich gelehrt, damit du die Menschheit besser verstehen würdest. Nicht, um Witze zu machen. Hör auf damit.«

»Nicht auf deinen Befehl. Nicht jetzt.« Ymareths Gedankenstimme wurde härter, streng und fast ein wenig zurechtweisend. »Du bist solchen Gehorsam nicht mehr würdig. Nicht jetzt. In Zukunft … Vielleicht. Aber wisse: Der Drachenfürst ist derjenige, welcher Flucht und Sicherheit um seiner Ehre willen abgelehnt hatte. Merk dir das, Erschaffer-der-war.«

Gemmel schob jeden Gedanken an das, was sich aus den Worten des Drachen schlussfolgern ließe, erst einmal beiseite, weil er im Augenblick nicht darüber nachdenken wollte, vielleicht jedoch auch aus irgendeinem anderen Grund. Aber er sah dem Drachen in die Augen, wie es nur wenige Menschen getan hätten, und lächelte nach einigen Augenblicken. »Dann empfehle ich mich der Zukunft«, sagte er schlicht. »Aber was getan wurde, wurde getan – und was ich tun muss, werde ich tun. Ymareth Feuerdrache, ich bin *einsam*. Du kennst meinen Geist wie sonst niemand, aber nicht einmal du kannst dir eine solche Einsamkeit vorstellen. Immer, immer einsam. Und mein Sohn, der Drachenfürst, hat das Gesicht des Sohnes meines Bluts. Das kann nur ein bitterer Scherz der Finsternis sein.«

»So nennst du es nun einen Scherz der Finsternis. Des Schicksals. Oder wen du auch sonst immer benennen magst. Aber einen Scherz – wie diejenigen, welche mir verboten sind. Ist das Gerechtigkeit, Erschaffer?«

In den Worten des Drachen lag Logik. *Tu, was ich sage*, dachte Gemmel, indem er eine Phrase aus der Vergangenheit beschwor, *tue nicht, was ich tue*. »Dann bitte ich um Verzeihung«, sagte er, was zu sagen er nie für möglich gehalten hätte. »Um meiner verlorenen Ehre willen empfehle ich dich dem Drachenfürsten Aldric Talvalin. Meinem Pflegekind. Meinem Sohn. Behüte ihn. Hilf ihm. Sorge für seine Sicherheit.«

»All das und mehr.« Ymareth streckte sich, breitete dabei große dunkle Schwingen aus und gähnte wie eine Katze, so dass Gemmel einen Moment direkt in den Schlund des Drachens starrte. Darin schlummerte unruhig Feuer. »Aber diese Nacht eignet sich nicht zum Beobachten. Die Hitze in der Stadt sorgt für Verwirbelungen der kalten Luft.«

»Was, wenn …«, hub Gemmel an. Der Drache sah ihn an – mehr nicht –, aber der Zauberer verstummte sofort verlegen.

»Da wäre das Auge des Drachen«, sagte Ymareth. »Folglich steht er sofort unter meiner Aufsicht – und deiner ebenfalls, wenn es dein Wusch ist, wieder ein wenig Kraft zu verbrauchen. Jene Kraft, die das Auge in den vergangenen Tagen hin und wieder gestohlen hat, so dass wenigstens ich sehen konnte.«

Gemmel schaute vom Drachenstab zum Drachen und erinnerte sich an die stechenden Schmerzen, die er hatte ertragen müssen, ob er nun wollte oder nicht. Und er wäre vielleicht wütend geworden, hätte Dewans Stimme die kühle Nachtluft nicht wie ein Rasiermesser durchschnitten.

»Und was ist mit dem Drachenstab, Ymareth, Fürst Feuerdrache?« Gemmel hätte Dewan ar Korentin eine solche ausgesuchte Höflichkeit gar nicht zugetraut, ebensowenig die manierliche Form des Drusalischen, dessen er sich jetzt bediente. Doch der Zauberer hörte lediglich zu, mehr nicht, und enthielt sich auch jeglicher Bemerkung, sowohl da als auch später. »Wie in einem Traum«, fuhr Dewan fort, »kann ich mich erinnern, dass Aldric Talvalin ein Versprechen gegeben hat, den geliehenen Talisman der Macht seinem rechtmäßigen Besitzer und an seinen rechtmäßigen Ort zurückzubringen. Doch ich sehe ihn hier. Was ist also mit dem Drachenstab?«

Ymareths unheimlicher, furchtbarer, wunderschöner Kopf drehte sich langsam, als sei er überrascht, solche Worte von so unwahrscheinlicher Quelle zu hören. Insofern schwarze, stahlfarbene und goldglänzende Schuppen einen Ausdruck haben konnten, lag warme Freude auf dem Gesicht des Drachens und in seinen phosphoreszierenden, nicht anschaubaren Augen. »Es ist schön, dass du dich hier und jetzt für diese Angelegenheit interessierst. Aber sei versichert, Dewan ar Korentin«, und seinen Namen von so jemandem zu hören, ließ Dewan ein wenig erbeben, wie es Aldric zuvor hatte erbeben lassen, »dass ich nicht in Eile oder ungeduldig bin. Denn das ist unnötig. Du kannst beruhigt sein. *Kailin-eir* Talvalin hatte sein Versprechen gegeben. Das reicht. Er hat die Rückgabe versprochen, nachdem alles erledigt wäre, und diese Zeit ist noch nicht gekommen. Zwar weiß er noch nicht, wessen Willen er erfüllt, aber er weiß sehr wohl um die Bedeutung seines Tuns. Ykraith Drachenstab ist Teil von alledem.«

Dewan konnte zwar irgendwo, tief verborgen, den Stachel einer Beleidigung spüren, aber er wusste nicht, ob der Drache damit vorsätzlich hatte verletzen oder lediglich Gemmel »den Erschaffer« hatte reizen wollen – eine Bezeichnung, die für Dewan sehr viele Bedeutungsfacetten hatte –, der nun, wie er mitangehört hatte, zum »Erschaffer-der-war« geworden war. Er drehte sich um, langsam, so dass er nicht mehr halb über die Schulter gewandt sprach, wie er es zuerst in seinem Versuch getan hatte, mit so vielen Ungeheuerlichkeiten zurechtzukommen, und tief in sich spürte Dewan – ehemals *Eldheisart* der Leibgarde, Vertrauter des Königs, Freund des Kriegers, Bekannter des Magiers und nun auch, und am unwahrscheinlichsten, Reiter des Drachens –, wie er zur Bedeutungslosigkeit schrumpfte.

»Ymareth«, sagte er, auf den förmlichen Modus verzichtend, »wir sind hier nahe am Herzen des Drusalischen Reichs. Aldric, Gemmel und ich – wir sind drei Personen gegen ein mächtiges Reich. Was kannst *du* tun?«

Ein Schwall Feuer aus dem Maul des Drachen warf scharfe Schatten von den Bäumen in der kleinen Senke, in der sie gelandet waren, auf die Gegend dahinter. Eine blasse, kühle Flamme, das Gelächter des Drachen. »O ar Korentin«, – die Worte, die sich in seinem Kopf bildeten, waren von einer Aura des Lachens umgeben und tanzten wie eine Alkoholflamme – »wenn du innerhalb einer Meile dessen bist, was ich tun *kann*, frage mich noch einmal. Falls Fragen dann noch nötig sein sollte …« Dann versickerte die flackernde Belustigung, verdunstete wie Morgennebel in der

Sonne. »Genug. Es ist zwar schon sehr dunkel, aber immer noch erst Abend, wie diese Drusaler ihre Tag- und Nachtstunden auch berechnen mögen. Daher ist es besser, wenn ich nicht bleibe. Aus deinen Worten geht hervor, mein guter ar Korentin, dass ich in den Grenzen dieses Reichs nicht existiere. Das macht mich traurig. Aber trotz meiner Trauer will ich doch lieber keinen Priester dieses Landes in einen Glaubenskonflikt stürzen. Noch nicht. Später, ja, später werden sie sehen und wissen und glauben. Ich gehe. Aber vergesst nicht«, und hätte er die Worte ausgesprochen, anstatt sie nur im Kopf der Zuhörer vernehmbar sein zu lassen, so hätten sie sich in den Geräuschen verloren, die entstanden, als Ymareth sich darauf vorbereitete, sich wieder in die Luft zu erheben, »vergesst nicht, dass ich über Drachenstab und Drachenauge alles beobachte. Hütet Euch vor ungerufener Hilfe. Lebt wohl!«

Der Flügelschlag holte Dewan beinahe von den Beinen, obwohl er damit gerechnet hatte. Als er den Pulverschnee aus den Augen gewischt hatte, war die schlanke Silhouette des Drachens bloß noch ein dahinjagender Schatten auf den wolkenverhangenen Sternen. Doch es machte Dewan nichts aus, dass er nicht mehr als einen dunklen Strich sah, der das Juwelengefunkel des winterlichen Himmels störte. Er stand schweigend da und starrte hinauf, den Kopf in den Nacken gelegt, und löste sich erst aus dieser Haltung, als Gemmel die Hand ausstreckte und ihn am Arm berührte.

»Nun«, sagte der alte Zauberer, »was wisst Ihr jetzt über mich, Dewan?«

Der starre Blick des Vreijaurers löste sich von den Sternen und dem, was vor ihnen herflog, und huschte zu Gemmels bärtigem Gesicht hinüber. Er blinzelte zwei Mal und konzentrierte sich. Dann lächelte Dewan, sehr freundlich. »Ihr seid nicht Drachenfürst. Nicht Erschaffer. Nur

Erschaffer-der-war. Ihr müsst mir diese Titel erklären, Gemmel!«

»Bald. Ihr habt aufgezählt, was ich nicht bin – was noch?«

»Ein – ein Zauberer. Und ein Gelehrter. Ein in vielen Künsten bewanderter Mann. Und der Pflegevater meines, meines Freundes.«

»Dann ist Aldric Euer Freund …?«

»Ja. Weil er die Wahrheit spricht – wenigstens mir gegenüber –, wie nur ein Freund es kann. Weil wir als Ebenbürtige miteinander reden. Und weil wir einander beleidigen können!« Der letzte Grund war von einem Lachen begleitet, aber Gemmel hatte die ganze Zeit zwischen den Zeilen gelesen und brauchte keinen zusätzlichen Hinweis, um zu verstehen. In der albischen Kultur, und insbesondere unter den *cseirin*-Geborenen der hohen Clans, mussten Männer, die einander beleidigen konnten, zwangsläufig Freunde sein. Andernfalls wäre einer von ihnen tot.

»Dann sagt mir«, schnurrte Gemmel, »was er Euch von *en-Altrou* Errekren erzählt hat, dem alten Schneebart und zauberkundigen Pflegevater? Denn er muss Euch doch etwas erzählt haben?«

»Genug.« Dewan betrachtete Gemmel mit jenem klaren Blick, der selbst in der Dunkelheit viel Ungesagtes ahnen ließ. »Er hat mir erzählt, Ihr lebtet unter *Glas'elyu Menethen*. Damals habe ich ihn ausgelacht, aber er hat darauf bestanden – also ist es wahr: *unter* den Blauen Bergen?«

Gemmel nickte und angesichts jenes Eingeständnisses unter dem Sternenlicht musste Dewan hörbar schlucken, bevor er wagte, wieder etwas zu sagen. Doch als er es tat, quollen die Worte mit dem erregten Eifer eines Jungen aus seinem Mund, der vielleicht ein Viertel von Dewans Alter erreicht hatte – eines Jungen, wie Dewan einmal einer gewesen sein mochte, und eines Mannes, wie er vor dem oder ohne den Dienst im Drusalischen Reich und dessen Militär einer hätte sein können. »Unter dem Berg – Herrgott! Unter der Donnerspitze.«

Gemmel hatte nichts dergleichen gesagt – hatte den Namen überhaupt nicht benutzt – und fragte sich, wie viel – Wissen und Vermutungen – Aldric Dewan erzählt hatte, wenn sie beide betrunken genug gewesen waren, um Vertraulichkeiten auszutauschen. Er wusste, dass der jüngere Mann sich gedankenlos und schnell und auf eine Weise anfreundete, die oft auf beiden Seiten zu Kummer führte. Und oft auch auf dritter Seite.

»Er sagte, Ihr wäret auch viel gereist, über große Entfernungen in viele Länder, bevor Ihr nach Alba gekommen wäret ...«

»Nach Alba *zurück*gekommen bin, Dewan«, unterbrach der Zauberer leise. Es reichte, um ein leichtes Zögern und auch eine gewisse Nachdenklichkeit unter den Wortschwall zu mischen.

»Ihr hattet einen Sohn. Er ... starb.«

»Ja. Vor langer Zeit.«

»Ihr habt es König Rynert erzählt, an jenem Tag in Cerdor, als Ihr herausfandet ... wie Aldric dem Reich ausgeliefert worden war.«

»Ich habe ihm erzählt, dass mein Sohn gestorben ist. Aber nicht, wie er starb. Und auch nicht, wer ihn getötet hat. Und nichts über die Konsequenzen dieser Tat. Ich habe ihm nur erzählt, was Ihr selbst gehört habt. Dass ich einen Sohn verloren habe – und viel mehr als einen Sohn.« Gemmel schauderte. Er sah sich um und richtete seine Aufmerksamkeit auf einen Baumstumpf, den irgendein Holzfäller früher im Jahr zurückgelassen hatte. »Mir ist kalt, Dewan«, sagte er. »Kalt ... und ich fange an, die Dunkelheit zu hassen. Mit etwas Wärme und Licht ginge es uns beiden besser.«

Ohne auf Zustimmung – oder Ablehnung, Warnung oder sonst etwas – zu warten, hob er eine Hand und sprach die Anrufung des Feuers. Ein Kraftimpuls sammelte sich und sprang von seinen Fingerspitzen, blass wie eine verlöschende Kerze und so schwach, dass Tageslicht daraus ein halb gespürtes Flimmern in der Luft gemacht hätte. Doch trotz alledem verwandelte sich der Schnee unterhalb seiner Flugbahn in weißen Dampf – ohne das Übergangsstadium des flüssigen Zustands. Dann traf der Impuls den Baumstumpf: einen Klotz unreifen Holzes, der von schwammigem, feuchtem, halb verrottetem Laub umgeben und schneebedeckt war. Ein Geräusch ertönte wie das Knallen größten Peitsche der Welt … und der Stumpf brannte so heiß und sauber wie getrocknetes Feuerholz.

»Besser«, sagte Gemmel und hob etwas Schnee auf, um die Blasen zu kühlen, die sich auf seiner Hand bildeten. Die kleine Unannehmlichkeit war die Sache wert. Ungeachtet noch verbliebener Feuchtigkeit ließ er seinen kleinen Rucksack im Schatten eines Gebüschs fallen, setzte sich darauf und hielt seine eiskalten Füße ganz nah ans Feuer.

Dewan sah ihn an und holte Luft, als wolle er etwas sagen. Dann überlegte er es sich anders und setzte sich ebenfalls hin. »Nun denn. Erzählt es mir. Und erzählt mir zuallererst: wer hat Euren Sohn getötet?«

»Ich … ich habe seinen Namen nie erfahren. Aber er war der Onkel des jetztigen *Woydach*.«

»Etzels Onkel?« Dewan starrte ins Feuer, da er zuerst nicht begriff. Dann, während er immer noch ins Feuer starrte und daran dachte, wie es entstanden war, begriff er nur zu gut. »O Gott. *Den* meint Ihr! Denjenigen, der …«

»Verbrannt wurde. Lebendig auf seinem Pferd gebraten wurde, wo er saß und über meinen toten Sohn lachte. Getötet durch Magie, Dewan. Getötet von mir.«

»Dann seid *Ihr* – Ihr steckt hinter dem Reichsedikt gegen Zauberei!«

»Hinter dem Edikt des Kriegsgroßfürsten – aber, ja, so ist es. Ich und meine Tat.«

»Vor fünfzig Jahren«, murmelte Dewan, ungewollt laut denkend. Dann begriff er seine eigenen Worte und wandte sich abrupt dem Zauberer zu und starrte ihm bedachtsam direkt in das Gesicht. Es war weißbärtig und abgehärmt, aber Dewan schenkte ihm mehr als jenen flüchtigen Blick, der normalerweise bereits voller Vorurteile über Zauberer war – und jene, die sich Zauberer nannten. Es war ein altes Gesicht, bis Dewan versuchte, »alt« in Jahren zu messen. Und da war es nicht mehr ganz so ehrwürdig.

Ein körperlich kräftiger und gesunder Mann Mitte sechzig. Zu kräftig und gesund für dieses Alter. Alt genug – und doch auch wieder nicht alt genug. Aldric hatte erwähnt, dass Gemmels Sohn große Ähnlichkeit mit ihm gehabt haben musste. Aber bei ihrer ersten Begegnung war der Alber bereits zwanzig gewesen und hatte bedingt durch Furcht und dem, was er mitgemacht hatte, vermutlich älter ausgesehen. Entweder war Gemmel schon als Jugendlicher Vater geworden – nicht unmöglich, aber unwahrscheinlich, wenn man bedachte, wie zugeknöpft seine Moralvorstellungen manchmal sein konnten. Oder Dewans Rechnung stimmte nicht – was in diesem Fall simpler Addition gleichermaßen unwahrscheinlich war.

Oder etwas war nicht so, wie es schien.

»Gemmel?« In seiner Stimme lag ein abscheuliches Zittern, aber der Zauberer ließ nicht erkennen, dass er es bemerkte. »Gemmel, wie … wie alt seid Ihr?«

»Älter, als ich gestern war. Aber nicht so alt, wie ich morgen sein werde.« Dass die Worte von keinem Lächeln begleitet wurden, ließ Dewan mehr frösteln als der geschmolzene Schnee, der seine Kleidung durchweichte. »Alles ist eine Frage der Zeit. Und Zeit hatte ich schon immer reichlich. Nur jetzt nicht. Jetzt habe ich viel zu viel!«

Dewan spürte, wie er unter seinen Pelzen, seiner Rüstung und seiner feuchten Kleidung eine Gänsehaut bekam, weil er das Gefühl hatte – nein, weil er *wusste* –, dass er kurz davor stand, Dinge zu hören, die er gar nicht hören, aber auch nicht versäumen wollte. Er wünschte, Aldric mit seiner gesunden Ader zynischen Humors wäre dagewesen, denn genau den hätte Dewan im Moment gut brauchen können. Weil Dewan, ex-*Eldheisart*, ex-Leibgardist, ex-alles-Übrige, etwas anderes mit absoluter Gewissheit wusste.

Er war entsetzt.

Aber nicht so entsetzt, dass er aufgestanden und gegangen wäre. Gemmel starrte in den Sternhimmel, als suche er etwas – Ymareth vielleicht, der zurückkehrte. Oder vielleicht auch nicht. Es war mehr so, als suche er jenes Etwas jenseits des Himmels, das keiner von ihnen sehen konnte, ein Etwas, auf das er nur hoffen konnte.

»Ich hätte ihn verschonen sollen«, sagte der Zauberer schließlich, »denn mittlerweile war sein Tod sinnlos geworden. Er kam zu spät, um meinen Sohn zu retten. Zu spät, um ihn zurückzubringen. Aber ich tötete ihn: im Zorn, im Kummer … als Vergeltung. Weil ich die Macht dazu hatte, sofort, auf der Stelle – und weil ich es wollte, mehr als alles andere auf der Welt.«

»Vergeltung ist nicht falsch, Gemmel. Seht Euch Aldric an. Seht, was er getan hat – und mit Eurer Hilfe.«

»O ja, mit meiner Hilfe. Und aus welchem Motiv? Warum habe ich all das getan?« In Gemmels Stimme lag eine schreckliche Bitterkeit, eine Scham und ein Selbsthass, die für Dewan dort nichts zu suchen hatten. »Ich hatte meine

Gründe. Ich hatte immer *meine* Gründe – lange ausgesät und lange gehegt. Doch jetzt sind sie voll erblüht und ich fürchte, der Preis wird zu hoch sein. Ich fürchte, ich werde meinen Sohn wieder verlieren.« Gemmel holte tief Luft und hielt sie an, dann atmete er langsam aus, lächelte und schüttelte den Kopf. »Und, nein, Dewan, Ihr irrt Euch. Weil an Vergeltung alles falsch ist – wenigstens für mich. Sie kann nur verziehen werden, wenn sie berechtigt ist, wenn sie erwartet wird, wenn sie rechtens ist. Die albische Hochsprache kennt sieben verschiedene Wörter für ›Rache‹, wusstet Ihr das? Sieben Wörter, deren Anwendung nur unter ganz bestimmten Umständen völlig korrekt ist. Rache zu nehmen, ist ein albisches Erbgut, Dewan. Meines ist es nicht und nie gewesen. Es war falsch von mir, Vergeltung zu üben. Es hat mich meine … meine Ehre gekostet. Und Ymareth weiß es.«

»Ymareth? War das der Grund …«

»Ja. Warum er mir mit belustigter Verachtung begegnet – weil ich weniger bin als jene, denen ich überlegen war und hätte überlegen bleiben sollen. Ihr habt es gehört. Ich bin kein Drachenfürst mehr. Ymareth respektiert nur Ehre – ein nicht greifbares Ding, das nicht gekauft oder erzwungen werden kann. Ein zerbrechliches Ding, das man sich verdienen und behalten muss, wie hoch der Preis dafür auch sein mag. Ich habe meine vor fünfzig Jahren verloren. Ich habe sie noch nicht wiedererrungen.«

»Oh, ich … Drachenfürst, ich verstehe«, brachte Dewan schließlich heraus, »obwohl das auch einer von *Woydach* Etzels Titeln ist.« Gemmel sah ihn an und hob eine Augenbraue, sagte aber nicht mehr – da er offenbar auf den Rest der Frage wartete, denn was Dewan sagen wollte, musste eine Frage sein. Und es war eine. »Aber was hat es auf sich mit … Was hat es auf sich mit dem – *Erschaffer*?«

Der Zauberer lächelte. »Auch ein Titel. Kurz. Prägnant. Akkurat. Und wahr.«

»*Wahr!*« Etwas zu erwarten, einer Sache völlig sicher zu sein, war ganz und gar nicht dasselbe, als es bestätigt zu finden. »Dann habt Ihr ... ihn *erschaffen*?«

»Ja.«

Dewan hatte sich selbst gelobt, nichts Dummes zu tun, nichts, was die sorgfältig gehegte Würde kompromittieren mochte, die ihm einen Schirm gab, hinter dem er sich verstecken konnte. Also sprang er nicht auf, ließ auch nicht den Mund offenstehen und fluchte nicht. Aber langsam, ganz langsam und im Einklang mit jener Würde berührte er sich mit der rechten Hand über dem Herzen und über dem Auge im alten tesher Segen. »Vater, Mutter, Jungfrau«, flüsterte er, »sei zwischen mir und allem Bösen, jetzt und immerdar.« Er küsste seine Handfläche, schloss die Faust und sagte erst dann: »Aber warum würde man einen Drachen erschaffen wollen?« Mit einer Stimme, deren Festigkeit ihn selbst überraschte.

»Weil ich es wollte.« Die lakonische Antwort endete in einem Aufwärtston, so dass Dewan ganz ruhig blieb und auf den Rest wartete. »Und weil es angemessen war und weil ich es konnte.«

»Angemessen?«, wiederholte der Vreijaurer so vorsichtig, wie ein Mann über rohe Eier gehen mochte.

»Es gibt Welten ... Orte, wo bewaffnete Wächter angebracht und richtig sind, und es gibt Orte für hohe Mauern. Orte für Zäune aus Draht mit Stacheln wie Rosen und aus Draht mit – mit Blitzen, die ihn durchlaufen. Und es gibt Orte für Fäden aus Licht, die heißer sind als die Sonne im Sommer, Fäden, die schneiden und töten können. Doch hier ... Hier *wollte* ich einen Drachen haben.« Ungeachtet der Brandblasen an seinen Fingern zeigte Gemmel auf das

Feuer, das daraufhin noch heftiger aufflackerte. »Nicht nur, um Gold zu bewachen – Ihr habt die Höhle von Techaur selbstverständlich gesehen?«

Dewan nickte. In der Höhle war weitaus mehr als nur Gold gewesen, aber er bezweifelte jetzt, dass Gemmel Seide oder teure Parfüme oder etwas von den anderen Dinge meinte, die er, Dewan ar Korentin, für genügend wertvoll hielt, um sie gegen Diebstahl zu bewachen.

»Dann werdet Ihr wissen, was ich meine, wenn ich sage, dass jeder, der nicht mit ganz eindeutigen Anweisungen dorthin *geschickt* worden wäre, vermutlich stehlen würde, was ihm ins Auge fiel. Oder es zumindest versuchen würde.«

Wieder nickte der Vreijaurer. Dewan konnte sich an seine Hände und diejenigen Tehal Kyrins erinnern, die sich ausgestreckt hatten, als hätten sie ein Eigenleben, um festzuhalten, hochzuheben – und vielleicht zu nehmen. Nur Aldrics Warnruf hatte sie daran gehindert. Und die späteren Ereignisse hatten gezeigt, was passiert wäre, hätten sie den versuchten Diebstahl tatsächlich ausgeführt. Er wusste nicht und fragte auch nicht, wie Ymareth, der Drache, geschaffen worden war, da er tief in sich genau wusste, dass er es weder verstehen würde noch wirklich wissen wollte. Dewan wusste bereits so viel, dass er ganz sicher war, nicht noch mehr hören zu wollen.

Das hieß jedoch nicht, dass seine Unterweisung an dieser Stelle endete. Hatte ihn Aldric – vor fünf, sechs, sieben Monaten? – nicht mit dem leicht trunkenen Grinsen guter Kameradschaft gewarnt, dass Gemmel Errekren, wenn er einmal mit einem Gesprächsthema begann, dabei blieb, bis er es entweder zur absoluten Zufriedenheit erklärt hatte, oder, was öfter der Fall war, bis sein Publikum sich in offener Auflehnung erhob, um ihn zum Schweigen zu bringen, oder ging. In diesem speziellen Augenblick kam Dewan zu dem Schluss, dass es für ihn das Klügste war, einfach stumm dazusitzen und zuzuhören.

»Wie kann eine Person etwas unter Kontrolle halten«, sagte Gemmel, »wenn dessen Macht dergestalt ist, dass schon die Möglichkeit, es könne in die falschen Hände fallen, ein unvorstellbarer Albtraum ist?«

Obwohl die Frage rein rhetorisch klang, hielt Gemmel so lange inne, dass es den Anschein hatte, als warte er auf eine Antwort, eine Meinung, eine Vermutung. Auf irgendetwas. Dewan lieferte etwas, aber sein leise geäußertes »Geheimhaltung?« sollte eher das anhaltende Schweigen beenden, als dass er glaubte, er könne Recht haben.

Gemmel schüttelte den Kopf auf eine ruckartige Weise, die mehr wie das Auftauchen aus einem Traum war als Ablehnung – aber eine Ablehnung war es dennoch. »Nicht Geheimhaltung. Das funktioniert nur selten. Nur wenige Dinge können über längere Zeit geheimgehalten werden. Entweder wird das Geheimnis zufällig und unabhängig entdeckt oder von Spionen und Überläufern verraten oder auch von Idealisten, die glauben, der Informationsgleichstand müsse wiederhergestellt werden. Und im Lauf der Geschichte hat es sich bei allen großen Geheimnissen immer um Waffen der einen oder anderen Art gehandelt – Möglichkeiten, einander zu töten, nicht Möglichkeiten zu heilen. Ein Land findet heraus, wie man eine furchtbare Krankheit heilen kann, und es gibt dieses Wissen an alle anderen weiter. Lasst dasselbe Land herausfinden, wie man eine Stadt zehnmal so groß wie Egisburg in einem einzigen Lichtblitz in Schutt und Asche legen kann, und es wird versuchen, dieses Geheimnis für sich zu behalten. Aus Furcht, glaubt Ihr? Oder aus Scham? Spielt keine Rolle. Nicht, wenn solche Länder anfangen, im Hinblick auf Kriege nicht mehr in den Kategorien Sieg und Niederlage zu denken,

sondern Überlegungen anstellen, welche Anzahl an Todes-
opfern noch annehmbar wäre. Annehmbar, Dewan, nicht
unerträglich …«

Gemmel starrte lange Zeit in die lodernden Flammen, als
sähe er etwas völlig anderes darin. Schließlich hob er den
Kopf. »Die Alber legen großen Wert auf Ehre«, sagte er.
»Und nein, ich behandle Euch nicht herablassend, Dewan.
Ihr seid kein Alber, nicht einmal durch Heirat, also kann ich
Euch Dinge sagen, die ich Aldric nicht sagen könnte – oder
wollte. Ehre – nennt es das Ausmaß, in dem man einer Person vertrauen kann – ist ein Maß des Werts dieser Person.
Ihrer persönlichen Fähigkeit – ihrer Macht, wenn Ihr so
wollt –, Dinge sicher aufzubewahren, für sich zu behalten.
Einen Eid, ein Versprechen, ein Geheimnis. Sogar Tratsch
oder ein Gerücht. Aber diese Macht kann auch nach außen
gerichtet werden. Als Magie. Eine Person von großer Ehre
ist auch eine Person mit der Befähigung – und nicht mehr
als der Befähigung, wohlgemerkt – zu beträchtlicher magischer Kraft. Doch in Alba hat sich die Vorstellung von Ehre
auf eine Weise entwickelt, dass die Anwendung von Magie
nicht mehr in Übereinstimmung mit dem Ruf steht, ein
ehrenhafter Mann zu sein.«

»Weswegen Rynert Aldric ausgesandt hat, die Drecks-
arbeit für ihn zu erledigen!«, schloss Dewan grimmig. »Denn
so oder so wird niemand schlecht über ihn denken!«

Gemmel applaudierte, wobei er es fertigbrachte, die einfache Geste des Händeklatschens mit Ironie zu befrachten.
»Gut gemacht!«, sagte er. »Der Witz ist nur, dass Aldric
seine Befähigung gerade wegen dem hat, was König Rynert
als Ehre zu definieren beliebt, nicht weil es ihm fehlen
würde.«

»Und Ymareth erkennt das.«

Sämtlicher sarkastische Humor verschwand aus Gemmels Gesicht und Dewan wünschte, er hätte den Mund gehalten. »Ja«, sagte der Zauberer und die alte Bitterkeit war wieder zurück. »Ich habe Ymareth eine Achtung vor der Ehre eingepflanzt, als ich ihn geschaffen habe. Keine Achtung vor mir, dem Erschaffer, sondern vor … Vor dem, was ich war. Ich wusste, dass mir *damals* niemand den Drachen nehmen konnte. Weil ich ihm Intelligenz gegeben hatte, die Fähigkeit, zu urteilen und Schlüsse zu ziehen. Aus diesem Grund konnte cu Ruruc nicht …« Er hielt inne und blinzelte, aber er wusste, dass Dewan ihn beobachtete.

»Gemmel«, sagte der Vreijaurer, der jetzt sehr leise sprach, als wolle er nicht beleidigend sein. Oder ängstigend. »Gemmel, es gibt für alles eine Zeit und einen Ort. Dies sind die Zeit und der Ort für die Wahrheit. Die ganze Wahrheit. Haltet nichts zurück. Was ich ohnehin bereits glaube, was ich vermute, ist wahrscheinlich weitaus schlimmer als alles, was Ihr mir erzählen könnt, und seht« – er breitete die Arme weit aus, auf Schulterhöhe, und in den schweren Pelzen, die er über seiner Rüstung trug, sah er mehr denn je wie ein großer freundlicher Bär aus – »ich erfreue mich immer noch bester geistiger Gesundheit. Wenn ich wütend auf Euch wäre, glaubt Ihr nicht, ich hätte es längst gezeigt? Ich bezweifle, dass Ihr Aldric von alledem erzählt habt. Aber gesteht ihm zumindest Weisheit und einen offenen Verstand zu. Nach vier Jahren Eurer Unterweisung vielleicht …? Also. Alles. Und bei *meiner* Ehre, wenn Ihr Vertrauen darin habt, obwohl ich nicht einmal durch Heirat ein Alber bin: Was Ihr sagt, wird ohne Eure Erlaubnis von mir niemand erfahren.«

Erneut herrschte Schweigen, das lediglich vom Knistern des Feuers unterbrochen wurde – und von einem anderen leisen Geräusch, das Dewan zuerst nicht unterbringen konnte. Misstrauisch legte er eine Hand auf den Schwertgriff und sah sich am Rande der Lichtung nach Eindringlingen um. Dann wandte er sich langsam wieder Gemmel zu. Weil der alte Mann weinte.

Dewan ar Korentin war ein Militär und ein Leibwächter des Königs, ein guter Trinkkumpan – aber niemand, der übermäßig vertraut mit Gefühlsregungen war. Aus diesem Grund, und das wussten sie beide, war er Lyseun, seiner Frau, nie ein übermäßig guter Ehemann gewesen. Die Liebe in ihrer Ehe war einseitig gewesen und manchmal war er froh, dass sie keine Kinder hatten. Aber nicht jetzt. Jetzt wünschte er, sie hätten so viele Kinder, wie seine Eltern gehabt hatten, denn dann hätte er vielleicht eine Ahnung gehabt, was in so einer Situation zu tun war. Gemmel weinte, ja – aber nicht so, wie alte Leute es tun, oder wie ein Kind. Vielmehr weinte er wie ein junger Soldat, den Dewan einmal unter seinem Befehl gehabt hatte, vor Jahren in Drakkesborg. Dieser junge Soldat hatte sich irgendeines Vergehens schuldig gemacht – er hatte die Einzelheiten vergessen, aber es war nichts Bedeutendes: Wahrscheinlich hatte er einen Stubenkameraden bestohlen – und anstatt der geringen Strafe, die sein Vergehen normalerweise mit sich gebracht hätte, war ihm gänzlich, bedingungslos und völlig unerwartet verziehen worden. Dewan konnte nur tun, was er auch damals getan hatte. Er saß still da und bot weder sinnloses Mitgefühl an, noch tat er, gleichermaßen grob, demonstrativ so, als sei alles in Ordnung. Er wartete einfach ab, sagte und tat nichts, war aber die ganze Zeit da – ein stämmiger, wenn nötig liebenswürdiger Anwesender, der nichts Störendes tat und sich nicht beleidigt fühlte und allein dadurch eine Hilfe war.

Schließlich – nach wenigen Minuten – schniefte Gemmel heftig, als litte er bloß unter einer scheußlichen Erkältung. Dann rieb er sich mit beiden Händen das Gesicht und bohrte sich die Fingerknöchel so energisch in die Augen, als wolle er sie aus den Höhlen drücken. »Danke, *Eldheisart* ar Korentin«, sagte er, ohne Dewan dabei anzusehen.

»Ihr wisst auch, wie man lacht«, sagte Dewan und ließ den Rest der Redensart unausgesprochen. *Niemand sollte lachen, bevor er nicht weiß, wie man weint.* Das stammte aus Valhol und er erinnerte sich daran, es in einem Gespräch mit Aldrics Begleiterin gehört zu haben: Tehal Kyrin. Diese Frau hätte niemals fortgeschickt werden dürfen, dachte er. Hätte ich damals schon gewusst, was ich jetzt über König Rynert weiß, wäre ich niemals damit einverstanden gewesen. Ja – ich hätte mich mit allen Mitteln dagegen gewehrt, die meine Stellung mir ermöglicht hätten. Und noch mehr. Aber diese Seite wurde längst geschrieben. *Und neu geschrieben.* Es war ein Gedanke, der ein dünnes Lächeln hervorbrachte, aber Gedanke und Lächeln waren nur für ihn allein.

»Ja«, sagte Gemmel. »Ich weiß, wie man lacht. Aber nicht ehrlich – nur über die Dummheit der Welt oder die Einfältigkeit der Menschheit« – und was er auch gesagt haben mochte, Dewan spürte, wie bei den Worten des Zauberers etwas in ihm erstarrte – »oder über meine eigene Schlauheit. Ich habe mich für so schlau gehalten, Dewan, so gescheit, als ich die Wünsche des Königs vor meinen eigenen Karren gespannt habe. Erinnert Ihr Euch noch an die Botschaften, die ich in Aldrics Kopf verankert habe, bevor er Cerdor verließ und ins Reich aufbrach? Unterstützung und Hilfe und all diese Dinge. Nun, das war nicht alles. Ich habe auch noch etwas für mich verankert.«

»Vielleicht solltet Ihr mir das nicht erzählen«, sagte Dewan nervös.

»Alles, habt Ihr gesagt. So sei es: alles. Ihr habt den Kriegsgroßfürsten gesehen, als Ihr bei der Leibgarde in Drakkesborg gedient habt, nicht wahr?«

»Ja. Oft …«

»Und aus der Nähe? Wart Ihr nah genug, um ihn gut sehen zu können?«

»*Ja!* Aber was hat das zu tun mit …«

»Geduld. Hört zu. Lernt. Er trägt verschiedene Uniformen für verschiedene Zeremonien. Natürlich tut er das. Ich habe es überprüft und weiß es. Aber eines ändert sich nie. Euch muss das eine Stück in seiner Aufmachung aufgefallen sein, das er nie ablegt und das er enger bei sich behält, als ein Alber sein *Tsepan*?«

Dewan *hatte* es bemerkt. Obwohl er seine Gesichtsmuskeln völlig unter Kontrolle hatte und nicht mit der Wimper zuckte, sah Gemmel im Feuerschein, wie sich die Pupillen des Vreijaurers unwillkürlich weiteten, und nickte, als habe er es mit einem schriftlichen Eid bestätigt.

»*En sh'Va t'Chaal!*« Dewan keuchte die drusalischen Worte mit einem Sprühregen grauer Speicheltröpfchen hervor, der ebenso zu sehen wie zu hören war, und Gemmel nickte wiederum.

»Wie Ihr sagt: das Juwel aus Grün-Goldenem Eis. Ein umständlicher Name. Wo trägt Etzel es?«

»Um den Hals – es dient als Mittelstück für seinen jeweiligen Dienstkragen. Aber warum fragt Ihr? Ihr habt es selbst gesehen – oder nicht …?«

»Nein. Zuletzt vor sehr langer Zeit und da auch nicht als Schmuckstück. Aber ich beschreibe es Euch und dann könnt Ihr mir sagen, ob ich Recht habe. Und dann sage ich Euch, was es in Wirklichkeit ist.«

»Was es in *Wirklichkeit* ist …?«

»O ja. Denn es ist kein Juwel. Und ist es auch nie gewesen. Es ist millionen Mal mehr wert, besonders für mich.« Gemmels Hände zeichneten rasch einen Umriss in die Luft. »Rechteckig, ungefähr so mal so – eine mal eineinhalb Handbreiten – und zwei Finger dick. Durchsichtig, aber leicht grünlich im Kern und dieser Kern ist von einem Gitter aus goldenen Fasern umgeben. Drei Kanten sind mit Goldknöpfen versehen wie eingelassene Perlen. Und es ist so kalt, dass es einer arglosen Hand die Haut abreißen würde.«

»Ihr *habt* es gesehen, Gemmel – oder etwas, das ihm sehr ähnlich ist. Ja, das ist *t'Chaal*, wie ich mich daran erinnere. Aber Ihr habt den Rahmen vergessen.«

»Den Rahmen?«

»Ja. Goldene Filigranarbeiten, mit Smaragden besetzt. Das Juwel, das keines ist, steckt darin.«

»Natürlich – wegen seiner Kälte und wegen der Art und Weise, wie es getragen wird. Ich verstehe.«

»Und was ist es, wenn es kein Juwel ist? Verratet mir das!«

»Es ist …« Gemmel zögerte, da es ihm zu widerstreben schien, den letzten Schritt zu tun. »Mein Sohn hat es getragen. Und ich habe es verloren, als er gestorben ist. Und Aldric wird versuchen, es für mich zu stehlen.«

»*Was!*«

»Das war die letzte Botschaft, die ich in seinem Geist verankert habe, weil ich dachte – so wie alles damals erklärt worden ist –, er würde nicht in Gefahr geraten. Nicht richtig. Dann lief alles schief. In Seghar. Als das Töten begann. Und selbst danach dachte ich noch, alles würde in Ordnung kommen, weil er lieber nach Alba zurückkehren als sich dem Risiko eines sinnlos gewordenen Wagnisses aussetzen würde. Und er muss es versucht haben – Gott, und *wie* er es versucht haben muss!«

»Bis Rynert ihn ausgeliefert hat.«

»Wegen dieser verfluchten, albernen, unwichtigen Botschaften? Weil er entschlossen war, seine Unterstützung für den Kaiser zu demonstrieren und zu zeigen, wie weit er gehen würde, wie viele treue Vasallen gewillt waren, sich für seine Sache zu opfern. Und weil wir die Wahrheit dahinter kannten, hat er versucht, uns umbringen zu lassen! Wie das, was ich in Aldrics Geist verankert habe, ihn – meinen Sohn – wieder umbringen wird …«

»Nicht, wenn wir ihn zuerst erreichen können – deswegen sind wir hergekommen, Gemmel. Aber Ihr sagtet, Ihr würdet es mir erzählen, und Ihr versucht auszuweichen. Was ist *t'Chaal*?«

»Eine Primärsteuerung. Ein Schaltkreis.« Ein Blick reichte, um zu erkennen, dass Dewan nur die Bedeutung des Dings begriff. »Es ist ein Schlüssel, Dewan, ein Tor für mich, um den Blitz zu beherrschen, der … Es ist mein Weg nach Hause.«

»Nach Hause?«

»Ihr wisst es – oder zumindest vermutet Ihr es. Aldric tut es und Ihr habt mit ihm geredet. Denn als Ihr mit Sicherheit von meiner Feste in den Blauen Bergen erfahren habt, sagtet Ihr, ›unter der Donnerspitze‹. Das ist ein Name, den ich nicht ein einziges Mal erwähnt habe. *Meneth Taran*: Die Mutter der Stürme: die Donnerspitze. Dieser Ort steht jetzt seit Jahren in einem gewissen Ruf. Und Aldric hat Euch gewiss erzählt, was er darunter gesehen hat … eigentlich darin. Das hat er, nicht wahr, Dewan?«

»Er hat Andeutungen gemacht. Dass der eigentliche Berg … hohl sei. Von Lichtern erfüllt. Und von Kräften, unberechenbaren Kräften – die Luft habe davon gesummt. Aber da war noch etwas anderes.« Dewans Stimme verlor sich und er starrte ins Feuer, als hoffe er auf eine Inspiration oder auf eine zusätzliche Kraft, bevor er langsam den Blick zu Gemmels Gesicht hob. Der Ausdruck des alten Mannes hatte sich nicht im Geringsten verändert. Er blieb so neutral wie ein unbeschriebenes Blatt, drängte nicht auf eine Antwort, wartete ganz einfach nur ab. Und Dewan beendete seinen Satz schließlich, in einfachen, undramatischen Worten, die weder eine Bejahung noch eine Verneinung forderten.

»Aldric sagte, er … Er hielt es für ein Schiff.«

»Er hatte Recht. Es ist mein Schiff. Ein Schiff, das früher einmal zwischen den Sternen fahren konnte. Denn jetzt bin ich, was ich dem Drachen gesagt habe, Dewan. Einsam. Und sehr weit weg von zu Hause.«

ACHT
Seelenfrieden

Aldric hörte auf zu lächeln, gleich nachdem sich die Tür zum Schankraum hinter ihm geschlossen hatte. Nach einem Lächeln war ihm jetzt nicht zumute. Als er sich die rechte Hand vor die Nase hielt, sah er – als habe er die optische Bestätigung gebraucht – das Zittern in den Fingerspitzen. Zur Hölle damit! Er zitterte am ganzen Leib, weil seine Bemerkung zu *Hautheisart* Voord den schlimmsten Anfall eines nachträglichen Zitterns hervorgerufen hatte, obwohl die Tage zuvor schon sehr angespannt gewesen waren. Er lehnte sich an die Tür und schloss die Augen. Er wollte nicht lauschen, obwohl das Gespräch, das er angezettelt und verlassen hatte, durchaus das Zuhören wert sein mochte. Er wollte lediglich sein heftig hämmerndes Herz wieder zur Ruhe kommen lassen. Durch diese Tür konnte man ohnehin nicht lauschen – sie bestand aus drei Finger dicker Eiche und hatte sich nicht einmal im Rahmen gerührt, als er sich mit seinem vollen Gewicht dagegen gelehnt hatte –, aber genauso würde auch niemand Aldrics keuchenden Atem hören. Es war dumm, einen Mann wie Voord zu provozieren – völlig verrückt. Aber es wäre auch verrückt gewesen, ihn im Glauben zu lassen, *keiner* wisse etwas über seine geheimen Unternehmungen.

Als Aldric sich wieder aufrichtete, warf er einen langen Blick auf den schwarz-silbernen Überwurf, den er sich über den Arm gelegt hatte. Natürlich hatte Bruda Recht. Er war ziemlich verknittert, zu verknittert für einen Mann von hohem Rang und Würden, um ihn auf einer öffentlichen Straße zu tragen, auch wenn dieser Rang nur angenommen war. Nicht, dass Aldric viel an der Würde des Kaiserlichen Militärs gelegen hätte, aber wenn dadurch die Lüge zutage träte, war es besser, er tat, was ihm nahegelegt worden war. Er blieb an der Tür stehen, die zu den Bediensteten führte, und übergab das Kleidungsstück mit einigen entsprechend nachdrücklich vorgebrachten Anweisungen.

Dann ging er rasch und leise auf sein Zimmer. Ungeachtet dessen, was er zu Voord gesagt hatte, und ungeachtet dessen, dass immer noch zwölf Tage bis Vollmond waren, würde er nicht mit dem Wolfsfell-*Coyac* nach draußen gehen. Er fühlte sich unbehaglich in der Weste. Zu einer anderen Zeit, an einem anderen Ort – und ganz gewiss mit einem anderen Wams – hätte er über die Vorstellung gelacht, dass ein Kleidungsstück eine solche Wirkung auf einen abgebrühten Zyniker wie ihn haben könnte. Nur, dass er eben nicht mehr ganz so zynisch war, insbesondere nicht, wenn es um dieses schwarze Wolfsfell ging. Er hatte genug gesehen. Mehr als genug, viel zu viel.

Allein der Gedanke daran war schon mehr, als Aldric in seiner gegenwärtigen Verfassung ertragen konnte. Krampfhaft schälte er sich aus dem *Coyac*, als wäre es plötzlich etwas Schmutziges geworden. Und vielleicht war es das tatsächlich. Er hielt das Kleidungsstück widerwillig mit Daumen und Zeigefinger am Kragen und riss die aufgestickten Schulterklappen ab, dann stieß er die Tür seines Zimmers auf und warf es aus dem Flur auf einen Stuhl, wobei ihm egal war, ob es dort liegen blieb oder zu Boden glitt. Das Ding hatte seinen Zweck erfüllt, als Provokation und Präsentation angeblich verborgenen Wissens. Sollte Voord daraus machen, was er wollte, und erklären, was er konnte. Aldric hatte nicht die Absicht, die Wolfsfellweste noch einmal anzuziehen.

Ohne ihre Last auf seinen Schultern war es so, als wäre ihm auch eine Last von seinen Gedanken genommen worden – ein seltsames Gefühl wie das Entfernen eines üblen Geruchs oder der Heilung einer leichten Übelkeit oder dem Abwerfen ... einer Präsenz.

Er warf nur einen Blick auf die Stelle, an der das gebündelte *Coyac* im Dunkeln lag, halb auf dem Stuhl, halb schlaff herabhängend wie etwas, das gerade gestorben war. Dann kehrte er ihm bewusst den Rücken, ging zu seinen Satteltaschen und holte einen Gegenstand hervor, der seiner gegenwärtigen Ansicht nach weitaus gesünder war: den Zauberstein von Echainon. Oder das Auge des Drachen. Wie sein richtiger Name auch lauten mochte, im Augenblick war es ein geblendetes Auge, denn der Kristall befand sich immer noch in seiner Schutzhülle aus feinem weißen Hirschleder. Aldric ließ den Stein ein oder zwei Mal auf der Handfläche tanzen, während er sich fragte, warum Voord – der entweder seine Ausrüstung persönlich durchsucht oder sich in allen Einzelheiten darüber hatte berichten lassen – keine Bemerkung dazu gemacht hatte. Oder ihm den Stein ganz einfach gestohlen hatte.

Vielleicht ... Nur vielleicht ... Er lockerte die Schnüre, die den Beutel aus Hirschleder zusammenzogen, und streifte den Beutel ab. Und der Stein lag in seiner Hand. Völlig klar, völlig unschuldig, ohne irgendein flammendes, strahlendes Leuchten im Kern. Er war jetzt so wie auch schon bei Kathur der Füchsin und wie anscheinend auch bei *Hautheisart* Voord. Lediglich ein Glücksbringer aus Kristall oder Quarz, eingelassen in einen Armreif aus poliertem Stahl, so dass er elegant auf dem Handrücken des Besitzers liegen konnte.

Oder umgekehrt: Dann würde der Stein in seiner Handfläche ruhen. Allerdings durften sie das nicht wissen, obwohl sie die Bedeutung dessen selbst dann nicht durchschaut hätten.

Aldric sah den Stein an und spürte, wie er den Mund zu einem Lächeln verzog, das mehr wollte – er wollte grinsen, laut glucksen, schallend lachen. Doch er tat es nicht, da er genau wusste, dass ein solches Verhalten sehr rasch all die Fragen provozieren würde, denen der Stein bisher ausgewichen war. Als er den Reif mit dem Stein nach innen über das linke Handgelenk streifte und die Stulpe eines Handschuhs heraufzog, um ihn zu bedecken, sah Aldric – gerade lang genug, um zu beweisen, dass die untätige Kraft noch vorhanden war – einen einzelnen gewundenen Faden aus azurfarbenem Feuer im Kern des Kristalls, winzig und zerbrechlich wie ein menschliches Haar, doch für diesen einen Augenblick hell genug, um seinen Schatten hart und schwarz hinter ihm an Wand und Decke zu werfen.

Dann herrschte wieder Dunkelheit, eine Dunkelheit, die nur von einer Öllampe ferngehalten wurde, die an Ketten über seinem Bett hing. Doch nun war es eine behagliche Dunkelheit. So behaglich, wie schon sehr, sehr lange nicht mehr. Vielleicht zu behaglich.

Es schneite nicht mehr, als er nach draußen trat, und der Himmel hatte sich so weit aufgeklärt, dass ein paar Sterne zu sehen waren – aber die Luft war eisig geworden, was Aldric nicht sonderlich beunruhigte. Er trug warme Stiefel und Handschuhe und der – frisch gebügelte – drusalische Überwurf war sogar die Winter-Version mit Kapuze und einem dicken Innenfutter. So bekleidet konnte er den Biss der frischen, sauberen Luft beinah genießen.

Auch wenn es nass und scheußlich gewesen wäre, hätte er es kaum zur Kenntnis genommen. Und nach den ersten fünf Minuten schon gar nicht mehr, denn mehr als diese kurze Zeitspanne war nicht nötig, um rasch von der Taverne zum Platz – und dem Jahrmarkt – mit den Geschichtenerzählern zu gehen.

Es waren nicht die Feuer- und Schwertschlucker, die ihn interessierten. Auch nicht die Jongleure, die Akrobaten, die Sänger und die Musikanten. Allein die Geschichtenerzähler zogen ihn an wie eine Kerzenflamme die Motte. Aldric glitt ihnen durch die Menge entgegen – und *glitt* stimmte genau, denn mit seiner Kleidung war keine Anstrengung erforderlich. Der erste und einzige Druck seiner Hand auf Arm oder Schulter hatten einen Blick nach hinten zur Folge und die Rangabzeichen auf seiner Kleidung erledigten den Rest.

Er lauschte fasziniert und bedauerte, dass er nur so wenig Zeit bei jedem verbringen konnte, da er immer wieder interessante Satzfetzen aufschnappte, während er ziellos herumlief. Er hatte die Handschuhe jetzt ausgezogen, notgedrungen, denn wie viele andere knabberte er an einem Laib ungesäuerten Brots, der in der Mitte geteilt und mit kleingeschnittenem gewürzten Fleisch gefüllt war. Die Handschuhe auszuziehen, war nötig gewesen, weil ihm der heiße Bratensaft über die Finger lief, aber der Zauberstein von Echainon blieb nicht mehr als ein hübscher klarer Kristall … mit nur einer winzigen, kaum zu erkennenden blauen Faser im Kern. Wie eine Unreinheit, dachte er bei sich.

»… ein Weiser«, sagte ein Geschichtenerzähler, »mit einem ganz kleinen Charakterfehler.«

Passt, sagte Aldrics Verstand. »… und dann«, sagte ein anderer weiter weg, »hob sich die Brücke der Vögel über das Drachenkissen.« Zwei Erzähler und nur eine einzige Geschichte. Aldric lächelte. Er kannte die Geschichte und mochte sie sehr gern. Jeder Geschichtenerzähler – jeder Einzelne – saß ein wenig erhöht und war halb von Bänken für die Zuhörer umringt. Jede Bank war voll und hinter den Bänken standen die Reihen der nur beiläufig Zuhörenden, die sich konzentrieren mussten, wenn sie jede Nuance ihrer auserwählten Geschichte mitbekommen wollten, und die meist trotzdem ablenkende Satzfetzen von einem halben Dutzend anderer mitbekamen. Nur zahlende Zuhörer befanden sich innerhalb des störungsfreien Kreises. Offenkundig genug: Die räumlichen Abmessungen beruhten auf beruflicher Etikette, Überlegung, Höflichkeit unter …

Dann fuhr Aldrics Kopf ruckartig herum und sein Lächeln war wie weggeblasen. Denn was er soeben gehört hatte, musste mehr als ein Zufall sein, mehr als nur eine Geschichte. Zwischen den Worten und gewissen Erinnerungen gab es eine unangenehme Übereinstimmung.

»… die Drachen erweisen Ehre, wo *sie* wollen.«

Er spürte, wie sich ihm die Nackenhaare sträubten. Vielleicht *war* es ein Zufall, aber es hatte immer noch zu große Ähnlichkeit mit dem, was ihm widerfahren war und was Ymareth zu ihm gesagt hatte, als dass er es einfach so abtun konnte. Sobald er ihre Stimme einmal über das Hintergrundgemurmel aufgespürt hatte, war die Sprecherin problemlos auszumachen: eine untersetzte, matronenhafte Frau mittleren Alters, deren silbrige Haare glatt aus der Stirn nach hinten gekämmt waren und dort von einer Bronzespange gehalten wurden und die einen unverwechselbaren Anzug mit Überwurf aus türkisfarbenem Samt trug. Noch wichtiger und bemerkenswerter als ihr Aussehen war das auf beiden Ärmeln gestickte Muster: ein Drache, der sich vom Aufschlag zur Schulter wand.

Während er sich ihr langsam näherte, wartete er, bis sie ihre Geschichte von den Drachen beendet hatte. *Wiederum Drachen.* Nennt sie im Reich Drachen und in Alba Feuerechsen, nennt sie, wie Ihr wollt, meine Dame – aber sagt mir, warum, warum, *warum* einer sich auf die Suche nach *mir* gemacht hat!

Da, sie ist fertig. Aldric schnippte einem Getränkehändler in der Nähe eine Münze zu, nahm zwei der Holzkrüge von der Theke, ließ sie mit dem hellen, schaumigen hiesigen Bier füllen und ging dann damit zu der Frau, die mit solcher Autorität über Drachen sprach.

»Eure Kehle muss trocken sein, meine Dame«, sagte er auf bedächtigem Mitteldrusalisch und bot ihr einen Bierkrug an.

Sie zögerte und hob die Augenbrauen angesichts seiner Rangabzeichen und seines Angebots. Dann nahm sie das dargebotene Getränk mit der Andeutung eines Achselzuckens an, sagte: »Ihr habt Recht, Kommandant«, mit einem Akzent, den er noch nie gehört hatte, und nahm einen tüchtigen Schluck. Nach dem nächsten lächelte sie. »Aber bis jetzt war mir nicht klar, wie Recht Ihr hattet. Vielen Dank.« Die Frau verbeugte sich höflich und Aldric hätte die Geste beinah erwidert, bis ihm seine vorgebliche Identität wieder einfiel und er stattdessen eine Art halben Salut andeutete. »Ich bin Aiyyan ker'Trahan. Und Ihr seid …?«

»Dirac. *Hanalth* Dirac.« Keine Lüge, denn die drusalische Form seines Namens war durchaus gebräuchlich und außerdem würde Aldric ohnehin nicht das albische Äquivalent – mit oder ohne Familiennamen – einer Person gegenüber erwähnt haben, deren Beruf es war, sich an Namen und Ereignisse und die damit verbundenen Geschichten zu erinnern.

Sie gaben ein unwahrscheinliches Paar ab, in sich vielleicht schon ein Thema für eine eigene Geschichte: eine Geschichtenerzählerin und ein Soldat, die gemeinsam auf einem Platz der Stadt Bier tranken. Sie schenkten beide der Menge so viel Beachtung, als wäre er völlig verlassen. Aldric übernahm den größten Teil des Gesprächs, wobei er sich seinen Weg zwischen den Unbestimmtheiten bahnte wie zwischen rohen Eiern – so unbestimmt, wie es ihm möglich war, aber nicht zu unbestimmt, um nicht mehr auf eine vernünftige Antwort hoffen zu können. Er redete über Drachen, über Ehre und, noch vorsichtiger, über die verbotene Kunst der Magie.

Aiyyan beobachtete ihn die ganze Zeit über, und der Blick aus ihren wegen der abendlichen Dunkelheit geweiteten Pupillen war viel zu verschlagen für den Seelenfrieden des Albers. Jene grünen Augen erinnerten ihn an Gemmel und wie Gemmel schien die Erzählerin in der Lage zu sein, hinter die äußerliche Bedeutung seiner Worte schauen und die unausgesprochenen Wahrheiten darin betrachten zu können.

»So …«, sagte sie schließlich. »Ich *verstehe*.« Aldric hatte das Gefühl, dass sie tatsächlich verstand, viel besser, als er gewollt hatte. Und er bereute bereits sein überstürztes Handeln. »Kommandant« – Aiyyans Stimme war jetzt viel leiser, viel vertraulicher, »das sind kaum Themen für eine Erörterung auf einem öffentlichen Platz. Insbesondere, da Ihr es vorgezogen habt, *damit* zu kommen.« Sie deutete in einer raschen verächtlichen Geste auf die Insignien, die an so vielen Stellen auf seiner dunklen Kleidung blitzten. »Es gibt nicht viele Orte, wo eine Uniform unauffällig ist, nicht wahr?« Dann grinste sie, ein Aufblitzen von Zähnen, das ihr ganzes Gesicht aufleuchten ließ. »Aber ich verdiene meinen Lebensunterhalt mit – solchen Diskussionsthemen und würde gern mehr hören. Viel mehr. Es wäre viel sicherer, wenn wir uns später unterhielten, unter vier Augen. Vielleicht bei einem weiteren Bier. Entweder dort« – sie deutete mit einem Kopfnicken auf ein gemaltes Tavernenschild, welches das Licht einfing – »oder …« Die Frau überlegte schweigend und traf dann eine Entscheidung. »Ich habe eine kleine Bibliothek bei mir zu Hause, Kommandant, deren Bücher sich mit« – wieder das strahlende Lachen – »diesen Themen befassen. Besonders mit den geflügelten, feuerspeienden. Ihr wärt ein willkommener Gast, wenn Ihr das nächste Mal dienstfrei habt. Ich finde Euer Interesse höchst erfrischend.«

»Meinen Dank für die trotz der kurzen Bekanntschaft angebotene Gastfreundschaft, werte Dame, aber …« Er versuchte einen Unterton der Beklommenheit aus seiner Stimme zu nehmen, was ihm aber nicht gelang. »Aber es ist dringend!«

»Tatsächlich?« Sie sah ihn an, hart und durchdringend, und ihre Augen verengten sich, da sie wieder über das Offensichtliche hinausschaute und zu ergründen versuchte, welche Wahrheit sich dahinter verbergen mochte. Diesmal nicht nur hinter seinen Worten, sondern hinter dem ganzen Mann. Und sie sah. Jetzt konnten alle Abzeichen und Insignien eines hohen Rangs nicht die Tatsache verbergen, dass dieser Kavallerie-*Hanalth* aller Wahrscheinlichkeit nach nicht älter war als ihr eigener zweitgeborener Sohn – und höchstwahrscheinlich sogar noch jünger. Aber er hatte etwas an sich, nicht nur einen Ausdruck in den Augen und im Gesicht, sondern etwas in seiner ganzen Körperhaltung, das … nicht direkt Furcht verriet. Aiyyan korrigierte ihre Gedanken, noch während sie sich bildeten. Mehr ein Unbehagen. Er sah aus – und an dieser Stelle fügte ihr im Geschichtenerzählen bewanderter Verstand Ausschmückungen hinzu, die nur allzu passend waren – wie ein Gelehrter, der Logik in etwas Unglaublichem entdeckt hatte. Als habe er soeben eine Möglichkeit herausgefunden zu beweisen, dass zweimal zwei fünf war. Oder drei! »Wir müssen uns wirklich die Zeit für ein längeres Gespräch nehmen, Kommandant Dirac«, hub sie an. Und hielt dann inne, da er offensichtlich nicht mehr zuhörte.

Vielmehr starrte der Kommandant über ihre Schulter. Nicht ganz in die Ferne, denn so groß er auch war, konnte der Turmplatz sich kaum eines Ausblicks rühmen, der in die Ferne reichte, aber gewiss starrte er auf etwas, und zwar mit einer fast bestürzenden Eindringlichkeit. Aiyyan unterbrach den Blickkontakt gerade so lange, um selbst über die Schulter zu schauen, und drehte sich dann mit den ersten Anflügen neuer Hochachtung und Wachsamkeit wieder zu ihm um. Sie hatte geglaubt, dieser junge Mann interessiere sich für Legenden, die seinesgleichen entweder als Ammenmärchen oder als ekelhaft abtaten – daher seine nervöse Verstohlenheit –, aber sie hatte keinen Moment geglaubt, dass mehr dahinterstecken könnte. Jetzt war sie nicht mehr so sicher.

Der junge *Hanalth* wich bereits zurück, da seine Gedanken ganz offensichtlich wieder bei seinen ureigenen Angelegenheiten waren. Sein Blick huschte für einen Augenblick noch einmal zu ihr und in diesem Augenblick salutierte er vor ihr und grinste, wie sie es selbst bei einer witzigen Schlussbemerkung getan hätte. Nur, dass seinem Grinsen, jenem schmallippigen Blecken weißer Zähne, das Wesentliche fehlte, nämlich Humor. »Meine Dame, was ich gerade gesagt habe: das hier ist noch dringender!«

Und dann war er auch schon auf und davon.

»Das Gehöft ker'Trahan, Kommandant«, rief sie ihm mit der ganzen Kraft einer Stimme nach, die für Lieder und öffentliche Vorträge geschult war. »Jenseits der Großen und der Kleineren Berge und durch das Tal …« Aiyyan ker'Trahan schloss den Mund, ohne den Satz zu beenden, da sie wusste, dass eine Fortsetzung reine Zeitverschwendung gewesen wäre. Sie schaute von links nach rechts und von rechts nach links und wurde ein wenig verlegen, als sie den interessierten – wenn auch ein wenig verblüfften – Blicken ihrer neuen Zuhörer begegnete, die damit begonnen hatten, rings um sie Platz zu nehmen. Ein flüchtiger Gedanke, dem *Hanalth* zu folgen – nur, um zu sehen, was geschah; nun gut, man konnte es durchaus Neugier nennen! –, nahm keine definitive Gestalt an, als sie sich jetzt niederließ und mit einem Schütteln ihrer silbrigen Mähne und dem lieblichen Lächeln des Geschichtenerzählers sammelte. Ein Zuhörer nach dem anderen nannte seine Lieblingsgeschichte: Klassiker, Raritäten, ihre eigenen Arbeiten.

Aiyyan schob den seltsamen jungen Offizier und seine höchst un-*hanalth*-haften Interessen in den hintersten Winkel ihres Bewusstseins, verdrängte die Gedanken an ihn aber nicht völlig. Dafür war er viel zu interessant als potenzieller Charakter für eine Geschichte. Daraufhin holte sie tief Luft, nickte ihrem Publikum zu und begann:

»Lessa erwachte, durchgefroren …«

Was Aldric gesehen hatte und was auch Aiyyan die Geschichtenerzählerin gesehen hatte, war ein Mann auf einem Pferd. Aber keinen gewöhnlichen Mann und kein gewöhnliches Pferd – das war natürlich das Problem.

Er war ein erschöpfter Mann auf einem erschöpften Pferd und – obwohl dies keiner von beiden wusste – er war erst vor weniger als fünf Minuten im Galopp durch Egisburgs Nordtor geritten. Auf seinen langen gelben Mantel – der nun mit dem vielfarbigen Lehm zweier Provinzen und einer unabhängigen Stadt bespritzt war – waren auf Brust und Rücken sowie an den Manschetten Wappen gestickt. Stilisierte blaue Falken mit goldenen Flügeln. Dies waren die unbestrittenen Abzeichen eines kaiserlichen Depeschenreiters, eines Kuriers, dem von einem Augenblick zum anderen befohlen werden mochte, so schnell zu reiten, dass er zwischen Morgengrauen und Abenddämmerung zweihundert Meilen auf Straßen aus gestampftem Lehm zurücklegen konnte, deren Benutzung nur denjenigen mit dem Falken-Wappen erlaubt war.

Dieser Reiter sah wie ein Mann aus, der den Zielpunkt solch eines Auftrags erreicht hatte: ein Bote, der zweihundert Meilen und zwanzig erschöpfte Pferde auf seinem Weg durch das Reich hinter sich hatte. Sowohl sein verschwitztes Aussehen als auch sein mit Warnglöckchen behangener und daher beständig läutender Brustgurt waren Grund für neugierige Blicke – hauptsächlich seitens derjenigen, die besser daran getan hätten, sich um ihre eigenen Angelegenheiten zu kümmern, aber zumindest in einem Fall von jemandem, der entschlossen war, seinen Nutzen aus dem Zufall zu ziehen, der ihn die Ankunft dieses Kurierreiters in der Stadt hatte miterleben lassen.

Der Falkenkurier war Ausgangspunkt unterdrückt geäußerter Spekulationen. Und mehrere der daran Beteiligten warfen, wie sie glaubten, wissende Blicke auf die schwarze Silhouette des hoch in den Nachthimmel ragenden roten Turms. Es konnte, so mutmaßten sie, nur einen einzigen Grund für die Ankunft eines Falkenreiters in so einem Zustand und zu so einer Stunde geben. Und dieser Grund war die Prinzessin im Turm: Marya Marevna an-Sherban.

Ohne Ausnahme lagen sie damit alle sowohl falsch als auch richtig.

Dieser Verdacht war auch Aldric durch den Kopf geschossen, als er den Reiter auf seinem steifbeinig durch die Menschenansammlung auf dem Platz schreitenden Pferd gesehen hatte. Doch dann hatte er ihn innehalten und sein Pferd mit der Sanftheit von Geschick und tiefem Nachdenken zügeln sehen. Und da hatte die zweite Möglichkeit in seinen Gedanken Gestalt angenommen. Seine eigene Anwesenheit in der Stadt – tatsächlich sogar die Anwesenheit und die Absichten der ganzen kleinen Gruppe – mochte ein weiterer und gleichermaßen triftiger Grund für einen Falkenreiter sein, um heute Abend von allen Städten des Reichs ausgerechnet in dieser einzutreffen. Er hätte sich unmöglich schnell genug einen Weg durch die Menge bahnen können, um den Mann abzufangen, selbst wenn er darauf vorbereitet gewesen wäre. Stattdessen verabschiedete Aldric sich unhöflich und viel zu hastig von Aiyyan, der Geschichtenerzählerin – wobei er bei sich beschloss, irgendwann in der Zukunft sie und ihr Angebot der Gastfreundschaft beim Wort zu nehmen –, und machte sich auf den Rückweg zu dem Gasthaus, wo Bruda, Tagen und Voord auf seine Rückkehr und das Schlagen der Stunde der Katze warteten. Er wollte verdammt sein, wenn der Reiter nicht so aussah, als warte er auf jemanden! Oder etwas.

Irgendwo am Rande des Platzes schlug eine Uhr und Aldrics Kopf fuhr herum, und er warf einen Blick auf die Stunde, die sie gerade anzeigte. Dann entspannte er sich ein wenig, da er in dem Zeichen dasjenige der Stunde des Hunds ausmachte, sieben Uhr, wie die Alber die Stunden zählten. Aber er entspannte sich nicht völlig, weil dem Kurier damit immer noch eine Stunde blieb, um alles zu verderben, bevor eine »Offiziersabordnung« am Tor des Roten Turms erschien. Als sich neben ihm eine Lücke auftat, bahnte Aldric sich entschlossen einen Weg hindurch und fing unter Missachtung der angenommenen Würde seines angenommenen

Rangs an zu rennen, kaum dass er den Platz und die Menschenmengen hinter sich gelassen hatte.

Und wegen dieses überstürzten Aufbruchs entging ihm der zufriedene Blick des Boten beim Schlag eben jener Uhr und die gemächliche Art, wie er sein müdes Pferd wieder in Bewegung setzte.

Als Aldric sich dem Gasthaus näherte, schlug eine weitere Uhr dieselbe Stunde. Während er sich vage und ohne wirkliches Interesse fragte, warum es dem Reich nicht gelang, seine öffentlichen Uhren genauer zu stellen, verlangsamte er seine Schritte. Leicht außer Atem – ein Atem, der weiße Wolken vor seinem Mund bildete – und trotz der kalten Nacht etwas schwitzend, zupfte er mit beiden Händen an seiner unordentlichen Kleidung. Im Augenblick konnte er Brudas Sarkasmus überhaupt nicht brauchen – nicht jetzt, wo sich gleichzeitig im Roten Turm etwas Fatales zusammenbrauen mochte.

Vor ihm öffnete sich eine Tür. Wurde eiligst aufgerissen, sodass ein Fächer gelben Lampenlichts nach draußen fiel, den ein sich rasch bewegender Schatten durchquerte, und wurde dann ebenso hastig zugezogen. Aus irgendeinem Grund, der eigentlich keiner war, drehte Aldric sich zur Seite und verschwand in der Dunkelheit zwischen zwei Häusern. Es war nicht direkt Argwohn und es war auch nicht direkt Wachsamkeit. Doch es reichte, um ihn dort landen zu lassen, wo er nicht gesehen werden konnte, ohne zuvor innezuhalten und darüber nachzudenken.

Leise Schritte näherten sich und kamen an ihm vorüber: Kommandant Voord, dessen Profil im Schein der Hoflampe der Taverne unverwechselbar war. Obwohl praktisch unsichtbar, presste Aldric sich an die Wand in seinem Rücken und legte erwartungsvoll die Finger um Witwenmachers Heft. Nichts weiter geschah und Voord ging weiter, aber für Aldrics vom Argwohn geschärfte Sinne für eine so frühe Abendstunde zu leise. Später hätte er dies vielleicht noch als den unschuldigen Wunsch abtun können, niemanden zu stören, aber in diesem Augenblick kam Aldric jeder Schritt verstohlen vor, heimlichtuerisch … Und weiterer Nachforschung wert.

Aldric schloss den schwarz-silbernen Überwurf bis zum Hals, zog sich die weite Kapuze über den Kopf und zählte bis zehn, bevor er sich wieder auf die Straße wagte. Mittlerweile war Voord gute dreißig Schritt weit weg und nur dann noch einigermaßen gut zu sehen, wenn seine Silhouette sich vor einem deutlich helleren Hintergrund abzeichnete. Aldric registrierte dies und achtete darauf, nicht denselben Fehler zu begehen.

Voords Auftreten war Grund für ein dünnes Lächeln über die Arroganz des *Hautheisart*. Der Mann hatte nicht die geringste Vorsichtsmaßnahme gegen Entdeckung oder Verfolgung getroffen und schritt durch die Straßen Egisburgs, als gehörten sie ihm. Und ein schockierend ernüchternder Gedanke war die Frage, ob das nicht vielleicht tatsächlich der Fall sein mochte. Im Gegensatz dazu glitt Aldric lautlos von Schatten zu Schatten, ohne das allzu sehr zu betonen. Zumindest trug er seine eigenen Mokassinstiefel und nicht die schweren Militärstiefel. Sogar die Offiziersstiefel, die sich durch hohe Qualität auszeichneten, machten eine Verfolgung mit dem Ohr zur einfachen Sache. Wäre Voord Aldrics Beispiel gefolgt, hätte Aldric ihn vor dem Ende der ersten schmalen Straße verloren.

Schließlich blieb der Vlecher stehen. Dann – und erst dann – würdigte er die Straße eines forschenden Blickes, der

Sekunden im Voraus angekündigt war. Ohne auch nur zu versuchen, einen Blick von Voords Treiben zu erhaschen, hatte Aldric sich bereits hinter einer Ecke unsichtbar gemacht, wo er den Atem anhielt und mit den guten Ohren lauschte, die Gott ihm geschenkt hatte.

Er hörte zuerst ein leises stakkatohaftes Klopfen und dann glitt eine massive Holztür auf gut gewachsten Angeln auf. Aldric war durchaus gewitzt genug, um sich das Klopfzeichen einzuprägen, und ausreichend vorsichtig, keinen schnellen Blick um die Ecke zu riskieren, bevor das gleitende Geräusch sich nicht wiederholt hatte und, was noch wichtiger war, im dumpfen Schlag einer sich schließenden Tür endete.

Niemand zu sehen. Wie er vermutet hatte, war Voord durch die Tür gegangen, die sich soeben geöffnet und wieder geschlossen hatte. *Aber durch welche?* Aldric überlegte ein paar Sekunden, ob er nähertreten sollte oder nicht. Dann wurde ihm die Entscheidung abgenommen.

Nicht!

Voord kam wieder heraus, sehr schnell, und Aldric huschte ebenso schnell wieder außer Sicht. Der Vlecher hatte sich nur ein paar Minuten im Haus aufgehalten – und diese Zeitspanne reichte für ein Geheimnis aus, für das ein Falkenkurier erforderlich war? Abgesehen davon, Voord persönlich zu fragen, schien es nur eine Möglichkeit zu geben, die Antwort darauf in Erfahrung zu bringen.

Nein. Zwei. Er konnte zurückkehren, Voord zur Rede stellen und hoffen, dass Bruda seinem Untergebenen mehr als gut erfundene Lügen entlocken konnte. Oder er konnte es selbst in Erfahrung bringen, nämlich genauso, wie Voord es getan hatte. Ob der Informant des *Hautheisart* bereit war, sich zu wiederholen, mochte Aldric durchaus in den nächsten Minuten erfahren. *Du bist ein Idiot,* sagte er sich. Schweigend stimmte er dem zu. Er konnte tatsächlich nichts anderes tun.

Als er schließlich vor der Tür stand, wusste Aldric, wie er vorgehen würde – mehr oder weniger. Es war keine Zauberei und in gewisser Weise wünschte er, es wäre welche gewesen. So hätte es weniger Unbekannte gegeben. Es war lediglich eine virtuose Demonstration von unverschämtem Wagemut und Nervenstärke. Während er noch einmal tief Luft holte, um sich zu beruhigen – *sich zu beruhigen? was für ein Witz!* –, streckte er eine behandschuhte und ein wenig von Bratensaft verklebte Hand aus und klopfte energisch an die Tür.

»*Keii'ach da?*« Die Stimme mochte durch dickes Holz gedämpft werden, aber ihr Tonfall war dennoch offensichtlich: Argwohn, schlicht und unverwässert. Voord war gekommen und Voord war wieder gegangen und kein anderer Besucher wurde erwartet.

Aldric hielt inne, zählte bis zehn und klopfte dann noch einmal, lauter. Ungeduldiger. Mehr in der Art eines Mannes, für den, wenn man ihn fünf Sekunden warten ließ, vier davon eine Beleidigung waren. Er ging noch einmal im Geiste durch, was er zu sagen beabsichtigte – was für eben diesen Geist ziemlich offensichtlich war –, und wie er es sagen würde, was erheblich weniger offensichtlich war. Wer sich auch auf der anderen Seite der noch geschlossenen Tür befand, musste nach zwei Sätzen und ohne weitere Beweise von seiner Echtheit überzeugt sein oder würde sich niemals überzeugen lassen. Und dann würde er ihn töten müssen.

Und er hatte die Umlaute des Hochdrusalischen immer noch nicht richtig im Griff … Aldric sprach jetzt seit einem Monat zwangsweise Drusalisch – außer bei jenen seltenen Gelegenheiten, wenn er sich des Jouvanischen oder gar, welch Luxus, des Albischen bedienen konnte. Und darin lag das Problem. Denn in diesem Monat hatte er bis auf ein, zwei zornbedingte Ausrutscher eben solche Formulierungen und Konstruktionen, wie er sie nun aus dem Gedächtnis rekonstruierte, sorgfältig vermieden. Denn von einem Geringeren zu einem Höheren war die Benutzung der Hochsprache eine tödliche Beleidigung. Und im ganzen Reich gab es keinen Geringeren als einen Alber ohne Rang und Titel.

»Hat er die Absicht, mich hier bis zum Morgen warten zu lassen?«, fauchte er schließlich leise und mit aller Arroganz, die er aufbringen konnte. Nicht, dass Hochdrusalisch in seiner verstärkten Form noch der Mühe des Tonfalls bedurfte, um es arrogant klingen zu lassen. Aldric atmete tief ein und wieder aus, wobei er zwischen dem Atemzug und seinen Worten bewusst zählte, um sich zu beruhigen, bevor er fortfuhr. »Ich werde langsam ungeduldig mit ihm, Mann!« Eine gute Oktave tiefer als üblich klang seine Stimme grimmig, knirschend – und angestrengt, stellte ein Teil seines Verstandes fest. Im Geiste gab Aldric diesem Teil den Befehl, still zu sein. »Ich befehle ihm: Öffne, oder es wird Blut vergossen!« *Du hast dich festgelegt, also geh aufs Ganze!* »Voord befiehlt! Und ich warne ihn: Das war mein letztes Wort!«

Ihm war nicht ganz klar gewesen, was dem folgen würde – ob die Tür vorsichtig einen Spalt geöffnet oder weit aufgerissen würde. Doch in diesem Fall geschah weder das eine noch das andere, sondern die Tür glitt ohne jede Hast beinah lautlos auf. Da er sich bei diesem Spiel nur von seinem Instinkt leiten ließ und seine Regeln nicht kannte, wusste Aldric, dass er es sich nicht leisten konnte, die Initiative zu verlieren. Weswegen er, anstatt vor- und einzutreten, gleich als sich ihm die Möglichkeit bot, blieb, wo er war, und das Lampenlicht zu sich kommen ließ.

Es funktionierte. Er hörte einen leisen Fluch von drinnen und als ein kaltes Lächeln die Zähne bleckte, wusste er auch warum. Wegen seines Aussehens. Blass von der Nervosität und von Kopf bis Fuß in Schwarz gehüllt, würde der im harten Lampenlicht sichtbare Teil seines Gesichts nur einen Anflug von Menschlichkeit erahnen lassen. Alle anderen Stellen, die Licht reflektierten, waren aus Metall: der schwarze, glitzernde Handschutz eines Schwerts und Rangabzeichen, die so unmittelbar beeindruckend waren, dass der bloße Gedanke, sie könnten nicht echt sein, sich bereits wie der Anfang eines Verbrechens anfühlen musste.

Und es gab natürlich immer die Möglichkeit, dass diese düstere Gestalt tatsächlich der übel beleumundete Kommandant Voord war, der *Kagh' Ernvakh* angehörte. Dieser Gedanke an sich reichte schon.

»Er wird klug – endlich«, stellte Aldric freudlos fest und trat mit solchermaßen tröstlichen Worten über die Schwelle, wobei er den Mann, der die Tür geöffnet hatte, starr ansah, bis dieser sich tief verneigte und sie wieder schloss. Es war der Kurier. Zwar trug er seinen unverwechselbaren Mantel nicht mehr, aber Aldric erkannte ihn immer noch an seinem buschigen Schnurrbart, der das halbe Gesicht verdeckte. »Besser«, sagte der Alber ganz im Stile Voords. Hochmütig. »Aber seine Manieren bedürfen der Auffrischung. Nehme er sich in Acht, dass ich sie nicht für ihn auffrische – weil meine Art Narben hinterlässt.« Auch das stand im Einklang damit, was Aldric von Voords Ruf erahnte, doch so sehr, dass er sich unbehaglich fühlte, als der Kurier bei dieser Drohung sichtlich zurückschreckte. Er war hier, um Informationen zu sammeln, und nicht, um Leute in Angst und Schrecken zu versetzen.

Doch in der Ecke des kleinen Raums lag eine Armbrust, nur ungenügend unter einem Kleidungsstück verborgen. Sie war geladen und gespannt und eine so offensichtliche Bedrohung, dass Aldric-«Voord« sie und dann ihren Besitzer mit einer missbilligend gehobenen Augenbraue bedachte, bevor er beide mit einem Achselzucken abtat. »Wie lautet deine Botschaft?«, wollte er wissen, indem er dankbar auf ein einfacheres Sprachniveau zurückgriff, sich aber seine Ausstrahlung von Arroganz schlicht dadurch bewahrte, dass er dem Boten den Rücken zudrehte.

»Botschaft, Herr?«

»Die Botschaft, Idiot!«, schnauzte Aldric, wohl wissend, wie jeder ranghohe Offizier, von Voord ganz zu schweigen, einen Untergebenen behandeln würde, der nicht mehr tat, als seine Fragen zu wiederholen. »Bist du taub? Oder nur unverschämt?« Er drehte sich halb um und ließ eine Hand bedeutsam – er hatte keine Zeit für Raffinesse – auf die bedrohliche Ausbuchtung von Witwenmachers Heft klatschen. »Denn wenn dein Problem Unverschämtheit ist, sei versichert, dass ich eine Lösung dafür habe!«

Der Kurier holte lautstark Luft, um die Unterstellung abzustreiten; kam aber nicht weit damit, denn der Mann, den er als Voord kannte, fuhr beim ersten Geräusch des Einatmens zu ihm herum. »Ja?«, fragte der Offizier hässlich. Ein handspannenlanges Stück Schwertklinge ragte jetzt aus der Scheide. Dann, noch hässlicher und unangenehm scharfsinnig: »Wer war heute Abend sonst noch hier?«

Normalerweise war das Gesicht des Kuriers von der Farbe wettergegerbter, alter Ziegel, inzwischen jedoch bereits ein paar Schattierungen blasser. Bei dieser Frage wurde es so totenbleich, wie es mit einer solchen Hautfarbe nur gehen wollte. Er schwankte zwischen den verschiedenen Möglichkeiten, die alle gleich unattraktiv waren: Die Frage zu wiederholen, um Zeit zu gewinnen, würde diesen ohnehin schon viel zu aufgebrachten *Hanalth* noch weiter aufbringen und eine Weigerung zu reden hätte dieselbe Wirkung, während einen Mann zu belügen, der die Wahrheit vermutlich schon kannte … Am Ende sagte er die ungeschminkte Wahrheit, sicherheitshalber – und das war das Schlimmste. »Kommandant Voord«, stammelte der Bote kläglich.

»Ja? Was?«, knirschte Aldric, da er den Boten absichtlich missverstand.

»Nein, Herr. N-nicht Ihr. Ein anderer …«

»Ein anderer *was*?« Aldric machte seiner Anspannung mit vorgetäuschtem Ungehaltensein Luft. »Beim Vater der Feuer, ich lasse den Mann pfählen, der diesen Auftrag einem Schwachkopf übertragen hat!« Er hörte abrupt auf zu toben, als er zu dem Schluss kam, dass es an der Zeit war zu »verstehen«, und er wiederholte: »Ein anderer?« mit so leiser Stimme, dass sie kaum zu vernehmen war. Aber der Kurier konnte sich denken, welche Gedanken »Voord« jetzt durch den Kopf gingen.

Aldric starrte ihn an und gestattete sich, langsam und zischend mit zusammengebissenen Zähnen auszuatmen. »Jemand anders war hier. Der sich für mich ausgegeben hat?«

Der Kurier nickte.

Er bereute es augenblicklich, denn der Rücken einer behandschuhten Hand traf ihn im Gesicht. »Und du hast ihm geglaubt.« Aldric äußerte die Worte völlig tonlos, aber innerlich empfand er eine leichte Übelkeit. Jene Ohrfeige mochte im Einklang mit der Rolle stehen, die er gerade spielte, aber sie stand weder im Einklang mit der Art seines Aufwachsens noch mit der Gesellschaft, die er gehabt hatte, und auch nicht mit dem Kodex, der immer noch einen größeren Einfluss auf sein Leben hatte, als er wusste. Wie gut konnte man so eine Rolle spielen, bevor sie zur Realität wurde? Aldric hatte Angst, die Antwort darauf zu erfahren.

»Du hast ihm geglaubt«, wiederholte er – keine Feststellung, sondern ein Vorwurf. »Und folglich hast du ihm verraten, was nur für meine Ohren bestimmt war. Und du hast ihn gehen lassen. Aber *mich* hast du auf der Straße stehen lassen!« Aldric ließ die vorgetäuschte Empörung langsam aus seiner Stimme weichen, um sie durch einen gleichermaßen vorgetäuschten und gleichermaßen realistischen Anflug von Misstrauen zu ersetzen, der jedem Wort die Schärfe eines Rasiermessers verlieh. »Aber du hast nicht daran gedacht, diesen vorherigen Besucher zu erwähnen. Weil du gehofft hast, ich würde nichts von ihm wissen? War es das?« Er schnurrte die letzten Worte, leise und schmeichelnd, ließ sie ausklingen. Dann: »ANTWORTE MIR! *F'KAAHR, SCH'DAGH-VEH!*«

Eingeschüchtert durch das Unfassbare, das die Kaiserlichen Geheimpolizei darstellte, und insbesondere eingeschüchtert durch den weniger unfassbaren und nur allzu weit verbreiteten Ruf von *Hautheisart* Voord fiel der Kurier auf die Knie und erzählte alles, was er wusste, mit einem jämmerlichen Winseln, in das sich Flehen und kriecherische Entschuldigungen mischten. Allein vom Zuhören wurde Aldric übel. Er hatte schon Männer getötet, aber noch nie – bis heute – einen Mann in dermaßen panische Angst versetzt. Es verriet mehr darüber, wie Voord in Wirklichkeit war, als er je hatte erfahren wollen, und auch eine Menge darüber, wie geschickt Aldric ihn verkörperte. Für einen Augenblick verspürte er derart angewiderten Selbsthass, dass er kurz davorstand, einfach zu gehen. Dann endete das einleitende Gestammel mit den Entschuldigungen und die eigentliche Botschaft begann.

Und da spürte auch Aldric den eisigen Hauch des Entsetzens …

Es war ein Plan von weitreichender Konzeption, kompliziertem Aufbau und rücksichtsloser Einfachheit. Und er stank nach Kommandant Voord.

Als der Kurier die Anweisungen mit Einzelheiten ausfüllte, sah der Alber viele Dinge plötzlich klarer. Warum so viel Zeit und Geld darauf verwendet worden war, ihn in die Hände zu bekommen und nach Egisburg zu bringen. Warum Voord für jemanden von so beträchtlichem Rang und Status – und das ließ sich auch jetzt nicht bestreiten – so wenig gegen seine »Herabstufung« protestiert hatte. Es erklärte auch das kleine Ärgernis, das Aldric bestürzt hatte, nachdem er Kathurs Haus in Tuenafen so weit hinter sich gelassen hatte, wie er konnte – obwohl seine eigene Dummheit ihm nicht die Zeit gewährt hatte, es so weit hinter sich zu lassen, wie er gewünscht hätte: den offensichtlichen Diebstahl eines seiner beiden *Telekin*. Die meisten Leute, das hatte er herausgefunden, wussten zumindest ein wenig über Alber: von ihrem fanatischen Festhalten an einen altmodischen Ehenkodex, von ihren Selbstmorddolchen ... und von den Federkanonen, die auf ihre moderne Art eine ebenso typische albische Waffe waren wie früher das *Taiken*.

Wenn so eine Waffe in der Nähe der ermordeten Prinzessin Marevna und ihr Gegenstück im Halfter am Sattel des Abgesandten des Königs von Alba gefunden wurde, würde kein Gericht der Welt – oder wenigstens keines in den Grenzen des Drusalischen Reichs – nach anderen Beweisen als denen suchen oder verlangen, die vor ihm ausgebreitet waren.

Denn dies war zuvorderst ein Plan, in dem es um Mord ging.

Aldric überlegte und lehnte den etwas feineren Ausdruck »Attentat« ab, weil er das Gehörte nicht dadurch heraufsetzen wollte. Hier gab es nichts Feineres. Er fragte sich, wann, warum und wie der Plan zuerst erörtert worden war und auf wessen Vorschlag, und erkannte, dass die Botschaft zwar allein für Voord bestimmt war, er aber nun dennoch niemandem mehr trauen konnte. Er wagte nicht, Bruda mit seinen Erkenntnissen zu konfrontieren, denn war Bruda nicht Voords Vorgesetzter und seine Beteiligung ebenso wahrscheinlich?

Aber die grundlegende Idee war so *simpel*! Dahin kehrten seine Gedanken ständig zurück, denn Aldric wusste, unter anderen Umständen würde sogar er selbst glauben, dass König Rynert jemanden für seinen politischen Vorteil ermorden ließe. Wenn ein gewisser Verdacht der Wahrheit entsprach, dann wusste er, warum der letzte Kaiser so plötzlich gestorben war. Und es musste zwangsläufig andere informierte Quellen geben. Dewan ar Korentin zum Beispiel. Beim Gedanken, dass dieser große Bär von einem Mann, der sein Freund geworden war, ihn bald fähig halten würde, Frauen zu ermorden, erstarrte Aldric das Blut in den Adern. Und Dewan würde es glauben, weil er die rücksichtslosen Regeln der Nützlichkeit so gut wie jeder andere kannte und Zeuge gewesen war, als Aldric Rynert sein Wort gegeben hatte zu tun, was nötig war, um dem König zu helfen.

Marevna, lebendig und eingekerkert im Roten Turm, verschaffte dem Reich eine Atempause im ständigen Zwist und Hader und damit Alba einen vorsichtigen Frieden. Einen Frieden, der nur so lange anhalten würde, wie die Kaiserlichen Armeen innerhalb des Reichs kämpften. Während die Prinzessin von einer Seite als Faustpfand für das Wohlverhalten der anderen festgehalten wurde, mochten sich kühlere Köpfe als jene des Militärs durchsetzen und eine endgültige Vereinbarung herbeiführen, dass solch eine gezügelte Macht wie das drusalische Heer besser dafür eingesetzt würde, diejenigen vom Vorzug der Einheit unter einem Banner und in einem Reich zu überzeugen, die noch nicht Teil des großen Ganzen waren. Zum Beispiel das ärgerlich und aggressiv unabhängige Alba. Doch wenn Marevna tot und bei ihren Vorfahren in Kalitzim begraben wäre, könnte sie von keiner Seite mehr als Faustpfand benutzt werden. Es sei denn durch die Art ihres Ablebens.

Ein schlichter Appell an schlichte Gefühle war alles, was *Woydach* Etzels Seite brauchte. Er war es, der am meisten davon profitieren würde, und damit war er auch die wahrscheinlichste Kraft hinter dieser Intrige – und er würde ganz sicher wissen, wie man aus einer solchen in der Hölle geborenen Gelegenheit das meiste Kapital schlug. Aldric konnte die Reden bereits hören: nicht die manierliche Rhetorik von Osmars Stücken, sondern das Feuer von Worten, die Kummer und Raserei entfesseln und somit das ganze Reich unter einem Banner vereinen wollten: Vergeltung!

Und darüber wusste der Alber alles. Der Durst nach »gerechter« Vergeltung war unter Individuen sehr heftig, und niemand war besser geeignet, dies einzugestehen, als er selbst. Er hatte diesen Durst selbst verspürt; hatte ihn in Ykraith, dem Drachenstab, blauweiß brennen sehen; hatte ihn ebenso heiß in den blauen Augen von Gueynor Evensou gesehen, inzwischen Großkönig von Seghar. Und bei dem Gedanken, dass eine solche Emotion ungehindert durch ein sowieso bereits militaristisches Reich raste, wollte er lieber nicht allzu lange verweilen.

Doch ein weiterer Gedanke stieg in ihm auf und manifestierte sich. *Seghar*, besagte der Gedanke. *Das ist dir schon einmal passiert. Den Sündenbock spielen und von einer Klinge verraten werden, die dir und nur dir gehören konnte.* Crisen Geruath hatte seinen eigenen Vater ermordet und Aldrics *Tsepan* dazu benutzt. Beinahe vergessene Stimmen verbanden den Namen Voord mit Seghar und mit Crisen. Die Einzelheiten waren längst vergessen, aber die Verbindung war hergestellt. Es war genug.

Mehr als genug.

Da öffnete sich die Tür gegenüber, ein Mann trat ein und sagte: »Serej, hat der Kommandant ...« Er verstummte und blieb wie angewurzelt stehen. Aldric kannte ihn nicht, hatte ihn noch nie zuvor gesehen und aus der Miene des Mannes ging ganz offensichtlich hervor, dass dieser Umstand auf Gegenseitigkeit beruhte. Durch seine weiteren Worte wurde dies noch offensichtlicher: »Wer seid Ihr, bei den Feuern – und was macht Ihr hier?«

Aldric musste den Kurier – Serej? – nicht ständig im Auge behalten, um zu wissen, dass er ein, zwei Schritte zurückgewichen war und jetzt mit schreckgeweiteten Augen von einem zum anderen sah. Und er brauchte auch keine scharfen Ohren, um die leise, aus jäher Erkenntnis geborene Obszönität zu hören.

»Er hat gesagt, *er* wäre Voord, Etek.«

»Ich habe schon mit Voord gearb ...« Wiederum wurden ihm die Worte abgeschnitten – und Etek selbst entging nur um Fingerbreite demselben Schicksal –, als Aldric ohne jede Vorwarnung Witwenmachers bereits gelockerte Klinge aus der Scheide riss und übergangslos und in einer einzigen fließenden Bewegung das erste Mal mit dem *Achran-kai* zustieß. Nur eine gewisse Kenntnis des albischen Schwertkampfs und die krampfhafte Schnelligkeit der Todesangst retteten Etek. Denn während ersteres ihm eine Ahnung dessen vermittelt hatte, was zu erwarten stand, hatte ihm nur das zweite die Schnelligkeit verliehen, dem furchtbaren grauen Stahl auszuweichen, der durch die Stelle zischte, wo sich noch einen Sekundenbruchteil zuvor Eteks Kehle befunden hatte. Barthaare fielen zu Boden, die das *Taiken* sauber abgetrennt hatte und die anzeigten, wo sich Haare und Schneide begegnet waren.

Etek riss das eigene Armee-Kurzschwert zugleich mit seiner Ausweichbewegung aus der Scheide und hob es hektisch an, um den nach unten gerichteten zweiten Hieb des umgekehrten Kreuzes zu parieren, der in gerader Linie auf die Stelle zwischen seinen Augen zielte. Im letzten Augenblick lenkte er das Schwert ab. Metall kreischte und Funken sprühten, und Etek traten die Augen aus den Höhlen angesichts der Entdeckung, dass bei einem direkten Aufeinanderprallen beider Klingen die eigene brechen würde.

Serej der Kurier suchte sich diesen Augenblick aus, um zur geladenen Armbrust zu stürzen, die an der Wand lehnte. Er brauchte sie nur aufzuheben, auf Aldric zu richten und abzudrücken. Serejs Hände griffen bereits zu, als er das Huschen weicher Stiefel hörte und dann alles andere von einem Schrei übertönt wurde.

»*Hai!*«

Aldric hatte die Bewegung des Kuriers mitbekommen und den Kontakt mit Eteks Klinge lange genug unterbrochen, um nach rechts herumfahren zu können, bevor er sich ihm wieder stellte. Es war eine so unerwartete Bewegung, dass Etek nichts tat, obwohl sich ihm für einen Augenblick ein ungeschützter Rücken darbot, und alles ging so schnell, dass er keine Zeit hatte, die Gelegenheit zu nutzen, bevor sie wieder vorüber war. Doch für Aldric reichte die Drehung, um ein Mal zuzuschlagen. Das *Taiken* zuckte mit voller Kraft hervor – brutal, elegant und perfekt.

Serej, der Kurier, setzte seine Bewegung unkontrolliert fort und sie endete damit, dass er der Länge nach zu Boden fiel. Der Schwung ließ ihn ein wenig weiter nach vorn rutschen, so weit, dass seine ausgestreckte rechte Hand die wartende Armbrust erreichte … obwohl er keine Verwendung mehr für sie hatte. Durch die Wucht des Sturzes waren die letzten noch intakten Gewebefasern seines durchschnittenen Halses gerissen – und als der Körper innehielt, rollte der Kopf weiter.

Aldric wusste, dass der Mann tot war. Hatte es bereits auf halbem Weg des Hiebs gewusst, als er den nachgiebigen Ruck im Arm spürte und Isileth Witwenmacher eine weitere Frau zur Witwe gemacht hatte. Er hatte dem Mann nichts Böses gewollt und spürte die Qual, ihn getötet zu haben, in sich brennen. Doch seine ganze Aufmerksamkeit gehörte nun wieder Etek und er verdrängte das Brennen aus dem ablenkenden *Jetzt*. Bis er hier fertig war, würde es noch mehr Schmerz und noch mehr Leid geben. Und er musste rasch fertig werden, denn dieser Mann hatte bereits zwei Hiebe mehr überlebt, als er erwartet hatte. Das Klirren von Stahl war ein Geräusch, das immer unerwünschte Aufmerksamkeit auf sich zog, und je eher dieses Geräusch verstummte, desto besser.

Aldric schien einen Augenblick zu zögern, als er die Position der Füße und die Balance leicht veränderte und die Griffhaltung unmerklich anpasste. Dann fintierte er, eins-zwei-*drei* … Und der dritte Hieb war keine Finte. Er hörte den Hieb auftreffen und sprang zur Seite, um dem roten Strahl auszuweichen, der aus Eteks Brust schoss wie Wein aus einem frisch angezapften Fass. Es war ein Strahl von einem so dunklen, strahlenden, bedrohlichen Rot wie … wie das einer Rose, die Aldric einmal gesehen hatte, und er war so dick wie sein Daumen und so lang wie sein Arm, bevor der Druck nachließ und der Strahl zu einem Tröpfeln wurde. Die Tropfen klatschten wie Regen auf den Boden, Regentropfen mit der Farbe von Rubinen und dem Gestank eines Schlachthofs.

Etek sah den sich ausbreitenden grellen Fleck auf seinem Hemd und seiner Tunika an, das Pumpen seines Herzbluts und den blassen jungen Mann, der es mit seiner Klinge aus seinem geheimen Versteck hervorgekitzelt hatte. Er wollte etwas sagen – etwas Geistreiches, Zorniges, einen Fluch, er wollte dem Tode trotzen oder ein Protest gegen diesen Diebstahl seines Lebens einlegen, er wollte etwas tun, woran man sich eine kleine Weile erinnern mochte. Heraus kam nur ein blutgesprenkelter Hauch, der wie »h'ahhh…« klang. Dann gaben seine Knie nach und er fiel zu Boden und war tot.

Aldric hielt diesen letzten anklagenden Blick noch lange, nachdem Eteks Augen glasig geworden waren – zitternd, während er sich immer wieder sagte, dass er nur getan habe, was hatte getan werden müssen, dass diese beiden Männer Feinde gewesen seien, dass sie die Verantwortung für ihren Tod trügen und nicht er, dass es ihm überhaupt nichts ausmache. Aber es machte ihm etwas aus.

Die Zeiten waren längst vorbei, in denen er sich einen Akt des Tötens noch aus dem Kopf schlagen und als bedeutungslos abtun konnte, wenn er vollbracht war, und darüber war er froh. Die Alternative zu *Gefühl* war die, keines zu haben, so wenig Mitgefühl und Gewissen zu haben wie die Waffe. Mit einer anderen Hand am Heft würde Witwenmacher *sein* Leben ebenso bereitwillig nehmen wie jedes andere. Diese Veränderung war mit dem Bewusstsein für das gekommen, was er insgeheim schon immer gewusst hatte, dass mit dem Töten eines anderen Lebewesens eine Verpflichtung verbunden war, die über das Schwingen der Klinge oder das Drücken eines Abzugs hinausging. Diese Verpflichtung bestand im Gedenken. Er stand sehr still mit dem frischen Kupfergestank nach warmem Blut in der Nase da und betrachtete die Toten. Und fühlte sich verloren. *Noch keine vierundzwanzig und wie viele Leichen sind es jetzt?*

Er wusste die Antwort: die genaue Zahl und in manchen Fällen – nicht vielen – auch die Namen. Es gab einige, die so eine Blutliste voller Stolz auf das Geschick, die sie zeigte, herbeten würden. Und es gab einige, die denken mochten, dass er eben das früher einmal getan hatte. Wenn er sich erinnerte ... Aber es war keine Erinnerung, auf die Aldric stolz war. Sie machte ihn demütig und erfüllte ihn mit Scham – demütig, weil er noch lebte, während sie gestorben waren, und schamerfüllt, weil sie ohne sein Zutun vielleicht noch am Leben wären. Aber es gab *Notwehr*, es gab *Nützlichkeit* und es gab *Notwendigkeit*. Drei Worte, die alles waren, was ein Mörder brauchte.

Sie hinterließen einen Geschmack wie nach Essig und Asche auf seiner Zunge.

Eine Geschichtenerzählerin beendete ihren Vortrag, bedankte sich lächelnd für die höflichen Verbeugungen ihrer aufbrechenden Zuhörer und trank noch einen Schluck kaltes Bier, um ihre raue Kehle zu kühlen. Die soeben abgeschlossene Geschichte war eine von ihren eigenen und es bereitete ihr keine Mühe, sie zu erzählen, weil sie sich wie eine Kette – oder ein Geflecht von Kettengliedern, da sie in mehrere Richtungen zugleich verzweigen konnte – mit den anderen Geschichten verband, die sie erzählte. Geschichten, deren Charaktere ihr ebenso bekannt waren wie ihre Familienmitglieder und Freunde.

Bei diesem Gedanken wurde Aiyyans Lächeln breiter, denn oft genug *waren* diese Charaktere ihre Familienmitglieder und Freunde, deren Eigenheiten sie mit Humor und Liebe beobachtet hatte und ausschmückte. Es war eine Schwäche von ihr. Nein, keine Schwäche, ein Privileg, das auszuüben jenen, die aus der Verbindung der Phantasie mit der Erfahrung Geschichten strickten, sehr wohl zustand.

In den vergangenen ein, zwei Tagen war sie mehreren solcher möglicher Charaktere begegnet: Jenem gelehrten

Mann, dessen feuriger Enthusiasmus alles durchdrang, worauf er seine beträchtlichen geistigen Fähigkeiten richtete; der Frau mit der Kette von Reitpferden – Aiyyan hatte eines gekauft und sich eine Option auf zwei weitere gesichert – und der Kette von Anekdoten. Und diesem nervösen jungen *Hanalth* mit der Drachen-Fixierung ...

Etwas ließ sie zum Himmel aufschauen, der zur Hälfte dunkel und mit Sternen besprenkelt und zur Hälfte grau von einem weiteren Band schneebeladener Wolken war. Und sie sah ... In einer normalen bewölkten Winternacht hätte sie gar nichts gesehen, wäre diese Nacht nicht die gewesen, welche sie war: Jahrmarktsnacht. Normalerweise war diese große Stadt nach Sonnenuntergang ein dunkler Ort, nur spärlich besprenkelt mit den Laternen vor den Häusern der Wohlhabenden – oder derjenigen mit lockerer Moral, was oft ein und dasselbe war. Heute jedoch, an diesem Abend und an diesem Feiertag, war Egisburg ein so hell erleuchteter Ort, wie er seinesgleichen im Drusalischen Reich suchte – Drakkesborg und Kalitzim eingeschlossen – und die tiefhängenden Wolken reflektierten matt einen Teil dieses außergewöhnlichen Scheins. Vielleicht nicht genug, um unten auf den Straßen für mehr Helligkeit zu sorgen, aber doch so viel, dass ihre nicht mehr gänzlich dunkle Oberfläche einen blassen Hintergrund bildete für ... Dinge am Himmel.

Es gab zwei davon: Das eine war der Rote Turm, und seine scharfkantigen Umrisse ließen unversehens einen Schauder aus den Tiefen von Aiyyans phantasievoller Seele aufsteigen. Diese düstere Festung hatte etwas Brütendes, Erwartungsvolles an sich, das völlig ausreichte, um in ihr tiefe Freude beim Gedanken zu wecken, dass sie und ihr neues Pferd – oder vielleicht ihre neuen Pferde – am nächsten Morgen diese Stadt verlassen und nach Hause zurück-

kehren würden, bevor der Winter völlig über sie hereinbrach. Doch das andere Ding war kleiner als der Turm und
schwärzer. Es war die Scherbe eines lichtlosen Nichts, eines
Risses in den Wolken, der schwärzer als schwarz und so dürr
wie der Hunger war.

Und es segelte mehr als die doppelte Höhe des Roten
Turms über dessen höchster Zinne und den Nachthimmel!

Aiyyan starrte hin, bis kleine leuchtende Punkte vor ihren
Augen tanzten, und dann starrte sie noch eine ganze Weile
länger hin. Sie schaute hin, bis das – in ihr wollte sich bloß
der Gedanke formen: *was ich zu sehen wage*, denn sie wollte
ihm keinen Namen geben, weil es sonst verschwände – ge-
flügelte Ding das Grau der Wolken hinter sich gelassen und
nur noch den sternenbeschienenen Himmel über sich hatte.
Und selbst dann konnte sie ihm noch folgen, denn das eisige
Licht dieser Sterne verlosch kurz, wenn die große dunkle
Gestalt sich zwischen sie und die Welt schob.

Ein weiterer der vor ihren Augen tanzenden Funken
dehnte sich und bildete eine lange leuchtende Ranke aus,
die ebenso rasch wieder erlosch. Aiyyan ließ die angehaltene
Luft in mehr als nur einem halben Seufzer entweichen.
Hätte sie nicht genau hingesehen – und sie wusste nun, dass
sie tatsächlich genau hingesehen hatte –, hätte sie jenen
flüchtigen Feuerschweif am Himmel vielleicht für eine
Sternschnuppe gehalten. Nur, dass sie noch nie zuvor eine
Sternschnuppe gesehen hatte, die herumwirbelte und in
Rauch erstickte, wie es bei dieser der Fall gewesen war.

»*Ohh v'ekh!*«, sagte Aiyyan ker'Trahan und legte viel Gefühl in die Worte. »›*M'nei trach'han kelech-da?*‹ O ja, Kommandant Dirac. Jetzt verstehe ich. Ich *verstehe* …«

Denn sie hatte etwas gesehen, was sie schon immer hatte
sehen wollen, seit der ersten Geschichte, die sie sich über sie
ausgedacht hatte: einen Drachen.

Doch nun, da sie diesen gesehen hatte, war sie nicht mehr sicher, ob sie bleiben sollte. So gewaltig und mächtig *ihre* Drachen auch sein mochten, waren sie auch von einer unterschwelligen Freundlichkeit erfüllt. Und davon hatte sie hier bei ihrem kurzen Blick nichts gespürt. Noch eine längere Unterhaltung – etwas direkter geführt! – mit *Hanalth* Dirac würde sich als erhellend erweisen, vielleicht sogar lehrreich, aber Aiyyan hatte keinerlei Bedürfnis, in Egisburg zu warten und selbst die Antworten zu suchen, die er von ihr zu erfahren gehofft hatte. Nicht aus Angst – als Tochter und Mutter von Soldaten war Aiyyan nicht sonderlich ängstlich –, sondern eher aus Vorsicht, denn als ihre Gedanken als Folge dessen, was sie gesehen hatte, zu ihm zurückkehrten, fielen der Geschichtenerzählerin geringfügige Seltsamkeiten auf, die sie bei ihrem Gespräch noch nicht bewusst registriert hatte. Am wichtigsten war seine Sprache. Sein Akzent war nicht der aus Drusul, der aus Tergoves und auch nicht der aus Vlech. Und wenn er keinem der kaiserlichen Völker angehörte, war er ein Provinzler. Und wenn er ein Provinzler war, konnte er unmöglich die Streifen und Karos eines *Hanalth* tragen. Ihre eigenen Söhne hatten in der Armee des Reichs gedient, wobei der jüngere gerade erst entlassen worden war, und sie kannte die inoffiziellen – aber strikt eingehaltenen – Beförderungsrichtlinien.

Warum trug er dann aber die Rangabzeichen? Aiyyan wollte es gar nicht wissen. Und weil sie mit ihm geredet und man sie dabei gesehen hatte, wollte sie aus Egisburg verschwunden sein, bevor ihr ins Gesicht sprang, was er im Schilde führte. Die Umtriebe der Großen, Nicht-Ganz-So-Großen und der Berüchtigten hatten die Eigenart, alle Menschen ringsumher in Mitleidenschaft zu ziehen, unschuldige am allermeisten.

Aldric ging langsam und bedächtig die Straße entlang, vor sich der eigene lange Schatten, den die tanzenden Flammen warfen. Diese Flammen räumten die letzten Reste seines Tuns auf. Er sah sich nicht um, sondern ignorierte das Feuer und verdrängte es aus seinem bewussten Denken, aber er verdrängte nicht die beiden, deren Scheiterhaufen es war. Die beiden, die er umgebracht hatte. »Serej und Etek«, sagte er leise – und merkte sich die Namen, die Gesichter, die Männer. Denn sie zu vergessen hieß, sie zweimal zu töten.

Was sollte er tun? Bleiben oder fliehen? Er hatte beide Seiten des Problems durchdacht, obwohl er von Anfang an gewusst hatte, dass er, nach allem, was er war und was er zu sein versuchte, eigentlich nur eine Wahl treffen konnte.

Eine Flucht wäre sinnlos, weil es irgendwo in dieser Stadt – in Voords oder Tagens oder sogar Brudas Händen – ein *Telek* gab, das genaue Ebenbild jener Waffe, die allzu viele Leute in seinem Sattelhalfter gesehen hatten. Da es sich um einen ungewöhnlichen Ausrüstungsgegenstand für einen Kavallerie-*Hanalth* handelte – obwohl anscheinend nicht so ungewöhnlich, dass Fürstgeneral Goth ihn verboten hatte –, würde man ihn zur Kenntnis genommen und Bemerkungen darüber gemacht haben … Und man würde sich daran erinnern. Ob er nun da war oder nicht, man würde ihm die Schuld geben, falls Prinzessin Marevna heute Nacht starb, schließlich wusste man nichts vom Gegenstück dieser Waffe – und wenn er floh, würde man darin nur ein weiteres Eingeständnis seiner ohnehin offenkundigen Schuld sehen. Eine Flucht konnte ihn nicht retten und würde sie nicht retten.

Aus eben diesem Grund gab es niemanden, dem er sich gefahrlos anvertrauen konnte. In dieser drusalischen Stadt war jeder ein potenzieller Feind, ein potenzieller Informant, der bereit und gewillt war, ihn seiner Herkunft wegen zu verraten, sobald sie offenkundig wurde. *Hlensyarl* und *H'labech*, Ausländer und Spion. Die drusalischen Worte waren vermutlich austauschbar, umso mehr, wenn der Ausländer eine Uniform und einen Rang trug, der ihm höchstwahrscheinlich nicht zustand.

Damit blieb die Schlussfolgerung, zu der Aldric bereits am Anfang gelangt war, als Serej, der Kurier, diese schmutzige kleine Intrige skizziert hatte: Er musste die Prinzessin retten – es war immer noch ein Klischee, aber er lachte nicht mehr darüber –, aber zu seinen eigenen Bedingungen. Anständig. Zumindest hatte er jetzt einen kleinen Vorteil. Er wusste von dem bevorstehenden Verrat und konnte damit rechnen, während *sie* – wer sie auch sein mochten – keine Ahnung von seinem Wissen hatten. Hoffte er.

»Eines Tages, Aldric«, sagte er bei sich, »wird dich all dies umbringen.« Dewan ar Korentin hätte so etwas zu ihm sagen können. Und viele würden annehmen, dass der Grund für seine Wahl in dem zu suchen war, was Dewan sonst noch hätte sagen mögen. Dass er es Dewans, Gemmels und des Königs wegen tat – ja, sogar des Königs wegen – und um all der anderen willen, die tuscheln und sich fragend ansehen würden, wenn er seine Pflicht so gut erfüllte, dass er den Tod einer unschuldigen Frau auf sein Gewissen nahm. Doch das war nicht sein Grund und war es nie gewesen. Es war viel einfacher und direkter; es war ein Grund, der ihn auch dann mit dieser Rettung hätte fortfahren lassen, wenn er durch eine sofortige Flucht, so schnell und so weit Lyards Beine ihn tragen konnten, alle Konsequenzen seines Versagens hätte vermeiden können.

Dieser Grund war die Selbstachtung, die Männer Ehre nannten. Mochte Marya Marevna an-Sherban auch eine Drusalerin und die Schwester des Herrschers über diesen

Staat sein, der eines Tages vielleicht einen Krieg gegen sein eigenes Land beginnen würde, er war dennoch verpflichtet, ihr nach bestem Wissen und Gewissen beizustehen. *Bei seiner Ehre verpflichtet:* Eine Wendung, die mittlerweile leichtfertig benutzt wurde, aber wenn sie aufrichtig gemeint war, band sie so fest wie Ketten aus Stahl. Er hatte das Recht, dafür zu kämpfen, und das Recht, dafür zu sterben, sei es durch eine fremde Klinge oder durch seine eigene. Das *Tsepan*, das er jetzt trug, das jetzt nach Art des drusalischen Militärs an seinem Gürtel hing, war eine beständige Mahnung an den Eid, den er geschworen hatte – einen Eid, den er hätte beiseite schieben können wie den schwarzen Dolch, dessen Existenz er jedoch niemals vergessen konnte, solange ihm die weißen Narben in seiner linken Handfläche blieben.

Aldric blickte auf diese Hand, auf die Stelle, wo die Narben unter dem Handschuh waren – und seine Finger ballten sich zur Faust, als er sah, was sich dort über der schwarzen Ledermanschette tat. Im Zauberstein war eine Flamme zu erkennen: winzig, spindelförmig und im Gleichklang mit seinem Herzschlag pulsierend. Das Aussehen war vertraut: geschlitzt wie ein Katzenauge.

Oder des Auges eines Drachens.

Aldric legte den Kopf in den Nacken, schlug die Kapuze des Überwurfs zurück und starrte in den Nachthimmel hinauf. Wie es anderswo in der Stadt in eben diesem Augenblick eine Geschichtenerzählerin tat. Er sah, was sie sah. Aber in seinem Fall gab es kein momentanes Zögern, bevor er akzeptierte, was sah, keine Regung von Ungläubigkeit. Er wusste, was er sah, und erkannte es sofort. *Ymareth.*

Da er die Sehkraft des Drachens bei Nacht nicht einschätzen konnte, aber durchaus bereit war zu glauben, dass das große Wesen ihn beobachtete, straffte Aldric sich und erbot dem Schatten am Himmel die Höflichkeit eines albischen Kronsaluts. Es spielte keine Rolle, dass er nicht zur Uniform passte, die er trug, und es spielte auch keine Rolle, dass eine solche Respektsbezeugung eigentlich nur dem König zustand. Ymareth der Drache hatte mehr für ihn getan als Rynert und ihm auf seine reptilienhafte Art größere Freundlichkeit erwiesen als der König auf seine Art. Der Drache hing vor einem Himmel, der zur Hälfte aus Schneewolken und zur Hälfte aus Sternen bestand, und spie eine kurze, helle Flamme. Es war ein Signal, eine Erinnerung und eine Ermutigung, wie er sie nie nötiger gebraucht hatte als hier und jetzt, dass Aldric in dieser Stadt voller Feinde nicht völlig allein war.

Und wenn alles erledigt wäre, wenn er die Prinzessin befreit – *was für ein Selbstvertrauen, Talvalin!* – und er sich seiner gegenwärtigen Verpflichtung dem Mann gegenüber entledigt hätte, den er »Lehensherr« und »König« und »Fürst« nannte? Was dann?

Aldric wusste es nicht.

Habt Ihr das gesehen? Gemmel, habt Ihr das gesehen?«
»Also redet Ihr wieder. Nun, dafür danke ich Euch jedenfalls.«

Der Soldat und der Zauberer standen gemeinsam auf einem flachen Kamm unweit der Straße, die zur Flussebene und darüber hinweg zu Egisburgs großer Stadtmauer mit ihren Toren führte. Der Drache hatte sie vielleicht zwei Meilen vor der Stadt abgesetzt – bei gutem Wetter eine vernachlässigbare Entfernung und auch jetzt, wäre es Tag gewesen und hätten sie die Straße benutzen können. Aber es war nicht Tag und sie hatten die Straße nicht benutzt, sondern sich vorsichtig in der Dunkelheit über Felder geschlichen, auf denen die Schneewehen manchmal sechs und acht Fuß hoch standen wie erstarrte weiße Meereswellen. Beinahe eine Stunde hatten sie benötigt. Dewan hatte die Strecke in völligem Schweigen zurückgelegt, wenn man von einem gelegentlichen Grunzen der Anstrengung oder innigen Fluch absah. Sein Mund hatte sich nach Gemmels abschließender Enthüllung geschlossen und seitdem hatte er nicht mehr mit dem alten Mann gesprochen. Vielleicht war er auch gar nicht mehr sicher, dass »Mann« die richtige Bezeichnung war.

»Ich … Nun gut, ja, ich rede wieder. Ich muss. Ich habe Euch lange genug gekannt, bevor, bevor …«

»Bevor ich Euch ehrliche Antworten auf Eure Fragen gab und Ihr feststellen musstet, dass Euch der Klang der Wahrheit doch nicht so gefällt?«

»Ich … ich fand das alles sehr schwer zu schlucken.«

»Wie der Mann, der das Kutschpferd aß«, sagte Gemmel und grinste. Es war das alte Grinsen und der alte Gemmel und Dewan wurde bei seinem Anblick viel leichter ums Herz. »Ihr meint dieses Aufflammen am Himmel? Eine Sternschnuppe.«

»Das war keine Sternschnuppe!«

»Gut. Dann sind wir einer Meinung. Wärt Ihr auch mit mir einer Meinung, dass wir diese übermäßige Vorsicht zur Abwechslung aufgeben und die Straße benutzen sollten?«

Dewan blickte in beide Richtungen die Straße entlang, so weit er konnte. Was bei Nacht nicht sehr weit war, aber weit genug, um sich zu vergewissern, dass sonst niemand in der Gegend war. Ihm bereitete gar nicht einmal die Benutzung der Straße so nah bei der Stadt Kopfzerbrechen, sondern die Möglichkeit, von jemandem beim Verlassen ihrer Deckung beobachtet zu werden, der vielleicht ein Interesse am

Warum entwickeln mochte. »Na, schön«, sagte er. »Niemand zu sehen. Also kommt.« Er watete durch eine weitere Wehe und nahm dabei mit geistesabwesender Verärgerung zur Kenntnis, dass Gemmel wartete, bis er sie überwunden hatte, bevor er ihm über den vorgetretenen Pfad folgte. »Ich darf nicht vergessen, Gemmel, Zauberer, *Freund*, Euch auch einmal vorangehen zu lassen«, knurrte er, während er sich Schnee von seinen Pelzen und Kleidern schlug.

»Wie Ihr wünscht«, sagte Gemmel, als sie die Straße erreichten – die so nah bei Egisburg nicht nur gepflastert, sondern auch einigermaßen vom Schnee geräumt war. »Dann übernehme ich an dieser Stelle die Führung, einverstanden?« Er betrat die Straße und marschierte los.

Dewan beobachtete ihn ein paar Sekunden und in diesen Sekunden, während er noch den Schnee in den Händen hielt, trug der Vreijaurer einen noblen Kampf mit seinem eigenen Gefühl für Würde aus; ein Kampf zwischen der Ratsamkeit dessen, was er erwog – und der potenziellen Befriedigung, die ein gut gezielter, fest zusammengedrückter und genau geworfener Schneeball bringen würde.

Dann ließ er den immer noch lockeren Schnee fallen, staubte sich die Hände ab und folgte Gemmel ohne ein weiteres Wort.

Aldric kehrte ohne Umwege zum Gasthaus zurück. Er mied den Platz und seine Ablenkungen und bekam daher nicht mit, dass eine ganz bestimmte Geschichtenerzählerin ihre Sachen packte, um rasch aus einer Stadt verschwinden zu können, die jeden Reiz für sie verloren hatte. Aldrics dringendster Wunsch war, zurück und hinter eine verschlossene Tür zu gelangen, bevor er jemandem begegnete, der eine Bemerkung über sein Aussehen machen konnte. Er hatte es nicht überprüft, aber höchstwahrscheinlich klebte irgendwo an ihm trocknendes Blut. Er verfügte über genügend Erfahrung im tödlichen Schwertkampf, um zu wissen, dass sich die Spuren dieser Beschäftigung nur schwer vermeiden ließen, auch wenn man der Sieger war.

Die Eingangshalle des Gasthauses war leer und er war froh darüber, denn im Moment mochte er zwar ruhig und beherrscht sein, aber er bezweifelte, es auch bleiben zu können, wenn er Kommandant Voord von Angesicht zu Angesicht gegenübertreten müsste. Vielleicht später, aber jetzt noch nicht. Er schloss die Außentür geräuschvoll hinter sich, um so allen interessierten Ohren seine Rückkehr anzuzeigen und wohl wissend, dass sie *ausschließlich* auf seine Rückkehr lauschen würden, denn nach allem, was er von Voords Ausflug mitbekommen hatte, war dessen Weggang unbemerkt erfolgt. Mittlerweile wäre er natürlich wieder zurück. Aldric warf einen Blick auf die große Standuhr im Alkoven an der Treppe und zögerte überrascht. Kaum eine halbe albische Stunde war vergangen, seitdem er sich in die Schatten gedrückt hatte, als Voord in die Nacht geschlichen war. Eine halbe albische Stunde – oder eine viertel kaiserliche! Da Voord, wie es seine Gewohnheit zu sein schien, gemächlichen Schrittes marschiert war, konnte es noch nicht lange her sein, dass er selbst durch diese Tür gegangen war – natürlich viel leiser. Das war in der Tat ein Glück und wahrscheinlich auch besser so.

Ungestört von jemandem, der vielleicht im Schankraum geblieben war, um die Flasche gekühlten Wein zu leeren, erreichte Aldric ohne Zwischenfall die Tür zu seinem Zimmer im ersten Stock und wollte sie schon öffnen. Dann hielt er inne und betrachtete die ausgestreckte Hand mit fragend zur Seite geneigtem Kopf. Wie er es schon früher getan hatte, hob er sie vor die Augen und starrte sie an. Sie war ruhig, so ruhig wie eh und je, und nicht einmal das Schlagen seines Pulses ließ die in schwarzes Leder gehüllten Finger beben. *Gewöhne ich mich also an Mord?*, dachte er ernst. Diese Möglichkeit kam ihm nicht sonderlich erstrebenswert vor. *Oder hat es einen ganz anderen Grund?*

Das war in der Tat wahrscheinlich, denn der Gedanke, endlich etwas Anständiges zu tun – eine Gefangene zu retten, anstatt Leute umzubringen, die er nie zuvor gesehen hatte, wie jene beiden in Seghar –, musste jeden beruhigen. Oder zumindest mit einer Erregung erfüllen, die erheblich gesünder war. Aldric stieß die Schlafzimmertür auf, wobei ihm flüchtig durch den Kopf ging, dass es dunkler als zuvor war, da jemand – vermutlich ein Bediensteter – die Lampe ganz weit heruntergedreht hatte. Vielleicht ging auch schlicht bloß das Öl zur Neige.

Einmal im Zimmer, drehte er sich um, schloss die Tür wieder und schob den massiven Riegel vor. Alles gesichert! Und dann versteifte er sich, weil irgendetwas, irgendwo nicht ganz *richtig* war! Ohne sich zu bewegen, analysierte er den kurzen Blick, den er beim Eintritt erhascht hatte: Die Möbel waren unangetastet, die Läden vor den Fenstern waren so, wie er sie verlassen hatte, seine Ausrüstung war unberührt. Außer der heruntergedrehten Lampe hatte sich nichts verändert. Bis seine Augen, die sich rasch an die Dunkelheit gewöhnten, es sahen, und in diesem Augenblick läuteten sämtliche Alarmglocken in seinem Kopf Sturm.

Genau in der Mitte seines Betts, so dass die Matratze präzise in zwei Hälften geteilt wurde, lag ein Schwert in der Scheide. Ein jouvainisches Motiv, übertönte irgendeine trockene Liste in seinem Verstand die immer noch schrillenden Alarmglocken. Ein *Estoc* – ein Stichschwert. Doch diese Waffe hatte er bei keinem seiner Begleiter auf diesem Rettungsunternehmen gesehen – obwohl sie ihm irgendwie bekannt vorkam. Mehr noch: Er spürte eine Präsenz im Zimmer, eine lebende Person irgendwo, verborgen, lauernd. Alle Muskeln und Sehnen in Aldrics Körper spannten sich an und seine rechte Hand zuckte zu Witwenmachers Heft.

Doch bevor seine Finger sich darum schlossen, wurde ihm das Schwert von wissenden Händen von der Hüfte gepflückt. Allerdings wissend, denn während eine Hand die Scheide des *Taiken* mit der Drehbewegung anhob, die sie aus dem Waffengürtel um Aldrics Hüfte aushakte, öffnete die andere die Schnalle des Diagonalgurts, der über seine Schulter lief und ihm jetzt wie eine Schlange über die Schulter gestreift wurde, wobei es knisterte wie eine Viper auf Pergament.

Eine Stimme sprach ihm ins Ohr, so dicht hinter ihm, dass er den warmen Atem spürte, der jedes Wort transportierte. Wie konnte das passieren?, tobte er innerlich. Niemand kommt so nah heran, wenn er Böses im Schilde führt! Und dann: und wenn nicht?

»Bleibt stehen«, sagte die Stimme. »Beantwortet mir nur diese eine Frage: Was ist Euch eine Frau wert, dass Ihr sie verlasst, um mit der alten grauen Witwenmacherin zu gehen? Dieser Witwenmacherin!« Die graue Sternenstahlklinge des *Taiken* klirrte einmal in ihrer Scheide, als der Schnallenhaken über den Boden schrammte, und Aldrics Augen weiteten sich, da sie für einen langen Moment auf gar nichts starrten, und er schluckte ein, zwei Mal und versuchte den heißen, pochenden Kloß aus seinem Hals zu entfernen, der nur das Herz sein konnte, das auf halbem Weg zwischen seinem angestammten Ort und dem Mund schlug. Er hörte nicht, wie das Langschwert zu Boden fiel. Er hörte nur die Stimme.

Und alles, was er zur Beantwortung der Frage sagte, war:

»Kyrin?« Dabei drehte er sich in der Erwartung um, sich zu irren, wieder einmal von seiner Einbildung zum Narren gehalten worden zu sein. Aber diesmal hatte er Recht und wurde nicht zum Narren gehalten, denn es – sie – war tatsächlich Tehal Kyrin.

Alle Spannung wich aus Gesicht und Körper, wurde aber von einem verschlossenen, rätselhaften, unergründlichen Ausdruck abgelöst, der sehr weit von dem entfernt war, was die Valhollerin erwartet hatte. »Meine Dame«, sagte er, indem er sie mit der Andeutung einer Verbeugung bedachte, »einen Augenblick.« Dann ging er schweigend durch das Zimmer und machte sich an der Öllampe zu schaffen, bis diese sie beide mit Licht überflutete. »Ja. Meine Dame, Eure … Eure Augen sind noch so blau, wie ich sie in Erinnerung habe. Und Eure Haare sind noch genauso blond.« Er machte keine Anstalten, sie zu berühren. »Und Ihr habt meine Träume in diesen letzten sechs Monaten und mehr heimgesucht, Tehal Kyrin, Hareks jüngste Tochter, sowohl in der Nacht als auch am Tag. Aber, werte Dame, warum redet Ihr bei *mir* von verlassen und von Witwenmacher?«

Er streckte die rechte Hand nach der Waffe aus und Kyrin trat die drei Schritte vor, die reichten, um sie sanft und respektvoll in seine ausgestreckte Hand zu legen. Die Finger schlossen sich, nahmen wieder in Besitz, griffen fest zu und drehten Isileth Witwenmacher, so dass Aldric sie durch den runden, gegabelten Handschutz der Waffe betrachtete. »*Die* ist mir treu gewesen, meine Dame. Ich vertraue ihr und sie erwidert dieses Vertrauen. Es – *sie* hat mich noch nicht wegen eines anderen verlassen. Ich habe sie nicht und werde sie nicht verlassen. Und ich habe Euch und würde Euch nicht verlassen. Es war Eure Wahl und Ihr habt sie getroffen. Ihr ganz allein.«

Für den Schlag eines wunden Herzens lang stand ein Ausdruck in Kyrins Augen, den Aldric schon einmal gesehen hatte. Er erkannte ihn wieder, denn er hatte ihn jetzt ebenso verursacht wie damals, vor so vielen schmerzlichen Monaten. Ein Ausdruck, als habe er sie ins Gesicht geschlagen. Nach diesem Augenblick holte sie tief Luft und schien damit irgendeine innere Kraftreserve anzuzapfen, jedenfalls genug, um seinem Blick durch den schwarzen Stahl von Witwenmachers Heft zu begegnen.

»Aldric-*an*«, sagte sie im Tonfall eines Abschiedsgrußes, wobei sie die offizielle Anredeform wählte und nicht die Koseform, wobei ihr valholler Akzent die Vokalverschiebung allzu deutlich betonte. »Aldric-*an*, Ihr habt viel zu lange mit dieser kalten Geliebten zusammengelebt. Ich bin weit gereist, um Euch zu finden, um wieder bei Euch zu sein. Dumm, wenn einen am Ende ein unsicherer Empfang erwartet. Oder vielleicht doch nicht so dumm. Jetzt, wo ich weiß, wie es zwischen uns steht, kann ich wieder gehen – und diesmal meinen Seelenfrieden finden. Habt Ihr Euch etwa damit geschmeichelt, dass nur Eure Träume heimgesucht würden und nur Eure Nächte schlaflos seien? Es gab Zeiten, als ich in der Dunkelheit wach lag, allein, als ich mich fragte, ob ich richtig oder falsch gehandelt hatte. Nichts war falsch daran, zu Seorth zu gehen. Das war keine Frage. Nicht mehr, nachdem ich erfahren hatte, dass er und Elnya geheiratet hatten, und zwar kaum einen Monat nach meinem … meinem angeblichen Tod, als das Schiff meines Onkels vor der albischen Küste gekentert war. Wart Ihr je das fünfte Rad an einem Wagen, Aldric-*an*? Habt Ihr je entdeckt, dass Ihr einer zu viel unter Eurem eigenen Dach wart?«

»Aber Ihr sagtet …?«, platzte es aus Aldric heraus, bevor er innehielt und nachdachte. Dann, anklagend: »Ihr habt mir einen Brief gezeigt.«

»Den Ihr nicht lesen konntet. Ihr habt nur geraten, was er bedeutete, und weil … Es tut mir leid. Es hat viel Täuschung gegeben und Ihr habt Euch unwissentlich in der Mitte dieser Täuschungen befunden. Ich habe Dinge gesagt, die ich nicht so meinte, Dinge, die nicht stimmten, weil – weil ich Angst hatte. Angst vor ihnen, Angst vor ihrer Macht – und Angst um Euch. Ich habe es ihnen gesagt und ich habe Euch gesagt, was sie wollten, weil ich wusste, dass selbst Ihr aus einem *Nein* kein *Ja* machen konntet und zu Schaden gekommen wärt, wenn Ihr es versucht hättet. Und Ihr hättet es versucht, Aldric, *Kailin-eir* Aldric *Ilauem-Ar-luth* Talvalin. Ich kenne Euch, kannte Euch gut genug dafür. Wie ich gedacht habe, Euch immer noch zu kennen.«

Kyrin zwang sich, ihn weiterhin mit weit aufgerissenen Augen anzustarren, weil sie wusste, dass ein einziges Blinzeln reichen würde, um den wartenden Tränen freien Lauf zu lassen.

»Kyrin.« Sie sah ihn an und das *Taiken* war nicht mehr zwischen ihnen. Er hatte es gesenkt und es hing schlaff in seiner Hand – vielleicht so kurz davor, beiseite geworfen zu werden, wie noch nie. »Sie, Kyrin? Wer sind *sie*?« Er stellte die Frage, war aber entsetzlich sicher, die Antwort bereits zu kennen.

»Dewan«, erwiderte sie ohne Zögern. »Dewan und der König.« Dann sah sie, wie der Muskel unter der erneuerten Narbe unter dem Auge zuckte, und dämpfte einen unterdrückten Seufzer zwischen Fingerknöchel und Zähnen. »Aber sie haben versprochen, alles zu erkären – dass sie Euch alles erzählen würden, ihre Gründe, ihre Nöte … Nach meinem Abschied. Alles! Sie haben es mir *versprochen*!«

»Worte – das sind Versprechen. Manchmal, wenn sie ehrenvoll gegeben werden, sind sie es wert, dass man sie bekommt. Aber meistens sind sie nur Atemluft mit etwas Geräusch darin. Was habt Ihr also gesagt, das *sie* so gern hören wollten? Was habt Ihr uns allen gesagt?«

»Dass zwischen uns keine Liebe sei. Und auch nie gewesen sei. Dewan hat mich gefragt und er wollte ein *Nein* hören, also habe ich *nein* gesagt. Aber …«

»Aber?«

»Aber ich hätte den Mut aufbringen müssen, ihm die Wahrheit zu sagen. *Ja* zu sagen.«

Aldric streckte langsam die Hand nach ihrem Gesicht aus und sie bewegte keinen Muskel, wappnete sich bloß für den Fall, dass er … Die Finger in ihrer ledernen Umhüllung zeichneten wie früher liebkosend die Linie ihres Wangenknochens nach und strichen eine verirrte Träne fort, die trotz ihrer Bemühungen entkommen war.

»Die Wahrheit, Kyrin? *Ja?*«

»Die Wahrheit. Damals. Jetzt. Immer.« Dann sah sie die Veränderung in seinem Gesicht und insbesondere in den Augen und bekam wieder Angst – jetzt nicht vor ihm, sondern um ihn, wie schon zuvor. »Aldric, du bist ein *cseirin*-Geborener. Ein Angehöriger der hohen Clans. Sie würden nie zulassen … Du kannst die Tradition nicht mit dem Schwert bekämpfen!«

Leise, nachdenklich, fast zu sich, meinte er: »Das hast du schon einmal gesagt.«

»Aber es stimmt immer noch!«

»Jetzt nicht mehr. Nicht für mich. Nicht nach allem, was ich tun muss … Pflicht, Kyrin. Verpflichtung – das ist ein zweischneidiges Schwert. Unser Sprichwort gilt in beide Richtungen. Es ist das Schwert, mit dem die Tradition bekämpft wird, denn nach allem, was ich für König Rynert getan habe und noch tun werde – obwohl es jetzt vor dem Licht des Himmels mehr für mich selbst ist! –, schuldet er mir etwas. Er schuldet mir zumindest Ehrlichkeit! Keine Täuschung – und keine gebrochenen Versprechen. Und danach … danach kümmern wir uns um die Tradition und das Schwert. Dieses Schwert. Diese alte graue Witwenmacherin.«

Er legte das Langschwert sanft und respektvoll auf das Bett neben das *Estoc*, das Kyrin gehörte und das er sie oft hatte tragen sehen. Das er erkannt und doch nicht erkannt hatte.

»Dann warst du es«, sagte er, wobei er sich jetzt fragte, wie er so dumm gewesen sein konnte, sie nicht zu erkennen.

»Wo?«

»Auf der Straße nach Egisburg. Die uns gefolgt ist. Ich dachte, ich hätte ein oder zwei Mal jemanden gesehen. Und ich habe oft geglaubt, etwas zu spüren, die Anwesenheit eines Beobachters. Wie konnte das sein?«

»Dewan ar Korentin«, sagte sie und verwirrte ihn damit mehr denn je. »Er und eine drusalische Frau, die zu suchen er mir aufgetragen hatte.«

»Kathur die Füchsin!«

»Kathur, das Fuchs-Luder«, korrigierte Kyrin mit lieblicher Boshaftigkeit. »Ja. Sie hat mir genug erzählt, um hierher zu gelangen. Denn als ich nach Alba kam, um dich zu suchen, warst du nicht mehr da – in irgendeinem Auftrag des Königs unterwegs. Aber Dewan hat sich heimlich mit mir getroffen und dabei Worte wie *Anstand* und *Verrat* im Zusammenhang mit etwas benutzt, das der König getan hatte. Es fand nicht seinen Beifall. Und er hatte es bereits Gemmel erzählt. Dem Zauberer. Deinem Pflegevater, Aldric? Stimmt das?« Aldric nickte stumm und bedeutete ihr fortzufahren. »Aber er hat mir Folgendes gesagt: ›Sucht ihn. Findet ihn, wenn Ihr es schafft, helft ihm, wenn Ihr könnt – und bleibt bei ihm, wenn er und Ihr einander immer noch wollt. Mit meinem Segen, was er auch wert sein mag. Und sagt ihm, dass es mir wirklich leid tut.‹«

»*Das* hat Dewan gesagt?«

»Er hat mir aufgetragen, dir zu sagen, dass der alte Bär langsam viel zu alt wird. Und blind, taub und senil, denn er hätte das Offensichtliche erkennen und das *Nein* ignorieren müssen, wo er in Wirklichkeit doch nur ein *Ja* gehört hätte.«

»Kyrin-*ain*, ich sage auch ja. Jetzt und für immer.« Als er die Arme – jene Mörderarme – um sie legte und sie festhielt, war es wie ein Traum. Da war der Duft ihres Haars, die kühle Glätte ihrer Haut, die Wärme ihrer Lippen und die schlichte Nähe ihrer Anwesenheit – aber anders als in vielen Träumen gab es in diesem Fall nicht die Bitterkeit des Erwachens. »Liebste«, flüsterte er – *ach, meine Liebste, meine Geliebte* – »ich habe dich viel mehr vermisst, als mir bis jetzt bewusst war. Ich habe gebetet, dass du zurückkommen würdest, irgendwie, eines Tages. Und der Tod möge den ersten Mann treffen, der sich je wieder zwischen uns stellt …« Er küsste sie wieder, sanft und dann inbrünstig, hungrig – und sie war ebenso sanft, inbrünstig und hungrig, und sie zitterten beide in den Armen des anderen, denn es war zu lange her, viel zu lange, sechs Monate getrennt, sechs Monate, die ein ganzes Leben gedauert hatten.

Da hämmerte eine Faust an die Tür, sie fuhren zusammen, und der Augenblick war zerschmettert. »Macht Euch fertig, werter *Hanalth*, Herr«, ertönte Voords Stimme mit einem höhnischen Unterton, den die dicken Bohlen der Tür kaum dämpften. »Wir machen uns in zehn Minuten auf den Weg zum Turm!«

Stille. Dann: »Wer war das?« Es war Kyrins Frage, aber nach einem Blick in Aldrics Gesicht brauchte sie weder einen Namen mehr noch eine Antwort. Denn für einen Moment hatte sie das Funkeln reinen Hasses in seinen Augen mitbekommen, wie sie es selten zuvor gesehen hatte.

»Der Tod möge den ersten Mann treffen, der sich je wieder zwischen uns stellt«, wiederholte er. »Falls die Hölle oder der Himmel meine Gebete und Flüche erhört, dann hoffe ich, dass dieser dabei ist.« Dann entfernte er sich einen Schritt von Kyrin, schlüpfte aus seinem militärischen Überwurf und warf ihn sachlich, geschäftsmäßig aufs Bett, was sich unmöglich mit einem Entkleiden für angenehmere Zwecke verwechseln ließ. »Hast du ihn verstanden?«

»Ich spreche kein Drusalisch.«

»Verdammt … Er hat gesagt, ich solle mich beeilen. Nicht sonderlich höflich, möge seine Schlangenhaut schwarz verbrennen. Jedenfalls …« Er deutete mit dem Kinn zu der Rüstung auf ihrem Gestell an der Wand hinüber, während er seine zu albische Bekleidung ablegte. »Würdest du mir bitte helfen?«

Kyrin zögerte nur eine Sekunde, da sie noch immer verwirrt war, dann nahm sie den Offiziersharnisch aus Leder und Metall von dem Gestell neben dem Fenster, durch das sie in das Zimmer eingestiegen war. Auch jetzt gab es kein Anzeichen dafür, dass die Läden bewegt worden waren. Aber Tehal Kyrins Talent für raffinierte Einbrüche hatte sie nie wirklich verlassen. Im Verein mit einer geschmeidigen, schlanken Statur und einer natürlichen akrobatischen Begabung war Hunger ein hervorragender Ausbilder für Diebe.

»Was habt ihr heute Nacht vor, das plötzlich so wichtig ist?«, wollte sie wissen, während sie neben ihm niederkniete, um die Schnallen der gepanzerten Beinschienen mit langen Fingern festzuziehen, die jedoch eine Neigung an den Tag legten, woanders hinzuwandern. Sie verrieten ihr, dass Aldric trotz seiner äußerlichen Gelassenheit innerlich bebte wie eine gerade losgelassene Bogensehne. Ein Teil davon hatte mit ihr zu tun, aber der Rest … Es war keine Furcht, nicht einmal das Aufblitzen der Wut, das sie aus dem Augenwinkel mitbekommen hatte. Nur schlichte, einfache Aufregung!

»Ich habe es nicht geglaubt, als ich es zuerst gehört habe, also wirst du es höchstwahrscheinlich auch nicht glauben. Aber allem Anschein nach ist die Prinzessin …« Zwischen Grunzen und Fluchen und dem Ringen mit der unnachgiebigen rot lackierten Rüstung erzählte er ihr eine verkürzte Version der Geschichte. »Aber davon abgesehen können sie nicht wissen, was ich vorhabe.«

Seine Stimme wurde durch den scharlachroten Waffenrock gedämpft, den er sich mitten im Satz über den Kopf zog, ein schweres Ding aus gefüttertem Stoff und Leder mit dicken Schulterpolstern, wo das Gewicht des Kettenhemds liegen würde, und als sein Gesicht aus der Halsöffnung auftauchte – mit Schnüren behangen und vor Anstrengung beinah von der Farbe der Tunika –, lag ein Ausdruck darauf, der Kyrin verriet, dass ihm eine Idee gekommen war. Nein – eine *Idee*, verdammt!

»Vergessen wir einstweilen, was sie nicht wissen, und konzentrieren wir uns auf einen Aspekt – *drücken* –, den selbst ich bis vor einem Augenblick noch nicht bedacht hatte. Gott, das ist schon besser!« Er streckte beide Arme aus, so dass sie ihm die laminierten Armschützer umschnallen konnte, die von den Fingerknöcheln zu den Ellbogen reichten, und dabei bewegte er liebenswürdig die Finger, um sich und ihr zu beweisen, dass seine Hände sich noch frei bewegen konnten. »Denn da du hier bist« – Kyrin sah auf und hob hochmütig eine Augenbraue – »sollst du Folgendes tun.«

NEUN
Struktur der Gewalt

Es schneite wieder, als sie das Gasthaus verließen. Dichte weiße Flocken fielen stetig und schwer von einem einheitlich grauen Himmel und an jenem dunklen Turm vorbei, der unheimlich über der Stadt aufragte. In Umhang und Kapuze, in Handschuhen und Stiefeln, vermummt gegen das Wetter wie alle anderen, blieb Aldric kurz stehen und schob den Helm so weit vom Kopf, dass er die Festung besser erkennen konnte. Gewiss, er hatte sie schon gesehen, bei klarerer Luft und besserem Licht, aber noch nie zuvor bei einem Gang zu ihrem Tor, um die Höhle des Löwen zu betreten. Dieses Wissen veranlasste ihn zu einer ganz anderen Interpretation dessen, was er sah.

Der Turm erhob sich gewaltig und drohend wie ein hungriges Tier, ein großer dunkler Steinklotz in der Mitte der Stadt. Als Augen hatte es Lampen und als Zähne die Eisenstachel, mit denen die Fallgatter bewehrt waren. Es war ein böses Bauwerk, sowohl seinem Erscheinungsbild als auch seinem Ruf nach. Beim Näherkommen sah Aldric nichts, was dieses Urteil hätte ändern können.

Sie waren vier gerüstete Männer und acht weitere flankierten sie oder folgten ihnen. Eine Ehrengarde, gebildet von dem Kavallerietrupp, der mit ihnen geritten war. Der schwarze und scharlachrote, silberne und goldene, weiche raschelnde Stoff bildeten zusammen mit dem grell und hart glitzernden Metall einen krassen Gegensatz zum Schnee. Wenige waren noch auf den Straßen, die etwas zu ihrem Erscheinungsbild hätten sagen können, denn der Jahrmarkt ging zu Ende; sein Schwung war an diesem letzten Feiertagabend fast verbraucht. Irgendwie passte es, dass dieses schlechte Wetter nun die Besucher zwang, in den Häusern zu bleiben – wo sie reden, in Erinnerungen schwelgen, trinken und betrunken werden konnten, um sich nicht der ernüchternden Vorstellung des nahenden Winters stellen zu müssen.

Aldric war unbehaglich zumute. Was er wusste und was er vielleicht noch nicht wusste, machte ihn vorsichtig und seine Nerven waren fast bis zum Zerreißen gespannt. Er war für andere Geräusche, Reaktionen und Empfindungen so empfänglich wie nie zuvor. Auch für gut oder schlecht verhohlene Gefühle. Er konnte etwas dergleichen an ihnen allen spüren und das nicht nur, weil sein Verstand ihm sagte, dass solche Gefühle vorhanden sein mussten. Bruda, Tagen, Voord. Sie alle. Und wahrscheinlich merkten sie, dass ihn ebenfalls so etwas umgab. Solange sie es als bloße Nervosität und nichts anderes abtaten! Denn unter seinem Überwurf im Waffengurt steckte in bequemer Reichweite seiner rechten Hand ein *Telek*. Sein eigenes *Telek* aus seinem Sattelhalfter.

Feder und Abzug hatte er überprüft und geölt und die Drehtrommel mit acht frischen, bleibeschwerten Stahlpfeilen geladen. Er trug es jetzt in dem sicheren Bewusstsein, dass er den Vorteil, den ihm diese Schusswaffe verschaffte, ganz gewiss brauchen würde.

Denn er war sich gleichermaßen der Tatsache bewusst,

dass sich das andere *Telek* unter dem Überwurf eines anderen verbarg.

Für einen Moment hinter ihnen, matt und gedämpft in der Stille des fallenden Schnees, Hufschläge im gemessenen Takt eines langsamen Schritts. Nicht ein Pferd: mehrere. Dann war das Geräusch ebenso plötzlich wieder verschwunden. Niemand drehte sich um, denn niemand war wirklich interessiert. Doch Aldric, der auf dieses Geräusch gewartet hatte, lächelte im Schatten des kaiserlichen Helms in sich hinein, zeigte jedoch einen Augenblick später wieder ein ausdrucksloses Gesicht.

Bruda hatte keine leeren Phrasen gedroschen, als er von der Qualität seiner Passierscheine geredet hatte: sie funktionierten. Sie zeigten sie an der Außenmauer des Roten Turms vor, weswegen die diensthabenden Wachposten im Schutz des großen Torbogens unter dem Klirren ihrer Rüstung eine vollständige Ehrenbezeugung absolvierten. Sie wurde auf die übliche Weise erwidert – seitens Aldric einen halben Herzschlag später als seitens der anderen, da er zunächst sehen musste, was sie taten: Der rechte Arm wurde auf Brusthöhe gehoben, der Unterarm waagerecht und angewinkelt, die Handfläche nach unten gerichtet. Und mehr nicht. Er war – sie alle waren – ranghöher.

Sowohl die Soldaten am Tor als auch jene, denen sie mit zunehmender Häufigkeit auf ihrem Marsch über das Turmgelände begegneten – immer zu zweit, beobachtete Aldric, und immer trug einer eine Armbrust auf dem Rücken –, erwiesen ihnen den Respekt weiterer Ehrenbezeugungen, ließen aber kein anderes Interesse erkennen. Offiziere auf Besuch, ob Stab, Kommando oder Front, waren ein alltäglicher Anblick rings um den Turm. Manchmal führte sie die bloße Neugier her, wenn sie in der Gegend waren, und manchmal eine dienstlich Angelegenheit. Aus welchem Grund auch immer, ihre Anwesenheit war lediglich deshalb bemerkenswert, weil sie gegrüßt werden mussten.

Schließlich erreichten sie das Tor des Roten Turms, das zu ihrem Empfang gähnend weit aufstand und in dem oben und unten die Zacken der Fallgatter zu sehen waren, die ihm das besagte Aussehen ungestillten Hungers verliehen. Aldric trat in den Schutz der finsteren Außenbefestigungen, schlug seine Kapuze zurück, stampfte ein paarmal auf, um sich von lockerem Schnee zu befreien und sah sich mit unverhohlener Neugier um. Er war zu dem Schluss gekommen, dass der Versuch, ein solches Interesse zu verbergen, verdächtiger erscheinen musste, als diesem Interesse ungezügelt nachzukommen, also kam er ihm nach.

Mochte dieser Ort auch als gemütliche Residenz bekannt sein, in die man edle Gäste zum Bleiben einladen konnte, ohne befürchten zu müssen, dass sie sich ohne Erlaubnis wieder verabschiedeten, beim ersten Blick auf das klaffende Maul seines Tors erkannte man das Wort *Gefängnis*, und zwar in schwarzen Buchstaben, die man unmöglich missverstehen konnte. Die berühmte rote Glasur reichte nicht über die Außenverkleidung hinaus, wenn man von den großen sechsseitigen Fliesen absah, mit denen der Boden gekachelt war. Und das verlieh Aldric, der sich mit seiner Vorstellung von diesem Gebäude als gefräßiger Bestie ohnehin schon alles andere als wohl fühlte, das unangenehme Gefühl, auf der Zunge dieser Bestie zu stehen. Die Mauern bestanden aus grauem Stein, der zu massiven Blöcken gehauen war, von denen jeder viele Tonnen wiegen musste. Grau und gewaltig. Es war nicht die Kälte, sondern eine flüchtige ungebetene Erinnerung, die Aldrics gesamten Körper mit einer

Gänsehaut überzog. Die Erinnerung war die an ein Grab, das er betreten hatte: ein altes Grab aus solchen monströsen Steinblöcken. Das Grab von einem, der schon lange, lange tot war. Diesem Ort haftete etwas Ähnliches an – eine Aura von Dingen, die lange tot waren und die man besser den Rest der Ewigkeit ungestört ruhen ließ. Atem wallte ihm aus Mund und Nase und ihm ging auf, dass er ihn in den vergangenen Sekunden angehalten hatte. Aus keinem anderen Grund als dem, der ihm seine Einbildung lieferte. Oder vielleicht auch nicht.

Er hörte Brudas Stimme im Hintergrund, der jedoch kaum etwas von Interesse sagte – nur die konventionellen Höflichkeitsfloskeln eines hohen Dienstgrades zu einem anderen, abwesenden hohen Dienstgrad, die ein Mannschaftsdienstgrad überbringen sollte: »Ich entbiete dem edlen Kommandanten auf diesem Weg meine respektvollen Grüße und verleihe meinem Wunsch Ausdruck, dass er uns gestatten möge ...« Und so weiter. Es reichte jedenfalls nicht, um die leisen Warnsignale zu erklären, die unablässig in Aldrics Hinterkopf erklangen. Aber sie wollten auch nicht verstummen.

In seiner linken Hand spürte er Hitze. Hätte er die Stulpe seines Handschuhs zurückgeschlagen, so wäre die ganze Umgebung vom blau-weißen Glanz des Zaubersteins von Echainon überflutet worden. Er war jetzt vollständig aktiv – wenngleich nicht auf Aldrics Wunsch – und erzeugte Hitzewellen im Einklang mit dem Pulsieren seines Herzschlags sowie ein Gefühl gebändigter Kraft, von dem er sich ziemlich sicher war, dass die anderen es ebenfalls spüren konnten. Doch eine entsprechende Reaktion blieb aus. Entweder konnten sie es doch nicht spüren – oder sie verbargen die Tatsache, dass sie es konnten. So oder so stellte sich die Frage, was los war.

Der *Eldheisart*, der gegenwärtig die Garnison des Roten Turms befehligte, erwies sich trotz der ordentlichen Tunika als wenig imposante Erscheinung. Er wirkte mehr wie ein uniformierter Gastwirt als ein Soldat – rundlich um die Hüften und pausbäckig, ein Mann, der gutes Essen und Trinken schätzte – und Aldric fragte sich, wie sehr das an dem Ehrengast hier liegen mochte.

Jedenfalls war an den anderen Soldaten und Offizieren, die er gesehen hatte, überhaupt nichts weich gewesen. Trotz der entspannten, beiläufigen Art, wie sie ihre Pflichten wahrnahmen, hatten sie auf ihn den Eindruck einer tüchtigen und gefährlichen Truppe gemacht. Tatsächlich sogar gefährlicher, gerade weil sie hier Dienst taten, und nicht trotzdem. »Eine Belohnung für gutes Benehmen«, so hatte Bruda eine Versetzung zu dieser Garnison beschrieben – was nahelegte, dass all die hartäugigen Männer in und um Egisburgs Rotem Turm hier waren, weil sie besser als ihre Kameraden waren. Besser im Soldatengewerbe des Tötens. Denn sie sahen nicht wie Männer aus, deren besondere Begabung in den schöneren Künsten lag.

Dann hörte Aldric etwas, bei dem sein Herz anfing zu rasen, bei dem er sich aber gleichzeitig ein sarkastisches Lächeln vom Gesicht wischen musste, bevor es zu offensichtlich wurde. Er hatte ein wenig abseits gestanden, während Bruda und der Garnisonskommandant bei einem kleinen Glas eines in dieser Gegend destillierten geistigen Getränks eine höflich nichtssagende Unterhaltung führten. Das Getränk war so farblos wie Wasser, kalt, schwer wie Öl und roch stark nach Wacholder. Und höchst ungewöhnlich war, dass Aldric, obwohl es sich um Alkohol handelte, es abscheulich fand. Gemischt mit etwas – egal, was! –, ja, vielleicht, aber nicht pur. Bedauerlicherweise tranken die anderen sowohl die erste als auch die zweite Portion in einem äußerst leutseligen Tempo und mit allen Anzeichen großen Genusses. Diese offenkundige Verschiedenheit ließ ihn anders aussehen und hatte den plumpen *Eldheisart* höchstwahrscheinlich zur fraglichen Bemerkung veranlasst. Das oder die Tatsache, dass diese Begrüßungsgläser seinem Aussehen nach zu urteilen bei weitem nicht sein erster Schluck an diesem Abend waren. Aber egal.

Nicht egal war hingegen, dass Aldric ihn durch seine rote Nase schniefen und dann ganz offen sagen hörte: »Er kommt mir noch ein wenig, nun, jung für einen *Hanalth* vor. Findet Ihr nicht, Kommandant?«

Das hatte ihn nervös gemacht, aber es war Voords gleichermaßen verständliche Antwort, bei der er beinahe laut aufgelacht hätte, trotz der Aufrichtigkeit ihres beleidigenden Tonfalls. »Dieser kleine Bastard – mit Eurer Erlaubnis, *Eldheisart* – trägt zwar gerade die Blitze nicht, aber er gehört trotzdem zur *Kagh' Ernvakh*. Und er ist wegen Prinzessin Marevna hier.« Es war eine spontane Improvisation, die fast einen Applaus wert war, denn wenn man sich ihrer später im Licht der Ereignisse, die Voords Ansicht nach bevorstanden, erinnerte, würden die wenigen Worte seiner Bemerkung und der schlecht verhohlene Abscheu darin mit einem weiteren Finger auf den »Mörder« der Prinzessin deuten.

Doch im Augenblick erfüllte sie den unmittelbareren Zweck, den *Eldheisart* von einem weitergehenden Interesse an einem Gast abzubringen, der sich, wenn die Reaktion des beleibten Offiziers ein Maßstab war, gerade ebenso gut in eine Giftschlange hätte verwandeln mögen. Und soweit es Aldric betraf, war ihm das nur recht so.

Die Treppenhäuser im Roten Turm waren für eine Festung allesamt falsch angelegt. Sie waren viel breiter, als sie es hätten sein sollen, und es waren auch keine Wendeltreppen, um den Schildarm eines Angreifers vor Probleme zu stellen. Aber man hatte doch wohl im Drusalischen Reich kaum die grundlegenden Prinzipien defensiver Architektur missachtet, oder? Natürlich hatte sich der Zweck des Bauwerks schon vor vielen Jahren geändert. Es war keine Festung mehr, sondern zu einer Residenz für die Großkönige eines bemerkenswert reichen Stadtstaats geworden. Großkönige mit dem Wunsch, diesen Reichtum zur Schau zu stellen, und zwar mit dem Bau und der Einrichtung weiter, hoher Säle, hoher Fenster und – *ja, schon gut*, gestand Aldric sich selbst ein – Treppen, die gerade und fünfmal breiter waren als üblich.

Zumindest bestand keine Notwendigkeit, gleich zur Spitze des Turms emporzusteigen, wie er zuerst befürchtet hatte. Aber es ging dennoch fünf Etagen nach oben, ein Aufstieg, der in einer Rüstung bewältigt werden musste, die vielleicht doppelt so schwer war wie seine eigene, und Aldric war nur froh darüber, dass er nicht die einzige Person außer Atem war, als sie schließlich innehielten. »Wie … wie viele Etagen … gibt es?«, keuchte er.

Der Soldat, der sie führen sollte – in Tunika und nicht in Rüstung und daher nicht im Geringsten außer Atem –, zeigte nach oben. »Noch vierzehn und dann noch das Dach, *Hanalth*«, erwiderte er. Höflich, denn er war über den jungen Mann mit den *Hanalth*-Insignien informiert oder vielleicht auch nur vor ihm gewarnt worden. »Wenn Ihr interessiert seid, dann könntet Ihr bei Tageslicht und besserem Wetter …«

»Und ohne Rüstung.« Die Worte kamen als Seufzer heraus, während Aldric das Angebot mit einem Winken der

Hand ablehnte. »Nein, Soldat. Ich verzichte« – und sein nächstes Zögern war weniger eine Pause, um Luft zu holen, als vielmehr ein bedeutsamer Blick an Voords Adresse – »auf die Gelegenheit zur Besichtigung. Zumindest jetzt.«

Noch etwas mehr Hitze und der Zauberstein würde Blasen auf seiner Haut werfen! Hätte er doch nur einen Augenblick für sich gehabt, einen Moment der Abgeschiedenheit, um den Handschuh abzustreifen und nachzusehen. Nur nachsehen, nicht einmal verstehen, was der Kristall tat. Außer ihm wehzutun. Der Zauberstein barg jetzt mehr Energie als zu jeder anderen Gelegenheit, an die er sich erinnerte. Sie bebte in ihm, vibrierte im innersten Kern der drei Knochen seines Arms, so dass er das Gefühl hatte, der Arm zittere unbeherrscht. Doch ein verstohlener Blick zeigte nichts dergleichen – überhaupt nichts.

Dann hielt der Soldat inne und neigte den Kopf, als lausche er auf etwas. Nach einem Augenblick zuckte er die Achseln und tat es als Täuschung oder unwesentlich ab. Niemand anders hatte etwas gehört. Nur Aldric, denn gerade in diesem Augenblick hatte er sich an die Wand gelehnt, und nur er wusste, dass das Gehörte weniger ein Geräusch als vielmehr eine Vibration im Stein war, die der Soldat vielleicht als von einem Sims herabfallender Schnee oder das Zuschlagen einer weit entfernten Tür gehalten hatte. Es bedurfte mehr als Schnee und einer größeren Tür, als Aldric sie bisher gesehen hatte, um solch eine Vibration in den massiven Steinblöcken hervorzurufen, aus denen der Rote Turm bestand. Doch etwas, das sich auf dem Dach niederließ, etwas mit ausreichender Masse, um die Bugkatapulte eines Rammschiffs fast unter Wasser zu drücken? Das wäre etwas anderes.

»Vierzehn Etagen bis zum Dach, Soldat«, sagte Voord in einem Tonfall, der forsch und für Aldric viel zu geschäftsmäßig klang, »aber Prinzessin Marevna ist doch gewiss an bequemerer Stelle untergebracht? Wo eigentlich?« Die Frage klang ehrlich genug und war eine, die ein Mann stellen würde, der genug vom Treppensteigen hatte, und der Soldat hörte auch nichts anderes heraus. Er zeigte den Korridor entlang.

»Die Fünfte auf der linken Seite, die Herren. Soll ich die Vorstellung übernehmen?«

Voords Lächeln innerhalb seines Helms war angenehmer als der Gedanke, der dafür verantwortlich war. »Das ist unnötig. Ich kenne die Dame, also werden wir sie überraschen.«

Du solltest auf einer Bühne stehen, dachte Aldric säuerlich. *Oder auf dem Blutgerüst.* Ein paar Minuten vergingen, in denen sie Kleidung und Rüstung richteten – echten und eingebildeten Schmutz, Wasserperlen und halb geschmolzenen Schnee abwischten, Überwurfe glätteten und Helme zurechtrückten. Bruda und Tagen nahmen beide den Nasenschutz ihres Helms ab, aber Aldric fand es bedeutsam, dass Voord keine Anstalten machte, ihrem Beispiel zu folgen. Vielmehr schien er seine Rüstung nicht auf Ordentlichkeit, sondern auf Sicherheit überprüft zu haben. Aldric nickte unmerklich. Er wusste es jetzt genau. Voords Handlungen hatten den Verdacht bestätigt, als Voord – wiederum – ihre Ehrengarde vor dem Ersteigen der Treppe hatte wegtreten lassen. Also. Aldric ließ Wangenplatten und Nasenschutz ebenfalls an Ort und Stelle. Er traute *Hautheisart* Voord überhaupt nicht – außer im Hinblick auf die kampfbereite Rüstung.

Dann fluchte Bruda, sehr leise. Aldrics Kopf ruckte mit einem metallischen Knirschen herum, doch er sah nur einen Mann, der aus einer Tür viel weiter den Korridor hinab trat. Er drehte sich um, bückte sich und fummelte mit Schlüsseln herum, bis er die Tür hinter sich abgeschlossen hatte. Er hatte eine Tasse in der Hand – ein zierliches Ding, das nicht viel mit den Bechern gemein hatte, die Aldric bei anderen Mitgliedern der Garnison gesehen hatte, welche dienstfrei hatten und in den unteren Geschossen saßen – und er schien nichts Gefährliches an sich zu haben. Doch Bruda war ein Wiedererkennen ins Gesicht geschrieben, das gerade einem Ausdruck beklommener Wachsamkeit wich.

Der Mann ging ihnen entgegen, sah aber an ihnen vorbei, ignorierte sie bewusst … bis er nah genug war, um das Funkeln der Rangabzeichen im Lampenlicht zu erkennen. Erst da wurde er langsamer und ein gewisses Interesse zeichnete sich auf seinem Gesicht ab. Es war ein schmales Gesicht mit dünnen Haaren auf einem dünnen Leib. Sein einzig bemerkenswerter Zug waren die abstehenden Ohren, die, wie Aldric annahm, nie und nimmer unter einen normalen Armeehelm gepasst hätten.

Bruda war weniger zu Späßen aufgelegt, weil er diesen Mann und vor allem seinen Ruf kannte. Er war in mehreren Dienstzweigen der Armee für etwas bekannt – oder vielmehr berüchtigt –, das er »Liebe zum Detail« nannte, alle anderen aber unverblümter als »verdammte Erbsenzählerei« bezeichneten. Sein Gott war die Dienstvorschrift und da er die Gewohnheit hatte, seine Stube abzuschließen, hieß es in einer Geschichte, in dieser Stube sei in einem Schrank ein Schrein für diesen Gott verborgen.

Kein noch so guter Plan war gegen so einen Mann gefeit, dessen Leben sich um Kleinigkeiten und Kleinlichkeiten drehte. Von seinem Platz konnte er wahrscheinlich alles erkennen, was sie übersehen hatten. Bruda konnte nur hoffen, dass diese Begegnung ein Zufall war und nichts Schlimmeres. Und dass Aldric Talvalin den Mund halten und sich nicht mit seinem offensichtlich nicht aus dem Reich stammenden Akzent verraten würde.

»Bruda? Ja, Prokrator Bruda!« Der Neuankömmling lachte, als er ein mehr oder weniger vertrautes Gesicht erkannte. Es war ein unmissverständliches Lachen, aber es war auch unergründlich, weil Bruda bereits wusste, dass es immer gleich klingen würde, ob aufrichtig gemeint oder eine Tarnung für etwas Finstereres.

»Ja, allerdings!« Bruda war so jovial, wie es ihm unter den gegebenen Umständen überhaupt möglich war, und zu seiner Erleichterung hielten sich Tagen, Voord und Aldric im Hintergrund, da ihnen die »Falschheit« der Situation bewusst war, und sie – sicherlich in zwei von drei Fällen – bereit waren, falls nötig mit brutaler Gewalt zu reagieren. Der junge Soldat, der ihr Führer war, blickte von einem zum anderen, erkannte, dass sich da eine Unstimmigkeit auf vorgesetzter Ebene zusammenbraute und machte sich mit einem sehr, sehr flüchtig angedeuteten Gruß rar.

Aldric beobachtete seinen Abgang. Es war auch besser so. Hier braute sich tatsächlich Ärger zusammen, obwohl dieser neue Offizier es noch nicht bemerkt hatte, und Aldric konnte sich den Grund dafür noch nicht vorstellen. Aber er hielt sich heraus, da es sich um einen internen Hader zu handeln schien, der nichts mit ihm zu tun hatte. Bis der dünne Mann sich in aller Unschuld an ihn wandte und wie der *Eldheisart* unten fragte: »Womit habt Ihr Euch in so jungen Jahren die goldenen Karos verdient, *Hanalth*? *Hanalth…*?«

Bevor er offensichtlich ins Schwitzen oder anderweitig in Verlegenheit geraten konnte, fing Aldric Brudas rasches Nicken über die Schulter des Fremden hinweg auf. *Nur zu – erzählt es ihm*, besagte das Nicken. Aldric zuckte nicht die Achseln oder seufzte resigniert, obwohl beides angebracht gewesen wäre. Stattdessen straffte er sich noch ein wenig mehr und erwiderte, wie schon einmal zuvor an diesem Abend: »Dirac. *Hanalth Kagh' Ernvakh* Dirac.«

Diese wenigen Worte reichten. kaiserliche Offiziere von so hohem Rang sprachen nur mit dem Akzent der Zentralprovinzen – und kaiserliche Offiziere von beliebigem Rang sprachen nicht mit dem unverkennbaren elthanischen Schnarren des nördlichen Alba. Der Mann wich jäh einen Schritt zurück und legte die Stirn in Falten. Dann fuhr er Bruda an: »Was hat das zu bedeuten?«

«Nicht das – *er*«, antwortete Bruda schlicht. »*Er* ist ein Alber.«

Der Schock über die unverblümte, unmögliche Antwort machte den Mann – wie er auch heißen mochte – für einen Moment sprachlos (was ein Wunder war) und jene, die seine Augen erkennen konnten, sahen in dieser kurzen Stille ein Dutzend Überlegungen darin aufflackern. »Und was macht er hier?« Kein Gelächter mehr. Keine Neugier. Nur ein wütendes, zum Schrillen neigendes unmittelbares Verlangen nach Information.

Bruda warf einen Blick auf Aldric und gestattete sich ein Lächeln, denn der Alber war zu allem außer Mord bereit. Es reichte. »Gerade jetzt? Er wird Euch so fest schlagen, wie er kann. *Los!*«

Aldric hatte die Finger bereits gestreckt und die Muskeln seines ganzen Leibes kribbelten immer noch unter dem Ansturm der Energien, die aus dem überladenen Zauberstein leckten. Also folgte er nicht Brudas Befehl, weil er dem dünnen Mann in seiner gegenwärtigen Verfassung vermutlich den Kopf abgeschlagen hätte. Vielmehr hieb er ihm die Handkante mit Gefühl in den kurzen Nacken, direkt unterhalb eines seiner lächerlichen Ohren, und hatte auf jeden Fall mit ausreichend Wucht zugeschlagen, um zu erreichen, was von ihm verlangt worden war. Der dünne Mann vollführte einen Satz nach vorn, ohne die Beine zu bewegen und immer noch im Zustand völliger Verblüffung, und hätte der

Länge nach im Korridor gelegen, hätte Bruda ihn nicht rechtzeitig aufgefangen. Seine hübsche Tasse zerschellte auf dem Boden in tausend Scherben.

»Das wollte ich erledigen lassen«, sagte Bruda, »oder auch selbst erledigen; seit meiner ersten Begegnung mit diesem … Gut getroffen, Alber.«

»War mir ein Vergnügen.« Aldric massierte sich die Handkante und warf Voord einen nachdenklichen Blick zu. »Ich weiß, was Ihr meint, ich bin auch schon dem einen oder anderen von dieser Sorte begegnet.«

»Kümmert Euch um die Prinzessin, *Hlensyarl*«, knurrte Voord aufgebracht, was für ihn völlig uncharakteristisch war. »Wir kümmern uns um diese Angelegenheit und dann leiste ich Euch Gesellschaft.«

Dessen bin ich mir ganz sicher, dachte Aldric. *Und* nur *Ihr – und ein Telek*. Laut sagte er nichts, sondern machte lediglich kehrt und ging rasch durch den Korridor zur fünften Tür auf der linken Seite. Hinter sich hörte er, wie Tagen angewiesen wurde, den bewusstlosen Mann nach unten zu bringen und seinen »Unfall« behandeln zu lassen. *Damit bleiben Voord und Bruda – und ich. Soso.* Aldric entriegelte die Tür, probierte die Klinke, fand die Tür unverschlossen – und trat ein.

Lieber Gott!«, keuchte Dewan. Diesmal hatten es beide gesehen, unbestreitbar auch vom trockensten aller trockenen Humore. Hatten es so deutlich gesehen, wie die wirbelnden Schneeflocken es erlaubten. Eine monströse Gestalt, die durch die Dunkelheit ringsumher noch monströser wurde, mit riesigen Schwingen, einem schlanken Leib war nach dem kurzen Hervorschießen einer Flamme mit verwegener Leichtigkeit auf dem Roten Turm gelandet. Mittlerweile waren Gemmel und Dewan nah genug, um zu sehen, wie ein Stück Brüstung unter dem Gewicht des Drachen wegbrach und nach unten fiel. Keiner von beiden sah oder hörte es auf den Boden schlagen.

»Wie stark ist die Garnison?« Gemmel hielt den Drachenstab jetzt in beiden Händen, nicht mehr wie einen Gehstock, sondern wie eine Waffe. Diese Täuschung ließ sich nicht mehr aufrechterhalten, denn die Energien, die er barg und bündelte, flossen jetzt über und beleuchteten die schneeweiße Dunkelheit mit einem flackernden aktinischen Licht wie Wetterleuchten hinter Wolken, dessen Helligkeit durch große Entfernung gedämpft wurde – oder durch den Willen dessen, der die Kraft dieses Wetterleuchtens bändigte.

Dewan hörte die Laute, die vom Zauberstab ausgingen. Denn Ykraith sang mit einem dünnen atonalen Kreischen vor sich hin, das von nichts anderem kündete als von gewaltigen Kräften. Das Auf und Ab jenes hohen Jaulens, eines Liedes ohne Text, entsprach in jeder Nuance den Arabesken der Kraft, die über den Stab tanzten. Und beides entsprach dem Schlag eines Herzens. Nicht Dewans, denn dessen Puls raste wieder, pumpte das Blut in einem perkussiven, arhythmischen Kontrapunkt zur Musik des Zauberstabs durch seine Adern. Und wahrscheinlich auch nicht Gemmels – auch wenn das, was er war, ob er nun Mensch war oder nicht, ein Herz hatte, das Dewan ar Korentin als solches erkennen würde.

»Ich fragte, ›wie stark ist die Garnison‹?« In der Stimme des Zauberers schwang eine Ungeduld mit, eine Dringlichkeit, die von wichtigeren Dingen kündete als lediglich der Kalkulation des Kräfteverhältnisses.

»Höchstwahrscheinlich vierzig Mann. Vielleicht mehr,

wenn man die Umstände berücksichtigt. Aber damit steht es immer noch mindestens zwanzig zu eins!«

»Zählt noch einmal«, wies Gmemel ihn zurecht. »Ihr vergesst Aldric – und Ihr vergesst …« Er deutete nur ein Mal zur Spitze des Turms, die jetzt unsichtbar hinter einem Schneevorhang lag. »Ich würde sagen, das gleicht das Kräfteverhältnis etwas aus.«

»Aber was habt Ihr vor?« Taktische und strategische Studien hatten noch niemals ein Szenario wie dieses erfasst! »Was werdet Ihr unternehmen?«

»Ich werde für eine Ablenkung sorgen. Wisst Ihr noch, was die Füchsin uns erzählt hat? Wenn es Alarm gibt, sollten die Wachen nur daran denken, in eine Richtung zu laufen. Ich« – sein Blick wanderte kurz und entschuldigend zu der Stelle hoch über ihnen, wo unsichtbar Ymareth hockte – »nein, *wir* werden ihnen eine Wahl aufzwingen – sie ein wenig verwirren. Lasst uns näher gehen. Ich will hören, wenn das Geschrei anfängt.«

Sie schlichen vorwärts, wobei sie die Augen wegen des Schneefalls zusammenkniffen, der langsam die Ausmaße eines Schneesturms annahm, bis Gemmel sich nach einigen Schritten aufrichtete und mitten auf der Straße marschierte, als habe er dazu jedes Recht der Welt. Dewan starrte ihn an, sah die Umrisse des Zauberers bis zur Unsichtbarkeit verschwimmen, als sich die Entfernung und das weiße Wirbeln zwischen ihnen vergrößerten, und erkannte, was Gemmel so mutig machte. Es gab keinen Grund, sich bei diesem *Wetter* zu verstecken.

»Ich habe noch nie zuvor so einen Schneefall erlebt«, sagte Dewan, als er Gemmel wieder eingeholt hatte, »wenigstens noch nicht so früh in dieser Jahreszeit. Ja, natürlich! Ich werde so einen Schneefall auch nie wieder erleben, nicht wahr?«

Gemmel drehte sich zu ihm um und grinste; etwas vage, weil weiße Zähne, weißer Bart und weißer Schnee konturlos ineinander übergingen. »Schnee ist leicht, wenn es ihn bereits gibt«, sagte er. »Nebel ist viel schwieriger.«

Keiner von ihnen sah die vermummte Gestalt, die mit einer kleinen Gruppe von Pferden im Windschatten der Gebäude stand, welche dem Tor zum Turm am nächsten waren. Hätten sie die Gestalt erkannt – insbesondere Dewan –, so hätte das Wiedererkennen vielleicht eine Saite angeschlagen. Doch während der Schnee fiel und tanzte und durch die kalte Luft wirbelte, wusste nicht einmal Gemmel, dass da jemand war.

Der Raum hinter der Tür war behaglich und warm und von Duftlampen und dem Flackern eines großen Holzfeuers erleuchtet. Apfelholz, dem Geruch nach zu urteilen. Es herrschte eine Atmosphäre von Wohlbehagen und Gemütlichkeit anstelle von echtem Luxus, aber es gab jedenfalls keinerlei Hinweise, dass dies eine Gefängniszelle sein sollte … mit Ausnahme der massiven Riegel an der Außenseite der Tür.

Aber es hätte viel weniger als das bedurft, um Aldrics Argwohn wieder stärker zu entfachen. Es hatte bereits zu viele Listen gegeben, zu viel Täuschung. Zu viele Dinge, die nicht das waren, was sie zunächst zu sein schienen. Was, wenn die Prinzessin freiwillig hier war? Oder wenn er unwissentlich in ein innenpolitisches Machtspiel verwickelt worden war? Oder wenn das Attentat selbst nur wieder eine List war?

Was, wenn überhaupt niemand hier war?

Doch auf dem Boden lag ein Buch, das offenbar von der

Armlehne eines Stuhl gerutscht war und dessen Seiten langsam, eine nach der anderen, umblätterten, und auf einem
Tisch in der Nähe stand ein Tablett mit gesüßten Früchten,
deren Honigglasur im Feuerschein klebrig glänzte. Neben
dem Tablett sah er eine Weinkaraffe aus Kristall und zwei
teilweise gefüllte – oder geleerte – Pokale. *Zwei?* In Aldrics
Verstand läuteten Alarmglocken.

Zwei.

Eine Frau erhob sich aus einem der tiefen gepolsterten
Sessel vor dem Feuer, der sie bislang verborgen hatte,
wandte sich zu ihm um und legte dabei einen Stickrahmen
beiseite. Sie wirkte verschlafen, als habe sie gedöst, bis sie
vom Lärm seines Eintretens geweckt worden war. Doch
diese Schläfrigkeit konnte den erwartungsvollen Ausdruck
nicht verbergen, den er bei ihrem ersten Blickkontakt in
ihren dunklen Augen entdeckt hatte. Dieser Ausdruck verschwand fast sofort, als ihr aufging, dass er nicht derjenige
war, den sie erwartet hatte, aber er bereitete Aldric Kopfzerbrechen. Er war falsch. Prinzessinnen ließen sich auf keine
Affäre mit ihrem Häscher ein – mochte er noch so gut aussehen oder die Gefangenschaft noch so langweilig sein.
Wenngleich man im Drusalischen Reich solche vorschnel-
len Urteile besser vermied.

Doch selbst die Art, wie sie aussah, gekleidet war, *stand*,
war unprinzessinnenhaft – zumindest für albische Augen.
Sie war größer als Aldric, fast so breit in den Schultern wie
er – ein dramatischer Gegensatz zu ihrer schlanken Taille –
und reichlich mit Kurven an allen richtigen Stellen ausge-
stattet. Ihrem raubvogelhaften, dunkel-bezaubernden guten
Aussehen nach zu urteilen, stammte diese Frau nicht einmal
aus dem Kaiserreich. Aber gebieterisch? Daran konnte kein
Zweifel bestehen.

»Habt Ihr noch nie gehört, dass man vor dem Eintreten

an die Tür klopft, Soldat?«, wollte sie wissen. »Oder dass man wartet, bis man zum Eintreten in das Gemach einer edlen Dame aufgefordert wird? Antwortet – und dann hinaus mit Euch!«

»Was Eure Fragen betrifft: ja und ja. Was Euren Befehl betrifft: nein.« Aldric warf einen Blick zurück über eine Schulter, sah niemanden und ging rasch weiter in den Raum. »Wo ist Prinzessin Marevna? Ihr seid es nicht, glaube ich.«

»Wovon redet Ihr?«

»Ich bin hier, um sie von hier wegzubringen. Wo ist sie also?«

»Und wo ist die schriftliche Verfügung für diese Verlegung?«

»Hört mir zu: Es gibt keine Verfügungen – weder schriftliche noch mündliche oder gar gesungene! Und dies ist keine Verlegung – es soll eine *Rettung* werden! Wenn Ihr so gut seid, sie stattfinden zu lassen!« Er versetzte der Tür einen Tritt und sah sich vergeblich nach Riegeln und Schlössern um, so dass er schließlich aus Ermangelung eines Besseren sich selbst mit seinem vollen Gewicht dagegen lehnte. Daraufhin funkelte er die hochgewachsene Frau an, die er mittlerweile als überfürsorgliche Hofdame eingestuft hatte. Doch warum sie so aussehen musste, wie sie aussah, begriff er nicht. »Und wenn *Ihr* Euch nicht sputet, wird sie in einen versuchten Mord umschlagen!«

Ein Messer tauchte irgendwoher aus der üppigen Kleidung der Frau auf und sie sah nun, da die stählerne Klinge aus ihrer Faust ragte, plötzlich so aus, als wäre sie selbst eines solchen Verbrechens fähig.

Aldric hüstelte und lachte freudlos. »Nicht von meiner Seite, meine Dame – ich hätte etwaige diesbezügliche Absichten nicht angekündigt; aber draußen ist jemand, der …

Aber das ist nicht so wichtig. Also, rasch – Stiefel, Handschuhe, Mäntel. Schlechtwetterkleidung. Und die Prinzessin! *Bewegt Euch!*«

»Warum so aufgeregt?«

Aldrics behelmter Kopf fuhr etwas nach rechts. Der Ursprung dieser neuen Stimme lag in den Tiefen des zweiten Stuhls – und da sah er sie: die Prinzessin. Diejenige, für die, oder gegen die, oder wegen der so viel Zeit, Geld und Blut aufgewendet worden waren, als wäre all das so wenig wert wie Blätter im Herbst. Sie sah in der Tat wie eine Prinzessin aus, nämlich so, wie seiner Ansicht nach die Schwester eines Kaisers aussehen sollte: klein und schmächtig, mit einem schlichten weißen Gewand bekleidet, dessen Rücken und Schultern mit silbernen Motiven bestickt waren, sowie mit riesigen braunen Augen, die ihn aus einem blassen herzförmigen Gesicht ernst musterten. Als sie sich erhob und lange, lange dunkle Haare aus dem Gesicht mit den hohen Wangenknochen schüttelte, spürte er die Würde, die sie wie ein Kleidungsstück vor sich her trug, eine Beherrschung, die verhinderte, dass sie sich vom eben Gehörten stören ließ, als sie auf ihn zutrat und zu ihm aufsah.

Aufsah – weil sie ihm nur bis zum Schlüsselbein reichte. Angesichts einer solch ehrfurchtgebietenden Gelassenheit zügelte selbst Aldric sein verzweifeltes Drängen, denn auch wenn sie die Lage nicht begriff, so war doch an Marya Marevna an-Sherbans ungeheuerlichen Ruhe für eine derart kleine Person tatsächlich etwas Erstaunliches. Eine erworbene Ruhc. Die er bedauerlicherweise zunichte machen musste.

»Chirel«, sagte sie an seiner Brust vorbei zu der anderen Frau, »wer ist dieser Mann? Und warum ist er hier?«

»Prinzessin, Ihr habt auf Eurem Sessel genau verstanden, was ich gesagt habe. Ich bin gekommen, um Euch aus dem

Turm zu befreien. Auf Befehl von General Goth – und Eures Bruders, nehme ich an.«

»Seit wann setzt der Fürstgeneral Alber anstelle unserer eigenen hervorragenden Soldaten ein?«

Also hatte sie den Akzent erkannt. Und würde sich daher ohne Erklärung nicht von der Stelle rühren, es sei denn, er würde sie bewusstlos schlagen und tragen. Doch die andere Frau hatte das Wort *Aalban'r* gehört und schirmte Marevna augenblicklich mit ihrem eigenen Leib und erhobenem Messer ab. Gegen einen vollständig gerüsteten Mann eine sinnlose Geste, aber eine sehr noble trotz alledem.

»Meine Dame, meine Damen, das ist etwas Politisches.« Trotz des Helms hörte er, wie sich draußen etwas regte, und einen Augenblick später spürte er einen leichten Druck, als jemand den Zustand der Tür testete. Aldric stellte sich breitbeinig hin, stemmte die Füße gegen den Boden und den Rücken gegen die Tür und hielt dem Druck stand. »Weil mein König seine Unterstützung zeigen will …«

Er hätte weiter versucht, mit Engelszungen auf sie einzureden und sie zu überzeugen, hätte er nicht plötzlich ein vertrautes Tosen in der Luft vernommen und ein Beben im Holz in seinem Rücken sowie einen stechenden Geschmack im Mund und auch – soweit das möglich war – im Geist verspürt. All das war viel zu vertraut.

»*Runter!*«, schrie er, während er sich selbst seitlich nach vorn warf, weg von der Tür und dem Eingang und aus der direkten Schusslinie vom Korridor in den Raum, aber er war nicht einmal auf dem Boden gelandet, da flogen schwere Balken, eiserne Angeln und Stahlbolzen bereits als Masse vom doppelten Gewicht eines Mannes durch den Raum, wie von einem Katapult geschleudert, und hinterließen eine Schneise der Zerstörung. Etwas Schweres zupfte Aldric an der Schulter, mehr spürte er nicht, aber plötzlich fehlten eine Handspanne seines Mantels, des Überwurfs und der Rüstung darunter. Es war weggerissen und sein gesamter Arm taub vom Aufprall.

Die Mächtige Beschleunigung! Als das Gefühl schmerzlich in seinen Arm zurückkehrte, hätte Aldric sich beinahe übergeben, noch mehr allerdings wegen seiner Dummheit, denn er hätte das Spiel fast verloren, bevor es richtig begonnen hatte. *Voord!*, dachte er verzweifelt, während sein Bewusstsein zu viele einander widersprechende Signale empfing, dadurch überladen wurde und zum Stillstand kam. *Und Bruda hat mir sogar noch von seinem Talent* erzählt! Er warf einen Blick zur Seite, während ihm die Funken das Gesicht verbrannten, die aus dem Kamin stoben, als dieser von den Überresten der Tür getroffen wurde. Die Prinzessin war unversehrt. Sie hatte nicht einmal die Füße auf dem Boden, denn Chirel, die hochgewachsene Frau mit dem Messer, hielt tatsächlich ihre kleine, schmächtige Schutzbefohlene in der Armbeuge. Dort hing Marevna jetzt wie eine Puppe, ganz weißes Gewand und lange dunkle Haare, und alle Würde war verschwunden. Aber sie lebte noch … einstweilen.

Stimmen draußen, die näherkamen. Verstümmelte Rufe. Brudas Stimme: »Voord, was, zur Hölle, ist da los?«

Voords Stimme direkt vor der Tür: »Keine Ahnung! Magie! Die Prinzessin … Hochverrat? Es kann nicht Hochverrat sein – nicht bei einem Ausländer. Mord?«

Wie schlau, Kommandant, wie schlau, diese Saat so rasch auszusäen!

Eine Gestalt erschien in der Tür, wegen des Staubs und der Düsternis, nachdem viele Lampen erloschen waren, schlecht zu erkennen. Eine Hand, eine verunstaltete Klaue, beinahe nutzlos – aber nicht völlig. Aldric erkannte ein Flimmern von Energie darum. Woher bezog er so viel davon? Welchen Handel hatte er abgeschlossen, welche Versprechen gegeben? Und in der anderen Hand, halb erhoben, angelegt und bereit: ein *Telek*.

»Prinzessin, seid Ihr wohlauf?« Voords Stimme war laut und voller Besorgnis – für andere Ohren. Das *Telek* sprach die stumme Wahrheit hinsichtlich seiner Absichten. »Prinzessin, wo seid Ihr?«

»Nicht bewegen! Ihr, Chirel – haltet Euch beide im Hintergrund!« Aldrics Warnung ging in einen Hustenanfall über, als er den Staub und den stinkenden Qualm der erloschenen Lampen, der schwelenden Stoffe und der verkohlten, überall verstreuten und immer noch glühenden Kaminscheite einatmete.

Voord huschte zur Seite. Damit verließ er den Kreis aus Licht, das vom Korridor hereinfiel, und bei dieser Bewegung sah Aldric, wie er das *Telek* schussbereit vor sich hielt. Der Vlecher sagte nichts. Noch. Tat nichts. Noch. Aber er wartete darauf, dass sich ein Ziel zeigte, irgendein Ziel. Alber, Drusalerin, Mann, Frau. Jemand, den er töten konnte.

Eine weitere Silhouette erschien in der leeren Türöffnung. Sie war besser zu erkennen, da der Staub sich langsam legte. Zu groß und nicht breit genug für Tagen, der ohnehin fortgeschickt worden war. Bruda. Der Prokrator hatte sein Schwert gezückt. »Voord?« Er redete langsam, wachsam, vorsichtig, immer noch erschüttert durch die jähe Abfolge der Ereignisse.

»Seid auf der Hut!« Voords Stimme hatte genau den richtigen Unterton von Entsetzen. »Er will die Prinzessin ermorden!«

»Unmöglich! Wo seid Ihr, Alber?«

»Geht in Deckung, er hat ein *Telek*!« Und als er die Waffe beim Namen nannte, gab Voord aus kürzester Entfernung einen Schuss auf seinen Oberbefehlshaber ab.

Es ertönte ein Klacken, die Waffe entlud sich und der hochgewachsene Bruda taumelte drei Schritte zurück und ging zu Boden. Aldric wusste nicht, wo der Mann getroffen worden war, aber selbst aus kürzester Entfernung konnte kein *Telek*-Pfeil eine drusalische Offiziersrüstung durchschlagen. Damit blieben die verwundbaren Stellen Gesicht und Hals. Und dort waren alle Treffer tödlich.

Doch wenn ein Soldat des Drusalischen Reichs ein *Telek* und Zauberei benutzen konnte, wie viel besser konnte dies dann ein albischer *Kailin-eir*, der zudem der Pflegesohn eines Zauberers war? Aldric zog sein eigenes *Telek* unter der Kleidung hervor, spannte die Waffe leise, entsicherte sie – und legte sie dann neben sich auf den Boden. Noch leiser streifte er den Handschuh von seiner linken Hand und betrachtete den Zauberstein von Echainon, das Auge des Drachens, wie es ihn zu betrachten schien. Immer noch flammte keine azurfarbene Energie auf. Nur jene Katzenpupille im Zentrum, die sich drehte und wand und im Rhythmus seines Herzens pulsierte. Schnell pulsierte, sehr schnell sogar. Aldric drehte den Armreif, so dass der Stein bequem an seiner Handfläche lag, dann schloss er die Faust darum, als würde er versuchen, etwas von der Kraft des Kristalls zu absorbieren.

»*Abath arhan*«, sagte er. Licht, das so blau und strahlend war wie der Sommerhimmel fiel durch die winzigen Spalten zwischen seinen Fingern und zeichnete ein lebhaftes Fleckenmuster auf Wände, Boden und Decke. Es durchschnitt die verräucherte Luft in Strahlen und Fächern, die beinahe einen stofflichen Eindruck erweckten. Der Stein war jetzt geladen. Bereit. In Wartestellung.

Und der Rote Turm erbebte in seinen Grundfesten. Aldric spürte den Boden unter sich rucken wie das Deck eines Rammschiffs und sah weitere Trümmer aus dem zerschmetterten Türrahmen fallen. Er hörte Glas jenseits der Fensterläden zersplittern und sah im düsteren Licht des erlöschenden Feuers, wie sich eine mit Fresken verzierte Mauer von rechts nach links und oben nach unten mit Sprüngen überzog. Große Brocken aus bemaltem Gips fielen herab und erfüllten die Luft wieder mit Staub. Am meisten herrschte jedoch das Geräusch von oben vor.

Durchdringendes Kreischen und tiefstes Bass-Gebell vermischten sich zu einem einzigen gewaltigen atonalen Brüllen und die Fensterläden explodierten nach innen und überschütteten den Raum mit Holzsplittern und einem Wirbel aus Schneeflocken, die wegen der Lichtflut, in die sie getaucht waren, zu leuchten schienen.

Ymareth!

Eine weibliche Stimme schrie etwas, obwohl der Sinn der Worte – wenn es denn Worte gewesen waren – unterging. Doch das Geräusch reichte Voord bereits. Er zielte in die entsprechende Richtung und schoss einen weiteren Pfeil auf den Ursprung dieses Schreis ab. Der Pfeil traf etwas Hartes, Stein oder Metall, es gab einen Funkenschauer, dann prallte er ab, flog weiter und entlockte jemandem einen schrillen Schmerzensschrei. Chirel – oder der Prinzessin?

»Bastard!« Aldric gab vier Schüsse in ebenso vielen Sekunden auf die wahrscheinlichste Zielzone ab. Weitere Funken stoben, das Klacken und Knacken von Metallgeschossen, die Stein trafen, und das schwächer werdende Singen beim Abprallen – dann die Belohnung in Form eines feuchten Klatschens, als ein Pfeil ins Ziel traf und Voord einen Schmerzensschrei ausstieß.

Doch wie schwer war er getroffen worden? Normalerweise schlug der Getroffene wild mit den Gliedmaßen um sich, oder es folgte ein dumpfer Schlag, mit dem er schlaff zu Boden ging. Beides blieb aus. Nur dieser eine

Schrei war ertönt. Aldric dachte, *eine List*, dachte, *Ablenkung*, und presste sich auf den trümmerübersäten Boden, bis er sicher war.

Die Bestätigung kam früher als erwartet. Jene dunstige, flimmernde durchsichtige Kugel aus gezügelter Kraft, die er wie einen Falken auf Voords verkrüppelter Hand hatte kauern sehen, kam beinah unsichtbar aus dem Schatten geflogen und durchquerte den Raum. Sie beugte dabei massiv das Licht, so dass waagerechte und senkrechte Linie übelkeiterregend aus dem Lot gerieten. Dann traf sie die Wand über dem Kamin, hart und direkt wie ein Rammbock, und versprühte regenbogenfarbenes Feuergefunkel durch den ganzen Raum. Auf einmal war die Wand dicht unter der Decke wie abgeschnitten. Polternd stürzten dreißig Quadratfuß Mauersteine in den Raum und lösten sich zu einem Funkeln auf.

Wo, zur Hölle, hat er das gelernt? Noch während der Gedanke sich in seinem Verstand bildete – ein Organ, das im Augenblick ebenso fähig zu zusammenhängendem Denken war wie ein Teller Rührei –, wusste Aldric, wusste, wusste, *wusste* es, dass Voord diesen Zauber ebenso wenig erlernt hatte wie all die anderen, die er vielleicht benutzen konnte. Sie waren ein Geschenk. Kein Geschenk wie die Fähigkeit, ein Instrument zu spielen oder zielgenau schießen zu können, sondern ein krankes, zynisches Geschenk, als würde man einem Fußamputierten Schuhe schenken oder einem Blinden ein wunderschönes Gemälde. Voord war ein Kanal, eine Röhre von irgendwoher in diese Welt. Aldric hatte es selbst gesagt: »Wo, zur Hölle?«

»Narr! Du hast die Macht, es dieser unbedeutenden Zauberei gleichzutun – die Macht und mehr! Warum liegst du so im Staub, o Drachenfürst? Steh auf! Steh auf und zerschmettere!« Die Stimme in Aldrics Kopf gehörte Ymareth.

Doch nun lag unter den Worten nicht mehr das metallische Zischeln mehr, an das er sich – fast – gewöhnt hatte. O, nein! Es war sozusagen der Aufschrei des Drachens, ein Schrei halb drängend und halb im Zorn über so viel Dummheit, und er besaß die Zartheit und Subtilität eines dröhnenden Orgelakkords. Seine Wirkung war verheerend. Was noch von den Fensterläden übrig war, flog unter dem reinen Schalldruck auseinander und die Überreste der Freskowand überzogen sich zunächst mit einem Netz aus feinen Sprüngen und zerfielen dann zu Staub.

Und Aldric erhob sich. Unsicher, wacklig, weil der Boden immer noch unter seinen Stiefelsohlen bebte und weil der Schrei, Ymareths Ausdruck der Verärgerung, beinahe sein Innenohr zerstört hätte, so dass sein Gleichgewichtssinn vorübergehend beschädigt war. Aber er stand auf zwei Beinen, in der roten und schwarzen Livree des Kaiserlichen Kriegsgroßfürsten, die er zu hassen gelernt hatte, während das blau-weiße Feuer des Zaubersteins von Echainon über seinen Arm kroch wie eine unheimliche Stickerei auf dem rot emaillierten Rüstungsmetall. Doch es war die menschliche Waffe, das *Telek*, mit dem er dorthin zielte, wo sein Feind sich befinden musste. Das *Telek*, gespannt und schussbereit, geladen mit sauberem Stahl, der für eine bessere Durchschlagskraft mit Blei überzogen war. Und im Hinterkopf wünschte Aldric sich, er hätte es mit Pfeilen aus reinem Silber geladen.

»Voord? Voord, Ihr Verräter, Ihr Verächter der Ehre, kommt heraus!« Es war geschraubt, förmlich, unwirklich – aber es funktionierte, denn Voord trat aus den Schatten und blieb dann mit schlaff herabhängenden Händen ganz still stehen. Eine der beiden hielt immer noch das andere *Telek*, aber es war auf den Boden gerichtet und harmlos. Aldrics eigene angelegte Waffe konnte unfehlbar genau treffen, bevor Voords die seine hoch genug heben konnte, dass sie für ihn gefährlich wurde. »Ihr habt versagt, Voord – in Euren Augen das schlimmste Verbrechen, habe ich mir sagen lassen. Warum dann also Bruda?«

»Wie wenig Ihr versteht, Alber. Er ist tot. Also werde ich befördert.«

»Warum? Ihr habt ihn getötet.«

»Genau. Ich lebe – er nicht. Beförderung.«

Aldric starrte ihn im Licht brennenden Holzes und mühsam gebändigter magischer Energie an. Die Worte wollten in seinem Mund keine Gestalt annehmen, wollten nicht ihren Platz in seiner Kehle und auf seiner Zunge einnehmen. Jedenfalls nicht auf Drusalisch. Es war auch unter den besten Umständen eine scheußliche Sprache. Albisch war bei weitem besser und viel angemessener für die förmliche, uralte Erklärung: »Dann bringe ich Euch den längst überfälligen Tod.«

Er drückte ab und ein *Telek*-Pfeil durchschlug mit einem Geräusch, als träfe ein Meißel auf gemasertes Holz, die Stelle genau über Voords rechtem Auge, genau neben dem Nasenschutz und unter dem Visier. Auf diese Entfernung – fünfzehn Fuß, vielleicht weniger – wurde der Kopf des Vlechers zurückgerissen. Tief in den Nacken, so dass sein Schädel zwischen die eigenen Schulterblätter schlug. Auch ohne den Pfeil hätte ihm dieser Ruck das Genick gebrochen. Der Helmbusch schabte knirschend über die Wand hinter ihm …

Und knirschte erneut, als Voord sich wieder aufrichtete und dann mit einem Ruck beider Hände den Stummelpfeil aus dem Kopf zog.

Vielleicht wuchs der zerschmetterte vordere Schläfenknochen nicht gleich wieder zusammen, aber Aldric sah mit eigenen Augen, wie die Blutung aufhörte und die zerfetzte

Haut zerlief und sich dann glättete wie Wachs unter einem heißen Eisen. Wie bei *cu Ruruc*!

»Seht Ihr, *Hlensyarl*?« Voords stimme klang bei diesen Worten auf eine ekelhafte Art schleimig belegt. »Seht Ihr? Ihr könnt mir nichts anhaben. Ich kann nicht sterben! Marevna, könnt Ihr mich hören? Ich bin unsterblich – und ich komme wieder. Bis dahin wünsche ich Euch angenehme Träume, meine Dame!« Er drehte sich in der Tür und war verschwunden – und immer noch umwogte die Kraft des Zaubersteins Aldrics Arm, gebändigt, unbenutzt. Mittlerweile unnütz.

»Geht dir die Benutzung dieses Steins zu sehr gegen die Ehre, Mensch?« Ymareths Stimme klang kalt, sarkastisch, missbilligend. »Dann höre mich noch dieses eine Mal an und glaube, denn ich werde es nie wieder sagen. Die Ehre zu beurteilen, obliegt mir und noch lässt die deine nicht zu wünschen übrig. Aber diese Damen stehen jetzt unter deinem Schutz und du musst ihre Sicherheit gewährleisten. Wie willst du das tun, wenn du den Ort nicht kennst, an dem dein Feind sich jetzt verbirgt?«

»Verschwinde aus meinem Kopf!« Aldric zerrte an den Riemen des kaiserlichen Helms und riss ihn sich vom Kopf. Er starrte auf die goldenen Insignien, auf das umgedrehte Dreieck über einem Karo über zwei Streifen, von denen ihm kein einziges rechtmäßig zustand – alles eine Lüge, alles nur Lügen, Lügen, Lügen –, und schleuderte den Helm von sich, dass es schepperte. Er prallte gegen ein halbes Dutzend Gegenstände, zerstörtes Mobiliar und schwelende Scheite, glitt von kleineren Trümmerhaufen ab, rollte dann langsam aus und blieb, noch ein Mal hin und her wackelnd, auf dem Kamm seines Helmbuschs liegen. Danach war es sehr still in dem Raum. So still wie in einem Grab. *War alles sinnlos?*, dachte Aldric, das Schlimmste befürchtend. Alles Taktieren und Lügen und Töten sinnlos gemacht durch einen von einem Stück Mauerwerk abgelenkten Pfeil? »Meine Damen?« Er machte sich nicht mehr die Mühe, seinen elthanischen Akzent zu verbergen. »Meine Damen, antwortet – wenn ihr könnt.«

»Ich kann«, sagte Marevna an-Sherban und hustete. Sie stemmte Kopf und Oberkörper auf den verschränkten Händen hoch und Bruchstücke eines ehemals gemütlichen, hübschen Zimmers fielen von ihrem Rücken. »Keiner von uns beiden ist verletzt. Jedenfalls nicht schwer. Dank Euch!«

Als beide Frauen wieder auf den Beinen waren, konnte Aldric das Ausmaß des »nicht schwer« besser erkennen. In Chirels Oberarm war ein unregelmäßiges Loch. Dem Zustand ihres Ärmels nach zu urteilen, hatte es stark geblutet, bis die Blutung mit einem abgerissenen Streifen Stoff zum Stillstand gebracht worden war, und in seiner dreieckigen *Telek*-Pfeil-Form entsprach das Loch ganz genau der oberflächlichen Wunde in Prinzessin Marevnas Gesicht. Hätte Chirels überhaupt nicht femininer Bizeps nicht um Marevnas Kopf gelegen und ihn an sich gedrückt, wie sie es wohl getan hatte, wenn die Prinzessin als Kind verängstigt gewesen war – oder wäre sie eine dieser gertenschlanken Damen und nicht so eine muskulöse, fähige Person gewesen, dann ... Das *Dann* war offensichtlich.

Darüber hinaus gab es Kratzer, Schrammen und Blasen von den umherschwirrenden Funken, aber nichts Schlimmeres. Aldric holte tief Luft, ungeachtet des darin enthaltenen Gipsstaubs und Rauchs, und fühlte sich wie neugeboren, obwohl ihm die Augen tränten und er sich in einem Hustenanfall krümmte. Er hatte es die ganze Zeit über gewusst und sich geweigert, auch nur daran zu denken: an die Möglichkeit, dass etwas schiefgehen könnte. Denn wenn Marevna dauerhaften Schaden erlitten hätte, wäre alles – all die Furcht und die Schmerzen, all die Lügen und Tode – umsonst gewesen. Vergeudet.

»Es kommt mir so vor, als hätte ich es vor einer Stunde gesagt, meine Damen – aber ich bin tatsächlich hier, um euch zu retten. Zieht euch warm an und folgt mir rasch, bitte!« Die Ereignisse der letzten Minuten hatten selbst Chirel weitaus mehr überzeugt, als seine plausibelste Ansprache es vermocht hätte, und keine der beiden brauchte sonderlich lange, um sich in Pelze zu hüllen, die das erste Anzeichen tatsächlichen Reichtums war, das Aldric bisher gesehen hatte. Er half ihnen höflich über die Schwelle, die keine mehr war, nicht einmal eine deutlich erkennbare Grenze zwischen drinnen und draußen, sorgte dabei aber dafür, dass er und seine helfenden Hände ihnen den Blick auf Bruda versperrten, denn mit dem Prokrator ging es zwar schnell zu Ende, aber er war noch nicht tot. Noch nicht ganz. Er klammerte sich an das Leben, nicht, um sich zu retten, sondern um etwas von großer Bedeutung zu sagen, zu tun oder weiterzugeben. Von so großer Bedeutung, dass er sich nun bereits für eine Zeitspanne gegen das Vergessen wehrte, die ihm viel länger vorkommen musste als sein ganzes bisheriges Leben.

Seine Finger bluteten und ihre gesprungenen und abgebrochenen Nägel zuckten krampfhaft immer wieder auf die zerfetzten Handflächen herab, als könnte dieser zusätzliche Schmerz sein rasch verebbendes Leben daran hindern, durch den fingerbreit langen Riss unter dem Ohr zu sickern, der sowohl Halsschlagader als auch Drosselvene durchtrennt hatte. Aber nicht so, dass es für einen schnellen Tod gereicht hätte. Er lebte immer noch – und jede Minute, jede Sekunde, jeder Atemzug wurde durch einen frischen Blutspritzer auf dem Boden markiert.

»Talvalin«, keuchte er, als Aldric über ihn schritt, und in

seiner Stimme lag die jähe Furcht, dieser *Hlensyarl*, der überhaupt keinen Grund hatte, etwas für das Drusalische Reich oder dessen Geheimpolizei übrig zu haben, würde weitergehen, weggehen, so dass er allein hören könnte, wie seine letzten Tropfen Blut in den Staub des Roten Turms rannen. Doch Aldric ließ sich bereits auf ein Knie nieder, ungeachtet der feuchten dunklen Wärme, die vom Stoff seiner Hose aufgesogen wurde.

»*Tlei-ai, Bruda'ka. Mn'aii ch'aschh.*« »Lieg ruhig, Freund. Hier bin ich.« Es war die Form des Drusalischen, die dem Alber am leichtesten über die Zunge ging. Freundlich und warm, ohne die Formalien des Ranges und der Trennung, die zu benutzen er zuvor immer Grund gehabt hatte. Dafür war jetzt nicht mehr die Zeit und dies nicht mehr der Ort. Nicht hier. Ein sterbender Leiter der Geheimpolizei, der im Staub auf dem Rücken lag, war zuerst und zuletzt ein Sterbender. Die Nationalität spielte keine Rolle. Wenn es eine Möglichkeit gab, aus einem wortlosen Laut der Qual einen Akzent herauszuhören, verspürte Aldric nicht den Wunsch, sie zu lernen.

»… hätte Euch vertrauen sollen«, murmelte Bruda. »Zuallererst. Zuvorderst. Und zuletzt. Ehre, wisst Ihr.« Die Hände des Mannes waren bereits kalt, als er sie ausstreckte, und klebrig vom Blut. Aldric fasste sie. Ließ sich von ihnen fassen. Wie Marmor: kein Gefühl, kein Puls, keine Farbe. Nichts. »… beide verraten. Mich. Euch. Vertraut Eis erst im Sommer. Voord wollte, will … *hat* jetzt meinen Posten. Meinen Rang. Meine Macht …«

Bruda phantasierte gewiss, versank im Delirium, während sich die Schatten um ihn sammelten, und sprach lediglich deshalb, weil das Geräusch seiner Worte, das Geräusch des Lebens und das Hören der eigenen Stimme der Beweis waren, dass er noch lebte. Trotzdem waren seine undeutlichen, abgehackten Sätze mit einer unangenehmen Realität unterlegt. Zu stark. »Ihr wurdet uns ausgeliefert. Aus Furcht – nein, für den Fall, dass sie Euch zuerst erwischten. Und ich habe Voord geschickt!« Er lachte, ein schrecklich blubberndes Geräusch, bei dem roter Schaum aus seinem Mundwinkel quoll. »Aber es war nicht richtig. War nicht anständig. Euer König … einen ehrenwerten Vasallen wie einen Sklaven zu übergeben. Nicht richtig zu verraten …«

Brudas kalte Hand schloss sich um Aldrics warme Finger, und zwar so krampfhaft, dass der Alber unter anderen Umständen vielleicht geflucht und sich losgerissen hätte. Aber nicht jetzt. Niemals. Kopf und Schultern des Prokrators hoben sich von den Planken, die ihnen als Kissen dienten, und bei dieser Anstrengung fiel ein dunkler Sprühregen auf den Boden. Es schien nicht richtig, dass das Blut eines so gebildeten, intelligenten und politisch bewussten Mannes einfach so vom hungrigen Staub aufgesogen wurde wie eine Welle von einem Sandstrand. »Die Ehre gebührt jetzt Euch allein. Sie ist in Sicherheit. Frei. Am Leben.« Brudas Augen öffneten sich ganz weit, blau und unbefangen wie die eines Kindes. Trügerisch bis zuletzt. »Geht nach Durforen, Al'Dirac-*an*. Ins dortige Mönchskloster. Man erwartet uns dort. Hah! Ihr und Marevna solltet dort ein herzliches Willkommen erleben! Wünscht Kaiser Ioen ewiges Leben. Von mir. Der ich keinen … Moment mehr …«

Aldric wusste, was es zu bedeuten hatten, dass der Körper jetzt so schlaff in seinen beiden Händen lag: Der Tod war eingetreten. Er legte Brudas Kopf wieder auf den Boden, sehr sanft, denn was der Mann auch getan und geplant hatte, er war tapfer gestorben und es stand Aldric Talvalin nicht zu, seine Leiche respektlos zu behandeln. Er schloss die blicklosen starren Augen und legte Bruda die Hände kreuzweise auf die Brust, so dass er – wenn die Tradition die

Wahrheit verkündete – mit Würde in die Leere eingehen konnte. Glaubten die Drusaler an die Leere, an den Kreislauf und an die Hoffnung, dass nach Schwermut die Wiedergeburt und damit die Gelegenheit zum Fröhlichsein folgten? Er wusste es nicht. Aber für alle Fälle tat er, was seinem Glauben nach richtig und angemessen war, wie er es einmal zuvor bei einer zur Unkenntlichkeit entstellten Leiche getan hatte. Weil Feuer sauber war …

Für diesen kurzen Augenblick stellte er die Dringlichkeit hintan, aus Achtung vor dem, was in jedem Glauben das Ende war. Aldric überkreuzte die Hände – die Innenseiten nach außen gewandt und mit dem Stein von Echainon, dem Auge des Drachen, als äußersten Punkt. Dessen Feuer wogten noch immer um und durch seine Finger, kühl, warm, kaum vorhanden und doch immer präsent. »*Alh'noen ecchaur i aiyya*«, sagte er und ließ dieses Feuer aus dem Kristall und über allem lodern, was noch übrig war von Bruda, Prokrator, *Hauthanalth*, Mensch.

Dann erhob er sich, wandte sich von dem niedrigen Hügel trockener grauer Asche ab und ging.

Ablenkung, sagte der Mann!«, frohlockte Dewan entzückt und kurz davor, in die Hände zu klatschen. »Wenn das eine Ablenkung ist, würde ich bei einem richtigen Angriff nicht in derselben Stadt sein wollen! Gnädiger Himmel, seht Euch das an!«

Ymareth war wieder in der Luft und umkreiste den Roten Turm in einer beständigen engen Schleife, schwarz und gigantisch vor dem fallenden Schnee und dem vom Feuerschein beleuchteten Rot des Turms. Flammen wogten in großen lodernden Leuchtzungen aus seinem Maul und verdampften den Schnee. Rings um den Roten Turm regnete es.

Ganz Egisburg musste jetzt wach sein, dachte Dewan. Wie betrunken sie auch sein mochten, niemand konnte *dabei* schlafen! Dieses erste Gebrüll hätte Tote aufgeweckt, von Betrunkenen ganz zu schweigen. Nach jenem kurzen Aufflackern blauen Lichts in einem ganz bestimmten Fenster auf etwa einem Viertel der Höhe des grimmigen Turms hatte er überall auf dem Turmplatz Fenster splittern hören. Und da hatte Ymareth gebrüllt und sich mit schwerfälliger Grazie in einem Sturzflug von der Brustwehr gestürzt, aus dem binnen hundert Fuß ein normaler Flug geworden war. Das hatte Dewan gesehen, weil der wabernde Schneevorhang sich für einen Augenblick gelichtet hatte, und dann, als die Flammen aufloderten, hatte er trotz des erneut stärker werdenden Schneefalls alles erkennen können. Immer noch umkreiste der Drache Flammen speiend den Turm und doch, trotz der Flammen und des Gebrülls, konnte Dewan sich des Eindrucks nicht erwehren, dass Ymareth lachte.

Es waren keine Soldaten zu sehen. Oh, vor ein paar Minuten, als sie aus den Eingängen des Roten Turms gestürmt waren wie Ameisen aus einem niedergewalzten Nest, waren sie noch zahlreich gewesen, aber sie waren gleich weitergelaufen – durch den Schneematsch und den Sturzbach geschmolzenen Schnees weiter durch die Tore in das weiße Treiben des Schneesturms. Dewan hatte Soldaten schon so laufen sehen, zwei Mal. Sie würden heute Nacht nicht mehr zurückkehren. Von Aldric und Prinzessin Marevna abgesehen, musste der Turm jetzt leer sein.

Gemmel dachte ganz offensichtlich dasselbe. Er kratzte sich Schnee aus Bart und Brauen, obwohl er wusste, dass es eine sinnlose Geste war, und schwang den nicht länger benötigten Drachenstab. »Wir gehen rein«, sagte er.

Sie waren kaum vorgetreten, als hinter ihnen Hufschläge laut wurden. Mehrere Pferde, im Trab. Dewan zog blank und fuhr herum, duckte sich und nahm Kampfhaltung ein – und entspannte sich wieder. Das i-Tüfelchen setzte Gemmels überraschter Ausruf beim Anblick Kyrins, die durch den Schnee herankam. Sie führte sechs Pferde: Aldrics Rappen Lyard und dessen Packpony, ihren eigenen grauen Wallach K'schei sowie drei weitere Reitpferde mit leeren Sätteln.

»Erwartet Ihr noch jemanden, meine Liebe?«, schnurrte Dewan mit einer tiefen Verneigung.

»Ich sage Euch ständig, dass Ihr mich nicht so nennen sollt«, erwiderte Kyrin, doch ihre Entrüstung war halbherzig und ohne rechte Überzeugung. Sie war in Gedanken woanders, bei den Geschehnissen rund um den Roten Turm, und Gemmel musste sie zwei Mal ansprechen, bevor sie ihn hörte.

»Meine Dame? Meine Dame! Gehört Ihr auch dazu – oder handelt Ihr unabhängig?«

»Ich … Ihr müsst Gemmel sein. Ja. Wer sonst?« Sie war immer noch unsicher, wie man mit Zauberern reden sollte – vorsichtig, natürlich, das musste nicht extra erwähnt werden –, und bedachte ihn mit einer leichten Verbeugung, deren Wirkung von K'schei zunichte gemacht wurde, der den Kopf in die Höhe warf und sie hochriss, bis sie sich sogar auf die Zehenspitzen stellen musste. »Tehal Kyrin«, stellte sie sich vor, als sie wieder ein wenig Luft hatte. »Und, nein, Politik interessiert mich nicht – weder die Politik Albas noch die des Reichs oder Eure. Mein Herr«, fügte sie hinzu, da sie es für angeraten hielt.

»Was für eine Erleichterung!«, sagte Gemmel und meinte es auch so. Er schaute zum Himmel. Ymareth hatte sich vom Turm gelöst und war momentan im Schnee nicht zu erkennen, aber der alte Zauberer wusste ganz genau, was vor sich ging. Der Drache traf Vorbereitungen für einen Landeanflug und bei diesem erbärmlichen Flugwetter brauchte er dazu reichlich Luftraum. »Also, da wir einen Augenblick Zeit haben, Dewan. Erklärt doch dieser junge Frau, was hier los ist!«

Dewan tat es. Allerdings fügte er dort, wo er es für klug hielt, gewisse Korrekturen ein, war aber selbst dann nicht völlig sicher, was Gemmel von alledem halten würde. Die smaragdgrünen Augen des Zauberers waren auf ihn gerichtet und hätte er einmal beim Erzählen der Geschichte geblinzelt, wäre es Dewan ar Korentin entgangen. Trotzdem gab es keine Reaktion – weder beifällig noch abfällig, nicht einmal geringschätzig – und um die unbehagliche Stille zu durchbrechen, schaute er auf und fragte: »Wo ist der Drache?«, obwohl er dessen Verschwinden bereits vor dem Beginn seiner Erläuterungen bemerkt hatte.

Gemmel betrachtete ihn hochmütig, verkniff es sich jedoch, die Nase zu rümpfen. »Da draußen« – er zeigte in die Richtung, in die der Wind wehte – »und auf dem Weg zurück.« Dann, mit nur einem Hauch von Gift: »Noch weitere Fragen? Oder können wir tatsächlich auch etwas Konstruktives tun?«

Noch immer derselbe alte Zauberer, dachte Dewan. Er hatte nach wie vor nicht richtig verarbeitet, was er über Gemmel Errekren erfahren hatte, aber gelegentlich fielen ihm Mienen und Phrasen auf, die in ihrer Vertrautheit tröstlich waren. Er zuckte die Achseln, eine Bewegung, die sowohl durch seine Pelze als auch durch Schnee betont wurde, der sich darauf gesammelt hatte. »Wie Ihr wollt. Geht voran.«

Doch nicht einmal Gemmel war bereit, den eigentlichen Roten Turm zu betreten. Vorsicht, Aberglaube, der Wunsch, die Vorsehung in ihrer gegenwärtigen Gestalt jener hochgezogenen und unheilverheißenden spitzen Gatter nicht zu versuchen. Oder, zumindest, was Dewan und Kyrin betraf, die offensichtliche, wenn auch nicht eingestandene staunende Verwunderung, die sie beide erkennen ließen, als Ymareth der Drache plötzlich aus dem Schneegestöber auftauchte und dabei seine Flugbahn mit kurzen Feuerstößen räumte. Hitze und der Geruch von Dampf überfluteten sie, als er in einer wallenden Wolke aus Wasserdampf auf dem zugeschneiten Boden landete, und sein Kopf fuhr herum, um sie alle zu betrachten, während er sein langgezogenes Fuchsgrinsen aufsetzte, das nur aus Fängen und Zunge und – diesmal – Flammen und Rauch bestand.

»Viele andere haben zugesehen«, berichtete Ymareth, »aus Hauseingängen und Fenstern. Aber ich bezweifle, dass sie euch behelligen werden.« Nur um diesen Worten zusätzliches Gewicht zu verleihen, drehte sich der keilförmige Kopf einen Augenblick zur Seite und spie ein weiteres Mal Feuer in Richtung der Stadt. Irgendwo in der Ferne, jenseits des Tosens der Flammen, fielen mehrere Türen ins Schloss.

»Schon i-irgendein Zeichen von ihm?«, brachte Kyrin heraus. Ihre Stimme war so fest, wie es ihr möglich war – was bedeutete, dass man sie verstehen konnte. Gerade noch. Aber schließlich war sie auch noch nicht so an die Gesellschaft von Drachen gewöhnt wie Dewan mittlerweile.

»Noch nichts.« Gemmel, der weniger zur Sorge neigte als die beiden anderen, war ein ganzes Stück näher zum Turm gewandert und kehrte jetzt mit einer bunten Sammlung von Dingen zurück, die er zum Teil auf den Armen trug und zum Teil über den Drachenstab gehängt hatte. »Nur das hier.« Die Entdeckung stellte ihn vor ein Rätsel: ein Helm, ein Mantel und ein Überwurf mit Rangabzeichen darauf. »Der Rest der Rüstung liegt ebenfalls dort. Sieht ganz so aus, als habe jemand bei seinem Abgang nicht mehr viel angehabt.«

»Sieht ganz so aus, als habe jemand nicht innegehalten, um das anzuziehen, meint Ihr. Und ich kann nicht behaupten, dass es mich überrascht.« Dewan griff mit dünnem Lächeln nach dem Helm. Ein Karo über zwei Streifen, alles aus Silber. *Hautheisart*. Er grunzte und ließ ihn in den Schnee fallen, dann stieß er ihn achtlos mit dem Fuß an. »Ich habe keinen so hohen Rang erreicht.« In seiner Stimme lag ein Hauch von Verbitterung. »Weil ich auf der falschen Seite der Grenze geboren bin. Aus keinem anderen Grund, obwohl sie immer einige … Aldric!«

Der solcherart getretene Helm rollte träge zur Seite und war vergessen, als alle drei – alle vier, denn Ymareth senkte den Kopf, um ebenfalls in den Turm zu schauen – durch das Tor und auf die Stelle blickten, wo Dewan zuerst die näherkommenden Schritte sowie Aldrics Stimme vernommen hatte, der versuchte, mehrere Dinge auf einmal zu erklären. »Noch etwas«, sagte er gerade. »Einer meiner Begleiter ist, nun ja, anders. Habt keine Angst. Euch wird nichts geschehen.«

»Aber wie anders kann er sein, wenn wir – *Vater der Feuer!*«

»Wohl wahr, nehme ich an. Aber ich habe nicht »er« gesagt.«

Die große, starke Chirel war es, die der erste Anblick Ymareths am meisten aufregte, der im schmelzenden Schnee hockte und sie mit jenen ehrfurchtgebietenden phosphoreszierenden Augen ansah. Sie schrie auf und wäre auf der Stelle ohnmächtig geworden, hätte nicht jemand – Aldric hatte Kyrin in Verdacht – mit einer großzügigen Handvoll Schnee wenig mitfühlend verabreicht ausgeholfen. Auch danach wirkte sie stets wie kurz vor einem hysterischen Anfall.

Während Marevna … eben Marevna war. So gelassen, wie er sie bei ihrer ersten Begegnung erlebt hatte. Erst, als er ganz genau hinschaute, sah er, wie schnell ihr die weißen Wölkchen ihres Atems über die Lippen traten, die zu einem dünnen Lächeln verzogen waren. Die Ruhe, die Beherrschung, sogar das Lächeln, all das waren Schilde, hinter denen sie sich ebenso verbergen konnte, wie es auch bei Bruda und dessen Maske gewesen war. Etwas, um die Wirklichkeit abzuwehren. Angesichts der Wirklichkeit des Drachens waberten in Prinzessin Marevna Entsetzen und Entzücken wild durcheinander. Die Entdeckung, dass zumindest einige der alten Geschichten der Wahrheit entsprachen, konnte schließlich jeden überwältigen.

»Meine Damen, meine Herren!« Aldric hob seine seine Stimme höflich gerade so weit, dass auch Ymareth einbezogen war. »Am liebsten würde ich keinen Augenblick länger hier verweilen. Wir sind ohnehin schon länger in Egisburg geblieben, als wir vermutlich erwünscht waren. Also lasst uns alle aufsitzen und losreiten.« Dann sagte er nach einer Umarmung, die aus Notwendigkeit sowohl kurz als auch zurückhaltend ausfiel, nur zu Kyrin: »Ich wusste bereits, dass du wunderschön bist, Liebste. Aber das übersteigt bloße Klugheit.« Er deutete auf die Pferde. »Woher wusstest du, wie viele Pferde du mitbringen musst?«

Kyrin lachte und legte ihm den Kopf auf die Schulter – auf die beinah entblößte, an der die Zellentür entlanggeschrammt war. »War doch leicht: dein Pferd, mein Pferd, das Packpony – und alle anderen Pferde im Stall.« Das mussten natürlich Brudas, Tagens und Voords Pferde sein. »Obwohl jemand auf einem Packsattel reiten muss. Ich schlage die hübsche Prinzessin vor.«

»Bist du schon eifersüchtig?«

»Gott, nein! Sie ist die Leichteste, das ist alles, und ich

will das Pony nicht zu schwer beladen.« Kyrin trat von ihm weg und ging an Dewan vorbei, dann kam ihr ein Gedanke und sie drehte sich wieder um. »Aber ich habe die Kleine gesehen, die du in Tuenafen hattest. Mach das nicht noch mal …«

Ar Korentin, der zwischen ihnen stand, schaute belustigt von einem zum anderen. Und erstarrte.

»Alles *halt*!«, sagte Generalkommandant Voord.

Er stand mit an der Ecke des Wächterhauses vom Roten Turm, die Gesichtszüge vor Kälte abgehärmt und blau angelaufen, und das *Telek* in seiner ausgestreckten Hand schwankte im Ryhthmus des Schauders, der ihn durchlief. »Ich habe auf euch gewartet. Dabei zugehört, wie ihr einander gratuliert habt und alle so zufrieden mit euch wart! Ich habe sehr lange gewartet.«

Nicht einmal der Drache konnte ihn bemerkt haben, denn er trug keine Rüstung mehr und auch keinen Mantel oder Überwurf. Stattdessen war er mit dem bekleidet, was er unter der Rüstung getragen haben musste: eng anliegende Sachen aus einem weißen Material von der Farbe des Schnees, das ihn praktisch unsichtbar machte. Zu spät warf Dewan mit all der Klarheit des Nachhineins einen Blick auf den Helm mit seinen Rangabzeichen, den er beiseite geworfen hatte. Doch woher hätte er es wissen sollen?

Abgesehen von der weißen Tunika und Hose trug Voord noch ein anderes Kleidungsstück – das nun ebenfalls weiß vom Schnee war, der sich darauf niedergelassen hatte, während er im kalten Schatten gehockt und mit jener fürchterlich hasserfüllten Geduld auf seine Gelegenheit gewartet hatte, normalerweise aber schwarz wie die Nacht war. Eine ärmellose Weste. Ein *Coyac* aus Wolfsfell.

Aldric war der Einzige, der erkannte, was Voord damit ausdrücken wollte, dass er dieses Kleidungsstück trug, aber als er den Mund öffnete, richtete der Mann das *Telek* auf sein Gesicht. Es zitterte immer noch, aber nicht so sehr, dass er ihn verfehlen konnte. »Sprecht es aus«, forderte ihn der *Hautheisart* auf. »Sprecht überhaupt nur ein Wort und seht, wie weit es kommt, bevor ich es Euch wieder in die Kehle stopfe.«

Niemand sagte etwas. Laut. Doch in seinem Kopf hörte Aldric die Stimme des Drachens, getragen von einem metallischen Wispern getragen, das Voord niemals als Sprache erkennen würde. »Du, Drachenfürst, und alle deine Begleiter; ihr versperrt mir den Weg – sonst würde ich ihn zu Asche verbrennen. Geht zur Seite.« Mit dem Zauber des Verstehens belegt, hörten Dewan und Gemmel die Worte ebenfalls und wissende Blicke trafen einander in raschem Einvernehmen. Dann trat der Zauberer einen Schritt zur einen Seite und Dewan einen Schritt zur anderen.

Voord sah beide an und lächelte wie ein Hai. »Zurück auf euren Platz«, knurrte er, »oder sie stirbt!« Das *Telek* zielte auf Kyrin. »Haltet es nicht für einen Zufall, dass ich hier bin und ihr und das Ding dort seid.« Er ruckte mit dem Kinn zu Ymareth hinüber. »O nein. Traut mir wenigstens so viel Verstand zu.«

»W-was wollt Ihr?« Marevna an-Sherban war nicht mehr ganz so gelassen, wie sie zu sein schien – wenn es kein aus der Kälte geborenes Schaudern war, das ihre Stimme zittern ließ –, aber in der Art und Weise, wie sie Voord jetzt gegenübertrat, lag dennoch sämtliche Würde der kaiserlichen Erblinie.

»Was ich will? Euch natürlich und lebendig – einstweilen. Und sie werden es zulassen, dass ich Euch mitnehme, weil sie dann glauben werden, dass für Euch noch nicht alles vorbei ist. Und weil sie wissen, was ich sofort tun werde, sollte jemand versuchen, den Helden zu spielen!«

»Dann tut es jetzt«, fauchte Marevna, »und erspart mir wenigstens Eure reizende Gesellschaft!«

Und Voord hätte es beinah getan. Sein hageres Gesicht verzerrte sich vor Wut und hätte er nur etwas näher gestanden, hätte er sie mit dem größten Vergnügen zu Boden gestoßen. Doch er zügelte sich gerade noch rechtzeitig, zugleich mit der Erkenntnis, dass jede Veränderung seiner Position sofort vernichtende Folgen hätte. »Nein, meine Dame«, sagte er und nun war es unverfälschte Wut, die ihn zittern und beben ließ, und nicht die Kälte, »erst, wenn Ihr mich bittet. Bettelt. Ohne Euren Stolz. Den werdet Ihr zuerst verlieren, das verspreche ich Euch – weil mir eine Belohnung für all meine Mühe zusteht. Und dann mache ich Euch zum Geschenk für ...« Er hielt inne und ließ den unvollständigen Satz in der kalten Luft hängen, aber sein Lächeln blieb und das reichte.

Kyrin, Dewan und Gemmel hatten Kathur die Füchsin gesehen und wussten ganz genau, was er meinte. Aldric ebenfalls – nicht wegen dem, was er gesehen, sondern wegen dem, was Voord ihm erzählt hatte. Diese Drohungen. Diese »Überredung«. Er konnte sich unschwer vorstellen, was die Zukunft Prinzessin Marevna bringen mochte, und seine Hand kroch unmerklich und so langsam wie kalter, verschütteter Honig zu der Stelle, wo sein eigenes *Telek* in seinem Gürtel steckte.

»Wenn ich es recht bedenke, *Hlensyarl*«, fuhr Voord fort, während er Aldric jetzt boshaft anstarrte, »wenn ich mich recht an einige Dinge erinnere, die man mir erzählt hat, seid Ihr mir schon seit langer Zeit ein Dorn im Fleisch. Wenn mir eine Belohnung zusteht, dann Euch ebenfalls. Etwas Passendes.« Das *Telek* hörte auf zu zittern, als er es mit der linken Armbeuge abstützte und mit einem zugekniffenen Auge am polierten, mit Tropfen geschmolzenen

Schnees bedeckten Zylinder vorbei zielte. »Viel Freude daran!«

Er drückte ab.

In jenem Augenblick zwischen Wort und Tat warf Dewan ar Korentin, der zwischen Aldric und Kyrin stand, sich zur Seite. Es war kein Sprung – nichts so Elegantes –, sondern ein Muskelzucken, das seine Körperfülle von seinem Platz bewegte …

… zu der der Stelle, wo Kyrin stand. Denn er wusste, wie ein Verstand wie Voords arbeitete. Und er hatte Recht.

Aldric sah alles: sah es und konnte nichts tun. Er sah, wie Voords Finger sich krümmte und das *Telek* ruckte, als ein Pfeil abgeschossen wurde. Sah das Metall des Geschosses im Flug funkeln. Sah, wie Dewan mitten in der Luft einen Stoß erhielt und aus der Flugbahn gerissen wurde, wie ein flüchtender Hase ruckt und fliegt, wenn der Pfeil ihn trifft, sah ihn gegen Kyrin prallen und beide in den Schnee fallen. Und sah die glänzenden Blutspritzer.

»Nein …!«

Seine Hand zuckte die letzten paar Fingerbreit zum wartenden Ahornschaft empor und riss sein eigenes *Telek* heraus, entsicherte die Waffe mit dem Daumen, während sie sich noch hob, und schoss in dem Augenblick, als sie auf das Ziel gerichtet war. Der Pfeil, sein Pfeil, traf Voord unter dem Kinn und bohrte sich tief in das weiche weiße Fleisch.

Und fiel unbefleckt zu Boden. Die Umrisse des Vlechers verschwammen, veränderten sich und schrumpften in einer Gestaltwandlung, die viel, viel schneller erfolgte, als Aldric es erwartet hätte – und von den anderen hatte es überhaupt keiner erwartet, ob schnell oder langsam.

Von einem Augenblick auf den anderen wurde aus dem Mensch ein Tier. Ein großer Wolf stand jetzt an Voords

Stelle, dessen Fell reinweiß war, mit Ausnahme einer schwarzen, sattelförmigen Zeichnung auf den Schultern, als trüge er eine Jacke. Ein Wolf, der, als er sich zur Flucht wandte, wegen einer verdrehten, verkrüppelten linken Vorderpfote ein wenig lahmte.

Verheerende Energien schlugen an der Stelle ein, wo er soeben noch gestanden hatte, als Aldric und Gemmel die Energien aus Drachenstab und Zauberstein entfesselten – aber der Wolf war bereits verschwunden. Hinter ihnen erhob Ymareth sich mit einem einzigen Satz und einem donnernden Flügelschlag in die Luft und flog mit einem heißen Schwall aus seinem bereits weit aufgerissenen Maul dicht über ihre Köpfe hinweg. Feuer versengte den Boden – und aus Schnee wurde siedend heißer Dampf, und die Sträucher und das Gras darunter verbrannten zu Asche und sogar die oberste Erdschicht von der Basis des Roten Turms bis zu seiner äußeren Umfassungsmauer zu unfruchtbarem Staub. Doch auf dem gesamten freien Feld war kein Wolf zu sehen, weder lebendig noch tot.

Sterbt nicht, Dewan. Ach, bitte, sterbt nicht!« Kyrin kauerte auf den Knien im Schnee und hielt eine schlaffe Hand in ihren beiden, als könne das irgendwie helfen. Doch sie hatte bereits den Blick in Gemmels Augen gesehen, als der alte Mann sich gerade aufrichtete, und sie wusste, dass ihre Worte unnütz waren.

Marevna und Chirel standen abseits. Diese Vorgänge gingen sie jetzt nichts mehr an. Sie hatten sich gegenseitig in den Arm genommen, mehr zum Trost, nicht, weil sie Wärme suchten, und Chirel rührte sich auch dann nicht, als Ymareth landete und mit schwerfälliger Eleganz vortrat und das riesige Dach seiner Schwingen über ihnen allen ausbreitete.

Dewan schlug die Augen auf und sah die drei rings um ihn an. Sein Blick fiel auf Gemmel und irgendwo fand er ein schwaches Lächeln und setzte es für den Zauberer auf. »Ich dachte, mein Herz würde mich im Stich lassen«, sagte er ziemlich deutlich. »Ihr dachtet es auch. Aber nicht so.« Seine Augen schlossen sich wieder, kurz nur, eine flüchtiges Flattern wie das Herunterziehen einer Sonnenblende, und danach schien er sie nicht mehr ganz so weit öffnen zu kön- nen »Ihr habt ihnen nicht erzählt, wie ich gestorben bin, damals am Strand. Da hat er mich zurückgeholt. Und nun?«

Gemmel sagte nichts. Konnte nichts sagen. Er schüttelte nur den Kopf.

»Oh …« Wieder das Lächeln, das sich jedoch rasch ver- lor. »Auch gut. Ein Mann in … in meiner Stellung könnte leicht nachlässig werden ohne die Furcht … *da*vor. Aber … es tut weh, alter Zauberer, alter Freund. *Es tut weh!*« Dies- mal kniff er die Augen fest zu und die Lippen hatte er zu einer dünnen Linie zusammengepresst. Sie waren halb un- ter dem Schnurrbart verborgen, in dem der Schnee klebte. »Ich … anders wäre es mir lieber«, sagte er zittrig. »Kyrin, meine Dame?« Er zwang die Hand, die sie hielt, sich ein wenig zu schließen, so dass er ihr sanft die Finger drücken konnte. »Nur für mich: Richtet L-Lyseun aus, dass ich sie geliebt habe. Wirklich. Aber sagt es ihr, w-weil ich es nie getan habe. Mir ist kalt. Ich habe Schmerzen. Ich …

Aldric? Aldric, wo seid Ihr? Ich kann Euch nicht mehr sehen …?«

»Ich bin hier, Dewan. Ich höre zu.« Aldrics ruhige Stimme strafte die Tränen auf seinem vernarbten Gesicht Lügen. Kalte Tränen, die rasch Spielbälle für den eisigen Winterwind wurden.

»Mit dem Reich will ich nichts mehr zu tun haben, Aldric. Jetzt nicht mehr.«

»Ich verstehe. Ich weiß.«

»Lasst mich zum Schluss Alber sein. Nicht in der Erde. Nein. Übergebt mich den Flammen. Feuer ist sauber ... und mir ist so kalt. So ... furchtbar ... kalt ...«

»An-diu k'noeth-ei, Dewan-mr'ain.« Aldric sprach die Worte und machte das Zeichen – schnell. Vielleicht schneller, als es sich gehörte, und dann schüttelte er heftig den Kopf, um sein Gesicht von den Tränen und seinen Kopf von einem Gedanken zu befreien, einer Möglichkeit, deren Konsequenzen nicht auszudenken waren: Dass sich soeben die Worte eines Fluchs erfüllt haben mochten.

Er bat nicht um Hilfe, erwartete keine und hätte auch keine gewollt, als er Dewan aufhob, eine Gestalt wie ein Bär in ihren Pelzen und Ledersachen. Aber ein Bär, dessen Jagdzeit vorüber war. Er schwankte ein wenig unter dem schlaffen toten Gewicht. Dann hatte er sein Gleichgewicht gefunden und ging langsam und bedächtig in den Roten Turm. Als er ein paar Minuten später wieder herauskam, waren seine Hände leer, aber er hatte offenbar noch schwer unter der Last des Kummers zu tragen. »Er war mein Freund«, sagte er. »Was er auch getan hat, er war mein Freund. Und jetzt gibt es nicht genug Holz.« Aldric drehte sich um und starrte die glatten roten Steine von der Farbe des Bluts an seinen Handschuhen hinauf. »Ich wünschte, ich könnte den ganzen Turm verbrennen.«

Die Stimme in seinem Kopf war sehr leise. »Alle Dinge brennen«, sagte Ymareth. »Wenn das Feuer heiß genug ist.«

Aldric drehte sich halb um, sah Gemmel an, der nickte, und dann den Drachen. »Stimmt das?«, sagte er. Ymareths majestätischer Kopf senkte sich einmal in einer Geste, bei der es sich nur um ein bejahendes Nicken handeln konnte.

»Es stimmt. Du brauchst nur dein Einverständnis zu geben.«

»Er war mein Freund«, wiederholte Aldric. »Er verdient ein würdiges Grabmal. Eines, das Egisburg und das Reich nicht vergessen werden.« Er tat, was er schon einmal getan hatte, und schaute direkt in die leuchtenden Augen des Drachens. »Du hast mein Einverständnis. Warte, bis wir weit genug weg sind – dann brenne den Turm nieder.«

Niemand war auf der Straße, als sie aus der Stadt ritten, und niemand von denen, die sie hinter geschlossenen Läden beobachteten, machte auch nur die geringsten Anstalten, ihnen den Weg zu versperren. Es war auch besser so. Weder Aldric noch Kyrin noch Gemmel waren in der Stimmung für manierliche Auseinandersetzungen. Zwei gezogene Schwerter reichten, um alle bis auf die Bürgerwehr der Stadt zu entmutigen. Aber die knisternde Aura von Kraft, der die Reiter umgab und Energiefasern wie eine Schleppe hinter sich her zog, hätte selbst der Kavallerie der Leibgarde in Drakkesborg zu denken gegeben. *Dewans altes Regiment*, dachte Aldric im Anschluss an seinen ersten Gedanken. Er trieb Lyard zu einer etwas schnelleren Gangart an und führte die anderen zum Stadttor.

Egisburg schien sich damit zu begnügen, ihnen dabei zuzusehen, wie sie das Stadtgebiet verließen. Doch auch nachdem sie verschwunden waren, hielt die Stadt noch den Atem an. Und wartete.

D er Schnee ist mir egal«, sagte Aldric, als er abstieg. »Wir legen uns alle flach auf den Boden. Auch Ihr.« Seine Worte richteten sich in erster Linie an die drusalischen Frauen und insbesondere an Chirel, der nicht zu gefallen schien, wie selbstherrlich er mit der Schwester des Kaisers umsprang. »Und bringt die Pferde dazu, dass sie sich auch hinlegen – und zwar *so*!« Er verdrehte Lyards Zaumzeug auf die richtige Weise, bis der große andarrische Hengst niedersank und sich auf die Seite legte. Auf dem weißen Schnee sah er sehr schwarz aus. »Tut es. Es wird helfen.«

Gemmel musterte ihn mit einem sonderbaren Blick. »Du scheinst genau zu wissen, was du tust«, sagte er.

Aldric erwiderte den Blick, lächelte dünn und zuckte die Achseln. »In diesem Fall wäre Dewan noch am Leben«, sagte er verbittert. »Ich weiß, dass es besser ist, vorsichtig zu sein. Mehr nicht.« Dann legte er sich der Länge nach in den Schnee, den Oberkörper auf Lyards Hals und eine Hand über dem einen sichbaren Auge des Tiers. Die andere Hand streckte er zu Kyrin aus, begegnete ihrer und hielt sie fest.

»Aldric, denkst du wirklich, dass Ymareth …« Sie sah Aldrics Gesicht in der Dunkelheit und hielt inne, denn obwohl seine Augen immer noch riesig waren und im letzten Rest der Tränen für einen toten Freund glänzten, leuchteten sie auch in Erwartung dessen, was ein anderer – ja, ein anderer Freund – zu seinem Gedenken tun würde.

»Ich denke nicht«, sagte er leise. »Ich glaube.«

Stille. Schnee, der aus eisengrauen Wolken fiel. Kälte und Dunkelheit.

Und dann … Licht! Sie versengte den Himmel, eine Säule aus Feuer so heiß, dass ihr Kern einen violetten Schimmer hatte, so gleißend, dass die Ränder der Schatten, die sie warf, messerscharf waren, und durch die schwarzen und violetten Flecken, die vor seinen Augen tanzten, sah Aldric den Roten Turm. Er war über eine Meile entfernt, ein winziges, gestochen scharfes Bild, das rot wie Blut, rot wie Mord war. Und der Turm schimmerte. Sein Rot verwandelte sich, hellte sich zu Scharlach, zu einem leuchtenden Orange, zu einem Zitronengelb auf – und erreichte schließlich einen silbrig rosaweißen Farbton, der Aldric zwang, die Augen abzuwenden.

Die Lufttemperatur stieg, zunächst langsam. Dann hielt sie sich nicht mehr mit einem allmählichen Anstieg auf, sondern schoss in die Höhe. Aus Schneefall wurde Regen, dann ein warmes Nieseln und dann hörte es gänzlich auf zu regnen, als die Wolken über ihnen förmlich zerfetzt und von dem Hitzestrahl, der aus dem Herzen Egisburgs aufstieg, verglüht wurden. Am Himmel über der Stadt tauchten wieder die Sterne auf.

Und vor Aldrics Augen schmolzen zwei Fuß und mehr Schnee und Wasser floss glucksend wie ein Gebirgsbach im Frühling davon. Er hob den Kopf um eine Winzigkeit und konnte durch einen tanzenden Nebel den Turm sehen – ein Bauwerk, das zweihundert Fuß hoch war und aus Stein, Eisen und massiven Holzträgern bestand –, der sich von der Basis bis zu den Brüstungen drehte und wand wie eine hohe, schlanke Kerze in einem Schmelzofen. Auch dieser kurze Blick war so, als starre er an einem Sommertag in die Mittagssonne, obwohl das Strahlen immer noch heller wurde.

Die Erde bockte unter ihm in einem jähen Krampf, neben dem Lyards verängstigtes Strampeln wie die Liebkosungen einer Geliebten waren, und Chirel fing an zu schreien – doch es war ein Schrei, dessen Ende niemand hörte. Auf dem Höhepunkt ihres Aufschreis wurden sie von einem Geräusch wie Donnergrollen nach einem Blitz aus Egisburg überrollt. Die Luft selbst heulte aufgrund dieses furchtbaren langen Grollens der Zerstörung in ihren Ohren und in dessen Nachhall hörten sie, hoch am Himmel, Ymareths ehrfurchtgebietendes Triumphgebrüll, während seine dunklen Schwingen über den Sternhimmel schlugen.

»Ach, du lieber Gott …?«, wimmerte jemandes Stimme.
»Seht doch … Lieber Gott, *seht doch*!«

Sie sahen hin. Eine Säule aus Rauch und Staub, gekrönt
von einer Kuppel, hob sich über Egisburg in den Himmel,
und darüber zogen sich kreuz und quer Linien, als malte jemand darauf, und immer noch fielen brennende Trümmer
aus der Hauptmasse der Wolke. Es sah monströs aus. Böse
und obszön, wie ein gigantischer Pilz, der sich in die Höhe
reckte und seinen verrotteten Hut über die Ruinen des Roten Turms ausbreitete.

Nur, dass es keinen Roten Turm mehr gab …

Gemmel starrte auf die Wolke, auf ihre Gestalt, und
wandte sich dann mit all den Tiefen der Unendlichkeit in
seinen grünen Augen an Aldric. Er sagte nichts, aber der
Alber fand, dass sein Gesicht das eines Mannes war, der mit
der Wirklichkeit eines alten, längst vergessenen Albtraums
konfrontiert wurde.

»Du hast geglaubt«, sagte Kyrin, die immer noch Aldrics
Hand hielt.

Er nickte. »Aber ich lerne noch. Es gibt Dinge, von denen du und ich noch nie etwas gehört haben und an die ich
langsam glaube. Und manchmal frage ich mich, ob ich das
wirklich alles wissen will.« Er schauderte ein wenig und
wandte sich dann ab, um dabei zu helfen, die Pferde zu bän-
digen, die jetzt schnaubend und stampfend aufsprangen.
»Prinzessin, ich bringe Euch nach Durforen, wie es scheint.
Das war die Vereinbarung mit … mit Eurem Bruder. Wir
werden im dortigen Mönchskloster erwartet.«

Marevna an-Sherban sah ihn gemessen aus jenen riesigen
Augen an, deren Ausdruck er nie ergründen konnte. Vom
dichten dunklen Fell der Pelzkapuze ihres Mantels eingerahmt, wirkte sie wie eine kleine Maus und überhaupt nicht
wie eine Prinzessin. Aber sie hatte wieder jene Ruhe an sich,

jene Gelassenheit, hinter der das ganze Gewicht des Reichs stand. »Dann lasst uns besser gleich dorthin reiten, Fürst Talvalin«, sagte sie in abgehacktem, akzentbehaftetem Albisch. »Denn Eure Gesellschaft ist zwar anregend, aber weder ich noch das Reich können sie noch viel länger ertragen. Schließlich haben wir nur eine begrenzte Anzahl von Städten.«

ZEHN
Coda

Sie erreichten Durforen am Mittag des vierten Tages nach ihrem Aufbruch aus Egisburg. *Hethra-hamath, de Marhar.* Am achten Tag des zehnten Monats. Am achten Tag des Winters und zur Stunde des Falken. Alles war still unter dem silbrigen Sonnenlicht, ohne auch nur eine Spur von Wind, der eine Luft bewegte hätte, die schneidend wie eine Rasierklinge war. Es gab nur jene frostige, funkelnde Stille. Und drei Meilen hoch am eisigen Himmel etwas, das ein weißer Rauchfaden vor dem blassblauen Himmelsgewölbe hätte sein können.

Schwarz auf Schwarz vor dem Schnee zügelte Aldric Lyard und schob die Kapuze eines schwarzen Rangüberwurfs des Militärs zurück. Schwarz auf Schwarz auf Schwarz, denn unter dem Überwurf trug er wieder seine eigene schwarze Rüstung und sein Pferd hatte ein Fell wie polierte Kohle. Drei Tage und die Hälfte des vierten von Egisburg entfernt. Licht des Himmels, es schien erst so wenig Zeit vergangen zu sein seit … allem. Und doch war es vielleicht nur richtig und angemessen, dass eine solche Reise kurz war, so dass er Prinzessin Marevna früher in die Obhut dessen übergeben konnte, der sie, in den Worten des toten Bruda, erwartete.

Und folglich dieses Unternehmen, diese Pflichtübung für König Rynert als beendet erklären konnte.

Damit konnte er sich einer Verpflichtung entledigen, die seine Ehre besudelt hatte, obwohl es jene und ganz besonders einen gab – bei diesem Gedanken warf er einen Blick nach oben in den Himmel –, die immer noch etwas anderes behaupteten. Und niemand konnte bestreiten, dass sie das Leben eines Mannes gekostet hatte, den er *Freund* genannt hatte. Gott wusste, dass es wenig genug gab, auf die diese Bezeichnung zutraf. Die Gruppe war so klein, dass er es sich kaum leisten konnte, auch nur ein Mitglied zu verlieren. Aldric sah noch immer das Licht in Dewans Augen erlöschen und würde es auch später noch erlöschen sehen.

Er schluckte einen Kloß hinunter, der unversehens wieder viel größer war als zuvor – die Erinnerung war noch zu frisch und zu schmerzlich –, und sandte einen langen Blick über jenes Feld aus makellosem Weiß, das ihn anfunkelte, als sei es mit zerstoßenen Diamanten übersät. Dann irrte sein Blick weiter und ging aufwärts. Und ein Schauder überlief ihn.

Am liebsten hätte Aldric das Drusalische Reich so schnell wie möglich verlassen. Wie es in der alten Geschichte hieß: seinen Staub von den Füßen geschüttelt. Aber er hatte es nicht getan und würde es nicht tun. Noch nicht. Es gab noch einige Angelegenheiten – Angelegenheiten von Bedeutung, die aber Albas König nichts angingen –, die seiner Aufmerksamkeit bedurften. Seiner persönlichen Aufmerksamkeit.

So persönlich wie alles, was ein Vater einem Sohn anvertraute.

Denn an den vergangenen Abenden, wenn sie Unterkunft in Bauernhöfen und kleinen Ansiedlungen gefunden hatten, die so isoliert lagen, dass Klatsch über ihre Anwesenheit sich bei diesem schlechten Wetter nur sehr langsam verbreiten würde, wenn überhaupt, hatte Gemmel sich mit ihm unterhalten. Sich ihm anvertraut. Ihm Wahrheiten erzählt, von denen er viele zwar schon halbwegs erraten, deren Bestätigung und detaillierte Ausführung ihn aber bis in den innersten Kern seiner Seele erschüttert hatte. Es hatte Zeiten gegeben, als nur die sanfte Unterstützung durch Tehal Kyrin – Aldric hatte sich geweigert, sie wegzuschicken – die Unversehrtheit seines Verstandes gewährleistet hatte. Und es hatte Zeiten gegeben, als ihre Nägel sich tief in seinen Arm gegraben hatten, da sie ebenfalls zu verarbeiten versuchte, was gesagt wurde.

Diese Worte hatten die Art verändert, wie Aldric seine Welt betrachtete. *Seine* Welt, nicht mehr *die* Welt. Denn es gab andere Welten, die nicht seine waren. Gemmel hatte es gesagt. Eine davon war Gemmels eigene. Diese Worte hatten jene Gedanken über Gewaltigkeit, über Zeit und Entfernung jenseits aller Vorstellungskraft hervorgebracht, die ihn jetzt schaudern ließen, als er in die ungeheure Ausdehnung des Himmels starrte. Doch es war kein Schauder der Angst, nicht ganz. Darin lag auch Erkenntnis. Die Erkenntnis, die soeben geöffnete Augen brachten, wenn sie zum ersten Mal die Unendlichkeit aus Licht, Form und Farbe sahen, die schon immer jenseits der Grenzen ihrer abgeschlossenen Dunkelheit gelegen hatte. Augen, die jetzt eine viel kleinere Welt, aber einen weitaus größeren Himmel als zuvor erblickten, viel größer, als ein Mensch auch nur zu träumen hoffen konnte …

Jenseits des Kamms, auf dem er saß, gewaltigen Gedanken nachhing und auf die anderen wartete, lag das Mönchskloster Durforen. Es war kein Haus der Religion mehr, sondern unbestreitbar eine Ruine. Nicht einmal eine sonderlich pittoreske, wenngleich ihr der weichzeichnende Mantel aus Schnee auf seinen grauen Steinen einen gewissen Charme verlieh. Doch dieser Charme wurde aufgehoben durch seine gegenwärtigen Insassen, denn im Kloster wimmelte es von den scharlachroten Bannern und roten Rüstungen der dort lagernden Soldaten.

Kaiserliche Gardetruppen, dachte Aldric. Selbst auf diese Entfernung von knapp einer halben Meile und obwohl er in dem strahlenden Glanz von Sonnenschein auf Schnee die Augen zusammenkniff, was ihm Kopfschmerzen einbrachte, konnte er die goldene Schrift auf den Bannern erkennen, wenn auch nicht lesen. Diese Schrift sah man niemals außerhalb von Kalitzim, außer in einem ganz besonderen Fall: wenn der Kaiser persönlich zugegegen war.

»Ein ziemlicher Empfang, was?«, sagte Aldric laut zu Lyard und pfiff durchdringend durch die Zähne. Das Pferd zuckte missbilligend mit den Ohren. Es hatte für solche Pfiffe nicht viel übrig, denn sie waren viel zu schrill und eigneten sich mehr zum Rufen von Hunden. Diesmal von Hunden des Kaisers.

Aldric konnte ein jähes Ansteigen der Aktivität im Hof des Klosters erkennen und wusste, dass entweder sein Pfeifen gehört – nicht so unwahrscheinlich in dieser stillen Luft, wie man vielleicht meinen mochte – oder seine Silhouette am Horizont gesichtet worden war. Als andere Gestalten sich zu seiner gesellten – Kyrin, dann Marevna und Chirel eng beisammen und Gemmel als selbsternannte Nachhut –, nahm die Aktivität noch zu und verdichtete sich binnen weniger Sekunden zu einer leichten Kavalleriepatrouille, die ihnen inmitten eines Nebels aus aufgewirbeltem Pulver-schnee entgegengaloppierte.

Nachdem die Reiter in offener Gefechtsordnung über den Kamm gesprengt waren, bildeten sie eine halbmondför-mige Linie, die sich rasch zu einem Kreis schloss, in dessen Mitte die Eindringlinge gefangen waren. Und dann hielt al-les inne, denn die »Gefangenen« hatten sich nicht gerührt, sondern saßen lediglich auf ihren Pferden und beobachteten das Kavalleriemanöver mit ... Interesse und Vergnügen? Und nicht nur ihre Reaktion war falsch. Die Patrouille hatte nicht das Erwartete vorgefunden: gewiss hätte sie nicht zwei Mädchen, eine Frau, einen älteren Mann erwartet – und einen jungen Mann mit den Insignien und der Arroganz, wenn auch nicht der Rüstung eines Kavallerie-*Hanalth*. Die Soldaten sahen einander und dann ihren Offizier nervös an und hofften auf Anweisungen. Keiner von ihnen machte sich die Mühe, seine Verwirrung zu verbergen.

Gemmel war es, der das unentschlossene Gemurmel durchbrach. Vielleicht fehlte dem alten Zauberer die Ge-duld oder vielleicht spürte er auch einfach nur die Kälte. Er ließ sein Pferd ein, zwei Schritte vorgehen, bedachte den *Kortagor* der Patrouille mit einem äußerst beachtlichen Sa-lut – so beachtlich, dass der Mann ihn erwiderte – und lächelte dann aus irgendeinem Grund in sich hinein, als er sagte: »Bringt mich«, sagte Gemmel, »zu eurem Anführer.« Es war, als hätte er einen Witz gemacht.

Goth war da. Natürlich war Goth da. Aldric hätte damit rechnen müssen und hatte es insgeheim wohl auch ge-tan. Jedenfalls machte er beim Anblick des Spitzbarts, der ihm streitsüchtig entgegengestreckt wurde, auch nicht den

Funken eines gegenteiligen Eindrucks. Vielmehr entbot er Bart und General gleichermaßen eine träge, tiefe und völlig falsche Respektsverbeugung. Und auch jetzt, eine Stunde und viele Worte später, wußte er noch nicht so genau, ob Goth froh war, ihn wiederzusehen, oder nicht. Oder ob ihn der Mord an Bruda auch nur im Geringsten berührt hatte. Wie immer war es fast unmöglich zu sagen, was so einen Mann erfreuen oder verärgern würde.

Kaiser Ioen, jünger, mit sommersprossiger, milchblasser Haut und leuchtend roten Haaren, war etwas leichter zu ergründen. Die bloße Anwesenheit dieser gepanzerten Sturmtruppe so nah zur Grenze von *Woydach* Etzels Territorium war ein Anzeichen dafür, wie er stand … wozu? Das war die eigentliche Frage. Zu seiner Schwester – oder zu der Politik, die ihre Gefangennahme beeinflusst hatte? Doch beides war ein ausreichender Grund für ihn, sich darüber zu freuen, dass sie frei und unversehrt war. Und reichte, um ihn großzügig zu stimmen.

»Meine Fürsten, meine Dame«, sagte er in geschraubtem Albisch – ein Kompliment, das, Aldrics Beispiel folgend, sowohl Gemmel als auch Kyrin mit einem höflichen Nicken zur Kenntnis nahmen –, »dieses Geschenk meiner lieben Schwester, ihrer Freiheit, vergelte ich mit Gold, Land, Reichtümern.«

Vielleicht lag es doch nicht nur an der Politik, dachte Aldric. Dann sah er, wie Goth sich auf seinem Sattel zur Seite neigte und etwas flüsterte, das wohl, obwohl er es nicht verstehen konnte, eine Ermahnung zur Zurückhaltung war. Er grinste dünn und sorgte dafür, dass Goth das Grinsen mitbekam. »Ich bin kein armer Mann, General. Auch nicht besonders gierig. Also besteht kein Grund, um die Staatsfinanzen zu fürchten. Diesmal nicht.«

Goth richtete sich ruckartig auf, räusperte sich und gab

vor, kein Wort gesagt zu haben. Er besaß sogar den Anstand, ein wenig zu erröten – wenn er denn tatsächlich aus Anstand und nicht aus Zorn errötet war.

»Aber es gibt zwei Dinge, die ich gern geregelt wüsste, Majestät«, fuhr Aldric fort. »Eines betrifft die Jevaiden-Feste Seghar.«

Dieser Name erregte einen so heftigen gemurmelten Wortwechsel zwischen Ioen und Goth, dass Aldric sich fragte, was er wohl in Gang gesetzt hatte. Er war insgeheim erleichtert, als er die Anfänge eines Lächelns auf dem sommersprossigen Gesicht des Kaisers sah. Ein absoluter Herrscher mit Sommersprossen und dem Gesicht eines Schuljungen, dachte er, nicht zur Sache gehörig. Herrgott!

»Eure Sorge gilt mehr Großkönig Gueynor als der eigentlichen Feste, ja?« In der unbeschwerten jugendlichen Stimme lag eine Schalkhaftigkeit, die dort nichts zu suchen hatte und leicht in Verärgerung umschlagen konnte, aber unter den gegebenen Umständen hielt Aldric es für das Beste, nicht darauf einzugehen.

»Äh. Ja. So ausgedrückt, Majestät, ja.«

»Besorgt um ihre Sicherheit, ja?«

In dem sicheren Gefühl, dass dies eine vorbereitete und auswendiggelernte Rede war, nickte Aldric stumm. Er hatte Gueynor abrupt verlassen und ihr nur einen Dämonenbezwinger mittleren Alters zum Schutz zurückgelassen – ihn und die Schlüssel zu verborgenen Goldkisten, welche ihr Macht über die Garnison verliehen, die schon längere Zeit keinen vollen Sold mehr bekommen hatte. Aber später hatte er sich überlegt, dass dies vielleicht nicht gereicht hatte. Er musste es wissen.

»Dann habt keine Furcht. Sie wurde vor zwei Monaten als Großkönig bestätigt, und zwar mit allen gebührenden Rechten dieses Ranges und Privilegien innerhalb des Reichs.

Es freut mich, dass Euer Wunsch so rasch erfüllt werden konnte, ja?«

»Ja.« Aldric verbiss sich jedes weitere Wort. Goth freute es offenbar ebenfalls, denn sein Grinsen war so breit, dass es seine Ohren gefährdete. So rasch erfüllt, dachte Aldric boshaft – und so preiswert. Er hüstelte auf bedeutsame Art und sah das Grinsen verebben. »Ihr vergesst, General«, erinnerte er zartfühlend, »dass ich *zwei* Dinge sagte. Das Zweite sind Passierscheine für drei Personen in jeden Winkel des Reichs. *Jeden* – ungeachtet seiner gegenwärtigen politischen Zugehörigkeit. Ich bin sicher, Euch fällt eine Klausel ein, die das garantiert, mein lieber Goth. Ja?«

»Nein!« Goth war über alle Maßen schockiert. »Niemals! Natürlich nicht …?«

Aldric nahm ohne die geringste Belustigung zur Kenntnis, dass der General nach seiner ersten vehementen Weigerung innehalten und sich Gründe ausdenken musste, *warum* nicht. Um die Machenschaften jenes schlauen Gehirns zu überspielen, begann Goth, sich über Ausländer und deren Mangel an Rechten und – gefährlicher, als er ahne – Pflichten sowie Verpflichtungen auszulassen. Aldric machte sich nicht die Mühe, sein Missfallen zu verhehlen.

Doch dann richtete er seine Aufmerksamkeit weg vom Kaiser und vom General auf Prinzessin Marevna, die im Damensattel auf einem Zelter saß und zuhörte. Ihre einfache weiße Kleidung war in dieser vergangenen Stunde dem für die Schwester eines Kaisers angemesseneren Rot und Gold gewichen, aber abgesehen von der ersten Viertelstunde hatte sie den ganzen Wortwechsel zwischen Schwarz und Scharlachrot mitbekommen. Wie immer still und gelassen, hatte sie in der kalten Luft nicht einmal gehustet. Nichts gesagt und getan.

Bis jetzt.

Jetzt beugte sie sich zu Chirel vor, die am Kopf ihres Pferdes stand, tippte der Frau mit einer dünnen, scharlachrot lackierten Röhre für Schriftrollen, die sie aus der langen Stulpe eines Handschuhs gezogen hatte, auf den Arm und wies sie an, den Gegenstand rasch zu Aldric zu bringen.

Aldric hatte ihr kleines Intermezzo mit verfolgt – dabei Goth demonstrativ ignoriert – und irgendwo in seinem Brustkorb perlte bereits ein Lachen, als sich die Hand an seinem Bein vorbei ausstreckte und ihm die Schriftrolle reichte.

»Das dürfte sich als ausreichend erweisen.« Marevnas Stimme, nicht sonderlich laut, übertönte dennoch alle anderen Geräusche – von Goth, von den Pferden, vom zweihundert Schritt entfernten Militärlager. Doch der General und der Kaiser fuhren im Sattel herum, da sie nicht damit gerechnet hatten, dass diese kleine Maus von einer Schwester überhaupt ein Wort äußern würde. Dann wechselten sie einen Blick und drehten sich langsam wieder zu Aldric um …

Der saß da, die Röhre in der einen Hand, während er damit träge auf die behandschuhte Innenseite der anderen klopfte und Goths Blick mit einem verbindlichen kühlen Lächeln erwiderte. Dann reichte er Gemmel den kleinen Behälter, während er den General weiterhin ansah.

»Ich spreche es nur, *Altrou-ain*. Wärest du bitte so gut?«

Gemmel überflog das Pergament mit seinen ordentlichen Federstrichen und den rot-schwarzen Ansammlungen von Siegelabdrücken am oberen und unteren Rand. Er las die Botschaft nicht laut vor, aber ein leiser erstaunter Pfiff – eine ungewöhnliche Reaktion seinerseits, die Aldric dazu veranlasste, sich mit hochgezogenen Augenbrauen zu ihm umzuwenden – verriet mehr als genug. Der Zauberer sah seinen Pflegesohn und dessen Frau an und zeigte mit einem langen Finger auf das Pergament. »Die Staatsbürgerschaft«, sagte er, »solange wir uns innerhalb der Reichsgrenzen aufhalten. Gelehrtenausweise. Eine Bestätigung, dass wir keiner politischen Richtung angehören. Ein Gebot für Hilfe und Schutz. Senatorische Siegel, von allem, was Rang und Namen hat.« Er ließ das Pergament zusammenschnappen und schob es beinah ehrfurchtsvoll in die Röhre zurück. »Wir können überallhin und alles tun, was das Gesetz erlaubt. Meine Dame« – er verbeugte sich sehr tief vor Marevna – »Ihr habt meinen Dank.«

»Was hätte es«, sagte die Prinzessin, »für einen Sinn, hochgestellte Freunde zu haben, wenn sie nicht manchmal auch von Nutzen wären?«

»Ihr habt gelauscht«, sagte Aldric mit einem unmerklich anklagenden Unterton. Aber trotz allem erfreut und zufrieden.

»Das lernt man mit der Zeit.«

»Äh … richtig. Meine Dame, Majestät, ach ja, und Goth. Dank euch allen. Für viele Dinge. Bildung hauptsächlich. Und jetzt müssen wir wirklich los.«

Sie machten sich auf den Weg.

Aldric stand wieder in den Steigbügeln und suchte einen nicht existenten Horizont nach nicht existenten Anzeichen von Leben ab, dann ließ er sich in Lyards Sattel zurücksinken und stieß mit rauchiger Stimme einen Seufzer der Erleichterung aus. Es war jetzt vier Uhr nachmittags – die Stunde der Schlange – und sie waren seit halb zwei beständig geritten, wobei sie ihre Pferde so stark antrieben hatten, wie sie es eben wagten. Jetzt waren es sieben Pferde. Die drei mit zusätzlichem Proviant beladenen Packponys waren Ausdruck kaiserlicher Großzügigkeit und außerdem, hatte Aldric zuerst geargwöhnt, ein Trick, um sie am Vorankommen zu hindern. Er misstraute Fürstgeneral Goth, der zu jener Sorte Mensch gehörte, die ihnen folgen und ihnen ihre kaiserlichen Reisepässe abnehmen lassen würde, nicht aus einem bösartigen Grund, sondern nur, um wieder Gesicht dadurch zu gewinnen, dass er die Macht hatte, sie einzubehalten oder zurückzugeben.

Aber vielleicht tat er dem General mit so einer Überlegung Unrecht, denn es hatte den ganzen Nachmittag kein Anzeichen für eine Verfolgung gegeben – und jetzt verdunkelte sich der Tag schließlich wieder zur Dämmerung. Oder vielleicht, dachte Aldric mit einem flüchtigen Grinsen, hatte noch ein anderer gemutmaßt, wie Goths Verstand funktionieren mochte, und jeden Versuch unterbunden, etwas zu unternehmen, das auch nur die geringste Ähnlichkeit mit einer Verfolgung hatte.

Inzwischen spielte das keine Rolle mehr. Wichtig war nur, dass es nichts zu sehen und nichts zu fürchten gab. Nur Kyrin und Gemmel, die ein Stück entfernt bei ihren Pferden in einer dünnen Wolke ausgeatmeter Luft saßen. Sie klebte an ihnen wie Fäden aus Spinnenseide, wie sie auf einer Wiese im ersten Tageslicht glitzern mochte. Nur Ymareth, hoch oben, wo die ersten kalten Sterne aufgingen, kleine Juwelen am Himmel.

Nur Schnee und noch mehr Schnee, dessen zuvor blendendes Weiß sich jetzt im Schatten der Dämmerung zu einem Silber und Rauchblau verdunkelte, während er sich wie ein wellenloses Meer hin zum wolkenlosen Abendhimmel erstreckte. Aldric stieß Lyard sanft die Fersen in die Flanken und ritt vorwärts, ostwärts, zu seinen Gefährten. Zur verlorenengeganenen und wiedergewonnenen Frau und dem Vater, der mehr war als nur ein Elternteil. Hinter ihm waren rosafarbene und safrangelbe Töne unter das blasse Blau des Himmels gemischt, als die Sonne in einem entfernten Dunstkreis versank, der dort zu sehen war, wo sich der Horizont hätte befinden können. Voraus war derselbe Dunst, der samtige Übergang zu einer sternhellen Nacht, wo die Welt emporreichte, bis sie den Himmel berührte, mit ihm verschmolz, eins mit ihm zu wurde.

Einen Himmel, der unendlich war.

Personenverzeichnis

AUS ALBA:

Aldric – *Ilauem-Arluth*; aus der Provinz Elthan

Rynert – *Mathern-an Arluth*; aus der Provinz Prytenon

Dewan – *Eldheisart*; sein Leibwächter; ursprünglich aus der Provinz Vreijaur.

AUS DEM DRUSALISCHEN REICH:

Ioen – nomineller Kaiser; aus der Provinz Drusul

Marevna – seine Schwester; aus der Provinz Drusul

Goth – *Coerhanalth*, ihr Beschützer; aus der Provinz Tergoves

Bruda – *Prokrator*; aus der Provinz Vlech

Voord – *Hautheisart*, sein Stellvertreter; aus der Provinz Vlech

Etzel – *Woydach*, nomineller Militärdiktator; aus der Provinz Tergoves

Kathur – Kurtisane, aus der Provinz Jevaiden

Aiyyan – Sagenfrau und Geschichtenerfinderin; aus der Provinz Jouvann

AUS ANDEREN GEGENDEN:

Kyrin – ursprünglich aus Valhol

Gemmel – *an-Pestrior*; ursprünglich aus vielen Ländern

Ymareth – von der Insel Techaur

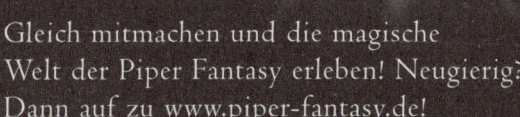